U0794478

KUWEI
酷威文化
图书 影视

逞悦

上册

舒虞
SHU YU
著

江苏凤凰文艺出版社
JIANGSU PHOENIX LITERATURE AND ART PUBLISHING

CONTENTS 目录

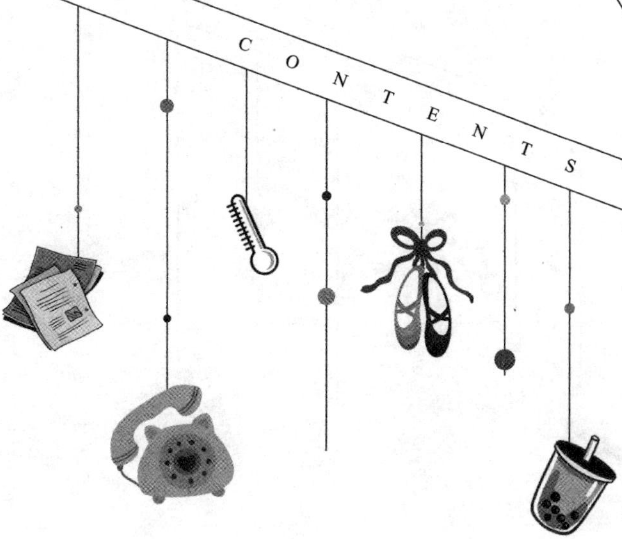

目录 CONTENTS

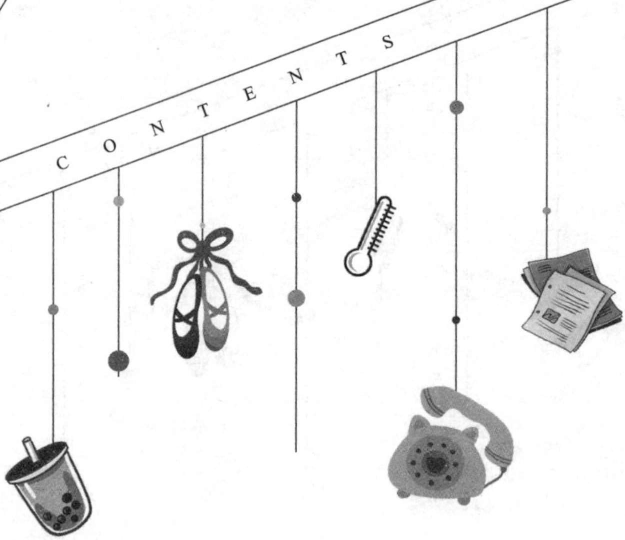

楔子

一 场 高 烧

二月初春。

澜江市，小雨，气温 5℃ ~10℃。

今天是路母的忌日，路无坷在山上的寺庙待了一天。从山上下来时，街头巷尾华灯初上，烟火气扑面而来，整座城市的灯红酒绿被雨雾笼罩，只剩下朦胧的光影。

又是一个在混沌里狂欢的、光怪陆离的夜晚。

路无坷撑着黑伞走在泥泞的公路上，隔着一条江，对面是万家灯火的不夜城。

阿释的电话就是在这个时候打进来的。

公路上空荡荡的，响起的电话铃声有些突兀。路无坷停在路边，接通电话后把手机贴到耳边，听筒里传来阿释的声音：“下来没？”

天气很冷，路无坷呼出一口气，面前团起一阵白雾，她说：“下来了。”

“那正好，我快到你那里了，你等我一下。”

路无坷问她：“你今晚不是有同学聚会？”

“他们找下家去了，我没跟着。”阿释说，“刚吃饭那会儿工夫够我们叙旧了，再聊下去也聊不到一块儿去，就不坐那里干瞪眼尴尬了。”

不过在原地站了一会儿，湿冷已经顺着衣领钻进去。

路无坷问她：“到哪儿了？”

阿释大概是看了一眼导航，沉吟了一下然后说：“快了，你就站路边等我，你那地方没什么人，待会儿看见一辆车估计就是我的。”

阿释预估得没错，直到她开的那辆黑色丰田在公路那头出现前，路无坷没见着过其他车的影子。

路无坷站在原地没动，默默地看着车头两束光柱向她靠近。

千丝万缕的细雨在光束里淅淅沥沥地下着。

阿释早就看见路无坷了。隔着挡风玻璃，雨中黑伞下的女人指节白皙，黑发黑裙，唯独一身皮肤白得晃眼，像一朵开在夜色里的白玫瑰。

车子快速驶过柏油路上的水洼，水花四溅。

行驶到路无坷附近时，车速已经放慢，然后缓缓地停在她面前，路无坷握住伞柄收了伞。

阿释上身越过副驾座椅，帮路无坷打开了车门："赶紧进来，外面这雨都快把人的骨头吃没了。"

澜江这种天气已经持续了十几天，下不尽的连绵细雨，来势不汹涌，却缱绻得让人骨头发酸，赶都赶不走。这种天气待在室外就是自讨苦吃。

路无坷坐进车里。

阿释扔了杯东西给她。

路无坷接过来，触手有温热的感觉："什么？"

阿释重新启动车子，一副邀功的模样："刚顺路给你带的奶茶，早上上山到现在还没吃东西吧？先喝点热的垫垫肚子，姐现在带你去吃点好吃的。"

阿释跟路无坷是大学室友，严格来说两个人不算大学同学，一个学的机械设计制造及其自动化专业，一个读的英语专业，彼此会认识只不过因为读大学的时候凑巧分到一个宿舍。

离开郊区，阿释问路无坷："晚饭吃点什么？"

路无坷靠在座椅里，侧头看着窗外。夜色下，远山高了低，低了又高。她沉默着，安静到阿释以为她吃什么都随便的时候，她开了口："烧烤吧。"

阿释侧头看她："你什么时候喜欢吃这玩意儿了？"

路无坷把视线从车窗外收回来，说："几年没闻过烧烤味了。"

"还以为你这几年在外头能吃惯那边的东西。"

后视镜上挂了个红色的平安符，随车子的行驶左右晃荡。

路无坷的视线落在上头，在平安符第四次晃过来的时候，她说："想吃点接地气儿的东西。"

阿释从后视镜里看了她一眼。

南吃甜北吃咸，澜江这座近山环水的南方城市也不例外，饮食清淡、口味清甜。在这遍地甜食、小吃的地方，烧烤算不上地道。加之路无坷本身口味清淡，不喜欢重口味的东西，怎么会突然想吃烧烤?

但阿释最终还是什么都没说。毕竟同寝四年，没人比她更清楚路无坷以前上大学时没少被人带去烧烤店。男生们最喜欢往那种地方扎堆，带上几个女孩胡吃海喝，调天侃地。

那时候，路无坷经常被某个人带在身边。

一晃时间竟已经过去四年了。

阿释是本地人，这片儿她从小混到大，哪里好吃、好玩她熟门熟路的，到市区后左拐右拐，又绕了几条街道，很快停在一家露天烧烤摊前。

阴雨天，外头支了几个四角的蓝色帐篷，店里没顾客。一个穿着夹克的男人坐在门口，光头，叼着烟。看她们两个从车上下来，男人摘下烟头，赶着客人:“这儿今儿个不营业，找别的地方去吧。”

不是本地人，一口北方口音。

正拿着手机回消息的阿释闻声抬起头。

男人虽然看着面色不善，但语气平淡，态度不算坏。

气氛有些凝滞，屋里传来的一声惨叫骤然打破平静，诡异又瘆人。门口的男人却跟听狗叫似的无动于衷，抽了口烟，淡淡地看向她们。

“在教训一条不怎么听话的狗。”

最平静也最吓人。

阿释握着手机的手紧了紧，看向旁边自始至终一直很平静的路无坷。

细雨像轻纱，朦朦胧胧地笼罩着大地。

路无坷的眼睫毛很长，上面落了几粒细碎晶莹的雨滴。

“哦。”她看着门口的男人，语气稀松平常，“那打扰了，你们继续。”冷漠的、事不关己的态度，明明长着一张无害又漂亮的小脸。

路无坷对阿释说:“走吧。”说完转身拉开了车门。

等到路无坷坐进车里，阿释才反应过来，她的眼风瞥了一眼男人后才跟着上车。

回到车里，路无坷正扒在车前，一手撑着下巴，一手拨弄着后视镜上的红色平安符。阿释问她："你说用不用报警？这个叫声听起来不像在打闹。"

路无坷停下拨弄着平安符的手，起身靠回座背，她侧头，眼神轻飘飘地扫了一眼窗外："不用。"

她又说道："是沈屹西的人。"

阿释一愣，登时语塞。

路无坷却没再说什么，低头不知道在手机上按什么，像是刚才那句话只是谈论了一句天气一般。

太久没聊过这个人，阿释一时不知道从何谈起，半晌只能干巴巴地说："走吧，找别的烧烤店去。"

路无坷却说："去你同学聚会的场子吧。"

"你不吃烧烤了？"

"去哪里喝酒不是喝酒。"路无坷说，"还有，从刚才到现在，路上你总共看了十五次手机。"

阿释："路无坷，你是在我身上装了监视器吗？"

"你一直盯着手机看，怪我？"

"哪儿能啊？我把你宠成祖宗都来不及。"阿释说完稍微侧了一下身子，拿着手机在她面前晃了晃，"不过你还真说对了，刚吃饭的时候加了个帅哥的联系方式，有点看对眼了。"

路无坷捧场地扫了一眼。聊天框里密密麻麻的对话，阿释给对方的备注是书呆子。

阿释靠回椅背说："不都说男的一到中年必发福吗？这个书呆子怎么越长越好看了。"说完大概是对方又发消息过来了，她低头回消息。

车内一时安静下来。隔着一扇车窗，时不时能听见小烧烤店里传来的惨叫声。路无坷面无表情地听着。

阿释从手机上抬起头来，问："真去？"

路无坷转身，点了点头："去啊。"今天不适合一个人。

阿释将手机扔回中控台："行。"她系上安全带，油门一踩离开了这条小巷。

引擎声很快消失在转角，坐在烧烤店门口的男人收回目光，掏出手机拨了个电话。

这场聚会是阿释大学时的班级组织的，一大波人吃完饭浩浩荡荡地去会所订了个包厢。

把车钥匙交给侍应生后，阿释带路无坷上楼。

阿释大学读的机械设计制造及其自动化专业，班里男生成群，女生没几个。这次虽然是老同学的聚会，但不少人带了家属，人多热闹。

四楼西厅。

一路上两个人与几拨人擦肩而过，醉醺味和低语声交杂在一起，今晚的夜色又不知要醉几双人。

阿释推开包厢门，包厢里头彩灯流转，碎光斑驳。人们三两成群，推杯换盏、叙旧寒暄，伴随着台球的碰撞声。

走廊的光线乍然涌进来，很快有人注意到这边，抬手朝阿释招了招，阿释对人笑笑，把路无坷带进去。

可能是时间过去太久，路无坷一眼扫过去都是生面孔。

来人是个留着一头大波浪的女人，问阿释："刚才不是说有事先走了？"

"你们不都嚷嚷着多来点人？"阿释搂住路无坷的肩膀，"看，我这不是回头给你们带了个人过来吗？"

路无坷刚一进门女人就注意到她了，她的气质和脸蛋都过于出众。

只是第一眼没认出来，现在离得近了，再加上以前路无坷和他们班那位风云人物的二三事，女人很快认了出来，惊喜地叫道："路无坷？"

路无坷将视线转到面前的女人的脸上。

见路无坷一脸陌生的样子，女人问："不记得我们了？以前自动化四班的。"

机械自动化专业就那么几个女生，都在这儿了。不过路无坷确实对她没印象，半天没从脑子里翻出跟这几个女生有关的记忆，但不认识不代表她不可以装，她露出一个笑容："好久不见。"

有人问："听说你去了国外，最近回来的？"

阿释见这人有想八卦下去的意思，笑着拦住话头："是啊，因为太想我了，在那边待不下去才回来的。"说完勾着路无坷的肩膀告辞，将路无坷往吧台那边引，"刚上来有点渴，我们先去喝杯酒啊。"

阿释凑在路无坷的耳边说悄悄话："跟你打个赌。"

"什么？"

"这里头肯定有喜欢——"说到一半，阿释猛地反应过来。

阿释原本想说这里头肯定有大学那会儿对沈屹西有意思的人，不然不会连人家的前任都记得这么清楚，女人是最懂女人的。

平时阿释一有八卦就喜欢在路无坷耳边说一嘴，刚才差点又口无遮拦。这次也是因为沈屹西向来不来参加这种同学聚会，她才敢带路无坷过来。

阿释生硬地结束了这个话题："没什么。"即使她清楚像路无坷这么聪明的人不会不知道她要说什么。

路无坷没说什么，像真的没听懂一般。

吧台里是一个身穿白衬衫黑马甲的调酒师，两个人各自要了杯酒。

阿释接过酒，说："我先去趟那边啊。"

路无坷不用看都知道她要去勾搭谁，"嗯"了一声。

酒液滑入杯壁，冰凉单调，调酒师倒好酒，把酒杯推到路无坷面前。她端过来，往沙发那边走去。

路无坷肩上搭了件宽大的深色西装外套，内里一件黑色吊带长裙，细细的肩带松松散散地挂在肩上。肩膀清瘦，白皙，身材却很好，曲线在黑暗里隐隐约约。

包厢里的人分散，各自聊得热火朝天。

路无坷一个人丝毫没感觉到孤独，也没人发现她坐在这里。

有会弹唱的人抱着吉他坐上高脚凳，在大家的起哄下来了首《红豆》。

女声的干净中不缺风情，像在讲一个故事。痴情，缠绵。

路无坷一边慢慢喝酒一边听着。

相聚离开都有时候
没有什么会永垂不朽
可是我有时候
宁愿选择留恋不放手——

叫好声一片。

在歌声中，包厢门被推开。

亮光乍然涌进来，路无坷下意识地抬起手臂挡了下眼睛。

一阵风裹挟着一个亢奋的男生的声音从门口吹进来："看我把哪尊大佛给请过来了？"

紧接着包厢里一阵热闹。

路无坷放下手，灯光落在她的脸上，她微微眯了眯眼。再睁开眼睛时，在意外地看到门口的人时愣住。

背着光，男人手插兜站在门口，顶着一张游戏人间的脸。寸头，轮廓流畅，双眼皮在眼睑上扯出道深邃的褶子。皮肤很白，光照下高鼻梁投下一弧阴影。他薄唇微挑，垂着的指间夹着根烟。

路无坷被定在原地。

男人们哄笑着，说是什么风终于把人给刮来了，今晚一定不醉不归。

被围在中间的男人笑了下，说："行啊，今晚谁不喝趴下了谁孙子。"

说完像是察觉到包厢内一道过于炽热的目光，懒懒地掀了下眼皮。

路无坷没躲开，两个人的视线毫不意外地碰上。

时间似乎变得很慢。

他看着她。

那双眼睛里再也找不到往日的纵容和调戏，只有生出了棱角的冷淡。

下一秒，沈屹西冷漠地移开了目光。

沈屹西的车队最近拿了个奖，一大帮人回来立刻搞了个聚会，说是庆祝，实际就是给喝酒找个借口。

大家笑着聊着，在沙发上落座，沙发没一会儿就挤满了人。

“用的什么法子把人给找过来的？班长，看不出来你有两把刷子啊。”

班长是个戴眼镜的男生，高瘦高瘦的：“去趟洗手间的工夫就遇上了，平时这人多难约啊，天南地北到处跑的，当然不能放过这个好机会。”

沈屹西的情绪似乎丝毫不受影响，靠在椅背里，闷闷地笑了一声。

“不来你们还能少喝点儿，这可是为你们操心，还不乐意了？”

一如既往的嚣张、肆意。

男人之间的话题几句不离胜负欲，说还真就今晚比比看，谁喝少了谁孙子。

“你别说，凡子，你是没跟屹哥喝过酒，今天这声爷我看你是逃不掉了。”

沈屹西窝在沙发里，听完只扯唇笑了一下。他探身把桌上的烟灰缸拖过来，掐灭了烟屁股：“别把我叫老了，爷这个称呼你们留在心里叫，喊自己孙子就行。”

“真嚣张啊！屹哥。”男人们哄笑起来。

路无坷就坐在沈屹西的对面，流光涌动的暗色下，她毫不避讳地看着他。

多少年过去了，这人还是这副德行，做什么事都一副吊儿郎当的模样，像是没什么事能让他上心，在别人谈恋爱都纯情的年纪，他拉个手就能让人意乱情迷。

一身放浪形骸的痞气，从骨子里带出来的坏。

你永远不知道他能坏到什么程度。

他掐完烟又靠回去了，从始至终没再看过她一眼，像是从没认识过这个人。仿佛刚才那一眼也只是不经意的，路无坷对他来说只是个陌生人。

阿释不知道什么时候已经来到路无坷的身边，她有点发愁，沈屹西这人怎么早不来晚不来，偏偏今天这次来了。

路无坷听见阿释的叹气声，没说什么。

阿释试探着问了她一句："回去不？"

路无坷的视线终于从沈屹西身上离开，低下头。白皙纤细的手指和酒杯中烈酒形成鲜明的对比，有种苍白的病态感。

路无坷轻轻晃了晃酒杯："不回，玩呗。"言语间听不出一丝难过和脆弱。

也就是这要命的倔劲儿，当初才会把沈屹西那个瘟神引来，阿释想。阿释往沙发里一靠，状似轻松地道："行，你最好多喝点，回去一躺床上不省人事的那种。"

路无坷瞥了她一眼。

阿释开玩笑："别抱着我哭。"

"你今晚等着，不抱着你哭两个小时都不行。"路无坷说。

阿释笑起来。

不过既然路无坷决定不走，她也没什么好说的。

没一会儿就有人提议玩个好玩的，光喝酒不带劲。

老同学见面，说好听点是同学聚会，直白点其实就是八卦聚会。同学圈子就那么大，芝麻大点儿的小事都能被津津乐道，那些烂在肚子里却心照不宣的好奇，现在有个机会当玩笑话问出来，谁不感兴趣？

每个人都对他人的生活好奇。

"行啊，你们女生拼不了酒，陪你们玩会儿好了。"男人们爽快地答应，随手从地上的空啤酒瓶里抽了个出来往桌上一放。

这种俗套的玩法大家驾轻就熟，酒瓶一转，停下来瓶口对着谁，谁就自认倒霉。

两种方式任选，真心话或者大冒险。

第一轮瓶口对准的一个女人，她挑了大冒险，吻了隔壁一个男的。不拖泥带水，不含糊，人从校园里出来了就是不一样。

路无坷听着快把天花板掀开的起哄声，眼神不经意间瞥到对面的沈屹西。

他的两条长腿大剌剌地伸着，瞧着这副场景脸不红心不跳的，漫不经心地笑着。

路无坷转开眼。

玩得起的人凑到一起无聊的游戏都能玩出花儿来，连着几轮过去，人人都选的大冒险，花样不断，尺度越来越大。

路无坷一副置身事外地看热闹的样子，却忘了酒瓶转起来在座谁都有可能被随机指到，包括她自己。

阿释也没料到，等反应过来想要挡住路无坷的时候已经来不及了，瓶口不偏不倚地对上路无坷。

她一直不吭声，存在感低，加上包厢内光线昏暗，多数人压根儿没发现她。

“路、路无坷？”

看清是路无坷后，包厢原本火热的气氛忽然变得尴尬起来。

路无坷不是他们这个班的，班里却没人不认识她。

机械自动化四班就没人不知道这号人物，或者说整个澜江大学都鲜少有人不知道。

那个年纪大多数同学还算规矩，一旦有打破规则活得放浪形骸的人出现，谁都很难不被吸引。沈屹西就是这样的人。他这款到哪儿都不乏各种往上贴的漂亮女孩，光是那张脸就能拈花惹草无数。但偏偏，人家就看上了路无坷这个难搞的。

那会儿沈屹西有多宠路无坷，机械自动化四班没人不知道，传闻后来还是路无坷甩的沈屹西。

当时有多轰轰烈烈，现在对比起来就有多冷淡。

隔着一张桌子，大家面面相觑，反倒两位当事人看起来像没事人一样。

沈屹西还是那副老样子，身体放松地陷在沙发里，面色自在地把玩着手里的打火机，像是谁他都不感兴趣。

路无坷看着也很平静。

就在四班班长周斌想打圆场说这局不算的时候，路无坷开了口，她往前倾身，爽快地说：“来吧。”

阿释看了她一眼。

包厢里一瞬间鸦雀无声，班长忙接过话头，干笑几声打破尴尬：“行，那你选真心话还是大冒险？”他提醒了路无坷一下，“大冒险的话，屋里这帮人都不是善茬，鬼主意多，可能不是那么保险，但如果选真心话，就得百分百说真话了。”

连着几轮下来大家都挑的大冒险，这年纪最怕谈心了，年少的时候嚷着没人理解，成年后反倒希望什么都烂在肚子里。

最怕突然的关心和过问。

不过他们玩的恶趣味大冒险也不是人人能接受的，班长就顺便提了一句。更何况有个沈屹西在这儿，毕竟是前男友，如果大冒险真搞大了，只会徒增尴尬。

路无坷看似什么都听进去了，开口却十分干脆：“大冒险。”

班长一阵无语，心想：这姑娘还是一如既往的难搞。

沈屹西跟没听到似的。

最后大家还是没玩得太开，有人给支了个招，罚酒，这大概是今晚最无趣的一个大冒险。

路无坷没二话，拿过酒瓶斟满酒杯。看着挺娇小秀气的姑娘，却毫不含糊，直接仰头一杯饮尽。

直到此刻沈屹西似乎才有了反应，他懒懒地抬了下眼皮。

路无坷微微昂着头，冰凉的酒液入唇。

这局就这么过了。

大概刚才喝得有些急，后半段路无坷的脑袋有些昏昏沉沉的，耳边的喧闹声似乎都隔了层膜。

阿释扒在她的耳边问：“没事？”

她轻轻摇头。

“真不用回去？”

“不用。”

啤酒瓶滚了一遭又一遭，大家闹得越来越厉害。

路无坷的喉咙有些烧灼感，游离在这场热闹之外。

中途沈屹西接了个电话去了趟洗手间，回来时一身烟味。

这人还是跟以前一样，路无坷想。

却又跟以前不一样了。

对面的沈屹西刚坐下就很不巧地被酒瓶挑中了，有人笑说他的运气可以去买彩票了，估计一刮一个准。

沈屹西停下拢火点烟的动作，抬了抬眼。他嘴里还叼着烟，看着面前黑洞洞的瓶口，突然笑了一下。他索性将打火机扔回桌上，取下烟，扬了扬下巴："国际惯例，选一个是不是？"

"爽快啊！屹哥。"男人们一喝开了就忘了这里头有什么人了。

"赶紧的，想个折腾人的，今晚这人好不容易来了，不能让他白来一趟。"大家起哄。

隔着人群，路无坷看着他。

沈屹西任大家七嘴八舌地讨论怎么整蛊他，悠然自得地听着，丝毫不介意，也不在意。

路无坷最终还是挪开了视线。

阿释在旁边注意到，欲言又止。

等大家最后千辛万苦终于讨论出来一个整起人来无懈可击的鬼主意后，沈屹西十分欠揍地来了句："谁跟你们说我选大冒险？"

众人立刻反应过来被整了。

沈屹西笑得肩膀微抖，最后挑的真心话。

心窝子戳得准不准决定了真心话问起来好不好玩。女人心思细腻，最擅长这些东西，几个人在旁边出主意，撺掇班长问点有料的。

班长被缠得没办法，又顾忌路无坷在场，压低声音问沈屹西："真的什么都能问？"

沈屹西看了他一眼，笑了下："随便问。"

"那我真问了啊。"班长清了清嗓子，硬着头皮问，"你有放不下的人吗？"

这句话问完不乏看热闹的，看完沈屹西又看路无坷。

路无坷没看这边，她靠在沙发里，低头把玩着手里的酒杯。她的脑袋放空着，脑海里像留不住东西。

沈屹西没立刻回答。沉默在包厢里蔓延开来，这种时候时间过得尤其慢。

有没有放不下的人……

过了一会儿，沈屹西终于开口。他不知想到什么，笑了一下，声音里没什么感情，坦然地道："没有。"

路无坷一直麻木着的思绪突然间被砸了个缺口。

她的感知在回笼。几秒钟的沉寂过后，她感到鼻尖发酸。后来包厢里谁说了什么话活跃气氛，又玩了些什么，她一概不知。

阿释似乎生气了，在她耳边说她不把自己折腾死是不是不满意。

被酒精侵蚀的胃部止不住地涌起一股股不适，她终于舍得起身离开。

沈屹西这人再也不会惯着她了。

Chapter 01

校草 VS 奶茶妹

42°C

那年，澜江的天气闷热得奇怪。

九月入秋，气温却一直居高不下，夏天残留的那点暑气经久不散，整座城市像闷在一个罐子里。直到后来一场瓢泼大雨淹了市区某片排水系统糟糕的旧居民区，澜江这场高温才草草收尾。

后来，那几天整座城市永远顶着一片阴沉的天，连着教室里副教授的讲课声都像是在催眠。

路无坷坐在教室后排靠窗的位置，桌上摊开的课本上草草标注了几处重点。

这节上的英语文学选读，讲台上英语老师操着一口流利的英语分析诗句，每一句都像在强词夺理。人心是最难解读的，除了瞎扯只能瞎扯。

路无坷转开了眼。

窗外没下雨，天空阴沉沉的。

余光里看到桌上的手机亮了一下，她扫了一眼，阿释给她发了条信息。

路无坷用指尖按着手机把它拖了过来。

阿释说待会儿下课跟她一起吃饭去，路无坷动了动手指给她回了信息：今天太阳打西边出来了吗?

别人每天吃三顿，阿释每天勉强吃两顿，换作平时这个点儿她肯定还没从床上爬起来，今天不仅起来了，还约上她吃午饭。

稀奇。

讲台上教授让大家就讲的那篇诗文进行小组讨论发言。附近的几位组员，头早凑一块讨论去了。

路无坷回完消息把手机放一边，拖过课本听她们各执己见。

最后东拼西凑地写了个稿，这个班男生没几个，她们这组全是女的，都不怎么爱出头，没人主动揽那个发言的活儿。

一个扎着马尾、素颜朝天的女生问路无坷："无坷，你英语好，要不你上去发个言？"

都是英文系的学生，大家的英语都差不到哪里去。

但路无坷懒得拆台，阿释正好给她发了信息，她拿过手机准备回，随口应了句："好。"

这个教授擅长拖堂，几个小组发完言下课已经过了饭点。

浓荫下的道路，雨水斑驳，半湿未干，两旁的草木湿泞不堪。

错开饭点高峰，路上的人少了大半，路无坷逆着人流往女生宿舍走。

澜江大学有近百年校史，学校的建筑十几年前翻新过一遍后就再也没管过，学校里不管是教学楼还是宿舍区都还保留着十几年前的风格。

旧砖墙旧铁窗，到哪儿都透着一股古老的气息。

路无坷的宿舍门号 202，她推开门，喊阿释的大名："许婉柔。"

阿释已经穿好鞋跷着腿坐在旁边的椅子上玩手机，闻言抬头，说道："路无坷，都说了别喊我大名，存心跟我作对呢！"

阿释有个跟她性格和气质严重不符的名字，许婉柔。这个名字怎么都安不到一个染一头红头发，满嘴片儿汤话的女孩头上。这是阿释自己的原话，大一那会儿在宿舍里刚认识，她第一句话就是让大家别叫她大名。阿释这个小名是她奶奶给起的，打小她就喜欢用这个名字。听得多了，叫她大名的人也越来越少，除了路无坷。

"多好听，去路上随便拎一个都没你这个好听。"

"去你的。"阿释也懒得纠正她了，朝她招招手，"跟你说个事儿。"

路无坷把课本放回书桌上，回头看她："什么？"

话音刚落，阳台那边突然传来一阵摔盆的声音。

路无坷侧头看去。于熙儿顶着一头洗完的长发对着屋里，头发往下滴着水。路无坷收回视线，正巧碰见阿释默然翻了个白眼。

"吵架了？"路无坷随口问了句。

"哪儿能呢。"阿释跷着腿坐在椅子上无动于衷，耸了耸肩，"小公主在外边受气了没处撒就回宿舍闹脾气呗，回来哐里哐当一顿吵，就差把宿舍拆了。那会儿我还在床上躺着呢，哪来的力气跟她吵。”

这间宿舍是“四人寝”，除了她俩还住着于熙儿和一个阿释那个专业的同学。有集体生活的地方多多少少会有点摩擦，于熙儿是个被家里人从小宠到大的主儿，半点亏也吃不得，一身公主病怎么说也不改。阿释是个急性子，一看不顺眼就呛她，宿舍里就属她跟于熙儿最不对付，两个人三天两头一大吵。小公主闹脾气她们已经见怪不怪了。

路无坷的重点跑偏了：“难怪你今天那个点能醒。”说完叫上阿释，“走吧，吃饭去。”

阿释拍拍衣服从椅子上站起来：“走。”说完捞上把伞跟她一起出了门。阿释想吃辣的，拖着路无坷去学校外的冒菜馆。

“刚在楼上要跟我说什么？”路无坷问。

阿释这才想起来还有这茬，说：“就中午全校各大群传得沸沸扬扬那事儿。”说完看向路无坷，“你肯定又没看群聊对不对？”

路无坷正玩着一根棒棒糖，看了她一眼。随后移开眼，默默地拆了棒棒糖放进嘴里。

阿释“啧”了一声：“我还不了解你啊，路无坷，一猜一个准。”

路无坷咬着棒棒糖：“是呗，你就是我肚子里的蛔虫。”

阿释一脸木然的表情：“你别以为我不知道你在骂我。”

路无坷笑了一下。

路无坷这人就是占了长相清纯、乖巧的便宜，总给人一种人畜无害的感觉，平时骂人光看脸不听声儿那张脸一点威胁也没有，但实际上路无坷的性子比谁都倔。

不过，阿释就喜欢她这性子，不然俩人也成不了朋友。阿释那张嘴一说就停不下来，平时肚子里装了点什么八卦都要跟路无坷说上一通。

“刚才你看见于熙儿在宿舍里洗头了吧？”

“怎么？”

“就早上，于熙儿被人教训了一顿，她们学院的。”

路无坷闻言看了她一眼：“女生？”

阿释点了点头：“要不然呢？她们学院能有几个男生，她那头啤酒全是那帮女生干的。”

中午于熙儿回宿舍后，又是摔盆又是发脾气的，愣是把在床上睡觉的阿释给吵醒了，赶上了一口热乎的瓜。

“早上不是有人往学校群里发了个视频吗，没露脸，但很多人听声儿就认出来了，就是于熙儿和她们系的系花。”

路无坷向来对别人的事不感兴趣，平时听了也就左耳进右耳出，现在阿释给她讲的这件事她也就当消遣听听。路无坷漫不经心地咬着棒棒糖，随口问了句：“干什么了？”

阿释说：“不还是女生之间那个亘古不变的话题，男人呗。”

于熙儿是音乐系的，艺术院系最不缺的就是漂亮女生，随便拎一个出来都长得不赖，于熙儿自然也是。

“这些人的眼光都差不多，全扎堆儿喜欢同一个男生去了，之前音乐系那个系花不是放话对我们院那个校草感兴趣吗，结果刚说没几天于熙儿就找人要他的联系方式了。”

音乐系的系花性格张扬，加上她在校外有些三教九流的朋友，一直名声在外。于熙儿这次做的事看起来跟挑衅没什么两样，本来两个人就不是同一个小圈子的，这一挑就出了事。

天气有点闷热，阿释拎开衣领扇了扇风：“之前我说的没错吧，就于熙儿这性子，在外头早晚得罪人。这次没出什么大事，正好让她长长记性。”

路无坷闻言笑了下，没说什么。如果是大事的话，就阿释这性子早冲出去第一个出头了。这人，典型的嘴硬心软。

“不过你别说，她们的眼光还挺毒的，就沈屹西那张脸，光看着解解馋都已经不错了，更何况跟他谈恋爱。”阿释连着啧啧惊叹。

沈屹西。这三个字路无坷没少听人说，从进入澜江大学以来这个名字没一天在她耳边消停过。沈屹西是阿释他们学院的。提到这个人，除了那张脸和不知道从哪儿传出的他有强硬后台的传闻，另一个印象大概就是换女朋友如换衣服，每任女朋友基本不超过半个月。

阿释说：“不过这种人看着养养眼还可以，再进一步就算是老手也得被吃没了。”

路无坷没吭声，慢悠悠地吃着棒棒糖，也不知道在想什么？

两个人路过校门口小卖部，阿释拉住路无坷："我进去买瓶水，这天气再热点我差点以为我回到夏天了。"路无坷在外面等她，阿释出来的时候给她带了瓶水。她接过来，塑料瓶外一片冰凉。

一辆黑色的跑车从路边疾驰而过，带起一阵风。

阿释咕咚咕咚地喝着水，视线跟着那辆车。路无坷也瞥了一眼。

那辆车停在校门口。

阿释喝了几口后盖上瓶盖，朝那边抬了抬下巴："喏，沈屹西接女朋友来了。"她把瓶子往垃圾桶里一扔，"最近身边的人听说是你们院里的一个女生。"

车上的人没下来，只降了一边车窗，一只夹着烟的手懒懒地搭在窗边垂下来。

路无坷只看了一眼，很快收回视线，往另一个方向走。

"走了。"

路无坷大二的专业课排得格外密集，下午依旧满课。

天气沉闷潮湿，下午的课上睡趴了不少人。台上老师讲的东西专业又枯燥，路无坷一边听着知识点，一边百无聊赖地数着前面趴下的人头。数到第五颗的时候，桌肚里的手机振动了一声。

路无坷放下笔，手伸进桌肚摸出手机。手机上显示一个未接来电，她爸打过来的。

路无坷面无表情，正想把手机塞回桌里，一条信息跳了进来。

"怎么不接爸爸的电话？你爸一个大活人打电话给你，你都看不到是吧？"

路无坷在"装死"这方面的功夫已经炉火纯青，刚想按灭屏幕，她爸又发了一条信息进来。"你奶奶早上把一颗话梅核卡喉咙里了，死活不去医院怕让你知道。"

路无坷的奶奶两年前做了食管癌手术，身体和胃口大不如前，吃东西时一不留神卡住喉咙是常有的事。路无坷微微皱眉，就她这个父亲，老太太不想去医院，他还真有可能放任不管。

路无坷的母亲早逝，家里就她爸和她奶奶两个人。她没再装死，回了条消息过去。

“取出来没？不肯取你跟她说我知道了。”

路智远的消息回得很快：“怎么可能没取，再怎么说这也是你爸我的妈，我中午饭都还没吃呢，就光折腾带她去医院取话梅核了。”紧跟着他又发了一条消息：“就取个话梅核，来回花了一千多，这笔钱爸还要拿去做生意的，你那边先垫垫？”

一千块钱能做什么生意，不过就是为了跟她要钱。路无坷清楚进了路智远口袋里的钱不可能要得回来，即使这人是她爸。路无坷懒得跟他多说，转了笔钱到他的银行卡里。路智远一收到钱就消失了，没再发消息过来，路无坷把手机扔回桌肚里。

下午连着上了几个小时的课，傍晚才下课。

迟迟拖着不肯来澜江的太阳终于在傍晚露脸，夕阳掺杂在灰白里，给整座教学楼镀上了层橙红。

上节课老师留了点儿作业，路无坷晚上还有事，干脆待在教室里把作业做完了。作业做完的时候，阶梯教室里的人已经走得七七八八。

路无坷把书收进包里，准备回宿舍。

教室在四楼，走廊上，夕阳把她的影子拉得很长很长。

楼梯间的门关着。

路无坷走过去，直接推开了楼梯间的门。很不巧，里面正好有人急匆匆地跑了出来。她没想到里面会有人出来，肩膀被狠狠地撞了一下。

撞了人的女生忙不迭地跟她道歉：“不好意思、不好意思，我不知道外面有人，你没事吧？”

路无坷摇了摇头后抬头看了一下。面前的女生两颊泛着红，唇边被咬破了一小块，正把掉了一边的外套往上拽。女生对上她的目光，手停顿了一下。

楼梯间里面发生了什么，不言而喻。女生的脸更红了，她对着路无坷羞涩地笑了下，脸上有两个小小的梨涡，很漂亮。

女生很快离开了，路无坷的视线从她的背影上收了回来，站了几秒钟后还是推开了楼梯间的门。

夕阳顺着推开的门缝倾泻进去，风带了阵烟味飘过来，她脚步停顿了一下。

阴暗逼仄的楼梯间里藏着的那些东西慢慢见了光。

暧昧的，放浪的。

路无坷看见了那个倚在墙边的男生，留着一头板寸，五官出色到极具攻击性。他的身量很高，短T下勾勒出这个年纪特有的、利落却不失有力的线条。夕阳落了半边在他的脸上，他微微低头，把烟送到嘴边猛吸了一口，两颊跟着吸了进去。

路无坷推门的手却停顿了一下，男生也在这个时候眯着眼瞧了过来。深邃的眸子里盛着倦意，漫不经心的，放浪形骸的。

路无坷从没在学校里见过沈屹西，可那一刻她却有了一个很强烈的直觉，眼前这个人就是沈屹西。

沈屹西只看了她一眼便把视线挪开了，路无坷被他看了一眼也没什么反应，继续推开门走进去。楼梯间里的烟味有点呛鼻，男生取下烟，指间把玩着打火机。

路无坷没再看他，径直经过了他面前，沈屹西似乎又撩了下眼皮。

路无坷臂间抱了本书，旁边传来拨弄打火机发出的金属碰撞声，有一搭没一搭的，一下一下地砸在安静的楼梯间里，每一声的存在感都极强。

路无坷走下楼梯，夕阳落在她的颈后，她感到有些发烫。

下了一层楼后，楼上那个声音忽然停了下来。那个人大概在上面待够了，楼梯间里很快响起另一阵脚步声，不紧不慢的，跟散步似的。两个人的脚步声交杂在一起。

路无坷低着头，脚下没加快也没放慢。男生的腿长，没一会儿便追上她，很快带着烟草味与她擦肩而过，路无坷瞥了他的背影一眼。

从楼梯间出来后，校园道路上来来往往的都是说笑的学生，还有几对牵手腻歪的情侣。

路无坷回宿舍的路上天色渐渐暗了下来，路边的路灯陆陆续续亮起来。到宿舍楼下正好碰上从食堂回来的阿释，阿释嘴里还咬着根冰棒。隔着老远阿释就猛朝她招手，要不是嘴里咬着冰棒，路无坷估计她会吼上两嗓子她的名字。

宿舍楼上时不时传来女生们的欢声笑语，阿释在门口等她一起上楼，走近了她才发现阿释手里还拎了个袋子。

阿释把袋子递给路无坷："给。"

路无坷接过来："什么？"

"刚才看见食堂里有你爱吃的这款小蛋糕，顺手给你带了一个回来。"阿释嘴边沾着点冰棒上的巧克力碎屑。

"这里。"路无坷给她拿了张纸巾，指了指自己的嘴角。

阿释了然，接过纸巾擦掉了。

"对了。"阿释突然想起来，"刚吃饭那会儿奶奶给我打了个电话，跟我问你呢，说你没接她的电话。"

阿释平时有事没事就喜欢往路无坷家跑，叫路无坷的奶奶叫得比路无坷还勤快。

路无坷把手机从外衣兜里拿了出来，上面果然好几通未接来电。

阿释凑过来跟她一起看手机屏幕："我跟她说了你人不会不见的，瞎操心什么，然后奶奶觉得我嫌她唠叨，说下次过去没饭给我吃了。"

路无坷笑了："你们幼不幼稚啊？"

"这叫斗嘴的乐趣，你懂不懂啊？路无坷，哪像你啊，一天天的没个小孩儿样。"她掰了掰手指头数着，"不爱玩，还叛逆。"

路无坷懒得理她，往宿舍门口走去。

两个人回到宿舍后，屋里只有蒋青在。

蒋青正洗完澡从浴室里出来，瞧见她俩："回来啦？"

"嗯。"阿释点点头，左右瞧了瞧屋里，"小公主走了？"

蒋青不是个爱生事的人，算个老好人，平时在宿舍里两方都不站，所以跟于熙儿的关系还说得过去，至少关系没弄僵。蒋青擦着头发："对啊，她回家了。"

路无坷没管她们在说什么，到书桌边坐下，给老太太回了个电话。老太太那边估计守着电话呢，很快就接听了。

"奶奶。"

“怎么现在才给奶奶打电话，吃晚饭了没？”

路无坷看着桌上阿释给她买的蛋糕，撒谎撒得脸不红心不跳：“吃了。”

“别以为我老了耳朵不好使了，就听不出你在这儿睁眼说瞎话。”老太太不像别的老人和蔼亲切，反倒脾气有些古怪，嗓门还大。她说：“赶紧吃饭去。”

路无坷问：“嗓子怎么样了？”

“能有什么事儿？”奶奶说，“就你爸那臭小子多嘴，嘴皮子一歇下来就闲得慌。”

路无坷不想谈路智远，没说什么。

“行了，给你打电话也就为了跟你说这事儿，免得你操心。我这边刚去领了点儿活干，你赶紧吃饭去，晚上是不是还有课？”老太太在那边问。

“没。”

“没课就在宿舍多休息一会儿，奶奶这边先挂了啊，多吃点，看你都瘦成什么样了。”

这时阿释冷不防从路无坷的身后出现，对着手机那边大喊。

“奶奶，路无坷这身材不叫瘦，叫肉长对地方了。”

路无坷面无表情地把电话给挂了。

蒋青在旁边听得直笑。

阿释也笑着跑开了，拎上书包就跑：“我去上课了啊，晚上见。”

最近几天阿释最喜欢扒在阳台上看大一那帮新生满操场踢正步，学校里针对大一新生举办的社团招新活动也进行得如火如荼，每天走在路上总能被塞好几张传单。

今天一大早，路无坷被楼下的阵仗吵醒，迷迷糊糊地睁开眼睛的时候宿舍里还一片安静。她摸过床头的手机，早上七点。

路无坷一向觉浅，那点可怜的睡意很快跑得一干二净，她索性从床上坐了起来。隔壁上铺的阿释还睡得很香，蒋青已经不在宿舍。

今天有早课，下床后路无坷顺便喊阿释起床，阿释赖了会儿床才抱着被子迷迷糊糊地从床上坐起来：“今天谁的课？”

路无坷正从书架上拿书放进包里，闻言看她一眼："灭绝师太，你确定你还不从上面下来？"

阿释反应了一会儿，想起第一节课是她们上学期一起选的思修课，那个老师出了名的冷酷无情，迟到一分钟都会扣分。她打了一个激灵后立刻清醒了，麻溜儿地从床上爬下来洗漱。

路无坷悠哉悠哉地扒在窗边吹风，天还阴着。

阿释拽过自己的包扔给她，说："看你这悠闲样儿，帮我把书塞进去。"

路无坷接过来，又磨蹭了会儿才懒洋洋地走到阿释的书桌边。路无坷看了一眼阿释贴在桌上的课表，抽了两本课本放进包里，又帮她塞了支笔进去。

阿释的动作快，没一会儿连衣服都换好了，收拾好她问路无坷："还有时间吃饭没？"

"有。"路无坷看了眼时间说，"去超市买点喝的吧。"

"行。"阿释的手搭上路无坷的肩膀跟她一起出了门。

思修课是很多学院的人一起上课，老师按专业排了座位，路无坷跟阿释专业不同，一个在教室前面，一个在后面。

座位表投在屏幕上，路无坷的座位在第四排靠窗的过道旁。她找到位置坐下，刚把吸管插进牛奶盒里，一个女生停在她旁边。那个女生问她："你好，请问能让我进去一下吗？"

路无坷抬头，看清人时一愣。

对方明显也认出她了，反应过来后朝她笑了一下，跟她打招呼："你也是外语学院的？"

是上次在楼梯间门口撞到的女生。

路无坷想起之前阿释提过他们班校草最近身边的人是外语学院的。

"嗯，二班。"路无坷从座位上起身让她进去。

女生坐下后不知道一直在手机上按着什么。

路无坷翻着下午英语专业课要预习的内容，慢吞吞地喝着牛奶。过了一会儿女生碰了碰她的手臂："同学，能跟你商量个事吗？"

路无坷看她："什么？"

女生羞涩地笑了笑，露出两个甜甜的小梨涡：“我男朋友也上这节课，座位就在后边，能不能跟你换个位置？”

路无坷对坐哪里上课没什么要求：“好。”

女生说了声谢谢，跟她指指教室最后面那排的位置：“就那个空着的位置。”很巧的是那个位置就在阿释的旁边。

路无坷把东西重新装进包里，拎到阿释旁边坐下。阿释正插着耳机打游戏，旁边坐下个人她抬了下眼，看到是路无坷后她拽下一边耳机：“你怎么坐这儿来了？”

“跟人换个位置。”

阿释悄声问她：“你知不知道这是谁的位置啊？”

“知道啊。”路无坷瞥了她一眼，“沈屹西。”

阿释惊讶地问：“他找你换的？”

路无坷抽了本书放到课桌上：“人家的女朋友。”

刚说完后门几个人踩着上课铃走进教室，几个男生丝毫没有已经上课的自觉，说笑着调天侃地。

路无坷看到前面那个女生抬手朝这边挥了挥，手机还贴在耳边通着电话。那帮男生也看到了，笑着调侃：“屹哥，女朋友黏这么紧？”

“这么宠女朋友，以后是个妻管严跑不了了。”

沈屹西胸腔里闷了声笑：“滚。”

一双长腿从路无坷身边经过。沈屹西一只手插兜里，布料下仍旧能看出骨节分明的长指。她听见沈屹西漫不经心地笑了下，不怀好意地逗电话那边的人：“真有他们说得这么黏人？”

嗓音里还带着没睡醒的慵懒。

他走路带过的风撩起路无坷书本的页角，路无坷目不转睛地看着课本，丝毫不受影响。

阿释凑了过来，咂了咂舌：“跟你说，平时这种课想看见沈屹西简直比登天还难，连个魂儿都别想见着，这一看就是陪女朋友上课来了。”

路无坷没说什么，继续看她的书。

阿释转头偷摸打游戏去了。

等路无坷看完一篇文章的时候，抬头才发现自己原来那个座位上的人早趴着睡着了。沈屹西一只手绕过脑后搭在后颈上，指尖懒散地垂下来，一头短寸看起来显得嚣张却又挡不住的好看。她挪开视线。

讲台上教授讲课的内容不算无聊，路无坷盯着黑板上的那些字却慢慢犯起了困。

阿释一局游戏打完，闲着没事在本子上涂涂画画，路无坷愣是瞧不出她画了些什么。

路无坷碰了碰阿释的手臂："我睡会儿，点名了叫我。"说完拉上兜帽趴课桌上睡觉去了。

可能因为昨晚没睡好，路无坷刚趴下不久就睡着了，还做了个梦。梦里不是很安稳，有那年初春沉闷的雷声和下个不停的雨，还有亮得刺眼的车灯。

路无坷猛然惊醒过来，回过神来才发觉有人在推她的肩膀。

"点你的名了，路无坷。"

讲台上教授叫了一次没听到人应到，又喊了一遍："路无坷。"

路无坷睡得有点迷糊，从臂间抬头正想举手，前面一道懒洋洋的声音半路截了和："到。"

路无坷一愣。

男生那声"到"喊得不算小声，带着这个年纪的男生喜欢捉弄人的劣根性。班里有人没忍住笑出声。

旁边的阿释目瞪口呆："沈屹西？"班里有人起了个头，其他人这笑就憋不住了，纷纷咧着嘴偷乐。

底下忽然响起一片窸窸窣窣的笑声，讲台上的教授抬起眼，透过厚厚的镜片扫了教室一圈。其实原本是可以不点这个名的，教室座位是固定的，谁没来座位空着一目了然，教授点名就是想让大家互相认识一下。

"都笑什么笑，合着这位路无坷同学在你们那儿还是位大人物是吧？"讲台下所有人的笑憋得更痛苦了。

路无坷看向了坐在自己座位上的男生。沈屹西应该刚睡醒，他靠在椅背上，一条胳膊伸长了搭在课桌上，吊儿郎当地转着笔，光看背影都能想象到他那副不正经的表情。

他身旁的女生听了教授的话后怪罪地打了一下他的手臂。他笑得很欠揍，好像说了句：“不是你说喊的这个座位上的人？”

阿释拽了拽路无坷的衣服，一脸替她发愁的模样：“我晕，老师待会儿点他名怎么办？总不能他再应一遍吧，那你俩都完了，灭绝师太可是个绩点杀手。”

前面那排坐着阿释认识的一个男同学，身子往后仰凑热闹：“不是，你俩可能连个绩点都没有，直接从这学期的课除名了。”

阿释团了张纸扔他：“你别吓唬人。”

男生笑：“哪儿吓唬人了，我这叫好心提醒。”

阿释懒得理他了，正想安慰路无坷，讲台上的教授又说话了。她推推眼镜，看向右边第四排窗边的沈屹西：“不过这名儿是真的取得不错。”

路无坷闻言看过去。那人连根头发丝儿都是放松的，明显不当回事。他当着全班同学的面开始胡扯：“我妈取的，您夸她。”班里笑声就没停下来过。

阿释快笑岔气了：“哎，路无坷，怎么办，你的名字被占了。”

机械自动化四班的几个人都坐这一片，前面的男生以为路无坷没说话是挂不住面子，笑得直抖还不忘安慰她：“沈屹西就闹着玩，不会真把你名儿抢了的。”

阿释“喊”了一声：“谁那么傻啊，都是十八岁的成年人了，哪儿还那么容易被骗啊。”

男生想说你旁边那女的，一眼瞟过去，却在看清路无坷的长相那一刻愣了一下。路无坷早插上耳机打游戏去了。路无坷看起来五官精致，皮肤白得仿佛一碰就会碎掉。

男生暗暗骂了声，撞了一下身边狐朋狗友的胳膊：“后面那个女生长得好清纯。”是个男的都喜欢这款，附近就没几个听了这话后头没转过去看的男生。

“哪个学院的？”

“想追？”

“废话，不追还问你干什么？”

阿释咬着笔尖看他们嘀嘀咕咕，歪头跟路无坷通风报信："有人要追你。"

路无坷玩着早被时代淘汰的智力小游戏，对这些压根儿不感兴趣："看书吧你。"

阿释无语："你也太无趣了，路无坷。"她手撑着下巴转开头，随口说，"你说你什么时候才会开窍啊？"

路无坷听到这句话，愣了一下，屏幕上的小人一不留神就死了。正巧教授点名点到他们这片，她干脆将手机塞回了桌肚里，百无聊赖地趴在桌子上等教授叫名字。

阿释问她："你紧张吗？"

"什么？"

阿释指指讲台："待会儿老师喊沈屹西的名字。"

路无坷抬眼看着她。从阿释角度看，路无坷的眼睛很大，黑色的瞳孔像润了层水。路无坷反问道："为什么要紧张？"

阿释瞪大眼睛："沈屹西哎，我敢跟你保证这个教室里九成女生都喜欢他这款，都巴不得帮他应这个到。"

路无坷的牛奶还没喝完，咬上吸管："这样的吗？"

"骗你干吗？"阿释又问，"还有，你不怕被老师抓包吗？"

刚说完，老师就点了阿释的名字："许婉柔。"

前排阿释班里的几个男同学笑得身子直抖，捏着嗓子学老师喊阿释的大名。阿释翻了个白眼，踹了下他们的椅子。

路无坷也笑了一下。

沈屹西是花名册最后一个名字，教授用字正腔圆的发音叫他的名字："沈屹西。"

班里又有了一阵小骚乱。大家不约而同地看看沈屹西，又看看路无坷。教室陷入一阵诡异的沉默。两秒钟之后也没人应到，教室内一片安静。短短的几秒钟似乎被拉得很长，很神奇的，这个时候路无坷还能注意到前几排的沈屹西。

沈屹西丝毫没有要应声的意思，嘴角高高挂起。男生靠在椅子里，长手长腿放松地伸着，像沈屹西不是他的名字似的。

讲台上的老师还以为叫错人了，又看一眼座位表后发现没错，看着路无坷眼露疑惑："沈屹西？"

阿释碰碰她的手臂："快应到，不然这学期就完蛋了。"

路无坷和老师对视了几秒钟后，终于顶着老师的目光硬着头皮举起了手："到。"

班里立刻安静下来，下一秒钟后全班同学哄堂大笑起来。教授也没忍住一起笑："哟，还真是个女孩子啊，这名儿取得够英气的啊。"教室里的同学笑得更欢了。

前面有人骂了一声，笑道："屹哥把人家小姑娘害惨了。"

那位把人家小姑娘害惨了的某人正笑得肩膀微抖，用拳抵在唇边，轻轻咳嗽了几下。他似乎笑着朝这边扫了一眼，回过头去了。

教授拍了拍讲台："行了行了，笑够了没，笑够了都给我认真听课，这堂课期末考试考的都是课堂上讲过的，你们课堂上要是划水，期末考试就等着哭去吧。"

阿释这个没良心的，幸灾乐祸地叫路无坷："沈屹西，怎么办啊？沈屹西，你这学期都要顶着这个名字了。"

路无坷翻开课本："挺好的，这个教室里九成女生都喜欢我。"

阿释笑得更开心了。

路无坷咬着牛奶吸管，看向窗外。

这几天头上那片阴云还没走干净，一场暴雨又风风火火地落在这片土地上。整个城市像陷入昏迷，久不见天日。暴雨持续了十几个钟头，直到晚上停歇后才让人有了个喘气的劲儿。那天人人调侃着这是下了场冰雨，暴雨前脚刚停，气温后脚也跟着降了几度。

晚上路无坷有份工要打，奶茶店老板给她来了个电话，让她今天早点过去。说是今天这雨好不容易停了，学生在学校里闷了一天待不住的，肯定会出来找吃的。

路无坷那会儿正跟阿释一起吃饭，吃完她跟阿释打声招呼就走了。五点半，天已经暗了大半，风跟过了层水似的，凉湿湿地往人的脖子里头灌，地上的水洼干了几块。

学校西门外是条老街，上了年头的旧居民楼和不太卫生的小店都挤在这一片，车来车往都要按上几下喇叭。

这里最不缺的就是俗世烟火气，一条街上众生百态。

这会儿正是下班高峰期，路无坷刚从校门出来，此起彼伏的鸣笛声扑面而来，学生笑闹着擦肩而过。

她站在路边等着过马路，车流如洪水，一拨过了又一拨。

几个刺头男生不要命地从几辆车头边上穿过，司机从车窗里探出头来骂骂咧咧的。那群人天不怕地不怕地笑着，转头朝司机竖了个中指。又不知道谁看到了这边，用胳膊肘捅捅旁边的人，朝路无坷这边扬了扬下巴。隔着条马路，他们不知道说笑了几句什么，朝路无坷吹了声口哨。

路无坷跟没看见似的，垂眸，脚尖百无聊赖地踢了踢地上的小石子。再抬眸那群人已经不见，她穿过马路。

奶茶店就开在附近，路无坷去的时候店里另一个人已经到了，是附近一所三流技术学院的女生。女生叫李莉婷，话多得跟阿释有得一拼，从路无坷进去嘴巴就没停下来过。

这个时间点没人来喝奶茶，李莉婷闲着没事跟她聊天：“你晚上没课啊？”

“嗯，没选今天晚上的。”

“哎，无坷，你的成绩是不是很好啊？”

路无坷翻出一把吸管插到吸管盒里：“不是。”

“是吗？”李莉婷若有所思，又说，“一直觉得能考上你们那种大学的成绩差也差不到哪儿去。”

不知道为什么，路无坷想到了某个人。所以下一秒李莉婷说出那个名字的时候，她看向了对方。

李莉婷说：“不对，你们学校叫沈屹西的那个，不都说他是靠关系塞进去的吗？”

这是关于沈屹西的流言之一，好像他这人从骨子里都是坏的。即使是在换女朋友这件事上，他也游刃有余，谈笑风生，一个眼神就能勾走人的魂儿。偏偏他这种人最让人心动。

李莉婷对这件事好奇得不行，问路无坷：“不是说这位这几天身边又换了个人吗？”

路无坷正往脸上戴口罩：“不是很清楚，跟他不同学院。”

“也是。”李莉婷说，“不过那张脸简直是老天赏饭吃，我们技术学院一堆女生都给迷得神魂颠倒的，实在搞不懂。”

“什么？”路无坷随口问了一句。

“沈屹西啊。”李莉婷嘟囔道，“这人就那张脸好看了点儿，但女朋友交得跟玩过家家似的，有什么好的，这种我可不喜欢，你说呢。”

路无坷“嗯”了一声。

饭点一过，奶茶店渐渐热闹起来，大多是学生结伴过来，捎带几杯奶茶回宿舍。

这家店开在学校附近，来往的人络绎不绝，有时候两个人都忙不过来。一般这种时候得忙到晚上十点左右人才会少点，今天却足足拖长了半个钟头。

等顾客都走了，李莉婷重重地呼了口气：“今天这人也太多了，我就没碰过手机。”

路无坷坐回椅子上，扒在窗台上缓了会儿。今天确实有点累，再过半个小时她们就能关门回学校了。

本来两个人闲着没事准备跟往常一样来盘游戏，对面烧烤店出来了一伙人说笑着朝这边走过来。李莉婷拿起的手机又放了下去，刚想吐槽几句，定睛一瞧才发现是熟人。

她跟路无坷咬耳朵：“那几个是我们技术学院的。”

染头的染头，刺青的刺青。

“这几个人是教务处的常客，听说还有在外面混的，三天两头被请喝茶的那种。”

说完却听路无坷说：“知道。”

这话出乎李莉婷的意料，她突然转头看着路无坷：“你知道？”

能不知道吗？就是刚才路上朝她吹口哨的那伙人。她说：“看着就不是好人。”

李莉婷赞成：“确实，这里头你就找不出个好的。”

转眼又发现对面那群人里有个熟面孔，李莉婷仔细瞧了瞧：“沈屹西？那是沈屹西吧，他怎么在这儿？”

路无坷早就看见了。

那边的人分两拨，一拨站在马路对面，另外几个女生穿过马路最近惦记上一女孩儿。
她问我，说屹西，你能不能不要惦记我了。
白问。
从我盯上她那天起，她么，就要被我惦记一辈子。

齐思铭问，这回看上哪个来勾搭你的女的。
这回不是人勾搭我，是我追人。
也就这回，没有哪个女的能跟她一样，让我有追人的丁回。

我第一次这么俗套的追一女的。
这经历，我觉得这世界上有她在这里，我这辈子只想想爱到这么一次。

我那些兄弟说她漂亮。
是挺漂亮，长得跟只小鹿一样，还是只会撩人气人的。

我挺喜欢的。

她有多让我上瘾。
这瘾挺重的，重到她能在我胸口那地儿，压我的赛车一头。
路无坷，我赛车冠军拿给你玩拿到退役。

退烧

小情书

I love you

往这边走过来。站对面的是那几个男生，一个个夹着烟说笑。从他们嘴里吐出来的估计也没几句正经话，两三句不离黄段子。

沈屹西就在里头，一边手插兜里，靠在路灯杆上。他应该在笑，嘴里叼着烟，烟雾迷了他的脸。

路无坷只看了一眼视线便移开了。

李莉婷抠了抠放在桌上的菜单页："不过想想也不奇怪，他们好像一起玩车的，四轮的那种。"

关于这个，路无坷有所耳闻。

沈屹西很喜欢玩车，不是兴趣来了瞎玩玩那种，而是拿命上的。

隔着一条马路，一个技术学院的男生用胳膊拱了拱旁边的齐思铭，朝那边的奶茶店抬抬下巴。

"那个不是你前几天往群里发的照片上那个女生？"

距离有点远，瞧不太清楚，齐思铭仔细瞧了眼没认出来："哪个？"

"就那个在教室里写作业的，长得很清纯的那个。"

这么一说齐思铭才想起来，男生之间除了游戏那几个话题外，就是女生。那天上思修课，他随手瞎拍了那个女生一张照片往群里一发。

他们这么一提，几个男的瞥了眼那边。技术学院的那个男生笑得一看就不正经："刚路上遇到了，逗了一下，你们猜怎么着？"

"翻白眼？"

"翻白眼都算把人当人看了。"男生笑，"直接把我们当空气了，挺带劲儿的。"

齐思铭听完笑了："你不会想追她吧？"

男生说："还真有这打算。"

旁边的沈屹西只听着，轻飘飘地扫了那边一眼。

齐思铭告诉那个打算追人的男生："我那天还真打听过了，那女孩儿跟我们这样的压根儿不是一路人，你知道人家什么情况吗？"

他比画了一下："年级第一，奖学金年年拿到手软，这哪儿瞧得起我们这种整天没个正事干的，考试倒数的。"

沈屹西一直没吭声，到这儿才问了句："好学生？"

齐思铭转头看他："是啊，货真价实的好学生，老师见了恨不得让她当女儿的那种。"

沈屹西笑了下："那没戏。"这话一听就是对技术学院那个男生说的。

但那个男生脸长得还不赖，也清楚自己有这个优势，他说："我还真就喜欢这款，现在去找人要个联系方式，打赌不？"

路灯的光投在沈屹西高挺的鼻梁上，显得眼睛愈发深邃。他撩了下眼皮，盯着那人看了一会儿，眼里漫开一层笑意："好啊，我赌你不行。"

跟他们一起的几个女生每个人要了杯奶茶，五六个人点完就在旁边站着，聊化妆、美甲、发型，最后话题又兜回那几个男生身上。

李莉婷往路无坷身边凑，放低声音说："你知不知道哪个是沈屹西的女朋友？"

路无坷往杯子里加料，抬头大致扫了眼，目光落在长相最精致、漂亮的一个女生身上，嘴里却说着不知道，收回了目光。

李莉婷跟传授什么秘诀似的，朝她挑了下眉："我教你怎么认，以后他换多少现任都不会出错的那种。"

路无坷看着她，想说你觉得我会对这些感兴趣吗，还没开口李莉婷已经迫不及待地跟她讲了。

"长得好看，大胸，长腿，翘臀。"李莉婷数着手指头，"看，照这几点找，准不会出错。"

李莉婷朝外面那个扎着丸子头的女生抬抬下巴："喏，就那个。"

就是刚才路无坷注意到的那个女生，果然出众。

严盈盈细碎的绒发落了几丝在后颈上，一截天鹅颈白皙又纤弱，一看就是个学跳舞的。她旁边的女生朋友在跟她说笑，应该是说了一些玩笑话，把她说得连耳根子都红了。

"去给你家那位买杯奶茶呗。"

严盈盈一看就是个害羞的："他不吃甜的。"

"他跟你说的啊？"

"没。"

旁边几个都是人精，见缝插针地笑道："哟，没在一起之前连人家不喜欢吃什么都摸清了啊。”

后面便是一阵嬉笑玩闹，严盈盈应该刚跟沈屹西在一起没多久，被调侃到脸红耳热招架不住，脚一跺往奶茶店这边跑了过来。

严盈盈嘴上说着不给沈屹西点，实际上点得比自己的还细心，那点小女生的心思都写在脸上。她翻着菜单页，问道：“这里面有没有不那么甜的啊？”

李莉婷给她指了一个：“有啊，这个。”

她嘟囔了一声：“喝过这个，不是很好喝，还有没有别的？”

路无坷从柜台底下翻出一摞奶茶杯放旁边，看严盈盈那抉择不定的样子，怀疑女生谈恋爱是不是都会变傻。她提醒道：“不想喝甜的话少放点糖就行了。”

跟严盈盈一起恍然大悟的还有李莉婷，她松口气，抚着胸口说：“得亏老板没在这儿，不然我又要被劈头盖脸一顿骂了。”说完看向严盈盈，“你看看要哪个吧，我们给你少放点糖。”

“那行。”严盈盈点了一个，“就这个吧。”

“盈盈。”

奶茶做到一半，那边站着的女生里有人挤眉弄眼地叫严盈盈。

路无坷听见她们说人来了哦，她抬了下头。

昏黄的路灯下，那伙男生从来往车流的缝隙中穿过，朝这边走了过来。沈屹西就是那种往人群里一抛，一眼就能找着的人。他留着寸头，发楂几乎贴着头皮，这种发型很考验头型和五官，而沈屹西两者皆备，人群里少见的好看。

他不紧不慢地落在最后，跟散步似的。

严盈盈一见人来了就黏上去，奶茶都忘了拿，旁边一堆人起哄。

严盈盈挽着他的胳膊红着脸问他：“待会儿去做什么？”

沈屹西一边手插兜里，瞥了她一眼，笑了一声：“喝酒。”复又抬眸，朝前面一个男的抬了下下巴，欠揍地说，“他请客。”

几个男生都知情，听完大笑起来。

打赌的男生绰号叫“鹰子”，已经朝奶茶店走去，闻言回头竖了个中指。

沈屹西屈指放唇间，挑衅地吹了声口哨。

齐思铭捧腹大笑："屹哥，你好歹对鹰子有点信心，万一他真要到了电话号码，这顿酒你请啊？"

沈屹西打赌就是找个乐子，满不在乎地笑了下："也不差这顿酒钱，请呗。"

"爽快！"

严盈盈看着鹰子靠上奶茶店的柜台，问："他要做什么啊？"

齐思铭说："还能干吗？追奶茶妹呗。"

"奶茶妹？"

齐思铭给她指了指路无坷："对啊，就她。"

说完"啧啧"了几声："不过这脸蛋、这身材是真的好，鹰子要是真追上了还真的便宜他了，有句话怎么说来着……"

有个男生说："鲜花插在了牛粪上，你个文盲。"

"就你有文化。"

沈屹西裤兜里的手机这时响了起来。

严盈盈见他跟没听见似的，告诉他："手机响了。"

沈屹西一点也不紧张，慢悠悠地抽口烟："知道。"抽完后他将烟碾灭在旁边垃圾桶上，到旁边接电话去了。一通电话接完回来，鹰子已经和齐思铭勾肩搭背聊着天了。

见沈屹西回来，鹰子说："真让你说对了，别说电话号码了，人家连叫什么都不愿意说。"

要不是鹰子提这事儿，沈屹西都忘了这茬了。

沈屹西把手机塞回兜里，没良心地笑："让你上去找抽。"

齐思铭早扒着鹰子八卦完了，正笑得上气不接下气，他说："屹哥，你知道奶茶妹怎么拒绝他的吗？"

沈屹西随口应了一声，应得十分没诚意："怎么拒绝的？"

齐思铭笑得不行，拱拱鹰子："你自己说，我不行了。"

鹰子倒是觉得没什么，谁还没有追不到的女孩儿，这个追不到下个再来呗。他耸耸肩："她说没用手机。"

齐思铭已经笑翻了："不是，现在都什么时代了，谁还没个手机？鹰子，这女生摆明了就是要拒绝你，后路都给你断了。"

他们站的这片儿身后是面涂鸦墙，说是涂鸦，其实不知道是谁拿喷彩在上面喷的乱七八糟的玩意儿。抽象，凌乱，狰狞。路灯的光正好被墙角割裂，他们站在阴影里。

听了鹰子的话，刚掏出打火机摆弄的沈屹西撩了下眼皮，黑暗里打火机映亮了他的下半张脸。好像从这会儿开始，他才真正在听他们说话。

沈屹西笑了一声，把烟和打火机扔给鹰子，像来了兴致："然后呢？"

鹰子接住，顺手给齐思铭："然后？然后问她怎么不用手机呗。"

齐思铭这个嘴贱的，嘴巴一刻都闲不住，忍着笑："你猜人家怎么回他？"

沈屹西没说话，微眯着眼，朝齐思铭抬了抬下巴示意他继续说。齐思铭的表情立刻变得正经起来，把路无坷那副一本正经又乖巧的表情学得七分像。

"要认真学习。"

沈屹西愣是没想到会是这个回答。他愣了一下后，低低笑出声。

连鹰子自己都听笑了："这女孩儿是真好玩。"他想了下路无坷说认真学习的样子，笑，"那样子真乖。"

齐思铭惊呆了："不是吧？鹰子，你这是还有那个意思，打算继续追人家？"

鹰子把打火机在手里抛着玩，笑着说："有意思顶什么用，人家摆明了对我没那个意思，死乞白赖不是我的风格。"说白了就是不上心，换哪个漂亮姑娘都行。

齐思铭撞了下旁边沈屹西的肩膀："喂，屹哥，你怎么想？"

"怎么想？"沈屹西的眼风扫向鹰子，没良心地笑，"想你那顿酒呢，赶紧的。"

"你不说我都忘了这茬了。"齐思铭也整一个白眼狼，"鹰子，虽然妞没泡上，但酒还是要请的，兄弟替你花钱消灾，快快快，请客请客。"

沈屹西起身，一巴掌拍在鹰子背后，笑得十分欠揍："快点儿，你还能借酒消个愁，多灌几瓶下去屁事都没有。"说完率先走了。

鹰子被他俩气笑了："你俩就算意思意思能不能再认真点？"

鹰子追上了他们两个，听齐思铭在问沈屹西："回来没见着你那女朋友，怎么没见你问一声。"

沈屹西一脸散漫："问什么，人又不会丢了。"

"你怎么知道人不会丢了，女孩儿都一个样，男的稍微不关心一点就闹脾气，刚在外头还听你那女朋友发牢骚，抱怨你这电话打太久了没陪她。"齐思铭对看好戏乐见其成，"这要是跑回家了怎么办？不去哄哄？"

鹰子也跟着瞎捣乱："这才几天啊，腻了？"

沈屹西对他俩的话跟充耳不闻似的，嗤笑了声："不会跑的。"

他俩接茬："你怎么知道不会跑？"

沈屹西笑了声，理所当然道："凭我在这儿。"

奶茶店老板的脾气不太好，有一点倒是挺人性化的，奶茶员工可以免费喝。路无坷给阿释带了杯奶茶回去，想了想蒋青也在宿舍，顺手给她也带了一杯。

路无坷和李莉婷放下了门店的卷帘门，两个人在门口分道扬镳。

将近十二点，路上车辆、行人寥寥无几，店铺关了不少，热闹的街道上只留了一地白天丢的垃圾，透明塑料袋被风卷着飘过街道。

街上也不是没人，前面就有十来个人走在路上。几个男生嬉笑打闹，调天侃地，正是沈屹西那伙人。

这天气吹过来的风已经带了凉意，严盈盈挽着沈屹西的胳膊，递给他那杯少糖的奶茶。

沈屹西低下头瞥了一眼，应该说了句不喝，让她自己喝。

虽然隔着十几米，但街上太安静了，严盈盈说什么听得一清二楚。她的声音细细软软的："我喝过了，再喝明天得减肥了。"

沈屹西不知瞥了她哪里一眼，笑着说减什么肥，多长点肉。女生的脸噌地一下通红，羞得拧他的胳膊。

沈屹西笑得肩膀微抖，女生又把奶茶递给他喝，说很好喝。他说这玩意儿太甜了，接过了奶茶，往旁边跟一个女孩儿聊得不亦乐乎的齐思铭怀里一塞。

路无坷拎着给阿释和蒋青的奶茶，慢悠悠地跟在后面。

阿释给她发了条短信，问她回来没，用不用下楼接她。路无坷让她别折腾，马上到学校了。

前头的人说了些什么，路无坷也没去注意了。秋风穿过黑咕隆咚的小巷，不知道砸碎了谁家生锈的窗子，玻璃的碎裂声刺破长夜。

前面那些人的夜生活还没结束，没打算回学校，一路往前。

路无坷穿过马路，往校门方向走去。

宿舍十二点熄灯，路无坷回到宿舍的时候阿释和蒋青都还没睡。蒋青穿着睡衣坐在椅子上，书本摊开在桌上正在学习。

别人挑灯是学习，阿释挑灯是打游戏，她坐在上铺，两条腿挂在床栏上，插着耳机。

蒋青见路无坷回来跟她打了声招呼，路无坷放了杯奶茶在她桌上。

蒋青摘下耳机，问她："你这学期又去奶茶店打工了？"

"嗯，没什么事。"

凌晨的宿舍楼挺安静的，路无坷站这儿还能听见阿释耳机里漏出来的声音。她走过去拍了一下阿释那两条小白腿："耳朵还要不要了？"

阿释还不知道她回来，被吓了一跳，手机差点从床上摔下来。见是路无坷，她一把拽下耳机："我的天，你什么时候回来的？"

路无坷把奶茶递给她："你喝完早点睡吧，我去洗澡。"

阿释接过奶茶："赶紧的，快没热水了。"

路无坷去阳台收了衣服去洗澡，从浴室里出来的时候蒋青已经爬上床睡觉了。

阿释还没睡，估计在等她，还趴在床上慢吞吞地啜着奶茶。

路无坷拿了条擦头巾擦头发，阿释趴在床栏边朝她招手。她走到阿释床边，用口型问阿释："怎么了？"

阿释不想吵到蒋青，用几乎气音的声音跟她说话："给你看个东西。"

"什么？"

"刚在论坛看到个帖子。"阿释把手机给她看，"你看这张照片里的人是不是于熙儿？”

路无坷就着她的手看了眼屏幕。

光影错乱、昏暗的酒吧里，一个女孩仰头灌着酒。那头挑染的大波浪和那对大耳环应该找不到第二个人。

路无坷点头：“是啊，怎么了？”

阿释把手机扔回床上：“上次不是有人往校群里发了于熙儿和她们系花吵架的视频吗？这事儿估计学校里就没有不知道的，现在一大堆人盯着她们找乐子呢。刚才给你看的这张照片是在东郊那片的酒吧里拍的，本来到那儿喝个酒也没什么事，但你说巧不巧，沈屹西也在那儿。”

撇开沈屹西不说，于熙儿这人本身就挺多人认识的。长得漂亮，学音乐的声音也差不到哪儿去，追她的男生十个手指头都数不过来。她喜欢沈屹西这事早传得沸沸扬扬，上次那个视频不过是让这件事闹得人尽皆知。

“沈屹西也在那间酒吧里。”阿释耸耸肩，“所以现在人家都说她追人都追到酒吧里去了。”

路无坷问：“沈屹西不是有女朋友了？”

“是啊，最近交的那个舞蹈系的。”阿释发自内心地赞叹，“还挺漂亮的。”

路无坷不仅知道沈屹西的女朋友是舞蹈系的，还知道她叫严盈盈。

“声音也挺甜的。”路无坷接过阿释的话。

阿释惊讶了一下：“你见过？”

路无坷看了她一眼，往自己的书桌方向走去：“今晚在奶茶店遇到了。”

这个点儿阿释不可能睡得着，她从床上爬了下来，坐到路无坷的书桌上。

顶着红色的长发，光着的两条腿晃啊晃，阿释逮着点八卦就不会放过：“沈屹西也一起？”

路无坷松了松头发：“嗯。”

阿释皱眉：“那沈屹西是不是也会把人给带酒吧里去啊？那于熙

儿还去那儿干吗？给自己找罪受？”

路无坷闻言看向她：“你担心？”

“不是，就于熙儿那性格，不跟人吵架就算见鬼了。”阿释说，“虽然我平时挺讨厌她的，但也不想看见见血的事。”而且就按照片里那种喝法，就算没跟人吵起来也得先丢半条命了。况且就酒吧那个鱼龙混杂的地方，女生喝多了百害无一利。

路无坷却开口：“见血的事不会。”

阿释两手撑在身后，低头看她：“为什么？”

路无坷停下整理桌面上书本的手，抬眼看她：“对方不像不讲理的人。”

“你说沈屹西？”

“嗯。”

“对哦。”阿释觉得自己应该是打游戏打糊涂了，“男生不至于对女生动手。”

过了一会儿，阿释突然琢磨过来，双手撑在身前逼近路无坷：“等等，路无坷，什么叫沈屹西不像不讲理的人啊？你跟他说过话了？”

路无坷这才意识到刚才自己一没注意，口无遮拦，她继续镇定自若地收拾桌上的东西：“没有。”

阿释的语气贱兮兮的，语调拉得很长：“哦，没有啊，那你光看人家那张脸就觉得他是好人啊？”

路无坷懒得理她。

阿释撇撇嘴，自顾自地说着话：“那我可不觉得，我看啊，这学校里随便拎个男的出来长得都比沈屹西要更像个好人，就沈屹西那人，我看就没有比他更危险的。”

路无坷就知道她没好话，果然阿释接下来话锋一转，咬着嘴唇忍着笑：“路无坷，你是不是暗恋人家啊？”

路无坷抬眸，无情地翻了个白眼。

阿释怕吵醒蒋青，忍笑忍到肚子痛，笑得合不拢嘴。她知道路无坷这人有喜欢的人才有鬼了，就路无坷这个长相，从小也不缺好看的男生追，但愣是一次恋爱都没谈过。别说谈恋爱了，阿释就没听过路无坷提起过哪个男生。但她就是忍不住想开路无坷的玩笑，笑得嘴巴都僵了。

路无坷拍拍她的屁股："无不无聊啊你，起开，坐我书上了。"

阿释从桌上跳下来，在旁边笑够了才问她："不过明天早上于熙儿要是还没回宿舍，要怎么办啊？"

路无坷把书一本本插进书架里："跟辅导员说一声，然后报警。"

"行，那我去睡了啊。"阿释向自己的床走去，走出一步又退回来，说，"明天早上起来了顺便叫我起床，这早课我起不来的话这学期铁定挂科。"

路无坷关了自己书桌上的灯："早点睡，别明天喊都喊不起来，晚安。"

阿释踩着床梯爬上床，也回了她一句晚安，说她今晚一定会有好梦。

宿舍里一片漆黑，路无坷躺到床上，睁眼看着天花板。过了很久她才闭上眼睛。

希望今晚做个好梦。

路无坷不知道自己昨晚什么时候睡过去的，倒是一夜无梦，醒来时天刚蒙蒙亮。

宿舍里灰蒙蒙的，隔壁的阿释翻了个身。

隔着一堵墙，宿舍门外有人来回走动，路无坷听着这个声音发呆。过了一会儿有人踩着一双高跟鞋上楼，细细的高跟砸在地面上"笃笃"一阵响，在这一大清早显得有些刺耳。

路无坷想都不用想，于熙儿的床铺空着。

高跟鞋踩地的声音由远及近，过了一会儿不出所料地停在门前，门外响起一阵窸窸窣窣掏东西的声音。于熙儿应该是在翻包里的钥匙，找到钥匙后插进钥匙孔拧开了门。

于熙儿进来后把挎包扔在桌上，抓上几件衣服去浴室洗澡了。

路无坷发了会儿呆后闭上眼睛想强迫自己再睡会儿，脑子却十分清醒，她索性起来下床。

澜江这座城市秋气渐浓，宿舍楼外几棵百年老树黄了头，掉了几片枯黄的叶子在走廊上。路无坷洗漱好后出门扒在走廊的栏杆上透气。

上大学后不赖床的人屈指可数，校园道路上就没几个早起的学生。她两边耳朵里塞着耳机听英语听力，像看无声默片一样看着底下来来往往的学生。

待着待着觉得无聊，她索性下了楼。

校园道路上的学生渐渐多起来，她散步去了离宿舍最近那个超市。那个超市就在篮球场旁边，说是超市，其实就是个小杂货店，吃喝用应有尽有，门外还挂着个打印的牌子。

这个小杂货店有些年头了，白色的墙壁已经泛黄，上头沾着不知道从哪儿蹭来的几处黑灰。这儿每天大清早都会进一批新鲜面包，店里的学生几乎都是来买早餐的，打印机那边排了几个人。

路无坷拿了两个面包和两瓶牛奶到柜台那边结账。

她今天就穿了条半膝裙，风从门外吹进来，小腿被吹得发凉。东西装在透明塑料袋里，付完钱后她拎上面包和牛奶转身想从店里离开。

门外忽然进来一个人，柜台就在门边，路无坷来不及刹车，和那人撞了个满怀。

手机拽着耳机掉在地上，路无坷被拽得耳朵生疼，捂着耳朵正想蹲下去捡东西。

头顶传来一个嘶哑低沉的声音："不好意思啊。"

路无坷愣了一下，鼻尖闻到了有点呛鼻的酒味，夹杂着淡淡的烟味。她抬眼，对上了那双被倦意染得愈发深邃的目光。

沈屹西的眼里有几丝红血丝，一看就是在外头混了整宿，刚从校外回来。

沈屹西在外头浪了一整夜，看起来有些不修边幅。他的双手插在兜里，在萧瑟的秋风里只穿了件单薄的黑 T 恤，完全不怕冷似的，露在外头的小臂线条有力、流畅。

路无坷没说什么，蹲下身去捡掉在地上的东西。

过了一会儿，面前一暗，那人也蹲下了，一条胳膊搭在腿上。

路无坷把面包和牛奶重新装进袋子里后，想去拿手机，却见手机被一只骨节分明的手捞了过去。手机上还在放着英语听力，沈屹西应该是看到了，似乎笑了一声。

路无坷开口："那是我的手机。"

沈屹西像是现在才记起面前还有个人，他抬了一下眼皮。

路无坷披散着头发，昨晚洗过的头发蓬松顺滑，显得一张脸又白又小。

沈屹西拿着手机没还给她，应该是在等她说话。

路无坷说："可以把手机还给我吗？"话音刚落，她就听沈屹西闷闷地笑了一声。

这好学生说话的声音还挺好听。

Chapter 02

好学生的秘密

41.7℃

那天，沈屹西没为难她，或者换个说法，他压根儿没那意思。

路无坷离开的时候身后传来跟老板说话的声音，让老板给拿包烟。

从那天以后，路无坷很少再见到沈屹西。

学校周年校庆将近，各大社团都忙着排练节目，那些能上得了校庆的节目是上学期早定下来的。校领导挑节目跟大浪淘沙似的，从百余个节目里砍掉了不少。

路无坷的性格不算内向，却也和外向沾不上边，大一刚入学那会儿大家都怀着对大学的憧憬参加各种各样的社团面试。她倒好，天天吃完饭往床上一躺，路上接的传单被她拿来折了几十只千纸鹤。

后来还是阿释硬把她拽去参加了个社团。

路无坷进的舞蹈社，上学期社团的学姐给她报了个单人古典舞的节目，经过三次排练筛选后，她这个节目被保留下来。

周四下午，路无坷没课，在宿舍待了一会儿后收拾东西去舞蹈教室。这个时间大部分人在午休，一路走过来大部分教室空着，没什么人，路无坷拿着学姐给她的钥匙打开一间推门进去。

教室里三面镜墙，深棕色的木地板。

路无坷往里走，脱掉身上的针织开衫，和包一起放在地上。她上身就穿着一件黑色紧身棉 T 恤，这个年纪的女孩儿正是出落得最美的时候，曲线被勾勒得淋漓尽致。

阿释总说路无坷长了张平胸的脸，却有着对女生来说做梦都想要的身材。她说这简直老天赏饭吃，上帝创造路无坷的时候肯定睁开了眼睛。

路无坷随手用橡皮筋扎个丸子头，几丝碎发落在白皙细腻的后颈上，做了会儿热身运动后才放音乐。

古筝、琵琶合奏的乐曲缓缓流淌着，在这个空荡的教室里有些回音。路无坷任音乐放着，抱着腿坐在地上盯着脚尖没动。音乐过去半曲她才回过神来，她伸手把音乐调到开头，从地上起身跳了一遍。

虽然跳的是古典舞，但一点儿也不比爵士舞省力，高难度动作也不少，路无坷连着跳了几遍后身上已经发热。练习累了，路无坷在旁边坐着休息，随意扎的丸子头散了几缕发丝下来。

舞蹈社的学姐给她发了条信息，让她去社团一趟，开个会，开完会正好赶上饭点，顺便还能一起去吃个晚饭。

路无坷拿过旁边的针织开衫穿上，把手机塞回包里拉上拉链准备从地上起来，抬头便对上了教室外头一道目光。确切来说是在隔壁教室外，就靠近后门那个位置。

沈屹西背靠走廊，两条胳膊大剌剌地往后搭在身后的栏杆上，嘴里叼着一根烟，也不点，就那么松松地叼着。

路无坷不知道他在这里看了多久，又或者说只是凑巧往这边瞥了一眼。这几天的太阳挺毒的，沈屹西应该是觉得刺眼，微眯了下眼睛后偏开了头。

路无坷挪开视线，拿上包往教室外面走去。

钥匙插在门上，路无坷顺手关上门，又锁了门。周围安静得落针可闻，落锁声“咔嗒”一声响，余光里沈屹西似乎又看了她一眼，像是单纯被声音吸引过来的下意识动作。

路无坷拿上钥匙，往走廊那边走了。

隔壁突然响起劲爆的音乐，应该在练女团那类性感带劲的舞蹈。

快走到楼梯间那边的时候，迎面几个男生走过来。

“严盈盈真挺黏人的啊。”一个男生说，“一开始还没看出来她这么能撒娇呢，屹哥正打游戏呢，非得让屹哥过来接她下排练。”

严盈盈就一开始刚追上沈屹西的时候害羞，没过几天撒娇、嗔闹信手拈来。事实证明这招果然招人疼，是个男的都吃这套。

“待会儿去喝酒，这女的也去？”

“去啊，不然我们来接个什么劲儿。”齐思铭刚说完就看到从对面走过来的路无坷。齐思铭第一眼就认出了她，齐思铭这人自来熟，只要见过面的跟谁都能扯上一句，看见路无坷，齐思铭下意识地打个招呼。

“奶茶——”刚说俩字就反应过来嘴快了，想改口又一时想不起来她的名字。

路无坷看了他一眼，又移开眼，径直经过了他。

齐思铭“啧”了一声。

一旁几个狐朋狗友看得一清二楚，笑得合不拢嘴，一个个拿着齐思铭开始开玩笑。

“对人家有意思？你看人家都不带理睬你的。”

“齐思铭，心里有点数行不？你不姓沈。”

齐思铭骂了一声，气笑了：“就你们心里有数，是吧？”

沈屹西远远就听见那群人嚷嚷着往这边走过来。

齐思铭离沈屹西老远就高声问：“跳完了没？”

沈屹西偏头看他，懒得开口，朝教室里扬了扬下巴。齐思铭瞧沈屹西这意思就知道没完呢，往沈屹西那儿走。

教室里几个女生在跳舞，都是舞蹈系的，一个个身材跟同一个模子里刻出来的一样，该有肉的地方有肉，两条腿细得跟筷子似的。有几个男生看直了眼，叫沈屹西让他女朋友给介绍介绍。

沈屹西闻言抬了下头，眼皮上抬出一条深深的褶子，然后他笑了下：“自己找去。”

只有齐思铭知道沈屹西才懒得管这些破事儿，他往沈屹西旁边一杵，跟他一样靠在走廊上。

“屹哥，刚才看见奶茶妹了没？我看她从这边走的。”

沈屹西一边胳膊伸长了挂在走廊上，像是没印象了：“谁？”

“屹哥，你不太行啊。”齐思铭开玩笑，“这才过去几天，你连点儿印象都没了，干什么去了记忆力退化得这么快。”

沈屹西看都没看他一眼，漫不经心地从鼻子里哼了一声。

“行不行我不知道。”他跟谈论今天天气不错一样，“我是你爹我倒是知道。”

齐思铭玩笑没开成反倒做了回儿子，他说：“儿子就儿子呗，小了个辈分这不挺年轻的，多好。”说完又问沈屹西，“今晚去哪个酒吧？”

有人听到这话，立刻来了兴致，把头凑过来提议道：“城南那个吧，不是说那边最近来了几个新人吗？”

齐思铭连着“啧啧”几声，摇头：“兄弟，年纪轻轻知道得挺多呀。”

那人指着他的鼻子笑骂：“别给我装，就属你资源丰富！”

齐思铭骂了一声，笑着一拳砸到他的肩膀上：“我一有资源就发你，有福同享有难同当，你居然出卖我。”

两个人你一句我一句地开着玩笑，其实就是过过嘴瘾，男生凑一起话不比女生少，说着说着又兜回原来那个问题上：“要不今晚就去城南那个吧，屹哥的女朋友上次不也说想去那边玩玩儿？”

“是吗？”齐思铭转头去看中间漫不经心地靠在栏杆上的沈屹西，“屹哥，你女朋友说过？”

沈屹西看起来没往心里去，笑了声：“应该吧。”也不知道是真听她说过了还是随口答应了声。

“看看，看看。”旁边有人开始起哄，“都多学着点儿屹哥，他这种不用拿本事哄人靠着那张脸就好使的，都知道讨女朋友欢心。”

齐思铭跟那人一唱一和：“好男朋友楷模他不当谁当，都给我学着点儿！”

男生们哈哈大笑，引得教室里头的女生都探头往这边看。

齐思铭起哄的下场就是挨了沈屹西一脚。沈屹西眼角眉梢都是散漫的笑意：“别给我戴高帽。”

齐思铭笑着躲开，开始拆台：“不过你们别说，就屹哥这德行，他现在还真有可能连他舞蹈教室里的女朋友都认不出来。”

“真的假的？”方才起哄的人叫方宏烨，他好奇地问，“屹哥，你真认不出来？”

沈屹西任凭他们说什么都是一副老神在在的模样，淡淡地扫了舞蹈教室里一眼，轻飘飘地抛了一句。

“认出来我能捞着什么好处？”他说，“要猴子也得给个钱不是？”

方宏烨听这话就知道什么意思，想着沈屹西也不见得就认得出来，立刻答应了，他比了个数："行啊，认出来了这个数。"

沈屹西瞥了他一眼，笑了一下，没说什么，转头去看舞蹈教室里。他大致扫了一眼："第一排第三个。"沈屹西说这话的时候舞蹈教室里头的严盈盈跟他心有灵犀似的，正好转过头看他，羞得脸都红了。

"哟，还真猜对了。"

"长得还真不赖。"

"方宏烨。"有人幸灾乐祸，"给钱啊，这个数。"

方宏烨大跌眼镜，但他们这帮人不是玩不起，一个个能混在这个圈子里的多少都有点钱，输钱了也没有不开心。他笑道："啧，不愧是屹哥。"

就只有齐思铭把沈屹西那点鬼心思摸得透透的，这睚眦必报的，别人见缝插针的起哄都别想这么过去。

齐思铭趁所有人不注意的时候偷摸给沈屹西竖了个大拇指："哥，真记仇。"

方宏烨说完准备给钱，却被沈屹西拦下。他笑着，拍了拍方宏烨的背，对其他一众人道："今晚账全他结了，你们尽兴玩儿。"

方宏烨一听这话拦住他："哎，这酒说好一起喝的，你不来这局有什么意思啊。"

沈屹西笑了笑，语气算不上斯文："别瞎说。"说完一边手揣兜里，起身。

齐思铭问他："真走啊？"

"不走留这儿当雕塑？"沈屹西应该是待烦了，毫不留情地走了。

齐思铭跟方宏烨说："上次鹰子跟屹哥打赌输了请客，最后还是屹哥掏的钱，但今晚这趟他不去，你这顿请的逃不了了。"

方宏烨的注意力已经不在这儿了，他目瞪口呆，看了一眼舞蹈教室里又看了一眼沈屹西的背影："不是，他就这样把女朋友扔这儿了啊？"

齐思铭"啧"了一声："这有什么，我跟你打赌，明儿他俩就没关系了。"他也不知道说给谁听，"所以说女孩儿啊，得见好就收，别稍微宠点儿就蹬鼻子上脸的，屹哥的脾气真没那么好。"

"屹哥真会玩，这些女孩儿不得心稀碎。"

齐思铭双手搭在栏杆上，语气里带着不以为然："这都你情我愿的事儿，屹哥再怎么会玩她们一个个不也照样扑上来，怪不得谁。就看以后谁能让屹哥收收心喽。"

方宏烨说："我看你这白日梦做得有点不切实际啊。"

"那可不一定。"齐思铭跟看透了似的，"或许哪天就来个人把他的魂儿给叼走了。"

社团里都是些年轻人，开会不会来长篇大论那套。

几个要上校庆节目的人围在一起聊了几句，社长是那个给路无坷发短信的学姐，叮嘱她们几句要多加练习后，说带她们去吃晚饭。

黄昏过后，气温降了几度，有人提议这种天气吃火锅正好，几人便结伴去了校外。学校西门附近就有家火锅店，常年爆满。学姐在那儿认识人，托人给她们留了个位置。

没一会儿天就彻底黑了，路灯杆生锈了，灯光透过树梢落了满地斑驳，车流跟洪水一般。

路无坷跟学姐走在后头，学姐问她："无坷，你之前不是一直在打工？这学期还在打工吗？"

大学社团除了忙活社团活动外就是没完没了的聚餐，路无坷刚进社团那会儿社团三天两头就要聚一次餐，大部分时候都和她打工的时间有冲突，聚餐她就没去过几次，社团里的人都知道她要打工。

路无坷点点头："这学期还在打工。"

学姐听她这么说，觉得手头那个活儿有戏，问她："你想不想接个活儿？"

路无坷没说要，也没说不要。她的目光从不远处巷子外一辆烤红薯的推车上移开，看向学姐："什么工作？"

学姐把长发撩向背后："是这样的，我有个朋友跟人合伙开了个酒吧，生意还不错，最近因为酒吧里缺人手，就托我给他找个大学生。我看他们那边工资开得挺可观的，就想叫你过去，有这肥水流自家田算了。"

路无坷不会跟钱过不去，她问："地方在哪儿？"

学姐说在城南那边，不是很远，来回车费可以报销。

这确实是个挑不出毛病的工作。路无坷想了想，点头："好。"

平时半个小时就能解决的晚饭，众人硬生生拖了两个多小时。

路无坷回去正好赶上晚上那节课，这节是任选课，哪个专业都可以选没什么限制。阿释跟她上同一门课，路无坷到教室的时候，阿释已经帮她占好位置。

路无坷过来，阿释把放在她桌上占座的包拿开，问她："得亏你们这顿吃得快，刚才老师说了这节课要点名。"

再过个一两分钟上课铃就要响了，但还是有人陆陆续续跑进教室，一看就是同学给通风报信这节课要点名才赶紧过来的。

路无坷在窗边靠过道那个位置坐下。

她们这节课选的是希腊文化，这种无聊的课阿释都是用来划水的，上课铃还没响，她的手已经伸到桌底打游戏去了。

路无坷把书拿出来后才发现没带笔。她问阿释："带笔了吗？"

阿释游戏正打到兴头上，眼睛都不愿意离开手机屏幕，她把包扔给路无坷："你找找看。"

路无坷把她的包拎过来，结果翻遍了都没见到一支笔的影子。她无语地问："许婉柔，你是来打游戏的吗？"

阿释被她这么一说才想起刚出门她嫌课本重连课本都没带，书都没带，笔更不可能带了。她开始瞎扯："我这叫断舍离好吗，我看就没人比我心里更有数的了，这课呢不可能听，笔记也不可能记，就不带它们出来给自个儿增重了，保护脊椎迫在眉睫。"

坐在前面的同学不知道是听到阿释这番话还是怎么的，笔一骨碌掉在地上。

路无坷一巴掌拍在阿释猫着腰打游戏的背上，吓得阿释差点把手机扔出去。

"你吓死我了，路无坷。"

路无坷一本正经地说："我在帮你保护脊椎。"

这背地里使坏的小样儿，要不是阿释这么了解路无坷，几乎要被她这张天真无邪的脸给骗了。阿释被迫挺直腰背，想去挠路无坷痒痒，却又怕一不留神游戏人物给玩死了。

"路无坷，你给我等着，就使劲欺负我吧你。"

路无坷没忍住笑，撒开手，翻书去了。

阿释那盘游戏倒是打得挺快，打完游戏手机往桌肚里一扔，戳了戳前面同学的背：“你好，同学。”

前面坐着一个戴着眼镜长得挺斯文的男生，他转过头来。

阿释看着那人愣了一下：“是你啊。”

男生看起来就有点书卷气，一看平时就是那种把书往死里读的好学生，不太擅长交际，跟人说句话可能比让他背一百篇英语作文还难受，阿释叫他，他也只是讷讷地应了一声。

阿释也不介意，又不是人人跟她一样，废话那么多。她说道：“能借支笔吗？下课就还你。”

男生可能害怕阿释再跟他多说哪怕一句话，很快从笔袋里翻出一支笔放到她们的桌上。

阿释拿过了笔还非得冲人家的背影说谢谢。

路无坷撑着下巴在一旁乖乖看好戏，看完了问阿释：“你们班的？”

阿释把笔递给她：“是啊。”

路无坷看了那个男生背影一会儿，突然问阿释：“他喜欢你？”

阿释正在喝水，闻言被水呛到了，差点把肺都咳出来了。

讲台上讲课的教授都朝这边看了过来：“别太激动啊！同学，我们这堂课没什么好激动的。”

全班同学哄堂大笑。

这倒给阿释化解了尴尬，她很快顺过气来，又去问路无坷：“你刚才认真的？”

路无坷眼睛里有不解：“不是吗？”

阿释无语：“你不觉得这话从你嘴里问出来很奇怪吗？”

“你可是个长着这张脸却连早恋都没有的人啊，不对，别说早恋了，你到现在都没个喜欢的男生，我信你说的才有鬼。”

路无坷抢过阿释手里的笔：“哦，不信就不信。”

阿释又凑过去跟她说悄悄话：“我跟你说，这种书呆子不会喜欢什么人的，就会啃死书，让书做他女朋友还差不多，跟沈屹西那种可差了不止一个恋爱脑袋。”

路无坷觉得这个名字最近在耳边被提起的频率高了不少，除了阿释这种纯八卦的。

阿释拱了拱她的手臂，悄声跟她说："听说沈屹西好像跟他那个女朋友分手了。"

路无坷拿着笔在课本上涂涂画画，闻言只说："是吗？"

阿释凑过来问她："你不好奇他下个女朋友什么时候交吗？"

路无坷有点想喝牛奶了。她一觉得无聊就想喝牛奶，与其在这听阿释废话，她宁愿自己一个人拿着牛奶喝。

阿释也不用她听，只管讲，她说："我猜不出一个星期，不出一个星期他身边就会出现一个漂亮女孩儿，你觉得呢？"

路无坷看阿释："赢了有钱？"

"你个财迷。"

路无坷问阿释："玩不玩？"

阿释想了想，忍痛陪她玩："玩呗，指不定谁赢呢。"

路无坷用笔戳了戳课本，看起来跟随口瞎扯似的："比以前每个空窗期都长。"

阿释摸摸她的额头："路无坷，你的脑子没烧坏吧？沈屹西哎，怎么可能空窗那么久。"

路无坷懒得理她了，撑着下巴听老师讲课去了。

隔天的天空又灰着张脸，那几天阿释起床就要痛骂一下这个月的天气，嚷嚷着这天快把人搞抑郁了。

路无坷上午上完课被许教授喊去办公室。

许教授名叫许知意，三十出头却已经评了教授这个职称，一表人才、为人和善，也没什么架子，在学生中很受欢迎。许教授前段时间在国外有些事，耽搁了回国的时间，开学后连空了两个星期的课，打算最近补回来。

路无坷之前往他的邮箱里交了篇英文论文，许教授把她叫到办公室就是为了说这件事。

路无坷写的东西向来挑不出什么毛病，逻辑缜密，语法老练，放在高中那会儿就是老师总会打印出来给全班传阅的那种范文。这次自然也不例外，没什么大毛病。

许知意给路无坷讲了几点需要注意的问题后就让她回去了。

路无坷道谢，转身的时候就听许教授的办公室门被人用指节漫不经心地敲了两下。路无坷抬眼就看到了手插兜里倚在门边的沈屹西。

到了这种严肃、正式的地方，沈屹西给出的最大尊重应该就是没把指间那根烟给点着了。但这点克制也没能把他身上那股子狂纵不羁给掩掉哪怕一星半点儿。沈屹西的眉眼轮廓染着惺忪的慵懒，微微低着头捏着手里的烟。

路无坷看过去的时候，他也恰巧一个抬头瞧了过来。不经意的，淡淡的。沈屹西可能是闲得没别的事儿干了，眼神往她身上一放懒得动了，就那样看着她。

路无坷和他对视了几秒，率先移开了视线，但即使如此，那道无形的目光仍旧存在感极强。

男生身高腿长的，挡了不止半边门。但沈屹西丝毫没有给她让路的意思，就那样霸道不讲理地站那儿。他没说什么也没做什么，但光站在那儿就成了个无法忽视的存在。

路无坷侧身从他身边经过的时候，甚至能感觉到他的呼吸落在她的头顶，她抱着书的手指尖轻轻颤抖了一下。她离开了许知意的办公室。

等路无坷走了，许知意往背后的椅子上一靠，笑着拿话挤对沈屹西："净欺负人家小姑娘。"

沈屹西不置可否，胳膊这才微使了下力起身。他手插兜往里走，随口问了句："年级第一？"

这话问得许知意有些意外，他挑了挑眉："怎么，看上人家了？"

沈屹西听了这话也没反驳什么，他悠然自得地拉开许知意办公桌对面的椅子坐了下来。

许知意把这段时间不在，积攒的一些文件给分门别类，抬头看了他一眼："你也知道人家是年级第一。"他复又低下头，把一摞文件放到一旁，说，"人家是好学生，你可别打人家的主意，难得我手底下有这么个学习的好苗子，你别把人家给带坏了。"

沈屹西坐没坐相，架着腿一副吊儿郎当的样子。他听见这些损人的话也不生气，有一搭没一搭地晃着脚尖，来了句："您是好人，把人家往探索知识的路上带带呗。"

许知意说："人家有天赋不用我带，换作是你的话，我看可以考虑考虑。"

沈屹西低低地笑了一声。

"不过你别说，我还真不是什么好人。"沈屹西整个人都是放松的，笑着调侃他，"能在酒吧把一喝醉的女的给捡回去，能是什么好人？"

许知意想起那个女孩儿笑了笑，又问他："今天早上没课？"

沈屹西跟听到了什么稀奇事儿似的，抬起头："你觉得问我这事儿我能知道？"他胸腔里漫出几声笑，"今儿早起不过给你个面子，给你接风洗尘来了。"

年纪长了沈屹西将近一轮的许知意，和沈屹西是多年好友，甚至称得上发小儿。

许知意是沈屹西母亲的得意门生，沈母拿他当儿子一样，常来常往的许知意自然跟沈屹西也混熟了。

沈屹西这人早熟，骨子里却又带着年轻人的轻狂，跟许知意这种性子不疾不徐的人竟也意外合得来。

两个人在赛道上更是搭档，一个狂一个稳，双方称得上互相成就。许知意也是个玩车的，平时就坐沈屹西的赛车里的副驾驶位置，给他做一些提醒和数据分析的事，专业点来说就是领航员。

这两个月，许知意在国外出差，沈屹西就没怎么酣畅淋漓地玩过车，他把车钥匙往办公桌上一扔："待会儿找个地方玩儿去。"

"行，你自己先随意。"许知意示意他桌上那堆文件，"我先把这些处理了。"

沈屹西闻言起身去了窗边。

这座学校可能就老师的办公室拾掇得好一点，这栋办公楼两年前刚内部装修了一下，在随处都是老建筑的学校里有点显眼。这三教后面就是一片小树林，楼下放了几张乒乓球桌，水泥地上有多年大雨冲刷日积月累留下的黑褐色泥渍。

沈屹西靠在窗边，想点根烟。

这个点儿已经是上课的时间，楼下那条路也不是主校园道路，都没什么人。他把烟塞进嘴里，拿了打火机正想低头凑上去，结果一低头就看到了墙根下某位教授刚夸过的好学生。打火机的火苗蹿着，隐隐约约掺着白日天光倒映在他深邃狭长的眼睛里，他盯着楼底下的人看，也没个要挪开视线的意思。

路无坷站在墙角，像个乖乖女，顶着那张清纯的脸看起来倒像那么一回事，手里不知道拿了个什么东西。

沈屹西却一眼就认出来了，她拿了包万宝路，还是抽起来挺冲的那种。

沈屹西挑挑眉。他来了兴致，放下烟，看好戏般眯着眼瞧着底下那位年级第一要做什么？

风吹得楼后那片小树林沙沙响，沈屹西弓着腰，两条胳膊搭在窗沿，指尖懒懒地垂下来。

路无坷靠墙站着，从楼上沈屹西那个角度看去只能看到她的小半张侧脸。她好像很熟练的样子，打开烟盒抽了根烟出来，五指纤细白皙，本来是只捏笔杆的手，此刻却夹着烟。漂亮的，病态的。也不知道是谁拿给她的。

沈屹西就那样瞧着她。

路无坷拿了打火机出来，把烟点着了之后才拿到嘴边。巴掌大的小脸上小嘴薄唇，水润润的红，她微微张开嘴把烟含住了。

明明看起来那么乖。

沈屹西笑了一下。说不清为什么，看着底下这个女孩，他突然想使点儿坏，又或者是无聊想找点乐子。这么想着他还真就这么做了，他故意不正经地朝底下咳了一声。

底下那个好学生大概没想到上面有个人，动作停顿了一下，然后应声抬头。她的五官清秀乖巧，黑色的眼睛看着他跟只小鹿似的。怎么看怎么觉得这么清纯的一个女生，眼睛里却是安静到极致的冷静，丝毫没有一丝被抓包的慌乱。

沈屹西意外地挑了挑眉。

结果小姑娘下一秒就被呛到了，不知道是被他吓到了还是怎么的，烟压根儿没吸进去，倒是被呛了个实打实的。声音细细软软的，明显想把咳嗽压下去，却咳得更厉害了，整个耳朵根子都红透了。

沈屹西这个没良心的，捣完乱也没个道歉的意思，笑得肩膀微抖。

好学生那张脸一看就不糙，果然没一会儿，眼角连泪花都咳出来了，眼圈红红的，跟他欺负了她似的。

沈屹西瞧着她那双眼睛，“啧”了一声。

没等沈屹西说什么，路无坷转身跑开了。

沈屹西看着她的背影，低低地笑了一声。他用指尖敲着烟身，也不知道话是对谁说的：“学什么不好学人抽烟。”

许知意看他的话是对着窗外讲的，一边看文件，随口问他一句：“跟谁说话呢？笑得这么开心？”

沈屹西干脆起身转了个身，他背靠在窗台上，胳膊往后面窗沿一搭。他又朝窗外看了一眼，才笑着把目光收回来：“没什么。”

沈屹西又问许知意：“弄完了没？”

许知意正好把办公桌上那堆东西整理好，起身捞过挂在椅背上的外套：“问得挺是时候。”

沈屹西笑了一下，起身往外走：“那走呗。”

年纪小的时候觉得最酷的就是唱反调，好像什么都和这个世界对着干就显得特立独行、独一无二。阿释就是这类人，两个人吃完晚饭闲着没事去操场上散步，阿释路过小卖部非得在这大冷天买冰激凌。

学校操场上的单杠和双杠放在那里就是个摆设，全让女生当作没事站着聊天的地方。

路无坷那天回去之后喉咙痛了两天，阿释逼问她怎么弄的，她说吃火锅上火了。路无坷这种人想认真撒谎的话基本谁都会被她骗过去，其实性格偏偏和长相不符。

阿释的两条胳膊挂在单杠上，冰激凌举高了拿到眼前，撕着外面那层纸：“路无坷，你这种人放在书里准是个言情小说的女主角，身体跟水做的似的。”

路无坷舀了勺冰激凌进嘴里，十分冷漠地说：“你小说看多了。”

“我可是说真的。”阿释给她科普自己的高中事迹，“我们高中那会儿没点小病小痛学校都不让请假的，有段时间我想逃课，你猜我怎么着？”

路无坷想都没想，随口说了个最傻的：“跑大雨下淋雨？”

阿释发出疑问：“你怎么知道？”

阿释笑嘻嘻的：“是不是很中二？”

“你才知道啊？”

“是吧，我也这么觉得。”阿释恨恨地咬两口冰激凌，被冰得龇牙咧嘴的，“不仅中二，还什么用都没有。”

她对路无坷比了三个手指头：“三个钟头啊，我在大雨里淋了三个钟头一点事儿都没有，这皮糙肉厚得简直刀枪不入，像你这样喝个热水都能烫着嘴的，才像个姑娘。”

不知道为什么，路无坷想起前几天抽个烟还能被呛到眼睛发红的自己，心里默默地翻了个白眼。她慢吞吞地吃着冰激凌：“听奶奶说过吗？这是娇气，不是什么好事。”

“我跟你说。”阿释一副跟她说悄悄话的架势，“男生就喜欢这种娇气的，身材好的，别看他们平时装得人模狗样的，一个个背地里可喜欢那种好身材的女生了，最好还要小鸟依人能撒娇的。”

路无坷也不知道有没有在听她说话，半晌才问了一句：“是吗？”

她的声音里分辨不出情绪。

阿释说：“是啊，我上高中的时候我们班里一堆男的喜欢一个女明星，都她球粉来的。”说到球粉的时候，阿释还故意往胸前比了个弧度。

路无坷一下子就懂了：“哦。”

那时候每分每秒都悠闲得让人发懒，连天空挂着的那抹夕阳都像快陷入昏昏欲睡，没什么营养的、漫无天际的聊天都变得有趣了起来。

回去的路上，路无坷收到上次那个给她找了个活儿的学姐发来的信息，上面写着地址、电话和联系人。

阿释眼尖瞥到了，问她是什么？

路无坷说："学姐给找的一个工作。"没等阿释问，她说，"去酒吧。"

"酒吧？"阿释平时虽然野得不行，就没有她不能玩的，但这种地方她还真去得不多，想象中的酒吧，都是电影里那种乌烟瘴气、打架斗殴的地方。

现实中她也去过酒吧，也很巧地遇到了这种电影中的场景。

一起喝酒的几个男的因为两个女人吵了起来，男人酒一喝上头连天王我都不怕，十几二十出头的小伙都跟不要命似的，玻璃酒瓶一个个死命往人头上抡，那会儿在附近的阿释差点被殃及池鱼，就一直记着这事。

阿释问路无坷："你真要去酒吧打工啊？"

路无坷把手机收了起来："反正也没什么事。"

"不是。"阿释盯着她的脸看，"就你这张脸，男人一喝酒色胆就起来了。"

"没那么夸张。"

"我是说真的。"阿释说，"特别是你这种长得漂亮的女大学生。"

路无坷没说什么，任阿释折腾她的头发。阿释说要染个头发看起来才不好惹，还要画个很浓很浓的欧式烟熏浓妆。

路无坷懒得理阿释。她以为这事就这么过去了，结果隔天一大清早就被阿释生拉硬拽地去了趟理发店。

不像阿释满头红发，路无坷从来没染过头发，一头原生黑色头发。

理发店老板是个三十多岁的女人，油嘴滑舌的，把她按在镜子前的椅子上夸完她的长相夸她的头发，说她染什么发色都好看。

阿释平时看起来比谁都机灵，实际上耳根子软得不行，被老板娘稍微说两句就被忽悠了，给路无坷挑了个跟其他差了大几百的套餐。

路无坷一直没吭声，听到这儿跟老板娘要了她手里的单子，又要了支笔。她当着老板娘的面十分干脆利落地划掉老板娘刚记上的最贵的那个套餐，换了个最划算的，然后把单子重新还给老板娘。

老板娘其实就是被路无坷一开始的安静给忽悠了，觉得她就是一个安静乖巧的小姑娘，用不着多费口舌，光顾着从伶牙俐齿的阿释这里下手了。

这对老板娘来说无疑是到嘴边的肉没了，她本来还想用嘴皮子再磨几句，但说了一两句就发现这个小姑娘聪明得很，索性见好就收，回头去叫人给路无坷洗头了。

最后还是阿释给她挑的颜色，一头奶奶灰。阿释说这个颜色长得不好看的还染不了，说路无坷染这个颜色准好看，往酒吧里一站就跟个小太妹似的，哪个男的还敢图谋不轨。

染头发是项大工程，阿释瘫在沙发里打游戏打到手机没电了，路无坷那头还没好，她索性搬了一张椅子往路无坷旁边一放跟她聊天。

这几个小时把阿释给饿得前胸贴后背，路无坷头发一弄完立刻被阿释拽着去找了家店吃饭。

吃完饭让阿释回宿舍待着是不可能的，她软磨硬泡说服了路无坷陪她去电玩城，玩到了下午四五点。

她们坐公交回的学校，公交路过城中村，乡野老居民楼交错，阿释犯困靠在路无坷的肩头睡着了。到站后路无坷推醒阿释，回到学校正好赶上学校的下课时间，整座校园肉眼可见地热闹了起来。

两个人喝着奶茶慢悠悠地逛回宿舍，四五点钟的校园最悠闲，薄薄一层夕阳落在教学楼上。

学校的教学楼没什么大的区别，十几年前的建筑风格，路无坷上次见到这种建筑的教学楼还是在小学。

路过第四教学楼楼下的时候，不知道哪里有人叫了阿释一声，还是胆大包天喊的“许婉柔”。

阿释只听了一耳朵就知道是谁了，脏话出口成章：“齐思铭这个狗儿子。”她四处张望着想看人在哪儿躲着。

结果齐思铭倒先吱声了：“往哪儿看呢？这儿，二楼。”

路无坷听了这话下意识地往那边瞥了一眼。

教学楼二层，那几个男生应该是刚下课，靠在走廊外瞎聊。原本只是无意识地瞥了一眼，却一眼就看到了最中间的某个人，那个人不管到哪儿都能被人一眼认出来。

沈屹西没往这边看，大抵是不感兴趣。

齐思铭靠在走廊上吊儿郎当地问阿释："去哪儿玩了？"

阿释还记着他的仇呢，说："关你屁事。"

齐思铭笑："小姑娘家家的，脾气怎么就这么火爆呢。"两个人一个班的，平时没少斗嘴，站这儿都能你来我往地说上几句。

路无坷没催阿释，喝着自己的奶茶。

走廊上中间的那个人在跟旁边的人说笑。

她们两个人的发色实在惹眼，想不被人注意都难，沈屹西似乎往这边瞥了一眼，又没什么兴趣地挪开。结果刚挪开一秒，他一愣，然后重新看了过来。那头奶奶灰下面赫然是一张前几天刚在许知意那儿见过的脸。

路无坷一个不经意抬眸就和沈屹西的视线对上了。旁边的人不知道跟他说了句什么，他没应，狠狠地吸了口气，眯着眼瞧着她。

路无坷率先低下头，跟不认识他似的。

沈屹西挑了下眉。

这时跟阿释斗嘴斗得不可开交的齐思铭也注意到路无坷了，看着又白又娇小的，就跟阿释开玩笑："把你旁边那位美女给我介绍介绍呗。"

阿释嫌弃他："去去去，给谁介绍都不给你介绍。"

路无坷能感觉到沈屹西还一直在看她，她拽拽阿释的袖子："走了。"

阿释这才跟齐思铭道别："我们走了啊。"

齐思铭："走呗，明天英语作业记得带过来借我抄啊。"

等她们走了，齐思铭越琢磨越觉得那张脸有点眼熟，没过一会儿就跟脑子里的某张脸对上号了："奶茶妹？"

他问沈屹西："刚那人是奶茶妹，我没看错吧？"

沈屹西不咸不淡地觑了他一眼："你不比我更清楚？"

齐思铭又想了一会儿，"嘶"了一声："我还以为她就一好学生，又低调又安静的，没想到还有这么一面啊。"

刚说完就听旁边的沈屹西笑了一声，他想到了那天含着烟的那张唇。

齐思铭不明所以地看向他：“怎么了？”

夕阳渐渐被风吹散。

沈屹西没说什么，把烟头碾灭在走廊上，手插兜往楼下走去。

九月只剩条尾巴，十月眨眼而至。多少人就盼着国庆假期，指望着这七天能出去尽兴地玩一次。

路无坷在酒吧的那份工作已经做了大半个月，没有想象中的忙，平时就送送酒水，其他的也不用她管。国庆这七天酒吧里肯定少不了人，学姐认识的那个老板朋友说国庆留这儿继续干活的都给发双倍工资。

路无坷晚上回去就给奶奶打了个电话，刚提了一嘴这事就被老太太给堵了回来。

“多赚那几个臭钱是会多长点肉？好不容易有个长点的假还不愿意回家，是吧？”

有其母必有其子，老太太这臭脾气跟她那个整天游手好闲的儿子差不了多少。老太太平时是挺宠路无坷的，但要被气到了也会说路无坷，只是不舍得骂。

路无坷就跟她提了几句国庆假期这几天要打工不回去，老太太就把她说了一通，还把电话给挂了。

老太太的嗓门大，旁边在床上躺着玩手机的阿释也听到了。听老太太挂了电话，她把手机一扔一骨碌从床上爬起来叫路无坷。

路无坷坐在书桌边的椅子上，回头看她。

阿释想安慰她，斟酌了很久措辞才说：“奶奶其实就是想你了，你看你都多久没回去了。”

结果说完发现路无坷比她还淡定，跟看傻子似的看着她：“我知道啊。”

阿释这才反应过来：“也是。”

路无坷才是对她奶奶最了解的人，毕竟一起生活了十几年，路无坷的母亲去世后就是奶奶把她养大的。但现在老太太的身体已经大不如前，不能干什么重活，路无坷便能多干一点是一点。

阿释又问路无坷：“那你怎么打算啊？回家还是留这儿打工？”

路无坷跟刚什么都没发生一样，拿起笔继续写作业："回家，不然奶奶能找到学校来。"

阿释笑："还真是。"说完又看着她的头发发愁，"路无坷，我开始后悔那天带你去染头发了，早知道买个假发就行了。"

她一想到老太太的犟脾气就觉得心虚："要是让奶奶看到你这头跟她差不了几岁的头发，她可能会一把火把你的头发给烧了。如果知道是我带坏的你就更惨了，我这辈子都别想吃你家一粒米了，奶奶见我一次拿扫把轰我一次。"

路无坷把手头的作业收了个尾，放到阿释的桌上，她们这学期有几节一起上的任选课。

"作业我放你桌上了，快下来抄。"待会儿上课就得收作业了，阿释听她说作业写好了一个翻身从床上爬下来抄作业。

宿舍里有点闷，路无坷到阳台上透气。楼下有盏路灯坏了，微弱的光线闪烁着，像垂危的病人奄奄一息。路无坷一直盯着那盏路灯看，不知想到了什么？

路无坷眼里黑漆漆的，没有光。

浴室在阳台，"咔嗒"一声有人开门走了出来。

于熙儿一边擦头发，一只手拿着手机玩，没看路，外面又黑灯瞎火的，她出门一个没注意就撞到路无坷身上去了，手机没拿稳"啪嗒"一声掉在地上。

路无坷也没发觉她出来，才回过神："不好意思。"

"对不起。"于熙儿也同时开口。

她们两个对视一眼，路无坷提醒她："看看手机坏没坏？"

于熙儿这才蹲下身去拿手机，屏幕没碎，她说没事。

宿舍四个人四种性格，话最多的就属阿释，蒋青脾气好跟谁都能聊但不热络，于熙儿有时候几天见不着个人影，路无坷虽然不内向但相对来说话是最少的那个。所以这个宿舍里最不熟的两个人严格来说就是于熙儿和路无坷。

于熙儿的手机响起消息提示音。

路无坷识趣地离开阳台。

于熙儿却对自己的隐私丝毫不在意，她看完消息后也没管路无坷在不在就回了条语音，语气算不上好。

“我说了不去就不去，你是我爹吗？你管我。”

路无坷跟没听到似的，脚步都没停一下，回屋收拾东西准备去上课。

沈屹西这个人到哪儿人缘都不错，尤其在他自己那些朋友里。男人之间有时候能成兄弟就靠个兴趣相投，肝胆相照分分钟的事儿。像沈屹西这种玩车的，那个圈子里随便拎一个出来都是性子野惯了不怕死的，好像这条命生来就是用来竞速的。

玩赛车烧钱，一般能玩的都非富即贵，但也架不住有些疯子天不怕地不怕，别人活着为了吃喝不愁，他是为了赛车吃了上顿没下顿也行。

沈屹西的一个朋友王渐东就是这样的人，以前还是个老老实实走规矩路的人，自从二十六岁那年碰上赛车之后就跟着了道一样，开着车天南地北地跑，没再务过正业，整个家都搭进去了。

这个人最近刚从贵州那边回来，身上穷得连个吃饭钱都没有，一个电话打给沈屹西让他出来救急。

沈屹西那会儿正闲着没事在游泳，接了个电话后往身上套了件衣服就过去了。去了看见王渐东跟几个月没洗澡一样，头发长到遮眼，胡子拉碴的，再拿个碗就跟个要饭的差不多。

沈屹西问他怎么不拾掇一下，王渐东说没办法，连饭都吃不起了更别说让人理发了。

沈屹西带他去吃了顿饭，他自己没到晚饭点，坐对面手放椅背上夹着烟抽。

王渐东是个三十几岁的人，但在沈屹西面前却总不自觉地低头哈腰，他囫囵扫着面前的大餐，像几个月没吃饭一样。

沈屹西抽完最后一口烟，探身拖过烟灰缸，把烟头掐灭在里头。他问道：“这次去的哪儿？”

王渐东嘴里塞了两大块肉，开口说话的声音含混不清：“贵州，那边前段时间弄了个新赛道。”

沈屹西靠在椅子里，打火机拿在手里抛着玩：“怎么样？”

一提到车，王渐东明显来了劲儿，骨子里那点自卑感一扫而光，嗓音带着中年男子的粗犷：“就一个字，爽！那边全是山，跑起来刺激。”

沈屹西只听着，笑了笑。

王渐东又问他：“那边的人给放了个风声，说那条赛道可能有人要投资弄个比赛，可能就一两个月的事儿，到时候真成了你去不去？”

沈屹西将打火机扔回桌上，语气漫不经心：“为什么不去？”男人的胜负欲都是扎在血肉里的，哪儿刺激往哪儿去。

王渐东朝他竖了个拇指：“都说年轻人里最有实力和潜力的就你，不愧是。”

沈屹西一条胳膊挂在椅子上，不太客气地笑了一声：“去比赛跟这个有什么关系。别强捧，没意思。”说完捞过桌上的烟和打火机，“你吃你的，我出去透个气。”

吃完饭送王渐东回去，路过理发店，沈屹西把车停在对面，让王渐东下去把头发给打理一下。

这是一条镇上的老街，王渐东的家就在这片儿。一个普通小镇，高低错落的房檐和居民楼，摩托车和单车走街串巷。

对面理发店就挂了个理发的牌子，王渐东下车穿过马路。

沈屹西没下去，落了车窗打发时间。

王渐东应该是在理发店门口遇着熟人了，一个女生从里面出来，他应该认识这个人，跟她点点头。

沈屹西没去搭理。

几个小孩打闹着跑过车前，他看了一眼，这一瞥就看到了站在王渐东面前的那个女生。女生跟王渐东看起来不是很熟，可能连个交情都没有，要不是王渐东先打招呼，她可能压根儿不会跟他点这个头。

看清楚那张脸，沈屹西笑了笑。

王渐东跟路无坷也就是点了个头，然后就各走各的了。

沈屹西第一眼就注意到她的头发颜色染回来了，跟她原来的发色没差别，黑色的头发下一张又小又清纯的脸。

她拖着一个黑色的行李箱，应该是要回家。沈屹西才想起这几天是十一长假，又想起之前在教学楼下看到的她染的那头奶奶灰，他闷笑了一声。

这一看就是把头发染回黑色后再回家，在家人面前这个乖乖女也装得挺像那么回事。

沈屹西瞧着她的背影，胳膊搭在车窗上伸在窗外。

路无坷拖着行李箱很快消失在街角，人潮涌动，沈屹西收回目光。

男生理个头没女生那么麻烦，王渐东十几分钟后就从理发店里出来了，刚拉开车门上车，就听沈屹西问他："刚才那个女孩儿你认识？"

王渐东一下子被他问蒙了："哪个？"

沈屹西瞥了他一眼，用下巴指了指对面那家理发店："就门口拎行李箱那个。"

这么问王渐东才知道他说的是谁，恍然大悟道："哦，你说她啊，就是住我家前面那个老路家的女儿。"

"住你家前面？"

"就我家前面那栋楼。"王渐东说，"我们这片儿都是一些老居民楼，那会儿没现在这么讲究，两栋楼中间就隔了条小巷，对方家里说什么听得一清二楚。老路他家也在三楼，一来二去就混熟了。"

沈屹西的胳膊搭在车窗上，也不知道在想什么？过了一会儿，他问："刚才你说明天去哪儿来着？"刚才吃完饭过来的路上，王渐东跟沈屹西提了一嘴明天去哪儿玩车的事，还问他明天去不去比一场。沈屹西拒绝了。

王渐东说："就城南那边，那儿明天晚上有场自发组织的比赛。"自发组织的比赛一般没那么多规则，就求个刺激，沈屹西闻言挑了挑眉。

王渐东跃跃欲试地问他："你去不去？"

沈屹西没回答他这个问题，却问道："你家有没有多余的房间？"

"房间多得是。"王渐东说，"就是可能没你平时住得舒服。"

沈屹西发动起车子，打方向盘："在哪儿住不是住。"

但大家都是男人，对女人那点心思谁也瞒不过谁，就算王渐东是个三十几岁的男人，他也是年轻过的。

王渐东心里门儿清，问道："对老路家那个女孩儿有意思？"

沈屹西没说是，也没说不是，笑了一下："你说呢？"

Chapter 03

你最好躲着我

41.5°C

路无坷一家已经在这片儿住了七八年。

路口立着的电线杆像日晒雨淋了十几个年头，发黄的电线松松地挂在上头。

这里的巷子很窄，轿车都开不进来，两旁五六层楼高的旧居民楼挡住了大半天光，有人在阳台上晾的衣服不停地往下滴着水，路无坷绕开这片水渍往家里走。

她拎着行李箱爬了三层楼，胸口微微起伏，站在门口顺了会儿气。

过了一会儿，她才掏出钥匙开门，推门进去的时候老太太在客厅里择菜，电视开得很大声，电视剧里的婆婆和儿媳妇吵翻了天。

赵锦君看了她一眼，木着脸收回视线，显然是还生着气呢。

路无坷把钥匙挂在旁边的墙上，叫她："奶奶。"

赵锦君不理她，继续择着菜。

路无坷也不叫她了，把行李箱推进房间里，又去厨房里倒了两杯水，转身的时候不小心碰到炒锅，手指头被烫得一缩，手里拿的玻璃杯摔碎在地上。果然在客厅里听到这阵声响的老太太立马扔下菜，跑进了厨房里，语气十分着急："怎么了？"

路无坷是个会撒娇的人，老太太说从小家里就属她最会撒娇。

就如现在，她睁着那双水灵灵的大眼睛安静地看着她奶奶，委屈巴巴地说道："手被烫到了。"

赵锦君看着这样的孙女哪里还生得起气来，心疼得不行，拿过她的手看："怎么这么不小心？赶紧让奶奶看看。"

路无坷把手大大方方地伸给她看，赵锦君眯着那双老花眼使劲瞧："哎哟，这都给烫红了。"

这个孙女哪里磕着碰着都能把老太太心疼坏了，她手忙脚乱地去开水龙头，拉过路无坷的手放水流下冲。

路无坷看着奶奶那副焦急的样子，小嘴没留情：“不是说不理我了吗？”

老太太万万没想到她还记着这茬，拍她的手臂：“你这丫头，光记着这事儿了，是吧？这手还疼着呢，就在这儿寻思着跟你奶奶算账。”

路无坷笑得眼睛弯弯。

赵锦君一看孙女笑了，心情也跟着变好，拿话说她：“看着细皮嫩肉的，这张嘴倒是挺厉害。”她点了点路无坷的鼻尖，“你这个记仇的小鬼啊。”

路无坷说：“跟您学的。”

赵锦君佯装白了她一眼：“你就扯吧，你身上哪点像我了？天天不知道脑子里尽寻思些什么？”

她拍拍路无坷放水流下冲的手：“这细皮嫩肉的就不像我，你奶奶就算不天天在外头晒，也白不成你这样。”不知道这话戳了路无坷哪处，她眼里的光暗了下。

老太太年纪大了脑子没以前那么好使，有时候说话嘴上没个把门的，等发现不小心说漏嘴的时候话已经收不回来。她给自己气的，打了下自己的嘴：“瞧我这嘴。”

路无坷却已经跟个没事人一样，仿佛刚才那一瞬只是幻觉。她抿抿嘴：“奶奶，我饿了。锅里你是不是给我蒸吃的了？”

赵锦君知道这个乖孙女是在给她台阶下：“对，瞧我这脑子，真是年纪大了不中用了，你这手赶紧去找个烫伤膏涂涂，奶奶给你把包子端出去。”

等路无坷出去了，老太太一个人在厨房懊恼地拍了自己的嘴几下。

“这嘴真是没个把门的。”

王渐东这趟往外跑已经将近半个月没回家了，他没妻没儿的，人一走家里就没人打扫，意外的是家里竟然没落灰。他进屋就给屋里开窗通风：“这屋子要是空个一年半载的，回来都不用收拾就能直接住人。”

沈屹西扫开他沙发上的脏衣服，挑着眼皮瞧着屋里，在沙发上坐下来。

“虽然这算不上好地段，但住这儿还不错，没那些污染环境的厂子，空气闻着舒服——”

王渐东说着说着突然被沈屹西打断，沈屹西跷着腿：“你们这儿房东还给不给租房？”

王渐东愣是没想到他会寻思这么一出，舌头差点打结：“什、什么？”

沈屹西悠哉悠哉地坐在沙发上。

王渐东问：“你来真的啊？”

沈屹西瞥了他一眼，笑着哼了声：“假的。”

王渐东这才反应过来这个少爷就是开开玩笑，也就他这种人会信。人家怎么可能放着好好的几处房子不住，偏偏想住这种破地方。

王渐东问沈屹西要不要喝水。

沈屹西摆摆手，起身到阳台的窗边，摸烟盒抖了根烟出来塞进嘴里：“想抽根烟倒是真的。”

他扔了根给王渐东，王渐东接住。看他往窗外看了一眼，王渐东顺着他的目光看了过去，知道他在看什么，就说：“那儿就是老路家。”

那房子就那么一小块地方，通风倒是不错，一个小阳台上开了扇防蚊纱门。里头电视声夹杂着人的说话声，应该是在喊人吃什么东西。

透过那扇防蚊纱门，沈屹西看到了那贴满墙的奖状。大大小小的奖状把一面墙贴得满满当当，有的瞧着都已经褪了色，目测这堆奖状得有十几个年头，得打幼儿园算起。

沈屹西闷闷地笑了声，往那边抬了抬下巴：“这都谁的？”

“什么？”

“那堆奖状。”

王渐东怎么想也没想到有人会对那些东西感兴趣，在那儿看了半天才知道沈屹西是在说奖状。

“哦，那个啊，肯定就老路的女儿的，他们家就这么一个女孩儿，她奶奶把那个孩子当宝，这些估计都她奶奶往墙上贴的。”王渐东说，“听说这孩子可会读书了，从小读书年年拿第一，给她奶奶乐的，能搬张椅子跟邻居把她家这孩子给夸上个半天。”

不知道为什么，沈屹西突然想到那张白白净净的小脸，还有她那天夹着烟的样子，虽然压根儿没抽到一口。他笑了一声。

王渐东不明所以地问道：“笑什么？”

沈屹西嘴里的烟压根儿没点，就叼着玩儿。他的视线从那面奖状墙上离开，声音懒懒的：“别屋转转去。”

老太太的脾气不好，在做菜这事上倒是耐得住性子，做得一手好菜。路无坷回来她虽然嘴上没说，但心里其实高兴得不行，用了两个小时张罗了一大桌饭菜。

路无坷坐在沙发上玩拼图，老太太在厨房里喊了她一嗓子：“妹妹，洗洗手吃饭了。”路无坷的小名叫妹妹，打小儿家里人都这么叫她。

她把拼图扫到一边，起身去厨房。

老太太在水龙头那儿洗炒锅，听见她在拿碗筷，说：“别给你爸拿，他今晚指不定不回来。”

路无坷就只拿了两副碗筷。

吃饭的时候，奶奶不断地往她的碗里夹肉：“多吃点，你看这脸上的肉都瘦没了。”

“没瘦。”路无坷说，“还是那个体重。”

老太太才不管什么体重，往她的米饭上夹菜：“我说瘦了就是瘦了，这小胳膊小腿的一看就没几两肉，怎么可能没瘦？”在让孩子多吃点这方面老一辈人都格外执着，不管你胖了瘦了饭都不能少吃，这根筋压根儿就不可能转得过来。老太太这人比谁都执拗，谁都说不动，路无坷只管把她夹过来的菜都吃了。

这顿饭吃到一半，路智远回来了，胡子拉碴的一看就是又去重操他那输钱的老本行了。屋子没多大，路智远一进门换鞋就看到了在厨房里吃饭的路无坷。

“哟。”他话里阴阳怪气的，“终于舍得回这个家啦。”这一看就是输钱了，随便找个人撒气。

路无坷头都没回过去看他一眼。

老太太见儿子对孙女这个态度也来了气，用筷子指指他：“你女儿这是去上大学，天天那英语不用念的啊，谁跟你似的天天把钱拿出去给别人，游手好闲的没干个正事。”

老太太这要念叨起来肯定没完没了，在沙发边脱外套的路智远赶紧妥协：“行行行，妈，您说得对。”

他进厨房拖开路无坷对面的椅子坐下，在桌子底下踢了踢她的脚尖：“去给你爸盛个饭。”

一直沉默着的路无坷抬眼看他：“自己去。”

路智远“嘶”了一声：“翅膀硬了是吧？你爸叫你盛个饭怎么了？”

“行了行了。”老太太打断他们两个，“吃饭就好好吃饭，你们这父女俩怎么一见着面就跟水火不容似的，都说父女没有隔夜仇，我看你俩也不见得有什么仇，这天天吵的。”她起身去给路智远盛饭。

路无坷默不作声地吃饭，路智远的气估计还没消，说她：“书都给读进屁股里去了。”

在那边盛饭的老太太护着孙女，说他：“你少说两句。”

路无坷吃完饭回了房间，把这几天假期老师给留的每门作业都写完了。老太太忙活完家务活给她送了杯牛奶过来，让她趁热喝别太累了，说完就出去了。

大学的作业相对高中来说要轻松一些，路无坷几门功课下来花不了多少时间。做完作业从房间里出来老太太还在客厅里看电视，已经晚上十点多了，老人家的身体禁不起折腾，换作平时老太太早回房睡了，这一看就是在等她。

路智远早就不见人影了，就回来吃口饭，饭碗一放又出门赌去了，屋里就剩她们两个。

赵锦君就是怕她学习太晚了才在这儿守着，见她出来让她赶紧去洗澡别着凉了，把这些叮嘱完才打着哈欠回房间睡觉。

小镇一到晚上早早地就安静得出奇，路无坷家所在的这栋楼就在路边，这会儿街道上已经没什么人。夜很静，月很凉，楼底下时不时开过一辆车，光束近了又远。

满屋子只有浴室传来的水声。

路无坷一个澡洗了半个钟头，湿着头发从浴室里出来，身上就套了一件长及大腿的吊带白裙，肩带松松散散地挂在清瘦的肩膀上。她踩着室内鞋去自己的房间晾衣服，房间的灯被她出去的时候关上了，房内一片漆黑。她开了盏床头边的壁灯，房间里落了一隅昏黄。

路无坷拿着衣服往小阳台走去。阳台的门开了半边，这个点儿了外面还有人在抽烟，淡淡的烟味若有似无，夹杂着男人讲电话的声音。

男人的嗓音浸在夜色里，像一杯酒。低低的，带着烟抽多了的沙哑，声音懒懒的。这个声音路无坷并不陌生，最主要的是那个声音是从对面传来的。

她的脚步一停，抬眼看向了阳台外。对面那屋阳台的门没关，灯也没开着，一片漆黑。但借着夜色，路无坷还是看清了三四米开外的那个人。

沈屹西的双腿大剌剌地伸着坐在床上，一只手拿着手机贴在耳边，一条胳膊撑在身后。他叼了根烟在嘴里，黑暗里那点红光忽明忽暗。他撩起眼皮，压出一道深邃的褶子，沈屹西也看到路无坷了。

世界在混沌里沉睡，路无坷和他对视着。他没挪开视线，眼睛紧紧地盯着她。

水滴顺着路无坷的发梢滴落，凉意淌上肌肤晕湿了背后的布料。她垂下视线，继续拿着自己的衣服往阳台走去。

那个人的目光却如有实质一般，路无坷能感觉到他的视线一直落在自己身上。

阳台的小绳索上挂了几个衣架，路无坷拿了一个把衣服晾上去，挂上绳索。两栋楼之间稍微伸个手就能碰着，说的话自然也听得一清二楚。

沈屹西对电话那边说："行了，挂了。"随后是手机扔到床上发出的闷响。

路无坷又晾了一件衣服上去。宽松的吊带裙下隐隐约约的曲线，小腿又白又细。手臂清瘦白皙，细细的肩带滑下来松松散散地挂在肩头。

沈屹西打完电话也没有走的意思，坐那儿看着她。视线直白袒露，丝毫不藏着掖着。

这就是沈屹西，和那些跟喜欢的女孩儿说句话都能脸红的男生不一样。他轻浮得坦荡，却又把情爱视为身外物，永远一副不怎么上心的模样，那肚子坏水是怎么使都使不完。

偏偏那些女孩最爱的就是他这款，一个个被迷得神魂颠倒。

路无坷知道这人肚子里装的什么坏水。她晾着手里的外衫，等晾完这件，盆里就只剩那点贴身衣物了。她把衣服挂上绳索，透过晾着的衣物缝隙不经意地和沈屹西对上视线。

沈屹西紧紧地盯着她，没有回避。路无坷也安静地注视着他。

那张脸就算没有表情就这么看着都像他欺负了她似的。路无坷却又偏偏不肯跟他说话，她没有慢吞吞的，也没有让他走，好像就故意跟他对着来，弯腰要去把那块小布料和胸罩拎起来晾了。

沈屹西舔了舔牙，偏开头笑了。他也不逗她了，吊儿郎当地从床上起来，终于跟她说了句话："行了，不看你。"

路无坷一愣。

沈屹西笑着拿过桌上的烟和打火机塞进裤兜里，又瞥了她一眼，这才慢悠悠地转身拉门离开。

隔天路无坷早早就醒了。她的生物钟很准时，每天早上六七点钟都自然醒，就算今天是假期这生物钟也雷打不动。

天蒙蒙亮，房间门外有老太太走动的脚步声。

老年人觉少，赵锦君每天都起得特别早，听这脚步声应该已经去了趟菜市场回来了。

路无坷躺在床上没动，忽然想到昨晚阳台上发生的事。一觉醒来像做了场梦，混沌不清似的。那些夜色下的事都变得模糊了起来，藏在暗涌流波里不见踪影，唯一清楚记得的是那人的眼睛。阳台的窗帘还拉着，房间里有点昏暗。

路无坷起身下床，从房间里出去，在厨房忙活的老太太看她出来，说她："怎么不再多睡会儿？今天你又不用上学。"

说睡不着的话，老人家又要给她弄一堆补汤喝了，她随口找了个理由：“饿了。”

“那赶紧的，刷牙洗脸去。”老太太说，“给你包几个饺子吃。”

路无坷洗漱完回房间换衣服，顺便把房间里的窗帘拉开。外面昨晚半夜下了场小雨，一大清早，太阳还没把阳台角落那摊水晒干。

对面那间屋子里没人，一张大床和桌子放在墙边，整洁得像没人来过。看了一圈没见着个烟和打火机的影子，路无坷确定那个人走了。

她没再把窗帘拉上，转身从房间里出去吃早餐。

过完假期回去离学校周年校庆也不远了，路无坷刚在家待了两三天就被学姐一通电话给叫回了学校。

老太太听见她这么快就要回去，心里一百个不愿意，要不是路无坷有个要回去排练舞蹈的理由，奶奶不可能就这么放她回去。回去的时候老太太往她手里塞了一大袋吃的。

阿释在外头野惯了，窝家里头待了没几天就腻了，一听路无坷要提前回学校，就跟她父母吹牛说她要回学校和路无坷这个学霸一起学习。她天天在她爸她妈耳边路无坷长路无坷短的，路无坷漂亮，路无坷学习成绩好，听久了只要她把路无坷这块砖搬出来，她妈就很少再拦着她出门。

回到宿舍阿释见到路无坷的第一面就是抱着她鬼哭狼嚎：“我在家这几天可太惨了，打游戏都得在嘴上贴个胶布，平时骂蠢队友骂习惯了，就怕一个不留神给气到骂出声，要让我妈听到我就完蛋了，她能一巴掌给我扇到天上去。”

路无坷没忍住笑了，阿释那个许婉柔的名字就是她妈取的，阿释的母亲希望自己的女儿能人如其名，性子温婉柔和。但阿释从小给奶奶带着，等她妈把她从奶奶家里接回去的时候，她那一身疯劲已经改不回去了，她妈还因此跟她奶奶生气了很久。

国庆这七天假期学生外面旅游的旅游，回家的回家，学校比平时空荡了不少。

往常天天抱怨时间被课表塞得满满当当，现在闲下来没事干反倒有些无聊，阿释每天除了打游戏就是陪路无坷去舞蹈教室排练。但这样无趣地过了两天后她就待不住了，整天在路无坷耳边提那个她最近想去的鬼屋，试图说服路无坷跟她一起去。

那个鬼屋最近很火，是一片荒地改造成的，里头逼真的情景布置和恐怖情节能把人吓得够呛，还有人说里面的很多故事是根据现实发生的事改编。时间一久，那儿就算没有鬼，也跟有鬼似的。换作别的路无坷早答应阿释了，但这次她死活不点头。

阿释在她耳边软磨硬泡了一天，都没能让她开那个口，到最后好像发现了一个不得了的秘密："路无坷，你不会怕鬼吧？"

当时路无坷正好排练完舞蹈在收拾东西，闻言瞥了她一眼，又低头继续把东西放进包里，看起来似乎很淡定。但阿释跟她熟，知道这基本就是默认了的意思。

"我的天，你真怕啊？"

"谁没个怕的东西。"路无坷说。

阿释像终于找到个软肋笑话她，朝她做了个鬼脸，"路无坷看我。"

路无坷看过去。

阿释整张脸龇牙咧嘴的："害怕吗？"

路无坷笑了，往她身上扔了件衣服："许婉柔，你幼不幼稚？"

阿释也笑了，手没再祸害自己的脸，说："那你要是去了我站你前面给你挡着，好不好啊？"

路无坷想都没想就答道："不要。"

阿释撇撇嘴："那你陪我去，我自己进去你就在外面等我，这总可以了吧？"

"可以。"

但事实证明阿释这张嘴就跟那骗人的鬼差不多，隔天到那里就把路无坷给拖了进去。好在阿释还有一句话说话算话，进去后一直把她护在身后。即使如此，路无坷还是被吓得够呛，出来后好一阵子没缓过来，唇色都褪了些。

阿释去买了两杯饮料，两个人坐在绿色的候车亭底下等回学校的公交。半个小时后才等来了一辆 6 路车，车上就坐了两三个人，路无坷和阿释挑了倒数那几排座位坐下。

公交车像个笨重的老人，摇摇晃晃地起步。

阿释应该是看到了什么，拱拱路无坷的胳膊："那不是沈屹西和齐思铭他们？"

路无坷坐在车窗边，还在慢悠悠地喝饮料，闻言抬头看去。

他们应该也是刚从鬼屋里出来。这伙人出来玩身边就不可能有不带女生的时候，几个女生应该是被吓着了，一个个花容失色，有的女生都被吓哭了。

另外几个男生却悠哉悠哉的，明显没把里头那些东西当一回事，沈屹西就是其中之一。他的肩上甩了件外套，双手闲闲地插在兜里，笑得肩膀微抖。

身边的人被吓哭了他也没管，那个女孩一看就是喜欢他。小女生那点心思大家都懂，同行的人也没过去打扰他们两个。沈屹西这人从某方面来说很冷血，喜欢他的女生千千万，可他不感兴趣的他一个眼神都不会给。

不知道哪个男生说了句玩笑话，他偏开头笑了一声。

公交车正好从他们身边开过，引擎声作响，他的视线不经意间往这边扫了一眼。路无坷还没来得及把目光收回来，沈屹西就已经看到她。

路无坷偏开了目光，低下头。

旁边的阿释见沈屹西在往这边看，又拱拱路无坷的胳膊："喂，路无坷，沈屹西在看这边哎。"

路无坷跟不感兴趣似的，"哦"了一声。

阿释才不管她感不感兴趣，又说："他好像在看你。"阿释说，"哇，路无坷，沈屹西是不是看上你了？"

公交车已经开远，很快把那些人甩在身后。

路无坷看向车窗外："你想多了。"

阿释才不会被她那张脸骗了："你别想忽悠我。"

阿释盯着路无坷："就你这张脸，我寻思着他早晚也得找上你，刚才他就往你这儿看的，不看你看谁？"

路无坷的视线从车窗外收回来，看向阿释："你看岔了。"

阿释不解："什么？"

"后面还有一女生。"

"啊？"

路无坷说："他看的人家。"

阿释蒙了一下，完全不知道后面还有一个人。她转头偷摸看了下，路无坷后面的座位确实坐了个女生，耳朵里塞着耳机在听歌。那个女生长得挺好看的，明艳动人，跟路无坷不是一个类型。就从沈屹西以往交的那些女朋友看，他还真可能比较喜欢的是这款。

阿释被路无坷堵得哑口无言，悻悻地转回头："好吧。"

日子混着混着也就这么过去了，假期后大家的生活又开始步入正轨。

那天，阿释不太想上那节无聊的创业课，用她的话来讲就是那堂课不是在教人创业丰衣足食的，而是在教学生如何把自己搞到失业破产。

她翘了那节课去看路无坷跳舞。

路无坷是上完课才过来的，国庆后的那几天她没来参加过排练，今天才又过来。

阿释到的时候路无坷正在压腿。她推开舞蹈教室的门："路无坷，感动不？我翘课来陪你了。"

路无坷从镜子里看她一眼，冷漠地道："这话你应该问游戏。"

"还真是。"她确实是来陪路无坷的，但也确实是来打游戏的。路无坷跳的那支舞她都能把音乐旋律一段不差地哼下来，再欣赏下去得听睡着了。

路无坷排练到了下午五点多，两个人才从舞蹈教室里出来一起去吃饭。饭后散步的时候路过她们经常买早餐的那个小卖部，阿释想进去买点零食，今晚她没课，找了部鬼片打算在宿舍看，这人一看剧嘴是闲不下来的，总得有点东西往嘴里塞。

这个点儿正值晚饭后，学生吃完晚饭在校园里四处溜达，小卖部里挤了不少人。路无坷没跟着一起进去，在外边人少的地方站着等阿释。

对面就是篮球场，围着高高的铁丝网。里头应该有人在打比赛，不仅有男生带着荷尔蒙的吆喝、呐喊，还有女生娇俏的尖叫加油声。

路无坷觉得有点无聊，低头用脚尖碰了碰从砖缝里钻出来的杂草。夕阳映得水泥地上都是红的，不远处一栋老教学楼上挂着“危楼勿近”的铁牌。

有几个女生从她面前经过，咬着耳朵窃窃私语，路无坷听到了沈屹西的名字。她的脚尖停顿了一下，然后又继续若无其事地玩起草来。

篮球场外边传来几阵篮球击打在地面上发出的砰砰声，以沈屹西为首的几个男生每人拎着瓶结了水珠的汽水，看着路无坷这边不知道笑着说了几句什么？

路无坷对这些浑然未觉。

几分钟过去，阿释还没从小卖部里出来，路无坷正想着过去找她，一个篮球朝她骨碌碌地滚了过来。她还来不及做出动作，那个篮球已经碰上她的脚尖。篮球轻轻反弹了一下，最后晃动着停在了她的面前。

路无坷抬起了头，就见篮球场外那几个男生笑着朝她这边看，她一眼就看到了靠在铁丝网上的沈屹西。

他的汽水拿在手里抛着玩儿，男生的手掌宽大，手背上浮着青筋，骨感修长的五指操作自如地抛着手里的汽水瓶。每一下都显得漫不经心。

沈屹西看着路无坷。

路无坷碰上他目光，就见他很不正经地笑了下：“不好意思啊，手抖了一下。”连装都懒得装得像一点，就差说我是故意的了。

这个年纪的男生都皮得不行，旁边几个男的一听他这话立刻贱兮兮地拆他台，跟路无坷说：“同学，他骗你的！”

“他故意的。”

沈屹西被人当着她的面拆穿，也没有任何不好意思。还是那副吊儿郎当的样儿，压根儿不怕被她知道。

路无坷没感到意外，沈屹西就是这么一个人。

他是怎样的一个人，他在人面前就是怎么样的，骨子里几分坏皮肉上便几分坏，不会因为外界丝毫收敛一分，不怕被人知道，也不怕被人指指点点。

他看着她，眼神跟平日里看她的时候不太一样，却也说不清哪里不同。

他的声音里带着股懒劲儿：“同学，帮我把球踢过来。”换作别的女孩儿，早就把球踢过去了，但路无坷没有。

路无坷用那双前几天在他眼皮底下被呛红的眼睛看着他，睁眼说瞎话：“我脚崴了。”她也知道自己长相上有什么优势，谁看了她那副天真的表情也不会怀疑她在撒谎。

事实证明这招果然有用，旁边那几个男生就没有不信的。谁都信了，偏偏那个她最想骗的人没信。不像其他人，沈屹西的脸上没有半点相信的意思，挑了挑眉。过了一会儿他低头笑了一下，又撩了眼皮看她。

下一秒就听他笑着说：“踢不了？”

“那行。”他的手插在兜里，从铁丝网上起身，“我过去。”沈屹西真说到做到，二话不说朝这边走了过来。他刚打完球，上身T恤微湿，迎着风走过来，衣服贴上他身体，勾勒出腹肌的轮廓。

路无坷没想到他会来这出，男生身高腿长的，没等她想起来要走，沈屹西已经慢悠悠地走到她面前。烟草味和荷尔蒙掺杂在这隅空气里，男女之间的生理悬殊在此刻被无限放大。

旁边有个垃圾桶，他顺手把喝了一半的汽水瓶扔了进去，桶里发出闷沉的一声响。沈屹西没立即捡球，而是偏回头看她。

路无坷站在原地没动，见他看过来，迎上他探究的目光。

沈屹西垂着眼。

路无坷率先挪开了视线，她干脆转头往小卖部那边看，想看阿释出来没有。

沈屹西顺着她的目光瞧了过去：“等人？”

路无坷终于开口，想找借口脱身：“嗯，走了。”

他似乎就逮着这一刻，手朝兜里摸了包烟出来，笑着问：“不是说脚崴了，不等人过来接你？”

路无坷感到一阵无语。

沈屹西跟看好戏似的，也不拆穿她。他塞了根烟进嘴里，想去掏打火机的时候不知道想到了什么，忽然掀起眼皮看她，就见她也在盯着他嘴里的烟。他挑了挑眉，闷笑了一声："放心，不熏你。"

乍听是句温柔的话，实际上非常不正经。不在她面前抽烟熏她，免得她又跟之前那次一样被呛到眼圈发红。

路无坷移开视线，她当然知道这话是什么意思。

沈屹西使坏也不怕让她知道，光明正大地给她看，胸腔里跟着发出几声笑。沈屹西问她："你叫什么？"

路无坷不太想告诉他，低头看自己的脚尖，什么都没说。

沈屹西盯着她的头顶。

结果小卖部那头，阿释早不来晚不来，偏偏这时候从里面挤了出来，还没见着人就拼命地喊路无坷的名字。阿释的嗓门大，想要沈屹西听不见都难。

路无坷装死，没去搭理阿释。

但沈屹西这人不是个善茬，在他面前企图蒙混过关没那么容易，他也见过她和阿释一起。他瞧了阿释那边一眼，笑了一下："路无坷？"

路无坷低垂的睫毛轻轻颤抖了一下。

沈屹西嘴里叼了根烟，没点着火，手插兜里居高临下地觑着她，一副吊儿郎当的模样。

"一路没挡路玩意儿的意思？"

两个人离得近，路无坷甚至能听见他的声音震颤里那磨人耳朵的磁性，男生说话的语气显得慵懒又不正经。

路无坷终于肯吱声，抬头看他："你要我的名字做什么？"

沈屹西看着她，坦坦荡荡地反问她："你说我做什么？"

路无坷装傻，故意说道："不知道。"

"真不知道？"沈屹西眯眼瞧她，"那我说了？"

她又不说话了。

沈屹西见她这个样子笑了一声，瞥了眼那边小卖部门口往这儿张望着不知道要不要过来的阿释，他弯下身一手把篮球扣了上来。男生的手掌宽大，骨节分明，五指很轻松地抓握篮球。沈屹西吓唬她：

"下次再让我逮到你我可就真说了，你最好躲着我。"

路无坷看着他，移开了视线。

沈屹西没再说什么，转身叼着一根没点的烟穿过了校园道路。

路无坷看了一眼他的背影。

阿释回宿舍后对着路无坷一通狂轰滥炸，路无坷回来时就被她念叨了一路，耳朵都快长茧子了。

路无坷坐在自己的书桌前，阿释坐在她的书桌上，审问她："路无坷，老实交代，沈屹西找你干吗了？"

宿舍里就她俩，阿释那嗓子吼得她耳朵发痒。路无坷抬手捏捏自己的耳朵："烦死了你，你能不能换句话问？"

这话阿释已经问了不下十次，路无坷每次的回答都是那三个字："没什么。"

阿释相信她才怪："你少忽悠我，就沈屹西那个人都找上你了，怎么可能什么事都没有。"她开始使用书面语，"孤男寡女、光天化日之下聊天聊了几分钟，你居然就说了没什么这仨字。"

每次路无坷一听阿释说书面语就想笑，眼下也没忍住笑了。她拿了桌上的牛奶插上吸管，说："真没什么。"

阿释有点动摇了："真没有啊？"

路无坷一字不差地还给她："真没有啊。"

阿释"啧"了一声，感到十分不解："这不是沈屹西的风格啊。"

路无坷没说话，慢吞吞地咬着吸管喝牛奶。

"算了，算了，不想了，这些男生的心思怎么比女生的还难猜。"她从路无坷的书桌上跳下来，"我还以为你终于能脱单了，真没劲。"像个恨不得把闺女嫁出去的母亲。

路无坷终于把这尊大佛送走了："操心你自己去。"

"我一上高中就开始早恋的，还需要操什么心啊。"阿释说，"再操心下去我妈能给我放《大悲咒》清心。"

路无坷十分冷漠地说："我估计阿姨现在就想给你放了。"

"那你还真说对了，我那几天在家她一直试图说服我跟她一起去佛寺逛逛。"说完又跟突然想起什么似的，倒退回来问她，"今晚一起看鬼片不？”

路无坷听到这几个字，想都不用想：“不。”

“不要就不要，我自己看去。”

校庆在十月十号，这天学校放了一天假，学生还没从国庆小长假里把心收回来，又有了一天假期。

那几天，路无坷没再遇见沈屹西。

校庆那天一大早，天还没亮，路无坷就被学姐一通电话叫醒，让她们所有人赶紧收拾收拾起床，到学校礼堂后台去准备。

上台演出之前还有一堆烦琐的事在等她们，换服装、化舞台妆，光是这些就得花上她们几个小时。

学校不知道从哪里找的十几个三流化妆师，都一个地方出来的，衣服背后都印的同样的字。她们也不讲究，不管皮肤白的黑的来了给人往脸上抹的都是同一个色号的粉饼，活像上了层面粉。手上一块手掌大的粉扑都蹭破了皮，上头脏兮兮的。

学姐一看这架势就觉得不靠谱，索性拿了自己的化妆品亲自上阵给她们几个化妆。给路无坷化妆的时候学姐一个劲儿地夸路无坷的底子好，说她长得这么白，开玩笑说粉底都能把她的脸涂黑了。

路无坷跳的是独舞，妆发服装和其他人不太一样，学姐没给她弄太繁复的造型，在旁边帮她编头发。三四个小时就光忙活这些了，等路无坷化好妆、做好造型的时候礼堂已经陆陆续续有人在底下坐着。

礼堂外的校园更是热闹，人头攒动，和平时一堆人赶着去上课的感觉不同。

在校外混了个通宵的沈屹西和齐思铭回来后感觉更甚，俩人靠在教学楼的走廊上，底下校园道路上人明显比平时多，热闹得像菜市场。

最近这两天沈屹西没在学校，家里边有点事，飞回A城那边待了两天，昨晚才回的澜江。

沈屹西瞧着这堆人，问齐思铭：“今天什么日子？”他们这种人平时可能连星期几上什么课都不知道，沈屹西突然这么一问还真把齐思铭给问住了。

等想到昨晚艺术学院一个女生给他发的让他今天去看她表演的短信，才猛然想起今天是这学校自个儿的节日。他一拍脑袋："校庆，今儿十号了，怎么把这事儿给忘了。"不过就算记得对他们来说也没什么用，来这学校两年了，他们就没参与过什么文娱活动，连礼堂都几乎没踏进去过，顶多就跟着蹭个假期。

"校庆？"所以这话从沈屹西嘴里问出来的时候着实让齐思铭愣了一下，往常沈屹西对这些一向不感兴趣，才不会问他这些有的没的。

齐思铭意外了一下，然后说："是啊，就今天，怎么了？"

沈屹西没立即回答他，看样子像在琢磨什么，过了一会儿问他："弄演出了没？"

"不是，哥。"齐思铭说，"之前你那个女朋友就是舞蹈系的，天天上完课待在舞蹈教室里练习就为了校庆演出这事儿，你不知道啊？"还有一句话齐思铭没说，这一看压根儿就是没上心过。

沈屹西应该是想了下："还真不知道。"

齐思铭问他："你问这事儿干吗？你要去啊？"

沈屹西瞥了他一眼："不行？"

"行。"齐思铭拉长了语调，"怎么不行？"

不过他实在很好奇，沈屹西今天怎么会突然想去参加这种无聊又浪费时间的活动。就连齐思铭自己想钓的那个女生昨天晚上约他他都不想去，更何况沈屹西。他"啧"了一声，凑近沈屹西："喂，屹哥，你是不是有情况了？这次哪个学院的？"

沈屹西用眼风扫了他一眼："想知道？"

"我不想知道才有鬼好吗？"

沈屹西笑了笑，踢他的腿："想知道先给我带路。"

"礼堂？"

"要不然呢？"

"真去啊？"齐思铭震惊了。

沈屹西眯缝了一下眼睛："你当我放屁？"

"哪儿敢啊！"但齐思铭还没见过他这么认真，实在好奇得不行，来了劲，“不过你到底要去干吗？”

沈屹西手抄兜里慢悠悠地往楼下走。算一算，某条被他盯上的鱼已经有两天没见着了。还真是躲得挺好。

沈屹西笑了笑，那语气一听就不正经。

“去逮人。”

路无坷的独舞被安排在节目单里不前不后的位置。台上那位领导还在讲话的时候她们就已经被工作人员喊到后台等候。

路无坷早上出来得急，手机对她来说一向不重要，也就忘了带，其他跟她一起等候的人手里都捏着个手机玩，就她没有。

越往前的节目越正经，不是朗诵就是合唱。大多数节目人数不下四五人，大家都成群结队的，就路无坷那儿显得有点冷清，不过她看起来也不像想跟人说话的样子。

中途她去了趟洗手间，意外地碰见在洗手间里的于熙儿。

于熙儿听见水声转头朝这边看了过来，她的头上编了头垄沟辫，涂着夸张的烟熏妆，好在她长得好看，没被这种死亡造型拖累。

于熙儿是学音乐的，这阵仗一看就知道是要上去唱摇滚。但在路无坷的印象中，阿释跟她说过于熙儿弹钢琴才是最厉害的。

两个人上次见面还是在阳台上，路无坷撞掉了她的手机那次，这几天于熙儿都没怎么住宿舍，连蒋青都不知道她去了哪儿。小公主也不知道碰到了什么事儿，最近像变了个人一样。两个人没怨没仇的，自然都是点了下头，算是打过了招呼。

路无坷在洗手台那边，拧了水龙头洗手。

这里是三楼，洗手间跟漏风了似的，风拍着路无坷的裙摆，薄薄一层纱和里衬贴在她白细的脚踝上。她的脚腕上戴着条小脚链，银色的，细细的。

于熙儿的目光从她脚上收回来，问她：“你带止痛药了吗？”

路无坷怎么也没想到她会问这个，从镜子里抬眼看她，她这才发现于熙儿的脸色白得有些不正常。

于熙儿问完就觉得自己问了句废话，谁没事带止痛药，又不跟她似的最近天天发疯。她跟路无坷说：“算了，你当我没问。”说完看向了窗外。这理直气壮的，一看就还是小公主。

路无坷没问她怎么了，而是问了她一句："手机能借我用用吗？"

于熙儿的视线从窗外收回来："你没带手机？"

路无坷点了点头。

于熙儿虽然脾气不太好，但挺爽快的，把手机从兜里掏出来："可以啊，你用吧。"

路无坷走过去拿过了她的手机："谢谢。"

于熙儿虽然顶着那张浓妆艳抹的脸，但声音还是挺骄纵的，跟平时没差别："谢什么谢啊。"

路无坷没走，按亮手机想打个电话，屏幕上是于熙儿和一个男生的合照。照片应该是于熙儿拍的，照片上面的她笑靥如花，男生应该是不怎么情愿合照，表情说不上不耐烦，却也不算高兴。

路无坷不认识这个男生，抬眼就看见于熙儿在瞧着这张照片。她想起之前于熙儿被人传的那事。她和那个系花的矛盾都是因为机械院那校草引起的，俩人都喜欢的沈屹西。

但眼前，于熙儿很明显喜欢的是这张合照里的男生。不是那种说着玩玩的喜欢，而是日积月累在骨子里的。

路无坷看她失神，也没说什么。

倒是于熙儿自己回过神来，拿过她手里的手机："忘了换了，等我一下。"她把屏幕换成系统自带的壁纸，然后又递给了路无坷。

路无坷没去外面打电话，拨阿释的号码打了个电话过去。

阿释那边很快就接听了："喂。"

路无坷没自报家门，问了她一句："醒了没？"

那边阿释"哎"了一声，应该是挪开手机看来电号码，又把手机贴回耳边："路无坷，你换号码了？"

"没。"路无坷说，"我拿于熙儿的手机打的。"

阿释和于熙儿这俩人不太对付，之前在宿舍一碰上就斗嘴。但都说不打不相识，阿释跟于熙儿就是不骂不相识，她都能算是于熙儿在这个宿舍最熟悉的人了。

阿释那嘴估计没损于熙儿几句就浑身难受："稀奇，小公主那个洁癖今天居然愿意把手机借给别人，真是太阳打西边出来了。"

洗手间里有回音，阿释说的话于熙儿听得一清二楚，她俩在哪儿都能斗嘴，包括现在。于熙儿说："许婉柔，你生怕我听不见是吧？再喊大声点儿。"

路无坷对她们两个很无语。听她们两个又不痛不痒地呛了几句后，路无坷生硬地打断了这两个女人之间的斗争。

她问阿释："你过来了没？"

"马上啊，等蒋青穿个鞋我们就出门了。"

路无坷说："待会儿你路过兰园那边帮我买个药。"

学校医务室就在兰园那边，去礼堂正好得经过那儿，阿释一听着急了："你怎么了啊？路无坷，你没事吧？"

窗边的于熙儿听到路无坷让阿释买药的时候挑了挑眉。她还以为路无坷要多管闲事，然而下一秒路无坷开口就证明还是她想多了。路无坷跟阿释说头有点疼，让她帮忙买个治头疼的药，说完也没挂断电话，手机直接递给了于熙儿。于熙儿不明所以。

路无坷说："你不是要止痛药吗？你自己说。"

于熙儿觉得有趣了。

路无坷看起来又清纯又乖巧的，原来这么会给人使绊子呢。

阿释在那边问："谁要止痛药啊。"

路无坷就那样递着手机要她接过去。

于熙儿"啧"了一声，把手机接了过来，对那头的阿释说："我。"

阿释那边沉默了一会儿，估计没反应过来。

于熙儿说："怎么，不行啊？不行别买了。"

"不是。"阿释说，"你怎么了？为什么要吃止痛药啊？这些指不定是处方药，没个理由校医也不给开。"

这个问题对于熙儿来说好像很难回答，她低下头半晌才吭声："你就说洗完文身伤口发炎了。"

阿释说："行，我和蒋青出来了，先挂了。"

"行。"

两个人难得有这么心平气和的时候，托路无坷的福。想到路无坷，于熙儿这才发现她不见了，也不知道什么时候走的。于熙儿轻轻呼出一口气，起身离开洗手间。

学校的礼堂在三楼，沈屹西和齐思铭去的路上还遇到了几个熟人，几人上去后挑了个不前不后的位置坐下来。他们来迟了一会儿，台上校领导的发言已经讲了大半。

齐思铭这种人干什么都不会无聊，跷着腿在底下听校长每说一句他就杠一句，自己在那儿玩得不亦乐乎。

沈屹西被他烦得不行，一脚蹬他腿上，笑着问："你是不是有病？"

齐思铭笑嘻嘻地躲开："这不给自己找点儿乐子？你说要是现在上面来个美女，我这嘴哪儿还需要给自己找乐子，眼睛自己就能找了，还能挑个大的。"

沈屹西听了也只是笑了笑，嘴里吐出来的话也不怎么正经："多大？"

齐思铭把手摊开给他看，做了个假动作，朝沈屹西挑眉："怎么样，大不？"

礼堂座位的过道不宽，两个一米八多的男生坐这儿长腿无处安放。

沈屹西靠在软椅里，两条长腿大剌剌地伸着，觑了他的手一眼："还行，手感不错。"说完俩人在那儿笑得椅子直抖，坐他们前排的女生听得脸都红了。

这个年纪的男生跟高中那会儿心智差不了多少，喜欢捣乱，嘴贱兮兮的，校长发言完毕的时候，齐思铭在一片掌声中声嘶力竭地吼了句"校长我爱你"。整个礼堂瞬间笑翻天。

校长讲完话，学生代表接着讲。接着节目一上来就是那些朗诵和合唱。齐思铭在旁边听得直打哈欠，就差直接睡过去。

沈屹西早在学生代表上来的时候就塞上耳机打游戏去了。

文艺演出基本上是唱歌和舞蹈的舞台，有一阵儿连着几个节目都是跳舞和唱歌。这里头多的是漂亮小姑娘，齐思铭他们几个男生坐在底下边看边瞎侃，看着哪个漂亮的就打听是哪个学院的。

没一会儿就到了舞蹈系的节目，齐思铭一眼就看到了站在最前边的严盈盈，这个女生实在太鹤立鸡群了，不愧是旁边沈屹西的前女友。

齐思铭瞧了眼旁边俩胳膊搭在扶手上打游戏的沈屹西，用手肘拱了拱他：“喂，屹哥。”

沈屹西手上正飞快地操作着，语气却是懒懒的：“有屁快放。”

齐思铭跟看好戏似的：“你看台上那是谁？”

沈屹西听到这儿才抬了一下眼皮。

舞台上那些女生穿着露肚脐的短T恤和短热裤，中间还站了个严盈盈。沈屹西却跟没什么兴趣似的，草草地扫了一眼就又低头看手里的游戏去了。

齐思铭深感震惊：“屹哥，你什么时候变得这么清心寡欲了？”

沈屹西的眼皮都没抬一下，笑了一声：“你哪只眼睛看到我不行了？”

男生凑一起没说两三句就不正经起来，齐思铭听了嘿嘿直笑：“要不你改天让我观摩观摩。”

沈屹西笑着一脚踹了过去：“给你爷滚。”

齐思铭被一脚踹腿上，笑得身子直抖，又问他：“你不是说来逮人的？最近就没见你跟哪个女生聊过天，我还以为你惦记的是严盈盈。”

沈屹西只笑了一声，没说什么。

“兄弟，说说。”齐思铭一脸八卦的样子，“这次看上的谁？比严盈盈还漂亮？”

沈屹西一看就是懒得说：“你猜？”

“我猜个什么劲儿啊？最近就没看你搭理哪个来勾搭你的女生。”

沈屹西笑笑，不置可否。

台上是热舞恰逢高潮，灯光五彩斑斓，音乐声大得快把人的耳膜震碎。严盈盈一个性感的动作掀起了一阵欢呼，那声儿大得就差把礼堂的天花板掀开。沈屹西却架着腿跟没听到似的，兀自打着他的游戏。

齐思铭摇着头“啧啧”两声：“真无情。”

沈屹西来这儿就像纯粹来打游戏的，赢了一盘又开一盘，顶多就每个节目开头瞧个一两眼。手头那局打完以后，他的手搭在后颈上转了转脖子，想去摸烟盒才想起这儿是室内不能抽烟。他索性靠了回去，后脖子枕着软椅看向台上。

上面不知道哪两个学院凑的小品，说着不尴不尬的梗，把底下观众给逗得直笑。

沈屹西好像这会儿才开始看节目，又或者说他在等什么，有那个闲心要逮什么人。

节目也就那么二三十个，这会儿最少也十几个节目表演完了。前面刚开场观众还有兴致，到了中后期大家的热情就降低了，掌声都跟着低了几度。

好在中间来了场魔术，瞬间又把礼堂的气氛给带起来了。魔术变完了各种道具从台上撤下的时候底下大家明显还意犹未尽，交头接耳，窃窃私语。

主持人报出下个节目的时候，齐思铭他们几个还在那儿讨论刚才那张红桃K是怎么没的，谁都没去注意舞台上面的人说了什么。只有沈屹西像是听到了什么有趣的话似的，抬了下眼皮。

主持人报完幕，舞台上的灯光乍灭。

舞台中央隐约有个人影，沈屹西盯着她看。

她背对着观众，安安静静地站在那儿，一袭及脚踝的白纱。一股子从骨子里爬出来的脆弱感，美得让人想摧残。

沈屹西笑了一声，没再管身边那些人都在说些什么，靠回软椅里，就那样直勾勾地盯着她。

古筝、琵琶合奏的乐曲缓缓流出来，声音太小了，齐思铭他们那几个说话的声音都比这个音乐大。沈屹西“啧”了一声，坐那儿踢了踢齐思铭的脚：“别瞎聊了。”

齐思铭一脸蒙，都不知道自己哪儿得罪他了：“哥，我哪儿碍着你了？”

沈屹西瞧了他一眼，声儿里带着笑意，说：“碍着我看女人了。”

“哎？”齐思铭终于回过神来，往舞台上看去，“就台上那个？”

他“嘶”了一声：“让我来看看到底得是个什么天仙才能把你勾成这样，居然能让你这么安分地坐这儿看这支破舞。”

沈屹西的话是对着他说的，眼睛却看着台上，声音懒懒散散的：

“别让我动手，自己把嘴封上。”

路无坷穿着一身束腰白纱裙，白纱裙上头绣着淡雅的花纹。路无坷的头上几条缀着小银链的小编辫，掺在黑发里。她光着脚丫踩在舞台上，浑身跟没重量似的。舞台的灯光下，皮肤白得像淋了层牛奶。

齐思铭瞧着那浑身跟没骨头似的动作，说：“这学过的吧？”他问沈屹西，“这次找的又是舞蹈系的？”

沈屹西盯着光影错落下的那个人影：“不是，就一好学生。”

齐思铭听了这话有些疑惑：“不是舞蹈系的？”

他们这个位置想完全看清人脸有点费劲，他伸着头眯眼去瞧：“不过这肯定学过吧，这腰软的。”

沈屹西闻言看向她的腰。是挺软的，不堪一握。他偏头笑了一声。

没人不爱看美女，底下不少人的眼睛一眨不眨地看着。

等到后来这支曲儿快跳完了，齐思铭才觉得越瞧越不对劲，说了一句：“这张脸瞅着有点眼熟啊。”

在路无坷临下台的最后一刻，他在一片掌声中不可置信地瞪大了眼睛：“奶茶妹？”

身旁的沈屹西却已经从椅子上起身，他看向沈屹西：“你干吗去？”

沈屹西抬着眼皮看人消失在了幕布后，跟盯着猎物似的。

沈屹西笑了一声，转身漫不经心地往外走。

“追人。”

Chapter 04

做不做我女朋友

舞蹈社学姐说表演结束后请大家吃饭，路无坷昨天一整晚没睡好，到现在头还是疼的，所以跟学姐推掉了这次聚餐。

路无坷在后台换衣间换好衣服后才从礼堂出来。

阿释早在路无坷还没上台表演的时候就被她妈一个电话叫去了校门口，她妈刚好有事来学校附近，顺道过来看她。阿释发消息说她妈带她去下馆子了，问她要吃什么，顺便给她带点。

路无坷没什么胃口，跟阿释说不用。回完消息她把手机放回兜里，推开礼堂的侧门出来。

都说秋高气爽，澜江的秋天却跟这个词扯不上边。澜江的秋天既没有晴空万里，空气也算不上干爽。风卷着几片落叶落在她的脚边，她刚阖上礼堂的侧门，抬眼就看到了站在走廊上的沈屹西。

他背靠着走廊，松垮垮地站着。早在路无坷看到他之前，沈屹西就已经抬了眼皮在瞧她。这个架势明摆着就是在告诉她，他就在这儿等着她。

路无坷看着沈屹西。沈屹西也不说话，就那么闲闲地和她对视着。

不过沈屹西清楚面前这位不是个会主动跟他说话的主儿，果不其然，沈屹西不跟她说话，她就跟不认识他似的，错开了他的目光，连个招呼都不打。

路无坷手里拎着阿释早上在医务室给她买的药，从他的面前经过。

沈屹西抬着眼皮盯着她那张还没巴掌大的侧脸，半晌偏开头笑了一声。走廊上没有其他人，只有从礼堂里隐隐约约传来的音乐声和鼎沸的人声，衬得走廊越发的安静。

路无坷自然也听到了沈屹西的那声笑。他公然地表现出对她的兴趣。

路无坷往楼梯间走。沈屹西瞧着她的背影，手插兜里抬腿跟上她。

路无坷知道他在后面不紧不慢地跟着，垂下了头。脚步没有加快，也没有放慢。走到楼梯间那儿，她推门走了进去。

沈屹西离她也就几步远，男生身高腿长的，没一会儿就追上她。他抬手抵住门把没让门关上，顺势走了进来。

路无坷在往楼下走。

楼梯间的门在沈屹西身后缓缓关上，他的手插在兜里靠着门，好整以暇地看着她。

“走那么急做什么，我是会怎么着你？”男生低沉的声音里掺着磁性的颗粒感，回声响在楼梯间里。

人家都说话了，路无坷没办法再装不认识。她慢慢地停下脚步，过了一会儿才开口：“你找我有什么事吗？”

沈屹西笑了一声，语气浑不正经：“我找你的事儿多着呢。”这话光看字面意思压根儿没什么，但到沈屹西那儿就变成了一句不怎么正经的话。

路无坷当然听得懂他这话什么意思，没说话。

沈屹西在那儿瞧着她的背影，问她：“连个正脸都不给瞧？”

路无坷不回头。

沈屹西看着她的背影，然后无声地笑了下，起身朝她走过去。

路无坷站在楼梯边上，沈屹西手插着兜与她擦肩而过，她闻到了他身上惯有的烟草味。

然后，就见他十分悠闲自在地往下走了两三个阶梯后，回过身吊儿郎当地靠着墙，微抬眼皮看她的脸。差了几个台阶的位置，路无坷也只比他高了一点。

沈屹西对她说：“你不给瞧也没办法。”

路无坷连眼神都不跟他交流了，低头看着自己的脚尖。

沈屹西顺着她目光瞥了眼，又抬眼看她：“还记不记得我上次跟你说过什么？”

路无坷当然知道，沉默以对。

沈屹西笑了下："怎么办？又让我遇着了。"

路无坷终于抬眼看他，那张小脸清纯得要命。她说："是你自己找过来的。"

沈屹西瞧着她那双跟小鹿似的眼睛，再听她说这么句话，真跟他又欺负了她似的。不过，事实也确实如此。他偏开头笑了一声，又转回头看她："怎么，不让看？"声音低低的，还带着慵懒的笑意。

路无坷低下头，抿了抿嘴唇。从沈屹西的角度看去，她的睫毛很长，跟小羽毛似的。

沈屹西也不知道想到什么，突然笑着问了她一句："现在用手机没？"

路无坷下意识地咬了下嘴唇，之前在奶茶店那会儿，他那个朋友想要她的号码，就是被她用没有手机这个理由给搪塞过去的。

沈屹西分明就是知道这件事儿，肯定也知道她在说谎。毕竟连她手机长什么样都见过了，不仅见过，还知道她拿手机听的英语听力。他这话分明就是在故意逗她。当然，也不止这个意思。现在问她有没有用手机，这话意思就跟当初鹰子跟她搭讪那会儿差不多。

沈屹西盯着她那张脸，说："或者换句话说，做不做我女朋友？"

路无坷一愣。他这人，有什么想法永远直白得坦坦荡荡的，脸不红心不跳的，说完就那么看着她。路无坷握紧了手里的药袋，有一会儿没说话。

沈屹西也不催她，就那么等着。

过了一会儿，路无坷才抬头，黑色的眼睛干干净净的。她说："我还得学习。"这话从别人嘴里出来十有八九是瞎扯，人家不带相信的。可从面前这个女孩儿嘴里说出来，就看她那张脸，听了她的话也没人会不信。当然，除了沈屹西。

沈屹西听了她的话后看了她几秒钟，最后也只是偏开头。

路无坷想回去了，对挡在自己面前的沈屹西说："我要回宿舍了。"

沈屹西盯着她那双干净得很真诚的眼睛看着。"行啊。"他朝楼下偏了偏下巴，"走呗。"

路无坷没想到他这么容易就放过她，意外地看了他一眼。沈屹西当然读得懂她眼神里都是些什么意思，闷笑了一声，起身先她一步下楼。路无坷犹豫了一会儿后才跟了上去。两个人一前一后，离得不远。

路无坷看了沈屹西的背影一眼。男生有些宽松的上衣勾勒出这个年纪利落又不失结实的线条，他的手插在兜里，两条长腿闲闲地往下迈着，浑身透着股慵懒劲儿。

路无坷突然想起第一次见他。他也是这样走在她前面，只不过那会儿他们还不认识，当然现在也算不上熟。她挪开了目光。

前面的沈屹西听着身后那轻得几乎听不见的脚步声，笑了笑。他不知道又在寻思什么坏心思，笑着鼓了鼓腮帮。忽然，他在楼梯上站住了脚，转过了身，好整以暇地等着她。

路无坷那会儿正想着中午吃点什么，等反应过来的时候已经来不及了。就听见装药的袋子掉在楼梯上“啪嗒”一声响，整个人已经撞进了沈屹西的怀里。

她愣了一下，听到沈屹西在她的耳边笑，感觉到他笑得肩膀微抖。路无坷很快反应过来，想从他的怀里挣脱出来。沈屹西却扣着她的腰不让她挣脱，隔着衣料她都能感觉男生的手骨节分明。

路无坷难得一次有点着急：“你松开。”

沈屹西闷笑了一声，低头瞧着她：“你明知道我不是什么好人，为什么还跟我走那么近？”

路无坷懒得跟他废话了，用手推他的胸膛。

手劲儿还挺大。沈屹西笑了一声，抱得她愈发紧了：“再动，摔下楼我可不管啊。”但怀里这个主儿可不是个善茬，看着乖乖巧巧的，狠话什么的对她压根儿没用，他越说她越挣扎。

沈屹西“啧”了一声，抱着她往墙上一压。路无坷的后脑勺随着惯性往后，却意料之外的，撞进男生宽大的掌心里。沈屹西没让她的头撞在墙上，用手扣着她后脑勺。

沈屹西的眉眼有些锋利，黑色的瞳眸紧紧地盯着她，他离她很近。

路无坷对上他视线，偏开头还是想挣开他。但女生的劲儿哪能跟男生的比，她整个人被沈屹西抱在怀里压根儿挣脱不得。

眼前忽然一暗，路无坷一愣。

沈屹西转眼只离她咫尺之远，气息落在她的唇上。温热，掺杂着烟草味。

他的眼睛直勾勾地看着她，偏头朝她靠近。时间似乎变得很慢，隔着一扇楼梯间门，礼堂里隐隐约约传来一首《红豆》。

他离得越来越近。

路无坷不知道什么时候已经垂下了视线，却仍倔强地没有转开头。就在他的鼻尖几乎快碰上她的时候，她的睫毛轻轻颤抖了一下。

紧接着，便听见沈屹西一声散漫的笑，温热的气息落在她唇上。他朝她的眼睛轻吹了口气，笑道："还挺倔。"

沈屹西又说："怕什么，不亲你。"

路无坷翘起睫毛看他。

沈屹西说："早晚有的是机会。"这话明摆着就是在说她以后肯定是他的，路无坷垂落身侧的手指尖轻轻颤了下。

沈屹西看着她，她并不知道他刚才有那么一会儿差点没忍住。这还是第一次。

路无坷伸手推开了他。得是这会儿沈屹西愿意放开她，她才能推得这么轻而易举。

沈屹西笑笑，弯下身把她掉在楼梯上的那袋子药一把捞了过来。他直起身子，拉开往里看了眼，然后抬起眼皮看她："头疼？"

路无坷看了他一眼，动作算不上温柔，抢过他手里自己的东西。

沈屹西"啧"了一声，眼里却还是带着笑意。

路无坷拿上东西走下楼。

沈屹西没跟下去，搓了搓垂在身侧的手指头，仿佛上面还留有她身上软绵绵的触感。他笑了一声，转头去看楼梯，她早跑得不见人影了。

路无坷从楼上下来的时候在外面遇到了蒋青。

蒋青来礼堂还不忘抱本书过来，路无坷出去的时候她正往楼梯间这边探头张望，表情看起来似乎有点焦急。蒋青看到路无坷出来时还愣了一下，随后抱着书跑到路无坷的身边："无坷，你下来啦？"

路无坷还以为蒋青早回去了，问她："你怎么在这里？"

不知道为什么，蒋青的表情有些不自在。她说："阿释让我在这里等你的，说你不太舒服。"

"我没有不舒服。"路无坷说，"走吧。"

这时，蒋青似乎朝楼上瞥了一眼，听路无坷说走，她点点头："哦，好。"

两个人一起从礼堂这儿离开，走着走着蒋青还抱着书往后边看了一眼。

"无坷。"蒋青叫了她一声，"楼上有人看你。"

路无坷不用回头看就知道是谁，她没说话。

蒋青跟她说："是沈屹西。"

路无坷不知道说什么："哦。"

过了一会儿，她突然问蒋青："刚才在楼上你都看到了，是吗？"

蒋青没想到她知道自己看到了，愣了一下后赶紧跟她解释，语气有点急："我不是故意看到的，就是想上去找你，结果不小心就碰上了，你放心我什么都没看到，很快就下来了。"

"没事。"路无坷不是很想解释，"没什么。"

"那你喜欢沈屹西吗？"

路无坷低着头，似乎在想，又似乎没在想。过了一会儿，她摇了摇头。

路无坷那天在宿舍睡了一下午，起来的时候已经是下午五六点。这个点儿澜江已经天黑了，宿舍里却没开灯，就亮着三盏台灯。

阿释、于熙儿、蒋青都在宿舍，各开各的台灯做自己的事儿。

路无坷从床上坐了起来，问她们："怎么不开灯啊？"

阿释一听她醒来了，把手机往桌上一扔，从椅子上跳下来跑去她的床边。她扒在路无坷的床栏："醒啦？头还疼不疼啊？"

路无坷下午睡觉前吃了几粒阿释给买的药，现在头已经不疼了。她摇摇头："不疼了。"

阿释这才去开灯："我们看你睡得好好的，就没吵你。"阿释又扒回她的床边，问她："你昨晚是不是没睡好？"

路无坷昨晚确实睡得不怎么好，她用手揉着太阳穴："有点。"

阿释问："你这是因为今天的表演紧张出来的毛病吗？"

在桌子前对着镜子画眼线的于熙儿吱声了："你看她是会因为这点小事儿紧张的人？"

阿释经常有事没事就往路无坷家跑，久了对她家的事儿多多少少也了解了一点儿，她觉得这对路无坷来说可能不是小事。

"那可不一定。"阿释回头去看于熙儿，"又不是谁胆子大就什么都不怕。"

像阿释和于熙儿这种脾气，越难搞就越是真性情，两个人早上光靠一通电话就冰释前嫌了，最容易吵翻天的人也最可能成为关系最好的朋友，毕竟性格里有那么点儿相似的东西在。

于熙儿似乎很认真地在思考阿释说的那句话，过了一会儿才拿起眼影继续化她的妆，说了句"可能吧"。

蒋青就睡她对面，这会儿正写作业，看她这浓妆艳抹的，问她："你还要出去啊？"

于熙儿往眼皮上刷眼影，"啊"了一声："出去啊。"

蒋青想到她早上托阿释买的药："你身体不是不舒服？"

于熙儿涂眼影的手一停，很快又继续画她的眼影："没多大事儿，已经好了。"

她化完妆掰了两粒止痛药往嘴里扔，又喝完了一大杯放在桌上的凉开水。大家都知道她在吃止痛药，她身上的伤口却还没人见着个影子。阿释去拿手机给路无坷叫外卖，随口问了她一句："小公主，你身上到底是什么伤啊？"

于熙儿背上挎包出门，回她一句："之前怎么没发现你这么婆婆妈妈？"

阿释骂了她一句，差点追出去打她："你是不是一天不找骂浑身难受。"

于熙儿一走，宿舍里清静了不少。

路无坷从床上下来后到浴室洗了个澡，出来后阿释给她叫的外卖已经到了。

阿释早吃完了，下午跟她妈一起吃的饭，吃完把她妈送去坐车才回的宿舍，路无坷吃饭的时候她搬了张椅子坐她旁边玩手机。

蒋青这会儿有事出去了，屋里就她们两个。

“对了。”阿释也不知道突然想到了什么，手机拍在桌上，“你猜我下午刷到什么帖子了？”

路无坷一向不怎么关注这些，但还是挺配合阿释的：“什么？”

阿释托着下巴看她，脸上笑嘻嘻的：“你啊，你今天在舞台上那漂亮的，一堆男的看直眼了好吗？”

阿释骄傲得跟人说的是她似的：“多有眼光啊，我家路无坷这么漂亮。”

她这吹的，路无坷塞了个鸡腿在她嘴里：“行了，吃你的鸡腿。”

阿释把鸡腿从嘴里拿了下来：“我说真的。今天还一堆男的在底下要你的电话号码，也不知道他们从哪儿听说的咱俩关系好，还有两个男生找到我这边来。”

以前也不是没人找阿释要过路无坷的电话号码，这么好看的一个人往她身边一站没人来找那才叫稀奇事儿。但遗憾就遗憾在路无坷对谈什么小情小爱的压根儿没心思，就算千辛万苦要到她的电话号码也没什么用。

阿释跟她挤眉弄眼：“计院那系草也找过来了，长得还挺不错的。我就寻思着加了一年都没聊过天，他怎么突然找我聊天了，原来跟我要你的电话号码的。”

路无坷眼神悠悠地看向了她。

阿释正啃着鸡腿，看她看过来立刻读懂了里面的意思，抬手：“我可没把你的电话号码告诉他啊。”她嘴里咬着鸡腿，说话的声音有点含糊，“不过你什么时候能让我送出去一个啊。”

路无坷好像真的认真地思考了一下：“到了该相亲的时候吧。”

阿释无语：“年纪轻轻的想什么相亲呢，这大好年纪的不用来多跟几个帅哥谈恋爱多亏啊。路无坷，你简直白瞎了你那张脸。”

路无坷跟没听到似的。

阿释说：“你就应该学学人家沈屹西。”

路无坷正吃饭，冷不防听到这个名字，微微抬了抬眼。

阿释没发现她的不对劲，还在那儿说着：“人家女朋友换得那叫一个勤，那张脸都不知道祸害多少女孩儿了。”

过了一会儿，路无坷忽然问了阿释一句："他为什么在这边上大学？"

她这个问题问的，压根儿跟阿释说的不是一回事儿，阿释被她问得一头雾水："什么为什么他在这边上学？"

"他不是A城人吗？"

这个问题从路无坷嘴里问出来简直有点不可思议，平时她才懒得问这种关于男生的话题。阿释惊讶得不行，重点瞬间跑偏："你怎么知道的？"

路无坷的手一顿。

阿释跟发现了路无坷什么小秘密似的，拉长了语调："哟，路无坷，被我发现了什么？"

路无坷用筷子戳了戳米饭，转头一脸天真地看着她："你跟我说过的啊。"

阿释一愣："我说过？我怎么没印象，真说过？"

路无坷点点头。

阿释被她这么一搞也糊涂了，虽然自己没印象，但平时她确实有什么就喜欢跟路无坷讲上一通。

阿释也搞不清楚了，她挠挠头："不过，你问我这个干吗？"

"就是好奇。"路无坷说。

"其实我也不知道他为什么跑到澜江这个地方读书，但是以前听人说过一点儿，很多人对他这事好奇着呢。"毕竟作为一个A城人，家里又有钱有势的，再怎么着都不会跑来澜江这种小城市上学。

但沈屹西来了。

路无坷问她为什么？

阿释说："还能为什么，就跟电视剧里演的那样呗，儿子太浑了父亲就变着法儿整治人。"

阿释说沈屹西是他爸给扔到这儿想磨磨他的性子的。

"但是什么用都没有。"阿释没一会儿就把鸡腿啃完了，吮吮手指头，"沈屹西照样玩命赛车，泡妞、喝酒没一样落下的，我看他快活得不行。"

路无坷听了之后只"哦"了一声。

阿释看时间差不多能洗澡了，起身踢开椅子，对她说："我先去洗澡了，你把你那饭吃完啊，不吃完我找奶奶告状。"

路无坷顶嘴："你告呗。"

阿释笑："路无坷你好嚣张啊。"

校庆过后，生活又开始枯燥地周而复始，就跟澜江那天气一样，无风无雨，平静得跟潭死水一般。

路无坷晚上奶茶店有排班，下课的时候天刚擦黑，她收拾好东西去了奶茶店。今晚店里照旧是她和李莉婷一起。不过，今天店里却不止她们两个人，多了个心血来潮来店里看看的老板。

老板是个三四十岁的撒手掌柜，平时没来奶茶店也不知道都去干的什么，一开始李莉婷刚来这儿打工的时候甚至怀疑这位老板发不发得起她的工资，后来上了两个月班照常收到打款，她才把自己那颗心放回了肚子里。

老板不仅行踪不定，脾气也古怪得让人捉摸不定，时而和颜悦色，时而逮人就骂，弄得李莉婷一直有点怵他。但今天老板的心情看起来不错，坐着跟她们聊了两个小时的天，把李莉婷都给聊得正襟危坐了。

有女生过来买奶茶，路无坷起身去给人做奶茶。几个女孩儿等奶茶的过程中围在一块儿聊着天，话题无非又是哪个长得好看的帅哥，中间一个女生被闹得满脸通红。

"待会儿去了你就坐他旁边，使劲灌他酒。"一个女生在给那个脸红的女生出主意，"男人嘛，一喝醉就什么都随便了，到时候你往他身上一贴，还怕他不答应你？"

这群女生都是玩得起的，玩笑闹得也开。虽然她们对话里没有任何一句提到那个男生的名字，但路无坷知道她们说的是谁。

这几个女孩儿就是上次在鬼屋看到的那几个，中间那个女孩儿就是上次站在沈屹西身边的那个，可能到现在还没追到他，她的那几个朋友都在撺掇她，今晚趁人来了赶紧把人给拿下了。

她们说，女追男，隔层纱。又问她为什么非喜欢这个男的。那个女生跟这帮人混在一起瞧着却是个文静的性子，红着脸说不知道，就是很喜欢。

沈屹西很喜欢烟，而他这人本身就像烟。

呛人，浓烈，纵性，能上瘾到让人去死。

任何一个女孩儿真遇到了他这种人，没有谁能不被吸引。

过了一会儿那帮男生就来了。

这还是校庆之后路无坷第一次遇见沈屹西。他跟上次比变化不大，还是那副吊儿郎当的、对什么都不怎么上心的样子。

隔着老远，沈屹西的视线便落在她身上。

路无坷戴着口罩，目光短暂地和他对上了一瞬。

一个眼神，一个心照不宣的秘密。

没人知道沈屹西在看她，也没人知道她在看沈屹西。

她低下头往杯子里加料。

男生们的声音在逐渐靠近，那道目光变得越来越无法忽视。这时，在后面坐着跟老板聊天的李莉婷从后面走了出来。

“无坷，奶茶做好了没？”

“没。”路无坷跟她说，“还有两杯。”

“那我来做。”李莉婷凑到路无坷的耳边，“救救我，跟老板聊天，我的心脏承受不了，你赶紧去里面帮我挡挡。”

路无坷正好也不是很想待在这儿，让开位置去了后边。

奶茶店外，那个女生已经跑到沈屹西的身边，红着脸问他喝不喝奶茶。

沈屹西没搭理那个女生，瞧着里头一见他来就很快溜得不见踪影的身影，心里有点不爽。

沈屹西垂在身侧的手指头敲了敲烟，烟灰簌簌落地。想着想着沈屹西却又笑了，往外狠狠地吐了口烟圈。

路无坷从后面出来的时候那群人已经走了。老板真挺能说的，从天南说到地北，聊完这个又说那个，差点说得她耳朵长茧子。

今晚来店里买奶茶的人不是很多，路无坷和李莉婷不是很忙。倒是很久没人下单的外卖有了反应，还是很大一单，一眼瞧过去有十来杯。

李莉婷看了下单的内容之后还啧啧惊叹这得是什么人啊，真是大手笔。然而，等她下一秒看到下面那个备注的时候，差点被自己的口水噎住。这位顾客留了个备注——让你们店里最漂亮的那个送过来。

这张点餐单被老板看到了。老板担心不照做顾客会投诉，说这就一小店可经不起折腾，又瞧着那地址不远，就让路无坷给送了过去。确实不远，就在对面的烧烤店里。端人碗服人管，老板指使了，路无坷只能给送过去。她拎着那一大袋奶茶穿过街道往烧烤店的方向走。

那天把路无坷从礼堂放走后，沈屹西一通电话打给了齐思铭。

齐思铭他妈是医生，知道头疼应该吃什么药，结果沈屹西把药拿到手了才反应过来压根儿没有路无坷的电话号码。这个丫头的电话号码还真藏得挺好的，从哪儿都没找着。

这件事就让齐思铭调侃了好久，导致齐思铭最近这段时间这张嘴有点欠抽。一天天地在沈屹西耳边奶茶妹长、奶茶妹短的，弄得沈屹西比赛都没法儿好好参加。后来，还是从齐思铭那儿得知她头疼好了才没把药送出去。

沈屹西这次赛车是跟许知意一起去的，许知意前几天正好没课，这几个月来俩人又还没正经参加过一次比赛，就找刺激去了。

也不知道怎么想的，今晚刚回来就去了路无坷打工的地方。巧了，还真在这儿遇上了，结果人家一见着他就躲起来了。

沈屹西想到这儿笑了一下，酒瓶对着嘴，漫不经心地喝了口酒。

齐思铭这会儿这嘴又不长记性了，在他耳边瞎念叨。

“屹哥。”齐思铭往嘴里扔了颗花生米，笑得不怀好意，“你是不是对人家奶茶妹干什么缺德事儿了？人家小姑娘这么躲着你。”

沈屹西用眼风扫了他一眼，嘴里没一句正经的：“干不能对你干的事儿。”

“这是什么虎狼之词？”齐思铭笑着骂道，“难怪人家小姑娘这么躲着你，这一天天哪儿受得住？”沈屹西笑了一下，他们这帮人是真的算不上正人君子。

桌上堆了一堆烧烤，沈屹西刚跟许知意在那边吃完饭，他没什么胃口，靠回椅背摸了根烟出来塞到嘴里。

旁边那个女生给他拿了打火机，沈屹西叼着烟垂眸瞥了她一眼，女生的脸“噌”的一下通红。

沈屹西叼着根烟跟她说话：“不点，就叼着过过嘴瘾。”就算是句拒绝的话，女生还是被迷得晕头转向的，结结巴巴地应了声，把打火机放了回去。

烧烤摊外很热闹，少说也得支了十来张桌子。

路无坷一眼就瞧到了那个人的身影，她捏着老板给她的号码，往那边走了过去。

那桌的男生在喝酒，又是吆喝又是哄笑的，满是市井之气。

恣意妄为，谈笑风生。

在这黑夜里吸引着那些活得规规矩矩的人。

路无坷停在离他们两三步之遥的地方：“你们的奶茶到了。”她的声音本来就不大，再被男生的碰酒吆喝声一盖，那些人压根儿没听着。但她确定，那个人听到了。

他就坐在那儿背对着她，微微偏头余光朝这边扫了一眼，又转了回去，一副事不关己，又等着看好戏的姿势。

路无坷站在那儿，正想再开口，有人发现了她。一个男生用胳膊拱了拱身边的齐思铭，往她这边扬了扬下巴。

齐思铭顺着他目光瞧了过去，冷不防看见路无坷，差点被自己嘴里的啤酒一口呛死。他看她好像有事儿找他们的样子，问：“怎么，找我们有事儿？”

路无坷点点头，提了提手里那一大袋子奶茶：“你们点的奶茶。”

在座的人听了都有点蒙：“什么奶茶？”

一个女生认得她，一头雾水地拿起她放在桌上还没喝完的奶茶给她看：“刚我们去你们店里买过了啊，这还没喝完呢，应该不是我们点的。”

有人附和：“对，你瞧瞧是不是附近这几桌人点的，我们没点。”

他们在这儿跟路无坷说着，只有齐思铭看向了坐那儿默不作声、作壁上观的沈屹西，他在桌子底下踢了踢沈屹西的脚。沈屹西抬头悠悠地瞧了过来。

齐思铭的下巴朝路无坷那头扬了一下，用口型问他："你干的？"

沈屹西跟压根儿没看懂似的，瞥都没往那儿瞥一眼。

齐思铭差点以为这位爷这么快就移情别恋了。

路无坷站在那里，瞧了一眼他的背影。半晌才摊开手里老板给她的号码，打了个电话过去。她将手机贴在耳边，那头沉寂了两秒后，接通了。

沈屹西放在桌子上的手机"嗡嗡"振动了起来。他瞧着那亮起来的屏幕，笑了。

他拿起手机转过身，胳膊懒懒地挂在椅背上，朝她晃了晃屏幕："这是你的手机号码？"

路无坷看着他，手机还贴在耳边。

桌上的人怎么也没想到会是沈屹西点的奶茶，而且就他刚才那个反应，怎么瞧最不可能的人就是他，他开口的时候大家全愣住了。

沈屹西却已经起身，踢开椅子朝她走了过去。他稍微俯身接过她手里那一大袋东西，顺势微偏头靠近她耳边，闷闷地笑了一声："早点儿打不就好了。"

塑料袋拎手就那么大一块地方，两个人的手指难免有触碰。男生骨节分明的手指擦过她的手指，骨感的，有力的。

路无坷突然抽回了手。

沈屹西想着刚才手上那软软的触感，笑了笑。

耳朵被他带着温热的气息的声音弄得一阵发痒，路无坷下意识地往后退了一步。

沈屹西抬了抬眼皮，眸色沉沉地看着她。

路无坷看不出他在想什么。她用平时最能迷惑人的那副单纯的表情跟他说："那个号码不是我的，是我同事的。"

沈屹西看着她有一阵没说话，久到路无坷不知道他是不是真的信了。

结果就听他笑着"哼"了一声，觑着她："你觉得我会信？"

她那套手段，在这个人面前不管用。沈屹西还看着她，路无坷索性破罐子破摔："你爱信不信。"奶茶送到人家手里了，她自然可以走了，说完转身就想走。结果她的手就被沈屹西抓住了，路无坷一愣，想甩开他手：“你干什么？”

沈屹西跟没感觉到她的反抗似的，男生的劲儿大，女生根本拗不过。

他瞧了一眼她的手指头。果然，都被袋子勒红了。细皮嫩肉的。

路无坷甩开了他的手，沈屹西瞧着她的样子在旁边直笑。

她没再理沈屹西，转身穿过了街道。

沈屹西双手插在兜里，偏着头看着她带着情绪走远的背影，转身把那袋奶茶拎到桌上：“分了。”

一桌人刚才就这么看着他逗一个小姑娘。这里头就齐思铭一个人知情，他一回来齐思铭一拳砸到他的胸口上，嘿嘿笑：“真有你的啊！屹哥，就这么把人家的号码搞到手了。”

说到这儿，沈屹西想了想她刚开始不情愿地打这个电话的样子。这丫头是真的心里门儿清。

男生一聊女孩儿话准不会少。方宏烨也在这里头，他认得出这个女生是上次在舞蹈教室外齐思铭想跟人家打招呼的那个——不爱理人的那个。

方宏烨瞧了一眼远去的路无坷，笑着问：“屹哥，你什么时候好这口了？”

有人应和：“没错，之前不都是一些玩得起的，火辣——”

话没说完就被沈屹西笑着打断了：“行了啊。”男生们哄笑起来。

这时，一直坐在沈屹西身边不吭声那个女孩儿突然问了他一句：“她是你的女朋友吗？”

仔细看那个女孩儿已经红了眼睛。

沈屹西垂眸看了她一眼，眼里算不上有笑意：“还不算。这不还在追？”

那个女孩儿估计是忍不住了，偏开了头。

沈屹西起身告辞：“找人去了，你们尽兴玩儿。”

他这个人就是这样，想追人了，对谁感兴趣了，都不会藏着掖着，从来都很坦荡。

齐思铭在那儿夸张地起哄，用酒瓶底敲着桌，拼命地制造动静，生怕隔着条马路那头奶茶店里的人不知道。

“有人要追人去喽！”

沈屹西笑着一脚踹到他腿上：“把人给吓跑了，我抽你。”说完沈屹西就走了。

齐思铭笑得不行，又朝他的背影喊：“不是，奶茶这玩意儿齁甜，这么多杯我们也喝不完怎么办啊？”

沈屹西穿过街道往对面走去，头也没回：“扔了。”

路无坷从烧烤店回去的时候老板已经走了。

老板一走，李莉婷嘴巴又开始说个不停。她说起那个外卖的备注，说就没见过要求这么奇怪的顾客，别人都只让加料加奶，这位顾客倒好，只要人。

女生对这种事情都要敏感得多，李莉婷说归说，但心里头知道这里头肯定有猫腻。她问路无坷：“无坷，是不是有人暗恋你啊？”

路无坷回答得很快：“没有。”

她这么说，李莉婷才不信：“你长这么好看，怎么可能没人暗恋你？肯定是你自己不想谈恋爱。”说完哼着歌去后头搬东西了。

隔着一条马路，奶茶店和烧烤店的距离其实也不过就二三十米远，齐思铭他们起的哄这边听得一清二楚。路无坷擦桌子的手停顿了一下。

今晚起了点儿风，吹得路边树叶轻微摇晃着，车流在灯红酒绿里影影绰绰，她抬眼就瞧见了从那头走过来的人。

这条马路上没有红绿灯，那个人从容、放松地穿过车流，轿车、摩托车鸣着笛从他身边经过，他身上那股野劲儿在这片喧嚣里恣意地生长着，不羁的，放纵的。不管在哪儿这个人都是夺目的。

路无坷低下了头，做着自己手头上的事儿。

那个人从马路对面过来后竟然也没有往这边来，就靠在对面的树干上，看着路无坷。

路无坷忙着做自己的事儿，没去看他。

李莉婷在后头忙活完了出来，她要眼尖得多，或者说沈屹西这人光是站那儿不说话都能吸引人的目光，她第一眼就看到了对面的沈屹西。

沈屹西视线张扬又明显。

李莉婷一下子就知道他在看的是路无坷。她碰了碰路无坷，小声跟她说："沈屹西是不是在等你啊？"

路无坷的眼睛都没抬，说不是。

店里十一点关门，路无坷和李莉婷收拾好店里，拉下了卷帘门，两个人照旧在门口分开各走各的。

今晚的天气，凉了不少。

沈屹西还在等她。

路无坷埋头走下台阶，没去看沈屹西。

那头的沈屹西瞧着她这副冷淡的模样，起身朝她走了过来。

男生的腿长，没一会儿便追上她。沈屹西堵住了她的去路，挡在她面前不让她走。他朝自己刚站的那地方抬了抬下巴："我那么大个人站那儿，你没看见？"

路无坷终于肯抬头看他，说："你干吗？"

"你说我干吗？"沈屹西说，"大冷天的我难不成站这儿吹冷风？"

路无坷沉默了一会儿，装得跟不懂似的："不是吗？"

沈屹西给气笑了："认真的？"

她垂下头，抿抿嘴："那你为什么？"

"为什么？"沈屹西偏头笑了下，又转回来，"追你。"

对于沈屹西的话，路无坷没有回应。

沈屹西好像也不着急要她回应的样子，他微低着头，垂眸看她："送你回去。"

路无坷每次打完工都是自己回去，她说不用。

沈屹西原本低下的眼眸，又撩起来看她。

路无坷也看着他，随后挪开了视线，想从他的身侧离开。

沈屹西没拦着她。

路无坷擦肩而过。

沈屹西沉默了一会儿后，回身去看那个背影。

街道上有种深夜的寂寥，人的欲望流浪在这夜色里。不管是他，还是她，又或者是那个在烧烤店里喝得烂醉带翻了一桌子酒瓶的酒鬼，他们都只是凡人。

空气里有阵淡淡的香味，她的。沈屹西闻着那淡淡的香味儿，瞧着她的眼眸里有些说不清道不明的东西在。

他猛吸了两口气，两颊跟着吸了进去，然后笑了笑，不紧不慢地跟了上去，他才不会管她愿不愿意让他送。

回学校就这么一段路，路无坷已经走过无数遍。破败居民区狭窄的小巷口，没有红绿灯的十字路口，她依次穿过，那个人一直不远不近地跟在她的身后。路无坷没有回头。

这个点儿学校的校园道路上只有那些从图书馆回来的学生，寥寥无几，大多小声聊着天。回女生宿舍那路上十分安静，只有女生宿舍楼上传来窸窸窣窣的说笑声。

树影摇晃，他们一前一后，路灯下影子拉长了又变短。

很快就到了宿舍楼下，路无坷知道那个人还在身后，她垂下了眼。宿管阿姨在门房里，放着很大声的电视剧，她走进了宿舍里。

沈屹西也没叫住她，神色悠然地瞧着那个可以说是决绝的身影。

路无坷的宿舍在二楼，走廊对着外面的路。她从楼梯走上来，也说不清为什么，朝楼下看了一眼。底下沈屹西靠在树上，低头不知道在手机上按什么。

像是察觉到什么，他抬头瞧了过来，两个人的视线对上。沈屹西应该是挑了下眉，抬起手机朝她示意了一下。

路无坷口袋里的手机嗡地响了一声。她收回了目光，没理睬，掏出钥匙打开了宿舍门进屋。

钥匙在手里碰撞出声响，路无坷背靠在门板上。过了一会儿她才掏出手机，上面一个陌生号码发来一条短信。

“202。”

路无坷一愣，这是她的宿舍的房间号。没等她反应过来，紧接着一条短信又跳了出来。

“猜对了。”

光看这三个字，都能想象出那人嚣张又漫不经心的表情。明明是没什么寓意的三个字，路无坷却莫名愣了会儿神，直到阿释喊她，她才回过神来。

“你干吗呢？路无坷，站那儿发呆。”趴在床边打游戏的阿释一脸疑惑的表情。

路无坷又跟平常没什么两样了，从门边上起身往自己书桌那儿走：“可能脑子短路了。”

阿释那个狗鼻子像是闻到了什么，叫住她：“等等，路无坷你过来。”

两个人就睡对床，路无坷走了过去：“干吗？”

阿释的头越过床栏，低头拼命嗅她身上的味道：“你身上怎么一股烟味儿？”

路无坷一愣。

“我的天。”阿释一脸震惊的表情，“你是不是背着我跟哪个男人偷腥去了？”

依旧雷打不动在台灯下写作业的蒋青听得直笑。

路无坷懒得理阿释，抓着包回到自己的书桌旁。

阿释在后头笑得停不下来：“行了行了，不跟你开玩笑了。不过你身上那烟味真挺重的，去哪儿遇到的烟鬼啊，这么能抽。”

路无坷正把书从包里拿出来，闻言手一顿，她知道自己身上沾染的是沈屹西的味道。她很快收拾起自己的东西来，又不知道想到了什么，把身上沾了烟味的外套脱了下来，顺势到浴室洗了个澡，出来后她坐在自己的书桌前等头发晾干。

蒋青从阳台外走过来问她还有没有衣服要扔洗衣机里洗。

路无坷随口应了句“没有”。

蒋青说行。

路无坷却突然想起什么，叫住了蒋青：“等等。”

蒋青疑惑地转回头：“怎么了？”

路无坷拿下刚脱下来，搭在椅背上的那件外套：“还有这件。”

“行，我帮你拿过去吧，正好一起洗了。”

路无坷把外套递给她，说谢谢。

宿舍就她们三个，洗漱完了，阿释从床上探头问蒋青：“小公主今晚又不回来？”

蒋青是她们宿舍的舍长，平时她们谁在外面过夜没回来她都得过问一下，刚熄灯她就给于熙儿打过电话了。她点点头："对啊，她说今晚不回来。"

"干吗去了？"

"不知道。"蒋青说着笑了，"刚才电话里还在骂人。"

阿释一下子就知道她骂的是谁："肯定又是她那个三十几岁的'爹'。"

于熙儿最近天天逮着那个管她跟管女儿似的人骂，说明明不是她爹却管得跟她爹似的。也不知道这人怎么管的她，把她给气成这样，今晚八成又是被人给管住了才会在电话里骂骂咧咧的。

阿释实在很好奇这个人是谁，能把于熙儿气成这样，她真想跟他取取经。

路无坷明天有堂专业课老师要求课前预习，她抽了课本出来打算睡前翻一遍。

蒋青刚去阳台又折返回来，手里拿了个小药瓶。

"无坷，这东西是你的吗？刚才从你兜里掉了这个东西出来。"

路无坷忘了自己把那个东西放在兜里了，神色自若地从蒋青手里拿过来："是我的，谢谢你啊。"

阿释在床上听得一清二楚，忙扒着床栏问她："路无坷，你怎么了？吃的什么药啊？"

路无坷拉开抽屉把药瓶扔了进去："昨晚没睡好，头又疼了。"这确实是路无坷的一个老毛病了。

阿释有点替她担心："要不要改天我跟你去看看医生啊？天天失眠，谁的身体受得了。"

路无坷翻开课本拿笔划了划："又不是经常吃，看什么医生。"

阿释撇撇嘴："你就折腾吧，哪天把身体搞垮了看奶奶不抽你。"说完躺回床上去了。

可能就是因为阿释这句话提到奶奶的原因，路无坷晚上就梦到了奶奶。梦里那个她只有四五岁，抱着奶奶的脖子号啕大哭。奶奶一夜愁白了头，红着眼睛摸着她的头，哄着"妹妹不哭"。

路无坷不知道是什么让她们这么难过，只知道那是很难过很难过的事。梦里的沉重压得她快喘不过气来，而这种感觉，路无坷真真切切地感受过。

在这短短的十几年里。

她已经在这人世间苟活了十年。

Chapter 05

他朝她走过来

40.7°C

路无坷他们这个专业一周有三天早读。院领导在学习这事儿上恨不得榨干学生的精力，要不是学校自由选课制度的原因，估计他们想亲自上手把他们这些学生的课表安排得满满当当。

早读就是领导在学生起床和正式上课这中间挤出来的碎片化时间。学生对早读颇有微词，毕竟这个时间放平时可是用来睡懒觉的。路无坷倒是没有起不来这个烦恼，她的生物钟简直比时钟还准时。

今天有早读，她起床洗漱后就去了教室。

早读没老师看管，就班委给他们放听力和记考勤。一节早读四十分钟，下课那点儿时间足够他们溜达去吃个早饭后再赶去上专业课。

路无坷有时候挺懒的，不想跑那么远就去吃个早饭，直接去上课的教室了。班里就来了一两个人，正啃着面包聊待会儿上课老师要求小组讨论发言的事儿。

路无坷挑了偏后排窗边的位置坐下，没一会儿教室里的人越来越多，大家都赶过来上课了。

教授一进来就在讲台上捣鼓多媒体设备，上课铃还没打响就拍拍手让大家准备准备上课。

一大早的，教授那口流利的英语听得人昏昏欲睡。教室里已经睡趴了几个，不过大学教授一般不管这些，爱睡睡去考试能过就行。就算看有人趴下了也不会说什么，继续讲他的课。

结果这堂课还没讲十分钟就被人打断了，后门进来了个男生。他推门的动静不算小，班里大半人都转头看了过去。

路无坷当时正无聊着，在白纸上自个儿玩圈圈和叉叉。她离后门近，听见动静下意识地往那儿瞥了一眼，结果一眼就看到了手插兜靠在门框上的沈屹西。他像是在找什么人，扫了教室一圈，最后和路无坷对上眼了。

找着了。

这学期刚开学没几周，教授对班里学生的人名和人脸还认不全，估计以为沈屹西是迟到了。

他推了推鼻梁上的眼镜，跟后门边的沈屹西说："同学，赶紧找个位置坐下，再不来这堂课都快上一半了。"

沈屹西这学生还装得挺像模像样的，从门边上起身，吊儿郎当的："知道了，老师。"然后理直气壮地进了教室。

其他人都知道他不是班里的同学，底下响起一片窸窸窣窣的笑声。

路无坷的头早转了回去，过了一会儿，身后传来椅子被放下的声音。

沈屹西在她后面坐下了。

那人刚坐下没一会儿，路无坷就感觉椅子被人踢了踢。他的声音还带着刚睡醒的哑，吊儿郎当的："把你的课表给我一个。"

路无坷装死。

沈屹西又踢了踢她的椅子。

这个动静在这安静的教室里不算小，连教授讲着课都往他们这边看了过来。

沈屹西压根儿就不怕老师。

路无坷终于有了点儿反应，低头不知道在纸上唰唰写了什么，写完把纸团放在他桌上。

沈屹西背靠在椅子里，胳膊一伸捞过纸团。他拆了纸团漫不经心地扫了眼，上面用黑笔写了两个字——不给。这脾气，沈屹西"啧"了一声，笑了。

他的手指玩着纸，瞧着这字儿。还挺漂亮，跟她的人一样。

纸上还画着个表格，框框里涂了几个圈圈和叉叉。沈屹西在那儿看了半天才发现她是在跟自己玩游戏，他闷闷地笑了声，瞥了一眼她的背影，两条胳膊搭上课桌往前倾身："喂，好学生。上课开什么小差。"

他的声音几乎就在耳边，路无坷正记笔记，闻言笔尖停顿了一下。她垂着眸，一会儿后又不动声色地继续写。

她不理人也不是一天两天的事儿了，沈屹西早习惯了，也不怎么介意。他看上的，就是她这个人。算了，现在上着课，放过她。

他靠回椅背，手里把玩着她扔过来的那张纸，看着上面那几个圈圈和叉叉，他不知道想到了什么，笑了一下。

两个人离得这么近，路无坷自然听得到他的动静。那笑几乎如气音一般，听着明显心思不正。路无坷想到自己在那张纸上画的东西，可能什么东西在男人脑里都能变成有色废料。意外的是，后面那个人整节课下来没再来折腾她。

明明还隔着一张课桌的距离，那个人的存在感却强到无法忽视，即使他什么都没说，没做，但就连他趴在课桌上睡觉那点动静，路无坷都听得一清二楚。

沈屹西进教室那会儿明显刚起不久，跟人说话的声音都泛着慵懒。

整节课也不知道班里的女生转过头来看人看了多少次，他这种人光靠脸就能吸引一大批女孩了。

老师讲了多久，他就睡了多久，下课铃打响都没见他起来。

下节课在别的教室，路无坷收拾好桌上的东西准备去上下节专业课。

教室里的人已经走得七七八八了，后面那个人还是没动。

路无坷也没有等人的意思，拉上拉链想起身离开教室。刚起身想从座位走出去，那人后脑勺却跟长眼睛了似的，手一抬拽住她的手腕。

"想去哪儿？"

路无坷脚步一顿。

沈屹西慢悠悠地从臂弯里抬起了头，窗外的日光有点刺眼，他微眯起眼睛。

路无坷低头看他："我要去上课了，你松开。"

这话跟沈屹西这人跟前说就是废话，他不可能会松开。

果然，他掀了眼皮看她："你觉得这话对我有用？"

但同样的，他这话对她也没用。

路无坷使劲儿转动手腕想从他手里挣脱出来。

沈屹西“啧”了一声，手上扣得越发紧。这点儿力气对男生来说不算什么，路无坷根本挣脱不开他。

沈屹西看着她，问：“真不给？”

路无坷反应了一会儿才知道他说的是什么：“不给。”

沈屹西过了一会儿后懒散地点了点头，松开她的手：“行。”说完从椅子上起身。

路无坷没动。

沈屹西垂眸看着她：“怎么不走？”

路无坷：“你要做什么？”

沈屹西笑了一下：“不是不给我？那我只能跟着你去上课，看你每天都上的些什么？”

沈屹西以为就她这个性子估计又要跟他呛，结果就见她拿水灵灵的大眼睛看着他，乖得一塌糊涂：“你不用上课吗？”

就这张脸，不说话都有迷惑性。她说的那句话又挺乖的，换谁谁都受不了。沈屹西盯着她的眼睛，半晌偏开头笑了一声。谁说她那套对他不管用。

沈屹西把头转回来看她：“希望我去上课？”

沈屹西就没见她的反应这么快过，她点了下头：“你自己的课。”

沈屹西垂着眸，眼睛被刚睡醒的倦意染得深邃了不少，目光就那样注视着她。

路无坷也和他对视着。

教室里很快就剩他们两个。

时间久到路无坷以为他不可能会答应的时候，他点了点头：“行。”他这么爽快地答应了，倒是路无坷一愣。

沈屹西看得想笑：“怎么，我这么不可信？”

路无坷挪开了视线，小声地说了句：“走了。”

他一脚踩在课桌横杆上挡住了她的去路。

“你答应我一个要求。”他说，“我就听你的。”

路无坷就知道他不可能这么好说话，问他：“什么要求？”

沈屹西把脚放了下来：“现在没想好，想好了再说。”

路无坷收回了目光，从他身前经过。男生的身量很高，从他面前走过窗外日光被挡了大半。

沈屹西的视线一直落在她的侧脸上，路无坷眼睛都没抬，径直走了过去。

沈屹西的手插在兜里站在那儿，偏头看着她往教室外面走去。被女孩儿给管住了，这还是第一次。

路无坷从教室里出去了。

沈屹西笑了一声，起身从教室的后门离开。

那天中午，路无坷跟阿释约了一起吃午饭。

阿释一直不是很喜欢吃食堂，嫌食堂饭难吃菜难吃，地板还脏，硬是拉着路无坷去校外开了个小灶。

开在学校附近的各类小饭店生意最是吃香，学生到大学以后不会每天规规矩矩地去食堂吃饭，总得到外面找点儿吃的喝的，像阿释这种就是其中之一，在填饱肚子这事儿上讲究得很，天天往外跑。

阿释今天想吃拉面，带路无坷去了兰州拉面馆。

这个点儿大家正好都下课了出来找吃的，店里座无虚席，好在阿释平时那张嘴最会跟人打交道，平时来这儿吃饭一来二往就和老板混熟了，早在上课上到一半的时候跟老板打好了招呼，让他给她俩留个位置。

她们要了两份拉面和几个小菜，阿释胃口大，这点儿东西不怕吃不完。

阿释吃饭的时候嘴闲不下来，边吃边跟她说话，能从她早上遇到点什么事儿说到最近她觉得某个火起来的男明星很帅。

两个人吃到一半意外地在这儿遇到了个熟人。

蒋青应该是跟她的朋友一起来的，三个女生从外面推门进来。

阿释瞧着她们，满脸疑惑地问："蒋青什么时候有这么要好的朋友了？"

没等她们打招呼，蒋青看到她们先跟她们打招呼了，不知道为什么，她看起来好像不是很开心，嘴角的那抹笑像是强撑起来的。她跟她身边的两个女生不知道说了什么，那两个女生朝她们这边瞥了一眼，往柜台那儿走了。

蒋青朝这边走了过来："你们今天也来这儿吃饭？"

阿释点点头，往柜台那边看了一眼："那是你的朋友吗？"

蒋青往那边看了眼，又收回了目光，她点点头笑了笑："是的，高中同学。"

蒋青平时脾气好，跟谁都合得来，但也正是因为这样，她身边跟她真正要好的人平时都不见得有一个。所以阿释才会觉得奇怪，而且蒋青平时才不会来学校外面吃饭，有这个时间她都用来学习了。

蒋青跟她们打完招呼就往她的两个朋友那儿去了。

阿释咬着筷子看向那边，说："其实蒋青身边有一两个好朋友挺好的，总觉得她这人虽然平时说的话比你多了点儿，但其实蛮内向的。"那种不知道怎么跟人交流的内向言语间是能感觉出来的。

路无坷这才往那边扫了一眼。原本是不经意的一瞥，却认出了里面的一个人。前几天在追求沈屹西的那个女生居然是蒋青的朋友，那个女孩儿瞧着还是文文静静的，就是面色有点苍白，也不知道是因为被沈屹西拒绝了还是身体不舒服给折腾的。路无坷收回了目光。

阿释问她："认识？"

路无坷摇头："不认识。"

阿释卷了一筷子面咬进嘴里："其实我认识一个。"

"看到没？"阿释给路无坷指了指，"那个穿着白裙子的，长得还挺漂亮的那个，她之前天天往我们班跑，追沈屹西去的，不过最近好像没来了。"

说到这儿阿释又开始疑惑起来："不过沈屹西上一次跟女朋友分手都多长时间了，最近怎么一点儿风声都没听到，就没看到他身边有什么女生，奇了怪了。"

路无坷正要去拿水杯的手一顿。

阿释却完全没察觉。

阿释记得，她还跟路无坷打过赌，说沈屹西身边不出一个星期就会有女孩儿出现，结果现在都不知道过去多久了。要不是今天提到，阿释自己都差点忘了这事儿。她说："路无坷，我居然还欠你钱。"

路无坷不明所以，阿释把这事儿跟她说了一遍，最后说："沈屹西这次空窗期是挺长的。"

路无坷听了没说什么，只默默地吃着面。

都说物以类聚、人以群分，路无坷跟阿释两个人吃饭就都挺慢的，两个人又在店里磨蹭了好一会儿才从里头出来。

阿释刚摸着肚子说要回宿舍睡个好觉，就被他们社团的社长一个电话给叫过去了，路无坷只能自己回宿舍。

结果，回去时就在宿舍楼下碰见了沈屹西。他站在树底下，正微微低着头点烟。这里是女生宿舍，宿舍门口人来人往，有的女生经过他，还一步三回头地瞧。沈屹西却跟没看见似的，把打火机塞回了兜里。

路无坷把目光从他的身上挪开，径直往宿舍里走。

身边擦肩而过的女生说着这个男生好帅，有的大胆点的女生都想着要上去要电话号码了，沈屹西这人好像到哪儿都很招女孩子喜欢。

“你当我眼瞎是吧？路无坷。”身后忽然传来沈屹西的声音，男生嗓音低沉喑哑，声音不紧不慢的。

路无坷的脚步停顿了一下。严格意义上来说，这是沈屹西第一次正经喊她的名字。

沈屹西往她这边走了过来。

路无坷没动地方，沈屹西停在她面前，问：“中午没去食堂？”

路无坷一听沈屹西这话就知道他中午去了：“你去了？”

沈屹西没回答她去没去，笑笑，不置可否。他摘下唇间的烟，说起别的：“要求，我想出来了。”

路无坷愣了一下才反应过来他说的早上那事儿。

“没别的，只有一条。”沈屹西黑色的眼睛紧盯着她，“不准躲着我。”

这个点儿大家吃完午饭都回来了，宿舍楼下进进出出的人越来越多，还有人好奇地往这边瞧了几眼。

沈屹西说：“听见没？没答应不让你上去。”

路无坷抬了下眼皮：“我没躲你。”

沈屹西给气笑了：“那上次奶茶店怎么回事？”

路无坷沉默下来。

“路无坷。”沈屹西偏头吹了口烟，没让烟味熏着她。

男生低沉的声音就在头顶，带着被烟草熏过的喑哑。可能是之前他没怎么喊过她的名字，路无坷觉得有点不自在。

沈屹西转回头，理所当然地说道：“你不出现在我面前，我还怎么追你？”

路无坷和他的视线对上，半晌先偏开了眼，看着旁边那棵叶子掉得差不多了的树。她说：“你为什么非得追我？”

沈屹西笑了：“这就得问你自己了。”他吸了口烟，低着头慢条斯理地吹了口烟出来，然后撩起眼皮，眼皮压出一道深深的褶，跟盯猎物似的盯着她，说，“为什么会招我喜欢？”

路无坷的眼神被他捕捉到。一个强势入侵，一个安静淡定。沈屹西那句话一点儿也不斯文，粗暴直接。

对视片刻，路无坷先败下阵来，下意识地咬了咬嘴唇。

沈屹西向来不是什么正人君子，瞧着她的唇，眸色暗了暗。

路无坷抬眼便瞧见他的目光。

沈屹西知道她懂，掀起眼皮再次对上她的眼睛，欲望毫不收敛一分，坦坦荡荡地让她瞧。

路无坷转开了头。

沈屹西觉得有点好笑，闷笑了声。

路无坷下午还有课，想回去躺会儿，昨晚没睡好，中午不稍微合下眼下午的课没法听。刚想说要上去了，沈屹西就开了口：“行了，上去吧。”

路无坷愣了一下。

沈屹西抬手想去碰她的眼睛。路无坷被吓了一跳，下意识地往后退了一小步。沈屹西的手停在半空，挑了挑眉，把手放下了。沈屹西冲她的眼睛抬了抬下巴：“没睡好？”

路无坷的黑眼圈其实也不是很重，就是她的皮肤太白了，看起来才觉得明显。沈屹西“啧”了一声，说她：“这皮肤白的，都能当牛奶喝了。”这话就没一个字儿是正经的。

路无坷挪开眼神。

沈屹西让她进去的，她没再跟沈屹西说什么，连招呼也没打就往宿舍里走。

她那点儿心思沈屹西怎么可能不知道，沈屹西笑了笑。

等她进去了沈屹西才把手插在兜里转身走了。

路无坷回到宿舍的时候，昨晚一夜未归的于熙儿已经回来了。她穿着吊带丝绸睡衣，跷着脚在镜子前贴面膜，路无坷进来的时候她从镜子里看她一眼："回来啦？"

路无坷把自己的包放在桌上，问她吃饭没。

"吃了。"于熙儿贴着面膜，脸部动作不敢太大，话说得有点含糊不清，"不知道吃的一堆什么玩意儿，跟二食堂的饭有得一比，难吃死了。"

学校二食堂的饭是学生选出来的最难吃的，没有之一，阿释刚入学那会儿天天骂这个食堂是个喂猪食堂，每次一骂学校总要把这个食堂拉出来遛一遍。

路无坷顺口问了她一句："吃的什么？"

于熙儿说："你信吗？一个三十出头的人，天天吃的东西跟个和尚似的，白粥、青菜、各种炖汤，就差直接喝清水了。"

路无坷听完这句话脑子里只有一个想法："那个人皮肤是不是很好？"

于熙儿疑惑地问："你怎么知道？"

路无坷无语："就这吃法皮肤有可能不好吗？"

于熙儿"喊"了一声："不好，都没你的好，丑死了。"语气一听就是还在气头上。

但相比起校庆那会儿失恋的低迷，于熙儿最近的状态明显好了不少，都有精力骂人了。路无坷在自己的书桌前坐下，于熙儿一瞧她这个架势，问她："午休这么点时间你还要学习啊？"

"没，趴着睡一会儿。"

"怎么不去床上？"

"衣服穿了一上午不干净。"

于熙儿用指尖按压着脸上的面膜："你还有洁癖呢？"

路无坷没说什么，趴在桌上睡了。

她睡的时间不长，醒来的时候蒋青已经回来了。蒋青才是这个宿舍里学习最勤奋的人，就午休这么点儿时间，她还坐在书桌前看书、学习。

路无坷趴在桌上缓了会儿才起来，蒋青也不知道是没把书看进去还是怎么的，路无坷一有动静蒋青就发现了。

路无坷刚起来，蒋青转过头来看路无坷："起啦？"

路无坷揉了下眼睛，点点头："起了。"

路无坷去洗手间洗了把脸，于熙儿在外头打着电话。

午休时的学校比平时要安静一些。

路无坷进屋收拾东西准备去上课，收拾到一半隔壁床的蒋青探头问她："无坷，你最近还去酒吧打工吗？"

路无坷正往包里放书，闻言看她一眼："有啊。"

"哦。"蒋青点点头，也不知道在想什么。

路无坷问她："怎么了？"

蒋青对她笑笑，摇摇头："没什么，就想着平时要不要跟你一样去打工，反正平时有时候也没什么事，你觉得呢？"

路无坷给了她一个建议："有时间和精力的话就行。"

蒋青说："但我又觉得这种去酒吧一个女孩子不太安全，前段时间东郊那边一个酒吧不就出事了吗？"

路无坷打工的地方不在东郊那片儿，但确实在这种大环境下女孩子一个人去酒吧不太安全。

她想了一下，说："女孩子防范意识强点儿的话，麻烦会少很多。"

"确实是。"蒋青说，"不过就怕万一，你要不要把酒吧那份工作给辞了啊？"这就有点越界了，也不像蒋青的行事风格。

路无坷抬眼。

于熙儿也不知道什么时候打完的电话，她俩说的话她在阳台估计也听到了。

"喂，小青子，你胆儿怎么这么小？"她背靠阳台栏杆看着屋内，"现在的酒吧管理都还行的，你别一个人去，玩儿的时候小心一点儿就没事。"

"还有啊。"于熙儿朝路无坷的方向抬了抬下巴，"路无坷是去打工的，是酒吧的人更不可能有事儿了，你怎么跟她妈似的。”

蒋青觉得有点不好意思：“也没有，我就是，就是提醒她一句。”

“没什么好提醒的，我看她比你还小心。”于熙儿从外头进来，“路无坷你去几教啊？”

路无坷下午满课，书包早收好了准备出门：“二教。”

于熙儿也得去二教上课，过去抓上自己的包：“一起走呗。”

“行。”

两个人一起出门去了教室。

好像从某天开始，路无坷的生活里开始频繁出现沈屹西的身影。从不认识到认识，再到现在几乎每天都会碰面。

沈屹西似乎铁了心要追她。

今天一大早又是思修课，路无坷把阿释从床上拽起来一起去上课。

这门课路无坷跟沈屹西换过位置，那次之后就再也没坐回去过，沈屹西也不知道去哪儿找来的人，每节课都有人来帮他坐路无坷那个座位以防被点名。

倒是阿释之前听坐前面的齐思铭说过，他说要是沈屹西自己他才懒得管点不点名，不会叫人来替他上课。

阿释说还算他有良心，不然路无坷这学期就完蛋了。

昨晚阿释追剧追到三四点，现在困得眼睛都睁不开，一进教室就趴在桌上呼呼大睡去了。

离上课时间还有个四五分钟，路无坷闲着没事拿笔在纸上涂涂画画，下意识地又想玩圈圈叉叉的时候笔尖停了下。过了会儿她拿笔涂掉了纸上的痕迹，把本子塞进桌里。

上课铃很快打响，教授扫着这教室里东缺一个、西缺一个，坐得稀稀拉拉的人头，在讲台那儿问道：“怎么还有这么多同学没来？起不来床？”

这话刚说完后门就有人踩着点儿进了教室。

一阵风从门外进来吹得路无坷指尖发凉，她下意识地搓了下胳膊。男生们的说笑声被风裹着一起吹过来，路无坷搓着胳膊的手停顿了一下。

那个人的笑声闷闷的，从胸腔里漫出来的懒散。

路无坷抬着的眼睛微微垂了下去。

这节课沈屹西自己来了。

路无坷坐的这片儿周围都是机械自动化专业的同学，齐思铭他们几个都一个班的，就在路无坷前面那排。

从过道路过路无坷身边的时候，齐思铭不知道瞧着她跟沈屹西开了句什么玩笑，被沈屹西踹了一脚笑骂："滚。"

齐思铭笑着躲开，一脚跨进座位里去了。

路无坷没抬头。

沈屹西应该是垂眸看了她一眼。余光里他似乎手插着兜走开了，还没反应过来身后的教室的门已经被人踢上了，风一下没再往她这边吹了。

路无坷写着单词的手停了下。

很快那个人走了过来，却没停在她身边，反倒停在阿释的位置。

阿释刚被齐思铭他们进来吵了一阵已经醒了，正仰头咕咚咕咚地喝水。她们坐在最后一排，沈屹西就站阿释的座位后边："同学。"

好歹也当了一年多的同学了，虽然没说过几句话，但阿释对这个声音十分熟悉，一口水差点呛在嗓子里。她猛地咽下一口水，转头去看沈屹西："怎么了？"

沈屹西的下巴往前面那排座位指了指："换个位置。"

阿释一脸蒙："啊？"

阿释以为沈屹西是想把座位换回来，指了下路无坷的位置："你是不是记错了？你原本坐的这儿。"

阿释说完却听他答应了一声："知道。"

她更疑惑了，就见沈屹西朝她旁边的路无坷抬了一下下巴。

只一个动作，意思不言而喻。

前面齐思铭他们一直在瞧着这边，看到这儿开始阴阳怪气地起哄。

阿释这个聪明的脑袋怎么可能不懂，只是没想到沈屹西原来是对她身边的好姐妹有意思，当即愣住了。

沈屹西问她："行吗？"

阿释惊呆了，去看路无坷，路无坷却跟什么都没听到似的，还在继续写着她的单词。阿释回头去看沈屹西，一脸难办的样子："那老师要是点名了怎么办啊？"

"这容易。"沈屹西笑了一下，瞥了眼台上的教授，"我去上面跟她说一下不就得了。"

说完也没再问她意见，手插在兜里往讲台那儿走去。他根本就是铁了心要跟阿释换位置，就算她阿释不答应也没用。

沈屹西一走，阿释立刻拽住路无坷问东问西："路无坷，这到底怎么一回事儿？你给我从实招来。"

前面的齐思铭背靠着她们的桌子，拉长了语调："还能是怎么一回事儿，屹哥要追人家呗。"

那几个男生听了直笑。

路无坷的单词默写错了一个。

"什么时候的事儿？"阿释惊呆了。

齐思铭用食指转着笔，说："就一两个星期前啊，你不知道？"

说完他瞥了路无坷一眼，这个女孩儿看着脸乖乖巧巧的，没想到性格这么倔强，也不知道沈屹西怎么就盯上这个人了，齐思铭就没见过沈屹西这么追一女孩儿。

听到是一两个星期前，阿释气愤地说："路无坷，这么个大帅哥追你了，你居然没跟我说？"

上大学这一两年也不是没人跟路无坷告白过，但她一般不把这种事情拿出来说，可阿释是她的朋友，她说："下课再跟你说。"

刚想让阿释别换位置，沈屹西就从讲台上走了下来。

男生最喜欢凑热闹，一个个闲着没事干，开始猜沈屹西跟教授扯的什么理由。

"说是他妹？"

"蠢吧你，肯定说的在追人家。"

齐思铭从鼻子里出了一声："一瞧你们就不了解他这人，肯定往骚里说，女朋友。"

说完齐思铭笑得身子直抖，又去问路过他们桌边的沈屹西："喂，屹哥，吹的什么牛？”

沈屹西低低地笑了声，骂他滚。

阿释看他走了过来，问：“教授真同意了？”

沈屹西点点头，瞥了一眼路无坷，笑了：“说的是，路无坷坐你的位置。”

一直没吭声的路无坷，一下子就知道他说的什么意思。

阿释反应了好一会儿才明白过来，他这堂课顶的路无坷的名字。

人家都跟教授说了，阿释也不好意思拒绝人家，更何况沈屹西追的是她的姐妹。虽然知道不太可能，但路无坷要真对人家有感觉呢，她还真怕棒打了一对鸳鸯。

很快，阿释就抱上自己的东西，跟沈屹西换了位置。

沈屹西身上连支笔都没带，看起来压根儿就不是来上课的。

沈屹西在阿释那个座位坐下，跟路无坷的肩就隔着个拳头的距离。

齐思铭他们又嘴痒，在那儿瞎捣乱。

沈屹西踹了下他们的椅子，笑骂：“头都给我转过去。”说完又去看路无坷。

那张小脸清纯白透，乖乖地垂着头写着她的作业，性子却倔得要命，这么多天了她的心跟焐不化似的，眼睛都不抬起来看他一眼。

沈屹西有点想笑，叫她：“路无坷。”

也不知道谁惹着她了，她跟没听见似的。

沈屹西“啧”了一声，抬手抽走了她手上的笔，说：“写什么写，看我。”

笔被抢走了，路无坷只是停顿了一下。她有的是笔，从桌上的笔袋里又拿了一支出来。

沈屹西看她这个动作，笑了一下，又问她：“真不看？”

路无坷没有反应，安安静静地写她的作业。

沈屹西直接动手把她的笔袋和笔全拿走了。

路无坷终于肯转头看他：“把笔还我。”

明明听语气是不开心的，那张脸却瞧着乖得不行。谁都招架不住这张脸。

沈屹西把笔和笔袋还给她："早看我不就好了？"

齐思铭他们在前面听得一清二楚，被沈屹西这副流氓德行给征服了，在桌子底下朝他竖了个大拇指。

就他追女孩这攻势真没几个人能招架得住。只不过眼前这个女孩有点另类，别的女孩沈屹西给个眼神她们都能觉得脸红心跳，她却到现在还无动于衷。

但沈屹西也很有耐心，专门盯着她一个人。

路无坷看了沈屹西一眼，又低头写她的东西去了。

她上思修写英语作业，沈屹西瞥了一眼没说什么，靠进椅背里没再打扰她，让她写去。

澜江大学一节课八十分钟，讲台上教授授课的内容估计接着上节课讲的，这节课用了三十分钟就把那个单元讲完了。知识讲完了自然就得温故而知新，教授在 PPT 最后一页出了几道题，考的都是这单元的知识点。

"大家都把头抬抬啊，看一下这几道题，以后考试都会从你们做过的这些题里挑，换汤不换药，别不听课到时候给我考个零分。"

果然，说到考试底下埋头玩手机的人立刻少了大半，没一会儿班里都是翻书找答案的声音。

教授又说了句让全班哗然的话："待会儿叫人起来回答，说不出来的扣平时分。"

这话比说考试还管用，大家一大早昏昏欲睡的感觉都给吓没了，就怕这灭绝师太待会儿叫到自己。

机械自动化四班一男生继续玩他的游戏，说："我这名儿从小到大就没被老师叫过几次，名字取生僻字果然有用，就没几个老师会读的，待会儿灭绝师太肯定不会点我名。"

齐思铭说："那你完蛋了，就你这侥幸心理，我看待会儿灭绝师太第一个叫的就是你。"

齐思铭那嘴跟乌鸦嘴似的，刚说完教授就点了这个男生的名字，前后左右的人扑哧一阵笑。

这帮男生就没有认真听过课的时候，瞧着那题目连考的是哪个知识点都蒙不对，更别说回答问题了。

男生在那儿站着支支吾吾了半天，教授一瞧就知道他答不出来，直接给他扣了分。

有人坐下就肯定有人得继续被叫起来，灭绝师太搞扣分那套，大家一个个都在底下给自己捏了把汗，就听教授叫了下一个人名字：“路无坷。”

一直在后头悠哉悠哉地跷着脚玩手机的沈屹西，低声骂了一句脏话。

听到叫自己名字的路无坷，感到一阵无语。

齐思铭他们乐疯了：“屹哥，中奖了，屹哥。”

这班里就没人不知道当初老师喊路无坷，结果沈屹西应她名字那事儿，纷纷笑出声。

沈屹西瞥了路无坷一眼，问她：“扣分了你会不会哭？”

路无坷说：“你才哭。”

沈屹西听了笑了笑，跟别的被点到名的人不一样，他一点儿也不慌张，手机扔进桌肚里后吊儿郎当地起了身。

齐思铭转过头来捣乱，笑得合不拢嘴：“知道是哪道题吗？屹哥，用不用兄弟们给你讲讲？”

虽然答不出来也不至于扣那么多分，沈屹西还是笑出了声：“社会主义核心价值体系的科学内涵，赶紧给我找答案。”

齐思铭惊呆了，他就没见沈屹西这么积极过，他装模作样地往窗外探头：“今天太阳打西边出来了吗？”

沈屹西踹了他的椅子一脚，还是笑着的：“快点，她要是被扣分了，我抽你。”

路无坷愣了一下，笔尖在一个英语单词上停下了。

台上，教授在问沈屹西这道题会不会。

沈屹西没皮没脸地拖着时间，说会。

全班同学笑得更欢了。

那帮男的没一会儿就把答案用手机搜出来了，齐思铭赶紧把手机往他桌上一放，还顺势帮他挡住了灭绝师太的目光：“快快快。”

沈屹西瞧着手机上那段答案，笑了笑，脸上还是挂着那副漫不经心的表情。他用自己的话把答案稍微改了改：“巩固马克思主义的指导地位，坚持不懈地用马克思主义中国化最新成果武装全党、教育人民……”

平时沈屹西给人的印象都是懒懒散散的，他好像天生放浪形骸，那些规则下的东西在他身上显得格格不入。就没几个人见他这么正经地说过一段话，声音低低的，泛着喑哑的。

路无坷盯着课本，一个单词都没读进去。

沈屹西刚说完，前面的齐思铭开始带头瞎鼓掌：“屹哥威武！”

他闷闷笑了声：“闭嘴。”

全班同学又哄堂大笑起来。

路无坷耳后的发落在颊边挡住了她小半张脸，她微微勾了勾唇角。

那天阳光很好，讲台上教授拍着课桌让他们安静，齐思铭他们这类让老师头疼的学生却仍在底下闹腾个不停。

那节课，老师给路无坷加了分。

后来直到学期结束，这门思修课班里总成绩最高的就是路无坷。

那时候很多人都知道，是一个叫沈屹西的男生顶着她的名字，从来没让她扣过一次分，后来甚至还主动帮她回答过很多问题，给她拿下了那个全班第一。

那天下课后，路无坷被阿释拉着去了女厕所一顿狂轰滥炸，说她无情无义、绝情寡义，有这么大好事居然也没跟她说。

路无坷说：“又不是什么好事。”

阿释那个大嗓门在女厕所里都有回音：“怎么就不是好事了，沈屹西哎，你知道多少女孩儿做梦都想跟他有一腿吗？”

路无坷看看她，没说什么。

“还有啊。”阿释拽拽她的手，“我就没听沈屹西追过谁，平时都是那些女孩儿主动往上凑，这次他居然主动追人了。”

洗手间里贴着白色的瓷砖，光滑得像一面镜子。路无坷盯着对面墙上她和阿释模糊的影子，也不知道在想什么：“是吗？”

“你说呢？”阿释说，“就沈屹西那人，就算他只是玩玩，也多得是女孩儿想跟他谈恋爱。”

路无坷的视线从墙上离开，盯着自己的脚尖。

阿释撇撇嘴：“路无坷，你还当不当我是你的好朋友了，这都八字有一撇了，你居然也没告诉我。”

路无坷听着她这话，说：“哪里八字有一撇了？没有。”

“没有？”

路无坷说：“又不是在一起了。”

阿释认识路无坷也不是一天两天了，想了想就路无坷这种人，还真有可能得在一起了才会提一嘴。这么一想，心里那点儿因为路无坷不跟她分享小秘密的郁闷，都消失不见了。

阿释拉拉路无坷的手：“那你对他有感觉吗？”

外头有女生进来上厕所，聊天被打断，路无坷往洗手台那儿走。

阿释平时对芝麻大点儿的事都好奇得不行，作为路无坷的好朋友的阿释就更好奇了，跟在路无坷身后穷追不舍：“真不喜欢啊？”

路无坷打开水龙头，十指放在水流下搓洗。水声很大，几乎把阿释的声音给掩盖了。

路无坷十指苍白纤细，她盯着冲刷着自己的手的水流。

像雨。

有那么一刻，阿释觉得路无坷站在那儿是黯淡无光的。时间好像过去很久，她看见路无坷摇了摇头。

路无坷再抬起头，眼睛里已经和平时无异，她从镜子里看阿释：“走吧，下节还有课。”她是一下思修课就被阿释给拽到女生厕所来的。

回教室的路上她跟阿释说中午请阿释吃饭，阿释“哼”了一声，说：“别想一顿饭就能贿赂我。”

路无坷问她：“真不要？”

阿释有骨气也只有骨气了一秒，撇撇嘴：“怎么就不要了，你欠我的。”

路无坷笑了笑。

回到教室，沈屹西他们那帮人已经不在了，教室里多了很多生面孔，是下节课要在这里上课的同学。

路无坷把书包从桌底拿出来，带出了手机一角，屏幕是亮着的，有人发了短信进来。还是那个熟悉的陌生号码，沈屹西的。

路无坷犹豫了一下，还是把手机塞回了兜里，去把桌上的本子和笔收进包里。

她和阿释下节课是各自专业的专业课，不在同一个教学楼上课，她俩一起下了楼在楼下分道扬镳。

落叶铺满了校园道路，稀薄的日光从枝杈间落下来。

路无坷兜里的手机又振了振。

她把手机拿出来看，是垃圾短信，路无坷顺手删除了，想退出去的时候手指停顿了一下，还是点进了下一条。

“车队那边有点事儿先走了，晚点去找你。”

路无坷看了那条短信一会儿，没回他的消息，关了手机。

晚上，路无坷得到酒吧打工，吃完饭就去校门口的公交站，坐车去酒吧。到酒吧的时候天色已晚，酒吧已经准备开始营业。

华灯初上，闹市灯红酒绿。

夜晚是邪念欲望滋生的温床，人生百态才刚刚拉开帷幕。

学姐朋友的这间酒吧开得挺成功的，每天几乎座无虚席，今晚刚开门没一会儿已经来了几桌人。

散台那边来了两位客人，路无坷过去给递了酒水单。这两位应该是这里的熟客，点单很快，路无坷给下单后去了吧台那边。

酒吧人多杂乱，一开始忙就没法儿停下来，交际是最费时间的，眨眼两个小时就过去了。刚可以坐下来歇会儿的时候，一个服务员过来叫她。

这个服务员是个男生，跟路无坷差不多大年纪，也是在附近大学上学。

他走过来，嘴里念念有词不知道在说些什么，叫路无坷的时候明显情绪不快，等他说话的时候路无坷就知道他为什么不爽了。

酒吧服务员都是有酒水提成的，这位男生刚招待了一桌客人，结果客人直接点名要路无坷，这无异于到了嘴边的肉掉进了别人的碗里。

男生说完就走了，路无坷也不想无端惹上麻烦，拿上酒水单过去了。

这帮客人坐的卡座，来的人少说有十来个，瞧着便来者不善。

这伙人一看就是常来酒吧的，却让路无坷给推荐酒水。为首那个男人膀子上的刺青狰狞张狂，看起来十分花哨，他左拥右抱着两个女孩儿，浑身的流氓气质。

什么人说什么话，花臂男对路无坷说话自然算不上尊重和客气，还当面调戏了她几句。

路无坷不傻，花臂男不仅知道她的名字，来这儿第一件事就是找她，很明显就是冲着她来的，为了找她的麻烦。

花臂男瞧着她那张脸，一脸的惋惜："这张小脸蛋挺漂亮的啊，就做个服务员有点可惜了，怎么不干点儿钱多的？"这句话，是人都听得出来什么意思。

路无坷无动于衷，充耳不闻的样子，只负责推荐酒水。好在花臂男好像没执意要找麻烦的意思，放她回去了。

这桌客人点了很多东西，酒水是另一个男同事给送过去的。结果对方不知道是看她漂亮还是什么原因，没一会儿又把路无坷给叫过去了。

路无坷那张脸最会装乖，也不想惹事儿，问他们还需要什么帮助。花臂男瞧着她，一声妹妹信手拈来，路无坷漠然地看了他一眼。

他说："这趟不是喊你来点酒的。"

花臂男往后一靠，双手搭在沙发椅背上，右眼有道刀疤。他的眼睛从下往上觑着她，下巴朝她抬了抬："你认不认识一个叫顾玲灵的人？"

路无坷对这个名字不熟："谁？"

"不认识？"花臂男笑了一声，"我那表妹可说，你抢了她的人呢。"

路无坷微微皱眉，却也没说什么。

"不过，你不认识也不要紧。"花臂男拿了十几张红钞票出来放在桌上，用脚踢了踢台儿，"过来，把这杯酒喝了。"

这个卡座里的都是一伙人，男人们来酒吧是干什么的他们肯定知道，一个个坐在卡座里围观着，一副看好戏的样子。

花臂男来了兴致，推开身边那两个女的，饶有兴致地看着路无坷。

路无坷站着没动。

花臂男看着她平静的样子，挑了挑眉，竟然还有好心情在这儿跟她闲扯：“今年多大了？”

路无坷只是个服务生，除了客人问她关于酒水的问题，其他她都不理。

花臂男偏头嗤笑了一声，又转回头来，见她这个态度有了脾气竟然也没发作，踢了踢台儿：“听见没啊？这酒等着你呢。”

路无坷身上穿的是黑白色工作服，手里拿着酒水单：“不好意思，我们这儿没有服务员需要喝酒的规定。”

花臂男“啧”了一声：“规则嘛，就是用来让人打破的。”

他跟路无坷挑了挑下巴：“这杯酒喝下去了桌上这钱都是你的，难道不比你一晚上辛辛苦苦赚来的那几个臭钱容易？”

这话听了着实令人反胃，不过是以一种愚昧的、高高在上的姿态，踩在别人尊严的脊背上前行。

路无坷说：“是容易多了。”

花臂男笑着说：“是吧，与其每天为了那点儿酒水提成累死累活，还不如多陪人喝喝酒。”

其他人听了这话直发笑。

花臂男本来以为哪个女孩儿被这样调戏肯定都会跳脚，或者脸色不好。结果，就听眼前这个女孩儿很平静地来了句：“您说得是。”

卡座里的人一时鄙夷、好奇、看破的表情皆有，有人交头接耳、窃窃私语起来。

路无坷满不在乎。

花臂男一脸不过如此的表情挑了挑眉，一开始瞧着她那样儿还以为是个难搞的，没想到也就这么个货色。不过，是这种货色也不是坏事，教训起来容易多了。

他跟路无坷勾了勾手指：“过来，待会儿钱不会少你的。”

路无坷看了他一眼。

花臂男也吊着眉梢看她。

路无坷抬脚走了过去，花臂男好整以暇地等着她走近。

面前这个女孩儿长相清纯，低眉顺眼，薄唇小嘴的，一看就是那种正经人家的好女孩儿。

十有八九是因为缺钱才会来这种地方打工，但管她是自愿的还是不得已的，跟他无亲无故的他才懒得同情。

同情心这种东西啊，不是谁都会给的。

路无坷走到他的面前，二话不说端起底下压着几张红钞票的酒杯。花臂男正想说她识相，路无坷手里那杯酒往他的脸上泼了过去。

花臂男身边的两个女孩惊叫出声，往旁躲开。

路无坷把酒杯放在了桌上，看着他，声音平静、淡定："这钱我不用，给你了。"

花臂男的脸上挂了满脸水珠，闭着眼睛咬了咬牙。沙发上其他男的，看路无坷敢嚣张成这样，嘴里骂骂咧咧地想站起来教训她。

花臂男抬手阻止了他们。他慢悠悠地睁开眼睛看着路无坷笑了笑，水珠挂在了眼睫毛上，笑意却不达眼底。

"小姑娘，胆儿挺肥啊。"

路无坷站直了身子，知道自己这下惹了个麻烦，没办法走了，却没有一丝后悔和害怕。

花臂男也不去抹脸上的水珠，用手撑着两条腿慢条斯理地站了起来，他垂着头笑："我不喜欢打女人，现在你还有个机会，说你是手抖了，我还能放你一马。"

路无坷站在原地，一步都没后退，她低头睨着花臂男："对不起。"

花臂男抬眼看她。

她看着他的眼睛："我是故意的。"

花臂男万万没想到这个女孩跟他对着干，脸色铁青了一秒，然后又笑了起来。他弯腰捞过桌上的一杯酒，直起身，瞧着路无坷："这嘴挺倔啊，小姑娘。"

话音落地，他瞬间变脸，伸手掐上路无坷的脖子往旁边的墙上一推。

花臂男的手掌厚实有力，女生的脖颈纤细脆弱。路无坷的后背撞上冰冷坚硬的墙壁，闷哼了一声。

花臂男冷笑了一声，假惺惺地怜香惜玉："怎么，痛啊？"

路无坷的眼神又倔又冷，死死地盯着他。某一刻，她的眼神是瘆人的，没有一丝生气。

花臂男的手上用了力："刚才不是挺厉害的？来，叫几声给爷听听。"

一旁卡座里的人幸灾乐祸地笑。

路无坷死死地咬着牙，不肯松口。

花臂男冷笑了一声。

明明都快吓死了，还真是个硬骨头。

路无坷闭着眼睛，颈边血脉突突地跳，她慢慢睁开眼看向了花臂男。

花臂男看着她："还不吱声？我手上可没个控制的，待会儿没气儿了可不怪我啊。"

路无坷的眼睛死死地瞪着他，身后藏着啤酒瓶的手微微颤抖着，她用尽全身的力气把酒瓶往花臂男的头上砸。半路却被人制止，手还没抬起来，就被一股很大的力量扣住。

路无坷的心底一凉，脖子上却是骤然一松，就看花臂男的眼神甚是不满地看向来人："你谁啊？"

身后传来一身闷闷的笑。

路无坷一愣，就听那人俯身在她耳边，声音里夹带着温热的气息。

"松手，这么想进派出所？"

路无坷不肯松手。

沈屹西"啧"了一声，直接上手抢下了她手里的啤酒瓶。他瞥了一眼她的脸，小丫头瞧着还挺不乐意。

沈屹西笑了，他直接把路无坷扯到了身后。

人就这么在眼前被抢了，花臂男不满了："我教训我的，关你屁事。你以为你是谁？"

沈屹西抬了眼皮看他，慢悠悠地站直了身子。

"我是谁？"他反问了他一句，话里带着笑意，漫不经心的。前一秒还春风和煦的，下一秒他脸色骤变，臂膀一甩，啤酒瓶猛地砸在了男人的头上，压制着怒意的低沉的嗓音掺杂在玻璃碎裂声里。

“我是你爷。”

啤酒瓶的碎裂声乍然响起，酒吧里瞬间一片混乱，女人尖叫着四处逃窜。

花臂男压根儿没预料到会被打，捂着流血的额头往后踉跄了几步，低声咒骂着。

男人之间最不缺的就是兄弟，花臂男的那帮狐朋狗友原本还坐在沙发上乐见其成地看好戏，这会儿一起咒骂着冲了过来。

沈屹西撇头去看路无坷。果然，她还死死地盯着那个捂着额头号叫的男人。

沈屹西的视线从花臂男的身上懒懒地收了回来，对她说：“我知道你不甘心，但打架女人没有优势，先到一边去，待会儿有的是机会让你揍。”说完没再管她。

路无坷这才发现齐思铭他们也在，男生动起手来不长眼，下手没个轻重，没一会儿，酒吧里就乱成一锅粥。人们四散逃窜，恨不得离那个地方远一点。只有路无坷站在原地没动，她像是麻木了，又像是在感知什么。

那头沈屹西一脚踩在了花臂男的小腹上，抓着他的头发往下拽迫使他昂头。他的左臂被啤酒瓶划了长长的一道，流了血。

四处身影攒动，路无坷看着他。

人家都说沈屹西是狂妄的。

曾经，路无坷没相信。那个人永远懒懒的，凡事在他那儿都跟过眼云烟似的，什么都不放在心上。原来这个人也是有棱角的，刺得人血肉发疼。

路无坷站在那儿，她看见沈屹西侧头朝她看了过来。穿过人群，他的视线沉静而有力。

路无坷和他对视着。

时间好像过去很久，又好像只有短短那么一两秒。

她没挪开眼神，垂在身侧的手指微动了动。

沈屹西收了脚，慢慢地直起身，拽着花臂男往她这边走了过来。

人声吵闹，彩灯流转。

夜色四分五裂，他在这个破碎的世界里朝她走来。

路无坷就这么站在原地。

男生身高腿长，没一会儿便到了她的面前。

都说愣的怕横的，横的怕不要命的。花臂男即使是在道上混的，可碰上沈屹西这种不要命的，只有被揍得半死这一条路。

走近了，路无坷才发现沈屹西右眼的眉骨上也被划了一小道，渗出了点儿血。

都这时候了，沈屹西居然还有闲心逗她："刚才不是想揍人？"

沈屹西刚刚估计就专挑着这个人揍，花臂男已经被打蒙了，沈屹西跟拎破布袋似的把人推到她面前。

路无坷觉得不甘心，沈屹西就把人送到她面前。

花臂男不愧是在道上混的，被打成了这副鬼样子那头却还是不肯低下，眼神里满是不屑和凶狠。

路无坷和他对视着。

沈屹西也不开口打扰她，手插在兜里，在一旁悠闲地看着。

那头打成一团他也不管，有齐思铭他们在。

他就陪着她在这儿浪费时间。

花臂男刚才是见识过这个女孩身上那股劲儿的，知道她那张看起来天真无害的脸不可信，对着她嗤之以鼻。

路无坷眨了眨眼睛，转身从旁边的台儿上拿了瓶酒倒了杯酒，她直起身，说："把这酒喝了。"

他对她做什么，她还他什么。

花臂男冷笑了一声："喝个鬼，我不喝怎么了！"

沈屹西似乎是觉得吵，微微偏头掏了掏耳朵，"啧"了一声："嫌自己声儿太大是吧？小点儿声，吵。"

花臂男很凶，路无坷却一点儿也不怕，她问："你不喝吗？"

花臂男冷冷地哼了一声。

路无坷散漫地点了点头，看起来这事儿好像就这么过了。转眼间，路无坷已走上前，掐住他下巴，使劲往花臂男的嘴里灌酒。

她用力得指尖都白了。

她也不管花臂男的挣扎，一直灌到酒杯见底。

沈屹西没阻止她，就那样垂眸看着她。

花臂男被酒呛到了，路无坷弯身把酒杯放在了台儿上，拿起了原本压在酒杯下的那十几张红钞票。

花臂男眼睛发红地看着她，面前这个女孩是让人捉摸不透的。

路无坷回头，她跟往他嘴里放糖似的，把那把红钞票塞进了他的嘴里。

沈屹西怎么也没想到，钱原来是拿来这么干的。他看着路无坷那张较真的小脸，半晌笑了一声。真记仇啊！

在一片打架的混乱声中，酒吧外响起了刺耳的警笛声。

有人报警了。

路无坷下意识地看了一眼沈屹西。

沈屹西也恰好看她，抬手扣住她的手腕，把她的手从男人的下巴上拿了下来。他往一旁抬了抬下巴："一边儿去。"

"什么？"

沈屹西觑了花臂男一眼："你没打他，不关你的事儿。"

路无坷愣了一下，好像有点知道刚刚沈屹西为什么不让她用酒瓶砸人了，但他自己却用酒瓶把人揍得结结实实。

沈屹西的下巴又往一旁指了指："听见没，一边儿去，不管发生什么事儿都别过来。"

那是那天晚上，沈屹西对她说的最后一句话。

警察进来后，酒吧里的兵荒马乱被制止了。

沈屹西被带走了。

酒吧门口看热闹的人三五成群，对着那闪着警灯的警车指指点点。

路无坷混在人群里，隔着落了半扇的车窗，她和车里的沈屹西对上了目光。

警车从她身边呼啸而过。

Chapter 06

你是我想要的

40.5°C

夜幕四合，雾霭浓重。

世界在混沌的睡梦里。

只有路无坷还清醒着。

街上寂寥无人，头顶的枝杈掉光了叶子，身后的小巷长长的像没有尽头。

街道对面派出所的灯火亮了彻夜，路无坷抱腿蹲在树底下，一直看着那个地方。偶尔有穿着制服的警察从里头出来，也不知道匆匆忙忙地去哪儿，没一会儿街上又回归宁静。

路无坷安静地蹲在那儿，像是过了很久，又好像只过去一刻半刻钟。

有个身影从里头走了出来。

那个人身高腿长的，应该在里头坐久了有点难受，转了下脖子舒展一下筋骨。

路无坷抱着腿看他。

那个人一抬眼也看到了她。

背着光，他的五官隐匿在黑暗里有些模糊不清，唯独那双眼睛的视线即使在黑暗里依旧有形。

路无坷缓慢地眨了眨眼。

沈屹西盯上她就再没挪开眼睛，两条长腿不紧不慢地迈下台阶，穿过马路，朝她这边走了过来。

风若有似无地吹过这条街，卷起地上的几片落叶。

没一会儿，那双腿便停在了她的面前。

路无坷还是蹲着没动。

男生熬了整夜，有些嘶哑的声音在她的头顶响起来：“腿蹲麻了没，还不舍得起来？”

路无坷抬头看他。

男生的倦意耷拉在眼皮上，低头瞧她。

路无坷把视线收回来，跟没听到似的，还是蹲在地上。

沈屹西盯着她的头顶看了会儿，伸手去拽她。

女孩儿的身体跟片叶子似的，轻飘飘的一拎就起来。他微微皱眉：“怎么这么轻？”

路无坷就这样被他拽了起来，她蹲久了觉得腿有点麻，用手撑了下旁边的树。

沈屹西的手还没从她的胳膊上拿开。他打量着她，明明瞧着也不是弱不禁风，敢情肉都长到该长的地方去了。

路无坷不经意间一扫，就对上沈屹西瞧着她时，眼里的那抹意兴盎然。

男人都一个样。

路无坷收回目光，把胳膊从沈屹西宽大的掌心里抽出来，转身往巷子里走去。

沈屹西看着她的背影笑了一声，手插兜跟了上去。

巷子那头走出去有个公交候车亭，这个点儿当然没公交了，只不过那边车来车往的相对热闹些，好打车。

巷子里，墙根下零零星星长了几处杂草，大雨的冲刷日积月累在墙上留下了黑色的雨渍。巷口立着杆路灯，有跟没有没什么区别，灯光照不到这里头，巷子里十分昏暗。

沈屹西不紧不慢地跟在路无坷的身后，在这安静的小巷问了她一句：“担心？”

路无坷脚下踢到了一颗小石子，都没一点犹豫：“没有。”

沈屹西笑了，半开玩笑地说她：“心肝再黑点儿？”

夜色昏暗里，前头路无坷的唇角也不知道是不是挂上了点儿笑。

走着走着，身后的沈屹西提醒了她一句：“脚下有东西。”

一般人听着这话都是下意识看向脚下，路无坷也不例外。结果还没瞧着脚下是什么东西，就已经被沈屹西拽着胳膊压到了墙上。

路无坷毫无防备，还没来得及做出反应已经被他困在双臂内。

夜色像雾，朦胧了他深邃、锋利的眉眼。右眼眉骨那块儿的血迹已经干涸，留下深红的血渍。沈屹西一点儿也不狼狈，反倒越发有味道了。

沈屹西两手撑在她的身侧，她的手臂贴在他坚实有力的胳膊上。

男生手臂下流畅硬朗的线条箍着她柔软脆弱的肩。沈屹西离她很近，身上淡淡的烟草味将她包围。风从窄巷吹过，男生身上宽松的上衣被吹得勾勒出了劲瘦的腰身。沈屹西的呼吸落在她的睫毛上，近到一开口她就能感受到沈屹西胸腔带出来的那点儿轻微震动。

“刚在酒吧不是天不怕地不怕的，怎么到这儿就不敢看我了？”

她跟听不得沈屹西这话似的，抬起眼睛看他，那眼神分明就是在告诉他谁说不敢。沈屹西笑了，她还真是半点儿亏都吃不得。他说：“有本事你从这会儿开始别挪眼。”

路无坷偏偏跟他作对似的，转开了头，还不忘踢了一下他的脚。

沈屹西躲都不躲，就这么受着。

她那力道跟挠痒痒似的。

沈屹西逗她：“再来一脚？”

路无坷这次跟很听话似的，抬脚就要踢。

沈屹西这下躲开了：“还真踹啊。”

她说：“你说的。”

沈屹西从鼻子里哼了声：“你就这么听我话？那我现在让你给我亲一个，你怎么不给？”

路无坷不说话了，安安静静的，刚还伶牙俐齿的，现在连个正眼都不给他。

沈屹西瞧着她这副样子，闷闷地笑出了声。

她的唇薄薄的，有点红，沈屹西克制了一会儿，视线才从上面挪开。

路无坷忽然问了他一句：“你怕我吗？”

沈屹西跟听到什么笑话似的，回过头来：“就刚酒吧那会儿？”

路无坷点了点头。

“如果我说。”沈屹西懒懒地垂着眼皮，停顿了一会儿，“这只会让我对你那张嘴更有想法了，你信不信？”

估计是怎么想也没想到他会是这个回答。

路无坷一时语塞。

沈屹西的语气半是教训半是商量："不过下次别冲动，别干留案底的事儿。"

这话从他这个人嘴里说出来简直毫无威慑力，刚刚酒吧里，最凶的就是他。

沈屹西迎上她那质疑他的眼神，笑了："是我冲动，行了吧？"

她这才满意了。

但沈屹西还是不放心，这个话题没能过去。他很清楚酒吧里，她被掐住脖子那会儿，意图往男人头上招呼的那个酒瓶，是带着要他命的劲儿的。不是单纯地想让自己脱身，她是恨不得那个男人死。

沈屹西看她："我进去了没事，你不行。"

他说："你不还有你奶奶？"

果然一提老人，路无坷的表情茫然了一瞬，那样子瞧着都安静了不少，有了点儿好学生的模样。

"还有。"他低低地笑了一声，"你这条命，我还想跟你谈恋爱。"

有那么一刻，时间像是静止的。

路无坷背在身后的手下意识抠了下墙。她低着头，没吭声。

沈屹西微低头去看她的眼睛。

路无坷偏头躲开。

他"啧"了一声："说你，你还生气了？"

路无坷顶嘴："你才生气。"

"我生什么气？"他说，"气早在揍人那会儿出完了。"

要说不生气那是假的，要不然也不会把人往死里揍。

说到这儿，他看向了那处让他怒火中烧的地方。路无坷的皮肤白，平时稍微磕着碰着都能泛红，脖子现在更是通红一片。

沈屹西感觉有点不爽。

路无坷不知道他在看那个地方，问："那你后不后悔？"

"后悔什么？"

"打人，还进了派出所。"

说完就听头顶的人嗤笑出了声。

嚣张的，没把人放眼里的。

“后悔没揍狠点儿。”

路无坷抬眼去看他。

夜色下，她皮肤白得跟淋了层牛奶似的。

沈屹西盯着她那张脸，默不作声地倒吸了口气。忽然，他泄气般地笑了：“路无坷，你是真不知道，我对着你这张脸，真做不了什么好人。”

路无坷故意装不懂：“什么？”

沈屹西挑眉，语气吊儿郎当的：“那我让你知道知道？”

他像只是谈论今天天气如何一般，没有任何铺垫，说着自然而然地低下身。

男生比她高了一截，身影笼罩下来莫名有种压迫感，路无坷后背贴着墙。

气息交融，沈屹西就要凑过去亲她。

路无坷偏开了头。

沈屹西无声地勾了下唇，丝毫没作停顿，辗转至另一个地方。

路无坷还没来得及有反应，两片温热的薄唇，风流地缠上了她的脖颈。她的大脑里霎时一片空白，伸手要去推他。

沈屹西轻而易举地抓住她双手，用蛮力扣住。

就像他说的，女生体力上没有男生有优势，路无坷挣脱不开。她能感觉到颈上某处被轻轻啄吮了下，带着热和轻微的灼痛。

路无坷想撇头躲开，就听见男人笑了一声，滚烫的鼻息落在她的肌肤上：“这血怎么还没干？”

路无坷一愣。

沈屹西像是意犹未尽，又亲了亲那处：“在哪儿弄的？”

他估计是刚在酒吧里，不知道被哪儿来的玻璃碴给溅到了。

真是，哪儿哪儿都很娇弱，偏偏这性子又难搞到不行。

他放松了对她的桎梏，果然很快被她推开。

路无坷像是很生气又像是很平静，平时那柔和得跟水做的似的眉眼此刻终于染了点儿人气。她的后背靠在墙上，胸口微微起伏，刮了他一记眼风后往巷子外走。

沈屹西靠在那墙上无赖地笑了会儿，等笑够了才懒散地起身，跟上她往巷子外走。

天色还是暗的，四下寂静无声。

巷外的街角，几辆出租车停在那里，路灯的光落在溅了泥水的挡风玻璃上。

凌晨打车的人屈指可数，他们连这点儿机会都舍不得放过。半夜三更的连个觉都睡不好，跟同行争着抢着拉客，谁的生活都不容易。

路无坷往那边走过去的时候，几个跷着脚打盹的师傅打了一个激灵清醒了，跟看到财神爷似的。

路无坷没去管他们谁报的价高，谁报的价低，随便拦了辆出租车上车，关上车门后让师傅开车。

奈何沈屹西落后她没几步，在车开走前拉开了车门，他悠哉悠哉地坐进了后座里。

出租车的后座很窄，男生靠在座背里，那两条长腿无处安放，大剌剌地伸着。

前头的师傅看又有个人上来，问："你们一起的？"

路无坷说不是，不熟，说完就想推门下车。

沈屹西扣住了想下车的路无坷的手腕，仗着自己手长，越过她的身子把她那边的车门重新给关上了。

他瞧着心情好像不错，客客气气地对那个师傅道："不好意思，师傅，女朋友在这儿跟我闹脾气呢。"

"去临江御府。"

沈屹西的家在一片别墅区。

这个地方什么都好，就是离学校太远。

路无坷怀疑沈屹西是故意的。

挑个离学校这么远的地方，出租车师傅一旦嫌远就不给绕回去。

她今天可能运气不太好，真就碰上这种情况了。师傅给送到临江御府后就让她也一起下车了，说四点还有个客人跟他约了车，现在送她去澜江大学再赶过去接人时间太紧。

也不知道真的假的，说不准是嫌不划算，随便扯的理由。

她只能从车上下来。

现在凌晨两三点，附近安静得连个人影都没有，只有不知道从哪里传来的不知名的虫子叫。

沈屹西手插兜往自己家走，走了两步发现身后的人没跟上来，站住脚转身。

路无坷微皱着眉，手里捏着手机不知道在捣鼓什么。

沈屹西却一下子猜出了她在做什么，提醒了她一句："这个点儿附近不可能叫得到车，真不进来？"

路无坷按着手机的手停顿了一下，又低头捣鼓自己的手机去了："不去。"

沈屹西点点头，跟不放在心上似的："行。"说完转身进屋去了。

路无坷没管他。

这附近真跟他说的那样，一辆车都找不着，干站了十几分钟后，她终于正眼瞧了沈屹西的家一眼。

复式别墅，占地面积很大，风格大胆又不缺创意。

这人，连住的地方都很狂。

二楼延伸了个看台出来，大片的落地玻璃，里头亮着灯，应该是沈屹西上楼去了。这就是蒸蒸日上的权势家庭，抽出来的枝，长出来的叶。

路无坷不知道在想什么，半晌才挪开了目光。

沈屹西冲了个澡后从浴室出来。床上，手机里老爸发了条短信过来，他走过去捞起手机来看了看。

无非就是说这次又给他惹事儿了，扣了他这个月的生活费，教训的话倒是没说。却不知道他这儿子翅膀早硬了，这些手段早对他不好使了。

他退出短信界面，给齐思铭去了个电话，往窗边走去。

齐思铭他们几个多多少少受了点儿伤，还在医院那边处理，打过去没多久，齐思铭那边就接听了。

"怎么样了？"沈屹西在电话里头问。

齐思铭听起来精神还不错："没什么事儿，就后背被划拉了一道，缝了几针，方宏烨他们身上也都有点小伤。”

他们这些人喝个酒都拉帮结派的，今晚那会儿打架倒是派上用场了。

沈屹西“嗯”了一声：“谢了，改天请你们喝酒。”

“这说的什么话啊！”齐思铭说，“为了兄弟两肋插刀这有什么，不过酒还是要请的。”

沈屹西漫不经心地应道：“请，少不了你的。行了，这边还有点事儿，先挂了。”

齐思铭隔着个电话都能嗅到不太寻常的八卦，他语气贱兮兮的：“屹哥，你是不是把人奶茶妹带家里头去了？这是打算今晚干点儿什么？”

沈屹西慢条斯理地笑：“滚，给你能的，怎么长了双千里眼？”

齐思铭在那头笑了几声，又说：“今晚我们走的那会儿，还听她在跟人家打听你。”

沈屹西瞥了一眼在楼底下蹲着的那个身影，随口问了句：“什么？”

“她在问今晚来酒吧的是哪个派出所。”

沈屹西没说话。

齐思铭说：“我就猜她肯定找你去了，果然没猜错。”

看着楼下那个站起来似乎要走了的身影，沈屹西终于慢悠悠地开口：“行了，先挂了。”说完也不等齐思铭的回应，就挂了电话。

他把手机塞进兜里，往楼下走，路过衣帽间的时候停住了脚。沈屹西往里瞧了一眼，索性走进去顺了件外套。

到楼下时，路无坷已经跑没影了，他四下打量了一下，没见着个人影，估计往刚过来的方向走回去了。

宁愿走回去也不去他家，这脾气是真半分气不得。

沈屹西去车库取了车，沿路往小区门口开，不一会儿就找到了那个身影。

路无坷沿着路边一直往前走，沈屹西在她后头按了按喇叭。

路无坷无动于衷，很明显知道是他。不管他在后面怎么按喇叭，她都不回头。

沈屹西一边胳膊懒懒地搭车窗上，往前开了过去。很快，车跟她并行，他慢慢地开着车："上车。"

路无坷终于赏了个眼神："不上。"说完收回视线，又往前走。

沈屹西瞧着她这样儿也没再说什么，一脚油门踩了出去，黑色的超跑从她身边呼啸而过。

路无坷跟没看到似的，一直往前走。

沈屹西开出去没多远，不紧不慢地打了半圈方向盘，车横在了路中央。

车前还有地方可以过去，路无坷想往那儿走，沈屹西往前开了点儿挡住了她的路。路无坷往哪儿走他就往哪儿开，也不说话，好像今天就打定了主意要堵她的路。

路无坷终于叫了他的名字："沈屹西。"

这还是沈屹西第一次听她叫他的名字，沈屹西有些意外，侧头去看她："什么？"

路无坷说："让我过去。"

沈屹西没让："你以为去外头就能打着车了？"

路无坷说："指不定就遇到好人了。"

"然后载你一程？"沈屹西接过了她的话。

路无坷无言。

沈屹西说："你一女孩儿，现在出去，愿意让你搭顺风车的九成都不是好人，你信不信？"

路无坷当然知道，说那话也就为了气他，不会傻到真去外面随便拦一辆私家车就上车。

沈屹西说那话明显听着不太高兴，难得没吊儿郎当的。

"上车。"沈屹西看着她，"送你回学校。"

路无坷不动，沈屹西又按了一下喇叭。

僵持半晌，她还是向车后座走了过去，却发现车门打不开。

沈屹西坐在驾驶座里，头都没回，说："去副驾。"

路无坷犹豫了几秒钟，才绕过车后去了副驾驶。

超跑的底盘低，平稳地疾驰在公路上，乌黑的山连绵不绝往后倒退。

路无坷不是没见过沈屹西开车，以前在校门口就遇见过一次，她不仅记得，她还记得这辆车和上次的不是同一辆。

可能熬了一晚上，沈屹西也有点疲惫，没怎么说话，就那样松松地把控着方向盘开车。

路无坷自然也不会主动跟他搭话。

一路无言。

到宿舍楼下后，路无坷跟沈屹西说了声谢谢，就要去推门下车。

沈屹西开了口："在车上待着，门禁时间过了再上去。"

路无坷一愣。

学生宿舍有门禁，凌晨三四点回来算是严重晚归，被抓到了学校会直接处分和通报批评。

路无坷就算回来了也上不去。

沈屹西明明是知道这事儿的，把自己留他那儿住一晚是最好的，但因为她不愿意，他后面便一句都没提过，反倒陪她来宿舍楼底下干等着。

路无坷说："不用，我去下面等就行。"

车门却被沈屹西落了锁，他拿了手机玩游戏，眼皮都不抬："坐着。"

路无坷发现今晚的沈屹西有点不一样，具体哪里不一样，应该是从她不愿意上他的车那会儿开始的。

生气了？但也不像。

路无坷看了一眼时间，四点多，再过一两个小时宿舍门就开了。

她没玩手机，就在那儿干坐着。

沈屹西没和她搭话，玩自己的，也没吵她，手机开的静音，车里比外头的夜色还安静。

路无坷整夜没合眼，眼下一安静下来没一会儿就犯困了。她也不知道自己什么时候睡过去的，再睁眼的时候天色已经大亮，有的早起的同学已经陆陆续续地从宿舍里出来。

沈屹西没在车上。

路无坷起身才发现自己身上搭了件外套，上面带着淡淡的烟草味。

沈屹西的。

沈屹西没在车上，也不知道去哪儿了。

刚这么想驾驶员那边的门就被打开了，一阵风从外面吹进来，裹着烟味往她脸上扑。

沈屹西去拿烟的时候才发现她醒了，身上还盖着他的衣服。

“醒了？”

路无坷刚醒来，眼里润了层薄水，有点蒙眬，像清晨森林里沾了一身露水的小鹿。

路无坷看着他，似乎还没回过神来。

沈屹西挪开了视线，从烟盒里敲了根烟出来，又把烟盒扔回中控台。

“我去那边树下。”

路无坷仿佛这才回过神来，也转开了视线：“哦。”

沈屹西拿上打火机下了车：“走的话，把门关上就行。”

路无坷在他关门的前一秒，跟他道了声谢。

沈屹西说：“就睡车里，没什么好谢的。”说完关上了车门。

路无坷没在车上坐多久，几乎是在沈屹西前脚下了车，她后脚就跟着下来了。一抬头，就看见了和沈屹西一起在树底下抽烟的齐思铭。

这些人跟不用睡觉似的，熬了个通宵，身上还带着伤，但现在还生龙活虎的。

齐思铭也看见她了，这个自来熟的还跟她招了招手。

沈屹西也朝这边看了一眼。

路无坷关上了车门，往宿舍里走。

那边的齐思铭瞧着她的背影，“啧啧”感叹了几声：“屹哥，你这回是碰钉子上了啊。”

沈屹西也不知道有没有在看路无坷，慢悠悠地吐了口烟雾，没说什么。

齐思铭说：“我还以为你昨晚都把人带家里去了，至少得……”他话还没说完就被沈屹西扫过来的眼风给制止了。

“行行行，我不说了。”

不过齐思铭是真觉得沈屹西跟平时不同，他总觉得沈屹西对路无坷的感觉，应该是跟对以往任何一个女孩儿都不同的。

把欺负她的人揍进派出所就不说了，在这儿待了这么久，居然只为了让她睡个觉。

哪回见他这么上心过？

没有。

他看了一眼沈屹西。

真的不一样。

路无坷回到宿舍时正好碰上收拾了行李准备离开的蒋青。

蒋青的行李应该是早收拾好的，这么早离开估计就是不想和她碰上面，却没想到她这么早就回来了。

两个人一开门打了个照面，蒋青先愣住了。

路无坷昨晚一夜没回来，阿释就算收到她报平安的短信，还是整宿没睡好，这会儿睡得不踏实，听见个开门声，立刻从床上探出头来看了。

她一见到路无坷整个人都清醒了，马上从床上坐了起来，说："我的天，路无坷你还知道回来啊。"

但现在她顾不上跟路无坷算账了，因为眼下有个闹着要搬出宿舍的。

她从床上爬下来跟路无坷说："你劝劝蒋青，从昨晚她就说要搬出宿舍，我怎么劝都没用，于熙儿又不劝她。"

路无坷视线淡淡地看着蒋青。

蒋青被她盯得无所适从。

路无坷忽然问了她一句："跟别人说了我打工地点的人是你，对吗？"

蒋青拉着行李箱的手微微颤抖着，没吭声。

阿释愣了一下，这才发现路无坷和蒋青之间的气氛不太对劲。

她们的动静想不把别人吵醒都难，昨晚在宿舍过夜的于熙儿这会儿也醒了。

那天蒋青在宿舍里跟路无坷提起酒吧的时候，于熙儿也在，所以昨晚得知路无坷在酒吧出事之后，她就知道这事儿和蒋青脱不了干系。

这也是为什么昨晚她没有劝蒋青留下来的原因。

于熙儿从床上下来，把阿释给拉出去了："她们的事儿让她们自己解决。"出去后还帮她们关上了门。

蒋青从刚才到现在一直没吭声，微微垂着头。

路无坷问："为什么告诉他们我打工的地方？"

蒋青张张嘴，也不知道是难以启齿还是有什么苦衷，半晌只颤抖着声音说了句："对不起。"

路无坷这个人平时在外人看来好像什么都不在意，实际上，最受不得人欺负的人就是她。其实，从那天蒋青越界问她要不要把酒吧的工作辞了的时候，她就隐隐察觉到了不对劲，只不过没想到是因为这事儿。

蒋青说了对不起之后，路无坷没再说话，但也没有让她出去的意思。

蒋青也知道，自己今天不解释清楚了走不了，她安安静静地低着头不知道在想什么。

路无坷很有耐心地等待着。

她们两个都不算话多的人，而像她们这样的人，对峙时最容易陷入拉锯战。

一个人不说话，另一个人也不开口逼问。

一分一秒变得格外漫长。

蒋青一直低着头，像是给自己建造了个坚硬的外壳，她用这种消极麻木的态度对抗着这个世界。

说不清为什么，有那么一刻，路无坷竟然感受到了蒋青身上，一丝濒临崩溃的绝望。

不是通过言语，也不是通过肢体动作，像是某种熟悉的感觉飘在了空气里，而曾经拥有过这种感觉的她，身体里有了共鸣。

路无坷的指尖无意识地掐进了掌心里。

时间不知道过去了多久，蒋青终于嘶哑着嗓子开了口。明明没有哽咽，没有痛哭，嗓子却哑得像是揉碎了千百种苦在里头。

“我不仅知道他们要去酒吧找你，我还知道他们给你那杯酒里下了东西。”

人永远无法想象人能恶毒到什么程度，他们总有千百种方法让人大开眼界。如果她昨晚把那杯酒喝下去了，后果如何不用想。

只因为忌妒。

路无坷感到脊背一阵发凉。

蒋青抬头看向了她：“路无坷，你以为是我想把你卖了吗？”

蒋青像是疯了，又像是终于在这个虚伪的世界里清醒过来，她笑了。

“还真的是我愿意的，路无坷，你叫什么，你在什么学院，你在哪儿打工，都是我跟他们说的。”

路无坷没有发怒，目光安静地看着她：“为什么？”

“为什么？”蒋青反问了自己。她像是想不起来了，又像是在拼命地压制着想说下去的念头。

在勇气快被时间燃尽的最后一刻，她终于用尽最后一丝力气：“因为很痛啊。路无坷，如果不是你不好过的话，就是我不好过了。”

她扯下的衣领里，让人触目惊心的一片片红紫交错。

密密麻麻的，淤血未消。

人的懦弱会形成习惯，并不会随着年龄增长而奋起反抗，反倒只会越陷越深，直到被打压成了习惯，就再也爬不起来了。

从高中到现在，蒋青已经足足被人欺压了五年。那时候总觉得高中三年撑过去，就什么都会好了。但真正吃过苦头的人都知道，什么都会好这句话就是在扯淡。

哪有受过伤害还能好的人呢，这都是那些没被同样伤害、摧残过的人说的话罢了。

世界上没有任何一个人，身上的苦痛能被另一个人感同身受，别人甚至会对此指指点点，笑你弱不禁风、矫情做作。

蒋青高中吃过这种亏，不被理解，不被同情，从那以后再被别人欺负也不会找谁说了。

她是莫名其妙被盯上的，一盯就被盯了四五年。大学后那帮人就在隔壁的技校，她的境况并没有好到哪里去。十几岁的男生、女生欺压人的恶劣手段无非就那几个，怎么屈辱怎么来。

毫不例外的，蒋青也有上不了台面的把柄被他们捏在手里。她不是没有求助过，但这只会换来那帮人的变本加厉，他们比她有资本，更何况还在道上混，他们有的是办法折腾她。

蒋青一开始一直想不通，为什么他们偏偏就盯上自己了，自己天生倒霉吗？

后来，蒋青从他们辱骂她的言语里知道了个大概。只因为她的父亲是个有案底的，是的，很荒谬，就因为这个。但世界上荒谬的事情多了去了，也不差她这一件。

因为她是她父亲生的，所以她也跟着一起有了罪，每个人都戴着有色眼镜看她，久而久之，连她自己都觉得自己真的有罪。

到大学，融入了新环境后，她这种状况才好转了点儿，有新的同学、新的生活。

可那帮人的出现时时刻刻在提醒她，她仍旧是低贱的。谁跟她这条命搭上关系谁就倒霉，路无坷就是其中之一。

如果那天，她们让她去给钱的地方不是兰州拉面馆，又如果阿释和路无坷没跟她打招呼，她们就不会知道路无坷是她的舍友，也就不会出现这些破事了。

但世界上哪有那么多如果，真有如果，她宁愿自己没从她妈肚子里生出来。

这些人是她的高中同学，也是她人生里出现的恶魔。

顾灵玲喜欢沈屹西，他们那个圈子的人都知道，连蒋青这种被他们边缘化，呼之即来挥之即去的人都知道。

顾灵玲的表哥是个在道上混的，从小顾灵玲有点什么事都会跑到她表哥面前哭一通，受不得半点委屈。她那个表哥在社会上混，最讲的就是那套粗俗的江湖义气，随便一个可能没碰过面只听过名字的朋友，他都有可能两肋插刀，更何况这是他从小宠着的表妹，只要她吱声，他自然二话不说，出手帮她解决麻烦。

这样的人，无知又狠辣。

她们跟蒋青打听路无坷，蒋青不得不说。因为她很清楚如果她不说，路无坷的下场就会变成她的下场。她们当着她的面说着要怎么整路无坷，这些她都听在耳里，可她选择了沉默。

她不过一条命，想在人间苟活的时候，活得好那么一点点。

蒋青走了。

宿舍阳台下的校园道路越来越热闹，光天化日下的欢声笑语十分刺耳。明明头上顶的都是同一片天空，有的人在这世间行走却只是来鬼门关走一遭。

阿释和于熙儿进来的时候，路无坷已经从浴室里洗完澡出来了。

她们宿舍今天除了于熙儿有早课，路无坷和阿释都没有，不过于熙儿把这节课翘了。

出去一趟，阿释基本在于熙儿那儿把事听了个大概，回来的时候身上还是带着火气的。她见不得别人欺负路无坷，也气愤蒋青在背后阴人那套，亏她们还当了几百天的室友。

阿释气得火冒三丈："她到底怎么想的啊，昨晚要真的出事了，她良心过得去吗？"

于熙儿回来一屁股坐在书桌前，说："这不她现在搬出去了。"

路无坷湿着一头长发从阳台进来，她似乎不太想谈论这件事，把擦手的纸巾扔进垃圾桶。

"你们有吃的吗？"

阿释问她："饿了？"

路无坷点点头："饼干就可以。"

"吃什么饼干啊！"阿释从自己桌上翻了一瓶牛奶和一个面包出来，走过去放她桌上，"吃这个，昨晚刚买的，还新鲜着呢。"

于熙儿一条胳膊挂在椅背上，跟路无坷聊着蒋青："酒吧的事是她报的警，我昨晚听见她在阳台打电话了。"

这个，蒋青都没跟路无坷提过。

路无坷转开牛奶瓶盖，冷漠地"哦"了一声。

毫无人情味，冷淡得坦坦荡荡。

蒋青固然可怜，但路无坷谈不上原谅不原谅，人对人的伤害都是有痕迹的，这点蒋青比她更清楚，所以她才会主动从这间宿舍里搬出去。

路无坷自然没有拦她。

路无坷刚喝了一口牛奶，桌上的手机震动了一下。她瞟了手机一眼，那个人居然还在楼下，沈屹西让她去楼下拿早餐。

阿释坐在她的书桌上晃荡着腿，问她：“谁给你发的短信啊？”

路无坷随口瞎扯：“奶奶。”

“胡扯吧你！”阿释说，“奶奶连手机都用不明白，还给你发短信呢。”

手机屏幕亮了一下又暗了。

沈屹西这个人向来强势，手机又亮了。

“下来，不然我有的是办法上去。”

两秒钟后屏幕又暗下。

路无坷想起沈屹西昨晚甩着臂膀，酒瓶挥下那一刻的身影。

跟个疯子一样。

可谁又不是个疯子呢？

也不知过去多久，她把牛奶放回桌上，起身踩上拖鞋往楼下走。

阿释看她要出去，在后头问她：“你干吗去？”

阿释没问完，路无坷已经从宿舍里出去了，她转头疑惑地问于熙儿：“这个点儿有人送外卖吗？”

于熙儿对男女之间那点事摸得透透的，她冲着走廊抬了抬下巴：“看看去，楼下有没有男的？”

校园道路上已经没有赶去上课的大波人马，现在在路上走着的，都是争分夺秒踩着上课铃去教室的。

路无坷从楼上下来，路过门房的时候，宿管阿姨照旧在里头放着她的凄美爱情电视剧，男女主角亲得难分难舍。

沈屹西那辆黑色跑车还停在宿舍外头，就是不见人影。

路无坷站在宿舍门口，四下张望，就听一个声音从斜后方传来：“九分钟。”

她转过头去看。

沈屹西手插兜里靠在宿舍铁门旁边的一棵树上：“再过一分钟我就上去了。”

路无坷看着他。

沈屹西右眼眉骨上的伤口已经结痂，小小的伤口。男生身上带点伤无伤大雅，反倒身上那股放纵不羁的劲儿更有张力了。

他抬着眼皮上下打量了她一眼：“你就穿这样下来？”

吊带睡裙，跟上次在她房间看到的那件白色不同，是黑色的，脚下还踩着一双拖鞋。虽然肩头搭了件外套，什么都瞧不见，却让人更浮想联翩了。

“不可以吗？”像在说只有他脑子里一堆不正经废料。

听了她这话后，沈屹西微微眯起眼睛瞧她。

路无坷对上他略带探究的眼神。

有时候，他们两个之间的气场是暗流涌动的，硬碰硬，不擦出点什么火花都不可能。

半晌，沈屹西瞥了一眼她唇角沾的那点牛奶沫，冷笑了一声：“可以，怎么不可以。”

那种感觉又出现了，像利刺挑开凝滞的空气，在他们看不见的地方。

沈屹西率先打破这种气氛，把手里拎着的东西递给她。一袋清淡的白粥和小菜，还有另一袋装得满满当当的零食。

这少爷，跟搬了个超市过来一样。

路无坷没接：“买这么多做什么？我胃口没那么大。”

“留着以后慢慢吃不行？”沈屹西把袋子递到她面前。送出来的东西没有收回去的道理，他这是明摆着他有的是办法让她拿上楼。

路无坷没接。

“真不接？”沈屹西从上至下睨着她。

路无坷迎着他的视线：“不要。”

空气都安静了。

沈屹西的脸上看不出什么情绪，风平浪静，跟早上那种沉静的状态有些类似，路无坷捉摸不透他在想什么。

正想回楼上，路无坷的腰间忽然被一股蛮力兜住。

转眼天旋地转，沈屹西搂着她的腰，转身把她压在了树上。装满了零食的袋子“啪嗒”一声掉在地上，“哗啦”一声撒了一地。

路无坷没有惊诧也没有失态，手抓在他的手臂上。

她紧紧贴着他的身子。

有力的，烙铁似的硬。

女生的腰盈盈一握，男生掌心宽大，指节骨感。

他的力气几乎要将她的腰拧断。

好疼。

可路无坷眉都没皱一下，视线往上看着他。

沈屹西的眼皮耷拉着，这个角度看眼角是吊着的，倨傲又不好惹。他的目光从垂着的眼皮下漏出来，和她丝毫不肯放软一分的眼神对视。

身后的树皮硌得她的后背生疼，有女生结伴从宿舍门口出来，说笑着经过他们身后。

她们往那边走了。

沈屹西眼皮都没抬一下，薄唇一掀一合。

“路无坷，你摆脱不了我。”

路无坷问：“凭什么？”

沈屹西逼近她，鼻尖几乎碰上她的。男生的声音从胸腔里轻震而出，慢条斯理的，却像凌迟着猎物般稳操胜券。

沈屹西说：“就凭你是我想要的。”

路无坷心里一动，她知道沈屹西是说真的。不知道为什么，路无坷觉得沈屹西这番话想跟她说很久了，可能是早上，也可能是更早前。

这一次，她成功地刺激到他了。

她罩在肩上的外套掉了半边，白皙清瘦的肩膀露出来大半边，吊带松松地挂在上头。

沈屹西的气息顺着她的唇游走，来到了她的唇角。

路无坷没躲。

宿舍楼里的人声清晰传过来，又恍若隔世。

唇角忽然被男生指腹狠狠地揩了下，那点奶沫被擦掉了。她听见沈屹西轻笑了一声：“下次把嘴擦好了再下来。”

路无坷掐在他手臂上的手，微不可察地颤抖了一下。

沈屹西说完松开了她。这是第一次沈屹西没有放过她，带着强大的、掌控的、压制性的气场。

口袋里手机来电话，沈屹西掏出电话，看了眼来电显示后接听。

应该有人找他有什么事，他边接电话边往自己的车那边走："行，我过去。"

沈屹西挂了电话后开车离开，经过女生宿舍门口的时候扫了一眼树下。

路无坷早没影了。

树下那袋零食散了一地，她没拿。

沈屹西"哼"了一声，油门一踩窜出了校园。

路无坷上楼回宿舍，阿释正跷着脚拿着本书装模作样地在看，于熙儿在镜子前化妆。

路无坷进来后阿释从书后瞟她："上来啦？"

路无坷脸上瞧不出喜怒，跟平时一样，平平静静的。她"嗯"了一声，在自己的书桌前坐下。

她不急，阿释倒是先急了，阿释嘴里藏不住话，问路无坷："沈屹西来找你了？"

路无坷不用问都知道，阿释跑去走廊偷看了，她也没什么好隐瞒的："嗯。"

阿释跟路无坷之间基本没有秘密，她把书往桌上一扔，搬着椅子坐到路无坷那边，对着她坐下。她跨坐在椅子上，八卦地问："我就看他从门口走过去了，猜他十有八九来找你的，果然是，他来找你什么事啊？"

路无坷看着桌上那瓶喝了一半的牛奶，拿起来扔进垃圾桶里，玻璃瓶磕在地上，"咚"的一声。她说："他发疯。"

阿释一头雾水："什么发疯？"

"字面意思。"

她说这话的时候没带什么情绪，那张脸上是天生的清纯和乖巧。

阿释说："路无坷，我听出你在骂人了。"

路无坷没说什么。

阿释在走廊上其实什么都看不到，宿舍门口那棵树枝繁叶茂，压根儿什么都看不见，自然也不知道他们之间发生了什么事。不过，她还是头回见着有人能气着路无坷。

阿释好歹也是个高中那会儿情窦初开过的人，她小声问路无坷："你不会真对他……有感觉了吧？"

路无坷从书架上抽一本书出来。

一张纸被带了出来，摇摇晃晃地落在地上。她顺势低头瞥了一眼，却在目光触及那张纸条时一愣。

纸上是一则从报纸上某一处剪下来的新闻，纸张泛黄，看起来得有将近十来个年头了。

——沈氏集团称因工致癌系谣言，为员工欺诈。

路无坷许久没动，直到阿释推了她一下："路无坷，你怎么了？"

她回过神来，弯腰把那一小块报纸捡起来。

"怎么回事呢？一提沈屹西你还发呆了。"阿释说。

路无坷去捡东西的手一停，然后低下头："没有。"

她可能是发疯了，才会答应沈屹西下去，现在这个，才是正常的路无坷。

阿释说："不过，要是平常女孩子，这被沈屹西追个十天半个月，早缴械投降了。"

她没说话。

那头于熙儿化好妆，扣上口红盖抿抿唇："可不是嘛，一大堆女生等着跟他谈恋爱。"

阿释回头去看她："难不成你也想啊？"

于熙儿对着镜子抓了抓头发："就谈个恋爱，也不是不可以。"

阿释想起以前关于于熙儿那些沸沸扬扬的传闻，她试探性地问了一句："以前，人人都说你喜欢沈屹西，这事是真的啊？"

于熙儿无语地看了她一眼："这你也信？"

"那也没见你澄清过啊，我哪知道真的假的啊。"

于熙儿起身踢开椅子，从柜子里拎了个小挎包出来："网上风言风语多了去了，我一个一个去澄清，我忙得过来吗我？有那个时间，我干点别的不好吗？跟那堆瞎造谣的生气？"

不过，那会儿的于熙儿确实有点消沉，于熙儿似乎看出阿释想问什么，自己说了："那会儿不过就是被抢了个男人，那女的出去兴风作浪罢了。”

于熙儿口中这个女的，应该就是那次视频里，浇了她一头啤酒的系花。

阿释疑惑地问：“男人？”

她们说的话路无坷自然也听得一清二楚，她想到了那次在礼堂，于熙儿屏保上的那张照片。

“对啊。”于熙儿粲然一笑，“谈了七年的男朋友，被人一撬墙脚，就跟别人好了。”

阿释怎么想都没想到是这么一回事，一句话噎在喉咙，愣住了。

于熙儿看她：“别用这种眼神看我，不就一个长得好看点的男人吗，世界上长得好看的多得是。”

阿释对她竖了个大拇指：“小公主，从今天起你是我的榜样了。”

“滚。”于熙儿笑。

于熙儿背上小挎包出门：“我出门玩去了啊，拜拜，两位美女。”说完踩着高跟鞋消失在门口。

阿释意外发现这种情况下，路无坷竟然还看进去了两页书，惊讶得目瞪口呆：“路无坷，你还是人吗？你这一心二用的技能，什么时候能分我一点？”

路无坷天生比别人聪明，当然她现在能次次期末绩点稳居第一，也跟她自己用功有很大关系。

没人比阿释更清楚路无坷有多努力，与其说她是在学习上努力，不如说她是为了生活拼命，打工和学习都不落下。

有时候长辈无法扛起来的重担，自然而然地就落到了孩子身上，大家都是为了生活。

路无坷又翻了一页书：“可以啊，你把你的高等数学拿过来。”

阿释翻了个白眼：“你就是骗我学习，那道题我昨晚做了两个小时都没做出来，现在我再看它一眼都能吐出来。”

路无坷学的是语言类专业，不用学高等数学，阿释连个可以问的问题都没有。

阿释伸了个懒腰：“现在让我去操场跑八百米都行，那破题我是死都不做了。”

说到一半，阿释又想起刚从宿舍里搬出去的蒋青，问路无坷："刚刚蒋青在宿舍里都跟你说什么了？"

气归气，但好歹做了一年多的室友，蒋青这人平时处着也不坏，阿释理智上觉得，她不像那种在背后阴人的人。

"她到底怎么回事啊？是不是真有什么事？迫不得已才这么干的？"

这是蒋青一直难以启齿、藏得严严实实见不得光的秘密。路无坷没把她的秘密说出来，只给了阿释一个肯定的回答。

蒋青确实是逼不得已的，具体是因为什么，她没讲。

阿释虽然平时咋咋呼呼的，但关键时刻不会掉链子。她一听就知道，这事不是什么可以拿来八卦的小事，问路无坷："那用不用报警啊？"

路无坷没有任何犹豫："用。"

她估摸着蒋青这次从宿舍搬出去，给辅导员的理由应该是和舍友关系不和，被外校人暴力的事肯定只字不提，甚至可能上大学后都没报过一次警。

蒋青背后做了对不起她的事，她是不原谅，但她也不至于冷血到旁观他人伤痛，不拉一小把的地步。更何况她心里是清楚的，即使这话说出来可能很荒谬，但蒋青确实是在向她求救。

如果不是为了跟她求救，蒋青大可不必把她难以启齿的那些伤口撕出来给她看。

要有多大勇气呢，可能比去死的勇气还大，因为她也尝过这种孤立无援的状态。

那天路无坷给派出所和辅导员，都打了个电话。

就当做了件好事吧，让她妈妈能在那个见不到的地方过得好一点。

Chapter 07

到底害怕什么

40℃

路无坷这学期体育课报的是篮球，按理是周五下午两点多上课，但这天，老师有事请假，把他们托给另一个同事，体育课挪到了下午四五点。

那个老师自己带了个班，也是篮球，给自己班上课的同时，顺带看管他们班。

路无坷和隔壁宿舍一个女生上的同一节体育课，那个女生一到周五上体育课，就经常过来找她一起去篮球场。

大学跟高中相比大不了几岁，心智相差不到哪里去，男生调皮幼稚的人依旧很多，女生也依旧喜欢结伴吃饭、上课、去厕所。

路无坷今天在脑后束了个高马尾，太阳很大，她的皮肤被太阳一照，白得发光。

找她一起上课的女孩跟阿释同姓，姓许，叫许浓浓。许浓浓长着张可爱的娃娃脸，阿释老说她的眼睛得有女明星那么大，一个顶她俩。

绿荫浓密，几个踩着滑板赶去上课的同学从身边飞驰而过。还没走近篮球场，尖叫声一浪高过一浪，那场面不输这年头小姑娘追星。

许浓浓往篮球场那儿张望："都快上课了，这球赛还没结束啊？"

路无坷听了她的话往那边扫了一眼。

篮球场上是男生们快速追逐的身影，应该是有人进了个漂亮的球，一片热血的欢呼声吼得人耳朵发疼。

路无坷捏了下耳朵，问："打比赛？"

许浓浓回头看她："是啊。"她给路无坷指指里面，"我们院对的机械自动化学院。"

路无坷还没从篮球场上收回的目光一顿，果然，很快看到那抹跳跃的黑色身影。

肆意的，放纵的。和她的人生不一样。

她收回了视线。

又是一阵欢呼声，他进球了。

路无坷没再去看。

“这些男生也太能喊了，声音比女生都大了。”许浓浓还在探头往那边看，“刚听我们班一男生说，他们这次赌挺大的，输的那队要请赢的整个学院吃火锅。”

一个学院的人少说也得一两百，输的那队这顿火锅请下去，得喝上一两个月的西北风。

许浓浓是计算机学院的，计算机和机械自动化这两个专业都是男多女少，来看比赛的男生是其他学院的几倍，这些男生和来看沈屹西打球的女生一起，喊起来能不大声才怪。

许浓浓说：“沈屹西居然也来打球了？”

路无坷低着头，没说什么。

“真长得挺帅的。”许浓浓自己在那儿说着。

还没到上课时间，许浓浓又问她：“要不要过去看看？”

路无坷摇摇头。

许浓浓好像对这场球赛很有兴趣，最后自己过去看了。

路无坷挑了树下一块阴凉的地方蹲着，对面篮球场的欢呼声一阵盖过一阵。不知过了多久，她终于抬头遥遥扫了对面一眼。

手机突然响起来，路无坷收回视线。她把手机拿出来，是奶奶打过来的电话。

奶奶怎么会在这个时候给她打电话？

老太太虽然不知道她每天上的都是些什么课，但她每天哪段时间是在上课，老太太摸得清清楚楚，只要是上课时间她一般不会给她来电话。

路无坷赶紧接听，手机放在耳边：“奶奶。”

老太太听见她接电话似乎有些意外：“还没上课呢？”

她的声音听着和平时没什么区别，还笑了一声：“奶奶就想给你打个电话，没想到真打通了，还以为你会在上课。”

阳光透过头顶树叶的缝隙，有斑驳的碎光落在水泥地上。路无坷的视线落在上头，安静地听完奶奶说的话后才应声：“嗯，还没上课。”

老太太一听她还没上课，拉着她闲话了几句家常。

路无坷一直静静地听着，直到某刻，她忽然问了一句：“奶奶，你身体是不是又不舒服了？”

老太太那边话头停顿了一下，很快又开始说她，声音中气十足的。

“你这孩子，瞎说什么呢，奶奶的身体好着呢，就是想听听你的声音，你要这样说以后可都不给你打电话了！”

这脾气大的。

路无坷一直盯着被阳光照着的水泥地，盯到眼睛有点发酸，直到一双长腿忽然出现在了她面前。

紧接着一道运动过后泛着嘶哑的声音从她的头顶传来：“就这么喜欢蹲着？”

路无坷一愣，下意识地把电话挂断了。

难得有一丝慌乱。

沈屹西瞧见她这个动作，挑了下眉：“我就这么见不得人？”

路无坷闻声抬起头。

电话挂断后，奶奶没再打过来，兴许以为她上课去了。

沈屹西身上的黑T恤汗湿贴在皮肤上，那头短寸一看就刚在水龙头下冲过，他垂着眼皮，居高临下睨着她。

听了奶奶的声音后再看这个人，恍如隔世。

这两个人是天和地的两个世界，一个规矩柔软，一个肆意潇洒。

这是两个互相吸引的极端，也时时刻刻在提醒着路无坷，这是两个不可能有交集的人生。一个天，一个地，怎么说也合不到一起。还是一片，曾经被奶奶和路智远指着，破口大骂过的天。

路无坷和他对视良久，时间仿佛回到了她蹲在派出所外等他的那个晚上。难怪他说，她就这么喜欢蹲着。

他们的篮球赛应该是打完了，篮球场那边，体育老师吹了声口哨。

路无坷没跟他说话，从地上站起来。她没再看他，径直从他面前经过，跟不认识他一样。

沈屹西也没出声，挑着眼皮看她。

午后的太阳照在她的耳朵上，有点发红。

余光里不远处的树下还有女生拿着水在等他。

路无坷穿过林荫浓密的校园道路，往对面的篮球场走去。那里，来上课的学生已经稀稀落落列好队，左右前后聊着天。

许浓浓见路无坷过来，朝她招招手，她俩身高差不多，列队时站在一起，路无坷走过去。

许浓浓在太阳底下站着看了十几分钟球赛，皮肤被晒得通红。她拎着领子扇风："好热啊，而且看半天比赛，我们学院还输了，输得挺惨的。"

旁边一个女生上课时才来，好奇地问："比分多少？"

许浓浓说："一百比五十四。"

那的确是输得挺惨的。

体育老师拎着个花名册不太熟练地点他们班同学的名字，按学号顺序一个一个地叫名字。一个班没多少人，很快就点到了路无坷。

路无坷正想应到，篮球场已关上的铁网门被人一脚踢开，铁网门撞在围着篮球场三四米高的铁丝网上，晃动了几下。

篮球场里几十个人循声都望了过去。

沈屹西身上不知道什么时候换了件衣服，和齐思铭一前一后走进来，手里都拎着瓶水。刚进来，路无坷目光就和他碰上了。

路无坷挪开了视线。

齐思铭笑嘻嘻地从沈屹西身后探头："报告老师，换衣服去了。"

一看就跟老师混得很熟，肯定就是这个老师自己带的那班学生。

还真巧，凑一起上篮球课了。

体育老师用花名册指了他一下，很明显地在开玩笑："赶紧的，归队去，不然待会儿去操场给我跑个一千米。"

"遵命！"齐思铭还装模作样地敬个礼。

体育老师笑着就要拿花名册砸他，齐思铭笑着跑开了。

沈屹西连报告都没打，早手插着兜径直走进去了。一米八多的个子，队伍最后一排那位置一看就是他们两个的。男生长得高，前面那几排没人能挡着他的视线。

两个人一西一东，对角线的位置。

路无坷没再往那边瞥过一眼，但能感觉到那头那道目光一直落在自己身上。

体育老师在他们这边点完名就让他们解散活动去了，回到自己那班。

路无坷和许浓浓拿上篮球去最靠边的那个篮球架，那边人少一点。体育课期末就考运球上篮、投篮、运球等基本动作，她们两个来来回回就练这几个动作。

篮球课对男生来说就是来划水的，期末过考小菜一碟，但对于很多没打过篮球的女生来说，就不一样了。像路无坷和许浓浓这种没打过篮球的，有时候在那儿投了大半天球，可能都没投进去一个。

这会儿太阳已经小了点儿，没那么热了，阳光薄薄一层落在篮球场上，路无坷被晒得脸上有点发烫。

打了没一会儿许浓浓就说要去上个厕所，这一趟去了就没见她回来，也不知道趁老师不在跑去哪里了。

路无坷一个人在篮球架下枯燥无趣地投着球，又一个球投出去撞在篮板上，咚咚咚跑出去好远。

路无坷走过去捡球，刚捡完球，转身就看见朝这边慢悠悠地走过来的沈屹西。她收回目光，往篮球架下走去，又开始投她的球。

周围拍打篮球的声音和人声混杂在一起，喧杂又热闹。身后的脚步声在靠近，不急不缓的，从容不迫的，见她不理也不着急。

路无坷又一个球弹了出去，她又跑出去捡回来。

那人似乎也没急着跟她说话，还悠哉悠哉地在旁边看她投了几个球。

路无坷旁若无人地投她的球。不知道为什么，她心里莫名有些烦躁。

在不知道投出第几个连篮筐都没碰到的球后，她被沈屹西抬手轻而易举拦住了。沈屹西截了她的球，漫不经心在地上拍了两下，最后把篮球收回手里。

男生手大，篮球在他手里显得很小。

路无坷终于看向他。

沈屹西很明显没有把篮球还给她的意思，挑起眼皮看她：“就一天没见，又不认识了？”

路无坷沉默了一会儿，没有回答这个问题，她看着沈屹西：“把球还我。”

沈屹西盯着她的眼睛，眸色有点暗。

路无坷固执地和他对视。

半晌，沈屹西笑了下，笑意却不达眼底。沈屹西把球扔了过来，篮球砸在地上，骨碌骨碌滚到她脚边。

篮球碰上她的脚尖，路无坷过了一会儿才蹲身下去捡。

那边似乎有人喊了一声沈屹西的名字，余光里，沈屹西抬脚走了。

路无坷起身，抬手掷了一个出去。

进了。

篮球落在地上，砰砰响。

这节课快上完许浓浓才回来，脸色绯红，路无坷没问她去哪儿了，把球给她练习。

下课解散后体委来找许浓浓，体委是她们班的，眼下有点急事，来不及把那筐篮球搬去器材室，托许浓浓帮忙。

“许浓浓，帮个忙。”体委踢了踢脚边那筐篮球，“找个人帮忙把这筐篮球一起搬回器材室呗。”

许浓浓：“你自己怎么不搬？”

“我有点事。”体委拍拍她的肩，“你看这儿就你一个跟我同班的，我也只能找你了，谢谢，谢谢，哥下次请你吃饭。”

许浓浓跟这个体委应该很熟，翻他个白眼：“你说说，从开学到现在你都欠我多少顿饭了？”

“哎哟，都算上都算上，下次准请你，行了不说了，我先走了啊，真有急事。”说完匆匆忙忙走了。

许浓浓这会儿除了自己班的体委就只认识路无坷，当然只能找她帮忙。

路无坷没什么要紧事，答应了。

那筐篮球男生搬起来毫不费力气，但女生搬就有点吃力，特别是还得从篮球场搬到学校体育楼的器材室里。一路上许浓浓小声抱怨了几句，两个人走走停停花了点儿时间才把东西搬到体育楼。到体育楼的时候，许浓浓甩着两条发酸的胳膊：“体委真不道德，胳膊酸死我了。”

路无坷看了一眼二楼的器材室：“走吧。”

许浓浓这才闷头拎起球筐的另一边，两个人一起上二楼。

随着秋意渐浓，天黑得越来越早。夕阳西下，晚霞盘踞在天际。器材室的门没关，路无坷和许浓浓推门进去，里头窗户紧闭，只有从排气扇处漏进来的几丝红光。

室内昏暗逼仄，迎面扑来白天还没消散的闷热。也不知道是谁，排球搬来后就往门后一堆，路无坷推门的时候没注意，撞翻了那筐排球，排球瞬间滚了满地。

许浓浓听见声音，从路无坷身后探头去看：“怎么把东西搬来了也不放好？”

排球滚得满地都是，那里头东西又放得乱，估计是学生拿来了就往这儿一堆。路无坷把手里的东西放下了：“先捡里面的排球吧。”

许浓浓点点头：“好。”

路无坷在许浓浓前面进去，许浓浓踢开挡在面前的那筐篮球，正想进去，楼梯那边有人叫了她一声。

“同学。”

许浓浓转头就看见从楼梯上慢步走上来的沈屹西，愣了一下。

沈屹西往她这边走了过来，停在她面前。

还没开口跟人说话，许浓浓的耳朵已经通红。

沈屹西跟没瞧见似的，往器材室偏了下头：“路无坷在里面？”

许浓浓当然不会以为他是来找自己的，但听到他要找路无坷还是愣了下。她反应了一下，才讷讷地点头：“是啊。”

“行！”他踢了踢脚下那筐篮球，对她笑了下，“你可以先走了，这玩意儿我帮你搬进去。”

许浓浓迟疑了一下，往器材室里看一眼：“这……”

沈屹西："你是担心我会对她做什么？"

许浓浓听他就这么直接地把她心里想的说了出来，吓了一跳，连忙下意识地摇头："不是的，不是的。"

沈屹西这人就是坏，故意的。

他朝许浓浓扬了扬下巴："那你现在能让我进去了？"

许浓浓这种段位根本不够他玩的，一下就被他坑了，点点头侧身让开："好。"

器材室的墙隔音好，路无坷在里头只隐隐约约听到许浓浓说话的声音，也没去注意。她把排球捡进筐里，捡到一半身后的门忽然被关上了，器材室里瞬间变暗不少。

她去捡排球的手一停，回头去看。

昏沉的暮色里，那人站在门后，睨着眼看她。虽然他还没开口说话，但身上那种风雨欲来的低气压却已经压得人喘不过气，和一个小时前在篮球场不欢而散时，是同样的感觉。

路无坷回过头，继续捡自己的排球。结果捡到一半就被人抓住手腕拽了起来，转身压在身后的铁质置物架上。后背被硌得生疼，烟草味瞬间将她包围，沈屹西埋头在她的颈间，带着疯狂的侵略性，大肆亲吻。

路无坷愣了一下，反应过来才想起推开他："沈屹西！"

却已经晚了。

沈屹西发现了她的迟疑，他在她颈窝里散漫地笑了一声。

路无坷就要推开他。

沈屹西从她的颈间抬头，没让。

他用一只手扣住她下巴往上抬，路无坷被迫看着他的眼睛。他说："路无坷，你是讨厌我吗？"

她的胸口微微起伏。

沈屹西笑了一下，带着看破的意味在，一个字一个字地说："还是喜欢上我了？"

路无坷直视着他眼睛。

沈屹西扣着她下巴的指节，漫不经心地摩挲着她的脸颊。透过排风扇进来的夕阳落了半边在他的脸上，从他眼皮上交错而过，黑色的眼睛深邃得仿佛快要把她吸进去。

沈屹西似乎也没有要等她回复的意思，好像这在他那儿压根儿已经不算个问题，而是个反问。他又重新俯身埋进她颈间，偏头，双唇顺着她的颈侧游走。

路无坷背靠在冰凉坚硬的置物架上，双手抵在他的胸前，却没推开他。

橙红的夕阳落在水泥地上，光束里，细尘沉沉浮浮。

外头好像起了风，夕阳倒影里的排气扇扇叶转动几圈。路无坷的视线落在上头，只有那里是亮的，而身处黑暗里的他们，如坠万丈深渊。

不知过了多久，路无坷开了口："沈屹西，你能不能，不要惦记我了？"

沈屹西跟没在听似的，叼着她耳下一小块肉，又松开。他亲了亲那处，应了她一句："不能。"

两个人像只是在聊一个很平常的话题，他来到她的耳边："路无坷，你到底在害怕什么？"

路无坷双手抵上他的肩膀，脸色很平静："我没有。"

沈屹西顺势被她推开，垂了眼皮对上她的眼睛："路无坷，你知不知道你全身上下写满了什么？"

他的声音低低的，没什么情绪。

路无坷执拗地直视着他。

看破不说破就不是沈屹西的作风，在他面前，连她都被看得透透的。他不留情面地说了出来："想要我，却又不敢要。"

路无坷的那股抗拒是从骨子里生出来的，像深深扎根在血肉里。视线被他紧紧抓着，她的眼里但凡有点滴情绪，都逃不过他的眼睛。

但她比谁都镇静，只要她想。

"你想多了。"路无坷说，"我饿了，放我去吃饭。"

很明显，连聊这个话题都很抗拒。

沈屹西觉得自己可能也是疯了，并不舍得把她逼太紧。

是的，不舍得。

真疯了。

他偏开头，又转回头来看她，没再提那个话题。

“球都没捡完就想去吃饭？想得太美了你。”

路无坷抬头看他。

他弯身把脚边的一个排球捡起来，扔进那个蓝色塑料筐里，朝她抬了抬下巴：“捡球。”

路无坷把视线从他身上挪开，蹲下身捡球。

沈屹西打开门，把器材室外那筐篮球搬进来的时候，路无坷在器材室里面把球已经捡完了。

她一点也不客气，没什么事做了就走了，也没等他。

等沈屹西把那筐篮球放上去的时候回头人哪里还在，早就没影了。

酒吧那份工作路无坷辞掉了，周五晚上难得清闲。于熙儿和阿释晚上都有课，宿舍里就她一个人，最近有个考试，她刷了一晚上题，等把手头的习题刷完，阿释也差不多快下课回来了。

路无坷起身去阳台透口气，还没到下课时间，校园道路上人不是很多，三三两两，闲聊着天散步。

在这段时间之前，路无坷的生活一直是平淡又枯燥的。

打工，学习，睡觉。

没工打的时候就学习，学习完了就睡觉，其他时间就是跟阿释混在一起，就这样平淡又规矩地过着每一天。

这样规规矩矩的生活，在沈屹西出现后开始被打破。课堂上捣乱，酒吧打架什么的，这些事放平时，路无坷可能几个月都见不到一次，在这人身上却跟家常便饭似的。

沈屹西想怎么活就怎么活，没人管得了他。

这是多少人都做不到的，包括目前的路无坷。她不过就是一个湮没在人群里，没人过问她梦想，每天埋头学习的普通学生。但每天抱着书往返于教学楼和宿舍之间的生活，确实才是她路无坷该过的生活。

在阳台站了没一会儿，阿释就下课回来了，她一回宿舍就踹开门，大喊路无坷这两个小时想不想她。

路无坷撑着下巴在外头吹风。

阿释把包甩在自己的书桌上，也跑来阳台，她把胳膊往路无坷肩上一挂，说道：“稀奇啊大学霸，回来居然没看见你在学习。”

路无坷说：“你以为我是学习机器啊。”

阿释嘿嘿笑，又撞了撞她肩膀：“对了，问你个事，周末有空吗？”

“周末我回家，怎么了？”

“啊？”阿释一脸失望的表情，“你要回家啊。”

路无坷点点头，想起奶奶下午那通电话：“奶奶的身体好像又不舒服了，我想回去看看。”

路无坷的奶奶自从两年前做过食管癌手术后，身体就大不如以前了，隔三岔五身体上就会出些小毛病。

阿释这一听也着急了：“奶奶的身体没事吧？要不我跟你回去吧，还能帮帮忙，正好很久没去看奶奶了。”

阿释清楚路无坷家的状况，路无坷虽然有个父亲，但她那个父亲基本上就跟摆设一样，不仅游手好闲，还天天赌钱，所以基本上老太太一出事都是路无坷在照顾，阿释想一起过去看看能不能帮忙。

“不用。”路无坷说，“这次应该没什么大事。”

“真没事？”

“真没事。”她又问阿释，“你刚才想跟我说什么？”

“哦，也没什么，本来想叫上你跟我一起去个聚会的。”阿释说，“齐思铭你认识吗？就经常跟沈屹西混在一起的那个。”

以前是不认识，现在想不认识都难。

路无坷问：“怎么了？”

阿释说：“他不是这周末过生日吗，准备在酒吧那儿弄个聚会，约了我周末一定要过去。”

有这么个可以撒疯玩儿的机会，阿释确实不可能放过。

“就可惜了你不能跟我一起过去，喝上头了也没人给我收尸。”

“得了吧你。”路无坷撇了一下嘴，“就你那酒量，喝个十几二十瓶下去都没事。”

“那是！”阿释一脸得意，“连我爸都喝不过我。”

两个人又聊了几句后，路无坷才回屋里收拾东西准备明天回家。

隔天一大清早，路无坷就推上行李箱坐车回家。

到家里楼下的时候才九点多，她照旧一个人提着行李箱上楼，推门的时候，老太太没跟平时一样坐在客厅里看电视。她脱了鞋，径直去了奶奶的房间。

老太太应该在睡觉，屋里没听见什么声响，路无坷放轻声推开门。

房间里就一张木板床、一个衣柜和一张桌子，墙上开了扇窗户，老太太应该是嫌外头光太亮，窗帘拉着。

老人家就背对着她躺在床上。

赵锦君耳朵灵得不行，完全没有其他老人一到老年就耳背的毛病，平时一有点动静，她比路无坷更加警觉。饶是这会儿还生着病，那对耳朵依旧灵敏得很。刚听到房门有点声响，要不是路无坷先喊了她声奶奶，她差点就吓得从床上坐起来了。

“你这孩子，进来怎么也没点声响，吓得我以为家里遭贼了。”老太太刚起一半差点闪到腰，扶着腰龇牙咧嘴地躺了回去，“电话里都跟你说没什么事儿了，怎么还回来了？”

话是这么说，但路无坷心里清楚，老太太就盼着她回来。

估计从昨天跟她打完电话后就一直在等着了，嘴上还要嫌弃是她小题大做，怎么就这么点小事还得回来。

路无坷听着她的念叨，走过去把窗帘拉开了，才回到她的床边，帮她捏了捏手：“奶奶，这次是哪里不舒服？”

老太太电话里不肯说，现在倒是肯说了：“唉，也没什么，就是老了，身上哪儿哪儿都不得劲。”

路无坷听她这闪烁其词的话，直接问：“是不是吃不下饭？”

眼见瞒不过自己的孙女，老太太叹了口气。可能是从小经历过很多事的原因，她这个孙女在这方面很敏感，自己的身体一旦哪里有点毛病，就没有瞒得过她的时候。

老太太索性如实说了：“前天一碗饭都咽不下去，昨天去医院拿了点儿药回来吃，今天好多了。”

“复查没有？”路无坷帮她按摩。

“复查了，没什么问题，别害怕。”

路无坷那张小脸一本正经的：“我没害怕。”

奶奶伸手去捏她的鼻子，笑道：“没有是最好。”

看着她这张乖巧、漂亮的小脸，老太太想起了自己的儿媳妇。路无坷长得像她妈，路妈妈年轻时是他们那个镇上出了名的大美人，路无坷长相全随她妈了。白白嫩嫩的，脸小，五官精致，那双水灵灵的眼睛，简直跟她妈像是一个模子刻出来的。

只可惜她这个儿媳妇年纪轻轻就去了，苦了孩子。老太太摇着头叹气：“你这孩子，生在我们老路家，真的苦了你了。”

路无坷抬头看了奶奶一眼。

路妈妈是这家里心照不宣的秘密，谁都记得，却又谁都不会去提起。但像路无坷这么聪明的人，不可能听不出奶奶话里的意思。

她又低下头，没说什么。

路妈妈的性格很温柔，路无坷虽然长相随了她妈妈，性格却半点也不像。

路妈妈在去世的前一年得了白血病，可她的人生却不是结束在这场病痛中，而是死在一场荒谬又让人无能为力的灾难里。

从那以后，路无坷的心里，再也没有过白天。

路无坷转移了话题：“路智远呢，这几天没回过家？”

不知道为什么，老太太听了她这句话后眼神有点闪躲，语气却还是跟平时一样自然：“哎，你爸不就这样，天天的也不知道在外头做些什么，整天不着家。”

路无坷盯着奶奶看。

老太太见路无坷看她：“你这孩子，这么看着我做什么？”

路无坷最终还是低下了头，没问什么：“没什么。”

路无坷又给奶奶按摩了一会儿，把她的手放进被子里：“我去煮饭。”

老太太一吃药就犯困，打了个哈欠，摆摆手：“去吧去吧，别煮太多，就我们俩。”

路无坷离开了房间，到厨房里淘米煮饭。回房去的时候奶奶已经睡着了，可能是知道有她在家，她睡得很安稳。

路无坷瞥了她一眼，往窗边那张桌子走去。这张书桌是路无坷高三那会儿淘汰下来的桌子，老太太怎么也不肯扔，给搬到自己屋子里来了。

老太太平时都把钱和年轻时的一些金银首饰，放在里头的抽屉里。

路无坷径直往那里走过去。

抽屉没上锁，就那么关着，她打开了抽屉。果然，里头只剩一些零钱，甚至连张红色的钞票都没有，首饰也全都没影了。

奶奶平时会攒钱，都是能少花就少花，存着钱也都是为了给路无坷。现在过得没以前那么辛苦，奶奶存的钱自然也多了些，印象里奶奶总跟她说存了有四五万了。

四五万，对于他们这样的家庭来说不是小数目了。

路无坷不知道是什么原因让老太太即使钱几乎被路智远拿光了，也不愿意跟她说。

她刚把抽屉关上，口袋里的手机就振动起来，路无坷退出门外接听。

她关上门刚接通电话，那头阿释的声音几乎快刺破她的耳膜。

"路无坷，对不起！"

阿释跟犯了什么滔天大罪似的，跟她道歉。

"刚才我在宿舍楼下遇见沈屹西，他应该是来找你的，把我拦住了，我 不小心把你回家的事儿说漏嘴了。"

房里的奶奶翻了个身，木板床咯吱咯吱响。

路无坷怕吵到屋里睡觉的奶奶，没在门前站着，往远处走了一点。

家里的柜子上放着个装糖的小罐子，老太太每天都会把这个糖果罐子装得满满的，因为路无坷小时候最喜欢吃糖。

她打开盖子，从里面拿了根棒棒糖出来。

阿释问她怎么办。

路无坷把手机放在柜子上，剥了糖纸把棒棒糖含进嘴里。她脸小，小腮帮子被顶起来一小块，跟阿释说："没事啊。"

沈屹西知道她家在哪里，阿释说了和没说都一样。

阿释的脑子慢半拍，现在才在电话那头琢磨过来："等等，沈屹西没跟我要你家的地址。"

阿释上一秒还泫然欲泣的，现在俨然换了副样子，放慢语调一副逼供的模样："路无坷，老实招来，沈屹西是不是知道你住在哪里？"

路无坷把家里的窗户打开通风，一点都不心虚："是啊。"

她这边轻飘飘的一句打发了，阿释那边却大跌眼镜，手机差点掉在地上："路无坷，什么时候的事儿？你跟沈屹西什么时候勾搭上的？不会就是你上次回家的时候吧？"

她的声音像大喇叭，震得路无坷的耳朵疼，路无坷赶紧把手机从耳边挪开几分。路无坷捏了捏耳朵，想朝那边大声喊，又不敢吵着奶奶："许婉柔，耳朵快被你喊聋了。"

路无坷从小到大几乎就阿释这一个朋友，也只有阿释知道，路无坷平时也不全是那副小大人模样。她有时候也像小孩，能幼稚到跟她斗上半天嘴。

阿释又朝她喊："就吼！谁叫你这个没良心的，我天天把你当姐妹，你居然什么都不告诉我。"

路无坷顶嘴："你怎么不去问沈屹西啊，你问我我自己都不知道。"

阿释装作惊得下巴都快掉了："不会是沈屹西跟踪你回家的吧？"

路无坷就站在客厅开的那个小门边，看向对面那套房子，上次沈屹西来了就住在那里。她当然知道阿释是在开玩笑，没去纠正她。

不过，经过阿释这么一提，她才想起来奶奶好像说过，对面的邻居跟她爸差不多，年纪轻轻的不干正事，就知道天天开着车满世界疯，搞得老婆、孩子都跟他散了。现在这么想，能跟沈屹西混在一块的，应该就是玩赛车的了。

阿释还在那边说着："这沈屹西是真疯，连追个人都这么疯。"

路无坷低了低头。

是吧，就是个疯子。

"你现在在干吗？"阿释没听见她出声，问她。

路无坷的棒棒糖在嘴里含了半天还没化，她看了眼墙上的挂钟。

时候已经不早了，还得下楼去买点午饭要吃的菜。她说：“我下楼去买点东西，你去吃饭吧。”

阿释说行，又问她：“奶奶没事吧？”

“没。”

“有什么需要帮忙的话，你就跟我说，反正我周末在宿舍里也没什么事儿。”

“知道了。吃饭去。”

阿释骂她：“臭路无坷，你个没良心的。行了行了，我挂了啊。”

路无坷虽然出生在这个不怎么富裕、糟心事还多的家庭，但从小到大在这个家里却从没被亏待过。虽然她的父亲并不喜欢她，嫌她脾气臭，没礼貌，见着她不念叨她几句就浑身难受。

但这个家里，妈妈还在世的时候，妈妈和奶奶就都宠着她。妈妈去世后，奶奶更是护着她，所以路智远再怎么不满意她这个女儿，也拿她没辙。路智远最常跟老太太说的一句话，就是说，“你这个孙女早晚得被你给宠坏了”。

他平时一说这话，就得遭老太太一顿数落，说“就算宠坏了，也比你这个天天把钱拿出去给别人的好”。

老太太确实疼路无坷，有什么好吃的好用的，第一个想到的都是孙女。平日里，三餐变着法儿给她做好吃的饭菜，就没让她下过厨房，以致路无坷长这么大还不会炒菜，只会煮个最简单的米饭。

他们这地方，街上卖盒饭的很多，路无坷下楼买了些现成的回来。

老太太虽然在吃药，但胃口还是不怎么好，咽东西还是有些费劲，饭都没吃几口就又让路无坷扶她回房里睡觉了。安顿好老太太后，路无坷自己一个人慢吞吞地吃完这顿饭，吃完后把碗筷收拾到厨房洗了。

中午，她在自己房间里睡了个午觉，正有点睡意就被外面一阵哐当声给吵醒了。

她下床从房间里出去，看见奶奶正艰难地弯着腰要把摔倒在地的椅子扶起来。

路无坷走过去把椅子扶起来，老太太见她过来摇着头叹气：“这老了真是不中用了，上个厕所都能把椅子给带倒了。”

老年人一在床上躺久了就浑身酸疼，老太太这把老骨头自然也一样，这几天都在床上躺着，身上没一处得劲的地方，但又不得不躺着。想去趟厕所，刚从床上爬起来就觉得浑身酸疼，就顺手扶着椅子走了几步，结果就把椅子给弄倒了。

路无坷扶着她往家里的厕所走：“怎么也不喊我一声？”

老太太现在明明被她扶着往厕所走，却还在跟她犟嘴：“就上个厕所，又不是什么大事儿，喊你做什么？”

路无坷把她扶到厕所门口，奶奶摆摆手赶她：“行了行了，回你自己房间去，就这么点路，我待会儿自己能走回去。”

老太太就是不想让她担心，但路无坷会听她的才有鬼，等她打开厕所门，就看到这孙女在外头玩着手指等她，把她的话全当耳旁风。老太太叹了口气，也懒得管她了，让她把自己给扶到房间里。

老太太在床上躺下后，路无坷给她盖上被子。这孩子，都是以前照顾她妈给照顾出经验来的。

在她还盯着孙女漂亮的小脸蛋看的时候，就听她问了句：“你最近身体不好，我爸知道吗？”

平时路无坷对她爸都是不闻不问，现在突然过问起路智远来，老太太还愣了一下：“怎么突然问起你爸来了？”

路无坷瞧着表情乖乖顺顺的，嘴里却说着骂人的话：“想看他还有没有良心。”

老太太给她逗笑了：“这小嘴给你厉害的。以为奶奶看不出来你想从我这儿套话？”

路无坷撇撇嘴：“那您知道又不跟我说。”

“你呀！”老太太的嘴就没合拢过，捏捏她的脸，“就你会撒娇。”

说完就给她讲了：“你爸最近跟人合伙做了个生意，就是他老提的那个老黑，有印象不？”

物以类聚、人以群分，路智远是个什么货色，他身边的朋友就是什么样的人。老黑就是他棋牌桌上的兄弟，也不是什么好人，天天酗酒赌钱。

但路无坷也没一听是这个人就反驳，先是问：“是什么生意？”

奶奶说：“他们就说是搞投资的，我这一把年纪了也听不太懂这些年轻人讲的东西，你也知道你爸平时游手好闲的，好不容易他有决心做点事，不去赌钱了，奶奶也就答应了。”

奶奶摸摸她的手：“本来不想说出来让你担心的，你爸也是这个意思，怕你不支持他，说等以后生意有起色了再跟你说。”

这话从老太太的嘴里说出来，显得路智远很通情达理。路无坷想都不用想就知道这话是老太太美化过的，路智远的原话肯定不会好听到哪里去，但路无坷没拆穿：“哦。”

“行了。”老太太把她脸颊边的头发别到耳后，“去房间里睡会儿，这天天学习的，不休息怎么行。”

路无坷没再打扰奶奶休息，给她掖了掖被子：“那我出去了。”

“行，去吧。”

路无坷一下午没睡，等忙完自己的事后抬头看见窗外都是红的。最近的天气一直这样，晚霞跟火一样。

路无坷起身去阳台上透气，想起中午奶奶跟她说的路智远的事，回屋拿手机。

她手机里没存路智远的电话号码，但小时候妈妈让她背了爸爸和妈妈的电话号码，跟她说要是迷路或遇见坏人就打这两个电话，所以即使路无坷从没存过路智远的电话，但从小到大他的号码一直写在她脑子里。

她按下路智远的电话号码，给他打了个电话过去。

路智远那边倒是很快接了电话，开口就阴阳怪气的：“哟，今天太阳打西边出来了？都知道给你爸打电话了？”

路无坷没跟他呛，只是问：“你在哪儿？”

路智远一下子警惕起来：“干什么？”

路无坷也不跟他绕圈子，直接说：“奶奶跟我说你在做生意。”

路智远不满地“啧”了一声：“这老太太——”

“不关奶奶的事，是我问她的。”

路智远说：“我跟你说，你爸想干什么，你别掺和——”

路无坷打断了他的话：“你还缺钱吗？”

路智远原本想教训她的一肚子话，瞬间噎在嗓子眼里，愣了一下才反应过来："什么？"

窄窄的巷道里，夕阳斜斜地照在墙上。

路无坷跟个好女儿似的："我有钱。"

路智远这人大智慧没有，脑子里小聪明倒是一堆，知道这女儿边读书边打工，身上肯定有钱。所以路无坷说这话的时候，他完全没怀疑。本来之前在家，他就跟老太太提过这次生意钱不够，让她去找路无坷要钱，老太太不肯。现在这女儿倒是自己送上门来了，他惊讶得声音高了八度："你要帮你老爸忙？"

路无坷说："但我只有现金。"

"现金也行，现金也行，要不我现在就坐车去你学校拿。"路智远还不知道她回家了。

路无坷说："我现在不在学校，你的地址大概在哪儿？"

路智远说了个区县，就隔壁区。

"那我回学校正好顺路，给你拿过去吧。"路无坷说。

路智远已经高兴坏了："那行，待会儿我把地址发到你手机上，还真没白养你啊。"

路无坷不想跟他多说："我还有点事，先挂了。"

"行行行，忙你的去，钱别忘记给我送来就行啊。"路智远理直气壮地说。

路无坷挂了电话就去厨房把中午吃剩的饭菜热好，然后去奶奶房间把她叫出来吃饭。吃完又帮老太太擦身子，才扶她回房间睡觉。

等她自己洗完澡出来的时候，已经晚上八九点了，吹干头发，拿上手机准备出门的时候，才发现有几个未接来电。手机号码没备注，但路无坷一看就知道是谁的。

正想关手机，短信跳进来。

"下来。"

又跳了条短信进来。

"在你家楼下。"

路无坷已经在门边，便锁了门下楼。

楼道里的声控灯坏了，路无坷在那儿跺了半天脚灯也没亮，她开着手机手电筒下去。这种老居民区才不会有人管外来人员，路无坷下到一楼楼梯转角，就看到了那个倚在墙上的人。

混沌的夜色里，他嘴里的烟烧着点红。

在她看过来的时候，他也抬起眼皮瞧了过来。

借着她的手电筒的光，沈屹西看清了她，他微眯着眼瞧她："再不下来，我就唱歌扰民了。"

路无坷看着他没说话，半晌低下头，往楼下走。

沈屹西就那样看着她走近。

路无坷没打算在他身前停下，沈屹西好像也没管她的意思，就那样靠在墙上没拦她。

路无坷从他的面前经过，手腕却猛地被扣住，紧接着就被一股蛮力扯进怀里。

这附近都是老住户，多多少少都知道她就是楼上那赵锦君的孙女，路无坷难得有点慌乱，就要推开他："沈屹西，你做什么！"

沈屹西"嘶"了一声："平时不挺能耐的，怕什么？"

"你放开我。"

沈屹西一把抱紧她，偏头闻她的颈间。

"都一天没见了，让我抱抱。"他的声音有点沙哑。

路无坷愣了一下，她当然不会乖乖听话，在他怀里扭动着。

他"啧"了一声："再动我上嘴了啊。要是让邻居看到了多不好。"

沈屹西抱过路无坷不止一次，她身上有股淡淡的奶香味，是女孩子身上那种好闻又柔软的味道。

刚洗完澡，她的长发蓬松细软，沈屹西的鼻尖抵在她颈边，沉溺在她的味道里。

路无坷觉得沈屹西就是乌鸦嘴，说什么来什么，他的话音刚落没多久楼道外真传来了脚步声。

沈屹西明显也听到了，没忍住在她的颈窝里笑了起来。

路无坷伸手推他："起开，有人来了。"

沈屹西说："那不正好。"

路无坷不干了，扭着身子想从他怀里挣脱出来。

沈屹西岿然不动："再动？再动我真亲了。"

楼道外，成年男子阿谀奉承的讲电话声由远及近：“是，是，张总您说得是，都是我手下那个小李不懂事，改天我一定让她给您敬个酒。”

路无坷虽然从来不跟邻居打交道，但在这儿待久了，或多或少能够听声辨人，这个声音一听就是住她家楼上那个白领。男人应该是在酒桌上应酬，喝了酒，声音有点发飘，舌头却没打卷，很明显脑子还强撑着清醒。

沈屹西的话刚说完，那男人眨眼就到了楼道外，路无坷倔是倔，但不傻，眼见情形不好就不闹腾了。

何况就沈屹西这人，真会说到做到。

黑暗里一切动静都被无限放大，男人挂断电话后如释重负地松了一口气的声音，下一秒变了副脸色的咒骂声，一一传进他们的耳朵里。前一秒还脸上堆满笑容，电话一挂立马抱怨连天，这就是社会人的双面生活。

男人口里蹦出各种粗鄙的字眼，其中一句骂的色鬼，路无坷闻言踩了沈屹西一脚。

沈屹西垂眸看了她一眼，两个人的脸离得近，她那张小脸上分明就写着：说你呢，色鬼。

真是能逮着一个骂他的机会就不会放过。

沈屹西笑了笑，没说什么。

楼上那个白领在看到楼道口他们两个的身影后，满口的污言秽语戛然而止，胳膊下还夹着公文包，手机还没揣回兜里，明显愣住了。

沈屹西抬头，视线扫向他。

这月黑风高，一男一女在这儿，怎么看都不像在做正经事，男人挪开视线，低头夹着公文包，用最快的速度走进楼道。

沈屹西一把把路无坷抱进了怀里。

路无坷的鼻尖满是他身上的味道，别人想瞧见她的脸都瞧不着。

白领男经过他们的时候带过一阵酒气，奇怪地瞥了他们一眼。

沈屹西靠在墙上，视线一直跟着他，眼皮微垂，居高临下地睨着他。白领男触及他的目光，倏忽收回了窥探的视线。很快，白领男的脚步声就消失在了楼梯上。

沈屹西低头瞧着额头顶在他肩膀上的路无坷，闷闷笑出声，笑得肩膀都在抖。

街上有摩托车开过，灯光刺破黑夜。

“就这么怕你奶奶知道？”

路无坷翻了个白眼，从他怀里挣脱出来，转身往楼道外走。

沈屹西没立即跟上去，双手插兜靠在墙上笑了好一会儿，才起身跟上她。

两个人隔着不远不近的距离，他在她身后问：“去哪儿？”

路无坷不理他，边走边拿出手机想叫个车。男生腿长，没两三步就追上她。路无坷一个不留神，手里的手机就被他抢走了。她转身要去抢回来：“你还给我。”

沈屹西仗着自己长得高，举高了手，往她的手机屏幕上瞥了一眼，然后低头看她：“叫车？”

路无坷踮起脚尖还要去抢：“关你什么事。”

“不用叫了，我送你过去。”

路无坷说：“不要。”

她还要去抢手机，沈屹西索性把她的手机揣进自己兜里，没再管她，手插着兜往前走，走到自己车那儿打开了车门，才转头看她。

他的一条胳膊搭在车顶上：“走不走？”

这附近有点僻静，还是晚上，轻易不可能拦得到出租车。路无坷看着沈屹西那辆车，眼神晦暗不明。

沈屹西也不催她，就站在那儿等着她。

不知道为什么，明明是一件很简单的事儿，有人开车不坐白不坐，但路无坷却莫名地，浑身上下写满了抗拒。特别是今晚，这种抗拒比平时要更强烈一些。

路无坷今天的心情算不上好，只不过她向来隐藏情绪习惯了，看起来和平时没什么两样。她心情不好的原因很简单，不过是因为中午奶奶提到了她的妈妈钟映淑，即使奶奶没明说。

钟映淑的死就是扎在路无坷血肉里的一根刺，永远拔不掉剔不除。

在路家，就算是路智远也不会轻易提起钟映淑这个名字，大家都心照不宣地避开了这个当年差点过不去的坎，老太太更是连任何会让路无坷联想到钟映淑的话题都不敢提及。

路无坷这个人，本该在六七年前就从这个世界上消失的，用老太太的话来说，是她福大命大活了下来。但其实她们都清楚，活着对路无坷来说，要比当年她就那样不见了，不幸得多。

而路无坷心里的烦躁在此刻达到了顶峰，只因为一辆跟沈家挂上钩的车。

她看向沈屹西，跟他说话的态度比以前任何一次都要不好：“不要。”

四目相对，空气仿佛冻结了一般。

不知过了多久，沈屹西懒散地点了点头，甩上了车门。沈屹西没跟她生气，朝她走了过去，抓过她的手腕往前走。

“行，不坐我的车也行，带你去打车。”

沈屹西没把手机还给她，掏出自己的手机叫了辆车。

两个人站在路口，路无坷沉默着没说话。

叫的车二十分钟后才从街道转角那头出现，亮着车灯驶过高低错落的居民楼，停在他们面前。沈屹西打开车门上车，把她拉进了车里。

路智远给路无坷的地址是在郊区的某个小区门口，一路上两个人没怎么说话，沈屹西跟手机那头的齐思铭打着游戏，能感觉到身边这只小白兔的情绪在渐渐平复。

要去的地方离家里不算近，路灯暗暗，夜色盘旋在公路两旁，不见星月。

路上花了一个多小时，下车的时候沈屹西手头那局游戏刚好打完，在她身后一起下了车。

路智远让路无坷到了给他打个电话，下车后，路无坷拿沈屹西的手机给他打了个电话过去。路智远那边估计就等着她这个电话，打过去，不到一秒就接听：“喂，到了？”

路无坷打量着面前这个小区，安保不错，环境也可以，家家灯火通亮。

她“嗯”了一声：“到了，小区门口。”

路智远那边立刻说道：“行嘞，等等啊，我下去。”

路无坷挂了电话。

沈屹西也没问她找的谁：“我去旁边等你。”

一路上路无坷没跟他说话，路无坷在他转身的时候，终于吭声：“嗯。”

沈屹西的脚步停顿了一下，没有回头，抬手揉了她的头发一把。

路无坷没动。

沈屹西说：“有事叫我。”

“没事。”

他笑笑，没说什么，往旁边去了。

路智远下来得很快，从小区门口出来的时候外套还没穿好，匆匆忙忙地套上。

看到路无坷，路智远眼睛跟亮了一下似的，迫不及待地往她这边小跑过来。路无坷就没见过他对自己有这么一副好脸色的时候，笑容堆满脸，脸上的褶子都笑了出来：“来啦？钱带来了没？”

路无坷从包里拿了个牛皮纸信封出来，递给他。

路智远激动不已地看着，就想伸手去拿。

路无坷拿着信封的手收了回来。

路智远心急：“怎么回事呢你？”

路无坷说：“钱给你，你好歹得告诉我做的什么生意吧？”

“跟你说你听得懂吗？”路智远说，“赶紧的，钱拿来，好好读你的书去。”

路无坷不给他，她看着路智远说：“我听得懂。”

路智远的嗓门大，说她：“你又不搞投资，要知道这个做什么，拿来。”

路无坷顺着他这话问：“你这话的意思是你这个事，谁想投资都可以？”

路智远见女儿好像对赚这个钱很有兴趣的样子，左右瞧了瞧，凑近她，搓了搓拇指和食指：“只要你有这个。”

路无坷问：“我也可以？”

“看不出来啊！”路智远跟听到什么稀奇事一样，瞪大了眼睛，“就你这种只会读书的死脑筋，居然也会想走这种门路。”

路无坷懒得跟他呛，说：“有钱谁不要。”

路智远见她好像真的对这个有兴趣的样子，压低声音：“真想知道？”

路无坷点头，问他：“投资大概需要多少钱？”

路智远瞧周围没人，给她比了个数，九万。他的声音卡在嗓子眼里：“投九万，两年后拿一千万。”

路无坷抓住两个数字：“投九万，赚一千万？”

路智远一听她这个质疑的语气就知道她不信：“真的，老黑他那个表姐都拿到这笔钱了，人家已经在这儿干了三年，现在都升老总了。”

路智远说这话的时候是指着身后的小区的。

路无坷顺着他手指的方向看去：“在这里办公？”

“就这儿，怎么样，环境好吧？你爸搞的准没错。”

路无坷漠然地看了他一眼。

路智远没看到。

“每天都做些什么？”路无坷又问。

“那可多了。”路智远说，“忙归忙，有时候还能出去玩玩。还有，你信不，你爸我来这儿后，居然看得进去书了。”

“什么书？”路无坷很好奇的样子。

“这你以后进去了就知道了。”路智远说，“现在问没意思。”

“你已经交钱了？”

“废话，不交怎么进去？”

“那你还找我要钱？”

路智远说：“这不是要拿去还网贷？你以为你爸这些钱怎么来的啊？当然是借的，不过以后能赚它个百万千万的，还怕这点网贷？”

他似乎没那个耐心说下去了，问她：“有兴趣不？爸现在带你上去看看？”

“不了，还得回学校。”

“啧，不早说，早说就不跟你在这儿废话了，人家都还在上面等着呢。”路智远说完朝她伸手，“钱给我。”

路无坷终于把钱递给他。

路智远嘴角都快笑到耳根那里去了，手沾了点儿唾沫揉开牛皮信封的封口，借着不甚明亮的路灯光，把里面的钱拿了出来。但他拿出来的不是红钞票，而是一沓白纸。

路智远的脸色骤然变了，立刻反应过来自己被骗了，咬牙看向女儿：“你什么意思？”

路无坷说：“路智远，你知不知道你被骗进传销组织里了？”

“传销”这两个字仿佛一把重锤砸在路智远的脑袋上，但砸醒的不是他的理智，而是他的愤怒，他把手里那摞白纸猛地甩在地上：“我轮得着你来说？！”

他的声音吼得几个路过的人都朝这边望了过来。

路无坷却无动于衷：“轮不着，但你以后欠的这一屁股债，又要算到奶奶身上。”

这句话彻底激怒了路智远，他扬手一个巴掌甩在路无坷的脸上。

路无坷没躲，生生受了这一巴掌。路智远下手没个轻重，路无坷被打偏了头，脸瞬间火辣辣地疼起来。

路智远还想冲过来打她，沈屹西忽然从旁边过来，拎着路智远的衣领一拳砸在了他的脸上。路智远猝不及防，被揍得往后踉跄几步，摸了下脸后看向眼前的人，又看看站在沈屹西身后的路无坷。

“路无坷，跟男同学谈恋爱，是吧——”话没说完，他又被沈屹西拎着衣领子一拳揍在了脸上。

路智远彻底被激怒了，他丧失了理智，骂骂咧咧地抡过了地上的花盆就往沈屹西的头上砸：“小兔崽子！”

但他已经是四五十岁的人，手脚压根儿没有这些小年轻利索，花盆只擦到了沈屹西的脸侧。沈屹西反手抓住他，用膝盖回击。

路智远被揍到不能还手，开始吼旁边看着他被打却无动于衷的路无坷：“快把人拉开！路无坷，你听见没有！”

路无坷的黑发挡住了半边脸，她冷漠地看着。

沈屹西狠狠地拽了一下他的衣领：“你再骂她一句试试？”

一屁股坐在地上的路智远也吼了回去：“你知不知道我是谁？”

沈屹西半蹲在地上，悠哉悠哉的，一副洗耳恭听的样子：“哦，谁啊？”

路智远指指路无坷：“她爹，你想和她在一起，也要跟着她叫爹的人！”

“巧了。”下一秒沈屹西手背的青筋暴起，一拳狠狠地砸在了路智远的脸上，“揍的就是你！”

沈屹西丝毫没有因为这是她的父亲就留情面，下手很重。

路无坷像是失去知觉，不管路智远怎么吼她，让她叫沈屹西停手，她都无动于衷。

而沈屹西显然是真的生气了。他揍够了，把路智远往地上一扔，起身往她这边走过来。

路无坷站着没动，看着他靠近。他还忍着火气，看到她发红的左半边脸，几乎察觉不出来地咬了咬牙，牵过她的手走了。

郊区的马路上空无一人，连两旁的树都透着股寂寥。

沈屹西五指用力扣着她的手，骨感的指节硌着她的。他也没开口说去哪儿，只是牵着她一直往前走，路智远的破口大骂很快被甩在身后。

就这样，走了有一段路后他才停下来，没看她，瞧着面前望不到头的路。

“难过吗？”

路无坷连一秒钟犹豫的时间都没有，声音平静：“不难过。”

沈屹西转头垂下眼皮看她，语气算不上好：“那痛不痛？”

路无坷听他的语气不对劲，抬头看他。

只见沈屹西脸上被路智远扔的花盆划了道口子，一两寸长，往外冒着血珠，看起来更不好惹了。

其实，路智远刚刚甩在她脸上的那巴掌用了十成的力，到现在脸还火辣辣地疼着。

沈屹西说她：“也不知道躲一下？”

路无坷是低着头的，明明连那两片红得像快滴血的薄唇都是一副无辜相，偏偏话说出来硬气得要命。

“我又不痛。”说完就要走。

沈屹西伸手一拉，把路无坷拽了回来："说你两句还生气了是吧，站着。"

沈屹西拿手机叫车，牵着路无坷的手没放。

路无坷的手很白嫩，一看就是一双没有做过家务活的手，软软的。

被沈屹西骨感、宽大的手牵着，她没再跟他对着干。

沈屹西叫完车后划拉着手机，也不知道在看什么，随口问了她一句："他一直这样打你？"

路无坷回他："没有，我奶奶不让。"

沈屹西松开她的手，微眯着眼，眺望着对面的田野。语气听不出来是认真，还是开玩笑："这么说我还得谢谢你奶奶？"

安静了一会儿后，路无坷说："你谢不到的。"

她这话说得扫人兴致，却又像只是在陈述一个事实。

明明只是平淡地说着，话里却莫名让人感觉带着刺。沈屹西当然听得出来，眼角扫了她一眼，几秒钟的安静过后，他转回头，慢条斯理地看向路无坷。

"路无坷，话是不是说得太早了？"

路无坷没再说话。

沈屹西和奶奶，注定是两个不应该有交集的人。

等车的时候，两个人没说话，没一会儿工夫车就到了。路无坷打开车门先坐了进去，车门没关。沈屹西跟在她后头上了车。

路上的风景和地标有些陌生，不像是来的时候走的那条路，七弯八拐的，路无坷也没问他。

沈屹西后颈枕在靠背上，闭目养神。

车倒是走得不远，很快停在一条还算热闹的街上。沈屹西根本就没睡，车停下来，他便推开车门下车。

路无坷只能跟在他身后一起下了车。

这个时间，街上林林总总的店铺还没打烊，街上闲逛的人算不上热闹却也不算少，车流喷着尾气碾过路面，很快鸣着笛消失得不见踪影。

下车的地方，旁边停着辆摆摊的小推车，车上热气腾腾地烤着红薯。

路无坷看一眼，又挪开，跟上前面的沈屹西。

沈屹西找了家药店，推门走进去。路无坷才知道他原来是来买药的，沈屹西进去后跟柜台后边的导购员说话的时候手还放在门把上，顶着门没让门关上。

路无坷看了一眼他鼻梁高挺的侧脸，走了进去。

沈屹西这才松手，任凭玻璃门自己关上了。

路无坷走进去就听导购员跟沈屹西说："有冰袋，就前面左转第一个货架上。"

"谢了。"沈屹西往那边走。

他买冰袋用来干什么的，路无坷不用想就知道，她没跟过去。

沈屹西拿冰袋回来的时候，路无坷没在柜台前。他问柜台后边的员工："刚站这儿的女孩哪儿去了？"

那个女员工是个十七八岁的小姑娘，给他指了下左手边的货架："应该是在那边买东西。"

沈屹西说声谢了，往那边走。

路无坷确实在买东西，蹲在地上从货架最下面那排拿了包医用棉签，手里还抱着瓶碘伏。

沈屹西靠在旁边看她。

余光里身边多了双长腿，路无坷抬头。

沈屹西垂着眼皮看她，明知故问："买这些做什么？"

路无坷眼睛一眨不眨地看着他："不知道。"说完不看他了，起身往下一个货架走。

沈屹西看着她的背影，过了一会儿才起身跟过去。

路无坷又去找了创可贴，然后一起抱着到柜台结账。身后的沈屹西手越过她，把钱放在柜台上："一起。"

路无坷压根儿没有开口的机会，她的后背贴着沈屹西的胸膛，几乎被他圈在怀里。

沈屹西问结账的员工："能借点儿水吗？"

女员工注意到路无坷那发红的半边脸，一下子了然，又见沈屹西长得好看，说：“啊，你是要装这冰袋里是吧？”

她往里头指了下，声音清脆：“往里走，那里面有个水龙头。”

路无坷就听沈屹西跟自己说：“站这儿等我。”说完，就转身去了里面。

路无坷脸小，又长得白，左脸上那片红很明显。但她虽然看起来乖巧，身上那股子气质却有点难接近。药店的女员工没敢跟她说话，两个人在那儿愣是脸对脸干站了一分钟。

沈屹西很快回来了，跟那女孩道谢，然后牵上路无坷的手离开了。

街上人来人往，沈屹西带路无坷去了旁边的小巷里。巷口没有路灯，夜色打碎在这条巷子里，昏暗的巷子里一片混沌，像拨不开云雾的梦。

沈屹西顺势靠在身后的墙上，把她拉到身前，将冰袋压在她的左脸上。

路无坷被冰得眉头微皱，想偏头躲开。

沈屹西把她的脸掰了回来：“还想不想好了？”

路无坷的脸被他捧着，躲也躲不开。

黑暗里，沈屹西居高临下地看着她，混沌里那双眼睛依旧深邃。

路无坷也看着他。敷在左脸上的冰袋冒着丝丝凉意，冰得她手脚发凉。

沈屹西一瞧见她脸上那道红印就气得牙痒痒，朝她抬抬下巴：“你爸的事儿，你准备怎么办？”

路智远这事儿路无坷早有准备，她张嘴冷淡地说了两个字：“报警。”

她这副态度沈屹西也不意外，问她：“早知道他加入传销了？”

路无坷看他一眼，点头。

路智远是路无坷的父亲，路智远是个什么德行，路无坷可能比他自己都要清楚。路智远这人跟这世界上大多数好吃懒做的人一样，平时花钱大手大脚，见钱眼开，就算突然脑子开窍了嚷嚷着要找工作，也只会找那些不用吃苦的、赚不了大钱的活儿。

所以奶奶跟她说路智远要投资的时候，路无坷是不信的。更何况人以群分，路智远身边都是些跟他差不多的货色，如果早有那个商业头脑也不至于跟路智远混在一起。

果然，事实证明，所谓投资只是在把他往火坑里推。

传销靠的就是洗脑，天都能给人说成地，整个传销组织编织了一张天衣无缝的网，把人牢牢地套在里头，被愚昧困着而不自知。里面的人每天无所事事、好逸恶劳，却妄想用五位数的钱捞回八位数的钱，天上掉馅饼都不可能有这样的好事。偏偏这些人不可能清醒，认为自己就是那个被上天眷顾的幸运儿，相信馅饼是真掉到了他们头上，然后越陷越深。

就路智远那副德行，可能让他耗个三年五年他都不会清醒过来。

沈屹西问了她一句："他是你父亲，真报警？"

她说："不报警，他不会清醒。"

无情得跟这个人不是她爸似的。

沈屹西笑了笑。像任何一个对喜欢的女孩儿感兴趣的男生一样，碰到路无坷以后，沈屹西也不可免俗。不管是她这个人，还是她的亲人，或者是她枯燥、单调的生活，他通通都有探知欲。

"你妈呢？"沈屹西问。

路无坷原本已经松懈下来的神经突然紧绷。沈屹西的这句话就像一盆兜头浇下来的冷水，猛地把路无坷从深渊里拉了回来。

像是一瞬间从迷雾缭绕的梦境里清醒过来。只是短短这么一刻，她清楚地意识到，站在自己眼前的沈屹西，是这一辈子都站在她对立面的人。

可她明明一直是知道的。她知道沈屹西是沈家的血脉，那个让妈妈轻而易举地从这个世界上消失了的沈家。

即使在这种光线昏暗的情况下，沈屹西还是轻而易举地发现了她的情绪变化。他微微皱眉，正想去碰她的脸，手忽然被她一巴掌拍开。

"啪"的一声，仿佛在这条寂静的巷子里撕开一个口子。

路无坷愣了一下，反应过来后也不愿意让沈屹西帮她敷冰袋了，转身想往巷外走。

沈屹西沉着脸，手一伸，抱过她的腰把她给拽了回来。

路无坷抗拒地想要挣脱："我要回去了。"

沈屹西怎么可能让她跑了，声音沉了下去："又发什么疯？"

沈屹西把她抱在怀里："前一秒还好好的，又哪里惹着你了？"

"沈屹西！"路无坷看着他的眼睛，"你让我回去。"

沈屹西说："还没给我上药就想走？没门儿。"

他低下头，用唇碰了碰她发红的那边脸。若即若离的，沾染了欲望的。

路无坷瑟缩了一下。

沈屹西变本加厉，怀里的人挣扎了几下后渐渐没了动静。

沈屹西箍着她的腰，把她压在自己怀里。

路无坷就这样在他怀里待着没动。她冷着脸，隔着一层衣料，毫无预兆地一口咬在了沈屹西的肩膀上。

沈屹西慢悠悠地倒抽了口凉气，垂下眼皮瞧她。

她牙尖齿利，真的铆足了劲儿在咬他。

沈屹西没制止她，任她咬着。

巷子外有车经过，引擎声消失在街道上，黑暗再次吞噬他们两个人。他的心跳一下一下有力地砸在她耳边，有力又平缓。

不知道就这样听了多久，直到唇齿间尝到淡淡的血腥味，路无坷才慢慢松了劲儿。

沈屹西还紧紧地扣着她的腰，她的呼吸轻轻浅浅的，落在他肩膀那片发疼的肌肤上。这一咬，她是带着发泄的，甚至是带着恨的，却又有了些说不清道不明的暧昧。

路无坷没抬眼看他，睫毛垂着。

"沈屹西，你真的很烦。"

沈屹西被她这么一咬也没生气，笑了一下："是吗？"

Chapter 08

极速心动

39.7°C

虽然被咬了一口，但沈屹西能感觉到她脾气发出来了。

沈屹西脸上被划拉的那道口子不算深，伤口血色暗沉。一个平时不管哪儿有点伤口都懒得管的人，此刻却硬是拽着路无坷的手，伸进装药的袋子里。

“用不用我教？”这人一看就是个经常给自己处理伤口的老手。

路无坷转身就想走：“你会你自己弄。”

沈屹西抓住她的手：“我要是自己弄的话，还等到现在？”

路无坷半晌才抬眼看他。

沈屹西耷拉着眼皮，朝她扬了扬下巴，开始说浑话：“赶紧，再不弄血流干了。”

路无坷知道自己如果不给他上药，他还真有可能把她堵这儿一晚上。她拿出袋子里的棉签和碘伏，小声嘟囔着血流干了才好。

沈屹西笑：“骂人呢？”

她没说话，默认了是在骂他。

她撒气归撒气，沈屹西惯着她，让她把气都撒他身上，但给他处理伤口这事儿，没得商量。沈屹西低头去看她脸，故意逗她：“药谁拿的？”

路无坷用棉签蘸了碘伏，本来要给他清理伤口，闻言，举起棉签用力戳在他的伤口上。

沈屹西却跟肉不长他身上似的，完全没点反应，反倒笑笑看着她：“还能不能再幼稚点儿？”

路无坷默不作声，给他的伤口消毒。

即使是在夜晚这种昏暗的环境下，路无坷的肤色依旧白到晃眼，又长了张叫人不舍得对她大声说话的脸，惹人生怜。也不知道路智远对着她这张脸，怎么下得去手。

沈屹西的视线落在她的左脸上，路无坷细皮嫩肉的，那片红在她脸上格外扎眼。每次多看她一眼，沈屹西都会后悔没把人揍得更狠一点。

她也是个硬心肠的，她爸被揍成什么鬼样她都不管。

就是这么一个人，现在正拿着棉签帮他清理伤口。

两张脸离得近，呼吸交融在一起，男生的气息温热到强势。

路无坷抬头看他。

夜色模糊了沈屹西眉眼间的锋利，倦怠搭在他的眼皮上。他瞧着漫不经心，目光却一直在盯着她。被路无坷看到他在看她，他也丝毫没有觉得不好意思，还是光明正大地看着。

路无坷转开了头，她从袋子里拿创可贴出来。

沈屹西就没贴过这玩意儿，在她撕了包装纸拿着那片东西要往他脸上贴的时候，他偏开了脸。他说："不贴这玩意儿。"

路无坷把创可贴拿在手里，看着他一副认真的模样："还在流血。"

沈屹西对上她那双眼睛，路无坷执拗地看着他。两人对视良久，沈屹西偏开了头，又转回来。

服了，拿她没辙。

沈屹西把脸凑过去，路无坷看了他一眼。沈屹西朝她抬抬下巴："你不是想贴？贴。"

路无坷一点也不客气，把粘在指尖的创可贴撕下来，贴在他脸上的那道伤口上。创可贴贴在他脸上，和他身上那种气质毫无违和感。

"满意了？"沈屹西问她。

路无坷从他的怀里钻出来，想走："弄好了，我回去了。"

得，还哄不好。

沈屹西伸手拽住她的手臂："还生气？"

路无坷把东西扔进墙边那个铁皮垃圾桶里："没有。"

看她就这么把东西扔了，沈屹西说："肩膀上你咬的，不管了是吧？"

路无坷到现在齿间还有一丝淡淡的血腥味，她有点心虚，毕竟真是她咬的。还没回答，就听沈屹西若有所思地说了一句话："还是打算让它留印儿？"

路无坷心里一跳，她没那个意思，下意识地否认："没有。"说完弯身想去拿垃圾桶里扔掉的东西。

沈屹西把她拽了起来："行了，知道你没有。"

肩膀上，靠近锁骨那块被她咬得泛起一阵疼痛，但他没想让她处理这处伤口。

他叹了口气说："路无坷，我去给你买个东西。买回来不赌气了行不？"

路无坷看了他一眼。

沈屹西也没有她不答应就不去的意思，好像早打定了主意要去给她买什么。他从墙边起身，声音在夜色里染了丝慵懒的感觉："在这儿等我。"

他压根儿不担心路无坷会跑，因为她的手机还在他兜里揣着，说完就出了巷子。巷口时不时有行人经过，说话声近了又远。

沈屹西很快消失在人群里。

街上多的是店铺卖吃的，各种食物的味道夹杂在一起，沈屹西找到街角那位卖烤地瓜的大爷。

现在时候已经不早，大爷已经在收拾东西往三轮车上放，看有人停在推车前，那大嗓门吆喝了一嗓子："小伙子，收摊喽，不卖啦。"

沈屹西瞧着车上那堆瓶瓶罐罐，问："不能给烤一个？"

大爷满头白发，摆摆手："这东西都收起来了，烤起来太麻烦了。"关键是一个红薯能赚多少钱，起个炉都不够回本。

沈屹西拿了张红色的钞票放在他的车上："给烤一个。"

大爷出摊这么久还没见过这样的客人，这要给个十块二十块的他还可能答应，这一下给一百，大爷是个老实人，没忍住，好心提醒了沈屹西一句："小伙子，你这一百就买一个不划算啊，实在想吃的话明天我还在这儿，不用着急这么一会儿。"

沈屹西看着大爷笑了一下："挺着急的，您给烤一个吧，大爷。"

在这社会上讨生活的哪个会和钱过不去，人投胎来这世上走一趟，都是在和钱过日子，从出生到死都离不开金钱这个俗气的东西。

大爷有时候在这里摆摊一个晚上都赚不到几十块钱，要说这一百块他不动心是假的，于是他很快就收钱，开始给烤上了。

沈屹西站在路边上等着。

路无坷在巷子里没等多久，沈屹西就回来了。

光线有点暗，路无坷看不清他手里拿的什么，倒是先闻到了味儿。热乎软糯的，带着碳烤的焦甜，闻到味道的路无坷一愣。

沈屹西已经从巷口走到她的面前，把手里的纸袋递给她，示意了一下。

路无坷的视线从纸袋上挪开，向上移，落在他的脸上。她不知道沈屹西是怎么知道她喜欢吃烤红薯的。

沈屹西说："刚下车，眼睛都快粘这上头去了，不吃？"

路无坷的视线又从他的脸上挪开，落到纸袋上，半晌才伸手去拿。

平时看着不好惹，拿点儿吃的就能把她给贿赂了。沈屹西觉得好笑。

纸袋哗啦哗啦一阵响，她的指尖不小心碰到他的指节，把纸袋拿了过来。

沈屹西的手插回兜里，问她："还生气不？"

路无坷得了便宜还卖乖，拿着沈屹西给买的烤红薯，睁眼说瞎话："我又没生气。"

沈屹西冷笑："行，那就是不生气了。"

他拿手机看了眼时间，问她："想回家吗？"

路无坷当然听得懂他话里的意思。

沈屹西的视线从手机上离开，看向她："带你去玩玩？"

路无坷问他："齐思铭的生日会吗？"

路无坷平时基本不会提到男生，齐思铭这个名字从她嘴里说出来简直破天荒。

沈屹西闻言微眯了眯眼睛，眼神有点危险。

路无坷偏偏不解释，往巷子外走去："我要去。"

半晌，听见身后那个人懒懒散散地应了声，跟了上来："行啊。"

齐思铭的聚会定在东郊一家酒吧里，他的生日是明天，至于今天提前庆祝就是为了蹲零点。跟狐朋狗友扎堆喝酒吹牛，也比一到零点各种往手机里蹿的生日祝福来得好。

沈屹西带着路无坷到酒吧的时候，零点已经过了。

齐思铭一晚上给沈屹西打了无数个电话都没把人叫来，后来打不通电话，他还给许教授去了个电话，问许教授沈屹西是不是跟他玩车去了。许知意那会儿应该是在外头吃饭，电话那头有女孩说话的声音，许教授跟他说没有，昨儿沈屹西刚跟他玩过车。

这放以前简直就一稀奇事，以往沈屹西除了玩车，绝不会为了女孩而舍弃兄弟的酒局。但放现在齐思铭就不觉得奇怪了，就那个奶茶妹，沈屹西对她的用心程度，比对他之前那些前女友加起来的都多。

他难得在沈屹西身上找到了点儿人情味，以前的沈屹西虽然放荡，但每段恋爱都谈得不走心，好像对他来说都是可有可无的东西，有也行，没有也罢，就过个瘾，现在跟以前比简直变了个天。

果然，沈屹西带着路无坷一起来了。

虽然今晚是齐思铭这个寿星的主场，但不少女生都是醉翁之意不在酒，知道齐思铭跟沈屹西的关系好，来这儿看沈屹西的。

齐思铭的表妹就算一个，在这儿坐得都快望眼欲穿了。齐思铭跟她说了沈屹西今晚有可能不过来，她还坐着不愿意走。

一个个的，都好沈屹西这口。

现在，眼见着沈屹西把路无坷带到这里来了。

得，在场得一堆女孩儿集体失恋了。

沈屹西刚带路无坷进来，齐思铭就带头起哄，用酒瓶把酒桌敲得震天响，就差把他们两个怼一起亲嘴了。这帮人都是酒肉朋友，平时玩笑开得飞起，各种浑话直往外蹦。

沈屹西把路无坷挡在身后，笑骂了句："行了啊。"

路无坷耳边是快把耳膜震碎的摇滚乐，还有他嗓子里漾着笑的声音。

"屹哥，来晚了啊，罚酒罚酒。"

沈屹西很爽快：“行。”

路无坷刚进来就看到阿释了，阿释这个千杯不倒的当然也看到路无坷了，朝她招手。

沈屹西想带她去落座的时候，她拽拽沈屹西的衣服。

沈屹西应该是感觉到了，顺势微低头去听她说话。彩灯斑驳陆离，晃过他深邃的眉眼和高挺的鼻梁，黑色的眼睛里溺着五光十色。

路无坷忘了说话。

沈屹西抬起眼皮朝她看了过来。

路无坷对上他视线，凑到他的耳边喊：“我要去找阿释。”

沈屹西应该是对阿释没什么印象，略微皱了皱眉。

路无坷给他指了指阿释的方向：“我朋友。”

沈屹西认人不认名儿，他认得阿释是她身边的朋友。他的目光从那边收回来，问道：“齐思铭生日聚会这事儿，是你朋友告诉你的？”

这样就解释得通她为什么知道齐思铭过生日这事儿了，很显然就是这么一回事。

他不提，路无坷都忘了这茬了，抬头就看见他眼里那抹若有似无的笑。齐思铭生日聚会这件事确实是阿释告诉她的，不然她压根儿不可能知道。

这个理由对沈屹西来说明显很受用，他说：“行了，过去吧。”

他往齐思铭他们那边示意一下：“我就在那边，有事儿过来找我。”

就一进门的这么会儿工夫，路无坷已经不知道被多少双眼睛盯着了。

好奇的，探究的，忌妒的。

路无坷不像其他女孩子，在面对这些目光时会怯场、胆小，她一点儿也不害怕，或者说她压根儿没把这些目光放在眼里。

她去了阿释那边，刚坐下就被阿释拉着义正词严地一顿谴责：“好你个路无坷，跟我说不来，结果跟男人一起来了，重色轻友啊你。”

沈屹西已经在齐思铭他们那边坐下了，几个男生吹着酒瓶不知道在跟他说什么，几个人带着笑意的眼风是扫向路无坷这边的。

路无坷的目光隔着一张堆满酒瓶的酒桌和沈屹西对上了。他身边的人应该是说了什么过分的话，他靠在座椅里笑着踹了那个人一脚。

路无坷挪开眼睛，耳边的阿释还絮絮叨叨地说个不停。她应该是喝了不少，话不知道比平时多了多少倍，最后稀里糊涂地抱着她哭，说她家的白菜要被猪拱了。

路无坷没忍住笑了："喂，许婉柔，沈屹西听到了。"

"哇。"阿释本来就没醉，就是闹着玩，一听这话吓得一激灵，一抬头才知道自己被路无坷耍了。她转脸就去挠路无坷的痒痒："路无坷，你烦死人了。"

那边的沈屹西瞧着她脸上的笑，勾了勾嘴角。

齐思铭跟鹰子关系还不错，这次生日聚会鹰子也过来了，刚刚沈屹西把路无坷带进来的时候，他就认出那是奶茶妹了。此刻的鹰子，无比后悔当时脑子一抽去追人。追谁不好，偏偏追了个沈屹西看上的。

齐思铭在旁边直乐，丧心病狂地灌鹰子喝酒，沈屹西在旁边事不关己的样子，看着好像什么都不知道，实际上就是默认了齐思铭这一举动。

男生们之间闹得开，有事儿一两杯酒就能解决。这帮人都知道沈屹西最近身边有段时间没人了，今晚他带个女孩儿过来，又有了新话题，一个个开着他的玩笑。

说着说着就胡扯到了不正经的事儿上，一个男生喝上头了往沈屹西手里塞了个东西。

那人笑得贱兮兮的："屹哥，这个给你。"

沈屹西低头看了一眼，闷闷地笑了起来。

沈屹西的酒都还没喝上，就碰上了前来寒暄的老熟人。

那是个三四十岁的男人，手里端着杯酒，脸上堆满笑："好久不见了啊，年轻人。"

沈屹西跷着腿靠在椅座里，笑了笑倾身想去拿桌上的酒杯喝一口回敬，却被在身边坐下的男人压住了手臂。

他挑眉看向来人："戴经理，管这么宽呢？不让喝酒？"

"哪儿敢！"戴经理笑着说，抬起酒杯往那头的卡座示意一下，"这不有个事儿麻烦你，待会儿跟我底下那个队员切磋切磋，喝了不就不能摸方向盘了吗？"

沈屹西顺势往那头看了一眼。那个人他也不是不认识，混赛车圈的大多数都相互知道点名号。那是一个十六七岁的男生，国内车队很少有年纪这么小的。这个男生的父亲本身是位挺有名的赛车手，跟大多数希望子承父业的父亲一样，打这孩子生下来，这位父亲就打算让他往赛车这方面发展。

这位父亲前两年在赛道上意外身亡，英年早逝。他的孩子倒是争气，有天赋，有野心，小小年纪就被国内数一数二的车队招揽了。圈内很多双眼睛都盯着他，想看他能不能成为优秀的赛车手。

戴经理说："这孩子年纪小，不上道，你给调教调教。"

沈屹西也就大他个四五岁，他收回目光，笑着说："可担待不起调教这词儿，邵司泽那车说不定开得比我好多了。"

戴经理哈哈笑道："你这就谦虚了啊，别说我了，就我队里的那小子自己都不信。人家年轻小姑娘现在都追星，我们这圈子里的小年轻是都把你树成标杆了，就指望着哪天超过你这个目标。"

沈屹西的眼睛一直瞄着那边的路无坷，他不咸不淡地说："还是那句老话，强捧没意思。"

戴经理和沈屹西打交道也不下十次了，沈屹西这人看起来谦虚、客气，实际上路子很野，简单粗暴点来说就是凭实力说话。

这种人哪个车队不想招揽到自己的车队里？作为国内有名的车队，戴经理不止一次两次向他发出邀请。别说国内了，国外有名的车队都向他抛过橄榄枝。

但沈屹西这人很狂，一个都没应承。

戴经理又问："真不考虑来我们车队？"

沈屹西说起客套话："车队都组建一半了，再去您那儿岂不是前功尽弃？就不折腾了。"

沈屹西半年前自己搞了个车队，已经招揽了几位队员，个个实力不差。其实，玩车烧钱，经营车队这事更烧钱，真成功了还好，这行来钱来得快，但如果失败了，十个有九个会倾家荡产。当然，沈屹西除外，他这种背后有强大靠山的，这点钱对他来说可能不算什么。

但戴经理还是不得不夸赞了一句："年轻人真是有胆量。"

"过奖了。"

戴经理要起身走了，问他："跟我底下那个队员玩玩，赏个脸不？"

齐思铭一直竖着耳朵在旁边听着，听到这儿，撞了撞沈屹西胳膊撺掇他去玩，说给他的生日弄点刺激的，男生爱看的都是这些能让肾上腺素飙升的东西。齐思铭压低了声音："屹哥，上呗，都亲自送上来的人头怎么不收？"

鹰子也听到了，跟着齐思铭一起撺掇着："屹哥，上啊，正好让我们这些摸不到车的饱饱眼福。"

戴经理还在一旁问。

沈屹西说："车没开过来，不玩了。"

"没车怕什么，我们半个车队的人都过来了，还怕没车？你随便挑一辆开。"

都送上门了，哪有不血虐的道理，沈屹西冷笑了一声，也不推辞了。他略带张狂地说道："走呗。"

沈屹西从沙发上起身，却不是往外面走。

路无坷在跟阿释说话，说到一半阿释拱拱她："沈屹西过来了。"

路无坷抬头，就见沈屹西朝她这边走过来。

齐思铭那群男生见状又在起哄，吹了几声口哨。

路无坷低下头，用手抠了抠掌心。

沈屹西停在了她的面前，叫了她一声："路无坷。"

路无坷抬头看他。

沈屹西抓过她的手，把她从沙发上拉了起来，牵着她往外走，语气跟说晚上吃什么一样轻松："带你去兜个风。"

男人这种生物，胜负欲扎根在血肉里，看谁都像孙子，一较量起来很有看头。

不光齐思铭他们这些不在行的人跑出来围观，连邵司泽的那些队友，也就是戴经理手底下那些队员，也对这场比赛十分好奇。

邵司泽的年纪不大，看起来却像个小大人，话也不多，好像多说一句就会要了他的命似的。用阿释的话来说，就是一冰山美男。

是的，邵司泽那张脸长得还挺好看。

不是小白脸，是那种棱角分明的硬朗。

就是阿释喜欢的那款。

阿释犯花痴也不是一次两次了，路无坷都习惯了，面不改色地听阿释在耳边说，邵司泽的鼻子看着就迷人。

沈屹西挑完车就回来了，阿释都没跟路无坷说上几句话，路无坷就被沈屹西带走了。

戴经理看沈屹西还带了个女孩，饶有兴趣地说：“人家一个小姑娘不害怕吗？就不怕待会儿把人给吓着了？”

“害怕？”沈屹西闻言笑了一声，“您小看她了。”

最天不怕地不怕的就她了。而且也得她自己肯，他现在才有机会带她上车。从刚开始说带她去玩到现在，她没说过一句不要，很明显就是感兴趣，要是她不想玩的话她早不干了。

戴经理有点意外，看了路无坷一眼，看起来就一个清纯的小女孩，怎么看都不像是不害怕的样子。但他也没说什么，又看向沈屹西，拍拍他的肩膀，脸上的皱纹笑得都多出来几条：“到放狠话环节了是吧，待会儿小心被邵司泽干下来啊。”

沈屹西笑：“把您那心揣回肚子里，我敢跟您保证这事儿不可能发生。”

路无坷抬头看了他一眼。

在这凌晨的夜幕下，这人是有光的。

沈屹西这人身上好像有着与生俱来的自信，不是那种盲目的自大，而是从小骨子里被养出来的那种养尊处优的优越感，还有天赋和实力自身带给他的底气。

这种男人不管到了多少岁，都是迷人的。

路无坷挪开眼，戴经理还在开怀大笑，说着沈屹西年轻人傲得很，不过他喜欢。年轻嘛，就应该有那个狂劲儿。更何况戴经理知道他不是开玩笑，这小子开起车来这里头就没有比他开得好的。

另一边，邵司泽已经上车，戴经理没再耽误他们的时间，沈屹西也带路无坷上了车。他让路无坷坐进副驾的位置，关了车门，上了主驾。

沈屹西他们跑的是拉力赛，跟场地赛车手跑沥青赛道不同，拉力赛赛车手跑的赛道小到公路，大到沙漠戈壁，这些都可以成为他们的赛道。

他们今晚这场比赛就是跑公路，定输赢的方式很简单，就一个字，快。

一圈下来谁先回到酒吧谁就赢了。

跑拉力赛的赛车都经过改装，不管是车身还是车内，都和平时开的车有很大不同。

路无坷系安全带的时候问沈屹西："你为什么选这辆车？"

沈屹西不知道在调车上的什么东西，说："长得好看。"

这辆跑车通身宝蓝色，外形确实可以用拉风来形容。

路无坷没说话。

沈屹西笑着偏头看她："还真信了？"

路无坷冷漠地看了他一眼。

沈屹西觉得好笑，又跟她说："这里头很多东西都有讲究，小到这个按钮，大到变速箱，哪里性能稍微差点玩起来都不带劲儿。"

这些人做什么都是为了刺激。

路无坷默默地看沈屹西调试着车上这堆复杂的零件。

过了一会儿沈屹西问了她一句："坐过赛车吗？"

她摇摇头。

"不害怕？"沈屹西抬起眼皮看她。

路无坷看着他的眼睛："不知道。"

"不知道你就敢上我的车？"沈屹西笑了。

她没说话。

"上了我的车就别想下去了。"

她说："我也没想下去。"

沈屹西笑了笑，没说什么，发动了引擎。

车窗紧闭，隐隐约约能听见外头齐思铭他们吊儿郎当的欢呼和口哨声，路无坷往窗外看，就看见阿释和齐思铭勾肩搭背地向这边挥手，脸上全是兴奋。

车前几十米处站了个人，车前灯的光束里细尘起起浮浮。

路无坷整个人被安全带紧紧勒在座椅里，身体随着发动机猛烈地抖动着，虽然她的胆子大，但此刻还是开始紧张了。

排气声怒吼叫嚣着，几乎要把车子撕扯开，沈屹西的双手搭在方向盘上，转了下脖子舒展筋骨。

路无坷听见了他的声音。

有条不紊的，胜券在握的。

“放心，我一定把你安全带回来。”

路无坷侧头去看他。

逼仄狭窄的空间里，他看着车外的眼神专注又从容不迫。昏暗的车里，是跃跃欲试到几乎快冲破耳膜的引擎声，他们只听得见彼此的声音。

路无坷沉默了一会儿，转回头。

这种情况下，时间一分一秒都变得格外漫长。

沈屹西没再跟她说话，等着发令。

几乎一声令下的同时，路无坷整个人被一股很大的惯性扯着甩进椅背里。

沈屹西的车冲了出去——

两旁的景物流水一样往后疾速倒退，甚至分不清是建筑还是植物。路无坷还来不及反应，沈屹西已经行云流水地过了个弯。改装后的赛车速度要比平常轿车快很多，只不过眨眼间沈屹西又转了个弯。

在此之前，路无坷对赛车一无所知，第一次直面这种极速运动，只觉得灵魂几欲出窍。

邵司泽也不是个省油的灯，几乎快追上沈屹西，两辆车在公路上来回较量。

夜色苍茫，远山连绵，公路上的他们犹如脱缰野马。视野所及处画面混乱快速，赛车左甩右追。

路无坷的身体随着车身来回甩动，心脏狂跳。她看了一眼沈屹西，他的状态和平时差不多，不紧绷也不过分松懈。但路无坷感觉到了他身上那种几乎快冲破肉体的撒野，一种进行极限运动时带来的疯狂和酣畅淋漓。

弯道最容易甩掉对手，很快到了个急弯。沈屹西拉手刹锁死后车轮，路无坷只觉得一阵天旋地转。

轮胎在柏油路上摩擦出巨大的声响，车身甩进了弯里。一连串的动作行云流水，沈屹西提前给油门，车倏忽冲了出去。

邵司泽瞬间被甩在车后。

沈屹西瞥了眼后视镜。

路无坷发现这人居然还有时间笑。真的好嚣张。

沈屹西踩着油门驰骋在宽阔的公路上，邵司泽没再追上来。公路两边墨色的黑影往后快速倒退，不见星月。

路无坷某些一直意图压在心里的东西，在这种速度的冲击下跑了出来。

势不可挡，来得汹涌。

有那么一瞬间，眼前的场景仿佛虚化成了那年的瓢泼大雨。路无坷清楚地知道，那是六七年前母亲去世的那个夜晚。母亲身下的血，被雨水冲刷成细丝，她是躺在血泊里走的。

那是一个由车、血、雨水、医院滚动的推车声和晃动的白炽灯，交织而成的夜晚。

路无坷的脸色苍白，她用力掐着自己的掌心。等她回过神来的时候，车已经被沈屹西停在某条街边。也不知道是哪里的街道，旁边的商铺早关了门。

沈屹西解开安全带去看她："怕怎么也不跟我说？"

路无坷看着他，一直盯着他看。

沈屹西食指曲着顶开她的牙齿，说她："你这嘴唇是不想要了？"

她这才反应过来自己一直咬着嘴唇，半晌才吱声："是不要了。"

云层很厚，无边的夜色下，她的脸泛着苍白，衣裳被安全带勒得微乱。

沈屹西的指节从她嘴里拿出来，不由自主地顺势低头去亲她的唇角，闷笑了声：“那我可舍不得。”

路无坷的手指微动了动。

她明明和这个人不该有交集的。

他又亲了亲她。

算了，死就死吧。

沈屹西估计是嫌创可贴贴脸上碍事儿，早不知道什么时候撕掉了，脸上的伤口还微微渗着血。

她抬手挂上他的脖子，凑上去舔了下伤口。

沈屹西的眸色暗了暗。

路无坷看着他眼睛，又凑过去在那伤口处轻轻啜了下。

沈屹西掐上她的下巴，眯着眼瞧着她：“来真的？”

“你说呢？”路无坷的手挂在他的脖子上。

沈屹西笑笑，掐着她的下巴对准她的唇亲了下去。

车窗外，整个夜晚都是温柔的。

沈屹西好像很有耐心，循序渐进勾着她。路无坷毕竟只是个新手，气息很快被弄得毫无章法，却也不因此弱了一截。

他们棋逢对手，相互迎合，一个吻热烈得车内几乎快融化。

她身上的安全带不知道什么时候已经被沈屹西解开了，后背抵在车窗上。

从唇齿相接两个人就没分开过一瞬，沈屹西这人不让着她的时候她压根儿招架不住，舌根被他吮得发疼，气息被他控制着无法自主呼吸。

路无坷差点停止了呼吸。

沈屹西松开了她，从胸腔里闷出声笑。

他是故意的。

路无坷的胸口起伏着，从下往上对着他的视线，带着气愤的眼神。但就她这副清纯得要命的外表，这眼神根本没几分威慑力，反倒让人想弄碎。

两个人对视良久。

路无坷眼前一黑，她的眼睛被他宽大的掌心捂住了。

男生的手背筋络分明，扯着骨感修长的指节。

路无坷的睫毛在他的掌心里轻轻颤抖了一下，她能感觉到沈屹西的呼吸在靠近。

先是唇，他浅尝了下。沈屹西说："别这样看我。"

沈屹西含上她的双唇，虚笼着，若即若离的。他轻轻咬她的唇珠，气息缠着她。

车厢里一时只剩寂静，暧昧又沾着欲望。

沈屹西像开了荤的兽，从她的唇吻到她的脖颈。来到锁骨边上的时候，沈屹西想到肩膀上她咬的那块。他若有似无地从鼻子里哼了一声，问她："来个一对儿的？"

他的呼吸就在她颈窝那里，路无坷当然知道他说的是什么。

她的手还挂在他的脖子上，说："好啊。"

沈屹西松开了她眼睛。

路无坷的眼睛被捂了会儿，眼前一片蒙眬。

沈屹西说她："你是真不知道多疼，是吧？"

路无坷眨了下眼睛，试图把他看得清晰一点，一副天真模样："很疼吗？"

沈屹西瞧着她这副样子，气不打一处来。

真会勾人。

他忍了忍，最后只是狠狠留下一个印记。

她说他："流氓。"

沈屹西唇已经流连到她脖子那儿去了，笑："你刚知道？"

沈屹西还抱着她，路无坷也没推开他，说："你比赛要输了，沈屹西。"

沈屹西的声音里有种沉迷美色的慵懒，放荡，奢靡。

他的声音染了丝嘶哑，话里没什么所谓："早赢了。"

路无坷虽然不懂赛车，但她莫名觉得他这话，说的就是在公路急转弯甩掉邵司泽那会儿。确实是一通很漂亮的操作。

"不过就算输了也没什么。"他话里就没一句正经的，"要不现在能有地方亲你？"

沈屹西这么一说，路无坷才想起这辆车还是别人的。

路无坷不是那种听见这种话会害羞的人。听见这句话，她偏偏低头去亲沈屹西的嘴角。却不知道这样一下一下轻轻地啄着纯情得不行，还是亲的嘴角。

真难忍。

沈屹西觉得再给她亲下去真完了，偏头对准她的唇狠狠地亲了口，然后起身退开。他靠回座椅里，降了车窗，一边胳膊搭在上头。缓了会儿，转头对上了她看着某处有点好奇的眼睛。

被他发现了路无坷立刻挪开眼，偏头看向车窗外。

沈屹西斜觑她："怎么不看了？看吧，看看你干的好事儿。"

沈屹西发现她的耳朵红了，性子挺倔，身体倒是诚实。沈屹西笑了笑，也不逗她了，转头看着车窗外平心静气去了。

路无坷和沈屹西回去的时候，齐思铭他们还在外面等着，戴经理那个车队的成员也在。

沈屹西推开车门下来，齐思铭蹲在路边上，嘴里叼着根草，对着他有气无力地道："屹哥，你们这时长是认真的吗？"

戴经理车队的一个小孩也开玩笑："沈哥，下个月比赛我好像有信心拿冠军了。"

说完就被戴经理打了："给你傲的，再傲试试，下个月拿不到第一扣奖金。"

男生一阵哀号。

戴经理笑着走过来，往他们后面看了看，又收回目光看向沈屹西，问他："什么时候甩掉的？"

沈屹西手插在兜里，笑："对你底下的队员这么没信心？"

戴经理："人也得实事求是不是？"

路无坷发现沈屹西这人看着一副什么都满不在乎的样子，实际上为人处事各方面都很周到，见人说人话，见鬼说鬼话。就像现在他站在戴经理面前，言行举止丝毫不会让人感觉到他就一个二十出头的男生。

有时候他年少轻狂，有时候却也显得老气横秋。

戴经理说："邵司泽这小子再耐心一点，指不定这后面还能掰回一成。"

沈屹西有点意外，挑眉问道："还没回来？"

“可不是嘛，我猜这小子应该是撂摊子走了。”

邵司泽到现在还没回来，最了解他的除了对手，就是带他的人，戴经理最清楚邵司泽的脾气，脾气大，还孤傲。就现在来说他肯定还不是沈屹西的对手，可能当下被沈屹西远远撂在身后的时候他就直接走了。

而沈屹西肯定后面也干什么去了，这速度不是他的实力。不过像邵司泽那种人，肯定也不稀罕捡漏，输了就是输了。

戴经理拍拍沈屹西的肩膀：“下次有机会再切磋切磋，今天够晚了，我们就先回去了。”

沈屹西把钥匙扔给他：“谢了。”

“什么谢了？”

“让我把女朋友追到手了。”

路无坷一愣，就见戴经理朝她这边看了过来。她挪开眼神，也没去否认沈屹西的话，走开了。

沈屹西瞥了她一眼。

戴经理笑着说沈屹西：“你这小子身边的女孩换得挺勤的啊。”

沈屹西瞧着路无坷往阿释那边走的身影，淡淡地应了声：“是吗？”

“不过以前就没见过你把女孩往车上带，你师父之前还夸你在这事儿上拎得清，不乱来，今天看来你这小子是分人。”

沈屹西笑笑，没说什么。

路无坷去找阿释，阿释好奇地拉着她问东问西，一会儿问她在车上刺不刺激，一会儿又问她害不害怕。

其实路无坷不害怕，甚至要命地和沈屹西有了同样的感觉。

觉得刺激。

不想起那些事的话。

路无坷说：“有点。”

阿释很惊讶：“就有点啊？我刚看沈屹西那车飙出去，心跳都快静止了，太吓人了。”她拍着胸脯说，“要是我早吓得魂都没了。”

两个人聊了没几句，跟戴经理寒暄完的沈屹西就过来了。

沈屹西停在她们面前，看着路无坷：“我送你回去。”

他知道她奶奶在家，路无坷肯定是要回去的。

路无坷刚在酒吧里早跟阿释说好了回她家，她抬头看沈屹西：“我跟我朋友一起回去。”

齐思铭接下来还有一堆要玩的，阿释今晚本来想一起玩个通宵，反正现在回学校也回不了宿舍，门禁时间早过了。

但看到路无坷来以后她就想去路无坷家蹭床睡了，这里头她就跟齐思铭熟点，虽然跟其他不认识的人一起喝酒也挺好玩，但她酒喝多了有点犯困。

流水的酒，铁打的阿释竟然也有喝酒喝到发困的一天，当时还被路无坷抓着调侃了几句。此刻，路无坷为了她拒绝沈屹西，阿释莫名觉得自己是电灯泡。

还好沈屹西好像没有怪罪阿释的意思，都没看阿释，他对路无坷说：“你是不是忘了我的车还在你家楼下了？”

路无坷愣了一下，才想起来真的是。

沈屹西这人一向是不容拒绝的：“收拾收拾，我送你们回去。”

齐思铭在旁边听到了，问沈屹西不留下来喝酒吗？

沈屹西让他今晚尽兴玩儿，明天再找个时间请他这个寿星吃顿饭。

齐思铭送了他四个大字：重色轻友。

阿释听到这话的时候在路无坷的耳边说：“大家都知道沈屹西在追你，今晚齐思铭还跟我说，他就没见沈屹西对谁这么纵容过，他说你老气沈屹西。”

阿释这话是扒在她的耳边说的，沈屹西没听到，还在那边跟齐思铭闲扯。

“齐思铭说沈屹西脾气不是很好，你这么气他，他居然都没生气，换以前他早跟人分了，谁稍微蹬鼻子上脸一点都不行。”

路无坷沉默着，没说话。

这家酒吧离学校近，离路无坷的家就远了一点，阿释拉着路无坷去了趟洗手间。

路上遇到戴经理底下那帮人，玩赛车的人大多数年纪不小，大多是路无坷家那个邻居王渐东那个年纪的。

眼下，路无坷和阿释在走廊遇到的就是两个三四十岁的成年男人。路无坷会注意到他们是因为他们正在说沈屹西。

大家混的都是同一个圈子，难免会成为别人的谈资，阿释才是最八卦的那个，早竖起耳朵屏声敛息地听着。

“沈屹西那小子早晚得栽，车开得太野了。”

“可不是，不都说十几岁那会儿撞死了两个人。”

男人们走路脚底生风，不过两句话的工夫，很快从她们身边经过，说话声渐远。

阿释回头看了那两个人一眼：“嚼舌根这种事是真的不分性别啊。”

那句话路无坷自然也听到了，她低下了头。

阿释转头去问她：“你信吗？路无坷？”

路无坷也不知道在想什么，很久才说话。

“不信。”她说。

阿释莫名从她话里听出了一丝坚定，想问她怎么这么确信的时候，路无坷已经进了洗手间。

沈屹西送她们两个回家，路无坷和阿释一起挤在后座，沈屹西在副驾。

阿释喝了酒，上车没多久就靠在路无坷的肩膀上睡着了。她毫无形象包袱，微张着嘴睡得很香。

路无坷一直很清醒，沈屹西在跟齐思铭他们开黑，玩完一局后把手机扔到一旁，抬眼看向了后视镜。

一直看向车窗外的路无坷知道沈屹西在看她，转回头来，从后视镜里跟他的视线对上了。沈屹西没说什么，路无坷却感觉到了他眼里那种带着欲望的不耐烦。

很快，沈屹西转开眼。

一路上他们两个都清醒着，有种东西在车厢里被压抑着。

沈屹西落了车窗，散了点儿车内的闷意。

出租车从郊区经过繁华的城区，再经由郊区到路无坷家的那个小镇，一路上灯火变得越来越少，稀稀落落。

到路无坷家附近后导航没再那么详细，出租车师傅根据沈屹西指的路开，七弯八绕后缓缓停在她家楼下。他们这里的路又乱又杂，沈屹西却记得清清楚楚。

路无坷叫醒阿释，推开车门把阿释从车上拉了下来。

沈屹西关上车门，双手插兜站在旁边等路无坷。

阿释半梦半醒的，就听沈屹西跟她说："同学，我有事跟她说，你先上去。"

阿释虽然没醉，但现在又困又累，脑子有点迟钝。她囫囵点了点头，拍拍路无坷的肩："那我先上去了啊。"

路无坷叫住她，从包里拿钥匙给她。

几乎是在她把钥匙递给阿释的那一刻，沈屹西就伸手把她拽走了。

他的车就在旁边，沈屹西把她压在了车门上亲吻。

干柴碰烈火，那种在车厢里被压抑着的欲望一触即燃，明明距离上一次没多久。

他的吻铺天盖地，很强势，掌控性很强。

路无坷攀着他的肩膀，沉溺在他的烟草味里。

他们在这个万物清醒的世界里放浪形骸。

路无坷一上楼就被站在门后等她的阿释拉了进去。

阿释关上门，看着她一脸欲言又止。就她这演技，路无坷不用猜都知道她想说什么。

她问："看到了？"

阿释怎么也没想到她就这么说出来了，目瞪口呆。

他们刚才接吻的地方就在阳台下面，阿释想不听到点声响都难。

"你真跟沈屹西在一起了？"她问。

路无坷换鞋进屋，点头："是啊。"

"什么时候的事啊？"

"就今晚。"

阿释震惊了："好你个路无坷，居然不第一时间告诉我。"

"等等，今晚齐思铭说沈屹西这车开得不对劲，肯定中途跑去哪儿找乐子去了，你们不会那时候好上的吧？"

路无坷没说什么，拿根皮筋在头上随便扎了个丸子头，脸小小的。她这么一动作锁骨上那个红印就露了出来，阿释看着那颗草莓。

“我……这才第一晚，沈屹西就这么猛吗？”

路无坷知道她在说什么，面不改色地扎完丸子头，手放下来，又遮住了。阿释身上满身酒气，路无坷推她去浴室：“洗澡去，不然今晚别上我的床，我去给你拿衣服。”

阿释被她推到浴室里，又探出头，一副审问的样子：“路无坷，你今晚别想睡了，姐姐要跟你促膝长谈。”

路无坷把她推进去，门关上了。

她去卧室找到一件领子高点的衣服换上了，又拿了一身衣服到浴室给阿释。

晚上阿释在床上抱着她聊了很多很多，跟嫁了女儿的妈妈一样。路无坷嫌她唠叨，被她一顿扁。

年少的时候女生的友谊就是这么简单，知道对方的秘密，聊着最直来直往的天。

说到后来阿释问路无坷，沈屹西那么会玩，她不害怕吗？

阿释了解路无坷，如果不是真心喜欢的话，她是不会和沈屹西在一起的。

路无坷一直看着天花板，许久才回答了她：“我也不是玩不起。”

那天晚上路无坷跟阿释聊到四五点。

路无坷还是照旧六七点就醒了，阿释本来就挺能睡的，再加上昨晚喝了酒睡得更香了，这会儿就算地震来了都震不醒她。

路无坷闭着眼睛想强逼自己多睡一会儿，半个小时过去了还是格外清醒，她索性睁开了眼睛。

房间门外有刻意压低的锅碗瓢盆的碰撞声，奶奶居然起来了。

路无坷掀被下床，从房间里出去，果然见老太太在厨房里忙活，看样子应该是在包饺子。

路无坷带上房间门，老太太听到声响看了过来：“醒啦？”

孩子是她带大的，身上哪里有点变化她一眼就知道了，看到路无坷的脸立刻想放下饺子皮起身过来：“你这孩子，脸上是怎么回事？”

路无坷知道她说的是路智远扇的那一巴掌，走过去把奶奶按回椅子上："睡觉压的，待会儿就消了。"

路无坷打小就这种体质，哪儿稍微磕着碰着能红上半天，老太太听了这话也没起疑。

路无坷问她："奶奶，身体不舒服怎么还起这么早？"

奶奶往饺子皮里放了勺肉馅儿，嗔怪一句："能有多大事儿？不就是老人身上都会有的毛病，在床上躺个一天就生龙活虎了。你看奶奶现在精气神多好，现在让我睡我也睡不着，昨天睡饱了。"

老太太不管说什么最后都能扯到她身上："所以你们这些小孩啊，别整天想着熬夜，这身体底子再壮，熬夜也能给熬毁了。听过一句老话没，药补不如食补，食补不如睡补，多睡觉就是在补。你啊，每天就没见你睡几个小时，以后多在床上躺躺，睡不着闭着眼睛也行。"

老人教诲起人来都是带着固执的，敢反驳她的话她能跟你掰扯上半天不带歇的，尽管应是就行了。

路无坷说："知道了。"

奶奶很会包饺子，自己和面，和馅儿，饺子捏得很漂亮。馅儿就是饺子的精髓，老太太说路无坷小时候不吃饭，抠饺子里面的肉馅儿给她吃她就不哭了，别的还不行，只能是老太太做的。

这个习惯一直维持到现在，她只吃奶奶做的饺子，每次回家老太太都会包饺子给她吃。

今天奶奶做的馅儿明显比平时要多，她问路无坷："阿释那丫头还在睡觉？"

这俩人昨天都没见过面，路无坷问："你怎么知道她来了？"

老太太从鼻子里哼了一声："如果她是块骨头，你奶奶我就是狗鼻子，这丫头在方圆百里内我都能闻着她的味儿。"

阿释跟老太太很合得来，两个人凑一起就是两个喇叭，说话斗嘴屋里没一刻消停。

老太太说着说着就笑了："今天早上我起床看门口那儿有双鞋，不用想就知道是她的，也就这丫头一进门会乱踢鞋子。"

路无坷失笑。

阿释每次来也喜欢吃饺子，老太太说："待会儿给你们包完这饺子，再给你们炒几个菜，下午就回学校是吧？"

"明天得上课。"路无坷说。

"记着呢。"老太太赶她，"赶紧洗漱去，奶奶去给你热碗粥。"

阿释睡到日上三竿还没睡够，硬是被路无坷从床上拽了起来。

"许婉柔，吃饭了。"

阿释又趴回去，抱着枕头死活不肯起床："我困死了，路无坷，让我再睡会儿。"

这种老房子不仅不大，隔音还差，这话让外头的奶奶听着了，往这里头吼了一嗓子："不起床待会儿一个饺子都不给你剩，这饺子冷了再拿去热就不好吃了，麻溜点儿啊。"

阿释吸吸鼻子："奶奶，你包饺子了？"

"那还有假？给你俩包了一大盘呢，赶紧从床上下来。"

她们两个的声音一个比一个大，路无坷被吵得耳朵疼，走开在书桌前坐下。

手机就放在桌上，从昨晚到现在路无坷还没看过手机，平时没看手机的习惯，一时半会儿就忘了。她拿过手机，有一通未接来电，沈屹西凌晨四点多打来的。那时候她其实还没睡，被阿释拉着聊天，只不过手机开着静音她没听到。

从床上下来的阿释蹑手蹑脚，忽然从她身后探头。

"路无坷，啧啧啧，谈恋爱了就是不一样啊，都知道看手机了。"

路无坷随手从书桌上顺了本书就想往她身上砸，阿释笑着跑开，没一会儿外面就传来她跟奶奶的说笑声。

沈屹西就给她打了个电话，一条短信都没有，路无坷没给他回电话。

奶奶在外面喊她取碗筷，她的手机还是开的静音，放回桌上，应了句"来了"就出去了。但她们这顿饭还没吃完，就被派出所一个电话叫过去了。

老太太当时在电话里一听是自己的儿子被抓了，差点两眼一黑。这个儿子打小就没少给她惹事，因为赌博进过几次局子，都活到四十好几了还不让她省心。她急急忙忙撂下电话，叫上路无坷一起去派出所。

路无坷当时坐在餐桌前，手里那个饺子刚吃一半。

在衣架那边拿了外套穿的老太太又喊了她一声。

路无坷慢条斯理地把手里那个饺子吃完才说："知道了。"

阿释也跟她们一起去了，三个人坐了一辆出租车过去，老太太急得在车上催了出租车师傅好几次。

"这派出所电话里也不说是什么事，你说你爸这回又不知道闯什么祸了。"

路无坷看着车窗外，跟真不知道似的："不知道。"

老太太都不知道来了派出所多少回了，到地方后轻车熟路地就进去了。

路无坷和阿释跟在后面，阿释没忍住，吐槽道："你爸这么麻烦的一个人，奶奶怎么还那么疼他啊？"

阿释知道路无坷家里的事，都是从老太太的嘴里听来的。尽管每次老太太一提路智远做的那些缺德事都是一顿臭骂，但现在他一出事老太太还是着急得不行。

其实很多父母都这样，赵锦君只是其中一个缩影。

路无坷用奶奶常跟她说的那句话回答阿释："可能是她身上掉的肉吧。"

阿释一听这话就窝火，愤愤不平地说："那你还是路智远的亲生女儿呢，他怎么就不疼啊。"

她想说路无坷她爸就是被惯坏的，但又不舍得说奶奶，毕竟奶奶真的是个好人。

说话间手里的手机亮了一下，路无坷眼角的余光注意到了，低头看手机。

是沈屹西给她发的短信。

"想我了没？"

路无坷和阿释一起往派出所里走，回了他两个字，没有。

"行了，知道你想了，别盯着手机看了。"

"抬头。"

路无坷一愣，然后抬头。

沈屹西这个人放哪儿都是焦点，她一下子就找到了他，对上他的视线。

沈屹西跷着腿坐在派出所的铝合金长椅上，逗完她，胸腔懒散地漫出几声笑。他身上还是昨晚那身衣服，经过一夜有些不修边幅，却不显得邋遢。

即使在派出所，他身上那股懒散劲儿也丝毫没收一收，还是那副不紧不慢的样子。

阿释也看到沈屹西了，扯扯她的袖子，压低声音在她耳边道：“沈屹西？沈屹西怎么也在这儿？”

路无坷原本也不知道，直到她看到在旁边跟警察争执得脸红脖子粗的路智远。要不是这个一吵起来就声嘶力竭的声音，他那张脸路无坷都差点认不出来。

路智远整张脸鼻青脸肿，左边手吊着绷带挂在脖子上。一看沈屹西就是下了狠手，要不然也不会被请来派出所“喝茶”。

路智远冲一个女警察吼：“我又没干什么犯法的事，就算那是什么传销组织我自己也乐意待在那儿！你们这些警察是闲着没事吗？该管的正事不管，天天逮着我们这些没犯法的管！”

那女警察应该是个新来的小姑娘，被吼了没几句便眼眶发红。

路智远就是个欺软怕硬的，别人他不敢骂，就专挑女警察这个软柿子捏。

女警察说：“我们是把你从传销组织里解救出来。”

“解救个屁！”路智远打断她的话。

老太太在旁边生拉硬拽，知道这是在派出所，急得直跺脚：“你就不能少说两句？”

路智远哪儿听她的，继续指着那个女警察的鼻子骂：“我在那儿吃好喝好睡好，哪里需要你们来解救，我看你们就是正事不干，就只会抢人家居委会的活儿干。”

他这话就过分了，饶是这女警察的脾气再好也听不下去了：“你们不报警，我们这边也不管你这事！”

路智远当然知道是这个理，他不过就是找个人撒气，现在这么一说才想起找始作俑者算账。他的眼睛扫过周围，怒火冲向了路无坷，声音里却有种可怕的冷静。他断了一只手还想冲过来打她：“是你报警的对吧？我什么时候要你管了？”

路无坷站在那里，丝毫没有退后，阿释抓着她衣袖的手紧了紧。

老太太死死地拽住路智远，路智远早已经失去理智，手一甩把她甩开。

路无坷只让阿释去一边，自己丝毫没有动作。

路智远就要冲过来打她，就在巴掌快朝她的脸上甩下去的时候，她的胳膊被人狠狠一扯拽到了旁边。转眼，她被一个身影挡在身后。

沈屹西抓住路智远挥下来的手，狠狠往后一推。

路无坷只听他的声音里压抑着愠怒，话明显是对她说的：“又不会躲是吧？”

路无坷愣了一下。

沈屹西好像在生气。

上一次路智远扇她巴掌时沈屹西在场，事后就说她都不知道躲。他当时那意思就是让她下次躲着点儿。

但她没有。

被推开的路智远一瞧是沈屹西，虽然嘴上还是不饶人，但明显气势弱了不少，毕竟他现在这伤就是沈屹西揍的。

“你这个小兔崽子。”

他作势又要过来打架，被一个年纪稍长的男警察骂了一通：“把派出所这儿当菜市场了是吧？打！我坐这儿看你打，看不关你十天二十天的！”

老太太把路智远拽了开来：“你就不能消停会儿？”

路智远是个纸老虎，警察一动真格的他就消停了，但他的账还没算完，他把矛头指向沈屹西：“那监控你们也看到了是吧？”

他指着沈屹西，示意警察看自己的脸：“你们看看，我这脸就是这个小子揍的，我跟他没怨没仇，他就把我打成这样，他这是往死里打呀！”

路无坷听他这么说，不用想都知道是怎么一回事了。

路智远估计是被带到派出所后顺便报的案，想把沈屹西拉下水。

沈屹西听他这满口愤慨的控诉，没否认，反倒笑了下。

“是啊，打的就是你。”他的语气傲慢又嚣张。

谁都没想到他会来这么一句，这简直是自投罗网，一时间室内落针可闻。

除了路无坷。

她在沈屹西的身后，伸手，食指钩住了他垂在身侧的指节。

沈屹西似乎愣了一下，很快五指收拢，把她的手抓在了手里。

“你们看看，看看！”路智远反应过来后指着他，“就他这个态度，不拘留他个十天半个月都不行。”

路无坷原本一直没说话，听到这儿站了出来。她撩了一边头发，露出自己还泛着点淤血的那半边脸。她指着路智远：“是他先打人的。”

路智远一听又来气了，说她：“我教训你怎么了，我是你爹还不能打你了？”

路无坷没看他，跟警察说：“家暴。”

像路智远这种常年生活在社会底层的人，他没有家暴这个概念，或者说他知道，但他对打孩子打老婆这事引以为荣。

很快他们就都被请出来了，除了沈屹西。

路智远一从派出所出来就打车走了，老太太在后头喊都没能把他喊停住，不用想都知道他是去哪儿，肯定又回他那千万金窟了。

路无坷从派出所出来的时候，沈屹西让她先回家。

阿释拦了辆出租车和奶奶先坐上车，车里头的老太太见路无坷没上来，在里面喊了她一声。

路无坷把目光从派出所收回来，坐进出租车里。

回到家的时候饺子已经冷了，奶奶把饺子重新端进厨房里准备热热。

她看起来似乎很疲惫，只说了句可能再热一遍就没那么好吃了，让她们两个将就将就。

一顿饭吃得索然无味，老太太吃完就回屋里睡下了，路无坷和阿释收拾碗筷到厨房洗碗。洗到一半，阿释问：“沈屹西不会真的被拘留吧？”

路无坷洗着碗，泡沫沾满手：“不知道。”

碗没几个，两个人很快洗完了，准备睡个午觉后就回学校。结果路无坷刚躺下不久，床头的手机就响了，她刚从派出所回来的路上把静音关了。

路无坷拿起手机看来电号码，愣了一下，没接听电话，反倒起身出房间跑去阳台。

她的手机带在身上，阳台下靠着车门的沈屹西应该是听到铃声，抬了头。

一个在三楼，一个在一楼。

沈屹西示意她接听电话，路无坷接听了放在耳边。

“下来。”沈屹西说。

路无坷问了他一句牛头不对马嘴的话：“你饿不饿啊？”

沈屹西挑眉：“怎么，你要做饭给我吃？”

她很坦诚：“我不会。但我可以拿奶奶做的饺子下去给你吃。”

“给你能的。”沈屹西笑，“不是你做的，你还挺骄傲，是吧？下来。”

路无坷还是给沈屹西装了几个饺子下去。

从楼道里出来，她走过去，沈屹西抬头看了过来。本来有很多话想问，问他有没有事，但到他面前却觉得什么都不用问了。

反倒是想到了凌晨四点多那个电话，路无坷问他：“昨晚你给我打电话做什么？”

她不提这茬沈屹西都忘了，他低头看她：“你觉得那个点儿打给你，还能找你什么事儿？”

“我哪里知道。”她是真不知道，正常人那个点儿都睡了。

路无坷仰头，主动亲吻沈屹西。

就一小妖精，故意的。

沈屹西自然而然地含上她双唇，但没过火，浅尝辄止后退开了。他一手垂在身侧，低头看她：“之前不还怕得要命，现在就不怕了？”

之前在楼道那里被他抱着都怕被人看到，现在胆儿挺肥，都敢跟他在这儿接吻了。

她说：“是你带坏我了。”

沈屹西垂着眼皮看她，笑：“确实，我别的事儿不行，在带坏人这事儿上倒是一带一个准，怕不怕我？”

路无坷看向他的眼睛乖乖的，话说出来却不是那么一回事。她说：“不怕。”

“因为你知道你自己也不是什么好人？”

她还真点头了。

沈屹西笑了下，低头亲上她唇，这次刚碰上就变成了强势而热烈的吻。

路无坷被他弄得舌根发疼，往后退想推开他。她往后躲，他就顺势往前倾身，直堵得她无路可退。

路无坷知道他这个吻的意思。

不是不怕嘛，那就在这儿试试。

就在她快要喘不过气的时候，沈屹西的胳膊往旁边伸，打开了后座车门，笑着松开她：“上去。”

还是舍不得折腾她。

要说在这儿亲，路无坷真没有顾虑的话那是假的。

别人她不怕，给阿释看见她都不怕，但奶奶就在楼上，目前奶奶对沈屹西的态度，路无坷并不清楚。

以前老太太生气了还能中气十足地说她一通，现在不行了，生气直接影响到身体。老太太两年前做了食管癌手术后，身体每况愈下，今天被路智远气着了都是回房里躺着。

而高中那会儿老太太连情书都不让她收，跟任何一个传统封建的长辈一样，对早恋一刀切。

即使路无坷对那些男生毫无兴趣，她还是一直防着。老太太就是那种老一辈的思想，对孙女疼是疼，但思想确实也固执。

路无坷坐进车里，沈屹西坐上来后甩上车门。刚坐进来，他就伸手拿过了她手里的东西：“你奶奶做的？”

路无坷用的一个饭盒装的，饺子整整齐齐地放在里头。食盒一看就是她的，浅粉色，上头用胶带贴了张细细的纸条，端端正正地写着“路无坷”三个字。

每当这种时候，沈屹西才会有那种她确确实实是个好学生的真实感。

他问："这饭盒你的？"

"嗯，高中时的。"

"这么久了？"

路无坷伸手要拿回来："你嫌弃就还我。"

沈屹西笑着"啧"了一声，单手扣住她的双腕："给别的男生吃过没？"

路无坷被他锁着手，看着他的眼睛很真诚地说："有啊。"

沈屹西拽着她的双手把她扯过来，重重地在她的唇上亲了一口，笑："你有个屁。"

"路无坷。"他叫了路无坷一声，"我敢打包票，那些男的你压根儿看不上。"

路无坷和他对视着，沈屹西直直地看进她的眼睛里。

在沈屹西面前，她被看得透透的。

"是啊。"她说，"我看不上。"

但她看上沈屹西了。

沈屹西盯着她的眼睛，最后倒吸了口气，隐忍地松开了她："让我好好吃个饭，行不？"

这勾人玩意儿。

路无坷说："我又没有不让你吃饭。"

"怪我自己是吧？"

"是啊。"她轻飘飘地说完，坐去了那边车窗旁，一副让他好好吃饭的样子。整个后脑勺写着：你好好吃个饭，我坐远了。

沈屹西瞥着她这一系列动作，微微眯了眯眼睛，笑了。

路无坷坐在那儿看着风景。

沈屹西胳膊一伸就把她捞了过来。

路无坷就没几斤，男生的力气又大，她一下子就被他捞回了身边。

沈屹西话里都是散漫的笑意："人小脾气倒是挺大，坐着。"

路无坷的唇角偷偷弯了弯。

他去拆饭盒，里头的饺子一看馅儿就很多，圆鼓鼓的。沈屹西说："这饺子做得还挺实诚。"

男生吃东西不像女生一样慢条斯理的，沈屹西一个饺子一口，鼓着腮帮子嚼了嚼。

不知道为什么，路无坷突然想起钟映淑说过的一句话。

小时候她很挑食，妈妈都拿她没办法，开玩笑说以后要生个小男孩，男孩吃饭看起来香。现在这么看，妈妈说的话好像有道理。

沈屹西吃饭看起来就很香，不是狼吞虎咽的那种野蛮，而是属于男生的那种快劲儿。

想到妈妈，她转开了眼。有些东西好像是长在骨子里，总在不经意间就探了头。

某刻，她的脸被沈屹西单手扣着下巴掰了回来，他挑着眼皮看向车窗外："外面有长得比你男朋友帅的？"

路无坷拍开了他的手："臭不要脸。"

沈屹西笑了笑。

过了一会儿路无坷问他："派出所那边没事了吧？"

"能有什么事儿。"又问她，"怕我被拘留？"

倒是不会，她清楚他背后有沈家那张几乎铺遍全国的关系网。

好像是看出她在想什么，他懒懒地靠在了座椅里："这点事我自己能解决。"

路无坷看向沈屹西："靠什么？"

沈屹西也看着路无坷："你觉得靠什么？"

靠的是什么，答案他们心照不宣。

路无坷没问，沈屹西也没说。

她想起一件事，说："沈屹西，很多人说你是托关系进的澜江大学。"

沈屹西笑了："还听过你男朋友的八卦是吧？"

"我那会儿跟你又不熟。"

谣言这种东西不管在哪儿都会有它的影子，哪怕只是一个小小的圈子，都无法避免它的存在。它有时候就是人类阴暗面滋生出来的东西。流言满天飞时，澄清就是瞎费劲。

沈屹西向来不会给这些东西眼神，在别人眼里他是个什么样的人，他压根儿没兴趣知道，但路无坷不一样。

“有必要澄清一下啊。”他笑，“我确实不是学习那块料，但这个学校真是自己考进去的。”

沈屹西的身世早被人扒干净了，已经不是秘密。

他来澜江这个地方上大学，简直就是一件匪夷所思的事，他家要钱有钱、要势有势，还是地道的A城人，就这背景往哪个名校里一塞都是动动手指的事。但沈屹西偏偏来了这儿，还是自己考过来的。

“为什么会来这里？”她问。

沈屹西瞧了一下车窗外：“没什么为什么，可能离A城远吧。”

之前还有人说沈屹西是被他爸扔到这里打算收收他的性子的，现在想想怎么可能呢，他这人压根儿不可能被人安排。

没一会儿沈屹西就把饺子吃完了，看她：“要不要顺便送你回学校？”

“不要，我还得等奶奶起床。”

“然后跟你奶奶说个再见？”他笑。

还真是这样。

其实路无坷从某些方面来说就是一个好学生，那种乖乖的女孩。

听奶奶话，学习成绩好，没做过什么出格的事。到目前为止，她做过最疯狂的事，大概就是和沈屹西谈恋爱。

她低下头，说：“我回去了。”

沈屹西“嗯”了一声：“有事儿打给我，我跟齐思铭去撮一顿。”

路无坷车门推开一半，看向他：“要去吃饭怎么不告诉我？我就不给你带饺子了。”

沈屹西欠揍地说：“路无坷，你老实说，你长这么大是不是压根儿就没跟几个男生接触过？”

说是接触都过分，她可能根本就没跟男生说过话。

“男生的饭量都挺大的，哪儿跟你们女生一样跟养猫似的。”他笑着说。

路无坷想了想，家里唯一一个男的好像饭量真挺大的。

她“哦”了一声，然后去推车门：“我先回去了。”

沈屹西在她后头说：“不跟我说声再见？”

这人就没有一会儿不逗她的。

路无坷关上了车门："不说。"

她绕过车后正想上楼，车里的沈屹西叫住了她。

路无坷回头看他。

沈屹西把打火机拿在手里抛着玩儿。

"以后少听别人说的那些，想知道的话来问我，我跟你说。"

路无坷沉默了几秒钟，看着他"嗯"了一声。

路无坷回去后在房间里把行李收拾好了，在家待着等奶奶起床。

老太太待会儿要是起床了见她没打招呼就走，肯定会生气，说不准又跟以前一样一通电话打过来数落她，然后又孩子心性地跟她闹别扭。

老太太一直睡到下午五点多才起来，她大概是没想睡这么久的，出来的时候着急忙慌的，明显是怕她们走了。

路无坷坐在沙发上拼她那幅工程量巨大的拼图，看到老太太出来叫了声奶奶。

老太太应了一声，走到一半折回去，在冰箱上面拿了管消炎药膏。她在路无坷身边坐下，捧着她的脸左右看了看："还疼不疼？"

路无坷摇摇头："不疼了。"

老太太打开药膏，抹了点儿药膏在手指头上，在她的脸上推开。

老人的指腹有些粗糙，路无坷乖乖地给她抹。

"你爸真不是个东西。"老太太看着她那张脸，叹了口气。她的眼睛微微泛着红，明显刚在房间里偷偷哭过。

对于奶奶说的这句话，路无坷默认了。

奶奶说："那些钱就当拿去扔掉了，我们以后过我们的，他爱去哪儿疯去哪儿疯，别想从家里拿一分钱。"

路无坷说好。

老太太被她逗笑了："忍你爸很久了吧？打小跟你爸关系就不好。"

奶奶已经帮她抹完药膏，脸上油油的。

路无坷又去拼自己的拼图："也没有，我一直把他当空气。"

老太太哈哈大笑，又去看窗外的天，天色已经不早了。

“行了，收拾收拾回学校吧，再晚点这天都黑了，奶奶去给你们装点吃的带去学校。”

阿释还在她房间里呼呼大睡，路无坷去房间里叫她起床。

从房间里出来的时候，奶奶已经拎了一大袋吃的放在茶几上，路无坷走过去翻了翻，说有点多。

“就这点东西哪儿多了，这是早上奶奶做的饼，还新鲜着呢，你拿去宿舍给你那些同学分分。”

她们宿舍也就三个人，路无坷很少跟奶奶讲宿舍的事，奶奶估计还不知道她们宿舍已经搬了个人出去。

“对了。”奶奶突然叫了她一声。

路无坷转头看她：“怎么了？”

奶奶看起来似乎有点欲言又止：“妹妹啊，奶奶知道你委屈，但是我们老路家能到现在真的很不容易。”她停顿了一下，路无坷只看着她，没打断她的话。

“你和你爸的关系再怎么不好，你们也是父女。奶奶总跟你们说父女之间没有隔夜仇，咱们是一家人，有什么事可以自己关上家门谈谈，不需要报警。”

路无坷突然打断她：“奶奶，你也觉得我报警是不对的，是吗？他拿你的钱去搞传销，打我，这些在你看来，都不应该报警，是吗？”

“不是。”奶奶有点急了，“奶奶不是这个意思，只是说这些事我们可以自己坐下来聊聊，没必要闹到派出所那里去丢人现眼。”

“坐下来聊聊，你觉得这套对他有用吗？”

事实就摆在眼前，没有，平心静气地聊一聊这套对路智远不管用，他不会改。

奶奶张张嘴，没说话了。

“还有。”路无坷说，“警察是把他从传销组织里解救出来，而不是去抓他的。”

当然，路智远连警察的话都不听，那也没用。

“就算没有这些，光是他打我这件事，我也能报警，并不是因为是一家人，我就得忍着。”

有些人一生中受到的最大伤害，就是自己最亲近的家人带来的。

家庭暴力有时候是最难摆脱的，人一生下来就和原生家庭紧紧绑在一起，哪怕受到伤害也躲不开逃不掉。在同一个屋檐下生活，每天遭受的精神暴力有时候会长达二十四个小时之久。

最让人绝望的是，这个世界上本该最爱你的那个人，却是拿着把刀捅你最深的人。那这个世界还有什么能让自己活下去的希望？

就是因为有家人这一层保护色在，很多受害者都忽略了肢体暴力、语言暴力本身就是暴力，不分家人或者是陌生人。

当然，路无坷从小都很幸运，虽然她和路智远关系不好，但路智远从来打骂不了她，因为有奶奶和妈妈护着。但也不能因为这是第一次被打，因为这是她爸，她就得忍气吞声。

阿释不知道什么时候已经出来了，看路无坷和奶奶争执起来又不好掺和，在那里站着干着急。

路无坷已经不准备再说了，拉上行李箱跟阿释说："走了。"

阿释慌忙点点头，到门口那儿穿鞋。

路无坷拉着行李箱先从她面前出去，阿释穿好鞋喊了声奶奶再见就关上了门。

那天晚上沈屹西被许知意叫去练车，不久后有场比赛，两个人得再练习得默契些。沈屹西这人一玩车就会忘记时间，等从赛道上下来的时候已经接近凌晨。

他和许知意坐在一处露天圆桌旁休息，沈屹西靠在椅背里，跷着腿看消息，几个小时没看手机，消息一条接一条。

许知意在旁边听见，灌了一口矿泉水："行情不错啊。"

沈屹西笑："屁。"

消息是真挺多，男的女的都有，光是齐思铭一个人就给他发了十几条让他上游戏的消息。沈屹西一条都没点开，一直往下翻，好像在找什么人。

许知意毕竟年纪比他大，这会儿从赛道上下来只想歇着，就光盯着他在那刷手机看了。

"你这是刷消息呢，还是在找人？"

"你猜？"

许知意想了半天才叫出了名字："严盈盈？"

沈屹西挑起眼皮看了他一眼，又低下头，从鼻子里哼出一声："这都几百年前的事儿了？"

许知意"嘶"了声："你这小子又换新女朋友了？"

"巧了。"他闷笑了声，"还是你认识的。"

许知意说："路无坷？"

沈屹西有点意外，挑眉，目光重新落到他身上："许教授，挺牛啊，确定不改行去算命？"

许知意看他这个反应就知道十有八九是了，笑着说："可以考虑考虑。我就说你这小子上次在办公室盯着人的眼神有点不对劲，还真是没有你追不到手的。"

"知道我费了多大劲儿才把人追来的吗？"他笑着说，"她难追得很。"

"瞧着就是。"

"这回认真的？"

"你说呢？"沈屹西一边手还在往下翻着消息。直到消息翻到最底下，他缓缓从肺里吐了口气出来。

得，自己在这儿惦记着人。

路无坷倒好，一条消息都没给他发。

Chapter 09

最放肆的喜欢

39.5°C

两个人确定关系后光顾着腻歪，也没加个聊天的软件，只有个手机号码。以前沈屹西追路无坷那会儿不是没加过，验证消息全都石沉大海。

这么晚，他也没再打电话过去，回家洗完澡从浴室出来后，又往她那个号码发了条申请。

沈屹西就那样拿着游戏手柄打了通宵的游戏，凌晨四点多的时候，手机有消息进来。

沈屹西背靠在床尾，侧头瞥了眼。是一条验证消息，一个女生发过来的，说上次跟他在酒吧里见过面。

沈屹西眼光漠然地收回去，没去管，继续打着他的游戏。直到六点多，手机才又有了动静，这次是路无坷通过了他的好友申请。

果然，她这个人是个早起的。

沈屹西扔了游戏手柄，也没给她回消息，抄上手机去衣帽间顺了件外套出门。

沈屹西今晚住的这套房子不是上次带路无坷去的那套，这里离学校要近得多，沈屹西大多数时候都是在这边落脚。

这会儿已经快入冬，天色亮得越来越晚。外头的天，灰沉里透着一丝雾蒙蒙的白，空气里泛着发凉的湿意。

沈屹西去车库取了辆车，油门一踩去学校。

大清早百分之九十的大学生还在被窝里，从学校正门进去后路上没几个人。

沈屹西把车停在女生宿舍楼下，一边胳膊搭在车窗上，把手机从中控台捞了过来，给路无坷打了个电话。他抬眼看向202的宿舍门口，听着手机那边机械的嘟嘟声，十几秒钟过后听筒里传来了忙音。

她没接。

沈屹西放下手机，又打一个电话过去，手机重新举到耳边。这次他以为又要响到自动挂断，路无坷那边接了电话，她在那边问："怎么了？"

沈屹西说："在你宿舍楼下。"

路无坷沉默了一会儿，跟他说了实话："我在图书馆。"

沈屹西这才发觉她那头说话有点回音，应该是在什么空旷的地方。他突然觉得自己现在跟那种刚谈上恋爱的十几岁毛头小子没什么两样，冲动又毛躁。他还真没这样过。

她平时一看就是个早起的人，他打了通宵游戏就因为担心起晚了过来接不到她。或者用别的话来说，他想看到她，是的，迫不及待的那种。

结果她倒好，跟没他这个男朋友似的，早早就去了图书馆。他就没见过像她这么不黏人的，他问她："路无坷，还把我当你男人没？昨晚没回我短信，一大清早的想见你，你还给我跑没影儿了。"

话虽然是这么说，他却已经发动引擎，右手慢条斯理地打了半圈方向盘调了个头，往图书馆那边赶去。

她在电话那头还有理了："我还得学习呢，必须来图书馆。"

沈屹西气不打一处来："你在宿舍学习不行？"

她说："阿释她们还在睡觉。"

沈屹西笑："那我过去陪你，这下行不？"

她一下子就安静下来了，沈屹西问她："在几楼？"

"二楼，自习区。"

沈屹西又问她："躲厕所里跟我打电话呢？"

路无坷似乎推开了隔间门："没有。"

沈屹西笑着说她："死鸭子嘴硬。"

她应该是想顶嘴，结果发现这句话无从下手，直接挂断了他的电话。

沈屹西在这边笑得肩膀微抖，手机扔回了中控台，车往图书馆方向开去。

沈屹西入学这么久以来就没来过图书馆，这还是第一次，谈个恋爱谈到图书馆里来的。

他在二楼自习区那里找到了路无坷，她是英文专业的，每天学的都是一堆英语，桌上摊开的书和笔记上全是密密麻麻的英文。

这个点儿来图书馆的人不多，她那桌就她一个人。沈屹西没坐她对面，走过去拉开她旁边的椅子坐下。

路无坷看了他一眼，又看书去了。

沈屹西一条胳膊搭在她的椅背上："这么冷淡？"

路无坷握着笔做阅读，边写边说："在图书馆怎么热情？"

沈屹西笑了一声："谁说不能？"

路无坷的笔停了下来，看他。

沈屹西说："就刚才你去的那个地方。"

路无坷和他对视着，几秒钟后她移开了目光。

沈屹西也不强迫她，懒懒地靠在椅背上，随手抽了她桌上的一本书翻了翻。

路无坷是典型的学霸，爱学习，成绩好，一手中文和英文都写得很漂亮。

他竟然就在那儿翻她的课本看，也不打扰她学习。

路无坷手头那篇阅读刚做一半，又继续往下读下去。这篇文章篇幅很长，她花了五分钟才搞定。

这篇阅读做完后，她放下了笔。

沈屹西从书上抬起了眼皮。

路无坷起身走了出去，从头到尾没跟沈屹西说过一句话。

沈屹西瞧着她背影笑了一声，把课本扔回桌上，起身手插在兜里跟上她。

洗手间在二楼西边的角落里，路无坷一声不吭地往那边走，沈屹西在她后面不紧不慢地跟着。

路无坷想要往女洗手间那里头走的时候，后头的沈屹西觉得这个丫头就是故意来折腾他的，笑了笑。

他上前几步，把她给拉进了旁边的男洗手间里。男洗手间里空无一人，沈屹西把她拉进一间隔间锁上门。

刚进去沈屹西的头就低了下来，亲在她的唇上。

路无坷往后缩了下。

沈屹西又逼近。

她又往后退一小步。

直到最后顶在门板上，他自然而然地含上了她的唇。

唇瓣温热柔软，交错相贴。

沈屹西给了她一个缱绻缠绵的吻，不强势，却诱人。

路无坷的头顶在门板上，昂着下巴微张着唇，也回应着裹上他的。这个吻是温柔的，却也是失控的。

沈屹西骨节分明的手扣着她的后脑勺，带着控制欲，紧紧地锁着她。路无坷柔软无骨的手攀在他的脖子上，致命地给着他回应。

她也在勾着他。

阿释曾经问过路无坷一个问题，问她知不知道男生在接吻的时候最不安分的地方是哪儿。

路无坷不知道。

阿释说是手。

现在的路无坷终于知道这句话是什么意思。

洗手间外有由远及近的脚步声，进了他们这个洗手间，很快外面响起洗手声。

路无坷停顿了一下。

沈屹西却面不改色，似乎不太满意她走神，叼上了她的下唇。他的声音沉沉地从嗓子里出来："看我。"

他们，不过两个在清醒的俗世里碰撞的疯狂者。

路无坷也不是个轻易害怕的人，微闭着眼睛沉沦了进去。

外头，洗手台边水声哗哗响。

沈屹西的手一顿，忽然用力了一下，路无坷没防备，闷哼了一声，他笑得身子直抖。

外面的男生把纸巾扔进套着黑塑料袋的垃圾桶里，脚步声渐远，走了。

路无坷一口咬在了他的嘴唇上，沈屹西的唇角被咬破一小块。沈屹西却完全没受影响，就像咬在他身上压根儿不疼似的，笑着说："这个脾气也不知道像谁。"说完，加深了这个带了点儿血腥味的吻。

在后来很长的一段时间里，路无坷一直记得他们之间这段称得上最没有负担的日子。她记得沈屹西是怎么吻她的，闭着眼睛都能描摹出他的唇型，像长在她脑海里，磨不掉也毁不去。

他们在疯狂里绑住了对方。

那天，路无坷被沈屹西从男厕所隔间里带出去的时候，还撞上了进来的男生。

沈屹西这人坏得要命，笑得胸腔微抖，圈着她的脖子把她搂进怀里，一个巴掌把她的脸遮得严严实实。

自己却坦坦荡荡的，丝毫不怕被人看。

十一月初，一场大雨过后，立冬悄然而至。

这几天学校里最津津乐道的事大概就是沈屹西和路无坷这两个人，毕竟这可是沈屹西空窗这么久后身边出现的第一个女孩。而且沈屹西对这个女生明显跟以前的那些女朋友不太一样，居然会陪她去泡图书馆，还安安分分地听女朋友的话去上课。

连沈屹西身边包含齐思铭在内的兄弟们，都觉得最近沈屹西是真的认真了。

人倒还是那个人，吊儿郎当、不太正经，就是肉眼可见地很少跟他们去混那些声色犬马的场所了。

那点儿时间都用来陪女朋友了。陪女朋友泡图书馆这事，要放以前，齐思铭绝对能笑掉大牙，但他们屹哥还真这么做了。

机械自动化四班的同学甚至发现沈屹西不怎么翘课了，连班长这个老好人都没忍住问他，最近这几天怎么不缺勤了。

当时沈屹西还半开玩笑地说，女朋友管得严。

他那会儿说这话就没人信，结果一个星期过去沈屹西还真没翘课，虽然他大多数时候上课都是在睡觉。

这事换谁谁不好奇，特别是那群女生们。但好奇并不代表她们看好他们俩，沈屹西以前是个什么样的人大家可没忘，换女朋友跟换衣服似的，基本没有超过半个月的。现在这俩人才谈多久，半个月后还在不在一起都说不定。

千金可难买浪子回头。

这天晚上，路无坷要去奶茶店打工。

沈屹西白天车队有点事，晚上十点多才从车队回来。

奶茶店还没结束营业，沈屹西到那边去找她。

今天李莉婷感冒了没来，店里只有路无坷一个人。好在冬天喝奶茶的人少了些，路无坷一个人才忙得过来。

沈屹西来的时候还在打电话，窗口前有人在买奶茶，他没进去，就靠在旁边等着。

是齐思铭给他打的电话，让他待会儿一起吃烧烤去。

沈屹西问他在哪儿。

齐思铭说："就你站的那地方对面，我现在在这儿都能看到你。"

沈屹西抬头往那边看了一眼，齐思铭在那头举了举手里的酒瓶："看到没？"

他笑了一声，说："她下班了就过去。"

窗口前买奶茶的人走了，沈屹西扫了一眼，又懒懒地收回来，对那边的齐思铭说："挂了。"他把手机塞回兜里，倚在窗口前："完事儿了没有？"

路无坷看看墙上的挂钟："还有半个小时。"

沈屹西这人就没个正经的时候，开玩笑地凑过去："都一天没见了，让我亲亲。"

路无坷把他的脸推开了："不要脸。"

沈屹西笑，也不逗她了。

过了一会儿，路无坷问他："喝奶茶吗？"

沈屹西刚想说不吃甜。

路无坷说了一句："她们都说你不吃甜。"

沈屹西没太懂，微微皱眉："谁？"

路无坷说："你的前女友们。"

沈屹西抬起眼皮看她。路无坷这张脸使坏最有优势，清纯得要命，谁看了她这张脸都得被迷惑了。但两个人一个眼神就知道对方在想什么。

沈屹西索性把不喝的话收了回去，笑着看她："你想我喝？"

路无坷点点头。

沈屹西从鼻子里哼了一声，笑道："那就喝。"

"做！"沈屹西朝她抬了下下巴，"最甜的那个。"

路无坷一点也不手软，真往死里加糖。她不仅给他做的全糖，还加了冰激凌。

沈屹西就在一旁神色自若地瞧着，也不阻止她。

路无坷奶茶做完的时候想封上盖，沈屹西直接伸手拿了过来："不用费那劲儿，直接喝就行。"

正好有人过来买奶茶，沈屹西去了一边。

他喝着这杯甜甜的玩意儿眉头都没皱一下，男生喝东西干脆利落，沈屹西没一会儿就喝完了："味道还行。"

"真的吗？"

"我还能骗你不成？"

路无坷问他："你不是不喜欢甜食吗？"

"也说不上不喜欢，就是不太爱喝。"他笑了一下，"你们女生是不是都这样，逮着男朋友都想喂口甜的。"

路无坷说："没有。"

"就装吧你。"他还是那副笑嘻嘻的样子。

说到这儿，他起身掀了帘子往里面走。

沈屹西现在满嘴甜丝丝的味道："你不是喜欢吃甜的？来，亲一口。"说完扣着她下巴就亲了下去。

路无坷下班后，沈屹西带她去了齐思铭他们那儿。

这次除了齐思铭那几个狐朋狗友，还有机械自动化四班的几个男生，都一起刚从网吧回来。这帮男生的宿舍也不是没有电脑，就是电脑配置玩游戏不太行，也没有在网吧一起玩起来刺激。

齐思铭他们酒都喝过一轮了，见沈屹西带着路无坷过来纷纷起哄，一口一个嫂子喊得起劲。

沈屹西逗她："不答应那帮人一个？"

路无坷暗地里偷偷拧他一下。

沈屹西笑笑，带着她过去了，踢了踢桌脚："行了啊，省点儿力气喝酒。"

齐思铭扔了粒花生米进嘴里："这哪儿需要力气，动动嘴皮子的事儿。”他去看沈屹西身后的路无坷，“屹哥，嫂子这是害羞了？”

沈屹西用脚勾了张凳子出来，笑：“你们把人叫老了，生气了。”

路无坷在背后又拧了他一下。

齐思铭他们这帮人就是嘴贱，唯恐天下不乱：“女孩儿不就喜欢男朋友的兄弟喊这个吗？屹哥，你以前那些不就是——”

还没说完就被沈屹西踹了一脚，沈屹西笑着说：“行了啊，人给气跑了你给我追回来？”

齐思铭笑着躲开了：“我不行，我不行。”

“那不就得了。”他把路无坷从背后牵出来让她坐下，自己在旁边坐下。

齐思铭说：“这烧烤今天吃起来不得劲儿，店里新来的师傅烤的，还是个新手，没之前那个师傅烤得好。”他说着拿了瓶啤酒给沈屹西。

沈屹西接过来，往里头看了一眼，确实换了张新面孔。

沈屹西把啤酒瓶盖磕在桌沿上“啪嗒”一声开了酒，把盖子往桌上一扔，对着瓶口慢悠悠地喝了口酒。

见齐思铭想顺便拿瓶酒给路无坷，沈屹西用酒瓶拦了一下，青色的啤酒瓶在半空中碰撞出清脆的声响：“她不喝。”

齐思铭靠近他的耳边：“屹哥，你现在这么宠女朋友的吗？”

沈屹西笑着骂了他一句：“滚。”

结果回头去看路无坷，就见她眼巴巴地看着，他问：“想喝？”

路无坷看了他一眼，又看向齐思铭递到一半的酒，想干什么都写在脸上了，她不仅表现出来，她还说：“我想喝。”

沈屹西瞥了她一眼。

对视半晌，他把挡住齐思铭的酒瓶收了回来，看着她下巴指了指齐思铭递过来的那瓶啤酒。

路无坷也不客气，伸手就去拿。

齐思铭在旁边把他们两个的互动看得一清二楚，忽然有点知道沈屹西为什么会这么喜欢这个女生了。之前他还以为沈屹西只是图个新鲜，想换个口味，现在没分手也只是新鲜感没过而已。现在光是他俩之间的那种氛围和气场，齐思铭就发现了奶茶妹和以前沈屹西身边那些嗲着嗓子说话的女生不太一样。她身上隐隐约约有和沈屹西有点像的劲儿，是的，即使她是个好学生。

路无坷不去拿起瓶器，学着沈屹西的样子开瓶盖，结果在桌沿那儿磕了两次没弄开。

沈屹西在旁边闲闲地喝着酒，也不帮她，跟个爷似的看她在那儿折腾，看她又一次没弄开，问她：“玩够了没？”

路无坷又磕了一下，瓶盖齿被她磕歪了一点点，但还是没弄开。她终于肯把啤酒瓶递给沈屹西了。

行，终于玩够了。

沈屹西放下自己那瓶酒接过来，一下子帮她拍开了，递给她：“喝过没？”

她接了过去：“没。”

“没有你就敢跟我说你想喝？”

路无坷看着他喝了一口，理直气壮地说：“喝过了。”

沈屹西压根儿拿她没辙，教她：“配点烧烤。”

路无坷说知道了，却没伸手去拿烧烤，她又喝了一口啤酒。

沈屹西瞧她这样，问她：“好喝不？”

路无坷很实诚，跟他说：“有点苦。”

“奶茶再给你去去苦？”

路无坷看了他一眼，又挪开。

沈屹西在那儿直笑，又问她：“还喝不？”

“喝。”她很干脆。

沈屹西瓶口对着嘴又喝了一口，说：“那我可不保证你喝醉了把你送回宿舍。”

不送回宿舍，带去别的地方。

路无坷装听不懂，把酒瓶放在折叠小桌上，她双手握着酒瓶：“不送就不送，我自己回去。”

沈屹西也没拆穿她，云淡风轻地转开眼，微微晃着啤酒瓶。

桌上各种烤肉串，烤面筋，还有串着几根小菜的。

路无坷记得沈屹西跟她说过男生很会吃，这话真的不假，齐思铭他们没一会儿就扫光几盘烧烤，喊烧烤店里头的人又给上了几盘。

这桌上不是没有其他女生，齐思铭身边就有一个，别的女生反倒不喝酒，就小口小口地吃着烧烤。唯独路无坷跟人不一样，她一串烤串都没吃。

路无坷不怎么喜欢吃烧烤，从小受母亲的影响，她总说烧烤是不健康的食物。

钟映淑这人外表温柔，脾气很好，容易相处，以前在老家附近的邻居都夸她这个人温婉柔顺。妈妈温柔是温柔，但事实上路无坷知道，她妈妈也有很强硬的一面。

像烧烤这种东西钟映淑就从来不让她沾一口，甜品也不怎么让她吃。但钟映淑不让吃，家里还有奶奶让她吃，老人对孙女的宠爱就是给她买好吃的，她喜欢吃糖她给买糖，馋烧烤的话她也给买。

那时候还小，老太太下午带她出去玩，回来的时候路过街口的烧烤摊给她买了两个烤鸡翅，结果好巧不巧被出来倒垃圾的钟映淑给遇上了。

那天晚上，一向很温柔的钟映淑把她关在房间里，没让她吃一口饭，那时候路无坷才几岁，在房间里听着外头奶奶和妈妈的争吵声睡着了。说是争吵，实际上就奶奶一个人在外面说，钟映淑没跟她吵。

很多老人跟儿媳妇的分歧和隔阂就是这么来的，老人是只要孩子想吃、喜欢吃就买给他吃，而孩子的母亲则认为这是给孩子乱吃东西，因此矛盾不断。

只不过钟映淑不让她吃烧烤的原因不仅仅是因为不健康，还有别的原因。从那以后，路无坷就再也没吃过烧烤，这个习惯一直保持到现在。

沈屹西两瓶啤酒都喝下去了，路无坷还没喝上半瓶。

过了一会儿，沈屹西起身，往旁边的麻辣烫小店走过去。

齐思铭他们这些人都是酒鬼，几瓶下肚不带醉的，凳子旁的地上横七竖八地躺了一堆酒瓶。他看沈屹西往那边走，对着他背影喊："屹哥，干吗去？"

"买点东西。"

齐思铭拿上酒瓶就跟过去了。

麻辣烫店里有几桌在吃夜宵的客人，里头暖乎乎的，沈屹西进去要了清汤汤底，加了一堆东西。

齐思铭手里晃着酒瓶在旁边围观，等沈屹西点完了才问："给奶茶妹点的？"

沈屹西确实是给路无坷点的。

齐思铭问："那儿不是一堆烧烤，怎么还买麻辣烫？"

沈屹西说："她不吃烧烤。"

"刚才你不是还让她吃烧烤来着？"

沈屹西瞥了他一眼："你没发现她一串都没动？"

齐思铭是真没注意到："屹哥，你是真可以，以前怎么就没见你这么细心过。"

沈屹西懒得理他。

齐思铭看他刚点的清汤，又说："这好学生连吃的东西都这么清淡。"

澜江这个山清水秀的地方饮食偏清淡嗜甜，当地人都不怎么会吃辣。这段时间沈屹西也发现了路无坷不太会吃辣，吃的都是一些比较清淡的食物，还很喜欢吃甜食。

沈屹西靠在柜台上："说吧，找我什么事儿？"

齐思铭竖了个手指："厉害啊！哥，算命去不？我看你挺像个神棍。"

沈屹西笑着踹了他一脚："别废话，赶紧说。"

齐思铭也不卖关子了，递给他一张东西："这是叶子给的校庆演出碟片。"

沈屹西伸手接过来，碟片就用一个透明塑料外壳装着，里头塞了张澜江大学周年校庆文艺汇演的纸。他看了眼，笑了一声："哪儿搞来的东西？"

齐思铭说："叶子给的，我寻思着这里头不是有奶茶妹吗，就跟她多要了一张。"

叶子就齐思铭最近新交的那个女朋友，搞声乐的，那个女孩校庆那会儿也上舞台表演了。

沈屹西把碟片拿在手里敲了敲："谢了。"

"兄弟之间就甭说这些了。"齐思铭一副贱兮兮的样子，凑近他说，“屹哥满意才是正道。”

沈屹西的胸腔里漫出懒散的几声笑：“滚。”

没一会儿，店家就把沈屹西点的那份麻辣烫做好了，他拎上麻辣烫跟齐思铭说笑着往回走。就去这么会儿工夫，路无坷又把酒喝掉了一小截。

沈屹西走过去把她的酒抢走了：“还清醒不？”

路无坷仰头看他。

沈屹西低头和她对视着，在原来的位置坐下，把手里拎的麻辣烫放在她面前。

路无坷看了一眼：“这是什么？”

“不是不吃烧烤？给你买的麻辣烫。”

桌上那群男生开始起哄，说沈屹西这是要把女朋友宠上天，简直就一模范男友。一个个欠揍得要命，连老好人班长都跟着插了一脚。

沈屹西懒洋洋地骂了他们一声后说：“行了啊，都收收声儿。女朋友脸皮薄，禁不起逗。”

不知道是喝酒的原因还是其他，路无坷的耳朵有点红，她在桌子底下踩了沈屹西一脚。

沈屹西笑笑。

等那群人的注意力没再放他们这边的时候，她才问沈屹西：“你怎么知道我不吃烧烤？”

沈屹西拿起她的酒瓶喝了一口，向她示意一下桌上那堆烧烤：“你动过一串没有？连粒花生米都没动。”

路无坷沉默了。

沈屹西说完也没再说什么，慢悠悠地喝着她那瓶酒，没再给她喝。

这酒喝到半夜十二点多才散场，住学校的都急着回去，怕被门禁拦在宿舍外，班长他们那群人没一会儿就跑没影了。

路无坷看起来似乎很精神，被沈屹西牵着走。

等沈屹西问她知不知道学校在哪个方向，她往反方向指的时候，他才发现她有点醉了。

沈屹西笑到差点被呛着，看她就要往后面那条巷子走，一把把她扯了回来："这点酒量，还敢喝酒？"

路无坷被他扯住了有些不满意，从他的怀里挣脱出来，执意要往那边走："我才没醉。"

沈屹西又把她抓了回来："还走？喝酒怎么不把你这倔劲儿给喝没了？"他牵上她往右边走，"没醉的话往这边走，这边的路才是对的。"

路无坷真的跟他走了，走着走着又不肯走了。

沈屹西闲闲地把手插兜里回身看她，路无坷睁着水灵灵的眼睛看着他。她应该也没醉得很彻底，还是有点清醒的，脸不红心不跳。

沈屹西问她："想做什么？"

路无坷看着他，抬起了双手："我好晕。"

要抱了。

沈屹西只觉得心里突然被什么东西砸了一下，看了她一会儿，偏头吸了口气后才转回头来。沈屹西问她："真想抱？"

她倒还听得懂话，点点头："要啊。"

"我可不会送你回学校。"

路无坷觉得他好烦，走过去要钻到他的怀里。

沈屹西把她拽住了："路无坷，你再这样我以后天天灌你酒啊。"

她说："好啊。"

沈屹西简直拿她没办法，低声笑了笑。沈屹西想让她趴得舒服点儿，拽着她双手从背后搭上自己的肩膀，兜上她膝弯把她给背了起来。

路无坷自然而然地环上他的脖子。

沈屹西背着她往他的那套房子方向走，说："路无坷，我知道你还醒着。"

路无坷微侧着头，有点灼热的气息落在他的颈侧，盯着他的侧脸没说话。

"以后不喝酒也跟我这么撒娇成不？"

路无坷终于开了口："我奶奶说我很会撒娇，你也喜欢吗？"

"你说呢？"

她看着他的颈侧，突然想起他很喜欢亲她的脖子。

路无坷故意凑近他的颈侧，亲了就算了，还浅浅地舔了下："这样可以吗？沈屹西。"

沈屹西只觉一股火腾地从心中升起。

沈屹西把路无坷带回家。

一路上她趴在沈屹西的背上跟上了床似的，惹完火就没良心地睡了。

进家门后，沈屹西把她从背上放下来，打横抱起她去楼上的主卧。

路无坷应该是醒了，抱着沈屹西的脖子想往上缩，皱着眉，嘴里不满地抱怨："沈屹西，你抱好一点。"

沈屹西低头看她一眼，淡淡地说了一句："你还好意思说？"

路无坷不吱声了，跟沈屹西骂了她似的，搂在他脖子上的胳膊一撒手，整个人往下坠了点儿。沈屹西立马把她勒紧了，他语气要凶不凶："谁抱好一点？"

路无坷找了个舒服的姿势，头靠在他颈窝里。她就是仗着沈屹西宠她，在天皇我头上撒野，晃了晃腿："你。"

沈屹西踩着楼梯上楼，眼里带了点儿笑："真要我抱好一点？"

路无坷好像真的在思考，过了一会儿后问他："你现在说的，是另一种'抱'吧？"

沈屹西闻言眸色暗了暗，低头看她一眼，笑了："待会儿让你感受一下？"

路无坷的语气听起来很天真，她说："好啊。"

她真的一会儿不磨他就难受，羊入虎口了都不怕。

沈屹西这套房子里多的是客房，但他直接抱她去了自己的主卧。

沈屹西的卧室跟他这人一样拉风，装修风格简约又奢华，自带小客厅、衣帽间和浴室，一个衣帽间顶一个普通人的房间。

窗帘没拉上，落地窗外灯火稀落，苍山模糊影绰。

沈屹西把她放在床上后，拿过床头的遥控器把窗帘关了。

路无坷在床上躺着，黑发铺散开，她微睁着眼看沈屹西。

沈屹西垂下眼皮看了她一眼。过了一会儿，沈屹西就发现她的视线移到别的地方，沈屹西在调室内的温度，大大方方地让她瞧着。沈屹西问她："好奇？"

路无坷挪开了视线。

沈屹西瞧她这个样子，笑着把遥控器扔回床头。他今晚喝得不算多，还很清醒，脱了上衣往浴室走。

浴室是半开放式，灰白色的大理石地面，空间跟小客厅差不多大，放了张半包式沙发，大浴缸往里头走是淋浴间。里头隐隐约约传来水声，路无坷翻了个身，脸硌到沈屹西随手扔在床头的遥控器。

她一时躺着没动，就那样眯着眼。过了一会儿才有了动作，把遥控器抽出来。

她盯着这个遥控器，想起刚被沈屹西关上的窗，索性趴在床上，跷着两条腿玩起了遥控器。

沈屹西在浴室冲了个澡，出来的时候看见的就是这副场景。

她也不知道在玩什么，窗帘是开着的，两面落地玻璃窗外的夜色浓得化不开，远山和天际割出一道弯弯折折的分界线，山影要比天色暗沉不少。

灯火零落其中，从这里还能看到澜江大学那几栋黑灯瞎火的宿舍楼，熄灯了。

沈屹西靠在边上，骨节分明的长指扒拉了下发楂，细碎的水珠四溅，细看了下才发现她手里拿着一个安全套在玩。就上次齐思铭在酒吧过生日，别人胡闹塞给他的东西。沈屹西上次回来不知道随手扔哪儿了，她倒是给找出来了。

他瞧着她后脑勺不知道在寻思些什么，起身往她那儿走了过去。他没在床上坐下，靠在玻璃窗上："哪儿翻出来的？"

路无坷原本一直埋着头，听到他的声音头抬了起来。

被沈屹西发现她在玩这种东西她也不心虚，也没想要藏起来。她眨巴着大眼睛看他："在你的床上。"

她这张脸拿着这个东西单纯得跟拿着糖似的，好像不知道这是什么东西。沈屹西挑了挑眉，示意她："知不知道你手里拿的什么玩意儿？"

路无坷看着手里的小方块，说出了两个让沈屹西啼笑皆非的名字。

她说是气球。

沈屹西笑了，微侧着头掏了掏耳朵："我没听清，再说一遍？"

路无坷看他一眼后又看回手上拿的那个东西了，她说："阿释说这个可以拿来吹气球。"

沈屹西终于确信她是真的有点醉了，他也不急，在这儿颇有闲情逸致地跟她这个半醉的人瞎扯。他笑："你的朋友教你的东西挺实在。"

初中高中那会儿，路无坷也不是没听过坐在附近的女生说，有男生拿这个东西在男厕所里装水。后来上大学后，她还听阿释说，他们高中的男生拿安全套吹过气球。但其实，路无坷没见过这东西长什么样。

她有点好奇，问他："可以吹气球吗？"

沈屹西脸上挂着一副无所谓的表情："吹呗。"

他突然觉得路无坷是借着这不算彻底醉了的酒疯，在做些她以前完全不可能做的事，也好像她在把她骨子里的某些东西释放出来。

他刚点完头，她还真就拆出来了要吹。

沈屹西偏开头，忍了会儿才转回头来，伸手给抢了过来："还真吹？"

她说："你让我吹的。"

沈屹西给她磨得没了脾气，从上往下睨着她，身上是那副惯常的懒散样儿。

"这么玩火，你负责？"他还是紧紧地盯着她，"还是说你故意的？"

路无坷没话了，只是看着他。

沈屹西双手撑在床上，偏头凑上去含住她的唇。

路无坷没动。

他的唇开合间摩擦着她的，带着轻微的阻力，粘上又弹开。

两个人对这事已经驾轻就熟，碰一起就会擦出火来，路无坷的双唇也跟着他的。

沈屹西突然问她："路无坷，好学生会不会做得很辛苦？"

他的气息落在她的唇上，路无坷似乎想了一下，走了下神，过了一会儿她摇摇头："不会。"

好学生确实也是她的一部分。

沈屹西加深了这个吻。

过了一会儿，两个人才分开，沈屹西俩胳膊撑在床上，扯了下唇角。

"白洗澡了。"

路无坷闻言笑了。

沈屹西说："笑是吧。"

他跪上床，路无坷翻了个身，一下子就被沈屹西捞回来。

她躺在他的腿上笑得不亦乐乎。

沈屹西去扯她的手。

路无坷没躲。

沈屹西低头瞧着她，声音里有点沙哑："我教你？"

路无坷被几条发丝挡住了脸，看他一眼后自己伸出手："我会。"

沈屹西笑："你会什么，想暗害你男朋友？"

路无坷不满了，要把手从他的手里抽走。

喝了酒比不喝酒时的脾气还大。

沈屹西没让她挣脱："自己都送上门来了跑什么跑？"

"你自己不要的。"

"谁说我不要？"沈屹西笑。

落地窗外夜色浓郁。

沈屹西把视线挪到她脸上，拨开了她脸上的头发。路无坷的皮肤很白，此刻显得耳朵格外红。

沈屹西用了很大的意志力才制止了自己更进一步的冲动："行了，再玩下去，你明天下不来床。"

路无坷当然知道他这话什么意思。

沈屹西推开她，从床上起身往浴室走。他这个澡冲得有点久，出来的时候，路无坷这个没良心的已经睡着了。

沈屹西看了眼时间，还挺早，现在远处那几栋黑灯瞎火的宿舍楼少说也有七八成人没睡。

她倒睡得挺香，呼吸平和安静。被子都没盖全，就那样在枕头上睡着了，一点防备都没有。

沈屹西也没去客卧，走过去把齐思铭今晚给他的碟片放了。

他上床，手穿过路无坷的颈下把她抱过来，她应该知道是他，往他的怀里靠了靠。

沈屹西顺势亲了下她的额头。

隔天醒来的时候天色大亮，昨晚窗帘没关，路无坷睁开眼就觉得阳光有些刺眼。

沈屹西还没睡醒，手臂勒得她腰疼。

路无坷没动，睁着眼睛打量了他的脸一会儿。

沈屹西眉浓眼深，鼻梁很高，这张脸就算这么看，都让人觉得是个能祸害人的。之前他被路智远用花盆在脸上划的那一道已经好了，反倒在酒吧那次受的伤留了痕迹。

在右眼眉骨上，凑近了能看到一点疤痕。

路无坷的手想从沈屹西怀里抽出来去摸摸他眉骨上的那点伤，结果试了两次都没抽动。

算了。

手动不了还有嘴，她仰头，用嘴唇轻碰他的眉骨。

沈屹西突然开口："路无坷。"

路无坷吓了一跳。

沈屹西闷闷地笑："敢情半天不吱声儿是为了偷偷亲我？"

难怪她的手抽不出来，原来他醒着，故意的。

她说："我没有偷偷亲。"

沈屹西惺忪地睁开了眼睛，这人刚醒来身上有股柔和的慵懒，没什么攻击性。

他接过她的话茬："是光明正大，对吧？"他说着没忍住又笑起来，"可不是，男朋友就是用来光明正大地亲的，搞偷偷亲那套，过个十年半载的儿子都没个影儿。"

这人嘴里就吐不出什么像样的话。

路无坷说："谁说没个影儿，可能你毕业后回A城没个一两年就抱儿子了。”

沈屹西收敛了笑意，这话他不是很满意：“路无坷，你是不是欠亲？”

路无坷也不知道在想什么，没说话。

沈屹西去掀她的衣服。

路无坷伸手推他：“沈屹西你干什么？”

沈屹西也没做什么，只在她的肚皮上亲了亲，还是那副吊儿郎当的模样：“我今儿话就放这儿了，我还真就跟你生定这个儿子了。”

路无坷的目光从上至下看着他：“沈屹西，这话会不会说太早了？”

他抬眼看她：“不早，只要你想要我们爷儿俩的话。”

路无坷挪开眼：“以后的事，谁说得准。”

他们现在靠的不过是一腔热情，热情这种东西维持不了一辈子。别说十年半载之后，十个月后他们都未必还在一起。

沈屹西在这事上明显跟她不是一挂的，他说：“我要是连感情这事儿自己都说不准，还做什么男人。”

沈屹西这人看人很准，以前那些玩玩就只是玩玩，他不会给什么承诺。合得来就在一起，合不来一拍两散。现在他看上路无坷也是一样的道理，只不过他不是想跟她玩玩，而是想给承诺的那种。

当然，他能说出这种话也不是说说而已，是因为他很确信，不确信他也不可能说。他的爱从始至终都是疯狂的，玩车也疯狂，认定这个人了也疯狂，从来不受世俗和定律约束。

七年之痒这种事不会有，沈屹西敢保证，就路无坷这个人，他对她到了一百岁都会有欲念。

路无坷才发现墙上的电视还亮着。

电视上放着的画面里，是她在舞台上跳的那支舞，她白皙纤瘦的脚腕上戴着一条小银链，绷着的脚尖轻巧一跳，白裙摆翩飞。这画面不知道刺到路无坷的哪根神经，她起身要去拿床头柜上的遥控器。

沈屹西把她拽回来：“做什么？”

路无坷执意要起来："关电视。"

沈屹西淡淡地扫了一眼电视，五指扣上她衣摆还没拉下来的腰侧："又不是见不得人，长这么漂亮还不让人看了？"

路无坷抿着唇，语气有点冷硬。

"沈屹西，我不想看。"

沈屹西看出她的情绪不对劲，微微皱了皱眉。他倾身拿过床头柜上的遥控器对着电视一按，扔回桌上："怎么回事？"

路无坷在控制情绪上是一把好手，刚刚脸上那点排斥的情绪现在已经收敛得一干二净。她说："没怎么回事。"

沈屹西盯着她的眼睛看了几秒，伸手把她的衣服扯下来，然后起身，支着条腿靠在了床头上。

路无坷从床上起身，想去浴室。

沈屹西忽然问道："小时候学的跳舞？"

路无坷迈下床的腿一顿。

房间里安静到落针可闻，她听见沈屹西说："长大为什么不学了？"

反倒学了英语这种烂大街的专业。

路无坷看着玻璃窗外泛着灰青色的山，连绵不绝的山起起落落，她的声音好像筑起了一面不可窥探的高墙，话出口没什么感情。

"我们家供不起我学跳舞。"

这年头学艺术就是在烧钱，不管跳舞、画画、音乐或者其他，往这些方面培养一个孩子的钱肯定不是个小数目，反倒规规矩矩走文化生高考的路要省钱得多。

像路无坷他们家这种情况，家里就奶奶一个老人和整天好吃懒做的路智远，确实翻不出什么钱来让她读这个艺术生。

沈屹西对这个理由没说什么，想起她刚才看到那碟片的反应，问："现在不喜欢跳了？"

"不喜欢了。"她说得十分干脆利落，下床去了浴室。

路无坷上午没课，沈屹西十点多有一节，路无坷硬是被他一起掳去教室。

他们从家里出来得晚一点，正好踩着上课铃进教室。

沈屹西这节上的专业课，教室里都是本班里的人。

机械自动化这个专业男生多，沈屹西把路无坷从正门带进来的时候，这群男生吹口哨的吹口哨，起哄的起哄，也就关系好才会这么玩。

“屹哥，又屠狗来了？”

“女朋友这么黏人啊？哥。”

沈屹西路过那个男生身边，嘴欠欠的：“是啊，黏死人了。”

路无坷扯扯他的衣服：“你还要不要脸了？”

沈屹西笑：“脸是个什么玩意儿？有你重要？”

路无坷懒得理他了，探头去找阿释坐在哪里。一眼望去一堆黑不溜秋的男生里就几个女生，十个指头都数得过来。

她看过去的时候，跟一个女生一起坐在倒数第二排的阿释，正好抬手朝她这边挥了挥：“路无坷，这儿。”

路无坷往那里走过去，这个班里没几个女生，一般上课都抱团坐在一起，几个女生都坐在阿释那片了。

路无坷在阿释后面那排空椅子上坐下，即使路无坷已经不是第一次来他们班，但附近别的女生还是难免对她好奇，好几个都转过头来看了她几眼。

阿释从包里翻出一瓶牛奶放在她的桌上：“昨天给你买的。”

其实话还没说完呢，但阿释可不想把后半句说出来给人嚼路无坷的舌根。

这瓶牛奶她昨天买了想给路无坷晚上睡觉前喝的，路无坷的睡眠一直不太好，虽然最近半夜她有时候醒了，都没听到路无坷翻来覆去的声音。

宿舍里，阿释给路无坷买了一箱牛奶，结果路无坷昨晚没回去。

她昨晚没回宿舍，这句话要让身边这帮女的听了，过不了一个小时，他们整个院系的女生都能知道路无坷昨晚去沈屹西家过夜了。

路无坷虽然已经吃过早餐，但是这是阿释给她的，她就拿了过来，拆开吸管插进去。

阿释趁沈屹西还没过来，趴在她的桌上小声跟她说：“你知道吗？小公主最近跟你一样脱单了，天天站在镜子前恨不得换个十套八套衣服。”

阿释这丫头就是什么都跟路无坷说，即使路无坷对八卦不感冒，但她就是喜欢在路无坷耳边叽里呱啦。

“我昨天还问她来着，问她是不是跟她那三十几岁的老男人搞对象了，她气得拿抱枕抽我。”

路无坷咬着吸管笑了。

阿释气愤地道：“路无坷，你个没良心的，你居然还笑。”

路无坷说：“就笑。”

“烦死了你。”阿释也跟着笑了，说，“不过于熙儿后来跟我说，她是跟她前男友复合了。”

这个走向让路无坷有点意外，复合不像是于熙儿的风格。不过感情这种事哪儿来的那么多理智，如果真人人都能在感情里保持理智，也就不会有被爱情冲昏头脑这句话了。

阿释说：“还是她前男友自己求复合的，我当着小公主的面说他渣男，她都不生气。”

像这种平时不显山露水，看着为人干净在感情上挑不出什么毛病的，反倒有可能是渣起来最没边的，背地里搞别的女人，表面上跟躺自己身边的谈衷情。

虽然阿释为于熙儿觉得不值，但毕竟这是于熙儿自己的事，她自己情愿，外人管不了那么多。

阿释刚说完，沈屹西就过来了，她不想当电灯泡，对着路无坷“啧啧”了好几声：“这恋爱的酸臭味。”

说完趁路无坷还没打她，赶紧转过头去。

以前路无坷没课不打工的时候，不是在宿舍就是在图书馆，除了学习还是学习，现在不过就是换了个地方学习，没有很大的差别。

沈屹西没在路无坷身边的座位坐下，他捏捏她的后颈，扬了下下巴：“往里腾个地方。”

路无坷抬头去看他：“这样坐不行吗？”

沈屹西长得高，垂了眼皮看她：“这么坐你是打算让我整节课都空着手？”

路无坷坐的位置在过道旁边，左边没有座位，沈屹西坐的话只能坐她右手边，而路无坷是用右手写字，他牵不了。

“没听懂？”他扬了下眉，就要去捞她的左手。

路无坷跟只小兔子似的，立刻往里坐了个位置。

沈屹西笑了，在她原来坐的位置坐下。

路无坷的东西都还放在沈屹西面前的课桌上，她也没有拿过来的意思，只是抽了本自己现在要看的书过去，然后开始翻看。

沈屹西靠在椅背上，男生身高腿长的，地方很快被占了个干净。他的大腿碰了碰她的：“知不知道你昨晚都干了什么？”

路无坷没躲他，翻书的手停顿了一下，一秒钟后又恢复自然，神情自若地继续翻着自己的书：“知道啊。”

沈屹西问她：“都记得什么？”

“我想吹气球，没吹成。”她说。

“就这个？”

“是啊。”

沈屹西笑着说：“路无坷，你这断片还断得挺是时候。”

“不过昨晚后头这事儿还挺有趣。”他的一条胳膊搭在她的椅背上，凑近她的耳朵边，“我跟你讲讲？”

路无坷低着头，脸色平静：“我不用你跟我讲。”

沈屹西忽然往她的耳朵上吹了口气：“喂，耳朵红了。”

这人真的很烦。她哪里害羞他摸得清清楚楚的，每次偏偏都往那几个地方戳。

她抽了一本书拍在他身上。

沈屹西没躲，坐那儿让她抽，闷闷地笑。

路无坷就是长得太白这点不好，耳朵稍微有点红都很明显，她确实什么都记得，而且记得一清二楚。

沈屹西当然也知道她都记得，他搭在她椅背上的手抬起来，虚圈着她肩膀捏了捏她的耳垂，光天化日之下“出言不逊”：“昨晚挺上道，下次再试试？或者做点儿别的了。”

路无坷说好啊，扬着她那张人畜无害的脸。

沈屹西笑了。他又何尝不是被她吃得死死的，她光是两个字都能牵住他。

沈屹西的手从她耳下走，隔着层衣料拇指轻轻擦过她肩膀上的带子。

路无坷当然能感觉到，他的指节其实没用力，只在那处摩挲。难怪那么多女孩都喜欢他，路无坷想。

沈屹西这人身上那种从容不迫又流里流气的气质，谁都学不来，那是他骨子里的东西，哪个女孩能逃过他这种人？

没有。

沈屹西确实手有点痒，但这里是哪儿他倒还没忘了。他抬了下眼皮看了一眼讲台上只对着电脑讲课的教授，手收了回来。

路无坷一眼就识破他："流氓。"

沈屹西瞥她一眼："流氓你不也喜欢得不行？"

"没别的选择了。"她故意气他。

沈屹西"啧"了一声："这张嘴仗着我现在没法儿堵你，为所欲为是吧？"

她理直气壮的："是啊。"

她说得没错，这会儿还真拿她没办法，但下课就说不定了。他笑："你下课别哭啊。"

路无坷已经在写作业了，不理他。

沈屹西把她的左手扣在了自己手里牵着。

路无坷说得还挺像那么回事，把手抽出来，故意的："注意影响，沈同学。"

他当然没让："怎么，你是高中生还是怎么的，还不让牵？"

说完沈屹西看着她的脸笑了。

别说，还真长得挺像高中生。

入冬后天气跟散不开的雾一样，澜江天天头上顶着片阴云，偏偏又不见下雨，气温一天比一天低。

这几天上篮球、排球、网球这种室外体育课就是去受折磨，大冬天上这些课也没个遮风挡雨的地方，周围就一圈连风都挡不住的铁网。

要是赶上起风又不下雨，没点雨这课想停都没辙，只能站在球场上被风吹得晕头转向。

今天路无坷她们运气明显不怎么好，这种天气让她们撞上了个正着。

许浓浓照旧过来喊路无坷一起去上课，许浓浓刚午休完从被窝里爬出来，去篮球场的一路上被冻得直哆嗦。

这种天气路无坷倒还受得了，就是眼睛被风吹得有点难受。她一直有这毛病，风稍微大点她的眼睛就能被吹红，用奶奶的话说就是她哪儿哪儿都娇气，身上哪里都碰不得。

北风吹得篮球场边上的树梢直晃，老师拿着点名板数人头。

“这种天气最适合裹被子里睡觉是不是？可以啊，瞧着一个个睡眼惺忪的，都从被窝里爬起来了。”

许浓浓他们班体委说：“老师只要你不扣分，我们现在就给你表演个不可以，回去一头钻被子里。”

许浓浓对站在她后头的体委说：“科代表要起到带头作用啊。”

澜江大学那一两年大学时光就这样，后来的路无坷想起大学时都是这些无关紧要的小事，跟学习无关，平淡又琐碎。

老师点完名就让他们练球去了，许浓浓跟路无坷从筐里拿了个篮球，打算去边上的篮球架那里练。

许浓浓一看到这个装球的塑料筐，就想起之前下课和路无坷搬球去器材室，沈屹西堵人堵到那里去的事。

女孩子其实都蛮聪明的，男生女生之间那点事没法逃过她们的火眼金睛，当时光瞧沈屹西那些举动，她就知道他是在追路无坷，果然现在路无坷是他的女朋友了。

沈屹西不是那种一眼看过去觉得还过得去的普通帅哥，而是就算扔一堆长得好看的人里面，那张脸也一骑绝尘。再加上这人路子野，要不然也不至于一堆女孩子被他迷得神魂颠倒。他这种人不愿活在规则里，无论哪个女孩子真遇上他这种，都不可能做到一点悸动都没有。

许浓浓记得初中那会儿班里很多女生喜欢看起来痞帅的男孩，她们中间流传一句土掉牙的话，说男人不坏女人不爱。事实证明女生不管到多少岁都对这种男生毫无抵抗力，从某种程度上来说沈屹西也算这一类的，就他身上那种浑然天成的坏，每个女生都会被吸引。

别说别人，许浓浓自己宿舍里就有个暗恋沈屹西的，不过她的室友胆小，从别人那里讨来沈屹西的号码加上，但一年过去了愣是一句话都没敢跟他说。

最近她的室友知道隔壁宿舍的路无坷是沈屹西新交的女朋友，每次在走廊上碰见路无坷总要多看几眼。

许浓浓抱着球，先是试探地问了一句："无坷，听说你最近跟沈屹西在一起了？"

其实人和人之间的交往界限是泾渭分明的，只不过这条线有深浅之分，比如许浓浓跟阿释在路无坷这里，许浓浓和她之间隔着的那条线要比阿释的深得多。

这话如果换成阿释说会显得生分，但从许浓浓嘴里问出来就是越线。

路无坷跟许浓浓的关系还没到可以聊这个话题的地步，但许浓浓明显没有意识到，可能在她那里她觉得跟路无坷的关系，比在路无坷这里要好一点。

路无坷虽然平时脾气算不上好，但情商不低，不至于因为这点小事把人际关系弄僵，况且这种问题她也没什么不好回答的。她点头："嗯。"

许浓浓好奇地问她："那跟沈屹西谈恋爱，是什么感觉啊？"

路无坷对待不太想回答的问题的方式就是敷衍，她过都没过脑子，答非所问："他人挺好的。"

结果这话刚说完，身后一个声音接过了她的话。

"搞半天就给我发张好人卡？"

路无坷没被吓到，反倒身边的许浓浓被吓了一跳，回头就看见沈屹西不远不近地跟着她们。

沈屹西淡淡地瞥了她一眼，虽然只是随意一瞥，不带任何情绪，但他这种人莫名让人有点发怵。

许浓浓识趣地把球给了路无坷："无坷，我去那边玩啊。"

不知道为什么，路无坷感觉许浓浓有点紧张，她多看了许浓浓一眼，许浓浓却已经跟一阵风似的跑开了。

沈屹西慢悠悠地走了过来，路无坷的手里抱着篮球，目光从许浓浓身上收回来落到他身上。

路无坷问他："你怎么来了？"

"怎么，篮球场是你家的？我还不能来了？"他欠揍地说。

路无坷手里的球立刻朝他身上扔过去。

这小无赖样儿。

沈屹西轻轻松松地就接住了她扔过来的篮球，笑："怎么就这么点儿力气，是我把你折腾过头了？"

路无坷看了他几秒，接过他的话："沈屹西，我真的浑身没力气。"

沈屹西紧紧盯着她的眼睛，她打的什么算盘他一眼就看出来了。有时候两个人只一个眼神就能知道对方在想什么，包括那些没明着说的关于欲望的东西。

沈屹西悠闲地朝她走近："是吗？"

路无坷脸上十分淡定，大眼睛无比单纯地看着他，点点头。

装乖还装得挺像那么回事。

沈屹西笑了一下，偏回头来，意思了一下："生理期？"

路无坷摇头："没。"

"那真是被我欺负的？"

"我又没有别的男朋友。"

这嘴甜的，一看就没好事儿。

周围人声鼎沸，他们背后几米远处，篮球架底下有几个女生在练球。

沈屹西还真上了她的当，还是自己上钩的，他真有点想亲她。

她就是仗着现在在大庭广众之下不能为所欲为，知道他浑，但不至于在公共场合造成不良影响。说完那句还十分无辜地说："人好多。"

沈屹西真给她磨得没脾气了，笑了。

路无坷逗完他明显感觉心满意足了，说："沈屹西，你教我打球。"说完就想转身往篮球架那里走。结果还没来得及转身，她的腰就被沈屹西兜住了往他的身前扣回去，篮球掉地上“砰砰”跳开。

“刚才不是浑身没劲儿？”沈屹西说，“要说是我的原因，你不得给我瞧瞧是哪儿不舒服吗？”

路无坷没想到他真敢在这里乱来，去挡他的手：“沈屹西！”

沈屹西：“这儿？”

路无坷拍开他的手。她哪儿挡得住他，真被他偷到了好处。

路无坷抓起他的手就咬。她整个人被他圈在怀里，人都在后边，视线全被他挡住了，他们在这儿做什么别人看不见。

沈屹西发现这丫头真的很喜欢咬人，他也不让她松嘴，就让她咬着。

沈屹西说她：“这会儿咬人就不怕让人看见了？”

她也没多用力，听见他这话又使了点劲儿，看他虎口那里留了她的小牙印才满意：“我才不怕。”

“哟，那你还挺厉害。”

路无坷不理他，从他怀里挣脱出来了。

沈屹西笑了，帮她捡了球跟上去。

路无坷篮球真的打得不怎么样，从上次沈屹西来看她打球到现在，就没见她哪里有长进，投十个能进一个都算好的。也不知道她怎么这么能折腾，选个擅长的项目不就行了，偏偏选自己不擅长的篮球。

女生一般选的比较多的都是那些艺术体操、健美操，这些对她一个学过舞蹈的人来说压根儿不难，轻轻松松地就能考过，但她没选。

沈屹西的眼睛紧紧地盯着她，脑子里不知道在盘算什么。

过了一会儿，沈屹西开口问道：“路无坷，就你这命中率，期末还想不想考过了？”

路无坷又一个球撞到篮板上飞了，她看着球“砰砰”跑了好远，说：“你又不教我。”

“还委屈上了，是吧？”沈屹西笑，起身帮她把球捡回来，“跟我开个口是会要你命？”

路无坷接过他递过来的篮球：“不会啊。”她说得挺溜，“沈屹西，你教我打篮球，我不会。”

沈屹西以前没把她追到手，光看着她那张脸都受不了，现在天天逮着了更忍不了，更别说沈屹西知道她现在是在跟他撒娇。她撒起娇来跟他以前见过的那些嗲着个嗓子撒娇的女生不同，是乖乖的，乖到让人想把整个世界捧到她眼前哄她。

沈屹西舔了下嘴唇：“行啊。”

他弯身去看她的眼睛，笑着说：“男朋友教你。”

那天路无坷从投十个进一个，勉强练到了投十个进五个，虽然还是投得不怎么样，但好歹离及格线近了一点。

Chapter 10

一定很喜欢吧

39°C

几天后，路无坷接到舞蹈社学姐打过来的电话，自从那次校庆表演过后社团没再搞活动，路无坷也很少过去。今天学姐打电话过来让她下午过去一趟，说有点事商量，这件事挺重要，等下午大家聚一块的时候再一起说。

路无坷当时在给阳台外快被阿释养死了的花浇水，直到差点把它淹死了，才犹豫着答应了。

下午正好没课，路无坷中午被沈屹西带出去吃饭，回来后睡了个午觉才过去。

学姐借了个舞蹈教室，往常她们舞蹈社开会都不会在舞蹈教室开，今天也不知道是因为什么事。路无坷照着学姐发给她的教室号去了三楼，到那里才发现里面不止她们舞蹈社里这些人，还有很多生面孔。

路无坷推门进去的时候，大家围成一圈正聊得很欢，欢声笑语的。她一进来，大家都下意识地朝这边看了一眼，学姐见是她来了，朝她招招手："无坷，这边。"

路无坷关上门走过去。

学姐在自己边上给她腾了个位置，路无坷走过去坐下，等坐下后她才发现，这里面除去她们自己社团的人也不全是生面孔。对面就坐着一个从没说上过话，但路无坷知道她名字的女生。

那个女生也看着路无坷，明显也认识她。

学姐正好叫那个女生："盈盈，要不再给拉几个你学舞蹈的朋友过来？这儿可不怕人多，就怕没高手。我们平时上文化课的时候你们都是在学舞蹈，比起你们专业的我们这种业余多了，肯定没你们跳得好，你看看能不能再找点人过来？"

严盈盈是个美人胚子："可以啊，我身边跳舞厉害的朋友很多，我现在再找几个过来。”

“那太好了，谢谢你啊！盈盈。”学姐道谢。

严盈盈说不用，拿上手机去外面打电话。

严盈盈和之前在奶茶店见到的时候没多大变化，还是白白瘦瘦的，胸大腿长，头上扎了颗松松散散的丸子头。

沈屹西的前女友无一例外都是漂亮的。

这些人里头应该就严盈盈事先知道是什么事，其他人都不知道。学姐拍了拍手：“是这样的啊，今天把大家找过来就是想把这件事给大家说一下，大家都知道省里办的那个特别有分量的奖吧？”

学舞蹈的人很少有人不知道，这个奖项要是拿到了，对学舞蹈的人来说获利很大，不管在工作上还是以后的升学上。

学姐就是个交际人才，哪里都有她的人脉，这次也不知道是去哪儿找到的这条门路，给大家争取了这样一个机会。

当然，如果这件事学姐要是拿不到任何好处的话，学姐这种人精也不会费这么大劲找大家商量这件事。

“这次上台是以学校的名义，所以我也找了舞蹈系的同学。”这里头已经坐了几个严盈盈找来的舞蹈系同学，学姐友好地跟她们点点头。

“她们可能会比我们这些业余的要专业得多。”学姐说，“所以这次比赛我打算让我们社团和舞蹈系的同学一起配合。”

在这社团里玩的都是因为喜欢跳舞才聚到一起，并且只是单纯地喜欢跳舞，没有那么多功利性，自然对学姐这个提议没什么异议。

严盈盈过了一会儿就推开门进来了：“我叫了四个朋友，她们应该很快会过来。”

“真的麻烦你了。”学姐赶紧招呼她同来坐下。

“没什么麻烦的。”

社团本来人就不少，舞蹈系这次少说也来了十个人，不可能这些人全上舞台。

果然学姐说：“所以我们这次就直接来个对战，一对一，赢了的上台。”

一个社团里的女生问：“怎么个玩法？”

“抽签喽。”学姐说，“待会儿我弄个纸条放在箱子里。”

学姐是个行动力很强的人，平时一有事都是速战速决，不会留事给自己添堵，这次把大家都叫过来就是想一次性解决。

路无坷也是到这里才知道是这么一件事，如果一开始就知道的话她可能不会过来，跳舞对她来说早就不是一件愉快的事。

趁大家都在做热身准备的时候，路无坷去找正在写纸条的学姐，跟她说自己不想参加。

学姐一直觉得路无坷在中国古典舞这方面很有灵气，虽然她读的不是舞蹈专业，但可以和专业的媲美，而这次准备拿去舞台上表演的就是古典舞。

但学姐劝了她好几次都没劝动，索性就让她先别走，留下来看看也行。

路无坷犹豫了一下还是答应了。

比赛没有曲目限定，古典舞范畴内的就行，第一组毫无意外地舞蹈系的女生略胜一筹。

到第二组，严盈盈抽到签，问学姐：“学姐，可不可以自己挑人？”

“可以啊。”学姐说，“如果你有想挑战的人的话。”

严盈盈说有，说完看向了路无坷：“路无坷，可以吗？”

路无坷坐在墙边一直没掺和这件事，莫名其妙地被点名，她抬头看向了严盈盈。

前任见现任分外眼红。

这里头的人不是跟路无坷同一个社团的，就是严盈盈的朋友，或多或少知道她们两个之间那层狗血关系。

在哪里都不乏热衷于看热闹的人。这个教室里就是，大把人好奇着呢。

刚才路无坷跟学姐说过她不参与，学姐帮她解围：“无坷她这次活动不参加，要不盈盈你再挑个人？”

严盈盈的一个朋友开口：“来都来了，就跳个舞，顶多耽误个几分钟，大家也就是图个开心嘛。”

学姐看看路无坷：“这……”

路无坷却开了口，眼里瞧不出什么情绪：“来吧。”

大家没想到她这么爽快，教室里的人一时愣住大半。

路无坷已经从地上站起来，对严盈盈说："你先吧。"

严盈盈和她对视了几秒钟后莞尔一笑："好。"

其实严盈盈的态度也不差，甚至说得上友好，两个人之间的气氛没有大家料想中的那种刀光剑影。

严盈盈现场挑了一首曲子，她应该事先没准备，但跳舞对她来说根本不是难事。或者换句话来说，想随随便便跳好一支舞对她来说都是轻而易举的。

严盈盈天生就是跳舞那块料，虽然她是学爵士舞的，但古典舞竟然也意外地跳得不错，要不然学姐也不会叫上她。

严盈盈的每个动作都挑不出什么瑕疵，收放自如又漂亮，是很难得的一个舞者。

中途路无坷去了趟洗手间，到洗手台洗手的时候才发现手心有点汗湿，上次校庆表演上台前也是这样，甚至表演前一晚整宿没睡好，头疼了一整天。

跳舞这件事会让路无坷想起钟映淑，而这几年来路家不管是赵锦君还是路智远都不敢提起这个名字。

原因无他，只因为路无坷想起钟映淑就会烦躁。

但人不是一种别人不提，脑子就会自动把事情忘记的生物。

最近路无坷也不是没想起过钟映淑，只是意外的没以前那么烦躁了，今天却因为跳舞这件事，这种熟悉的情绪再次卷土重来。

路无坷学跳舞就是钟映淑要求的，她打小还没懂事的时候就开始学舞蹈，每天从幼儿园回来吃完晚饭，钟映淑就骑着自行车带她去上课。

那时候家里的经济状况没比现在好多少，但钟映淑在让她学跳舞这件事上却格外执着，跟任何一个父母一样望女成凤。

她上小学二年级那年，妈妈因为不让她吃烧烤那件事跟奶奶吵架，也是因为过几天有个比赛，怕她吃坏肚子上不了台。

所以路无坷学跳舞一直学到初二，钟映淑去世那年，那年之后她就再也没学过跳舞，只要不跳，她就不会想起钟映淑，不会担心自己跳不好，也不会想起钟映淑当年是怎么去世的。

当然这件事也有她自己身上的原因。

冰凉的水哗哗冲过路无坷的指间，过了一会儿，她关上水龙头，从洗手间离开了。

回去的时候，严盈盈一首曲子已经快跳完，学姐看路无坷去洗手间，还以为她是因为要跟严盈盈比舞紧张，对她好一阵安慰。

学姐说："平常心就行，你跳得也不错。"

路无坷听她这么认真地安慰自己，心想人家说这么一堆贴心话不容易，而她自己也不想解释，索性就这么将错就错了。

严盈盈表演完的时候，她那些朋友吹口哨的吹口哨，鼓掌的鼓掌。

路无坷对这次的比拼毫无准备，在学姐递过来的手机里选了一首曲子。

她在人前一向不会有紧张导致失误的情况发生。路无坷有舞蹈功底，打小去学跳舞便有很多老师直夸她有天赋，即使后来把跳舞搁置了一些日子，但底子在那儿，更何况她私底下也不是真的就把跳舞这个爱好给丢了，所以还是一直跳得很不错。

两个人都是养眼的美女，再加上有实力，这两支舞蹈也算是让大家饱了眼福。

竞争嘛，有实力的互斗看起来才带劲。

路无坷跳完的时候学姐带头鼓掌，给她竖了个大拇指。

严盈盈早在路无坷跳舞的中途，不知道看到外面的什么人跑出去了。

"无坷。"学姐跟她说，"你们这组难选了，说实话你们两个不分伯仲，不是客套话啊，学姐说真的。"

路无坷说："选她吧，我没打算参加。"

学姐叹了一口气："我还以为你刚刚答应严盈盈的挑战就是要参加了呢。"

路无坷没这个打算："没有。"

"哎。"学姐觉得可惜，"要不你今晚回去再考虑考虑？我等你回复。”

路无坷不想做的事，别人说再多都没用，她明白地跟学姐说她不参加了，最近学习上的事很多。

学姐也就不再勉强她了，让下一组同学继续，路无坷从里头出来了。

走廊上空荡荡的，乌云布满天。这要是让奶奶看到，又要说这天底下又有大事要发生了。

路无坷慢慢顺着空无一人的走廊往楼梯间走，舞蹈教室音响里的古筝、琵琶声越来越远。

楼梯间的门没关紧，留了条小缝。

路无坷要去推门的时候，里头传来的一个声音让她的手一顿。

是沈屹西的声音。

漫不经心的，平淡的。

“这样就没意思了。好聚好散。”

他话音刚落没多久，紧接着便是女生细细的啜泣声，很快有“噔噔噔”下楼梯的脚步声响起。

路无坷的手早放在门把上，推开了门，楼梯间里一股淡淡的烟味。

沈屹西靠在楼梯转角那儿，他微微低头，听见开门声，他挑了挑眼皮。

灰白的日光从路无坷的身后涌进来，有那么一瞬间他们似乎又回到了第一次见面。那时候他们谁都不认识谁，他不会像现在这样目不转睛地盯着她。

路无坷没跟他说话，关上了楼梯间的门，踩着楼梯往下走。

沈屹西也没开口，目光就那样落在她身上。

两个人的距离越来越近，路无坷却跟没看到他似的，居然打算从他面前经过。

沈屹西忽然抬手，把路无坷的手给拽住了。

“我这么大个人站这儿你没看见？”

路无坷的嘴跟上了胶一样，不说话。

沈屹西夹着烟的手垂在身侧，把她拽到身边，低头去瞧她：“生气了？”

路无坷的肩膀抵在他的胸膛上，她说：“鬼才生气。”

沈屹西：“怎么回事，生起气来连自己都骂？”

沈屹西闷闷地笑：“刚都听到了？”

路无坷其实没听到多少，就只听到他后面那两句话。路无坷听到了他们的对话，也没有隐瞒沈屹西的意思，不然就不会在他们话刚说完的时候推门进来了。

沈屹西不是个会跟女朋友解释什么的人，以前要是谁生气了、吃醋了，基本上那段感情也就到头了，因为他没那个心情哄，唯独面前这个是个例外。

路无坷很诚实地跟他说，听到了后面两句。

沈屹西笑她：“还挺会挑好话听。”

居然还有心思逗她，路无坷要挣开他。

沈屹西紧紧地抓着路无坷，也不逗她了，跟她说：“就像你听到的那样，现在真没什么关系。”

路无坷当然知道，她其实也没生气。

沈屹西摸了摸鼻子：“虽然吧……”他话没说全，但两个人都心知肚明。

“但我是真不干那种脚踏两条船的缺德事儿。”

路无坷替他把话补上了：“你拈花惹草。”

沈屹西：“啧。”

他干脆把手机从兜里掏出来，递给她。

路无坷问：“做什么？”

沈屹西笑：“不是说我拈花惹草？查查，我看你能不能找出朵花儿来。”

路无坷伸手就要去打他。

沈屹西抓住她的手，吻顺势落下来，强势又深入。

路无坷没推开他。

楼上，舞蹈教室里的音乐声顺着门缝隐隐约约地飘进来。

路无坷抓紧了他的衣服，沈屹西的笑从两个人的唇齿间漫了开来。两个人的唇若即若离地贴着，他说：“放轻松。”

路无坷吻了上去。

沈屹西反客为主。

最后沈屹西舔了下她的嘴唇，松开她，指间的烟已经燃到头。沈屹西在她面前蹲了下来，一条胳膊搭在腿上。

路无坷还没意识到他想做什么的时候，他的手已经握上她的膝盖。

一阵刺痛，她咬了下嘴唇。

沈屹西抬眼看她。

“都这样了还跟人斗舞？”沈屹西说她。

路无坷说：“是她先挑衅我的。”

“然后你就上钩？”沈屹西的眼皮还抬着，“路无坷，我平时怎么没见你这么争强好胜？”

沈屹西瞧了她好一会儿：“因为我？”

路无坷难得一次没反驳。

沈屹西忽然觉得刚刚没亲够，他忍了忍，去翻她的裤腿。

路无坷不让他看：“我回去冰敷一下就行。”

她的反应有点激烈，像是什么烂在身体里的秘密不愿意让人看到。沈屹西扣住她挣扎的手，把她的裤腿扯了上去，右腿白嫩嫩的膝盖又红又肿。

路无坷甩开他的手，把裤腿放了下来。

沈屹西这次没拦着她，问：“每次一跳舞都这样？”

路无坷说话的声音有点抖，说不是，她想往楼下走。

沈屹西起身抓住了她，没让她回避这个问题：“不再跳舞是因为这个？”

路无坷的脚步停住了。

这是除了奶奶和路智远外，第三个知道这个原因的人。

路无坷的右腿初二那年受过伤，从那以后她不再跳舞的原因除了钟映淑，就是这个出在了自己身上的问题——她的腿是不能再跳舞的。

这没什么不能说的，她开了口：“是。”

路无坷转头看他，语气平淡地从嘴里说了出来：“医生说过我不能再跳舞。”

“怎么弄的？”

提到这个问题她又沉默了，看着他的眼神里多了点儿别的东西。

沈屹西还没来得及问她什么，路无坷的手机响了起来。

她把手机拿出来，是一个陌生的座机号码。

沈屹西手插兜靠在楼梯扶手上，没打扰她。

路无坷接听后把电话放在耳边：“你好。”

那边的背景音很乱，各种声音掺杂在一起。

一个语速很快却又不失冷静的女声传来：“你好，请问是赵锦君的家属吗？”

路无坷不明所以：“是的。”

“这里是市人民医院，赵锦君现在在手术室里，请您过来一趟。”

路无坷一愣，反应过来追着问：“我奶奶怎么了？”

这是沈屹西第一次看到她这么着急。

手机那头的护士应该很忙，没跟她多说，只是让她过去，很快就挂了电话。

听筒那头传来忙音，路无坷想都没想就往楼下跑，甚至都忘了自己的腿还受了伤。

沈屹西拦住她：“腿不想要了？”

楼梯间里很空旷，听筒那边说的什么他听得一清二楚。

沈屹西牵过她的手往楼下走：“我送你过去。”

路无坷被沈屹西带到医院的时候，奶奶还在手术室里。

医院的走廊白墙发黄，外面久久不见下雨，头顶那片乌云散不开，走廊上像傍晚六七点一样昏暗。医生、护士匆忙的脚步声来来往往。

路无坷坐在手术室外那排蓝色的椅子上，沈屹西也坐在上面。

路无坷看起来很平静，甚至不像是来看病人的，她的惊慌忙乱似乎只在一开始在楼梯间接到电话那会儿出现过。

不知道为什么，她这副样子让沈屹西感觉有点不舒服。

她像是在应对这种事上早已习以为常，是经验给她打磨出来的冷静。

这时候一秒钟都显得格外漫长，过了一会儿，走廊上的灯被“啪”的一声打开，白炽灯白冷的光刺眼地落在人的眼皮上。

路无坷下意识地低头避了下光，才意识到自己的手一直被沈屹西牵在手里。

沈屹西注意到她的目光，拇指轻擦了擦她手背。

路无坷盯着看了一会儿，想学他，奈何手指比他短了不少，够不着他的手背。

沈屹西觉得好笑：“傻不傻？”

这时手术室的门忽然从里面打开了，路无坷明显一直注意着那边的动静，刚听见声响就看了过去，出来的是个护士。

路无坷起身走过去：“你好，我奶奶怎么样了？”

护士摘了口罩：“你是赵锦君的家属是吧？”

路无坷点点头。

护士说：“病人突发脑出血，现在已经脱离危险期了，待会儿转到病房。”

赵锦君两年前没查出癌症之前身体一直很健康，连小病小痛都很少有，更别说像脑出血这种突发病。

路无坷心里已经有了猜测，却还是问：“怎么会脑出血？”

护士说：“这个待会儿医生会跟你说，你现在可以先去准备准备，病人可能得在这边住上一两个月。”

路无坷很冷静：“好。”

沈屹西在旁瞧着她，没有打扰。

赵锦君很快被从里面推出来，这还是路无坷因为路智远那件事跟奶奶意见不合后，第一次见到她。两个人都是倔脾气，祖孙俩这大半个月来连个电话都没打。直到今天医院打来的这通电话，打破了她们之间的僵局。

赵锦君还在昏迷，脸被氧气面罩勒出一条褶子，面色苍白如纸。

奶奶被安顿在楼上的病房，病房里头放着两张病床，现在病房里只住着赵锦君一个人。

路无坷跟着医生去办公室，沈屹西不方便进去，在门口停下来，低头瞧她："在这外头等你。"

路无坷点头，进去了。

是这位医生给赵锦君动的手术，大概四五十岁的年纪，见她进来了让她在桌子前坐下。

路无坷坐下后，医生翻了个文件袋递给她："听护士说赵锦君是你的奶奶，是吧？"

"是。"

"是这样的。"医生说，"你奶奶虽然有高血压，但这次脑出血不是高血压导致的，是因为她这个肿瘤恶化诱发的这次脑出血。"

路无坷愣了一下。

医生看她这个反应，就知道她不知情，这种病人的家属他见得太多了。

"这是肿瘤科那边送过来的资料，你奶奶半个月前来医院做过一次检查，癌细胞又重新扩散了，你奶奶没把这事告诉你们？"

半个月前，正是路无坷上次回家那段时间，当时老太太浑身酸疼到起不来床，在床上躺了整整两天。路无坷问她检查了没有，老太太还让她别担心，说查了，什么事都没有。

隔天，奶奶不仅起来给她和阿释包饺子吃，还因为路智远的事跑了趟派出所。那会儿奶奶看起来生龙活虎的，路无坷也就没对她的话产生怀疑。

医生说："脑出血这个问题解决好后，如果你们要继续治疗的话，你奶奶会转去肿瘤科。"

路无坷问他："情况算不算严重？"

医生有些意外于眼前这个女孩子的冷静，说："这方面你应该去问肿瘤科的医生会比较好，不过癌症复发是很常见的，尽快治疗控制住的话还是有希望的。"

外头正好有人敲开医生的办公室门："李医生，601病房的病人突然出现头晕、呕吐的症状。"

"行，我过去看看。"

路无坷见状没再打扰医生，从椅子上起身："打扰您了。"

医生拿上东西出门，提醒她："你奶奶要是醒了，还有其他不舒服的症状的话就找护士。”

路无坷说好，从医生的办公室里走了出去。

沈屹西靠在外面的墙上等她，看到路无坷出来，他起身走了过来：“情况怎么样？”

路无坷说：“癌症复发了。”

沈屹西沉默了一会儿。

路无坷往电梯那里走：“走吧。”

沈屹西瞧了一眼她的背影，起身跟上去。

回到病房后，奶奶还在睡着。

路无坷帮她掖了掖被子，又把点滴速度调慢了一点。

沈屹西靠在旁边的墙上，他忽然问了她一句：“以前老干这个？”

路无坷的视线越过奶奶的病床看向他。

沈屹西说：“看着娇气，倒是挺会照顾人。”

他这个意思就是说，她看着像是那种被捧在手心里照顾长大的。

其实说得也没错，路无坷确实是从小被奶奶和妈妈宠到大的，只不过后来妈妈和奶奶相继生病，她照顾照顾着就照顾出了经验。

路无坷跟他说：“我奶奶以前生过病。”

“那会儿你几岁？”

路无坷摸了摸奶奶的手：“上高三。”

高三的时候大家都忙着考试，一周一小考，一月一大考，压根儿无暇顾及其他，天大的事都要放一边。而路无坷当时却每天医院学校两头跑，作业都是在病房里做的，有时候累了就那样趴在桌子上睡一整晚。

沈屹西微皱了皱眉，脸色算不上好看。

“累吗？”

路无坷语气轻松：“还行。”

刚说完就有护士过来敲门：“你好，赵锦君家属。”

路无坷起身过去：“这儿。”

护士拿了张单子给她：“单子拿到一楼的窗口缴费，吊瓶里的药水要是快没了，到外头喊我来换就行。”

路无坷接过缴费单子："好。"

护士刚走，路无坷就准备拿上单子去缴费，被沈屹西拦住了："腿是真的不想要了？"

沈屹西拿过她手里的单子："我去帮你交。"

路无坷伸手要拿回来："我自己去就行。"

沈屹西朝她的膝盖扬了扬下巴："看看你的腿肿成什么样了？"

可能因为刚才情绪一直紧绷着，跑来跑去的路无坷也没觉得疼。现在沈屹西这么一说，她发觉右腿膝盖隐隐作痛。

沈屹西有点想笑："你朋友平时不是教你挺多的？怎么就没教你男朋友是拿来使唤的？"沈屹西说完也不管她答不答应，往门口走。

路无坷叫住他："沈屹西。"

沈屹西回身看她。

路无坷从自己包里翻了张银行卡出来，走过去拿给他："用我这里的钱。"

沈屹西顺着她的手看向她手里捏着的那张银行卡，然后抬眼看她："路无坷，跟我是不是见外了？"

"没有！"路无坷说，"我只是——"

话没说完就被沈屹西打断："只是不想花我的钱？"

路无坷真没有这个意思，她抿了抿嘴唇："没有，我只是觉得这不是你的义务。"

看着她一本正经的样子，沈屹西却笑了。

"知道了，还不习惯是吧？"他没忍住揉了一下她的头发，"这次先放过你，适应适应，以后可不会这么让着你。"

路无坷任他揉了下，过了几秒钟后还是把卡递过去。

沈屹西盯着她看了几眼，把卡接了过来。至于这卡用不用，就是他的事儿了。

沈屹西很快从病房里出去，路无坷回床边坐着。

外头天色已经黑了，下起大雨，奶奶还是睡着的。路无坷就那样坐着看着奶奶，牵着奶奶的手。

沈屹西去了不久，很快就回来了。他把缴费单和银行卡还给路无坷。

路无坷接了过来。

沈屹西踢了踢她的椅子："起来，带你去个地方。"

路无坷抬头看他："去哪里？"

沈屹西说："去了你就知道了。"

"我得在这里照看奶奶。"

"这有什么。"沈屹西说，"早给你找好人了。"他的下巴向外面示意了一下："外面等着呢。"

路无坷下意识地往门口看，压根儿看不到什么。

沈屹西低头瞧她："放心，不会把你拐跑，饭总得吃吧。"

路无坷看着他，那双眼睛看起来真跟他要拐卖她似的："真的吗？"她当然知道，这表情沈屹西最受不了。

沈屹西瞥了一眼床上的路奶奶，笑："路无坷，胆儿挺肥啊。"

路无坷不置可否。

沈屹西笑了，抓着她的手臂把她从椅子上拉起来，顺手帮她把放在桌上的手机拿上了："走吧。"

路无坷没拒绝，她还得回家收拾点衣物和东西过来。

临出病房前，她回头看了一眼床上的奶奶。

沈屹西注意到，逗她："要是没把奶奶照顾好，我扣他工资。"

路无坷说："沈屹西，真的还有人愿意在你手底下工作吗？"

沈屹西笑了一声："一堆。"

一出病房门路无坷就看到了等在外面的那个人，身量跟沈屹西一般高，光头，看着年纪已经三十几岁，面相有点不苟言笑。

沈屹西给她介绍了一下："郭旭。"

郭旭朝她点了下头："你好。"

路无坷也点点头。

沈屹西告诉她："别被他吓着，人挺好的。"

郭旭很快进去了，沈屹西牵着她下楼，进电梯后他按了楼层。等电梯在四楼停下来，沈屹西把她带出去的时候，路无坷才反应过来："不是去吃饭吗？"

"是啊。"沈屹西的语气不容拒绝，"但在这之前你的腿先看看医生。"

路无坷的脸色一下暗了："不去。"

中午吃饭的时候沈屹西问路无坷下午去做什么，她就跟沈屹西说了学姐让她下午去舞蹈教室开会的事。

沈屹西想着等她开完会过去接她，就也过去了。去了那个舞蹈教室，正好碰上她在跳舞，跳得很好看，如果不是注意到她的腿受伤的话，他会在那儿看到结束。

早在舞蹈教室外面看到她的腿受伤那会儿，他就想去给她买药了，只不过药没买成，倒让从舞蹈教室里追出来的严盈盈堵在楼梯间里。沈屹西这人不喜欢前任揪扯不清，懂事点的就应该聪明一点好聚好散。

他跟严盈盈也没怎么聊，路无坷后脚也从舞蹈教室出来了。紧接着就是医院那通电话，忙碌了一阵，到现在她的腿伤都还没处理。

结果，现在路无坷闹着不肯去诊室。

两个人一个不肯去，一个不让人走，在走廊里僵持不下。

"你这腿是打算让它残了？"

路无坷偏头没看他，生气地道："它本来就残了。"

沈屹西气笑了："路无坷，那你说说，这腿残了你为什么还要跳舞？"

路无坷倏然转回头看他。

她那点心思就瞒不过两个人，一个是奶奶，一个就是沈屹西。

跳舞一直是梗在她心头的一根刺。可能这么说有点可笑，但路无坷对跳舞这件事，确实就是抗拒却又忍不住被吸引。

跳舞是钟映淑往路无坷身上强加的一把枷锁，路无坷打小就被套牢在所谓的梦想下，要把舞跳好，去比赛不能空手而归，这些都是钟映淑对她的要求。

活着活着，路无坷也成了当局者迷。或者说，她活成了另一个钟映淑。

她想跳舞，想把舞跳好。可她知道自己再也跳不好，甚至可能是再也不能跳舞。她打心底里抗拒跳舞让她想起钟映淑，却也无法因为痛苦就不去跳舞。

矛盾在她的血肉里共存。

而她对不能再跳舞的不甘心，被沈屹西看出来了。

“再拖！”沈屹西愠怒，“再拖看你这腿会不会真残了。”

路无坷也不是个低头的主儿，转身就走：“残了就残了。”

沈屹西用胳膊箍住她的肩膀把她拐回来：“路无坷，信不信我现在把你扛起来扔诊室里去。”

路无坷去掰他的手：“你不敢。”

走廊上的灯坏了一盏，他们正好就站这片位置，有人循声往这边看。

沈屹西把她往墙上一压，男女力气悬殊，路无坷的反抗无济于事。沈屹西看着她，冷冷地哼了一声：“你怎么知道我不敢？”

循着近在咫尺的气息，路无坷也紧紧地盯着他的眼睛。她也把沈屹西看得一清二楚，也仗着他宠她为所欲为。

“因为你舍不得。”

沈屹西被她说中，淡淡地回视她，也就她一个人敢爬到他头上撒野了。

路无坷就要去推开他，沈屹西一用力又把她弄回墙上：“给腿做个检查是会要你的命？”

路无坷说：“会。”

沈屹西的眸子对上她那双不肯认输的眼睛。他脸上俨然没了一贯的懒散，这次的话毫不留情面：“你是有什么不能见人的过去？连检查都不敢。”

路无坷像猝不及防被针一刺，愣了一下，反应过来后就是猛地将他推开。楼梯间就在旁边，她连电梯都没等，直接拉门离开。

沈屹西没立即追上去。

路无坷这人，浑身都是秘密。

沈屹西不爽地咬了咬牙。

旁边座椅上一位老大爷说：“小伙子，你这对象脾气大得很呢。”

沈屹西已经敛了那一脸的不悦，看了一眼大爷，笑了下：“可不是。”

他抬眼瞧了眼电梯，两台都在往上走。

沈屹西去推楼梯间的门，还十分有兴致地跟大爷道了个别：“走了啊！大爷，追媳妇儿去了。”

大爷哈哈笑：“小年轻还挺会疼女朋友。”

沈屹西进楼梯间的时候，路无坷已经下了两层楼。

这腿受了伤，跑得倒是挺快。

沈屹西收回视线，一边慢悠悠地下楼梯，一边掏出手机给齐思铭他妈打了个电话。齐思铭他妈就是骨科的主任医师，知道这个情况怎么处理怎么用药。

那边接听后沈屹西打了声招呼，把路无坷的情况大致说了下。齐母让他千万别热敷，去买个冰袋，再让他拿个活血止痛的药给擦擦。

沈屹西跟齐母道谢，说下次再过去吃饭。

这要是想在医院拿药就只能挂号，但路无坷连个号都不肯挂，就更别说拿药了。真是，看个病都得闹别扭，偏生他还拿她没办法。

路无坷走得没多快。

沈屹西就在后头慢悠悠地跟着。

从楼梯间出来就是急诊大厅，什么人都挤到这儿来了，病的伤的残的，排在台前要测血压的，还没挂号就想看病的，急诊大厅乱成一锅粥，护士们忙得焦头烂额。

两个人穿过人群往外走，人声逐渐被他们抛在身后。快走到门口的时候，沈屹西上前几步抄过她的手往自己兜里揣。

路无坷没挣脱。

两个人走下台阶，沈屹西拉住她：“在这儿等着。”

路无坷看着挺乖的，也没问他要去做什么。

这附近有家药店，沈屹西到里面买了冰袋和散瘀消肿的药。结果一出来，急诊门口前哪儿还有人影。刚回头人还在那儿呢，就买个药的工夫就跑没影了。

沈屹西从胸腔里吐了口气出来，沉思半晌后转身又进了药店，再出来的时候袋子里已经多了样东西。

车就停在医院门口的收费处，沈屹西没去找路无坷，径直去了车边等着。他靠在自己的车上，跟守株待兔似的对着门口。

他的五官本来就长得帅气，再加上那身游戏人间的气质，从医院门口进进出出的人没有不往他这边看的，特别是那些年轻小姑娘。

一根烟的工夫，他要逮的那个人出现在了门口。

路无坷手里拎着打包好的饭，她明显也看到他了，却跟没看到他一样，继续往里走。

沈屹西气得牙痒痒，抬脚走了过去。

路无坷其实也没躲他，很快就被他抓住手腕往车那边带。

沈屹西打开后座车门把她塞了进去，路无坷身侧的门被甩上。她靠在后座，看着他绕过车头。

沈屹西打开车门上了主驾，也没跟她说什么，油门一踩开出医院大门。

陌生的街景从车窗外晃过。

这还是她第一次坐沈屹西的车后座，以往都是副驾。路无坷看了沈屹西一眼，他一条胳膊懒懒地搭在方向盘上，有条不紊地开着车。

她转回了头。从陌生的街道到陌生的公路，沈屹西好像也是随便开的，看哪儿顺眼就往哪儿转。

沈屹西的车开下了公路，车轮碾过坑坑洼洼的土地，车里跟着一顿摇晃。杂草擦过车窗发出沙沙的声响。又往里行驶了一段后，沈屹西把车停了下来，四周的杂草足有一人高，在夜色下影影绰绰。

车窗紧闭，周围安静得仿佛没有任何声音，只能看见草动，听不见风声。

路无坷仰头看了眼天，下过雨的天还是看不见星星和月亮，看来待会儿还有好一场雨要下。

前面，沈屹西推开车门下车。紧接着，路无坷那边的车门被打开了。

她偏头看他，就见沈屹西俯身，上身从车门外探进来，就那样站着两手撑在她身侧，在她唇上浅尝辄止地碰了下。

路无坷微张嘴，轻咬着他的上唇。

黑暗里，沈屹西边引导她边紧紧地盯着她的眼睛。他忽然强势起来。

路无坷被他堵得无法躲开，气都喘不上来，后背抵上车窗。

沈屹西顺势坐进了车里。

路无坷要伸手推开他："沈屹西，你干什么？"

沈屹西胳膊往后伸，狠狠地关上了车门。

"你说呢？"

路无坷愣了一下。

沈屹西瞧着她这张脸，笑了下："没想过？"

路无坷看着他。

沈屹西说她："没想过你就敢跟我来这种地方。"

路无坷却忽然说："想过。"

沈屹西本来已经埋进她的颈间，闻言有点意外，抬了头："嗯？"

路无坷没说话，视线描摹他眉眼，继而落到他右边肩膀上靠近锁骨的牙印。

跟沈屹西这种人在一起，怎么可能没想过这种事呢？不可能。

她的双臂环上他后颈，凑过去。学着以前那样，双唇微张轻轻咬着那处的牙印。

沈屹西笑了，任她咬着，手却往下伸，路无坷下意识地夹紧双腿。

沈屹西觉得好笑："刚刚不是还闹脾气？"

路无坷在他的肩膀上用力咬了一下。

沈屹西笑了笑："放轻松。"

路无坷的耳朵有点红。

男人就这样，这种事上别跟他们谈什么正人君子。

路无坷往后躲了一下。

沈屹西紧追不舍。

她踢蹬掉鞋子，一脚踩在了他的胳膊上："沈屹西，你个流氓。"

沈屹西笑了："这事儿你第一天知道？"

路无坷有点招架不住。

车窗外山体连绵不绝，高耸低下，路无坷搂着他的脖子胸口起伏。半途，沈屹西侧头吻了吻她那红肿的膝盖。

"跳舞跳得这么好，怎么能不跳？"

路无坷的腿瑟缩了下。

"不是想跳吗？"沈屹西抬眼看她。

路无坷没说话。

“知道吗？校庆那会儿。”沈屹西笑了一下，“我跟齐思铭在台下坐着看你表演，他说你一看就是学过的。夸你呢，听见没？”

沈屹西起身吻她：“腿以前治不好我们就现在继续治，国内治不好就去国外，总有治好的时候。”

路无坷轻轻颤抖着睫毛看他。

不多时窗外下了场大雨，淅淅沥沥地砸在车顶上，模糊了车身。

路无坷白皙的后颈靠在冰凉的车窗上，沈屹西低头看着她，夜色仿佛挂在他眼皮上，给他的深眼窝带上了几分懒怠。

路无坷的情绪酣畅淋漓地释放在这个雨夜里。

两个人在大雨中对视良久。

沈屹西俯身，扣着她后脑勺，深深地给了她一个吻。

奶奶是在三天后醒过来的，神智还算清醒，就是醒了睡，睡了醒。

医生说这算是好现象，好歹醒过来了，总比没醒好。至于什么时候彻底清醒他不太敢保证，可能是几天后，也可能是更久。

可能是奶奶好人有好命，几天后，奶奶的神智一天比一天清醒。

那天晚上，路无坷打了盆水给奶奶擦手洗脸，坐在椅子上拧干毛巾帮她擦拭双手。老太太今天已经完全清醒了，之前醒来都是很快就睡了，路无坷甚至跟她说不上一句话。今天的情况明显要好很多，奶奶虽然开口有气无力，但好歹是能跟她说话了。

“你这孩子！”老太太说，“以后脾气总这么差怎么办？就跟你吵个架，你连家都不回了。”

醒过来还惦记着路无坷跟她吵架的事呢。

路无坷帮她擦着手，还顶嘴：“像您，您不也一个电话都没给我打。”

“你这丫头！”老太太扯着苍白的嘴角笑了笑，“仗着现在奶奶没办法打你是吧？”

路无坷把毛巾放水里洗干净，拧干，帮奶奶擦脸：“您要是能早点起来，我给您打一百下都行。”

老太太万万没想到这孩子会回答这么一句话，一时语塞，过了一会儿才伸手拍了拍她的手背："人啊，到这世上总是要走的，只不过有快有慢。生老病死啊，是寻常事，把它看开点，知道吗？孩子。"

路无坷用毛巾擦过奶奶满是皱纹的眼角，看着她的眼睛，乖乖地点了点头。

奶奶瞧着她这副冷静的模样，心里却发酸，想抬手摸她的脸却抬不起来，只能摸着她的手背，没再说什么。

病房里前几天新搬进来一个老人，不知道得的什么癌。但今天一大早就被推了出去，是昨天夜里悄无声息地走的。

那位老人被推出去的时候，路无坷趴在桌上睡觉，她是被隐忍的啜泣声吵醒的。

人来得安静，去得也安静。就像奶奶说的，生老病死是寻常事，可路无坷当时却坐着发了会儿呆。

她给奶奶擦拭好身子后，把水拿去厕所倒掉，出来的时候奶奶已经睡了，路无坷过去给奶奶掖了掖被子。

沈屹西给奶奶找了个护工，刚从外头打热水回来："小姑娘，明天不是还得上课？快回去休息吧，这儿有我照看着呢。"

楼下来接她的沈屹西正好打电话给她，让她下楼。

最近路无坷的生活都是这样，医院学校两头跑，有时候隔天有课，回去了都是直接在沈屹西家住下。

路无坷最近还接了个家教的工作，大一那会儿她经常做家教，大二学业繁忙就没做家教了，最近又重拾旧业。

沈屹西不太满意她这么拼，却也尊重她的决定。就她这倔脑筋，拧都别想拧过来。

人一忙碌起来，时间会过得飞快。

老太太在医院住了一两个月，除夕的前一晚终于如她所愿出院回家。六七十岁的老人兴奋得跟个小孩子一样，高兴得拉着孙女说了一路的话。

赶在除夕那天，一场大雪落在了澜江这座城市。

春天快来了。

奶奶回家后精神不错，只不过年纪大了，哪里有点小病小痛，不像小年轻那样睡一觉起来就恢复了。

在经历短短一天内打碎两个杯子后，坐在客厅看电视的老太太摇头叹气道："这人老了是真不中用了啊，连个杯子都拿不稳了。"

路无坷当时正在厨房里淘米，听到玻璃摔碎在地上的声音从里面出来。她拿扫把和簸箕，过去把奶奶脚边的玻璃碎碴扫起来："我小时候不也经常摔碎碗，每回打碎东西，您都会说一句碎碎平安。"

人的记忆对一两年内的事可能都记不清楚，更别说那些十几二十年前的往事。

路无坷说的话老太太是一点印象都没了，在那儿琢磨半天也没想起来，索性叹了口气不想了，人老了不得不服输。她顺着孙女的话讲："那奶奶今天可摔了两回杯子了，这是要喜上加喜？"

路无坷说是。

老太太被她逗得直笑："长这么大了，怎么还是跟个小孩子一样。"

路无坷没说什么，她想把碎杯子拿去外头倒掉，没走几步就被奶奶喊住了。

路无坷回头："怎么了？奶奶。"

老太太说："去外头买几块钱饺子皮，现在和面来不及了，奶奶今晚给你包几个饺子吃，这除夕夜，家里也得有点自己做的不是。"

其实不仅现在和面来不及，就老太太现在这个身体和馅儿都成问题。

路无坷想了想，没有拒绝奶奶："好。"

她收拾好准备出门的时候，老太太还在她后头喊："多穿点啊，外头比这屋里冷多了。"

水泥路上两旁堆了雪，其实除夕很多店铺都关了，更别说卖饺子皮的这种，但路无坷刚才在楼上还是没有扫老太太的兴。

走了两家后都是空手而归，这个点儿大家早回家准备团圆饭了。

回来的路上，路无坷瞧见楼下张婶那家店铺门开了条缝，张婶估计是来店里拿什么东西，她带着碰碰运气的心理去找了张婶。

不过，运气没碰上，张婶的店里没饺子皮了，面粉倒是还有不少。路无坷菜都不会做，更不用说和面，但她还是没有犹豫地买了面粉。

回家的路上风刮在脸上生疼，走进楼道时她收到了沈屹西的短信。沈屹西早上的飞机飞A城，大学放假早，但沈屹西拖到除夕才回去。

昨天把奶奶从医院接回来，晚上路无坷需要照顾奶奶，就没跟往常一样在沈屹西家睡。

两个人已经交往很久了，很多人都对此大跌眼镜，昨天阿释还在说，学校论坛里议论他们两个的那栋“楼”，都成“高楼”了。

那是学校的一个匿名论坛，里头发帖、回帖的背后是谁谁都不知道，有了这层保护色，大家在里面什么都敢说。

沈屹西问她在干吗。

路无坷站在楼道里，拿着手机给他回短信：“沈屹西你问的问题好无聊。”

沈屹西的手机大概是拿在手里玩，路无坷的手机很快振动一下，她边上楼梯边重新拿出手机看。

“问有意思的你哪回招架得住？”

光看这句话路无坷都能想象他那副吊儿郎当的模样。

她爬到三楼，打开家里的门进去，不小心按到了沈屹西跳进来的语音。

“想你了，想亲你。”男生带着笑的声音从听筒里传出来。

奶奶还坐在客厅里看电视，路无坷下意识地捂住了听筒。好在家里电视开得挺大声，奶奶好像没有听到的样子，看着电视里的小品在笑。

等关上门，奶奶才看了过来，满是皱纹的眉眼笑得弯弯的。

“回来了？”

路无坷刚才在张婶那儿买面粉，特意让她用黑袋子装的，要是让奶奶知道她买的是面粉，这饺子估计就做不成了。老太太就这么一根筋，看见面粉会觉得是孙女买来哄她的，待会儿又要发好一通脾气。

奶奶问她：“买到饺子皮了？”

路无坷点点头：“买到了。”又找借口去厨房，“我去厨房拿肉和葱给你和馅儿。”说完就拎上面粉躲厨房去了。

就跟奶奶说话那么会儿工夫，沈屹西又给她发了条消息，说一些让女孩子一听就脸红心跳的那种话。

路无坷跟他说：“刚才你说的话被我奶奶听到了。”

沈屹西照旧是发了语音过来，声音一听就很放松，夹带散漫的笑，很明显闲着没事干：“那怎么办，你奶奶以后会不会不肯把她的孙女嫁给我？”

路无坷的指尖停顿了一下，听着这句话愣了一会儿。

沈屹西的语音又跳进来：“确实是便宜我了。”捡到了个宝贝。

路无坷故作轻松，回他是。

沈屹西一个电话打了过来。

路无坷到窗边接听，刚接起来沈屹西就说：“给你厉害的，都会骗人了。真被你奶奶听到了你还能在这儿跟我聊天？估计手机都被没收，被迫关进小黑屋了，好学生。”

路无坷想了想，如果是在她高中的时候，奶奶确实会这么做，可能她还会挨上十天半个月的骂。

路无坷还惦记着放在灶台上的面粉：“沈屹西，我还要去和面。”没等沈屹西问，她已经说，“我奶奶想包饺子，但是买不到饺子皮了。”

“所以你自己买了面粉做？”

路无坷看着窗外大街上各处可见的春联，隐隐约约还能听见不知道哪户人家放的新年歌曲，她说：“我不知道我会不会做。”

沈屹西被她逗笑了：“那你还买？”

路无坷撇嘴：“我要是弄失败了，饺子皮全煮给你吃。”

“谋杀亲夫？”沈屹西笑着说。

路无坷轻轻说：“对啊。”她耍上赖，“我不管，你一定要吃。”

“成啊。”沈屹西说，“只要是你做的，我都给你吃光了。”

路无坷微勾唇角笑了笑。

“你还想吃什么？”

“怎么，还想当大厨了？”沈屹西说她。

“我可以学，我昨晚都学会做蛋炒饭了。”

敢情是做饭给她奶奶吃做出兴趣来了，还把他抓来当小白鼠。

她还跟他拗上了：“你想吃什么？”

沈屹西这人正经不过三秒："想吃你。"

路无坷抠着窗户沉默了几秒："你又不来。"

沈屹西那头安静了一会儿，笑了："路无坷，你是仗着我现在离你十万八千里拿你没辙是吧？"

路无坷有点想笑。

奶奶在外头喊她了，问她拿东西怎么拿这么久。

路无坷对着外头回答马上来。

奶奶那个大嗓门连电话那边的沈屹西都听见了："不错，奶奶这声儿听着挺健康的。"

路无坷得出去了："挂了。"

"行。"两秒钟后沈屹西问她，"怎么还不挂，就这么想我？"

这嘴欠的，下一秒电话就被路无坷无情地挂断了。

挂断电话后，路无坷打开冰箱拿上肉和调料，拿去客厅给奶奶。

奶奶瞧她在里面半天居然也没切葱花，嘟囔着："在里头待这么久做什么呢？去切个葱花。"

路无坷"哦"了一声，到厨房切葱花去了。把葱花切好给奶奶送过去后，路无坷照着网上的教程和面，明明一个步骤都没落下，就是不知道为什么这个面粉和出来这么不尽如人意，拿在手上黏糊糊的。

路无坷把饺子皮一张一张摊开晾了会儿，奶奶坐在客厅的沙发上和好馅儿后，喊她把饺子皮拿过去。

路无坷面不改色地把饺子皮拿去客厅，但奶奶毕竟包了多年饺子了，这饺子皮她一摸就知道不对劲。

奶奶也没问她是不是她做的，只是说："妹妹啊，这面粉啊买错了。"

一直站在旁边的路无坷也不装了，问："这不是面粉吗？"

"是，它也是面粉，不过啊，这面粉也分种类。咱们平时做饺子皮都是用的高筋面粉，皮不容易破，也有嚼劲。"

奶奶掂了掂手里软趴趴的饺子皮："就这饺子皮待会儿放汤里准给煮烂了。"

这饺子最后还是没做成，路无坷和奶奶一起吃了一顿没有饺子的团圆饭。别人家的团圆饭热气腾腾、热热闹闹，她们家很冷清，就她们一老一小。

路智远没有回家，打上次从派出所出来又回了传销窝，就再也没踏进家里一步。老太太这次脑出血醒来后，就没过问过这个儿子。

以往每个除夕晚上奶奶都会守在电视前看春晚，嗑着瓜子看小品在那儿笑上一晚。但今年明显熬不住了，吃完饭早早地就让路无坷扶她到房间里躺下。

医生叮嘱过在老太太睡前要让她吃药，路无坷把奶奶扶到床上躺下后，起身想去拿药和水。结果，起身起到一半就被奶奶抓住了手。

"奶奶还不睡呢，吃药这事儿不要紧，陪奶奶聊会儿。"

路无坷看着奶奶，重新坐回床上。

奶奶操劳了一辈子的手泛着粗糙的感觉，路无坷摸了摸她的手背，跟她聊天。

"奶奶在医院住的这一两个月，都把你积蓄花光了吧？"

路无坷看向奶奶。

奶奶一副得意的模样："别以为你从高中那会儿一直打工存钱的事情，奶奶不知道。"

路无坷沉默了一会儿，说："没花光，卡里还有钱。"

奶奶听了她这话没吭声，从枕头底下摸了一样东西出来。

路无坷还没反应过来，奶奶已经把银行卡放到她手里。

"这是奶奶和你妈妈给你留的钱，当年你妈妈那病没治成，攒下来的那笔钱奶奶一直给你存着，还有奶奶这几年断断续续给你存的一些钱，奶奶才不会那么傻，都把钱放那抽屉里让你爸去偷。"

路无坷手里的银行卡泛着凉意。

"本来啊，这笔钱是要给你上大学用的。"奶奶摸着她的手，"但高三毕业那会儿你倔得跟头牛似的，放着外省更好的大学不去，偏要读澜江大学。你以为奶奶不知道你那小脑袋瓜子都想些什么呢，还不是为了我这把老骨头。"

路无坷沉默着。

"但孩子啊，你的未来是你自己的，奶奶没法儿陪你那么久。前段时间，奶奶听见你在房里跟老师打电话了。"

是什么电话，路无坷心知肚明。

奶奶说："去吧，既然有个这么好的交换生的机会，就去见见世面，这里头的钱够你去外头上个一年学。"

良久过后，路无坷终于开了口："奶奶，我不去。"

听着她这句可以说得上笃定的回答，奶奶沉默许久没说话，房间里一时陷入寂静。过了会儿，奶奶轻声叹了口气："妹妹啊，知不知道奶奶这辈子最后悔的事是什么？"

奶奶很少说这辈子三个字，这三个字的分量太重。

以前她总说，人啊这一辈子太长，以后再发生个好的坏的也指不定，人没到死的关头定义一生都太早了。

可现在，这辈子三个字从奶奶的嘴里说了出来。

房间里灯光昏暗，木板床的床头掉了一小块漆。路无坷只低头看着奶奶牵着她的手，没吭声。

奶奶知道她在听："你妈妈，奶奶后悔这么多年过来，从来没在你面前提起过你妈妈。"

钟映淑这三个字，对于路家来说不仅仅只是路无坷的母亲的名字这么简单，而是一段蒙了尘的往事。

因为路无坷，这个家里的每一个人都对此缄默不提，把钟映淑留在了过去那场事故里，可跟着被留在过去的不是只有钟映淑。

还有另一个人，就是路无坷。

"是奶奶不好。"奶奶鼻头泛酸，"如果奶奶一开始就能发现你的问题，早点带你去看医生，而不是回避，现在是不是就不会变成这样了？"

这话里明显藏着话，原本一直低着头只听不吱声的路无坷倏然抬起了头，眼底划过一丝震惊。

奶奶眼里没有怪罪之意，她端详着自己孙女的眉眼，微微弯了弯唇："很喜欢那个孩子吧？"

路无坷的嘴唇微动了动，最终只挤出一句："奶奶，你记得他？"

奶奶笑了笑："那个孩子长得太俊了，想不记得都难。"

沈屹西这人，不管在长辈还是同龄人那里，都很容易给人留下深刻的印象，这么多年过去了，那次在派出所老太太还是一眼就认出了他是沈家那小儿子。

“都上大学了，你也长大了，谈恋爱这事奶奶不会拦着，只要你自己喜欢就好。”奶奶抬起手，摸了摸她的头发，“能让我孙女看上，那孩子该有多大能耐。”

路无坷一直看着奶奶，没说话。

奶奶的视线重新落回了她眼睛里：“奶奶知道，你如果不喜欢是不会跟人处的，既然这么喜欢那就好好处着，别去想别的，别苦了自己。过去的事就让它过去了，好不好？”

这话不知道刺到了路无坷的哪个点上，她被奶奶握在手里的手指微微动了动，有点抗拒这个问题：“奶奶，睡吧。”

放以前，老太太肯定不会再提，但今天没有：“孩子，这么多年过去了，你妈妈那件事是该放下了。奶奶跟你说过，这辈子啊！最后悔的事就是当年没把你照顾好，你妈妈要是现在还在世，肯定又要跟奶奶吵架了。”

说到这里，奶奶笑了一下，眼角却噙上了点儿泪花：“我把她女儿照顾成现在这副吃不好睡不好的样子，七年了，七年过去了，她该有多难过。”

路无坷没想到她失眠的毛病奶奶一直知道，她重新看向了奶奶。

奶奶说：“你妈妈还在的时候最疼的就是你了，她也不会想看到这些。”

路无坷沉默着。

奶奶粗糙的手心摸了摸她的脸，声音里带着丝哽咽：“孩子，以德报怨吧。”

“去国外见见世面是好的，但如果你不想的话我也不替你做主。”奶奶拍了拍她的手，“这钱啊，拿去治治腿也好，把那个老毛病都治好了，然后好好去学跳舞。”

跳舞这个话题，在路家同样也是个几乎不会被提起的存在。

路无坷说：“奶奶，这笔钱怎么用我自己心里有数。”

老太太毕竟是把她从小养到大的人，她这笔钱要拿去做什么她怎么会不清楚，不过就是用在她身上。

但她这把老骨头又还能撑多久，老太太怕她伤心，没把这话说出来。

路无坷问她："困不困？"

"不困，话还多着呢。"

今天奶奶好像要把她担心的那些都说尽，说完这个又说下个。

"感情这事上也不要委屈自己，以后你要真跟那小子一辈子了，奶奶怕他家里人欺负你。"

沈家是什么家庭，她们又是什么家庭，像那种有钱有势的人家，讲的都是门当户对，怎么会接受她们这种以前连吃口饭都成问题的家庭。

"不过就你这脾气，还有谁能欺负到你。"但即使如此作为奶奶，还是会担心自己捧在手心里宠的孙女以后过得不好，被人欺负。

路无坷没打断奶奶，这天晚上奶奶拉着她说了很多，如果不是说到最后眼皮撑不下去了，她估计还有满箩筐的话要说。

路无坷赶在她睡过去前，给她喂了颗药，等奶奶睡过去后帮她掖好被子才离开她的房间。

路无坷出来后拿上衣服去浴室洗澡，洗完从里头出来的时候，还能听到爆竹烟花声，而她家却冷清到连客厅的灯都没有开。

路无坷就这样回了自己的房间。她洗了头，披了条干毛巾在肩膀上，发尾湿哒哒地往下淌着水。

路无坷回到房间里没立即去开灯，关上门后在门前停了会儿，眼睛看着屋里的某个角落。几番犹豫后她的手才从门把上放了下来，往那边走了过去。

墙角那儿放了个大纸箱，用胶带封着。

路无坷走过去，在那个纸箱面前蹲了下来。

这里面的东西都是高中那会儿留下来的，奶奶不舍得扔，硬给她留下来的，说留着以后作纪念。都是一些习题册，还有她乱涂乱画的本子，甚至连她的草稿本都没放过。

路无坷在纸箱前蹲了一会儿，才伸手去撕纸箱上的胶带，胶带常年贴在上面，撕开时发出刺耳的声响。

她打开纸箱，从一堆习题册和小玩意儿下翻出了一个相框。

夜色从阳台漫进来，模糊了照片上的人脸。

但路无坷闭着眼都能知道这张照片上的人长什么样。

那是小时候妈妈和奶奶带她去公园拍的一张照片。

那会儿应该是春天，四五岁的她被奶奶抱在手上，妈妈站在奶奶旁边，三个人都是笑着的。

这张照片原本一直放在她的房间里，直到钟映淑去世那年，从那以后就收起来了。

如果不是今晚奶奶提到妈妈，路无坷可能这辈子都不会再把这张照片拿出来。

钟映淑长得很漂亮，眉眼柔和又不失艳丽，路无坷有七八分像她。可此刻，那张比妈妈长得要清纯的小脸上却冷若冰霜，浑身隐隐散发着低气压。

隔着一堵墙，隔壁房间里的奶奶突然咳嗽起来。

路无坷回过神，把照片放在桌上，起身去了奶奶的房间。

奶奶晚上没吃下多少东西，却突然呕吐个不停，但肚子里没什么东西压根儿吐不出什么来。

路无坷带奶奶回家的时候，医生给她留了自己的电话，她给医生打了个电话过去，跟医生商量明天带奶奶去医院住院。

这两天是奶奶嚷着要回家的，老人就想着除夕要在家团圆，不想待在冷冰冰的医院。一开始路无坷不同意，因为已经和医生商量好过几天做手术，做完手术后面每天还得化疗，但奶奶就是不肯，怎么说都要回家。

就这个情况，明天路无坷肯定要把她送回医院去了。

奶奶重新睡过去又是一个小时后了，路无坷等她睡着了才从她的房间里出来，回自己房间睡觉。

凌晨十二点，她躺在床上毫无睡意。

最近路无坷很少失眠，不过就短短两个月，乍一失眠她突然有点不习惯了。她睁着眼睛看着天花板，想着奶奶今晚说的那番话。

从交换生想到奶奶让她拿着那笔钱去治腿，去继续学舞蹈，最后停在了那四个字上——以德报怨。

可这有多难。

路无坷就那样盯着天花板看了许久。不知过去多久，床上的手机亮了亮。

路无坷侧头去看，是沈屹西打过来的电话，她伸手拿过来接听，手机放在耳边。电话刚接起来就听沈屹西笑了一声："还以为一晚上不给你打电话就闹脾气了。"

路无坷翻了个身："没，奶奶身体不舒服。"

沈屹西问："没事？"

路无坷说："明天去医院。"

沈屹西"嗯"了一声，想起刚才听筒里的动静，问她："睡了？"

路无坷的手指头玩着枕头边："没有。沈屹西，我睡不着。"

这要放平时她肯定被沈屹西占便宜，沈屹西从前听不得她撒娇，现在更是。

沈屹西那边应该在抽烟，路无坷听到了他的吐气声。

过了一会儿，沈屹西问她："平时不睡得挺早的？"

路无坷没说话。

沈屹西笑了一下："还是说，得我抱着才能睡？"

路无坷平时在沈屹西那儿都是一沾枕头就睡着了，趴在他怀里睡得更香。

路无坷说："才不是。"

沈屹西声音吊儿郎当的："还是得睡前运动一下？"

他一提这个，路无坷就想到他平时那副流氓模样，路无坷说："沈屹西，你好烦。"

沈屹西笑。

"说真的。"他说，"想我了没？"

路无坷又翻身看天花板："你又不在。"

"只要你想，我现在立马出现在你面前。"

路无坷一愣，不知道为什么，她有了一种很强烈的直觉。她起身从床上下来，连拖鞋都没穿，噔噔噔跑去了客厅的阳台。

雪停了，黑夜里，楼下靠在车上的沈屹西听到开门的声响，抬头瞧了过来。看到她从阳台探出的那张小脸后，他笑了："路无坷，你是有千里眼？"

“说，想我没？”楼底下的他的声音和听筒里的声音重叠起来。

沈屹西对这个问题很执着。

路无坷看着下面的他，语气轻巧：“想啊。”

这话让沈屹西很满意，他笑了笑。

楼下很冷，路无坷在电话里让沈屹西上楼。

沈屹西问她：“你确定？”

路无坷捏着手机的手指头被冻得通红，她说：“你上来我就给你开门。”

沈屹西说：“路无坷，听过一词儿没？”

“什么？”

“羊入虎口。”

楼下的水泥地路面泛着潮气，路无坷盯着他说：“沈屹西，你不也一样。”

沈屹西手一顿，笑：“口气不小啊！路无坷。”

路无坷趴在阳台上看他。

沈屹西笑了声，说道：“行了，回屋去。”

沈屹西刚说完她还真就撂下电话进屋了，跟一点也不在意他上不上楼似的。

听着手机那头挂断的忙音，沈屹西挑起眼皮，看了她家空无一人的阳台一眼，笑着收起手机上楼。

就她家这栋老居民楼，上楼跟摸黑进迷宫似的，声控灯也不知道坏了多久没修。沈屹西突然在想，路无坷大半夜敢不敢一个人走这段楼梯，之前在他家看鬼片，气得她一天不理他。

天不怕地不怕的，偏偏怕鬼怕黑。

沈屹西还没去过她家，这回还是第一次，沈屹西的脚步停在她家的门前。

门是关着的，她也没出来看一眼。

沈屹西本来想敲门，但就这老房子的隔音效果，他估计待会儿得把老人家吵醒了，他索性掏出手机给她拨电话。

漫长的嘟嘟声过后，通话断了，她没接。

沈屹西摸了摸脸，他二话不说又拨了通过去，枯燥、单调的待接听声在落针可闻的楼道里格外明显。

十几秒钟过后，断了。

沈屹西正想直接上手，门忽然被从里面打开了。

他趁势握上门把手拉开门，一步上前兜住门后那人的腰往自己怀里箍，看都不用看就准确无误地堵上她的唇。

路无坷被他抱在怀里。

沈屹西咬她的唇："还挺调皮，是吧？路无坷。"

路无坷抱住他的脖子，笑得一颠一颠的，说："你打了两个电话。"

"敢情你还算计着让我再打一个？"

路无坷说："打一百个。"

沈屹西笑了："那不得在这儿打到明早？"他捏了她的腰一把："还让不让人见了？"

这一捏才发现她身上就穿着一件薄睡裙，那裙子得跟她的脸一样纯，白色的，裙摆及膝，一看就是乖乖的好学生穿的。

"这身睡衣你奶奶给你买的？"

"嗯。"

外头隐隐约约传来烟花爆竹声，此起彼伏，忽远忽近，阵仗听着不小。

路无坷说："沈屹西，过年了哦。"

她还转头要去看阳台外有没有烟花，但她们这片居民楼建得近，互相挡着压根儿见不着烟花。

沈屹西说她："路无坷，你是小孩儿？"

路无坷在他的胳膊上拧了一把。

沈屹西笑，真跟哄小孩似的："明儿带你去放个够。"

屋里的奶奶或许是被这外头的爆竹声吵醒了，在里头翻了个身，木板床咯吱响，还不知道嘟囔了几句什么？

沈屹西放低了声音："去你房间？"

两个人凑得很近，路无坷的呼吸和他的交缠在一起，她点点头。

路无坷房间走几步路就到了，沈屹西在她身后进去后扫了她的房间一眼。就一小姑娘的房间，收拾得干干净净的，空间算不上大。但她这个房间也不像别的小姑娘装饰得花里胡哨，甚至有些地方显得过分单调。

沈屹西关上门，问她："你从小住这儿？"

路无坷往床上跨的脚一顿。

沈屹西往她那儿瞥一眼。

她的动作恢复自然，爬过床去拿床头柜上的水杯："我不是澜江人。"

这事儿沈屹西没听她提起过，有点意外，朝她那边走了过去。"这事儿怎么没听你提过？"

路无坷一手撑在身后："不重要。"

沈屹西走过去，一把扯过她的脚腕。

路无坷被他这么猝不及防地一拖，玻璃杯里的水洒了一点出来，把胸口的睡衣弄湿了一小块。眼睛上还被溅了一小点，她下意识地闭了下眼，那点水珠就这么挂在她浓长的睫毛上。

沈屹西觉得自己是真的疯了，现在怎么看自己的女朋友都觉得可爱。

沈屹西笑着在她身上湿了的那块地方咬了一小口。

路无坷吃痛，手里的水杯就想往他头上倒。

沈屹西早预料到她这个性子，抓住她的手，抢过她手里的水杯放在了旁边的床头柜上。

路无坷的性子就算再倔，力气也敌不过他，被他压下去，头一下了撞在了被子上，双手被沈屹西按在了头顶。他"啧"了一声："这臭脾气谁给你惯的？"

路无坷理直气壮的："你啊，我又不泼别的男的。"

沈屹西竟无言以对。他低下身在她的唇上猛亲了一口："就你这张嘴能是吧。"

说着，手也开始不老实起来。

但没过一会儿，隔壁的奶奶又剧烈地咳嗽起来，路无坷推开身上的沈屹西下床。

沈屹西的双手撑在身后，起身往外走。他没跟着进去，怕吓到老人家，就半边身子靠在门边看着。

屋里头路无坷正在顺奶奶的背。

奶奶肯定食管又不舒服了，吐了半天还是跟刚才一样，只是干呕，连点水都没吐出来。

路无坷端着盆从里头出来的时候，差点撞上外面站着的沈屹西。她下意识地回头看了一眼奶奶，奶奶早皱着眉闭眼躺回床上，明显没看到他。

她这点动作没能逃过沈屹西的眼睛，他问：“怕你奶奶看到我？”

很久以后，路无坷才想起奶奶今晚说的那句话，其实她知道奶奶未必不恨沈家，就以前妈妈躺在病床上那会儿，奶奶都是天天咒骂着他们姓沈的一家子不得好死。

至于为什么今晚会和她说那番话，可能只是知道人一生到头来，怀着仇恨过日子要比忘记仇恨痛苦很多。她知道自己的孙女可能是要受那番苦难的，可她舍不得，所以把忠告告诉她。

可以不原谅，但她不希望自己的孙女去计较，到头来伤人伤己。可是那时候的路无坷太年轻了，以德报怨这四个字，是她这个年纪还无法理解的。

沈屹西问她是不是怕奶奶看到。

是的，但她忘了奶奶早已经不打算计较这些是非恩怨了。

她跟沈屹西说：“奶奶知道了。”

“废话。”沈屹西说，“那会儿在派出所小手都牵上了，她老人家能不知道？”

沈屹西这人永远懒懒散散的，平时遇着什么大事都是一副漫不经心的样子。也就是他这股劲儿时常让路无坷也跟着放松下来，刚才还紧绷着的情绪一下轻松了不少。

她端着盆往厕所那边走，沈屹西靠在墙上看了她一会儿，转身先回她那屋了。

路无坷好像不太喜欢开灯，沈屹西也没伸手去拍屋里的开关，只走去她的书桌旁，打开她桌上的小台灯。

桌上就一堆课本，换别人沈屹西可能翻都不会去翻，但这次他光看着她桌上贴的那张时间表都能笑半天。那张时间表应该是她高中时写的，但一直没撕下来，纸张都泛了黄。

上面写着什么时候喝多少口水，一看就是平时不怎么爱喝水。

路无坷是真的不太爱喝水，平时在一起就爱喝那些甜的，例如奶茶，齐思铭老喊她奶茶妹是真的没叫错人。

她的桌上也没多少东西，沈屹西关了灯回到她的床边，却不小心碰到她床头柜上的东西，一个方方正正的东西“啪嗒”一声掉在了地毯上面。

沈屹西把那个相框拿起来，好在她的床头柜底下铺了张地毯，不然这个相框八成得遭殃。他看着那张照片，一眼就认出了中间那个白白嫩嫩、眼睛水灵灵的小姑娘是他的女朋友。

路无坷小时候真挺可爱的，脸小小的，唇红齿白，从小到大都是个美人胚子。

沈屹西拿着相框的手拇指摩挲过她的脸，正想掏出手机把她这张照片拍下来，与此同时他无意识往旁边扫了一眼，眼神停住。

看着照片里的那个年轻女人，沈屹西的眉头微微皱了起来。沈屹西觉得这个人有点眼熟，但不知道在哪儿见过。

路无坷回到房间的时候，正好碰上沈屹西从地上捡起那个相框，她的脚步在门前停了下来，没有立即过去，直到沈屹西转头看她。

“这人是你妈妈？”

沈屹西这才发现路无坷一直在看着他，不知道是在看人，还是在想别的。

在沈屹西看过来后路无坷和他对视了两秒钟，然后视线从他的脸上挪开。

沈屹西不认识。

她只点点头，回答了他问的照片里的钟映淑是不是她妈妈的问题，再多的就没说了。

沈屹西点了点头，把手里的相框放回桌上。他大剌剌地在她的床上坐下，胳膊撑在身后瞧着她。

路无坷走过去，光着脚丫从他身上爬过，顺手把相框倒扣回桌上。

沈屹西伸了条胳膊抱住她，路无坷跪在他的腿上，摸着他的短寸低头一下一下地亲在他的唇角。

沈屹西突然使坏，勒着她的腰的手用了下力，路无坷直直地往前栽去，把自己送到了他面前。

沈屹西闷笑了一声。

“路无坷。”他说，“之前我在你对面那屋，还记不记得？”

就对面那个老跟路智远打牌的王渐东的家里。

路无坷抬头瞧了对面一眼，但窗帘早在她躺下的时候拉上了，什么都看不到。她收回视线，低下头看他：“记得，你还偷看我晾衣服。”

“怎么把我说得跟做贼似的，我那叫偷看？得换个词儿，叫光明正大。”虽然最后关键的没看成，毕竟那会儿她还不是他的女朋友。

路无坷笑起来。

沈屹西让她在自己的腿上坐下，低头去亲她的脖子。

“知不知道我那会儿什么心思？”

“知道啊。”

“知道？那说来听听。”

路无坷说：“你想要我。”

沈屹西笑了：“你就不能换个委婉点儿的说法？亏你还是个好学生。”

路无坷晃了晃脚丫：“就不。”

“那你还挺厉害。”

沈屹西把她放到床上，凑到她耳边跟她说了一句话：“我那会儿确实就想要你了，不过你猜得差那么一点儿。”

路无坷问他：“什么？”

当时的沈屹西在想什么呢？是想先正正经经地追一次人。

路无坷还看着他，沈屹西已经低下身亲她。

路无坷推他的胸膛：“你还没告诉我。”

沈屹西把她的手压回床上，笑了一声：“你不是挺能猜？自己猜去。”

路无坷翻了个白眼。

沈屹西闷笑起来，又亲她。但很快，沈屹西克制地从路无坷身上起来，其实还没亲够，但他说：“睡吧，明儿医院你还有的折腾。”

路无坷翻身面对他：“你忍得了？”

沈屹西瞧了她一眼："就你这床，你是想把你奶奶她老人家吵醒？"

他从她的床上下来："借你家的浴室用用。"

路无坷趴在床上笑。

沈屹西过去捏了她一把，路无坷用被子把自己卷住，沈屹西忍得难受，揉了她的头发一把："过会儿回来再收拾你。"说完就去了浴室。

等沈屹西从浴室回来的时候，路无坷还没睡，他脱了上衣扔到旁边的椅子上："等我？"

路无坷只睁着大眼睛看他，不说话。

沈屹西在她身边躺下，手伸过她的脖子把她搂了过来："不早了，眼睛闭上。"

路无坷也就这时候最乖了，乖乖地趴在他身边。过了一会儿，路无坷伸手玩他的喉结："沈屹西，你会讨厌我吗？"

沈屹西摸摸她的额头："脑子没烧坏？"

却见路无坷很认真地看着他。见她这认真的样子，沈屹西也认真地回答了她："讨厌谁都讨厌不到你头上。"

路无坷说："沈屹西，你说谎。"

别的女孩都是问爱不爱我、喜不喜欢我，就她问这种。

沈屹西实在拿她没辙，挠了挠眉心："有没有个标准答案？"

路无坷说："没有。"

沈屹西笑了："自个儿想出来的？"

路无坷在他怀里点点头。

"自己想出来的还敢拿来糊弄我？"沈屹西又问，"怎么突然问这个？"

路无坷不说话了。

沈屹西低头看她，她还在摸他的喉结，好像跟没听到似的。他看得出来她犯困了，眼皮都耷拉一半了："行了，明儿还有的忙，睡吧。"

路无坷已经迷迷糊糊的了，觉得他的气息落在她的眼皮上发痒，闭着眼睛在他怀里调整成一个舒服的姿势，很快就睡过去了。

奶奶回到医院的一个星期后做了手术，手术后一直在医院化疗。

路无坷最近还没开学，不用像上学期那样学校医院两头跑。

这几天奶奶的病情也不稳定，路无坷走不开，几乎寸步不离地在医院照顾奶奶。

阿释过年在家每天除了打游戏就是被她妈抓去走亲戚，她被那群问东问西的亲戚烦得要命，有事没事就往医院跑。

阿释虽然在照顾人上帮不上忙，但是在给人解闷上是一把好手，天天就在路无坷耳边讲笑话。

不知道是药效的原因还是其他，奶奶清醒的时间不多，连平时去做化疗都得路无坷把她叫醒，和阿释一起把她搀扶去综合楼做化疗。

沈屹西平时也会过来，但一般都是在晚上，他最近有个比赛，白天基本上都在赛道上练习。

今天从赛车上下来，沈屹西微抬下巴，单手解开头盔的带子，和许知意往休息处走。沈屹西说：“刚第三个转弯配合得不是很好。”

“确实。”许知意说，“得再练练。”

许知意是被沈屹西给带到赛车这个圈子的。

沈屹西打小就浑，还没成年的时候就摸上了车。偏偏这人生来好像就是干这行的，天赋极高，本来人就不服管教，摸上车就更没人管得住他了。

许知意虽然大沈屹西将近一轮，但男人的本质都差不多，骨子里都热衷于那些能让肾上腺素飙升的运动。

两个人这一动一静的性格私底下却很合得来，到了赛车时更是配合默契，已经一起玩了几年的车。

许知意说：“听说了没？邵司泽这次比赛也去。”

沈屹西想了一下才想起这号人物。

“听说你之前在酒吧跟人家小孩儿比赛了？”

沈屹西把头盔抱在身侧，笑了一下：“许教授，你这小道消息还挺灵通。”

许知意眉眼柔和，也跟着笑了笑：“这都两个多月过去了，我就算住深山老林里也知道了。”

两个人在一张桌子边坐下，今天澜江上头云层很厚，一丝阳光都漏不出来，但短时间内也没有要下雨的迹象。

沈屹西拿过桌上的平板找了个视频，推到许知意那边。

“这个视频可以瞧瞧。”

许知意接了过来，平板里视频发出的引擎声和排气声震天响，光听声音就能听出这人车开得很嚣张。许知意还没看就说了一个外国人的名字。

沈屹西靠在椅背上：“没错。”

许知意看向手里的视频：“这人不是场地车手？”

沈屹西他们跑的是拉力，跟场地赛赛车手跑的赛场不一样。

场地赛跑的是封闭的沥青赛道，他们不是，赛道不同开法自然也不同，所以场地赛赛车手的开法，对他们越野赛赛车手来说不太有借鉴价值。

沈屹西的胳膊伸长了搭在桌上，食指在桌上有一搭没一搭地敲着：“你不觉得这人车开得挺牛？”

许知意瞧着视频里开法大胆又不莽撞的赛车：“是挺不错的，不过你怎么回事？怎么突然看起场地赛来了？难不成心血来潮想跨个领域？”

沈屹西笑了一声：“也不是不行。”

他朝许知意扬了扬下巴：“真开成了咱俩还能切磋切磋，两个人总坐一辆车上也挺挤的是不是？”

场地赛不像拉力赛副驾有领航员，就赛车手一个人。

许知意笑了：“还挺有道理。”

“对了。”许知意皱着眉想了下，“提到国外，你女朋友下学期是不是要去国外交换了？”

沈屹西挑了下眼皮。

许知意瞧着他这眼神，就知道自己恐怕是戳破了人家小情侣之间的某些事，他略有些抱歉：“你不知道？”

沈屹西说道：“你看我这样像是知道的样子？”

许知意打圆场：“也有可能是还没来得及告诉你。”

沈屹西却不想听这种废话，他用下巴示意许知意一下："说说，我听听怎么回事。"

许知意把平板放回桌上，往后靠，两手交叉搭在扶手上："前几天我回学校开会，会上李老师提了一嘴，今年学校要跟国外一所名气很大的学校进行学习交流，交换生的几个名额是以成绩给的，李老师说初步定了几个人，那里头有路无坷。"

沈屹西只听着，没说什么。

"不过这事我寻思着你还是去问问路无坷比较好，毕竟这人去不去也还不一定。"

话虽然是这么说，但其实如果不去的话，路无坷是不会在那个名单里的。毕竟这个交换生名额的风声早放出来了，李老师肯定也找路无坷谈过，她如果明确拒绝了的话，那交换生名额里肯定不会有她。

沈屹西像吐浊气那般慢悠悠地呼出一口气。他从椅子上起身："改天请你吃饭。"

说完他抄上桌上的车钥匙，去更衣室换下赛车服，开车去市人民医院。

市人民医院，八楼。

沈屹西到病房的时候路无坷不在，就阿释一个人在病房里边削苹果边跟奶奶讲话，他靠在门边上敲了敲门。

阿释还以为是路无坷回来了，头都没回一下："路无坷，你进来还敲什么门啊。"

"她人溜哪儿去了？"

突然一个男生声音冒出来，阿释吓了一大跳，手里正在削皮的苹果差点一骨碌滚到地上。她回头看见是沈屹西，有点疑惑："她刚从这儿出去，你们没遇上啊？"

沈屹西站在门口："她出去干什么了？"

阿释拿着苹果："打电话去了，怕在这屋里头打电话吵着奶奶。"

阿释把路无坷出去打电话的事告诉沈屹西了，却见沈屹西还是靠在门边上没走。阿释被他盯着，摸不着头脑地问："怎么了？"

沈屹西没兜圈子："她出国当交换生的事儿，你知道？"

阿释想都没想就点了点头："她还在考虑呢，她老师天天给她打电话，恨不得把她绑到国外去，现在材料都还没准备呢。"

她说了一长串，等看到沈屹西的脸色越来越严肃后，她的声音不由自主地慢慢低了下去。

沈屹西从门边上起身，对她笑了一下，笑意却很明显不达眼底："谢了。"说完关上病房门走了。

阿释的脑筋这会儿才转过来，手啪的一下拍到额头，手忙脚乱地去找手机："完了完了，无坷宝贝，我把你出卖了。"

她的手机老是乱扔，在那儿翻了半天，才在一袋水果下面找到自己的手机，她立马打给了路无坷，结果那边在通话中："路无坷，你这电话要打多久？"

阿释挂了电话后觉得自己要死翘翘了，干什么不好，坑自己人。

沈屹西不用想都知道路无坷是去哪里打电话，他径直去了楼梯间，手抵着门板推开门。路无坷果然就在里头，手机放在耳边听电话。

沈屹西进来的时候，她抬了下头。

沈屹西看着她，走进来关上门。他没打扰她，靠在她对面的墙上。

路无坷的视线落在他身上，听着电话那头的李老师语重心长地跟她说，这个交换生的机会多么多么难得，多少人挤破头想去。而且这次是学校公费交换，名额只看成绩不会看经济情况。又说这是学校第一次跟国外这所学校进行文化交流，以后也说不准还有没有这样的机会，让她再考虑考虑。

路无坷低着头，脚尖蹭了蹭地面，说好。

"那行，我这边还有点事儿，你啊好好过个年，开学前给老师一个答复。"李老师是个大嗓门，声音穿透听筒在楼梯间里被听得一清二楚。

路无坷挂断了这通电话，楼梯间里没了李老师的声音，一下子安静下来。

路无坷往沈屹西那边走，她想抱他。

沈屹西任她贴了上来。

路无坷抱着他的腰，把头靠在他的肩膀上。

过了一会儿，沈屹西开了口："路无坷。"

他的声音回荡在楼梯间里："恋爱是我一个人谈的吗？"

楼梯转角处窗外的云层灰白，有枯枝直指天空。路无坷趴在他的肩上看着外面单调的黯淡，没说话。

沈屹西扯着她的胳膊，把她从怀里提溜出来了，看着她的眼睛："回答我。"

路无坷转动手臂想从他的手里挣脱出来："沈屹西，你弄疼我了。"

可沈屹西不会放过她。

路无坷抬眼和他对视，一句话都不说，就要转身走掉，却被沈屹西一把抓了回来。

沈屹西弄疼她了，她伸脚就要踢他，结果没踢成就被他反身压到了墙上。

"我在气什么，你心里有数没？"

路无坷的呼吸被他的气息压制着，路无坷偏过头。

沈屹西盯着她的侧脸："路无坷，你跑哪儿上学是你的事儿，我不干涉也不会有任何意见，我去见你不过就多张机票的事儿。"

路无坷说："我还没考虑好去不去。"

沈屹西偏偏头，又转了回来："你知道这点事儿我不至于生气。"

还是白天，楼梯间里光线却昏暗得仿佛日暮。

路无坷知道的，她怎么可能不知道沈屹西在气什么？

沈屹西松开她，问她："你这事儿什么时候跟你朋友说的？"

路无坷不用想都知道，阿释应该是被沈屹西套话了。其实，阿释知道这事也是因为之前在教室外头等她下课，她被李老师拦下来说了会儿这事，阿释听到了才知道的，大概一个月前的事。

她沉默着。

沈屹西也没逼她回答，只说："你的朋友知道，许教授也知道，我呢？今儿要是我不问你，你是不是就打算一辈子不告诉我，要不是我认识许知意，我甚至都觉得他在瞎扯。"

女朋友要出国这件事都是从别人嘴里听来的，真荒谬。

路无坷忽然小声地开口，像是在说给他听，又像是在说给自己听："你以后不会想知道的。"

她说得很小声，沈屹西没听清："什么？"

路无坷手里的手机响了起来，是阿释打来的，奶奶出了点儿状况，路无坷来不及回答沈屹西，便急急忙忙地跑了出去。

沈屹西看她一眼，跟了出去。

奶奶的身体确实突然出了点儿问题，医生过来后给开了几瓶吊瓶，病房里很快又恢复了平静。现在天气还很冷，路无坷把奶奶的手放进被子里，旁边的阿释瞄了眼外头后，捅了捅她的手臂。

"你们吵架了？"

路无坷知道阿释在说沈屹西。

沈屹西刚才就跟过来了，估计是看奶奶有没有事，见没事他也没有进来，就靠在外面的墙上看着。

过了一会儿，阿释再抬头的时候外面已经没了人影，阿释问了一声："走了？"

路无坷给奶奶往上盖被子的手停顿了一下，动作细微到阿释都没注意到，她帮奶奶拨开脸上花白的碎发。

"你俩怎么回事儿啊？"阿释不明所以。

"没什么。"路无坷拿上热水瓶，"我去外面打个水。"

隔天早上六点多的时候奶奶醒了，嘴里喊着渴，让路无坷倒杯水给她喝。

路无坷连忙起身从热水瓶倒了杯水出来，扶着奶奶起来让她喝水，但喝了两三口奶奶就摆了摆手："够了够了。"

路无坷放下水杯，又把奶奶扶下去躺着："奶奶，你是太冷了吗？"

奶奶的嘴唇干到起皮，很苍白，她笑笑："这哪儿冷了？你天天往我身上盖这么多被子。"

路无坷拿棉签蘸水，抹抹奶奶的嘴唇。

六点多，天还没亮，从窗外进来的光十分昏暗。

老太太的眼睛里澄澈中带着点明亮，看着她。

奶奶自从来住院就很少有这么精神的时候，平时都是醒了之后很快就又合上眼睡了，今天却很难得地跟她聊起来。

老太太看了眼窗外还没亮的天，病房在八楼，一眼望去只有亮着寥寥灯火的高楼大厦。

“今天初几了？”

路无坷也顺着奶奶的目光看向窗外，她把水杯放回桌子上：“十三了。”

“真快啊。”奶奶回过头来，面容和蔼，“回家感觉就像昨天的事，转眼都过去这么多天了。”

做完手术在医院躺着的这几天，奶奶连说句话都费劲，这会儿却好像有用不完的精力。她问路无坷：“立春是不是快到了？”

“就是今天。”

奶奶喃喃着道：“春天到了啊，怎么不晚来一点？”

春天对路家来说一直是个多事之秋，好像只要是坏事，都会堆到春天里生根发霉。

“路无坷。”奶奶嘴里念了一遍她的名字，笑了，“你妈妈真会起名，这名儿起得真好，人生的路平平顺顺，没有坎坷。”

路无坷安静地听着。

“我啊，就不奢求那么多了，跟你妈一样。”老太太颤颤巍巍地抬手，摸了摸路无坷的脸，“就希望以后的春天能对我们的宝贝好一点。”

奶奶那天早上说了很多话，好像就攒着这么一口气想跟她说说话，就跟这二十年来每次话家常一样，很平常很平淡。

说到最后，奶奶说想吃葡萄。

这个点儿，医院楼下的水果店也不知道开了没有，但路无坷还是说：“好，我马上去买，你等我。”

楼下的水果店铺还没营业，但已经开了门，老板正在把水果往外搬，路无坷过去麻烦老板给她称了一斤葡萄。回到病房，她拉开了房门：“奶奶，我回来了。”

床上的奶奶躺着，面目安详，闭着眼睛睡得很安静。

路无坷看着奶奶，关上了病房的门。她提着葡萄走过去，在床边的椅子上坐下，把葡萄放到了奶奶手里：“奶奶，葡萄买回来了，老板跟我说很甜。”

奶奶好像很累了，没有说话。

路无坷把脸贴在她的手背上，跟她说好消息：“这个疗程结束，我们就能回家了。奶奶，我想吃饺子了。”

立春那天。

窗外的天际爬了抹橙红，暗夜在逐渐清醒。

奶奶走了。

奶奶走的这天，路无坷被沈屹西接到他家里，那天晚上她在他怀里睁眼躺了一整晚。接下来的日子就像做梦一样，一堆烦琐的手续，办理居民死亡证明，选墓地，在墓地下葬。

奶奶下葬那天是个阴天，前几天多云天气攒的雨，好像都在这一天下尽了。

苍山连绵不绝，春雨缠绵缱绻。

路无坷和沈屹西从墓园出来，细雨淅淅沥沥地砸在黑伞上，她的手被沈屹西牵在手里。

这几天路无坷没流过一滴泪，上车后眼眶却渐红了。

沈屹西把她搂进怀里。

路无坷套着男生宽大的黑西装，眼睛压在他的肩膀上，哭得身子微抖。

“沈屹西，我没有奶奶了。”

她再也吃不到馅多皮薄的饺子，再也听不到有人喊她妹妹了。

KUWEI
酷威文化
图书 影视

退烧

下册

舒虞
SHU YU
著

江苏凤凰文艺出版社
JIANGSU PHOENIX LITERATURE AND ART PUBLISHING

CONTENTS 目录

目录 CONTENTS

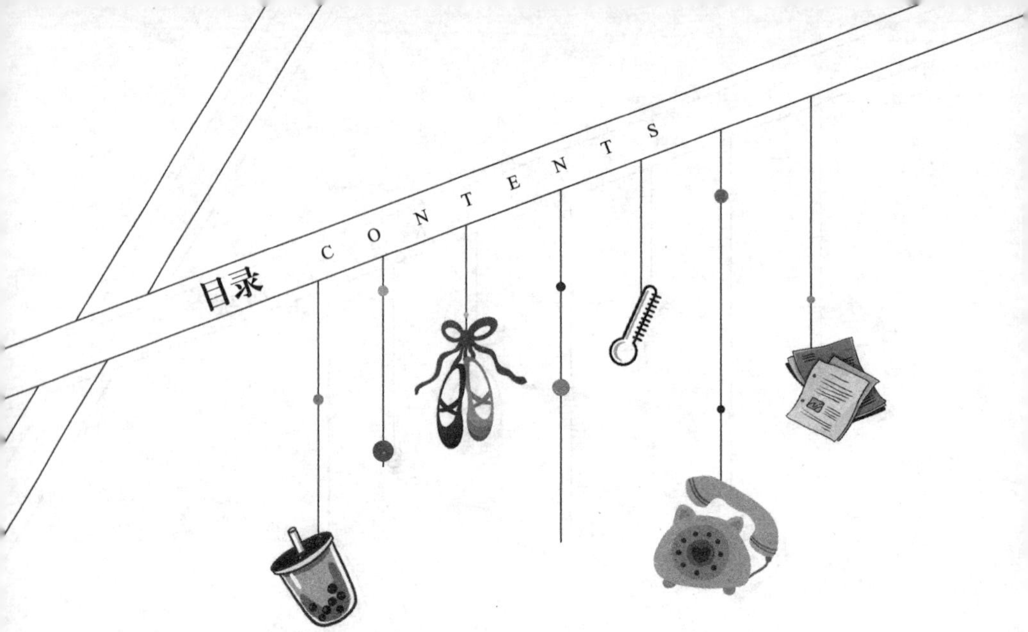

Chapter 11

给你个反悔机会

38.7°C

路无坷那天哭得眼睛红鼻子红。

这还是两个人在一起后沈屹西第一次见她哭，平时路无坷总是一副平静淡定的模样，哭起来却跟个小孩子一样，小时候一定是个爱哭鼻子的。

但也仅仅就这么一次，后来她再怎么想奶奶都没见她哭过了。

沈屹西不知道到底什么事把她弄成现在这样，但他也没去问路无坷。目前没人比他更了解路无坷，问她她也肯定不会说。

奶奶去世后那几天，路无坷一直在家里住，沈屹西一有空就会过来找她。

澜江这座城市湿气很重，一年四季的空气基本没有干爽的时候，春天刚来没多久，回南天后脚也跟着来了，不管是外头的街道还是家里到处都是黏糊糊的。

一天下来更是见不着一点太阳，整座城市像闷在一个潮湿发霉的罐子里，一口气都喘不过来。

这天，沈屹西不用去训练，来路无坷家找她。路无坷当时正好早起洗了头发，趴在阳台那里晾着湿嗒嗒的头发。

楼下的小学生已经开学，背着小书包结伴去上学，小小年纪学着哥哥姐姐的模样，说班里哪个男孩子长得很帅。不多时，沈屹西的车出现在转角处，路无坷撑着下巴看他把车停在了楼下。

沈屹西推开车门下车，抬头看了她一眼，走进了楼道里。

路无坷很无聊，在那儿数着秒数，一分钟后，家里的门响了，路无坷光着脚跑过去开门。

门打开，沈屹西就看到她家瓷砖上那一长串的湿脚印，从阳台那边一直到门边。

路无坷的脚挺小的，发凉的瓷砖衬得她的皮肤苍白又脆弱。

沈屹西说她："就不能穿个鞋？光着脚就这么好玩？"边说边打横抱起路无坷。

路无坷就势环上了他的脖子，被抱起来后，双腿圈上他的腰："很好玩。凉凉的。"

沈屹西抱着她往屋里走，笑了一声："几岁了？"

他没抱她去沙发上，直接把她抱到她的房间门前，把她放了下来。又顺手帮她开门，自己却不进去。

"怎么了？"路无坷不知道他想干什么，问他。

沈屹西的手还放门把上，眼皮耷拉着看她，往她的房间里扬了扬下巴："去拿上几件衣服，带你去个地方。"

路无坷眨巴着眼睛看他："去哪儿？"

她这张脸还真是占尽了长得乖巧的便宜。

沈屹西没忍住笑了："我是会把你卖了？"

路无坷说得跟真的似的："那可说不定。"

沈屹西"啧"了一声，笑道："你这么一说还真是，可不就是把你拐来当媳妇儿的。"

路无坷看了他一眼。

沈屹西逗她："媳妇儿，还不进去？"

路无坷把门"砰"的一声在他面前关上了。

沈屹西看着在面前甩上的门，摸着鼻子笑了一声。

路无坷收拾几件衣服就跟沈屹西走了，也没再问他要带她去哪里。上车的时候，沈屹西问她真不怕他把她给卖了，她反过来问沈屹西她值多少钱。

沈屹西简直被她气得没脾气。

一路把澜江的山水甩在身后，上高速的时候天空飘起小雨，春天的雨是绵绵的细丝，伴随几声闷雷响。

路无坷的气色一瞧就是最近几天没怎么休息好，眼下那一小块白嫩的肌肤上带了点儿淡淡的青灰，那张小脸本来就生得白，气色一差就显出病态。

这种时候本来就应该闭上眼睛睡觉，但她却跟一点也不困也不累似的，在车上玩车载音响。

沈屹西听的都是一些摇滚和hiphop，歌单里一水的英文歌。女生里也不是没有喜欢听摇滚的，喜欢这个的一大堆，但路无坷看着不太像这种。

沈屹西跟她说可以自己搜喜欢的音乐播放，路无坷没搜，在他的歌单里挑一首放了。

沈屹西抬眼看她："听过？"

路无坷靠回座椅里，说："听过几次。"

沈屹西倒也没有很意外，回过头，换了条高速车道。

灰白的苍穹下，蒙着雾气的山不断往后倒退，车轮碾过柏油路，水花四溅。

车里放着大胆又激情的音乐，路无坷问沈屹西："你过几天不是有个比赛吗，不用去？"

沈屹西的胳膊搭在方向盘上，闻言笑了声："这不就在去的路上？"

窗外的树和车快速从路无坷黑色的眼睛里划过。她没想到沈屹西原来是带上她去参加比赛，眨巴了一下眼睛后转头看他："你要带我过去？"

沈屹西闲闲地打了下方向盘，语调里带着玩味和懒散："不带过去怎么行，十几天见不着人，疯了？"

十几天，换以前这人身边能换个新人了。

路无坷轻咬下唇，故意说："就半个月，有什么忍不了的。"

沈屹西打方向盘下高速，说了句："路无坷，我现在就忍不了了，更别说半个月。"

一山更比一山高。

路无坷沉默下来，落下车窗去看窗外，音乐卷进风里。

沈屹西说："这次比赛首发站在A城，正好带你过去散散心。"

其实路无坷也不是不知道沈屹西这次比赛第一站是在A城，之前还想过跟他提，她也要一起过去。但后来奶奶去世，这事也就被她抛到脑后，可没想到沈屹西自己把她带过去了。

沈屹西没听见她出声，瞥了她一眼没说什么。

过了一会儿，路无坷不确定地问了一句："去A城？"

沈屹西扫了一眼后视镜看后头有没有车："这国内还有第二个叫A城的地方？"

路无坷没说话了。

沈屹西把车汇入车流，问她："去过吗？"

路无坷确实去过，她的视线落在外面疯狂按着喇叭的那辆车上，半晌才淡淡"嗯"了一声："去过。"

"不想去？"

空气有一瞬间凝滞，路无坷侧头去看沈屹西，才发现他应该只是随口一问，没别的意思。她转回头，犹豫之际还没回答，沈屹西已经追问道："怎么不说话？"

路无坷的指尖下意识地收拢进掌心里，在沈屹西再次看过来的时候终于应声："没有。"

"那去不去？"

路无坷又看向了车窗外，咬了咬嘴唇："去。"

飞机往北飞，在下午两点落地在A城机场。

刚从舱门出来，一股干燥的空气扑面而来，不像澜江，空气湿得一口吸进去仿佛全是水。

两个人从机场出来，路无坷才发现等在外面的是个熟人——郭旭，那个光头站在人群里格外扎眼，再加上他不苟言笑，人高马大的，想看不到他都难。

郭旭明显是个替沈屹西办事的，但两个人相处起来却不太像上下级的关系，反倒像老朋友。

沈屹西这人太不拘小节，那些条条框框他都懒得去遵守，对身边的人都是怎么随性怎么来，没什么架子。

路无坷听沈屹西跟郭旭开玩笑说，见面不用这么大礼，还专门去理个头。

郭旭说前几天刚剃的头。

上车后郭旭问沈屹西去哪儿，沈屹西说回老宅。

郭旭似乎有些意外，从后视镜里看了后座的沈屹西一眼。

意外的不仅郭旭一个人，还有路无坷，但她没去看沈屹西。

郭旭跟沈屹西确认了一遍："回老宅，是吧？"

沈屹西本来正翻手机里赛车群的消息，闻言抬起了眼皮，靠回座椅里，语气真跟捡了什么便宜似的。

"放着那么大个老宅，不住白不住。"

郭旭明白他的意思了，没再说什么，开车上高速。

时隔多年再回到这座城市，巧的是依旧是一个多云的天气，唯一一抹亮色大概是路边灰败的枯枝上吐了新芽。这明明是个满是新生机的季节，天上厚重的云团却像蒙住了路无坷的口鼻，压得她喘不过气来。

路无坷看着车窗外的景色发呆，某一刻，她的手被沈屹西牵过去。他的指节弄开她掐着自己掌心的手指："这么紧张做什么？"

沈家老宅已经有几十年的年头，一平方米的价格顶普通人家一套房子不止，装修风格奢华大气。

经过喷泉，他们还没进家门，已经有人在前厅那里等着。

前厅跟普通酒店大堂差不多大，典型的中式风格，墙上挂着貔貅的陶瓷壁画，企业家野心的象征。

眼前的女人穿着白衬衫和黑色包臀裙，瓜子脸，妆容保守、精致，唇角挂着得体的微笑："您终于回家了。"

她伸手自然而然地接过沈屹西手里的行李，递给身后两个西装革履的男人，同时下意识地看了路无坷一眼，但也只是友好地点了下头，其他的不会多问。

沈家条条框框很多，上到家里规诫，下到下人礼仪，一分都不会少，所以这里的人每一句话、每个行为都格外公式化。

除了沈屹西。

这人身上那股不受规则约束、放浪又懒散的劲儿和这里格格不入，但他确实又是属于这个圈子里的人。沈屹西的骨子里有着养尊处优的矜贵和自信，是这个上层社会带给他的东西。

面对权势和金钱从容不迫，是一个平常人很难做到的事，但对于那些打小在这种环境下长大的富家子弟来说，这些早就根植在他们的举手投足间。

富有给有钱人家带来的优势，有时候不仅仅是多金，更多的是金钱带来的那种潜移默化的养尊处优和泰然处之。这对大部分人来说是一辈子都做不到的事，利欲熏心是这个俗世给人上的一课，他们却丝毫不受影响。

沈屹西撂下那三个人往里走："都在家？"

路无坷被他牵在手里。

那个女人应该是个管事的，踩着高跟鞋有条不紊地跟在他的身后："沈先生和您的哥哥去了公司，老先生在房里休息，太太应该在书房看书。"

"没去学校溜达？"

叶丛莲近几年已经退休，卸下教授那个身份后，天天就在家听曲儿、喝茶、养花、看书，闲着没事还会回去大学看看。

女人的声音里带着笑："昨天先生才带太太回去过呢。"

沈屹西的父母四五十年的感情了，夫妻俩相敬如宾，基本没吵过架。

沈屹西点点头："行，待会儿你要先遇着她了，跟她说她那小儿子晚点再过去看她。"

女人笑着答应："行。"

到电梯那里，沈屹西伸手跟他们要回行李箱："行了，行李我自个儿拿上去，你们忙你们的去吧。"

路无坷一路没怎么说话。

沈屹西牵着她进电梯，垂着眼皮按楼层，问她："累不累？"

路无坷看着映在轿厢内壁上的自己，摇了摇头。

"不累待会儿带你出去溜达溜达，有没有想去的地方？"

路无坷不知道在想什么，沉默着，过了一会儿又摇摇头。

沈屹西瞥了她一眼，挪开眼，没说什么。

沈屹西在澜江住的那套房子已经够大了，而他在沈家的一个房间却已经相当于那里的一套房。

隔断层，楼上小台放着两张沙发，地上一堆小零件，还有贴墙放置摆件的摆柜，上面都是一些赛车模型。

沈屹西一进门，就着急地抱着路无坷温存了好一阵。完事后路无坷到浴室洗澡，出来的时候沈屹西靠坐在沙发里，不知道在跟谁打电话，一条胳膊伸长了搭在椅背上，眼角、眉梢那股慵懒的气息还没散去。

路无坷从浴室里出来，他动了下眼皮。

男生的上衣很大，罩在身上空荡荡的，路无坷的腿根以下感到凉飕飕的。

沈屹西的眼睛跟懒得动似的，就那样直勾勾地看着她。

路无坷走去沙发左边，结果屁股还没沾上沙发，就被右边的沈屹西一把捞过去。

她一下子就被他箍着腰掳到了腿上。

路无坷整个人坐在他的腿上，腰腹被他的胳膊锁着，埋在他的脖颈里笑。

沈屹西跟电话那边对话："去哪儿碰面？"

路无坷离听筒很近，对面说什么她听得到，是个男生的声音，说去会所。

沈屹西的手没闲着，嘴上却还很悠闲地回话："就不能找个清静点儿的地方？"

听筒那边的人跟听见什么稀奇事似的，声音高了一度："我真没打错电话号码？"

沈屹西嗤笑："要不你挂了再打一个试试？"

那头的人瞧着也不是个什么正经人，插科打诨道："再打也是鬼打墙，撞一面墙就行了。"

路无坷窝在他的怀里，他忽然把手机从耳边挪开了，低头在她耳边调笑，空闲的那只手更是半分没闲着，好像没什么比她更有吸引力。

路无坷顾忌着电话那头没敢出声，拧着身子在他怀里动着。

与此同时，电话那边的人还一直在讲，沈屹西虽然把电话拿开了，但还是一直在听着的。像他们这伙人，要找个正经点儿的地方玩还真不是一件简单事，电话那边的人估计是绞尽脑汁才想到一个不那么乱的。

"那……旱冰场？"

沈屹西浮起一抹嘲讽的笑意，很无情："你是高中生？"

“你别说，我最近还真老去那儿，那儿看门的老伯瞧着我都眼熟了。”

沈屹西的嘴皮子掀了掀，犀利却又心不在焉地吐出一句话：“最近跟高中生好上了？”

男生不怀好意的笑声从听筒里传来，还贱兮兮地捧了他一下：“不愧是纵览群芳过的人啊！”

他这话刚说出来，沈屹西就知道坏了，果然，下一秒身上的人就不干了，狠狠地拍开了他的手。

她想下去，沈屹西伸胳膊一搂把她拽回腿上。路无坷直接抓过他的手，气恼地在他的胳膊上咬了一口。

下嘴还挺重，沈屹西倒吸了口凉气。

那头听见这个声音好奇心来了：“哟，身边带着女人？”

沈屹西让路无坷咬了也不生气，低着头看她咬，都这时候了还有闲心跟人开玩笑：“你这把人家给惹毛了，把烂摊子收拾收拾。”

这帮男的都是万花丛中过，那些被恋爱冲昏头脑的女孩心理早被这些老手摸透了，他稍微回想刚才自己说过的话，就知道是哪句惹人生气了，嘴上是幸灾乐祸的笑，嫂子张口就来：“嫂子，您别生气，沈屹西他这人吧，虽然女朋友谈得多，但也就谈谈而已。”

这话简直就是在火上浇油。这种鬼话连沈屹西自己听了都不信，他笑着把电话挂了，手机扔到一旁。

路无坷其实也就一开始咬下去那口重了一点。

沈屹西说：“怎么就这么喜欢咬人？”

路无坷又狠狠地咬了他一口，然后把他的手撒开了：“就咬。”

沈屹西瞧着她在自己胳膊上留下的牙印，不生气反倒还笑了：“得，又多了个印儿。”之前肩膀上那个可还没消。

沈屹西看得出来她没真的生气，路无坷其实是个很拎得清的人，不会因为这些过去的事给自己找不痛快，顶多玩玩闹闹吃个小醋，不会当真。

沈屹西摸摸她的头：“起来，带你出去玩。”

路无坷不起来，问他去哪儿。

沈屹西想了一下，说：“旱冰场？”

说她是高中生呢，路无坷白了他一眼，从他身上起来，迈下沙发翻行李箱去了。

沈屹西的腰背陷在沙发里，瞧着她的背影笑了笑。

最后约在高中碰面，沈屹西的兄弟叫杨天成，得去接他那个读高中的小女朋友下课。

沈家很大，沈屹西带着她进出一回，愣是一个沈家人都没碰上。沈屹西让郭旭休息去了，自己开车带路无坷去高中。

高中早开学了，不像这群大学生还有十几天的假期可以混。

沈屹西带着路无坷去足球场，杨天成和程寓礼已经在那儿了。

杨天成和程寓礼是沈屹西的发小，三个人的父母是朋友。一个圈子的，孩子自然打小就认识，男孩子又最容易玩到一块去。

小学、初中、高中都是一块上学的，说是上学不如说是混日子，他们这里头在学习上比较有出息的也就程寓礼一个。

A 城这地方，外地人挤破头都想在这儿混有一方立身之地，A 城人一般也不会往其他城市跑，杨天成和程寓礼的大学都在 A 城读的，就沈屹西这个例外跑去了二三线的澜江。

杨天成和程寓礼在跟几个上体育课的高中生一起踢足球，远远瞧见沈屹西来了，朝他和路无坷这边吹了声口哨，一个足球猛地朝他们这边踢了过来。

沈屹西紧紧地盯着那球，眼里是那种男生对体育项目的狂热和专注。他对路无坷说："往边儿站，当心被砸到。"

路无坷还没反应过来的时候，沈屹西已经跑出去，长腿一甩把那个足球踢了回去。

足球跃过草坪，路无坷听见他的哥们儿又吹了声口哨。

沈屹西没过去，牵着路无坷在边上等着，没一会儿杨天成和程寓礼就撂下那帮高中男生过来了。

杨天成还没走近就开玩笑说："哟，这是哪位哥们儿啊，瞧着挺面生。"

沈屹西脸上挂着淡淡的笑，和他俩互相碰了下拳头："在这儿嘲讽我呢，以为我听不出来？"

杨天成也不拐着弯说人了，说："沈二少，您瞧瞧您上次大驾光临A城是什么时候，这都个把月过去了，圈子里不知道的还以为你不是本地人。"

路无坷能感觉到沈屹西牵着她的指节拨了拨她手指，他散散漫漫的："上回也就两三个月前。"

"怎么没说一声？"旁边话不多的程寓礼开口问。

"那会儿老爷子身体出了点儿问题，回来瞧了瞧，没什么大事儿也就回去了，书还是要读的不是。"

杨天成自然而然地扫了他身旁的路无坷一眼，凑去他身边挤眉弄眼："女朋友在这儿，满口胡话了？"

"滚。"沈屹西笑。

杨天成一看就是那种吊儿郎当的公子哥，路无坷看他瞧了自己一眼，问沈屹西："不介绍介绍？"

沈屹西先给路无坷介绍："杨天成，程寓礼。"又跟他们介绍："我女朋友，路无坷。"

路无坷不是自来熟，只淡淡地点了下头。

杨天成没等她点头前就已经打了招呼，路无坷的视线不经意间扫向旁边的程寓礼，发现他正盯着她看。

不是那种看陌生人时短暂停顿的有礼貌的眼神，但估计是教养使然，他的眼神没有很冒犯，在她看过去的时候也淡淡地点下头回应，然后挪开了视线。

杨天成的话题没在她身上过多停留，女人对这些日常混迹声色场所的公子哥们来说就跟衣服似的，旧的新的一堆。路无坷对于杨天成来说，不过就是一个沈屹西最近这段时间带在身边的女孩儿，可能再过个十天半个月，这张面孔这辈子就不会再遇到了。看，这帮人就是这么滥情又绝情。

杨天成接到了他那个放学的高三小女友。

路无坷背地里跟沈屹西撒娇说想喝酒，沈屹西见她想喝，同意带她去会所。

一行人浩浩荡荡地去会所，杨天成那个小女友的脸上浓妆艳抹，却还是遮挡不了她脸上那种故作成熟的天真和幼稚。她还带了她一个小姐妹过来，她那个小姐妹似乎对沈屹西很有兴趣。

于是，杨天成的小女友想帮她的小姐妹，凑过去跟杨天成要沈屹西的电话号码。她伏在端着酒喝的杨天成身上，嗲着个嗓子问他："那个帅哥是你的朋友吗？"

杨天成想都不用想就知道她问的谁，今儿就来了沈屹西这个生面孔。他笑说："人都有主儿了，还敢上？"

女孩儿说："我朋友要的，他也是A大的吗？"

杨天成说不是。

"跟你一样大也是大三的？"

"是跟我一样大。"杨天成跟她聊天，"不过他中间休学过一年，上的大二。"

"休学？"女孩似乎很好奇。

这也不是什么不能说的事，杨天成叹了口气，说道："那年出了点儿意外，车祸。"

路无坷中途去洗手间，碰巧遇到杨天成的小女友。

在周围大多数女孩还素颜朝天的年纪，这个女孩已经涂着大红唇，出来玩还不忘带上她那堆化妆品。

杨天成的小女友正靠在台面上对着镜子画眼线，嘴里吐槽着老师不让化妆。她旁边的小姐妹那张脸浓妆艳抹的跟她不相上下，眼影浓重地堆叠在眼皮上，也在她旁边对着镜子补口红。

"哎，你看上那男的不是个㞞货，刚才我从杨天成那儿打听了，高中还出过车祸呢，一看就是个爱玩的。"

路无坷还没进洗手间，脚步一顿。

她那个小姐妹明显兴趣很大："我就想跟这种人玩儿，上周跟隔壁班那男的他连接吻都不会，气死我了。"

"我就说吧，杨天成身边除了那个什么程寓礼，其他人就都不是什么好苗子，一看都是你的菜，你来了肯定能找着个喜欢的。"

"杨天成有说他怎么出车祸的吗？"

杨天成的小女友扣上眼线笔，翻了个白眼："没呢，他不跟我说，真是兄弟情深。不过哪儿有我问不到的？"那女孩得意地抓过台面上的手机扔给她，"我找我一个哥们问了，他正好认识这人，以前一个高中的。”

她那小姐妹翻着她手机里的聊天记录，看到一半声音高了八度：“撞死过人？”

杨天成的小女友又开始涂口红：“是啊，还是两个，自己那条命差点也没了，高中休了一年学。”

“不用去坐牢？家里那么有背景？”

“能没有背景吗？沈氏集团。”

“我的天。”

路无坷在外面听着，面无波澜。

如果今天她们嘴里讨论的是别的人别的事，她一个字都不会多听，但她知道她们说的是沈屹西。

“就是可惜有女朋友了。”那个女生在惋惜。

“有女朋友有什么，抢呗。”

杨天成的小女友话音刚落，胳膊就被她的小姐妹拱了拱。

路无坷进来，走到洗手台前洗手。

杨天成的女朋友认得她是今天被沈屹西带在身边的人，若无其事地闭上嘴，跟刚才八卦沈屹西的人不是她一样。

“这眼影盘挺好看的。”她的小姐妹找话。

“对吧，我最近就只用它。”

路无坷也没管她们，洗完手就从里头出来了。她一走那俩女孩又聊起来了，杨天成的小女友声音不小，还带着清脆的笑。

“完了，我看你是没戏了，这男的喜欢的居然是这种长得这么清纯的，我看你要追上这男的，得先长得像我们隔壁班的周婷婷。”

她的小姐妹最讨厌的就是隔壁班的周婷婷，气得去挠她的痒痒，女孩的笑闹声走廊上都听得到。

路无坷回去的时候，遇上从包厢里出来打电话的程寓礼。他正好推门出来，视线自然而然地就落到了路无坷的脸上，朝她点了下头。

路无坷也礼貌性地回应了一下。

她推门进去在沈屹西身边坐下，沈屹西不知道拿手机在回什么，她刚坐下来就被他揽了过去。

沈屹西在回叶丛莲的消息，叶丛莲知道他回来了，让他晚上回家里吃饭。

沈屹西看消息、回消息的时候不会回避路无坷，反倒平时有事没事就喜欢把她抱过来一起看，路无坷也已经习惯了。

结果就听旁边的杨天成跟看见了什么稀奇事似的，拉长了语调："啧啧啧，沈二少，以前不是最反感女孩儿看你手机吗？谁越矩谁基本就玩完了，今儿怎么回事儿，转性了？"

瞧着这个贱兮兮的语气，就是在调侃。

路无坷听着却愣了一下。被他纵容惯了，久而久之她都忘了沈屹西其实脾气算不上好。

他眸子里勾了丝散漫的笑，跟杨天成半开玩笑似的说："不给看，女朋友得跟我闹脾气。"

他那话纯属胡扯，说完自己都笑了起来。

杨天成却多看了路无坷几眼，带着好奇和探究。

包厢里混杂的音乐声里，路无坷用只有沈屹西能听见的声音问他："你以前手机真不给人看？"

"你说呢？"

其实也不是手机里有什么见不得人的东西，就是他单纯不喜欢那个行为。

沈屹西继续低头给叶丛莲回消息，回完了凑到她耳边说："看到了吧？今晚一起回家吃饭。"

路无坷却只盯着屏幕没说话。

"怕生？"沈屹西问。

路无坷摇摇头。

"去不去？"

她低头玩着沈屹西的手，过了一会儿开了口："去啊。"

就沈屹西这副到哪儿都能祸害一堆小姑娘的长相，他的父母肯定也样貌非凡。

晚上，路无坷见到了叶丛莲，沈屹西的母亲果然长得很漂亮，五官柔和，温婉贤淑，身上是知识分子那种知书达理、落落大方的气质。

沈屹西长得不像妈妈，应该是比较像父亲。

沈父今晚不得闲，没回家吃晚饭，家里就叶丛莲、已经从公司回来的沈家大儿子，还有沈屹西的爷爷沈严霖。

沈屹西带路无坷回去，叶丛莲让人在会客厅上茶，说沈屹西带小姑娘回家也不说一声。

沈屹西笑着说："这不就带回来给您瞧了。"

叶丛莲对儿子带回来的女孩很尊重，没有过多地探究她的身世或其他，反倒是聊了聊知识上的事，还提了一嘴这是她小儿子第一次带女孩回来。也正是因为她的礼貌和尊重，才让人感觉到疏离，不过有沈屹西在，路无坷一点也不会感觉到难堪。

沈屹西就是带她回来给他妈看看，话都帮她挡了，不会让她感到不舒服。后来聊到一半，沈屹西他哥正好和客人从偏厅里出来，应该是在谈生意。

沈屹西他哥看到他回来还问了句，把客人送下楼后才重新回到会客厅。沈屹西他哥长得比较像妈妈，温润矜贵。两兄弟明显关系还不错，从放松又自然的对话里就能听出来。

沈家老爷子近几年身体不好，直到吃晚饭时才坐着轮椅露脸，是沈屹西他哥去楼上推下来的。

沈屹西跟这个家最不热络的人大概就是沈老爷子，只是淡淡地喊了声爷爷后便没了下文。明明沈老爷子看起来是个很和蔼的人，慈眉善目的。

沈老爷子在主位坐下的时候，路无坷放在桌子下的指尖下意识地蜷缩了起来，很快她挪开了视线。

沈家的教养和礼仪明显很好，吃饭时很安静，基本上没人说话。

吃完这顿饭，晚上沈屹西又带路无坷出去溜达了一圈，回来后路无坷去浴室洗澡，洗到一半沈屹西进来了。

窗外夜色迷蒙，风雨飘摇，淋浴间热气氤氲，像朦胧的雾。

她整个人腾空，背脊贴着冰凉的瓷砖，水珠顺着曲线起伏而下，欲望在暗涌的水浪里沉沉浮浮。

细碎的声音从磨砂玻璃门里飘了出来，摇摇晃晃地勾住这方旖旎的夜色。

沈屹西的胸口有道疤，那天晚上路无坷躺在他怀里，指尖轻抚着那道疤。这不是她第一次注意到这道疤，沈屹西发现她以前就有这个习惯，指尖总下意识地往那儿跑，像是有什么在吸引她。

晚上，路无坷睡得不是很安稳，各种曾经做过的梦无限交替循环，眼睛睁开、闭上，复又睁开，一闭眼又是没有尽头的熟悉的梦魇。

那天晚上，路无坷看到的不只有妈妈和奶奶，还有沈屹西。

他在晃动的白炽灯光下，浑身是血。

隔天，路无坷醒来，沈屹西已经不在身边。

印象里早上沈屹西好像亲了亲她，路无坷当时困得不行，有点不耐烦，往他怀里一钻。沈屹西好像是笑了，在她耳边跟她说训练去了。

过几天沈屹西就要比赛，昨晚搭档许知意处理完工作赶晚上的航班飞来的 A 城，两个人凑齐了今天就开始训练。

路无坷昨晚没睡好，只感觉太阳穴胀疼，她用手撑着头想坐起来，才发现整个人被严严实实地裹在被子里。

她索性又躺回去了。回笼觉这种东西路无坷没有过，早上一旦醒过来很难再睡过去，她在床上犯懒，躺了半个小时，脑袋一直放空着，眼睛里空荡荡的窥不见任何情绪。

过了很久，她才神思回笼，从床上爬起来洗漱。

沈屹西这里的落地玻璃窗能看到楼下西南角的花园，路无坷扒在床上看人修枝剪叶看了好一会儿，远远地还能瞧见坐在轮椅上的那个人那头花白的头发。

路无坷也不知道是在看人还是看景，面色淡淡的。她撑着下巴看了好一会儿，从床上起身，出门的时候没看见床上闪动的屏幕。

路无坷在电梯里遇到昨天在前厅见过的那个女人，女人还是昨天那身正式、严肃的装束，踩着高跟鞋，化着规矩又端庄的妆。

女人笑着跟她打招呼，路无坷问她楼下那个花园可不可以过去。

女人告诉她可以。

路无坷道了声谢，看着电梯一路往下。

在沈家，从正门出来到花园的那段路，让路无坷感觉走得两腿发酸，到花园的时候刚才在楼上看到的在花园里修枝剪叶的人已经不在了，那台轮椅倒是还在那里。

老人坐在轮椅里，鼻梁上架着一副金丝框眼镜，即使人到老年，身体抱恙，但仍能瞧出仪表非凡，他正翻着腿上的书在看。

路无坷一直站在那儿看着，没有走近。

过了一会儿，沈老爷子看书好像看累了，抬起腕表看了一眼时间，然后合上书，忽然开了口："小姑娘，是看我在这儿不敢进来吗？"

路无坷愣了一下，她四下环顾，周围没有其他人。

老人转过轮椅，声音慈祥又温柔，对她说："就瞧着有个人影一直站在这儿没动，腿不酸吗？进来吧。"

路无坷脸上的表情平静、淡定，心里犹豫了一下，但还是走了进去。

沈老爷子倒是没管她，继续看着自己的书，路无坷进去后找了一把长椅坐下。

昨晚下了一场大雨，脚下的草地泛着湿气，一股泥土腥味。半个小时过去后，老人是真的坐累了，想打电话叫人过来推他回去，抬眼看到从花园那头绕回来的路无坷。

"小姑娘。"

乍然听到有人喊她，路无坷抬起头。

沈老爷子问她："你要回去了吗？"

路无坷点点头，她这番不爱说话的样子让不认识的人看到，估计得以为她是个哑巴。

沈老爷子瞧着这个女孩是自己那个混账孙子带回来的，回去的路上好歹有个人能跟他聊聊他这个孙子，便讨嫌地问了句："能不能麻烦你顺便把我推回去？"

路无坷没想到眼前的这个老人会这么平易近人，眨巴了一下眼睛。

老人问："不行？"

路无坷终于开口说了句话："没有。"她走了过去。

老人瘦成了皮包骨，沈老爷子外表虽然看起来硬朗，但实际上外套套在身上空荡荡的。

路无坷不合时宜地想到了奶奶。奶奶去世前也是这样，在医院折腾了两三个月，瘦得不成人形，握着她的手都像在握一把骨头。

奶奶去世不过也就几天前，却仿佛已经过去一个世纪之久，每一天路无坷都会想奶奶。

沈老爷子的一句话把她的神思叫了回来："那小子的脾气是不是不太好？"

路无坷知道他问的是沈屹西，就在老爷子以为她不会回答的时候，她开了口："不会。"

沈老爷子还以为是自己耳朵坏了，笑着问："真的？"问完自己倒是笑了，从鼻子里哼了声："我看啊，这世界上就没有比他脾气更臭的。"

路无坷想了想，其实有的，她自己。连沈屹西都说她的脾气差，她也确实每天都在气他。

沈老爷子明显很疼这个孙子，一路上跟路无坷聊了很多关于沈屹西的事。说他打小不服从家里安排，一天天的在外面野，就差跟车过日子去了。又说他这个孙子脾气可大得很，前几年跟家里人吵架后就走得天高皇帝远的。

路无坷居然认真地在听沈老爷子说话，那张巴掌大的小脸神情专注。

她在想，沈屹西原来是因为跟家里闹了矛盾才去澜江的。这件事沈屹西没跟她提过，刚在一起那会儿她问过沈屹西为什么会来澜江。

沈屹西当时好像说，澜江离A城远。

一路上都是老爷子在说，路无坷一声不吭。

人的一生，老年这个阶段是最孤独的，子女有自己的家庭、事业，孙子孙女有自己的学业。沈老爷子终于找到一个可以聊天的人，话跟说不完似的。

路无坷把人送到了房间门口。

沈老爷子跟她道谢："小姑娘，别嫌我今儿话多，好不容易找着个人说话，话多了点儿。"

其实路无坷能感觉到，沈老爷子并没有把她当成孙子的女朋友来对待，反倒像对待家里任何一个员工。他们也不会费那个劲去反对他们，在他们眼里二十出头的年纪恋爱都是儿戏，用不着大惊小怪，年轻的时候爱怎么玩就怎么玩，他们不会管。

路无坷没接受他的道谢。

沈老爷子在外面待了一早上也觉得有点乏了，神色明显有些疲累，却还是强撑着笑意："小姑娘，今儿谢谢你了。"

他伸手开门，却不知道为什么动作忽然一顿。

老人突然慌张起来，一只手按上胸口，腾出来的那只手去转轮椅，朝屋里的桌子那边滑过去。然后颤颤巍巍地颤抖着手去拿药瓶，却不小心碰掉了药瓶。

白色的药瓶子"啪嗒"一声摔在地上滚出去好远，拿不到了。

沈老爷子的呼吸已经开始急促起来，他此时才想起门口还有一个人。他苍白着一张脸，硬撑着对路无坷温柔地笑了一下。

"小姑娘，帮我拿一下那个小药瓶。"

路无坷的视线落在沈老爷子那张苍白如纸的脸上，几秒钟后走进房间里，往那个药瓶的方向走过去，可她却没把那个小药瓶捡起来。

"小姑娘。"沈老爷子的声音颤抖着，"把药瓶子拿给我一下。"

路无坷像个调皮的小孩，伸手就能拿到药瓶子递给他，可她偏偏没有动作。

沈老爷子终于发觉不对劲了，眉头皱得很深，艰难地转着轮椅过去。路无坷的眼神很干净，没有任何杂质，就是很单纯地看着他在痛苦。

沈老爷子撑到了这边，就要从轮椅上俯身去拿，他从轮椅上摔了下来。路无坷咬咬嘴角，低头冷漠地看着他，扶都不去扶。

沈老爷子叫她让开，就在指尖快碰上药瓶的时候，药瓶被踢开了，白色塑料瓶子里的药片哗啦响，骨碌着滚走了。

沈老爷子的手紧紧地按在胸口上，不可置信地瞪大了眼睛，方才的从容和沉着消失殆尽，话几乎是咬牙切齿地说了出来，最后那点涵养支撑着他没骂人。

“你这是做什么？”

路无坷很无辜地看着他：“不知道啊。”

昨晚的梦魇缠在她的眼底，在那一小块白得扎眼的脆弱皮肤上染上点青灰。

病态的，娇弱的。

她慢慢在沈老爷子的面前蹲下来，轻轻说：“这话你可能得问钟映淑。”

她的话音一落，沈老爷子原本伸长了手想去够药瓶子，忽然停住了。

路无坷跟问有没有糖似的：“还记得她吗？”

沈老爷子颤抖着手，慢慢地回过头看她。

“当年你一条因工致癌为员工欺诈把人打发了，不承担、不治疗，逼得人家在老家待不下去。最后事没谈妥，一辆车把人撞死了。”路无坷的语气很平淡，像只是在讲述别人的故事。

沈老爷子的胸口剧烈起伏着，明显终于知道她是谁了。

路无坷不过是一个曾经被他扔在地上随意践踏的生命，果然她的命不是命，这么多年再见面，他已经认不出她是当年那个穿着蓝白条纹相间校服的女孩了。

路无坷对他的痛苦视若无睹：“后不后悔当年没把我也一起撞死？”

沈老爷子一句话都说不出了，他已经感觉呼吸困难了。

“撞死了，好像就不会有今天了。”

她那张巴掌大的小脸很清纯，像一个拥有天使面孔的小恶魔：“怎么样？这种快要死了的感觉怎么样？你要不要也尝尝？”

黄黑色的赛车驰骋在赛道上，砂石尘土弥漫。排气声嘶吼着几乎快要把赛车撕扯开，沈屹西不要命地飙着车。

一开始沈屹西和许知意两个人还很规矩地玩，后面就随意了，怎么刺激怎么玩。

直到中午，两个人才玩够了，沈屹西这会儿闲下来才发现手机里有几个未接来电，是程寓礼打过来的。

他给程寓礼回了个电话，程寓礼那边很快接听。

这会儿车速慢下来，沈屹西的声音都跟着变得慵懒不少："什么事儿？"

"沈屹西，接下来我要跟你说个事儿。"

"你说。"

"当年你车祸那事儿过去太久了，可能我之前的印象有点模糊，但今天想起来了。"程寓礼好像深吸了一口气，"你的女朋友，就是你当年差点撞上的那个女孩。"

话音一落，柏油路面上响起一道刺耳的轮胎刹停声。

七年前，A 城发生一起严重的连环车祸，一死五伤，死者飞出二十米远，当场死亡。

这是路无坷见到的钟映淑的最后一面。

那天晚上，爱美的钟映淑躺在柏油路面上不成人形，身下血流成河。

这本应该也是路无坷的下场。她的身体甚至已经被撞到，可前后不到一秒的时间，一辆从侧边冲出来的车硬生生让她和死神擦肩而过。

剧烈的撞击声，尖锐刺耳的轮胎抓地声。

那天路无坷身下全是血，合眼前的最后一刻，视线里是那辆翻滚着天旋地转的车。

路无坷再次恢复神智是在医院的走廊上，入眼是晃动着的一盏接一盏的白炽灯，和模糊了眼睛的血色。

耳边的脚步声匆忙急促，担架车车轮轱辘着转动，有两路人马。

旁边担架床上的人在昏迷，眼皮被倦意扯着耷拉着，像只是睡了一觉。

男生即使闭着眼也能看出五官出色到张扬，浓眉挺鼻，脸上蹭了血污，胸口上划拉一道长长的伤口，浑身是血。

路无坷的脸色苍白如纸，思绪混沌地看着他。

白炽灯在他脸上一明一暗。

很快她的眼皮支撑不住，两个人一起陷入了昏迷。

担架床很快分道扬镳，往不同的手术室奔去。

沈屹西接完程寓礼的电话后立刻赶往家里，给路无坷打电话她一直没接听，他一路疾驰连闯三个红灯。

等去到老爷子房间的时候，老爷子已经倒在地上快要断气了。

地上白色的药片散了一地，路无坷正把药片囫囵塞进老人嘴里。

沈屹西进去的时候她抬了头，小脸苍白，很平静。

沈屹西的目光落在老爷子身上，几步过去在他身边蹲下，伸手去解老爷子的衣领和腰带保证他呼吸保持通畅。他没让路无坷叫救护车，自己想去掏手机。

旁边的路无坷开了口："叫了。"

沈屹西的手停顿了一下，看向她。

两个人还没说上话，家里那些平时照顾老爷子的人从门外涌进来。

路无坷还没来得及去牵沈屹西的手，就已经被人粗暴地挤到一旁。大家混乱着、焦急着，只有路无坷游离在人群外，她不属于这里。

过了一会儿，叶丛莲和沈父也过来了，这还是路无坷第一次见到沈父，气质威严，不苟言笑，沈屹西果真长得像他。

救护车来得很快，老爷子被医护人员抬上担架床离开房间，房间里瞬间空了大半，人流来了又散去。

路无坷好像对周围发生的一切完全没有感知，只是站在墙边发呆，直到某刻她冰凉的手被人捞过去握在手里，她才慢慢地收拢思绪。

门口的沈父朝他们这边看了一眼，声音里没有盛怒，也没有埋怨，只是平平淡淡地跟自己的儿子说："一起送你爷爷去医院。"说完就走了，直到离开前都没看路无坷一眼。

沈屹西跟没听到似的，脚都没挪，他双手掰过路无坷的肩膀，让路无坷面对他。

路无坷的脸上到现在还是他进来时看到的那副神情，平和里带着安静，薄唇乖乖地阖着，抬眼看他。

沈屹西去看她的眼睛，眼皮抬出深深的一道褶："有什么事儿等我回来再说，现在去我房间里待着。”

路无坷看着他，有句话哽在喉咙里，她微张了张嘴。

沈屹西的眼睛沉沉地看着她，等着她说话。

她终究还是把嘴阖上了。

沈屹西见她不说了，叮嘱她：“回房间等我。”

路无坷只盯着他看，用目光描摹他的眉眼。跟七年前在医院的走廊一样，就算只剩一口气都要记住他。

沈屹西口袋里的手机响了，他没去拿，最后咬咬牙，跟她说：“别乱跑。”

说完终于肯松开她走了。

沈老爷子做手术的时候，沈父和沈母都在外面一起等着。

沈屹西坐在手术室外头的椅子上，腰板佝偻着，手肘撑在膝盖上，双手交叉抵着头，黑色的瞳眸里幽深寂远，仿佛在沉思。

其实沈屹西和老爷子以前爷孙俩的关系不是现在这样，反而关系很好。相比家教严格的沈父，老爷子对孙子的管教方式要宽容得多。

两个人管教方式最大的不同就是沈屹西要在外头惹了事，沈父不会给他收拾烂摊子，这祸是他闯下的就得他自己负责，而沈老爷子则是连屁股都给擦干净了。

沈屹西跟父亲的关系不怎么样，原因就是父子俩硬碰硬，话不投机半句多。老爷子就不一样了，老人家疼孙子，不跟孙子对着干，关系自然好。

爷孙俩会产生矛盾，还是因为七年前那件事。

那会儿沈屹西读高中，那个年纪的男生稍微呛一句、碰一下都能打起来，沈屹西当时和杨天成、程寓礼三个人都没少跟人打架，三天两头生事。不过沈屹西一般惹了事都会自己解决，除非太过棘手。

那次去找老爷子是为了给杨天成求个情，杨天成跟人在夜店动手误伤了人。杨天成他爸也算人物，但那段时间正好赶上特殊时期，这事变得格外棘手。后来沈屹西帮他求情求到了沈老爷子那儿，程寓礼也一起去了。

当时他们去的公司，结果没见着老爷子人，问了秘书才知道他去医院了，说是慰问员工去了。

那会儿沈家也不太平，旗下一个企业员工在闹，说公司让她得了白血病，都从老家那边跑到A城这边来了。那时候网络没那么发达，不像现在一点小事都足以掀起剧烈的社会舆论。

沈屹西一直很少过问沈氏的公事，当时只知道有这么一件事，多的他便不清楚了。

当时正赶上晚饭时间，沈屹西和程寓礼于是一起去医院，准备帮杨天成说情的时候顺便接上老爷子一起去吃个晚饭。

到医院楼下的时候，天已经黑了，当时医院门口有一对看起来应该是母女的人从里头出来，母亲应该是生病了，下台阶时一个没注意踏空了，她的女儿眼疾手快地搀扶住她，但手上的东西还是滚了一地。

路过的人都瞧了她们一眼，停在不远处的沈屹西和程寓礼自然也是，当时沈屹西扫了一眼。

那个穿着蓝白色条纹校服的女生蹲下去捡东西，只露半个侧脸，长得挺白的。

沈屹西只看了一眼，坐车里给老爷子去了个电话。沈老爷子已经探望完病人，很快接起电话，听那边空旷的声音应该是在停车场。

如果是别人肯定得客气一套才说正事，但这是自己爷爷，沈屹西开口当然容易得多。他跟老人家说了杨天成的事，老爷子在电话里笑着数落他们这些小年轻意气用事。

沈屹西当时还嘴贫，笑着说您要狙人狙准点儿，别什么都能说到他头上。又让他叫司机把车开到医院大门这边，他和程寓礼接他去吃个饭。只不过老人家还没来得及答应，另一个手机的来电就打断了他们的对话。

沈严霖有两个号码，一个私人的，一个公事上的。进来的那个电话应该很重要，沈老爷子当下就接听了，甚至都忘了把他这边的电话挂断。

那通电话开着扬声器，当时沈屹西正想调侃老爷子的电话忘挂了，却在听到对话内容的下一秒脸色骤然凝重起来。

对方说那对母女已经在马路上，还说了具体方位。

沈屹西当时停车的位置就靠近马路，他蹙眉看了过去，那对母女还在说着话，浑然不知一辆车在靠近她们。

那人问沈老爷子是否现在动手。

意外的是沈老爷子还是平常那副温和斯文的做派，声音听着客客气气的，却说了最冷漠狠毒的四个字——别留活口。

几乎是同时，沈屹西爆了句粗口。他把程寓礼从车上赶下去，油门一踩冲了出去。

那时候沈屹西靠的全是本能，还有那股直冲天灵盖的火气。

沈屹西算不上是好人，但有自己的底线。那次车祸，车骨架要是往他胸口刺得再准点，他那条命就没了，也算是福大命大。

沈屹西并不认识那对母女，也对她们没印象。只记得车前灯从那个身影上晃过，女孩娇弱的身体套在蓝白色相间的宽大校服里。

他还是后来醒过来，才知道那对母女中母亲去世了，女儿活了下来，只不过好像腿受了伤。如果这次不是程寓礼最后把路无坷认出来，沈屹西可能一辈子都不会知道当年那个女孩就是她。

程寓礼也不是第一眼就把路无坷认了出来，这么多年过去记忆难免模糊，那天第一次见面只是觉得面熟，没认出来，还是隔了一天才想起来。

直到现在，沈屹西才想通从认识路无坷以来她身上那些不对劲的事。

她明明对他有意思，却很抗拒，每次一提到她妈妈她就生气，那次腿受伤了说什么她就是不去做检查，还喜欢摸他胸口的疤。

这一切都在今天连成了一条线。

……

沈老爷子手术做完后住进ICU。

沈父公事繁忙回了公司，沈屹西和母亲叶丛莲在医院待到晚上，直到深夜沈屹西和母亲才回了家，医院里留了平时总在照顾老爷子生活起居的人在那里。

这十几个小时里，沈屹西打给路无坷很多次电话，没有一次打得通。

回到家后立刻到自己房间找人，可路无坷哪里还在，连行李都不见了。

几天没回来，澜江的天空还是灰色的。风把乌云撕扯成丝丝缕缕，天幕的灰里透着白。春湿阴魂不散，破败的居民楼四处都泛着潮冷，楼壁凝了一层细细的水珠。

行李箱放在沙发边，路无坷抱着腿坐在沙发上，双脚冷得像冰。

灰白色的日光从西落到东升，天还没亮透，楼下有摩托车驶过，近了又远。

上一辆经过楼下的摩托车还是在五个小时前，路无坷想。风吹得铁窗吱呀吱呀地摇晃着，一声声单调又孤寂，她听了很久这个声音，直到门口有人在拧动门把。

路无坷的反应有点迟钝，慢半拍才往那边看过去。

门外那人好像恨不得把门把拆了："路无坷，开门。"

路无坷看着门板，缓慢地眨了下眼睛，桌上的手机屏幕不断亮着。

他没再晃动门把，声音淡淡的："我知道你在里面，如果你打算一辈子躲里面不出来，就可以不开这个门。"

路无坷没有不给他开门，她像是这会儿才回过神来，松开了抱腿的手，光着脚踩着瓷砖，莹白圆润的脚趾头都冻得苍白。

她开了门。

门外的沈屹西靠在门边，身上还是昨天那身衣服，有点不修边幅。

门打开，他抬起了眼皮，熬了整夜的他眼睛里有红血丝，下巴冒了点儿青楂。他盯着她看了几秒钟后，收回半贴在耳上的手机。

路无坷脸上没有表情，也看着他。没有难过，没有伤心，只是单纯地看着他。

她一声不吭就走了，沈屹西原本以为自己见到她会生气，却在看到她那张巴掌大的小脸后，什么火气都压下去了。

她那双跟小鹿一样的眼睛漂亮干净到懵懂，跟七年前那个蓝白色的身影重叠到一起，最后是老爷子房间里那张嫩白里带着点病态的脸。

路无坷垂下了视线，像是要盖住心里什么东西，松开门把转身进屋。

沈屹西瞥了她的背影一眼，跟着她进屋。

路无坷又抱着腿，窝回了原来那个地方。

沈屹西在她旁边的长沙发坐下，放松地陷在沙发里，长腿随意地伸着。他也没看她，慢悠悠地问："气撒完了没？"

路无坷没想沈屹西第一句话会是这个，毕竟这件事做得偏激的是她，可沈屹西没有责怪她。

她像是要确认什么，抬眼看向了他。

沈屹西脸上的神色淡淡的："解气了，还能好好过日子不？"

路无坷愣住了。

他的余光像是捕捉到她在看他，说完转头看了过来。路无坷的视线和他碰上，几秒钟后转过头。

沈屹西瞧她眼神躲闪，心里有点不是滋味，微微蹙眉。时间一分一秒地过去，一直盯着地上看的路无坷嘴唇终于动了动。

"沈屹西。"

沈屹西抬头看她。

路无坷说："我们分手吧。"

沈屹西的脸上是不耐烦的表情，他冷漠地打断她："除了分手，别的你想怎样都行。"

路无坷却无动于衷，过了一会儿她突然说："我不会抽烟。"

听着好似没头没尾的一句话，沈屹西却听懂了。他第一次真正注意到她，就是在许知意办公室那次，楼下身为好学生的她手里拿了包万宝路要抽。她说："那次我是故意的。"

她故意吸引他的注意，甚至知道他最终会喜欢上自己。

路无坷已经将自己包起来，伸出了小利爪，把自己身上的刺都露出来。

沈屹西的眼睛紧紧地盯着她，不留情面："然后把自己一起玩进去了？"

路无坷没说话。谁说不是呢？早在招惹到他的时候她就后悔了，她知道的，她和他之间不可能。更重要的是沈屹西这人碰不得，可最后她还是碰了。

在捅开彼此之间那层岌岌可危的关系之前，两个人明明什么亲密事都做尽了，可此刻却好像离得很远很远。

沈屹西似乎对她一开始是故意吸引他这件事并不在意。他语气不急不缓："路无坷，你是不是一开始就没想过和我有以后？"

那个坎就在那里，怎么可能有以后，她迈了七年都没能迈过去。再说了，要他为了她和他的家庭反抗吗？不值得。

路无坷没有看他，沉默着。

她没有。

沈屹西咬了咬牙。

"路无坷，我就问这一句。"沈屹西问她，"还跟不跟我？"

路无坷抱着腿的手指微微动了一下。

空气紧绷着，她没说话，沈屹西也没催她，给她时间。房里安静到落针可闻，也不知道时间过去了多久。

路无坷小脸瞧着很平静，终于开了口："我们就到这儿吧。"

沈屹西脸上没了一贯的懒散样，吸了一口气："确定了？"

明明沈屹西是一个那么骄傲的人。

路无坷被冻到僵冷的腿像是突然有了知觉。

"给你个反悔机会。"沈屹西没看她，说道，"半个小时，半个小时后再不吭声过了这村儿就没这店了。"

说完这句话，他真就这么等着，没说话了。

时间似乎变得很漫长，楼下的街道渐渐有了人声，烟火气越来越浓，路无坷游离在这个热闹的世界外。过了一会儿楼下有人高声喊着下雨啦，让人赶紧把晾在屋外头的衣服收回去。

上一场雨带来的水汽还没散干净，风又裹着另一阵雨来了，缠得人骨头发酸。雨丝细斜，淅淅沥沥地落在水泥地上，很快淹没了方才楼下还正热闹着的烟火气。

室内的安静逐渐被窗外的大雨代替。

阳台的门开了半扇，很快屋里充斥着烟雨的味道。今天的沈屹西身上有股落魄气，每一次呼吸都像是在压抑着什么，微微皱着眉。

分针走了四分之一。

路无坷低着头，神色很平静，不像个有生气的人。平时那笑起来甜甜的眼睛此刻无波无澜，在看不到的地方抱着腿的手指却掐进了小腿里。

分针走到了二分之一。

她没说话。

沈屹西也没再说什么，从沙发上起身。他没再看她一眼，拉开门离开，门“砰”的一声关上了。

路无坷的睫毛轻轻颤抖了一下。很快，她小巧纤细的鼻尖泛了红。

路无坷出国那天，正好是路母的忌日。

钟映淑和赵锦君的忌日都是在春天，这是一个不怎么好的季节。她拉着行李箱去墓地，通往山上的台阶望不到尽头，风带着料峭的寒气。

路无坷一路往上，来到了钟映淑的墓碑前，放下手里的白菊花。

“今天的天气很好，没下雨。”虽然天还是阴着。

钟映淑的墓碑前有点湿，路无坷盯着那摊水渍看了会儿。

“妈妈。”她沉默了一下，“那个人进重症病房了。”

墓碑上的钟映淑很温柔地看着她，路无坷说：“是我做的。”她像是解脱般的呼出了一口气，看着钟映淑，“我要去国外了。奶奶和你都走了，我以后可能不回澜江了。”

说到这里，她停顿了一下，不知道想到什么。

兜里手机振动起来，路无坷拿出来看了一眼，是阿释让她赶紧下来去机场，时间快来不及了。

路无坷把手机塞回兜里，很平淡地告别，像小时候任何一次跟妈妈说再见：“我走了。”

她没再说什么，转身离开墓园。

上午十点，一架飞往国外的飞机在澜江机场起飞。

飞机从澜江上空呼啸而过，这座城市很快缩小成色彩斑斓的小方块，被远远地甩在身后。

连带那些轻狂的往事。

我们在颠沛流离里拥吻，在这个清醒的世界里轰轰烈烈地撒野，最后潦草地散了场。

Chapter 12

没这店儿了

38.5°C

当年离开澜江的时候是春天，现在回来的时候也是春天。澜江的天气还是老样子，立春一到雨就下个不停，还有无孔不入的潮冷。

从机械自动化四班聚会的包间出来后，路无坷去了趟洗手间。

正是初春，水冰似的冷。路无坷掬了捧水泼到脸上，身侧是一扇窗，风携带着细细的雨丝飘进来，落在手背上一片沁凉。路无坷没管。

镜子里的人看起来五官无害又精致，像只小鹿，鼻尖微红。皮肤很白，剔透水珠挂在眼睫上，欲滴未滴。路无坷盯着镜子里的自己几秒，抬手碰了碰额头，意料之中一片滚烫。这次的高烧来得毫无预兆。

这几年在外头独居，举目无亲，但凡出了点儿事都得自己动手，倒是给路无坷养出来一个好习惯，身上哪里有点小病小痛会立刻吃药看医生。

她抹掉额头上的水，掏出手机找到阿释的号码，给她发短信："我去楼下买个药。"

路无坷向来有留意地标的习惯，刚上来的时候看到附近有一家药店，倒是派上用场了。

她发完短信后把手机塞回兜里，离开洗手间。从会所出去，细雨淅淅沥沥下个不停。路无坷没带伞，漠然地看了这棉絮般的雨一会儿，走进了雨里。

街上的灯光雾蒙蒙的，这是闹市区，街道上人车匆忙。路无坷跟着一群人拥过马路，对面有几条深巷，有一家蓝色招牌的药店开在一个深巷口。

路无坷推门进去，柜台后的收银员正在看八点档狗血剧。听见声响，店员抬眼看了她一眼："买药吗？"

路无坷拢拢随意罩在身上的西装外套，问："治发烧的药在哪边？"

店员正看得入迷，挪不开眼，手指指了个方向："发烧在最远那片，你自己去货架那边转转，看着药效对症下药。实在不知道吃什么的话，可以到柜台这边跟我说一下你的症状。"

发烧这种小病路无坷自己解决得了，她往店员指的那个方向走。每次发烧她都吃那几样，基本不会出错。她围着货架绕了一圈，随手拿上几盒药。

阿释回了她短信，让路无坷出来时告诉她一声。

路无坷边回消息边看货架上某个药盒上的说明，她正想抽一盒出来，隔着货架，对面忽然传来男人的声音："喂。"男人的声音低低的，带着抽烟后特有的嘶哑。

路无坷愣了一下，动作都停下了。

对面的人没察觉她这边有人，兀自说着话："他哪只手动的小孩儿？"

在这样安静的环境下，所有细节被无限放大，男人的话听着心不在焉的、懒懒的，却莫名让人觉得瘆得慌。

路无坷低下头，继续拿自己的药。

听筒那边不知道说了句什么，她想起刚才来会所前在烧烤店门口抽烟的郭旭。听筒那头说完又安静下来，大概在等他发落。

那边，沈屹西不知道从货架上抽了盒什么药，拿在手里掂了掂。

"右边啊。"他沉吟了一会儿，云淡风轻地撂下一句，"废了。"说完干净利落地挂了电话。

就算不知道他们聊的什么事，但有一件事路无坷倒是多少知道，烧烤店的老板得罪人的那只手大概是废了，听起来应该是碰了沈屹西身边不该碰的人。

那边，沈屹西拿了想拿的药，把手机塞回兜里走了。

路无坷没动，慢吞吞地挑着，没立即出去，大概五分钟后才从货架后面绕出来。意外的是那人还没走，看到柜台前那个高高的身影，她愣了一下。

沈屹西应该是在给人买药，收银员问他："感冒的人是男的女的？”

路无坷没动。其实也就短短一秒，她却感觉仿佛过了一个世纪之久，她听见沈屹西说：“女的。”

路无坷的睫毛轻颤了下。

“有药物过敏史吗？”

“阿司匹林。”沈屹西的声音很平静，回答得一丝犹豫也没有，他对这个人很熟悉。

店员从身后的架子上找了一盒药和一大包冲剂给他：“就吃这两样吧，吃了能少打点喷嚏。”感冒吃不吃药都是七天好，吃药单纯就是缓解打喷嚏、流鼻涕的症状。

沈屹西说：“行，您给算一下，多少钱？”他说话的时候环顾了一下四围，或许是没找到自己想找的，随口问了店员一句：“店里不卖套？”还是和以前一样，他一直很坦荡，丝毫不藏着掖着。

没来由的，路无坷心里忽然泛了酸。

店员是个大姐，打量了面前的年轻人一眼，然后在柜台后给他指了一个货架：“那儿呢，最下面那层。”

沈屹西回身瞧了一眼：“谢了。”说完往那儿走过去。应该是喝了酒的缘故，眉眼那块沾点倦怠。半耷拉着眼皮，手搭在后颈上活动了一下脖子。像是余光终于注意到这里还有个人，他十分敷衍地挑了下眼角，单纯的一个下意识的动作。

路无坷的双脚像被粘在原地。

沈屹西看到了她。

四目蓦然相对，时间在他们之间沉默。在沈屹西的眼里，是跟在包间里看到她时别无二致的眼神，冷淡的，平静的。仅仅短短的两秒钟，他的视线像只是在她的脸上走了个过场，很快挪开，跟看任何一个擦肩而过的陌生人一样。

路无坷唇瓣微启，一丝气息悄无声息地跑了出来。

沈屹西走过去拿了盒安全套。路无坷没转开视线，还是一直看着他。沈屹西挑都没挑，很熟练地抽了一盒。然后他瞥都没再往她这边瞥一眼，回到收银台结账。

沈屹西结完账，拎上药推门走了出去。

一阵风从门外吹来，路无坷从短靴里露出的一小截腿被吹得发凉。挂在门把上的铁链打在玻璃上叮咚响，门阖上了，风没再吹过来。

路无坷抱着那堆药没再抬头，胃里的酒意又在翻滚。

收银员那头还急着看电视，见路无坷一直没动，催了她一下："小姑娘，可以结账了。"

路无坷这才拿着药过去了。

杨敞眼巴巴地在包间里等沈屹西回来，又等了一会儿才看到沈屹西推门进来。

今天车队拿了个奖，老的少的，参加比赛的没参加比赛的，全都凑这儿喝酒来了。男人酒一喝上头就喜欢吹牛，一个个吹得脸红脖子粗，入神到连沈屹西这个教练进来都不知道。

就只有杨敞这个三心二意地打着游戏的人盯着，一瞧见沈屹西回来立刻收起了手机。

沈屹西进来的时候，这帮大老爷们还在吹以前睡过几个女人。他笑着"哼"了一声，拎着那袋子药到某个虎视眈眈地等着他回来的小孩旁边坐下了。

沈屹西刚坐下，杨敞立刻贼头贼脑地凑过来了："哥，我寻思着药店就在楼下，用不着这么长时间，你这买药是到隔壁省买去了？"

沈屹西凉凉地睨了他一眼："要不你自己去？"

"这就算了。"杨敞一副做贼心虚的样子，"老家伙的眼线就坐在这儿盯着我呢，给我九条命我都没那个胆。"

杨敞嘴里的老家伙就是他的父亲，也是他们这支车队的创始人杨军浩。一般砸钱弄这种既烧钱，短时间内又不见收益的投资，只有一个原因，就那老套的两个字，情怀。因为爱玩赛车，所以弄了这么个车队。以前的沈屹西也不是没有过这种东西。

不过杨军浩不是职业赛车手，他们那个年代没这么好的条件，年轻那会儿基本没得玩。现在有条件又一把年纪了，再加上坐镇企业每天忙得不可开交，能忙里偷闲来车队玩会儿车都算好的，更别说抽时间搞训练。

倒是小儿子杨敞实现了他的愿望，玩车玩成了职业的。杨敞打小跟他的父亲一样喜欢车，现在是队里年纪最小的那个。就是天天出去鬼混，不务正业，所以，这会儿被他爸的眼线看得死死的，溜都溜不走，连跑出去买个安全套他的父亲都能知道。

杨敞压低声音问沈屹西："哥，安全套帮我买了没？"

沈屹西抄了瓶啤酒往沙发里一靠："扔你车里了。"

"谢谢哥！"杨敞简直感激涕零得快给他跪下，"明儿我刻苦训练！"

沈屹西从眼皮底子下觑了他一眼："就明儿？"

"天天，天天。"杨敞嬉皮笑脸地说，"以后每天多跑一个小时。"

沈屹西停止录音，一点也没有偷偷录音的不好意思："行，录音了，自个儿说的话别忘了，明儿自觉点。"

杨敞："哥……你这阴招使的。"

沈屹西笑笑，开始喝酒。

杨敞这小孩身上有一点就挺好的，不抽烟。所以他对烟味很敏感，鼻子嗅嗅就能闻出猫腻："哥，你刚是去外头抽烟了？"

沈屹西啜了口酒，瞥了他一眼："不行？"

这时，在旁边听人吹牛听得津津有味的齐思铭插话："行，怎么不行，多久没见你抽得这么凶了，就这浑身烟味儿，得半包了。"

沈屹西瞥了他一眼。

杨敞从旁边探过头，提醒了齐思铭一句："经理，教训人得先把自己的根基除了，你天天那烟抽的。"

跟沈屹西一样是个老烟枪的齐思铭伸手去揍这小子："就你长嘴了是吧？是不是想扣钱？是不是想扣钱？！"

沈屹西被他们两个烦得不行，踢开他俩找了个清静点的地方坐下了。

路无坷还没从药店出来，阿释就下来找她了。

阿释担心就路无坷那小身板，待会儿得被胃疼给折腾晕了，酒量不行还偏逞强。性子跟以前简直没区别，服点软都跟要了她的命似的。一看就还惦记着那人。

下来的路上阿释还遇到了沈屹西，大家都是成年人，理应不会像在学校那会儿那般幼稚，好朋友跟男朋友分手，自己就跟好朋友的男朋友闹掰。但阿释遇上沈屹西的时候冷着一张脸，没跟他打招呼。

阿释开着自己那辆黑色丰田到药店接路无坷，她正蹲在檐下拿着瓶矿泉水吃药。黑色裙摆曳地，西装外套下锁骨纤细清瘦，吊带裙胸前露了点儿风光，白得晃眼。怎么看都是一副我见犹怜样，偏偏她吃药跟吃糖似的，药片往嘴里一塞就咽下去了。

两个人一起回了阿释家。路无坷家里的老房子已经空着放了几年，得脏得不能见人，回来匆忙也来不及打扫，从昨晚回来她就是住在阿释这里。

阿释受不了被她妈管着，毕业后没住在家里，在自己单位附近租了套两室一厅的房子。这个地段租房价格不算贵，阿释每个月拿着自己那点工资交房租和养活自己绰绰有余，小日子倒是过得美滋滋的。

澜江冬天的时候没有暖气，从冬天到春天只能生生硬扛。阿释从外头回到屋里的时候还冻得直哆嗦，但屋里面不见得就比外面暖和，地砖都渗了水。

路无坷回来后才发现膝盖肿了，阿释拿着勺子到冰箱刮了一小袋子冰用毛巾包起来，然后帮她冰敷："怎么弄的啊？路无坷，肿这么一大块。"

路无坷的腿，天气一冷就会疼上好几天。

澜江这里的春天湿气比其他地方重得多，春天一来谁身上有点毛病都得发作出来，况且她今天还爬山，在山上待了一天，肯定冻着了。

路无坷把腿伸直放在沙发上，一双白腿笔直又匀称。

阿释把毛巾压在路无坷的膝盖上，问她："这些年在外头没去治？"

路无坷一愣，突然想起沈屹西跟她说过一句话。那会儿沈屹西抱着她，跟她说腿治不好我们就继续治，国内治不好就去国外，总有治好的时候。

路无坷的视线停在敷在膝盖的毛巾上，说了一句："治了。"就是没治好，真的难缠。人要是被病魔缠上了甩都甩不开，不管大病小病，只要是治不好的，都能缠到人骨子里去。

阿释百思不得其解："你说澜江这春天是不是跟你八字不合，这才刚回来一天，又是发烧又是腿疼的。"还挺倒霉的，一回来就遇上前任。当然，这话阿释没说出来给路无坷添堵。

阿释把这个话题扯开，从自己那一大堆疑问里拣了个问："在国外待得好好的，这五年一次都没见你回来过，怎么这次一声不吭地就回来了？还是下飞机才给我打的电话。"

路无坷是昨天回来的，还回来得很匆忙。

不知道是不是因为去参加了同学聚会的原因，尘封的大学时光忽然被翻开，气氛里有种泛着灰尘气的味道在，既熟悉又陌生。

阿释说完又不想气氛变得这么压抑，调侃着把那股子感觉赶走了："难不成你事先一点准备也没有，说走就走，临时跑去机场买了最早的那趟航班回来的？"她这话前半句对了，后半句没对。

路无坷听完却只浅浅地笑了一下，回答了后半句："没那么夸张，我在网上买的。"

冰敷得差不多了，阿释把毛巾从她腿上拿开，很认真地问她："路无坷，你告诉我，是不是在外头发生什么事了？还是哪个狗玩意儿，胆大包天地欺负你了？"

腿上的那阵寒意挪开了，路无坷松懈下来，靠进沙发里，语气里毫不掩饰地无语："许婉柔，我有你想的那么弱吗？"

阿释能感觉到路无坷从在包厢里起，神经就一直是紧绷着的。她就是故意那么逗路无坷的，也知道要真像自己说的那样，那路无坷早在五年前就回来了，一个人在国外学习、生活和工作怎么可能不吃苦头？

阿释这会儿见把她逗轻松了，笑："我们无坷当然很厉害啊，都能在洋人那儿领那么高的工资。"

阿释开始吹牛："而且现在把你的照片往人面前一放，哪个人不认识你啊，谁不知道这是跳舞的那个路无坷。"

路无坷听得笑了："许婉柔，你好烦。"

她这几年虽然没回国，但和阿释一直有保持联系，所以她在国外那些事阿释多少知道一点。

阿释知道国外开销大，路无坷手里那点钱没撑多久，一直半工半读地养活自己，也知道路无坷一直在跳舞，毕业后没从事大学所学专业相关的行业，去跳舞了。她记得路无坷大学的时候还排斥跳舞，现在却跟魔怔了一样，也不知道为什么。

阿释瞧着路无坷的腿，问："你这腿这样，那你怎么跳舞的，跳一次肿一次？"

"没有。"

阿释伸手去摸她额头："怎么还这么烫？"她去翻路无坷扔在矮几上的药，拿到眼前左翻右看，"你这吃的真是退烧药？"

路无坷有点困，懒懒地应了一声："还没吃。"

"那你刚才在药店门口吃的什么药？"

"解酒药。"

路无坷还是知道自己的酒量不行的，吃解酒药就是不想给阿释添麻烦，她醉起来真的很难搞，而且喝酒了也不能吃退烧药，得先解酒再吃退烧药。

阿释明天还得上班，路无坷跟她说："你快去洗澡，洗好睡觉。"阿释手里的毛巾又派上用场，敷在她的额头上："降降温，我去给你做点吃的，肚子里肯定要有点东西才能吃退烧药。"

阿释给路无坷煮了碗面，路无坷忍着胃里那股难受劲儿，强撑着吃了几口。阿释洗澡出来后看她那面跟没动过似的，说她一看在外头就没好好吃饭，这胃真是越来越小了。

两个人折腾完爬上床，阿释头一沾枕头就睡着了，路无坷吃的退烧药也很快发挥作用，沉沉睡去。

可能是因为发了烧，那天晚上路无坷做了很多断断续续的梦。梦见五年前在家里和沈屹西分手，然后离开澜江前去墓地看母亲，说再也不回来。转眼又是在自己租的国外的房子里，她辞了职，从衣柜里拎出衣服放进行李箱里，离开前跟房东连一面都没见上，拉上行李就匆匆忙忙地去了机场。最后的场景又回到墓地，今早她去寺庙前到墓地去看了母亲。

梦里混乱的场景和喉咙烧灼的疼痛感掺杂在一起，最后路无坷醒了过来。睁开眼看见灰暗的天花板，太阳穴针刺般的疼，喉咙像有火在烧，她盯着天花板许久没动。

这场梦算是把这五年又过了一遍，挣扎的、清醒的，跟她这二十几年活过的任何一年没有区别。兜兜转转，她还是回来了。

隔天阿释是被一阵香味叫醒的，当时在梦里她还以为家里进贼了。其实是路无坷在做早饭，煎了两个蛋，炒了两份面，阿释就是被她淋在炒面上的蒜蓉酱油的香味给叫醒的。

做得还挺好吃，她的路无坷都会做饭了。

阿释卷着面条塞进嘴里，看到摊在客厅地板上的行李箱，差点一口面呛在嗓子眼里："路无坷，你这才回来几天？要走了？"

路无坷正坐在沙发上把衣服叠好了往行李箱里放，看向阿释："没，我去阳城几天。"

"去阳城干吗？敢情你不是回来度假，是来出差的？"阿释想想还觉得挺有道理，要不然路无坷怎么会那么急匆匆地赶回国，这样就解释得通了。

路无坷很诚恳地跟她说："我辞职了。"

阿释这下是真的被呛到了，咳得惊天动地。她拿过手边的水灌了一大口，等那口气顺下去才爆发出一声："什么！等等，你这趟回来不是待几天就走？你不是回来玩的？"

也难怪阿释不知道，这次路无坷回来得匆忙，也没事先说一声。别人要辞职至少都会跟家里人和朋友说说，路无坷却就这么回来了，一声不吭，毫无预兆，阿释哪儿能知道她这次是回来就不走了。

路无坷点点头。

阿释最初的震惊过去后就没那么惊讶了，那大喇叭似的声音都跟着小了不少："那你那工作就这么不要了啊？虽然你们歌舞团天天跑各种剧院和活动，但待遇那叫一个好，工资高、福利多，还那么有名气的，你真不干了？"

路无坷在国外就职的那个歌舞团很有名，三天两头被请去剧院表演，受邀去参加很多活动，舞台剧已经被很多公司签下，请他们到一些场所演出。越是出名和专业的歌舞团越难请，路无坷所在的那个歌舞团就是这样，不够格的上面的人不会接。

阿释以前总开玩笑说，他们这行来钱来得简直像印钞一样，这工作简直就是打着灯笼都找不着。

路无坷又把一件衣服放进行李箱，没抬头："换换工作也不错。"

阿释虽然替她惋惜，却也尊重她的决定，她坐在餐桌那儿，两手撑着下巴看她："那你是以后都不打算回去了？就在澜江了？"

路无坷因为发烧，眼睛有点水蒙蒙的，黑色的瞳孔干净纯粹，一层剔透的水。她点点头，倒是无所谓地说："是啊。"

"唉！也没事。"阿释这个乐观主义者很快就想开了，"金子到哪儿都会发光的嘛。"说完又继续吃她的面，问她："那你这趟去阳城干吗啊？"

"看比赛。"

阿释一头雾水地问："什么比赛？"

路无坷倒是回答得很爽快："拉力赛。"

阿释这次不是震惊，是发愣，两秒钟后干巴巴地挤出了一句："你要去看赛车？"

路无坷一点也没扭捏，点头。这要是一级方程式锦标赛，阿释还可以觉得是路无坷在国外培养出新兴趣了。但她说的拉力赛，阿释怎么着也没办法不往某个人身上想。沈屹西就是职业拉力赛赛车手。

阿释惦记着路无坷昨晚那种不太对的状态，虽然路无坷今天的情绪明显好了不少，但她最终还是忍住没问，最后只囫囵地叮嘱了她几句："一个人去阳城要小心点，去看比赛肯定男的多，你自己一个女生要注意点。"

阿释越说越担心，她蹙眉问道："要不我陪你去吧？"

路无坷抬眼看她："不用，你的工作不想要了？"

提到工作秒㞞的阿释顿时安静下来。阿释在一家机械公司的设计研发部门，搞机械设备的设计。他们公司老板难搞得要命，十天里有九天得加班就算了，那人更是每天让人气到火冒三丈，而且吧还只能往自己肚子里吞，阿释每天得在她老板后头翻一百个白眼。

但最终还是得向饭碗低头，阿释叹气："那你今天什么时候走？"

“待会儿就去机场。”

“机场离这儿还挺近的，打车用不着多少钱，别坐公交。”

阿释吃完就上班去了，临走前还不忘把治发烧的药扔到路无坷的行李箱里，让她三餐记得吃饭和吃药。

路无坷中午的航班到的阳城，阳城的天气和澜江不太一样，艳阳高挂，万物生机勃勃。

拉力赛赛道不固定，比赛都是在公共道路上进行。这些赛道大多跨省跨国，阳城只是这次拉力赛的一个分站。

阳城第一个特殊赛段起点在一片荒野郊外，那里附近荒无人烟，只有一个小镇离那里比较近，这次来阳城看比赛的人大多数都会在小镇上落脚。

路无坷从机场出来，坐了一个小时车才到小镇上。小镇上到处都是平房，房屋修建得有地方风格，在镇上生活的人们的服饰也很有特色。小镇的生活节奏很慢，沿路不少老人家坐在门槛上聊着日常生活，很有韵味的一座小镇。

路无坷拎着行李到一家民宿入住，房间在二楼，入门是榻榻米，白床单、白棉被，还有挡着帘的浴室。对面是一扇长方形大窗户，从这儿望出去是荒野郊外，远处还有连绵不绝的山。

比赛下午才开始，这家民宿主人可以给客人做饭，一餐十几二十块钱，路无坷把行李拿进屋里后下楼买了一份饭。这里的人很实诚，饭多菜也多，当地人很能吃辣，饭菜看着通红。饭菜端上来的时候已经来不及跟老板娘讲不放辣，路无坷便将就着吃了。但她本来早上舟车劳顿，胃口就不好，再加上不爱吃辣，没吃几口筷子就放下了。

老板娘很热情，看她吃这么少还以为是自己做得不好吃：“哎呀，是不是我做得不好吃啊？姑娘，你等等啊，我这马上给你炒盘新的上来。”

路无坷给拦下了：“不是，是我吃不下了。”

又问老板娘：“去看拉力赛要在哪里上车？”

“你也是来看比赛的哇？”老板娘估计接待过很多这种客人了，一点也没意外，走到门口给她指路，“你走到那头，那个路口转下去，再过个桥就能看见一辆大巴，土黄土黄的。”

路无坷道谢后出了门。

到大巴那里她买票上车，车外的太阳火辣，车厢里有点闷热。

去看比赛的人不少，男女都有，车上的人叽叽喳喳的，路无坷在车后部一个靠窗的座位坐下。

前面坐着几个小姑娘，绑着小辫，画着亮亮的眼影，嘴里泡泡糖吹得啪啪响，围在一起说笑打闹。

大巴车很快就发动了，从水泥地还算平坦的小镇到路面凹凸不平的荒野，车身摇晃得仿佛下一秒就要散架。终于开到车队场地后，大巴车就把他们放下来了，绝尘而去。

这儿已经聚集了很多人，一个个都站在太阳底下晒着，平地上和两三米高的高地上都站满了人，男人比较多，女人用手指头数都数得过来。

路无坷上高地那里找了个人少的地方，在树底下站着，过了一会儿身边传来了几个熟悉的声音，路无坷一听就知道是大巴上的那几个女生，她几乎听了一路那几个女孩的声音。

女孩们手里不知道拿的什么东西，走路时头都凑到一起看，笑闹着。路无坷也没去注意，就看着在底下沙路上忙来忙去的工作人员。

那几个女孩里似乎有一个对其他人聊的话题不感兴趣，就拿着个长条状的东西扇着风。

这个地方太阳很晒，路无坷不怕热，倒没觉得多难受。

过了没一会儿，她身旁的那个女孩突然开口问道：“你没带面巾？”

路无坷不明所以，看向她。就是这么一看，她才看清了那个女孩手里拿的是什么东西。是现在小女生追星的那种手幅，黑色的，上面印着一个人。

女孩看着十七八岁的年纪，长相明艳，往底下抬了抬下巴：“这儿尘土多着呢，待会儿车一开过去，准糊得你满脸都是。”

路无坷却问了她一个跟这个毫不相关的问题，路无坷问那个女孩手里拿的那个东西：“这是什么？”

女孩顺着她的目光看向自己手里的东西，翻过来给她看：“手幅啊，这是给 RIA 车队应援的。看，这是 RIA 教练，长得好看吧？待会儿我姐妹还要找他签名。”

路无坷看着她手里拿的东西上印着的沈屹西，没说话。

那个女孩见她盯着自己手里的手幅，问她：“你也喜欢他啊？那这个给你。”

她递到了路无坷的手里，路无坷接过来：“谢谢。”

“咳，客气什么，她们还有一堆呢，不仅有教练的，还有队员的，你要不要？”

路无坷摇摇头。

女孩的话挺多，朝路对面示意了一下：“看见没，赛车手的车都停在那几个大帐篷里，待会儿教练啊、赛车手啊都会在那里，每个车队都会留时间给粉丝签名和拍合照。”

女孩说着惋惜地叹了口气：“不过听说这个教练从来不给签名和合照，白瞎了那张脸。”

过了十几分钟后，如女孩所说，车队成员陆续到场。伴着身边几个女孩的说笑声，路无坷一眼就认出了沈屹西。

沈屹西从车上下来后在跟人攀谈，吊儿郎当的样子，微笑着。还是一如既往地没个正形，别人看起来都十分紧张、严肃，就他一个人跟来度假的一样。明明昨晚见到这人的时候，他是冷淡又漠然的。

身边那些女生早就走了，也不知道要到签名和合照没有。

路无坷走下高地往那边走，但过去那边的时候人早不见了，应该是到出发点准备去了。

路无坷在原地待了一会儿，想回到路边去看比赛，结果刚转身就撞上了从帐篷里出来的人，手里的东西“啪嗒”一声掉在地上。

路无坷刚想去捡，就听到头顶忽然有人说：“哟，你的粉丝？”她的手停顿了一下，空气有一瞬间的凝滞。

那人还在说：“小姑娘，这手幅做得挺好看啊。”

路无坷神色自然，把掉在地上的东西捡了起来，她能感觉到那道无声的目光。

说话的男人还在开身边的人的玩笑："都遇上了，干脆给人签个名儿呗，挺辛苦的，大老远跑这儿来看人。"

路无坷站起来，对上了那道视线，沈屹西的视线。

说话的男人察觉出气氛不对劲，挑眉问道："认识？"

路无坷没说话，只是看着沈屹西。

几秒钟后，沈屹西跟瞧人瞧倦了似的，眼皮无所谓地一低，擦肩而过，撂下了一句话："不认识。"

沈屹西走向停在一旁的车，拉开副驾的车门上车。晃眼的日光里车门被关上，激起覆在车门上的一层细尘。动作不轻不重，不带一丝情绪，像极了眼前的人对他来说无足轻重。

路无坷看着关上的车门，脸色很平静。

一旁的男人把视线从车上收回来，好奇地打量了路无坷一眼。那人瞧起来三十岁左右，调侃了一句："小姑娘，这人挺不解风情的，以后眼睛可得使劲擦亮点儿，别喜欢他这种人。"

路无坷当然听得出男人这句话是在缓解气氛里的那点尴尬，看了他一眼。路无坷长得清纯，干瞧着像十七八岁似的。

男人看着这张脸，想到了自家的侄女，又逗趣地说了一句："需不需要我帮你把这个手幅硬塞他手里，让他给你签个名儿？"

"不用。"路无坷看起来完全没有一点伤心的感觉。明明就她那张脸，稍微有点表情都会显得格外楚楚可怜，能惹人疼。

路无坷说完也没在这里站着了，抱着手机和手幅转身走了。她还没走到路边，路边呐喊声冲天，男人们喊起来一点儿也不输给女人。

伴随着男人们尖锐的口哨声，转角一辆红黑相间的赛车车尾甩了出来，来了一个漂亮的漂移过弯。赛车排气管的声音直冲人的耳膜，赛车的油门骤然猛加，冲过了这段赛道。尘土霎时飞扬起来，漫天黄土。

沈屹西也曾这样肆意张扬过。

拉力赛的刺激就刺激在路况千变万化，大到沙漠、草原，小到泥泞路、柏油路，不确定性极高。路况不佳的情况下，赛车手稍加不慎就会发生翻滚等一系列危险事故。拉力赛是间隔发车，途中赛车手和赛车手之间基本碰不上面，用时最短者获胜。

路无坷站了没一会儿，又一辆赛车飞驰而过。后面一辆接着一辆赛车，让人眼花缭乱、应接不暇。阳光着实猛烈，很刺眼，晒得路无坷的眼皮都抬不起来。

每当自己喜爱的赛车手出现，或哪个赛车手又来了个很漂亮的操作，观看比赛的男人堆里总能掀起巨大的声浪。

看完经过这个特殊赛段的所有赛车，路无坷觉得耳朵阵阵耳鸣。

拉力赛只有特殊赛段才会记录赛车手的成绩，不计普通行驶路段的行驶的时间。这个特殊赛段过了，下一个特殊赛段在山上，山上的比赛明天早上才开始。

那辆土黄色的大巴车又回到了车队场地，来拉人回去。

昨晚，路无坷的膝盖还没消肿，今天又奔波一天。膝盖一阵一阵针刺似的疼，但路无坷没管，或者说她早已经习惯，顶着下午的大太阳往那辆大巴车走了过去。

买完车票上车，路无坷在窗边坐下来。她朝外面看了一眼，方才停在帐篷外的那辆车已经不见了。

这次在车上没再遇到那几个小姑娘，大巴车把一车人拉回到小镇上。

路无坷虽然没离赛车那么近，但身上还是沾了尘土，她回旅馆后第一件事就是洗了个热水澡。

这个地方游客很多，到了晚上楼下的街道很热闹。酒吧里有人在唱阿桑的《叶子》，干净的女声飘进旅馆的窗口。

路无坷没下楼去逛，在房间里没开灯，打开电视随便找了部电影看。看完电影，路无坷拉过被子躺下。酒吧里唱了大半夜的歌，半夜两三点才没了声音。

隔天清晨，从床上醒来又是艳阳高照。阳城这一站比赛为期三天，但路无坷没准备再待下去，在床上躺了一会儿后起来收拾行李。

飞机落地澜江，澜江还在下雨，春雨细细绵绵，从飞机舱门出来就能感到扑面而来的湿气。

路无坷昨天在阳城还好好的，刚下飞机，身上那股乏力劲儿又上来了。空气潮湿闷热，她的胸口想提口气都难，呼出来的空气都是滚烫的。她抬手摸了下额头，果然，又发烧了。

小病小痛矫情不得，路无坷也不强忍着，从机场出来后打车去了医院。

医院的急诊大厅里人来人往，路无坷在一片嘈杂声中到窗口挂号。这个季节感冒发烧的人很多，路无坷挂完号后以为她前面会排很多人，结果排在她前面的只有一个人，下一个就轮到她了。

走廊上病床随意放在墙边，病人躺在床上呻吟着。路无坷在诊室外面的椅子上坐下，等着医生叫号。她感到头脑昏涨，盯着地上看，不断有人从她面前经过。

很快电子屏上就跳出她的名字，路无坷起身推着行李箱准备进去。

上一个病人还没出来，她刚走近诊室，就能听到里面医生和别人的说话声。应该是电子屏显示快了，路无坷想回椅子那边坐着。接下来诊室里头传出来的那个声音却忽然拖住她的步子。

他的声音被烟熏得有点发哑，细听能发现比以前低沉了些，像是沉淀了些什么东西在经历里。他在问："她昨晚感冒了，高烧是这个引起的？"沈屹西竟然也从阳城回来了，因为他口中的这个"她"？

诊室里面医生在回答他问题："也不全是，这个小姑娘这次发烧主要还是因为肠痉挛，昨晚感冒她吃药了没有？"

这个问题的答案，路无坷不听他说都能猜到。

果然，他说："吃了。"

这时候路无坷明明应该走开的，但她没有，就那样平静地听着，像只是在听什么无关紧要的事。

"感冒就先放一边不处理了，先把肠痉挛和高烧这块解决了。现在她在输液室那两瓶吊瓶打完不出意外的话高烧就能退了，回去别吃辛辣刺激或者太冷太烫的食物就行。"

医生应该是递给了沈屹西开的单子："这个单子拿去一楼窗口拿药。"

"行。"他的声音听起来有点疲惫的感觉。

路无坷背靠在诊室外头的墙上，跟其他等着被叫号的病人一样，就是脸色有些苍白。

里头的医生喊了一声她的名字："路无坷，可以进来了。"

路无坷眼角的余光里，从门口出来的人的脚步停顿了一下。

路无坷的背抵在墙上，下一秒钟，沈屹西看了过来，她也抬眼看过去。四目相对，皆是平静和冷淡，谁的眼里都不肯有一丝多余的东西。

路无坷脸色苍白，却单纯是因为发烧、头晕，不是因为沈屹西的那些话。

诊室里的医生又叫了一遍她的名字："人呢，在不在？"

路无坷没在沈屹西面前表露出一分情绪，像平静无波的潭水，她移开视线。

沈屹西好像也只是打量了她一眼，同时挪开目光。

路无坷从墙边的椅子上起身进入诊室，两个人擦肩而过。

诊室里是个四五十岁的男性医生，正在翻着病历本看，见她进来眼睛从眼镜后面抬起来，例行问了一句："哪里不舒服？"

路无坷走过去在桌子前的椅子上坐下："发烧。"

医生拿了个温度计给她："先量量体温，身上还有其他不适的状况没有？比如喉咙疼啊、打喷嚏这些。"

路无坷说没有。

五分钟后，医生拿过她的温度计一瞧："哟，小姑娘，这都烧到三十九度七了。"

路无坷的手心确实热得发烫。

医生又问了她几个问题后，给她开药："最近这天气忽冷忽热的，得流感的病人多，你发烧也是流感引起的。不过退烧了也没什么大事，注意后面别着凉就行。"

说到这儿的时候，似乎诊室外有什么人起身经过，医生下意识地抬下眼，又低下头继续开处方。

给路无坷开完药后，医生把处方递给她："到一楼窗口缴费拿药，给你开的这些药一天三餐饭后记得吃啊，剂量都给你标好的。"

"谢谢。"路无坷接过处方，离开了诊室。

路无坷拿好药后撑着伞离开急诊，不多时，伞面上便落满细薄水雾。

医院对面是已经建了有十几个年头的居民楼，一眼望去灰扑扑的，马路上车水马龙，门口停了几辆出租车准备拉客。

路无坷还没来得及走到门口，忽然一个声音拦住她的脚步："路无坷？"是一个女人的声音，她停下脚步，循声回头。

医院门口有个收费停车场，轿车停放整齐，其中一辆车的车窗降了下来，露出车里那张几乎被墨镜挡掉大半的脸。都不用摘掉墨镜，路无坷就认出来是谁了。

于熙儿把墨镜推上去，桃花眼潋滟，还是以前那个气场："还真是你啊，路无坷。"

两个人得有几年没见了，除了逢年过节偶尔电话里说上两句，平时很少联系。饶是如此，于熙儿还是算路无坷联系得比较多的人。两个人几年没见，现在碰上面了，却一点也不觉得生疏。

路无坷看她不像生病的样子，问："你来医院看人？"

于熙儿晃了晃手里的袋子，估计是刚上车，还没来得及把东西放下："不是，给人拿药来的。倒是你，这脸色白的，生病了？"

说完又觉得这话有问题："不对，你本来就白，但这气色是真不怎么好。"

"发烧了，过来拿点药。"

"我就说呢！"于熙儿落了锁，"你去哪儿？我捎你一程。"

"你不忙吗？"

"忙什么，我这也没多大名气，不至于天天忙得脚不沾地。"于熙儿大学学的音乐，毕业后却是入了模特那一行。

"况且我今天休假，闲得很，别跟我客气啊，客气就是不给我这个朋友面子。"于熙儿朝她撇撇嘴，"上车。"

路无坷说："你的面子是挺重要的。"

于熙儿被逗笑了。

路无坷打着伞去副驾那边，打开车门上车。

于熙儿从车位退出去，问："你去哪儿？"

"阿释那里。"

于熙儿倒一点也不意外，只是说：“许婉柔这个没良心的，你回来的事她居然也没跟我说一声。”

路无坷帮阿释说话：“我刚回来三四天。”

“那我也要揍她。”

路无坷笑了。

于熙儿看她笑了，也笑：“哎，你说神不神奇，大学那会儿跟我最不对付的就是她，现在反倒她跟我关系最好。”确实是这样，于熙儿这个大小姐脾气一般人跟她合不来。脾气大是真大，嘴毒也是真毒，稍微玻璃心一点的最怕的就是她这种人。

路无坷看她问都没问阿释家的地址：“你知道阿释住在哪里？”

“知道！”于熙儿在看后视镜，打方向盘汇入车流，“平时有事没事会去她那儿跟她挤挤，她还得感谢我，我这经常千里迢迢地去温暖她这孤家寡人。”这要是让阿释听到了，两个人肯定又是一顿唇枪舌剑。

一路雨不见停，于熙儿把路无坷送回阿释家后说还有事，就没跟她一起上去。

路无坷推开车门下车，于熙儿探头叫住她：“今天我好不容易有假，正好你也从国外回来了，今晚一起出去喝个酒给你接风洗尘。阿释那边我跟她说得了，你赶紧上楼休息去。”

“好。”路无坷关车门上了楼。

阿释今晚本来要加班，冒着被老板扣工资的危险跟老板请假，然后溜回了家。本来约好于熙儿过来接她俩一起过去酒吧，但于熙儿有点事，让她们两个先过去。

今晚天公作美，雨停了，空气里满是凛冽的味道。

阿释钻进自己那辆黑色丰田里，关上车门：“本来今晚还想坐小公主那辆豪车出去长长脸，结果这女的又放我鸽子。”

路无坷靠在座椅里，看着阿释副驾驶车窗上溅上的泥点：“得了吧你，你能把她那车说低个几百万。”

“还真是。”她俩一碰上，准把对方说得一无是处。

“不过我发现小公主这人就是不能夸，一夸她就飘。”阿释说，“上次我夸了她一个包好看，她说送我一个，给我吓得，我这条老命加上我这破车都不够还的。”于熙儿家最不缺的就是钱，从小就是富养大的，花钱大手大脚，一个包包的钱对她来说当然不算什么。

阿释好像想到了什么，叹了口气：“不过这有钱好是好，但也招灾。”

每次说到这个，阿释的怒火都能直冲天灵盖：“就说于熙儿那个前男友，长了张小白脸，背后那阴招使得一套一套的，坑女朋友钱算个什么玩意儿，气死我了。”于熙儿在这段感情上也算是吃尽了苦头，又是被戴绿帽子又是被坑钱。

“他们分手了？”路无坷问。

阿释驾车上路：“早分了，几年了，于熙儿一开始还跟那个渣男复合过一次。好在她现在清醒了，不就一个初中好上的初恋吗，还缺他这个男人了？”

路无坷没说什么。

她们去了附近最火爆的酒吧。

阿释告诉路无坷这家酒吧是近两年火起来的，老板很厉害，据说还挺帅的，虽然她和于熙儿来这儿喝了几次酒，就没见到过人。

路无坷跟阿释刚找了个地方坐下，没多久于熙儿就风风火火地来了。

她的脸色很差，心情不好都摆脸上了，走过来后手包往沙发上一扔，坐在卡座里。

“这是怎么了？”阿释问，“谁惹你了？”

“还能有谁？”

阿释试探性地问了一句：“许教授？”

“除了他还能有谁？还有他现在不是教授了，别把他叫那么好听，许知意就一老男人。”

阿释扑哧一笑，路无坷也笑了。她们两个也是后来才知道的，许知意就是于熙儿嘴里天天骂的那个三十几岁的爹。

于熙儿现在正在气头上，话出口难听得要命：“被人卖了还替人数钱，你说这男的是不是有毛病？腿都给那姓沈的搞废了，还处处维护人，他有病吧！”

阿释心里暗叫一声不好，默不作声地瞥了一眼路无坷。

路无坷倒是很平静，慢慢地喝着酒。

于熙儿还在骂沈屹西，阿释开始在桌子底下踢于熙儿的脚。于熙儿不乐意了，看向阿释：“干吗？”阿释跟她挤眉弄眼，示意路无坷在呢。

路无坷和沈屹西的事毕竟过去好几年了，于熙儿一时没想起来也正常，这会儿经阿释提醒她倒是想起来了。见于熙儿的视线落在自己身上，路无坷也看了过去。

于熙儿脸上没有不自然的表情，也不会因为有那么一丝路无坷还喜欢沈屹西的可能，她就不骂人了，她说：“路无坷，沈屹西这人我不可能不骂他。”

阿释抚额不语。

可能是刚生过病，又或者其他原因，路无坷身上透着股懒劲儿，这哪里是她干涉得了的，她慢悠悠地喝了口酒：“骂呗。”

于熙儿跟阿释去了舞池，路无坷没去。晃动迷离的五光十色下，被白日禁锢的灵魂都现了原形，舞池里身肢摇摆。

卡座这边的路无坷当然看不到阿释和于熙儿，人头乌泱泱的，音响直往人的耳朵里砸。

路无坷回国后喝了几次酒，但实际上还是不大会喝，一杯酒喝得很慢。

酒都还没喝半杯，模糊的视线里，于熙儿拨开人群踩着高跟鞋走了出来。衣角带风，怒气冲冲的，那张脸上明晃晃地写着“别惹老娘”几个大字。她的身后不见阿释从舞池出来，高跟鞋踩得噔噔响，到卡座拎上一啤酒瓶就走，动作快到路无坷甚至没机会问她去干什么。

路无坷递到嘴边的酒杯缓缓垂下，觉察出不对劲，放下酒杯后起身跟过去。

于熙儿走得很快，转眼又从人群里挤了进去。

路无坷还没走近，舞池就肉眼可见起了一阵骚乱，伴随着女生的尖叫。人群没有四散开来，人们害怕殃及自己的同时又喜欢看热闹，大家都挤在一块，就空出了中间出事的那一小块地方。

路无坷能听到于熙儿尖锐的咒骂声和阿释那个大喇叭的声音，她拨开人群挤进去。最后突破重围，就看于熙儿坐在倒地不起的男人身上扇他大嘴巴子，红色的指甲又抓又挠，阿释也拽着那个男的没让他跑。

于熙儿骂着脏话："老娘是你想摸就能摸的吗？摸我之前先看看你自己配不配！"于熙儿骂起人来那叫一个狠，对男人又骂个不停，一看就不是什么好惹的主儿，没人过去拉架。

女人有时候最难讲道理了，生气的时候会给你搞连坐，你要是过去让她别打了没准儿也会遭殃，至少脸上得被挠花个一道两道，跟猫一样。更何况这个男的说起来也不是个什么好东西，混在人多的地方对女孩动手动脚，就算被剁手剁脚都是他活该。

路无坷是唯一一个走过去的。大家都以为有个不怕死的要去多管闲事了，结果就见这个女孩只是走过去，然后在旁边蹲了下来。

路无坷抱着腿，黑色的丝绒长裙裙摆曳地，衬得锁骨和胸颈那块儿跟淋了层牛奶在上面一样。她神色平静，鼻尖小巧俏丽，晃动的灯光下，长长的睫毛投在眼下，双眼皮弧度圆润，勾出了一双乖巧又干净的眼睛。然而此刻她就蹲在那里，比在场的所有人都要冷漠。虽然看着挺乖的，但那分明就是在观赏猫挠人，也不阻止。

被砸破头的男人满身肥肉爬都爬不起来，恼羞成怒，脸红脖子粗地对着于熙儿吼着说要报警，让她坐牢。

于熙儿又啪啪两下甩在他的脸上："那你可最好算算清楚，这是我打你的第几巴掌了，别回头到了警察那儿连个数都报不出来！"

男人一开始还有点心虚，后来被打成这样也来气了，各种难听的词往外蹦："我不把你送进牢里我不姓李！"

于熙儿怒火中烧："没女人摸跑外头摸来了是吧，也不睁眼看看自己是个什么玩意儿！没老娘指甲盖长还敢出来兴风作浪。"

阿释的性子也不是个会劝于熙儿停下来的，反而跟着于熙儿一起骂。而路无坷，只是在一旁看着。

沈屹西是被工作人员的敲门声叫醒的，说是有人闹事。

他是早上回的澜江，让车队那伙人自生自灭去了，那群小年轻没他也行，下一站比赛他再过去。

沈屹西光着膀子套了件上衣，拉开门下楼。他刚起床，浑身带着慵懒的气息，悠哉悠哉地踩着楼梯从楼上下来，眼角眉梢还趴了点儿惺忪，他转了转脖子活动了一下。

下楼时遇到酒吧的常客，当地的一些富二代公子哥，都跟沈屹西混熟了。

“沈老板，终于舍得从温柔乡里起来了啊。”

“注意注意身体，这身体可是革命的本钱啊。”

沈屹西笑笑，懒得解释，抽了支烟扔到那人身上：“先操心操心你自个儿，悠着点儿。”又抽了几根出来分给别人，最后才放了一根进自己嘴里。

有人给他倒了杯酒，让他坐下来一起喝几杯。他倒没拒绝，骨节分明的五指虚握住玻璃酒杯的沿口，一口闷完，又放下。

“舞池那边不知道哪个浑蛋又给我找活儿干了，我过去瞧瞧。”话说是这么说，他却明显没当回事儿，语气漫不经心的。

酒吧的保安来得很快，于熙儿这还没揍一会儿就被拉开了。人高马大的保安拦在她的面前，没再让她冲过去打那个男的。

那个男人也急赤白脸地跟她吵个没完，捂着头嚷嚷着今天非去派出所不可。于熙儿抬起近十厘米高的高跟鞋就要去踹人，说有本事你现在就报警。

保安把她拦下来，嘴里说着让她消消气。于熙儿现在是逮着谁都骂，指着那个男的，对挡在她面前的保安吼：“你们酒吧就这样是不是？放任这个猥亵男天天在舞池里摸女人！”

“不是，小姐，您消消气，我们没这个意思。”

这时一个声音从人墙外插进了这场混乱里：“是没这个意思，要是这确实是证据确凿的呢，我们会替您把人赶出去。”有力的，从容不迫的，语气一点也不官方。话音一落，看热闹的人稀稀落落地探头瞧过去，包括于熙儿和阿释。

沈屹西从人群里走了进来，手插着兜，瞧着像市井流氓，和态度正经的酒吧老板完全搭不上边。

路无坷也抬眼看了过去，视线没和沈屹西碰上，沈屹西没看她。

沈屹西瞧见她们脸色都没变，眼里连点儿见到老同学的熟悉感都没有，他对于熙儿说："酒吧这边会把监控提供给你，要私了还是要闹到派出所那儿去，就是你们自己的事儿了。"

沈屹西又看向那个男人："不过我建议你报警，毕竟有些事儿干了一次就会干第二次。"

那个男人本来看见酒吧老板来了，还想替自己开脱几句，一听他这话脸色立马沉了下去。

沈屹西却跟没瞧见似的，继续说道："把这种人送进去关几天长长记性，比赔钱和道歉有用。"

于熙儿本来就满肚子火气，瞧见沈屹西后，火气更是大了几分，呛声："不需要你提醒，这个我自己清楚。你只要让你家保安别管这事儿，我打人是我自己的事儿，你们管个屁。"

沈屹西应该知道于熙儿为什么那么不待见他，也没有生气。

"这个要求倒是没法儿答应，你在我的地盘上闹事儿，我们当然得管。你现在到外头去揍，看我们管不管。"

路无坷一直看着沈屹西。

沈屹西的视线终于有一瞬落在她的脸上，光色晃过他黑色的眼睛，深邃里漾着平淡。仅仅只是一秒，他的视线就从路无坷的脸上挪开了，丝毫不带情绪。

路无坷的手指轻轻颤了下，却还是很平静，只是还在黑暗里看着他。

沈屹西说："当然，我想你们可能不知道我们酒吧有个规定，想打架斗殴的客人我们也不是不欢迎，只是不能在这里头砸场子。只要是在这里面动手的，不管是谁一律都会被请出门。"

沈屹西往出口抬了抬下巴："请吧。"

于熙儿恨得牙痒痒，新仇旧恨一起上，被阿释拉住了："姓沈的，别以为你现在了不起，就你这么个烂人别想快活几年，现在你做不成赛车手通通都是报应！"舞池里的音乐不知道什么时候停下来了，四周安静了下来。

本来只是一场纷争，却莫名扯到了其他事上，大家都是看热闹不嫌事大，没一会儿人群里就开始窃窃私语起来。

于熙儿的话说得挺过分的，大家都以为沈屹西得发火，结果就看见他只是拿着烟送到唇边抽一口，笑了一下：“这您倒是说得没错。”

于熙儿被他这话呛住了，脸色一阵青一阵白。

话说完了沈屹西也没留下来的意思，站直了身子，转身穿过人群：“监控待会儿让人给你们送出去。”他没再看过路无坷一眼。

于熙儿被沈屹西气到直冒火，拿上手包从酒吧里出来，路无坷和阿释跟她一起出来了。

于熙儿不是为了图方便就息事宁人的人，今天酒吧这事想要让她不计较，是不可能的。猥亵男骂骂咧咧地打车去医院的时候，于熙儿还叫着让他等着。

酒吧还没把监控视频送出来，还在调取。这会儿才初春，风里残留着冬天留下来的凛冽。风吹过，枯灰的树梢晃了晃。

阿释怕冷，跺跺脚：“找个地方坐坐，挡挡风，冷死了。”

街上很多店面还没关，做夜宵的已经生起了炉火，这条街上什么吃的都有。

于熙儿瞧了瞧附近：“走吧，去吃个夜宵。”

“行。”

她们正准备往对面走，路无坷却忽然开了口：“你们先过去，过一会儿我再过去找你们。”

于熙儿和阿释都回头看她。

“要去找沈屹西？”于熙儿倒没有生气。路无坷还惦记沈屹西是一回事，她自己不待见沈屹西又是另一回事。

阿释没等路无坷回答，立刻拦住了于熙儿的话头：“于熙儿，你怎么这么烦，走了走了。”

其实路无坷没觉得这有什么不能说的，但阿释既然这么说了她也就没回答什么。

于熙儿和阿释穿过马路，走到一半，阿释回头朝她喊：“路无坷，我们去吃烤鱼啊，就那家，待会儿过来找我们。”

路无坷说：“好。”风把指尖吹得冰凉，她酒没喝多，不至于醉，脑袋却觉得有点沉。她在外面站了会儿，没有转身进酒吧，而是顺着马路往下走。

这条街以前是一片棚户区，四五年前因为违规改造被拆除不少。后来才逐渐发展成现在这个模样，从混乱不堪的棚户区变成现在的商业街。街上有些地方还保留着以前棚户区的格局，深巷窄路，往里走一点还是有一些铁皮搭成的老房子。

不下雨了，天上的浓云却还是没化开，不见星月。

路无坷拐进一条深巷里，巷口没路灯，里头幽深灰暗，只有巷子尽头漏进来的那抹夜色。不远处的墙边有一点若隐若现的猩红，黑暗里能窥见模糊的人影。

路无坷走了过去，她做事从来不会畏首畏尾，只要是她想做的。

那点红色忽明忽暗，灼热又扎眼，走近后那张脸五官的轮廓渐渐在黑暗里变得清晰了起来。

沈屹西靠在墙上抽烟。

路无坷走到他对面，也靠到了墙上。

沈屹西跟终于发现多了个人似的，掀起了眼皮。

路无坷没回避，和他对视着。

沈屹西挪开了视线，没再看她。他把烟送到唇边深深地吸一口，烟草涌进肺里过了一遭，烟圈从唇间漫了出来。沈屹西似乎对她为什么会出现在这里，完全不想知道，但也没走，就那样兀自抽着烟。

两个人沉默着，周围只剩巷外杂草里传来的不知名的虫子的叫声。

香烟越烧越短，直到最后那点猩红熄灭，沈屹西把烟掐灭在了旁边的垃圾桶上，他把烟头扔进垃圾桶里。沈屹西像只是来抽支烟的，起身要走。

路无坷终于出声："沈屹西。"

沈屹西没走出几步，闻言停了下来。

路无坷看着他的背影："我们谈谈。"

过了一会儿沈屹西才手插着兜回身瞧着她，他索性不走了，跟要听什么好戏似的，抬脚往她这边走过来："谈什么？"

路无坷背靠在墙上，丝毫没退缩。

沈屹西走近她，忽然笑了一下："谈你这五年怎么过的？"

路无坷背在身后的手下意识地抠着墙，沈屹西停在她的身前，低下头。

路无坷迎着沈屹西的气息，呼吸都没快一分。

真是找人都找得很有骨气，沈屹西伸手捏住她的下巴：“不是不回来了？路无坷，怎么不硬气点儿？踏都别踏上澜江这片土地。”

沈屹西的话是带着刺的，混在还带着寒气的空气里。路无坷只觉得呼吸进身体里的空气寒冷无比。

“还是说。”沈屹西的指尖摩挲着她的肌肤，像是觉得好笑，“回来是为了我？”

路无坷不会被沈屹西的这些话刺到。

沈屹西盯着她的眼睛：“仇报了，刀捅了，现在觉着还是以前好，想把人找回来？”

路无坷向来不是什么没脾气的人，被沈屹西这么说，她也来了性子，要挣开沈屹西的手。

两个人都是带着刺的。

沈屹西手下用力，没让她挣脱，迫使路无坷对上了他的眼睛：“路无坷，五年前分手那会儿，我记得我不只挽回了你一次。”

路无坷直视着他。

沈屹西微耷拉着眼皮，一个字一个字地道：“是你自己不要的。”

路无坷觉得心脏都要停止跳动了，面上却仍不动声色。

“是你硬要分的手。”

风穿巷而过，墙边堆着一面墙的装着空酒瓶的蓝色塑料筐，最顶上的那个箱子员工没放好，被风吹翻摔在地上，声音刺耳尖锐。

沈屹西松开了她：“路无坷，当年我说过了，过了那村儿就没这店了。”他好像把话说完了，再也没什么想说的，起身走了。

路无坷也没去追他，也没去看他，就那么靠在墙上。

走到一半，沈屹西忽然停了下来，微微侧头：“还有，这儿非工作人员不能久留，没事别待在这儿。”他说完拉开酒吧的后门，离开了后巷。

Chapter 13

一点都没变

38°C

沈屹西进去的时候，正好碰上经过的员工。

那个员工是个小姑娘，看到沈屹西从外面进来，觉得有点奇怪："老板，你怎么从后面进来了？"

上个星期后门那条小巷刚发生过一桩抢劫案，人没抓到，被抢的人到现在还躺在医院里。所以他们酒吧的员工，最近都不会到后门外面那条小巷子里去，老板也让他们最近别出去，结果自己倒是天不怕地不怕的。

沈屹西似乎有点疲倦，没了平时一贯吊儿郎当的模样，捏捏眉心："去抽了根烟。"

他靠在门板上没走，小姑娘要走了，沈屹西喊住她："监控调了没？"

小姑娘点点头："小张他们在弄了，也留下了于小姐的联系方式，待会儿他们会给她送过去。"

"行。"沈屹西点点头。

小姑娘抱着东西去杂物间，走到一半回头，看见老板还靠在后门那儿，也不知道今天是怎么了。

晚上，沈屹西回了澜江大学附近那套住宅。

落地玻璃窗外，天色黑沉沉的，山体连绵不断。

上楼后，沈屹西随手打开电视，上次戛然而止的碟片继续播放。

沈屹西靠着床头坐下，瞧着屏幕里校庆舞台上那个白色的身影许久。随后去了浴室，洗了个漫长的，一个小时的澡。

沈屹西离开房间去厨房拿了一听啤酒，单手"啪嗒"一声打开，喝着酒，回了卧室。

碟片还在播放着，他走进门时却突然停了下来。

衣帽间门旁边的白墙上，有个卡通图案，和这套房子的装修风格格格不入。大概巴掌大，很孩子气，是一个穿着舞蹈鞋的女孩趴在一辆赛车上。某个小没良心的人刻的。

大学那会儿，有段时间路无坷都是住在沈屹西这里，这就是她拿小刀子随手刻的。而这个图案旁边，贴着门沿边那里有五个叉叉，也是用刀刻的。

沈屹西看了一会儿，走过去，然后在那门边蹲了下来，拿起地上的刀子，一刀划下那五个叉。五年了，结束了。

不知道沈屹西想到什么，他笑了一下："折腾人的玩意儿。"

于熙儿当晚拿到监控视频后报了警，路无坷和阿释陪她在派出所折腾了一晚上，凌晨才回家。阿释眯了没几个小时就爬起来去上班了，路无坷没什么事做，一直躺到早上九点多。

在阿释家窝了一天，路无坷以为今天会就这么过去，结果下午三点，她接到一家舞蹈中心的电话。昨天刚投的简历，对方通知她去面试，路无坷答应对方现在过去。

她回来之后，行李箱一直摊开在阿释房间里，挂断电话后，她从床上下来，吊带裙肩带松松垮垮地从肩膀滑下来。路无坷一路往行李箱那里走，吊带裙就被她从脚下褪了下来，镜子里照出她的曲线。

她从行李箱里挑出一件紧身白色薄毛衫和黑色打底裤，最后外面套上一件灰白色毛呢大衣，规规矩矩的一身装扮。换好衣服后，路无坷带上包和手机就出门了，舞蹈中心在市区，离阿释这里不远也不近，路无坷打车过去。

这家舞蹈中心有个很俗的名字，舞之魅，深受家长喜爱。这家舞蹈中心的规模不小，开设了民族舞、芭蕾舞、古典舞、街舞等课程，学员从四岁小孩到五十岁的大妈都有，年龄跨度很大。

舞蹈中心看中路无坷的履历和实力，说一开始收到这份简历，还以为是她投错了，直到看到她本人来面试。

对方显然对她很感兴趣，问了她一些常规题后，还是不可免俗地对她为什么回国这个问题产生了兴趣："以你这么好的条件，明显在国外更有利于你的发展，而且你现在也有一点名气了，为什么会选择回国？”

路无坷以前其实觉得这个问题很没意思，人一般从国外回来无非就两个原因，混不下去了或者想回来了。她没说那些漂亮话，实话实说：“就是想回来了。”

后面就是走了个流程，路无坷结束面试从里面出来，天已经快黑了。

她这几天膝盖还没完全消肿，刚才面试的时候又跳了舞，现在膝盖感到一阵一阵针刺似的疼，她没管，或者说早已经习惯了。

打车回家的路上收到阿释短信，阿释说她今晚不用加班，买了一堆好吃的打算今晚两个人一起吃顿好的，结果回家打开家门发现路无坷不在。

路无坷跟她说很快就回去了，到阿释家后，她在楼下下车，顺路在附近买了一些泡椒凤爪，阿释最喜欢啃鸡爪。

阿释住的这个楼没电梯，她慢慢爬上五楼。走得慢，倒不是很累，就是腿有点酸。

路无坷站在门前轻轻跺了跺脚，黑色打底裤下的细腿线条很漂亮，笔直又匀称。

她一敲门，阿释的大嗓门就隔着房门传来：“路无坷，等等啊，马上就来！”听起来像是在忙活什么。

等待的期间，楼梯转角的声控灯灭了，路无坷眼前登时陷入一片漆黑。两秒钟后，她跺了跺脚，灯又亮了。路无坷盯着声控灯看，过了一会儿灯又暗了，她又跺跺脚。她跟声控灯就这么无聊地玩着。

阿释来开门的时候迎面扑来一阵热气，她头上箍着一个绿色青蛙发带，脸上还挂着水，刚才是在洗澡。

阿释读大学那会儿什么奇奇怪怪的发色都染过，红色染的次数最多。现在进入职场了还是这个样子，想染什么发色染什么发色。毕业那年找工作时还跟国外的路无坷吐槽过，一家公司因为她那头不算很绿的原谅绿面试时把她给刷了下来。

现在她顶着一头奶奶灰，发尾还滴着水，阿释抹了把脸上的水，侧身让路无坷进来：“路无坷，你看姐姐我多爱你，我这澡才洗一半呢，就来给你开门了。”

路无坷进门，闻到一股很香的味道，问阿释：“你会做饭了？”

这话连阿释自己听了都不信：“怎么可能？”她关上门：“炖着汤呢，我妈远程视频教学的。”

阿释自己一个人在外面住，不是吃泡面就是叫外卖，跟上大学那会儿没什么两样。她那头发没一会儿就把地砖滴湿了，急匆匆地往浴室跑：“我去把澡洗完啊。”

阿释小客厅的矮几上放了几个买来的小菜，全都装在一次性塑料餐盒里。路无坷过去把买的泡椒凤爪放下来，进了房间。

她走过去在行李箱旁边坐下，卷起了右边的裤腿，拿出里面的喷剂对着膝盖喷了一通。这几年在外头奔波来奔波去，她有个把跌打损伤药带在身边的习惯。

阿释没一会儿就从浴室出来了，在外面喊她，路无坷放下裤腿起身出去了。阿释在拆矮几上的塑料盒，路无坷到厨房里洗手，顺手拿上两副碗筷回客厅。

阿释盘腿坐在地砖上面的小垫子上，用嘴把一小袋调料撕开：“你今天去哪儿了？”

路无坷也在坐垫上坐下了，没瞒着她：“去一家舞蹈中心面试了。”

阿释把酱汁挤到调料碗里，愣住了：“你要去教小孩儿？”

路无坷点头：“临时找的工作。”

阿释突然想起昨晚路无坷去找沈屹西这件事，虽然路无坷回来后看起来好像什么都没发生，昨晚她和于熙儿都没从她的脸上找到半点情绪。

阿释看着她眼睛，也不知道在想什么，过了一会儿问了她一句：“后悔吗？”

路无坷没有犹豫，轻轻摇了摇头：“不后悔。”

阿释心里还是有点不平衡：“你之前工作那么好，这落差未免太大了点儿。”

“还行。”路无坷说，“这家舞蹈中心给的工资不少。”

阿释问：“哪家啊？”

路无坷对她说了舞蹈中心的名字。

“那确实不错，我小姨之前大老远的老送我外甥女到那儿学跳舞，我姨丈又觉得在哪儿学都是学，为什么得跑到离家这么远的地方学。把我小姨气得差点跟他打起来，说那儿贵是贵了点儿，但老师教得好，他什么也不懂。”

路无坷听笑了，一边把手肘撑在茶几上，托着下巴：“许婉柔，你好像你小姨。”

阿释说：“对吧，我爸妈也这么说，说他俩身上的优点我是一点儿也没有，反倒像我小姨，不仅脾气像，长得还像。要不是我妈跟我小姨没同时生小孩儿，她差点都要以为是不是跟我小姨抱错孩子了。”

路无坷玩着放在面前的玻璃杯，听阿释说着她家里那些家长里短的事。其实这种父母斗斗嘴吵吵架的生活路无坷感觉很陌生，不仅因为母亲钟映淑早逝，更是因为钟映淑和路智远的关系没寻常夫妻这么好。

钟映淑会和路智远结婚还是被骗的，男人婚前使出浑身解数演戏，表现得又体贴又温柔，不喝酒、不抽烟、不赌博，到头来结婚没两个月就原形毕露。

从那以后，钟映淑跟路智远的关系便每况愈下。但因为那时候怀上了她这个女儿，钟映淑心软了没走。其实当年要是走了倒好，钟映淑就不会因为要养家，到沈家企业的车间工作，后面也就不会出事。

路无坷这五年来不是没收到过路智远的电话和短信，电话她没接，短信全是要钱的，但她一概不回，父女俩也就这样五年没联系了。

阿释还在说：“不过这么一想，觉得我小姨说得还蛮对的，舞之魅有你这样的老师能教不好吗？”

路无坷打断她：“许婉柔，过了。”

阿释啃着鸡爪笑。

“哎，对了。”阿释吸了下手指，“小公主跟你说了没有？那男的得进去关几天。”

路无坷点点头：“说了。”

阿释说："于熙儿还把人家单位的工作给搅黄了。"

于熙儿有她父母帮衬，一报警这男的不仅跑不了，还能让他丢掉工作。

路无坷到舞之魅上班后，接手了一个芭蕾舞蹈班，原来的老师因为要回老家结婚辞职了。

澜江这地方放晴没几天，又开始大雨滂沱，这种天气出门无非自己找罪受。当然，有人不这么认为，比如那帮在这种恶劣天气下，仍想方设法把孩子往舞蹈中心里送的父母，望子成龙、望女成凤心切。

舞蹈室里看着大雨冲刷着落地玻璃窗，雨痕密密麻麻的，逶迤而下。

现在是下午，外面却黑得跟晚上六七点一样。教室里的炽光灯下，一个个女孩咬紧牙关死命压着两条细瘦的小白腿，不少女孩的脑门上已经疼出一层薄汗。

路无坷走在她们中间，用脚尖轻轻碰了碰一个女孩的小腿："腿伸直一点。"小女孩使劲咬牙绷紧了腿。

这些女孩不过六七岁，还有四五岁的，小姑娘们里面有几个刚进来不久，没什么舞蹈基础，学起来自然吃力一些。

又发现一个动作不怎么标准的，路无坷轻轻踩住她的脚背微微往下压："脚尖绷紧。"

走了一圈，大部分孩子的动作还是规范的，路无坷瞥了一眼墙上的挂钟："还有三十秒。"

冷静的声音和学生泛白的脸相比起来显得有些冷漠无情，她靠上玻璃镜面，拿过桌上的手机，低头沉默地摆弄着。

有几个女孩快忍受不了筋骨拉扯带来的疼痛，时不时地抬头看她，就等着三十秒后老师喊停。

三十秒后，路无坷开口："停。"

女孩们呼地松了口气，整齐的队列瞬间跟盘散沙似的，一个个弯着腰驼着背，双腿僵硬酸胀得她们一时缓不过来。

等学生们缓过来列好队，路无坷才朝她们那边走过去，她说："今天的课上到这里，回家别忘了练习。”

“好的，谢谢老师。”女孩们异口同声回答。

这帮孩子是第一次见到路无坷，也不知道这个老师怎么样，有点认生，但却本能地很喜欢她这个老师。毕竟路无坷长了一张让人一看就想跟她温声细语的脸，而且刚才有动作没做好，路无坷也没有凶她们。

家长早就等在楼下，学生们陆陆续续地往外走，一些年纪比较小的小孩就在舞蹈教室里等着父母上来接。学生没走光，路无坷也不能走，她坐在沙发上等学生家长把她们接回家。

沙发就在落地窗边，路无坷看着窗外模糊的高楼大厦发呆。

忽然，旁边有一个小孩叫她：“老师。”

路无坷是第一天当老师，一开始还没意识到小孩子是在叫她，直到小孩子叫了第二声后，路无坷才转头看了过去。

小女孩白白净净的，黑溜溜的大眼睛像黑葡萄，长得很可爱。路无坷记得这个小孩，不仅仅因为她长得可爱，还因为这个小女孩跟别人有点不一样，她有点跛脚。不清楚孩子的父母抱着什么样的想法，把孩子送到这里学跳舞。不过路无坷刚上课的时候观察过了，这个孩子除了腿有点不方便之外，其他方面的条件天生很好。如果不是腿的原因，这个女孩是块学跳舞的料。

路无坷看着小女孩，其实她打小没怎么跟小孩子接触过，没逗过小孩，半晌只看着面前的小孩干巴巴地挤出了一句：“陈安宁，你怎么了？”

小女孩才五岁半，脸上有点婴儿肥，她有点鼻塞，委屈地瘪了嘴：“老师，我肚子痛痛。”

路无坷愣了一下，不知道怎么哄：“那……老师给你倒杯热水喝。”

陈安宁用肉肉的小手擦擦眼睛，点点头。

路无坷把她抱到沙发上坐着，给她倒了杯热水。

小孩坐在沙发上抱着杯子喝，路无坷也不知道应该跟她说什么。一大一小就那样坐在那里，路无坷低头盯着自己脚上的舞蹈鞋。

过了一会儿，教室的门突然被人敲响了，一个暗哑又带着点儿慵懒的声音紧跟着传来："陈安宁。"男人的声音里带着一丝惯有的笑意。

路无坷愣了一下。

旁边的陈安宁荡着两条小腿，一下子从沙发上跳了下去："爸爸！"

路无坷抬头。

沈屹西靠在门板上，也看到了她，他的手插在兜里靠在门板上。

回来后两个人每次一碰面，沈屹西看她的眼神里除了冷静就是漠然。但这次沈屹西看她的眼神和之前任何一次都不太一样，他微微蹙了下眉头，眼里有了点儿其他的东西在。那点东西说不清道不明，像是探究，又或者是其他。但这点意外仅仅在一秒间，很快就从他眼底消失无踪。

陈安宁扑腾着两条小短腿朝沈屹西跑过去，她跑起来和别的孩子不太一样，一跛一跛的。

沈屹西靠在门边上，也没让她停下来，让她自己跑。

路无坷只坐在沙发上看着，她当然不会傻到相信五岁半的陈安宁是沈屹西的女儿。五岁半，这孩子得在他们在一起那会儿就出生了。别的路无坷可能不知道，但沈屹西有分寸这点，她比谁都清楚。

陈安宁看到沈屹西明显很高兴，跟个小矮瓜似的，咚咚咚地跑到他的面前，直接挂到了他腿上。

沈屹西垂了眼皮，动了动腿，没几斤的小孩也跟着动。

"小矮瓜，你奶奶来了。"

陈安宁听了这话压根儿不怕，抱着他的腿仰头看他："我要荡秋千。"陈安宁很喜欢挂在沈屹西的腿上，以前沈屹西有事没事儿就把她晃荡一通。

沈屹西开始瞎扯，闷笑了一声："你现在胖了，我荡不动了。"

陈安宁很好骗，用小手拍了拍自己肉嘟嘟的小脸，软软的，她真的胖了，所以乖乖地从沈屹西身上下来了。

沈屹西觉得好笑，蹲下身瞧她，两条胳膊放在腿上，平视着她，用大人的方式跟她对话："今天身上穿这么点还冷不？"

陈安宁摇摇头，因为她发烧，奶奶在舞蹈服里给她穿了好多衣服，她好热。她指指肚子："是肚子痛痛。"

沈屹西微微皱眉，肠痉挛，这个孩子居然没哭。陈安宁前几天感冒了，大晚上他给买了药送过去，隔天又是肠痉挛又是高烧，还去医院打了点滴。

沈屹西问："现在还痛吗？"

她又摇头了，声音脆生生的："不痛了，老师倒了热水给我喝了。"

舞蹈教室里空旷、安静，坐在沙发上的路无坷也听到了这句话。

沈屹西原本看着小孩，闻言看了看她，这是两个人自两天前在酒吧后巷不欢而散后再次见面。路无坷坐在沙发上，身上穿着黑色纯棉的半袖，柔绵的布料裹着她纤细的腰肢。她脚上穿着舞蹈鞋，两条腿放松地搭在地面上。

沈屹西看过来的时候，她也在看着他。没有回避，就那样看着。但这眼神里没有看旧情人的意思在，前任这种东西，除了真正的念念不忘，到头来不是用来厌恶，就是用来释怀的，可这三种情绪路无坷的眼里却一样也没有。

刚回来时会所聚会的那次见面，是她情绪最外露的一次，之后她基本没再有过很大的情绪波动。这次，她的眼里单单只有看学生家长的那种意味在，拿捏得当，平和冷静。

沈屹西也很平静，视线晃了下，又回到陈安宁的脸上。

陈安宁笑起来带点婴儿肥，她高兴地跟沈屹西说："跟你说哦，我们新来的老师好漂亮。"

小孩这种生物很可爱，好像有个漂亮老师，都是学校送给他们的礼物似的。

沈屹西这次眼神都没转一个，起身牵过陈安宁的小肉手："走吧，送你回去。"

陈安宁小小的身体背着一个看起来比她的个头都要大的书包，被牵着往外走，还不忘拧着身子回去跟老师告别："老师，再见。"

陈安宁还在对她笑，路无坷也弯了唇角："再见。"

大雨还没有停，沈屹西的车就停在旁边。

沈屹西抱陈安宁进后座，帮她扣上安全带，自己绕到主驾那边上车，回到车上关上车门的时候，肩头已经落了雨。

陈安宁晃荡着小脚丫："爸爸，我想吃糖。"

沈屹西有条不紊地打了半圈方向盘，把车开出停车位，随口说了一句："老喊我爸爸，不怕你奶奶揍你？"

陈安宁是怕的，奶奶可凶了，但是她说："你是我爸爸。"

沈屹西笑了，以前都没问过陈安宁这个问题，但今天问了："我怎么着就让你这个小孩儿盯上了？"

陈安宁哪里听得懂大人口中的调侃，还掰着小短手指头很认真地数着："你买糖给我吃，带我去游乐园，让我学跳舞，给我买房子。"

最后她笑着大声地说："你还陪我玩！"

这小丫头的嗓子跟个小喇叭似的，沈屹西嘶了声："你这小孩儿，拐卖人员的重点目标。"

又用一副教训的口吻说道："在外头不能乱吃陌生人给的糖，知道不？"

陈安宁早就扒窗口上看雨去了，嘴里叽里呱啦地不知道在说什么。沈屹西瞧了她一眼，没说什么。

走到半路，车堵在红绿灯前。刮雨器在挡风玻璃上晃着，摩擦出有点刺耳的声音。小孩子一个人也能玩得不亦乐乎，陈安宁早从书包里拿出个洋娃娃，在玩妈妈和孩子的游戏。沈屹西从舞蹈中心离开后就一直没说话，这会儿他开口叫了后座的陈安宁一声。

陈安宁玩得很入神，回答他的时候，还抱着洋娃娃玩得爱不释手。

车外的路灯落在沈屹西的眼底，他黑色的瞳孔里有一点光影，眉间凝着点专注和严肃："今儿教你们跳舞的老师是新来的？"

陈安宁说："是呀，我们今天进去，就是这个老师压我们的腿。"

沈屹西沉默下来。

陈安宁说："爸爸，你今天好奇怪。"

沈屹西从后视镜里瞥了她一眼。

小孩子不会说违心话，真话说得光明正大，说完兀自玩着她的洋娃娃去了。

沈屹西没再说什么了。

陈安宁家住的那套房，还是沈屹西给他们买下来的。

沈屹西带着陈安宁上楼，试图矫正她老喊他爸爸的问题：“小矮瓜，跟你商量个事儿。”

电梯往上走，陈安宁仰头看他：“什么。”

沈屹西眼皮耷拉了下来：“行行好，以后爸爸这词儿换个叫法。”

陈安宁很认真地看着他：“为什么？”

因为她不是他生的，但沈屹西没这么说，而是说：“把我叫老了。”

“那要叫你什么。”

沈屹西没皮没脸的：“哥哥。”

陈安宁一下子就被拐进坑里了，有样学样：“哥哥。”

沈屹西闷笑出声。

结果陈安宁出了电梯就把这话忘到脑后了，当时是她奶奶来开门，一看到沈屹西就没有好脸色，把自己的孙女扯了进去。陈安宁回身就是爸爸再见，下场就是被她奶奶一顿呵斥：“叫什么爸爸！你自己没爸是吗？”

“缺心眼的玩意儿，要不是他害你，你都不会变成这样！”

房门“砰”的一声在沈屹西面前关上了，他倒没怎么放在心上，毕竟已经被骂了不知道多少次了。沈屹西还是那副懒散的样子，转身走过去按了电梯。

路无坷不止带了这一个小龄班，还带了一个十二三岁的班级，还有两个十五六岁的班级。四个班够她忙了，有时候一天内会安排三节课，工作很忙碌。

陈安宁上的舞蹈课一个星期两节，一节在周四晚上，一节在周六下午。从上周六那次见面后，路无坷就没再见过沈屹西了，周四那天晚上也没见到。那天来接陈安宁下课的男人很黑很瘦，后来路无坷听同事说，才知道这才是陈安宁的父亲。

下课后，路无坷到办公室换下舞蹈服，从舞蹈中心离开。到公交站正好碰上回阿释出租屋的公交，她上了车，在后面倒数第二排的座位坐下。

五年说长不长，说短也不短，澜江这座城市很多地方早变了个样。除了市区的关键地标没怎么变之外，高楼越来越多，人和车也越来越多，越来越热闹。公车窗外，高楼林立，万家灯火。沿路经过郊区，老房子和高楼参差不齐，灯火在田野尽头隐隐灭灭。

公交车到站停下后，路无坷下车，慢慢顺着路口往下走，经过楼下超市她顺路进去买了一瓶啤酒，想着阿释一瓶应该不够喝，又给阿释带了两瓶。

路无坷拎着一塑料袋啤酒上楼，阿释已经回来了，躺在沙发上跷着腿敷面膜。

路无坷拿钥匙开门进去，阿释脸上顶着一张黑乎乎的面膜，看了过来："回来啦？"

路无坷应声，把钥匙挂在玄关，换上室内鞋进来。

阿释的耳朵灵敏，探头看了过来："什么玩意儿？你买酒了？"

路无坷把酒放在矮几上，啤酒瓶碰出哐当哐当的声音："你喝吗？"

阿释立刻从沙发上坐了起来："当然喝了，哪儿有酒哪儿就有我。"

阿释又打开外卖软件："得叫点吃的，这酒待会儿喝起来才带劲。"

外卖送到已经是半个小时后，阿释去门口取了外卖放在桌上，给两个人都开了一瓶酒。

路无坷当时刚好从浴室里洗完澡出来，看阿释递酒给她，她说："我不喝，给你买的。"

阿释盘着腿："路无坷，其实你不太会喝酒对不对？"

路无坷看她。

阿释说："我瞧你每次喝酒都只喝那么一点，就我们同学聚会那次你喝得多了一点，回来还吃解酒药，大学的时候更是一次都没见你喝过。"

路无坷在沙发上坐下了："喝过。"

"什么？"

路无坷说："我大学时喝过。"

大学期间阿释和路无坷几乎形影不离，除了路无坷跟沈屹西谈恋爱那段时间。要是平时路无坷喝酒，阿释怎么可能不知道，她想都不用想就知道是谁带她去喝的。以前的沈屹西是真的宠路无坷。

阿释对朋友的男朋友很严格，要是对方对朋友稍微有点不贴心，她都能给挑出一堆毛病，比丈母娘还挑剔。虽然沈屹西这人以前是真的很会玩，但阿释不得不承认，他跟路无坷在一起那会儿是真的疼她。

打路无坷回来，阿释就没跟她提起过沈屹西。其实她隐约能知道路无坷这趟回来是来找谁的，但路无坷又确实没表现得很明显。就算是在朋友面前，她都是理智的。

阿释忽然叫了一声她的名字："路无坷。"

路无坷抱着抱枕看向她："什么？"

阿释犹豫了一下，还是开口问道："你当年和沈屹西为什么分手啊？"其实路无坷和沈屹西为什么分手，大家都不知道，他们两个刚分手那会儿，流言众说纷纭，连阿释和齐思铭这帮自己人都没猜出来。

当时正好赶上路无坷的奶奶去世，那个节点上阿释也不会去打扰路无坷，问她和沈屹西之间的事。路无坷又是一个不问她是不会主动说，甚至问了她有可能还不说的人。所以至今为止，连阿释都不知道她和沈屹西是为什么分手。

沈屹西更不用提了，他不是那种会把前任拿出来说的人。那段时间他们班的这个人甚至瞧着还是跟以前没什么两样，依旧谈笑风生。

人都有私心，阿释肯定站在路无坷这边。当时她瞧着沈屹西这副样子，还给路无坷打抱不平，跟于熙儿吐槽说沈屹西没有良心。还是后来齐思铭跟阿释提了一两句，她才知道那段时间沈屹西虽然瞧着心情完全不受影响，但实际上齐思铭他们别说套话了，说句话都怕惹着他，虽然他不会表现出来。

这俩人明明在那前几天还好好的，结果一声不吭地就分手了。两个人都不是什么简单角色，分手后谁都没有痛哭的戏码，导致大家连是谁先说分手的都不知道。

阿释跟路无坷说："那会儿我们班随便一个女生都会拉着我问你

俩这事儿，她们知道我跟你的关系好。大家都觉得是沈屹西先甩的你，毕竟就他那半个月换一个女朋友的德行，对你腻了很正常。”路无坷靠在沙发里，像是在听别人的故事一样，很平静。

阿释说：“后来你出了国，这流言就一边倒了，说是你甩的沈屹西。”人的本性就是爱八卦和凑热闹，不管好的、坏的都听上一耳朵，反正不是痛在自己身上，说上一句、踩上一脚也无所谓。

路无坷没说话，阿释那张嘴却一直没停下来：“不过这堆人里不包括齐思铭他们几个，齐思铭说他跟沈屹西几年兄弟了，虽然没那些穿开裆裤长大时认识的时间长，但沈屹西的性格他了解得很。”齐思铭当时跟阿释说的话阿释到现在都记得，他说就沈屹西这人，一旦真上心了，不可能会放过路无坷，只会是路无坷跟他分的手。阿释说就没见过哪个女的能让沈屹西这样。

听了阿释说的，路无坷怎么可能不信，自然是信的。五年前的沈屹西，没人比路无坷更了解，他是不会放过她的。事实也确实是这样，沈屹西不肯和她分手。

阿释见路无坷脸上一丁点儿表情都没有，方才挑起这个话题的那点谨慎和紧张，也在脊背塌进沙发里的那一刻跑得一干二净。她从黑色塑料袋里又拿了一瓶啤酒出来，用平时都随手扔茶几上的起子打开，瓶盖“咔哒”一声掉在桌上。

阿释喝酒跟吃零食似的，没个八九瓶她醉不了，她喝了一口啤酒：“所以当年真的是你跟他分手的吗？”

路无坷看向阿释，两秒钟后她点了点头。

自己猜到跟当事人亲口承认还是不一样，这有点颠覆了阿释对沈屹西这个人的认知。所以即使有猜到这个回答，但她还是被呛了一口：“真的啊？为什么啊？”

路无坷又不说话了。

之前阿释还觉得路无坷这趟回来了，就沈屹西那个态度，让人想揍他个两百拳。现在这么一想，难怪。是她家路无坷甩了沈屹西的。但即使这样她还是站在路无坷这边，看见沈屹西不理路无坷还是会不爽。

“不过啊，照沈屹西那人那德行，虽然这事放现在我还是觉得难以置信，但他还真就这么着了，后来身边一个女朋友都没有。毕业后有没有这我不清楚，但至少大学那几年没有。别说一年了，一个月没找我都觉得是太阳打西边出来了。”

阿释一大长串说完向路无坷寻求认同：“你不觉得奇怪吗？”

路无坷看了她一眼，然后摇了摇头，很诚实地说：“不奇怪。”

阿释送到唇边的酒瓶放下，转了一下眼睛，视线落回路无坷身上：“啊？”

是的，路无坷一点也不奇怪。或者换个说法，她很清楚地知道，沈屹西不会找别的女孩。

她不会妄自菲薄，是因为清楚自己在沈屹西心里的分量，很是通透。不单单她自己是这种人，沈屹西也是。就短短几个字，阿释却跟听了天书似的，半天没搞懂路无坷怎么就不觉得奇怪了。

阿释未成年的时候早恋过，但都是图新鲜感和好玩，大学和工作后也谈过一两段恋爱，但到这个年纪，图的就只是找个伴缓解一下成年人的孤独。所以对于那种高手过招的恋爱，她这恋爱脑真的转不过来。本来她还想问路无坷是什么意思，就被放在沙发上的手机进来消息的声音打断了。

进入职场的人最怕的就是下班时间社交软件响，就怕一打开是领导的消息，领导一旦发消息十有八九都是让人干活，剥夺空闲时间，但又不能也不敢不回。

阿释在领导背后骂归骂，手机响铃该开的还是开。这大晚上的，她拿过手机看了一眼，看到不是领导发的消息松了一口气，同时嘴里又念叨着：“这齐思铭大晚上给我发什么消息。”

阿释跟齐思铭大学毕业后还一直保持联系，两个人跟兄弟一样。

路无坷从沙发上起来到厨房的冰箱里拿了瓶牛奶，回到客厅就听阿释一脸迷惑地按着手机给齐思铭回语音：“齐思铭，你没毛病吧？问我的地址干吗？”

齐思铭消息倏地就回过来了：“你上次在朋友圈不嚷嚷着想买游戏机吗？我给你快递一个过去。”

阿释满头问号：“不是，齐思铭，你是喝多了还是脑子去哪里撞着了，还记不记得你那天在我那条朋友圈底下怎么回的？”阿释开始算账，一副要把齐思铭耳朵吼聋的架势，“你说！你是不是说就算吃屎也不给我买！”

齐思铭又回了消息，在笑：“许婉柔，你好记仇。”又说，“赶紧发过来，过了今晚你求我，我都不给你买了。”

阿释说：“不信，你肯定有诈，我一看你就是黄鼠狼给鸡拜年，没安什么好心。”

齐思铭：“真的，我今晚打麻将赢钱了，想做桩好事儿积点德，明年找个好媳妇儿。”

其实就算齐思铭不给阿释买东西，地址告诉他也没什么事。就是这俩人斗嘴斗习惯了，你来我往总得拌上几句。

路无坷坐在沙发里咬着吸管喝牛奶，阿释的语音用的是外放，她就这样听着他们斗嘴，恍惚间像是回到了大学时。最后阿释还是把地址发给了齐思铭。

晚上路无坷躺进被窝里，阿释还没睡，翻身过来搂她，大学那会儿阿释就很喜欢抱她，说她抱起来软软的、香香的，很舒服。

“路无坷，你怎么还是这么好抱。”两个人又你一句我一句地聊了一会儿，阿释每天工作累得跟狗一样，很快就睡了过去。

路无坷一向躺下得早，睡着得晚。直到半夜两点多才开始昏昏欲睡，却被床头一阵手机的振动声吵醒。她根本没睡熟，慢悠悠地睁开了眼睛。手机又嗡嗡振动了两下，路无坷才伸手拿过来。看着来电显示，她沉默地看着手机屏幕。

这些年她从没换过手机号码，这是沈屹西第一次给她打电话。

路无坷几乎没怎么犹豫，却也不算迅速，按下了接通。然后，她把手机放到了耳边。电话那边一片安静，只有呼吸声。气息很沉稳，却又像不怎么清醒，一下一下地和她的呼吸声逐渐重合了起来。

沈屹西喝酒了。谁都没有先开口说话。不知过了多久，电话那头传来了冰冷的嘟嘟声，他挂断了。

这两年谁都没换电话号码，却谁也不肯低头给谁打个电话，一通电话隔了五年。

手机那头的嘟嘟声自动挂断，周围又陷入一片安静。暴露在空气里的指节被冻得发冷，耳边的手机没再亮过。

路无坷很清楚，如果不是沈屹西喝醉了，他压根儿不可能给她打这个电话。

屋里没开灯，四处都是化不开的浓墨。手机的机身泛着凉意，屏幕是黑的。

路无坷按亮了手机，一小方白光落在她脸上。她的皮肤是冷色调的白，睫毛微翘，鼻尖小巧，被冻红了一小点。

路无坷看着手机，按下沈屹西的号码，回拨了过去。然而几秒钟过后，那边响起一道冰冷的女声，他关机了。

路无坷没什么反应，把手机放回床头，拉过被子翻身睡了。

隔天下午，路无坷从舞蹈中心下班，回家后加了一会儿班。舞之魅每一个月就会举行一次家长会，跟家长汇报孩子的学习情况，舞蹈上是否有进步，这些都会和家长谈谈。路无坷翻着花名册，拿笔把每一个学生的学习情况登记下来。写到陈安宁的时候她的笔停了一下，想起上次去舞蹈中心接陈安宁的沈屹西，十秒钟过去后，她才继续动笔。

周六路无坷的课在下午，但早上她照旧起得很早。

阿释吃完早饭就去上班了，路无坷一个人在家里练了一早上的舞，到中午才叫了个外卖。

路无坷最近吃自己做的面吃腻了。也不怪面条，只怪她只会在泡面上折腾，别的什么都不会做。

阿释一开始吃她做的面条，还以为她是去国外这五年学会做饭了。结果后来连吃了几顿不是炒就是煮的泡面后，她就知道自己想多了。当时知道她这样肯定是因为在外头没少吃泡面，阿释还抱着她矫情了好一会儿。结果路无坷就十分不浪漫地告诉她，白天她一般都是跟着舞团吃好的喝好的，泡面都是晚上肚子饿了才吃的夜宵。

路无坷点了份中规中矩的午饭，有主食，荤素搭配合理。

下午她拿过沙发上的黑色舞蹈服换上，外头裹了一件及膝的黑色羽绒服就出门了。

这一代的父母跟自己那一代的差不多，也很看重家长会，路无坷到舞蹈教室的时候，已经有父母等在那儿了。她基本都是照着纸上写的那些说给家长，但家长一般都会拉着她再问上好一会儿。虽然不太喜欢跟人交流，但这是工作，路无坷还是会做好。

两个小时折腾下来有点词穷，路无坷第一次有想辞掉这个工作的冲动。

陈安宁是很晚才到的，背着个小书包，身上裹着蓝黑色的幼儿园西装式校服，上的是贵族学校。

路无坷抬眼就看到了她旁边的沈屹西。

陈安宁一跛一跛的，自己走得很开心。沈屹西没有因为她腿脚不方便就去牵她，放她自己走。

沈屹西垂着眼皮睨着陈安宁，吊儿郎当的："小矮瓜，脑袋别东转西转，自个儿好好看路，摔了我可不管啊。"

路无坷的视线从他身上挪开了，被一个家长拉着聊天。

沈屹西退到一旁等着，靠在墙上。手机里有消息进来，他看了一眼，是齐思铭发的。

"屹哥，你怎么又没在车队，哪儿去了？"

沈屹西跟齐思铭说送陈安宁上课来了。

齐思铭的消息很快又跳进来。

"又是那老太婆叫你去的？这家人有病吗？该赔的赔了，房子买了，孩子也送贵族学校了，还拿你当牛马使唤，过不过分啊！"

沈屹西"啧"了一声，回道："骂陈安宁那奶奶行，别把牛马安我头上。"他本来就不是什么好脾气的人，陈家那帮人他是真没什么好感。只不过陈安宁是无辜的，他所做的一切，都只是为了弥补一些在陈安宁这个小朋友身上犯的错。

齐思铭又回了一句。

"也是，你不愿意做的事儿谁叫得动。

"不过他们这家人脑子是真的有毛病，除了小矮瓜那个小丫头，她爸她妈我不知道，但她奶奶是真的有病。你说平时遇着你就没好脸色，就没有不骂你的时候，不是连你的人都不想看到吗？结果一有事儿叫人倒是叫得挺没负担，得了便宜还卖乖。"

陈安宁的父母从以前就一直在外面打工，一年就不回来几次，陈安宁打小被奶奶带大。

原本陈家拿到的那笔赔偿已经够多了，但陈安宁的父母还是继续去外头打工。最近回来几天后又走了，所以接送陈安宁的任务又落到了沈屹西的头上。

陈安宁的奶奶就一个典型的俗人，一边厌恶着沈屹西这个人，一边又十分理所当然地享受对方对家里的好。

陈安宁屁颠屁颠地跑过来，抱上了沈屹西的腿："哥哥。"

沈屹西听乐了，眼珠一转，看向了陈安宁："小矮瓜，今儿这么自觉呢？这几天在家被你奶奶揍了几顿？"

陈安宁的小嘴扁扁的，委屈得跟谁抢了她几百个玩具似的，瞧她这样就知道这几天在家没少挨骂。沈屹西被逗乐了，小孩子的面子他一点儿也没给，在那儿笑，没点大人样。

小孩子也是要面子的，陈安宁气嘟嘟地撒开他的腿，小身体笨重又可爱地跑开，转而抱上了停在不远处的那双腿。其实沈屹西也不是不知道那儿有人，他脸上的笑没收，抬了头。

路无坷的视线从陈安宁的身上离开，抬了头。四目相对，路无坷的眼神很平静，开了口："你好。"

瞧着她的样子，沈屹西的眼神直勾勾的，不算客气地落在她的脸上。

路无坷真的跟任何一个老师一样，也像对任何家长那样，对沈屹西说了陈安宁近半个月以来的学习情况，也客观地给了一些评价。就她这样利落、简洁的讲法，一分钟就能对家长说完，家长不拉着她再问什么的话，对话基本上也就这么结束了。

沈屹西就是这种情况，两个人之间对话基本上就只有路无坷一个人在说，好像他真的只是一位学生的家长。

后面还有几个下班了才陆陆续续赶过来的家长，路无坷过去接待。

沈屹西还是原来那个姿势，手插兜靠在墙上，压着眼皮瞧着她背影，半晌转开了头。

路无坷开完这个家长会已经将近傍晚，偌大的舞蹈教室里空无一人，她关了灯，从教室里出来了。

走廊上的灯还没开，昏沉的暮色从窗口透进来，走廊尽头的转角那里，墙上靠着一个人。

路无坷早看到了，也一眼认出了那个人是谁。还没走近，烟味便飘过来，他在抽烟。恍惚间像回到了酒吧后巷那天晚上，当时也是这样混沌不清的天色，他在夜色里夹着烟在抽。

沈屹西的脸色晦暗不明，瞧不清楚。

路无坷看见他似乎把烟碾灭在旁边的垃圾桶上，她低着头就要经过他身前。结果还没走出几步，手腕忽然被扯住，转身就被这股很大的力道扯进了旁边的办公室里。

门“砰”的一声在身后关上，她转身被压在门上。沈屹西用的力气不小，路无坷的肩膀撞在门板上感到一阵生疼。

紧接着她就被一个粗暴的吻压上了双唇。熟悉的唇贴了上来，路无坷被沈屹西压在头顶的双手手指微动。沈屹西连点等她反应的机会都没给，撬开她的唇。

路无坷的胸口微微起伏，没有躲开，想跟上他的节奏。五年过去了，双方却仍对对方的吻熟悉得可怕。

沈屹西一点儿也不温柔，与其说这是一个吻，不如说是在发泄。

路无坷的手腕被他捏得发疼，门外有由远及近的打电话的声音和脚步声。

这间不知道是谁的办公室，沈屹西随手推门进来的。巧的是这一层这么多间办公室，门外那阵脚步声就正好停在了他们这扇门外。

身后的窗外，天色发红，夹杂着灰白。两个人眼里丝毫慌乱都没有，沈屹西伸手，按下了门锁。路无坷回应着他。

交缠中门外的人的声音犹在耳边，办公室的主人没拧动门把，跟电话那边的人嘀咕着记得自己出去时没锁门。路无坷听得出这是教民族舞的那个李老师。

很快门外响起一串钥匙碰撞在一起的叮当响，那李老师把钥匙插进了门锁里。沈屹西手按在门把上，动作没停。

李老师在外头转不动钥匙，语气里满是疑惑：“这门是坏了？”

“怎么回事？突然打不开了，下午明明还好好的。”

沈屹西无动于衷，反倒变本加厉，像是要把这五年的气全撒尽。路无坷完全喘不过气来。

门外的李老师说她还有东西放在办公室里没拿，得去喊楼下的大爷来帮她开锁，脚步声渐远。

沈屹西忽然松开了她。他就是故意的，偏偏等到这个时候。空气骤然涌进呼吸道，路无坷被呛了一下。

沈屹西捏着她的下巴抬起来："几天没见，人都不认识了？"

路无坷的嘴唇有点红，她看着沈屹西："是你让我不要去找你的。"

沈屹西气笑了，偏开头，又转了回来："路无坷，你什么时候这么听我的话了？"

"这么听话五年前怎么不干脆不分手？"

路无坷沉默以对，不说话了。

沈屹西像是在忍着火气，嘴上却仍懒懒散散的，他眯眼瞧着她的眼睛："你再装。"

果然，什么都别想瞒过他。路无坷偏开了头，还是没开口。

沈屹西却没有放过她的意思，把她的头掰了回来："你什么都知道，你以为我心里没数？"

路无坷被迫直视着他眼睛。

沈屹西看着她："知道我买套不是给自己用，让齐思铭问你朋友的地址，还有今天我会来参加家长会，你全都知道。"

包括，他迟早忍不住。是的，从她回来那天起，他一刻都难忍，想把她按在身下。就她这个人精怎么可能不知道，同时她所想的她也别想瞒过沈屹西。只不过五年过去了，谁心里不怄着气？

这些路无坷通通都知道，她甚至知道那天在酒吧后面的巷子里，沈屹西跟她说的都是狠话。她想去牵沈屹西的手，沈屹西却撒开了，气还没消。

……

五年的时间，不算长也不算短，就这样横亘在两个人中间。

那天晚上两个人还是各走各的。

回家的路上，路无坷坐在公交车上，看着车窗外流水般的灯火，突然想自己不会说话是不是一件坏事。

这天白天，路无坷没课，但她的作息还是雷打不动，早早就从床上醒来了。旁边的阿释睡得很香，路无坷先起来叫了早餐外卖。

吃完早饭后，阿释到玄关穿鞋准备去上班，问她："你今天白天都没事干，准备干吗去？"

路无坷还在餐桌边慢吞吞地吃早饭，瞧了她一眼："回老房子看看。"上午去看看老房子，下午去找沈屹西。

"你没把那房子卖了？"她摇摇头。

阿释上班还得坐车过去，再加上刚才赖床，时间快来不及了，她去开门："那你自己一个人小心一点啊，晚上回来一起吃饭。"没等路无坷回答，门就在她眼前"砰"的一下就关上了。

阿释的性子一直这样，风风火火、毛毛躁躁的，凡事不拖到最后她浑身不舒服。

阿释走后，路无坷还一个人吃了很久的早餐，吃完早餐把碗筷给洗了之后，她换身衣服拎上包就出门了。

其实打回澜江那天起，路无坷就一直想回老房子看看。奶奶走的时候不仅给她留了一笔钱，连房产证都给了她，那上面是写的她的名字，奶奶一分钱都没给路智远。

从阿释的出租屋到老房子那里还有一段距离，路无坷跟以前每一次从学校回家一样，到客运站买了张大巴票。

上车后她照旧挑的后面的位置坐，就这么件小事，却突然让路无坷很想很想奶奶。

她刚上大学那会儿，每次奶奶都会把她送到客运站，千叮咛万嘱咐她上车后别挑四个车轮上头的位子坐，说那几个位置就算不晕车也得给人颠吐了，每次她上车前奶奶的这句话总得重复好几遍。路无坷很听奶奶的话，大学四年就没坐过那几个位置，到现在已经养成了习惯。

大巴车晃荡着行驶在路上，耳边引擎声轰鸣，车辆和房屋迅速往后倒退。

以前坐过某个人的赛车后，有一段时间路无坷坐什么车都觉得很慢，后来花了一段时间才渐渐适应过来。

到区客运站的时候还没到中午，客运站乱哄哄的，拎着行李箱的，背上甩着大袋子的，吆喝着卖车票的，人群摩肩接踵，乱成一锅粥。

路无坷什么行李都没有，走得很轻松，到客运站外头打了辆车回镇上。

镇上不比市区，发展要慢很多，还是五年前的老样子，人也看起来少了很多，都往外跑了。街上有很多小摊小贩，沿街店铺卖着卤味小菜，那个卖烧鹅的阿叔已经白了头发。

一个小地方一来外来人，当地人瞧一眼就知道，路无坷这些年没回来，却还是有几个大人一眼就认出了她。以前楼下卖饺子的张婶就是，笑着问她回来啦，说上一次见她还是几年前过年时她去她店里买面粉。她买不到饺子皮，买了面粉回家，饺子皮做失败了的那次。那回她连奶奶走前做的最后一顿饺子都没吃上。

路无坷不是个擅长跟长辈寒暄的人，以前奶奶也经常惯着她，有什么街坊邻居或者亲戚想找她说话，奶奶基本都会给她挡掉，因为知道跟人说话不是她孙女喜欢的。

路无坷不知道跟张婶说什么，正好是中午，她索性进她的店里点了盘饺子吃。她慢吞吞地吃着饺子，张婶做的饺子里馅儿不算多，调味就是往里多撒了点儿盐。路无坷又想奶奶了。

从张婶店里出来后她就回了家，几年没回来却一点也不感觉陌生，楼梯底下停着自行车，楼道破旧、泛黄，她爬到了三楼。

当初走的时候家里换了锁，是路无坷故意换的，因为不想让路智远回来。奶奶走的时候他没回来看奶奶，这件事足够路无坷记恨他一辈子。

路无坷掏出钥匙，插进门锁里打开了门。

推开门，家还是那个熟悉的家。对着门的那面墙上，还挂着奶奶以前经常用的那副老花镜，奶奶贴的那满墙奖状也没有撕掉。但刚走进去，路无坷就发现不对劲了。

五年没住人，家里不应该是这个样子。虽然说现在的地板没干净到哪里去，但这么多年没住人，地上多少会蒙灰，但这屋子看起来明显打扫过，虽然不怎么干净。况且沙发上还搭着一件男式风衣外套。

路无坷微皱眉，路智远？还是家里遭贼了？她从包里拿出手机想报警。

门外却突然响起一个不是很友善的挑衅的声音：“你是谁？”

路无坷的手一停，转头看向门口。是一个个子一米七多的男人，眉目不善，浑身腱子肉，皮肤是晒出来的古铜色，男人吊着眼角眉梢在看她。

路无坷却一点也不怕，盯着他眼睛，说：“你怎么有这房子的钥匙？”

听了她这话，男人眯起眼睛盯着她的脸不知道在想什么。半晌像是想到了什么，松了眉头，之前脸上那种想揍人的神色一扫而空。但面相摆在那里，他瞧起来还是有点凶。

春寒料峭，男人却只穿着个背心，手里拎着一次性饭盒，明显刚是下去买饭了。

男人说：“这么一说我还看过你的照片。”

路无坷微微皱眉。

男人走进来了：“老路的女儿，是吧？”

路无坷没说话。

男人跟她擦身而过，在沙发上坐下了：“换锁没用，就你们那破房锁，就算是路智远，给配个钥匙也分分钟的事儿。”光是听男人说的这句话，路无坷就知道路智远在她出国的那段时间，肯定用什么不正当的方法开了锁在家里住过。跟路智远那种人，别讲什么道理和道德，他不会尊重。

路无坷没跟男人绕圈子，直截了当地问：“路智远把房子卖给你了？”

男人把饭盒摊开在面前，烧鹅饭的味道飘了满屋，他抬头瞧了路无坷一眼：“聪明。”

又扫了一眼房屋：“这房子他早卖给我了，为了抵债。”

路无坷看着他端着饭盒的那条大花臂：“他没有房产证，怎么卖给你们的？”

男人扒拉了两口饭："有的是证据，也不是不能给你看，只不过看了后，别一个劲儿地说路智远没有房产证就不能把这套房子卖了。"男人说着放下手里的一次性饭盒，从茶几底下拿了个铁盒子出来。

铁盒子是装月饼的盒子，上面已经生锈。男人"咔哒"一声打开，里头一堆纸张，胡乱地堆叠着。他翻着那摞纸，最后停在一页上，抽了出来放在桌上。然后视线落在她的脸上，食指在上面敲了敲。

路无坷都不用拿起来就能看到上面的字。

纸上是路智远七歪八扭的字，上面写着欠了高利贷，把这套房子抵给一个叫虎哥的人，最后还印了个指纹。虎哥想必就是眼前这个男人了。

路无坷没说话。那个男人见她差不多看完了，把这张纸收回来："路智远自己写的，谁想赖账都不行。"

路无坷不服软："他没有房产证，这套房子他卖了不算。"

男人拿过饭盒，还是那表情："小姑娘，你这样就没意思了。这是这行约定俗成的规矩，既然你爸敢来跟我借高利贷，他就得担起这个责。你要不认也可以，这几年来他借的这笔钱连本带息算上，你把钱都给我结清了，我就把这套房子还给你。"

男人又说："别想着用打官司或者报警那套，这种事闹到台面上就不好看了。到时候也别怪我们做得过分，我想你们也不想看到一些见血的事儿。"

她到底还是太年轻了，都不用她开口，男人就知道她脑子里在想什么。

路无坷却很冷漠地说："如果你们想对路智远千刀万剐，随便你们。"房子归我。

男人抬头看了过来。

路无坷却已经不想再跟他多说什么，往外走。结果还没走到门口，她的腰腹上突然一紧，整个人被勒着扔回了沙发上。男人的手劲很大，路无坷被甩到沙发上，身上感到一阵疼。

路无坷还没爬起来就已经被男人压到了沙发里，男人一只手就能控制住她，另一只手从茶几上抽了张纸过来，他把那张纸怼到了路无坷的面前。

“你以为路智远就借了那么一笔？”男人像是被血浸染过的残暴，不用大喊大叫，一个眼神就能让人感到不寒而栗，他说，“这是第二笔，这笔才是大数目。”路无坷在看清那张纸上写着什么的时候，背后已经起了一阵凉意。

男人把那纸扔开了：“看完了吧？他借了这么多，就他一个人都不够我砍的。”

路无坷使劲要挣开他，被男人掐着压了回去，她的额头撞上扶手，路无坷的眼前一阵发黑。

男人还在说：“就照你刚那么说，路智远把你卖给我了，你是不是也随我便了？”男人说完就要去扯她的衣服。

路无坷心里感到一阵恶寒：“滚开。”

在男人的手碰上她的时候，她的膝盖拼命挣脱桎梏，往上顶了上去。男人闷哼一声，手上顿时松了一下，路无坷猛地推开他往外跑。但女人的体力终究不敌男人，还没跑到门边，路无坷的头发就被男人扯住了：“还想跑？”

路无坷感到一阵疼痛，用手抓住了门框，男人勒着她腰往里扯，掰开了她的手。眼看门就要在眼前甩上，路无坷伸手一顿乱摸，摸到了鞋柜上的一个烟灰缸，往后死命地朝男人的头上一砸。男人爆了句粗口，显然是见路无坷看起来柔弱，没防备她，让她钻了空子。

路无坷拉开门跑了出去，结果就撞上沈屹西，他三步并作两步地从楼梯上跑过来。

俩人对视着，路无坷却没有感到意外，或者说这在她意料之中。

沈屹西那双一碰上她尽是冷漠的眼睛，却在看到她额头上的伤后骤然一暗，往她身后看了过去。路无坷知道他在想什么，她的脚下没停，脚步匆忙地跑下楼梯，抓住沈屹西的手腕就往楼下跑。

不多时楼上也传来了往下跑的脚步声，夹带着发狠的咒骂。两个人跑到楼下，路无坷抓着沈屹西的手往外跑。

下一秒却猛地被沈屹西扯进楼道里，压到了墙上。沈屹西的双手抓着她肩膀，路无坷只觉肩膀都快要被他掐断了。他的胸口起伏着，脸上的肌肉隐忍地动了动，将她上下打量了一遍。他没跟路无坷说一句话，松开她抄上了地上一条钢管。

路无坷伸手去拽他："沈屹西。"

沈屹西却甩开她手冲了出去。

路无坷："沈屹西！"

沈屹西跟疯了似的，明显使了很大的劲儿，扬手就是一下。

路无坷听到那长着张扑克脸的男人爆了句粗口。那个男人一身的腱子肉也不是摆着看的，转身就朝沈屹西回击。一个比一个狠，场面登时混乱起来。

路无坷想跑过去拉开沈屹西，他的后脑勺却跟长眼睛了似的，声音克制到几乎是咬碎了牙："别过来。"

沈屹西的个子比男人高了一个头，不难看出，他是真的发了狠。路无坷知道不仅因为自己额头上的伤，还有她微乱的衣领。

他们打架的动静不小，没一会儿街上很多人跑出来看热闹，但没人敢劝架。他们这种阵仗谁来拉架都得遭殃。

肌肉男打不过沈屹西，疯子总会害怕有人比自己更疯。

路无坷见过沈屹西抡人，也目睹过他揍路智远，却没见他哪次比这次狠。

路无坷拦抱住了他的腰："沈屹西！"

沈屹西稍微往前踉跄了一步，路无坷就在他的怀里。他低头对上她的视线，稍稍找回了理智。

那个人已经躺在地上了。

两个人谁都没再开口，沈屹西粗重的喘息落在她的脸上，直视着她的眼睛，眼里是冷静的怒意。路无坷也看着他。半晌，看着她眼睛的沈屹西终于松了劲儿，转身走了。

路无坷低下头，视线落在自己五指和掌心里的那片黏腻上。红的，热的，黏稠的。

旁边有女人惊呼一声。反倒是路无坷看起来冷血又无情，她抬头看了沈屹西背影一眼，跟了上去。

周围有人在嚷嚷着叫救护车和报警，他们两个一前一后，像被隔离在这场兵荒马乱外。

沈屹西从兜里摸了包烟出来，塞了一根进嘴里点上，把打火机和烟盒又塞了回去，完全不像个带伤的。

路无坷没去擦那满手的血，不远不近地跟在他后面。

沈屹西的车就停在张婶饺子馆附近，沈屹西拉开车门坐进了主驾。他坐在车里，一条胳膊搭在车窗上，痛快淋漓地打了一架后，身上犯着懒。沈屹西的眼皮微耷拉着，视线透过挡风玻璃落在她的身上。

路无坷知道沈屹西在等她上车，她和沈屹西对视着走到了车门边。

沈屹西的车门没落锁，路无坷一拉就开了，坐进副驾关上车门。她坐进来后沈屹西反倒不看她了，伸手去挂挡。

路无坷看了一眼他腰腹的伤口，是被碎啤酒瓶捅的，她转开了头。

沈屹西从后视镜里瞧了她一眼，打了方向盘调头。

附近有一家医院，沈屹西带她过去了。

急诊收了一个出车祸的患者，医生和护士嚷嚷着让行人让路，担架床滚过急诊大厅，留下一地血珠。

车祸，医院，担架床。沈屹西和路无坷心照不宣地陷入沉默。

两个人自从上车后没说过一句话，沈屹西没看她，到分诊台那儿填了两张单子。一张伤口处理，一张头部撞击。

路无坷看了沈屹西一眼，没有说话。

填完后，沈屹西拿着那两张单子去挂号，窗口前排了三条长龙，他拣了一条短的队伍排。

那条队伍前进得不慢，很快就轮到沈屹西，他终于跟路无坷说了一句话："身份证。"

路无坷把身份证放到了柜台上。

沈屹西用指尖按着她的身份证拖了过来，瞥到身份证上头的血渍，他的眉头微微皱了一下，然后朝她的手上扫了一眼。

路无坷身上的白色毛衣被她的手不小心碰到，上面蹭了点儿红。

沈屹西把那两张单子和身份证一起递进窗口，抓过她的手腕。

路无坷知道这种时候最好保持沉默，没说话。

沈屹西拎过衣角狠狠地蹭掉她手上的血。动作不是很温柔，血没擦掉，反倒把细皮嫩肉的手蹭红了。他似乎很不爽，隐忍地咬了咬牙，撒开了她的手。

路无坷被他弄疼了，也没吭声。

挂完号沈屹西往普外科走，两个人挂的不同科室，路无坷径直往另一个方向走。

沈屹西抬了下眼皮，淡淡地收回视线，冷着脸走了。

路无坷去的科室人不多，刚到外面就叫到了她的号。女医生察看了一下她额头上的伤，起了个小包，有点红肿，轻微破皮，流了点儿血。

“有没有意识不清楚？”

“没有。”

医生给她清理伤口，酒精味很重：“现在呢，会不会头晕想吐？”

路无坷摇摇头。

医生又连着问了她好几个问题，路无坷一一回答了。

最后帮她清理完伤口，医生在她伤口上面贴了一条创可贴。

“没什么大碍，就一点皮肉伤。”她坐回桌子前在电脑键盘上敲敲打打，“血止住了回家记得冰敷，我给你开点涂抹的药膏，冰敷完记得抹到伤口上。”

路无坷“嗯”了一声。

看完医生她就从诊室里面出来了，交完费到取药窗口领了药后去了普外科。

诊室的走廊里没看到沈屹西，应该是进去了。外面的椅子全让人坐了，路无坷走到门边，背靠在墙上。诊室的门没关，里面的说话声一清二楚。医生应该是在帮沈屹西取玻璃碴，问他怎么弄的，这玻璃碴子扎得也太深了。

沈屹西言简意赅地答了句，说打架。

医生问他现在疼不疼。

沈屹西还是那副吊儿郎当的口气，笑：“这麻药都打进去了，您这话会不会问得迟了点儿？”

路无坷没走，从他伤口消毒等到上药包扎，器具在铁盘子里碰出哐当哐当的响声，最后是衣料窸窸窣窣的声音，他上完药了。沈屹西从诊室里出来，看到的就是这么一幕。路无坷蹲在墙边，抱着腿。身边的光影一暗，她抬了头。

沈屹西垂着眼睫毛，从眼皮底下瞧着她。她的小脸看起来真的就巴掌大，白白的，像一颗刚剥了壳的荔枝。黄褐色的止血胶布贴在她的额头上格外扎眼。

路无坷对上他眼里的波澜不惊，知道他在生气，因为今天的事。

路无坷挪开视线，从地上站起来，往楼梯间走。诊室就在二楼，没必要去坐电梯。

沈屹西手插兜瞧了她背影好一会儿，才抬腿跟了上去。

走到走廊的尽头，路无坷推开楼梯间的门，风从楼梯转角的窗口吹进来，缠上她的脚腕。

身后那人也进来了，楼梯间里光线暗了大半，门阖上了。

路无坷带血的手紧紧攥着小挎包的链条，往楼下走。一秒，两秒，脚还没踩到楼梯，她忽然被人抓着肩膀压到了墙上。路无坷脚下没站稳，狼狈地撞上了身后的墙。

沈屹西用的力气很大，几乎要把她那脆弱的肩膀捏碎。他右眼眉骨上的那点疤到现在还在，男人破相起来却格外好看。他的眉头蹙着，眼皮压叠出深邃的褶子，漏出来的神色瞧着就要发火。

路无坷没吭声。楼梯间里只有他们两个人近在咫尺的呼吸声。

沈屹西现在开始算账了："一个成年男人，房子随便进，是吧？"

路无坷嘴硬："那人没换锁，我一开就进去了。"

即使是这样，沈屹西依旧十分生气，语气算不上好："那你看见人不会跑？这跟盗贼进室是一个理儿，小偷在你家难不成你一个女的不躲？跟他硬拼？"

"我是说万一，万一今天稍微出了点儿差错，你没从里头出来，你有没有想过是什么后果？"

路无坷没说话，这件事确实是她理亏。

"如果真没能跑出来，你要怎么做？"

路无坷想都没想，很冷静地说："桌上有刀。"她会杀了他，或者自己。

这句话却不知道戳到了沈屹西哪里。路无坷从来都不会为以后想想，他自嘲地笑了一下：“路无坷，这么多年了，你还真是一点都没变。”沈屹西松开她，转身走了。

沈屹西走下楼梯，路无坷靠在墙上，看着像是没什么反应。

过了一会儿她忽然从墙边起身，跑下楼梯。

但沈屹西身高腿长，楼梯间里早没了他的影子。

路无坷的靴子带了点儿跟，踩在楼梯上噔噔响。她推开楼梯间的门，一眼就看到已经走到大厅门口那道高高的身影。她穿过急诊大厅追上去，门口正好有人匆匆忙忙地跑进来，路无坷很不巧地和人撞了个正着。

那个人是个成年男子，撞上来那力气又不小，路无坷立刻被撞倒，跌坐在地。男子刚刚压根儿就没看路，这会儿看到把人撞倒了十分羞愧，手忙脚乱地要去拉她：“对不起！小姐，对不起！你没事吧？”

路无坷似乎有点抵触肢体接触，手默不作声地往后挪了下，轻摇头：“没事，我自己来。”

男子却是个热心肠，更别说人是自己撞的，这大老粗也没发现路无坷的小动作，二话不说就上手去拉：“真的是对不住，刚没瞧着人，把您给撞了。”手臂被人抓住，路无坷莫名其妙地使劲挣开了，动作有点大，男子愣了一下。

路无坷这才意识到自己的反应有点过激，动了动喉咙：“不好意思。”

男子听她道歉反倒不好意思了，摆摆手：“咳，怎么还反过来了，应该是我跟您赔句不是，把您给撞倒了，真没事吧？”

路无坷的手上蹭破了点儿皮，她摇摇头：“没事。”

男子那副慌忙进医院的样子应该是还有事，见她真的没事又道了一句歉，就进去了。

路无坷抬眼已经看不到沈屹西了。路无坷感觉手心有点灼痛，她低头看了一下，掌心进了粒沙子，这伤口得处理一下。

路无坷抬头四处望望，马路对面正好有家超市，她走下台阶穿过马路。进超市后她到冰箱里拿了瓶矿泉水到柜台结账，给钱的时候收银员看到她满手的血，眼神跟看怪物似的瞥了她一眼。路无坷无动于衷，拿上矿泉水后从超市里出来了。

路无坷找了附近一个花坛坐下，拧开矿泉水洗掉右手的血，又把沙子弄出来，又倒了点儿水洗掉了渗出来的血珠。路无坷从刚才在医院医生给她开的药里拿出碘伏和棉花，给自己伤口消毒，贴上创可贴。

午后的太阳带着微灼的热意落在眼皮上，她又坐了一会儿，拎上袋子起身到路边打了辆出租车回阿释那里。

出租车驶过平房窄巷、高楼大厦，车水马龙里鸣笛喧嚣。

到城区的时候，路无坷的手机响了起来，她的视线从窗外收回来，看了眼来电才发现是个跨洋电话。这个电话号码不陌生，是她以前那个舞团的老师，半个月前这个号码的电话路无坷天天能接到。

路无坷大概能知道老师给她打这个电话是要跟她说什么事，路无坷接通电话后把手机放到耳边："老师。"

电话那头是老师和善的笑，讲的是英语："没在忙？"

"没。"现在那边应该是清晨，路无坷问，"您吃早餐了没有？"

"我的习惯你还不知道？起床第一件事就是吃早餐，不然可没力气说话，怎么可能没吃就在这里给你打电话？"说着又问路无坷在做什么。路无坷说在回家的路上。

老师打这通电话的目的性很强："知道我为什么给你打这通电话吧？"

"嗯。"

"那你知道我也就不拐弯抹角了。"老师开门见山，"你回去中国也有十天了吧，考虑得怎么样了？"

"之前你辞职时太冲动了，你的位置暂时让 Ben 顶替了，但你想回来我们随时欢迎。"

路无坷回来的那天老师就找她谈过话了，就是这番话，说给她点时间考虑考虑，在考虑的这段时间内她还可以回去。

工作不会等人，你不争取那就会是别人的。老师这是给了她一个很大的机会，别说是十天的考虑时间，就算是给她一天时间都算仁至义尽。

路无坷却没有犹豫，她看着窗外澜江这座城市："虽然我这么说很不识抬举，但很抱歉，老师，我不回去了。"

老师听了她的话却没有生气，语气还是心平气和的："还是原来那个意思？"

路无坷抿抿唇："嗯。"

老师在那头叹了口气："真考虑好了？"

路无坷打回来那天起就决定了，她很诚实："一早就考虑好的。"

凡事再三挽回都没意思，老师更懂得这个道理，见真劝不回来了也不强求了，索性跟她话起了家常："你这小姑娘啊，这工作说辞就辞，说回中国就回中国，给我们一大群人杀了个措手不及。大家都在说你是不是一时冲动，这个工作别人可是挤破了头都进不来，你却在往外跑。结果大家都猜错了，你那可不是冲动，是真的一走就不回头了。"

"抱歉，老师。"

"哎，道什么歉，这是你自己的选择，我们说再多就是给你个参考。你的人生是你自己的，年轻人嘛，想做的事谁都拦不住，这是好事。"

老师又说："难怪大家都说还是自己的祖国好，用你们中国的话怎么说来着，落叶归根，还是说你在那里有什么还惦记的人和事？"

路无坷看着窗外往后倒退的大厦和树木，以往这种问题她不会回答，但今天却"嗯"了一声。

老师问了她一个问题："后悔吗？"

这个问题，阿释也问过。这么多天过去了，路无坷还是和原来一样的回答："不后悔。"

是她决定要回来的，一开始回来的时候就做过最坏的打算。就算最后这个决定的后果很糟糕，那也是她选择的，所以这是她该承担的，她不会后悔。

"你会这样回答还真是一点也不令人意外。"

老师又好奇地问了一句："就你这个放一天假都要去舞蹈室跳舞的性子，肯定找了工作吧？"

"在一家舞蹈中心教小孩子跳舞。"

老师那头是颇为可惜的语气："屈才了。"

"行了，大家都还在练功房等着跳舞呢，我就不继续跟你通话了。"老师挂电话前又跟路无坷说，"以后有空记得回来看看老师和你的伙计们。"

路无坷乖乖地说好，真是不管在读书时还是工作上都像个乖小孩。

回去的路上连着遇上了好几个红灯，司机大叔今天似乎气也不太顺，一路上气得直骂街。

路无坷就在这样一片骂声中回到了阿释家。

街角那里停了一辆黑色的轿车，沈屹西跟在那辆破得快要散架的出租车后面，一路跟到了这里。他从医院停车场出来的时候已经找不着路无坷了，还是后来才在外头遇到她上的出租车。

沈屹西在车里抽了根烟，想起刚在医院楼梯间里她的样子，真是说一句都舍不得。

一根烟抽完，他启动车子离开。

Chapter 14

有你捡我啊

37.7°C

澜江这座城市一到春天，碰运气才能遇上个好天气。这两天澜江就赶上了，一滴雨都没下。

舞蹈教室的落地玻璃窗外，这个城市的灯火终于在连续几日的连绵雨幕被撤下后现出来了。

给学生温习过前几天学的一支舞蹈后，路无坷放音乐让她们重新来一遍。典雅的乐曲从音响里放出来，这支舞没学多久，有些女孩子的动作做得不是很到位。

路无坷拿过桌上手机走到一旁，打开手机，没有来电，反倒有几通拨出的未接电话。她按下了那个号码，几秒钟后，电话通了。嘟嘟声掺在满教室音乐里，几乎听不见。屏幕上显示正在呼叫，漫长的几十秒过后，电话自动挂断了，沈屹西没接。

路无坷靠着墙，盯着屏幕看了一会儿，放下了手机。

这节课早到了尾声，路无坷让学生们拉筋放松后下了课。

这个点儿附近没有公交车了，绿色的公交站台下空荡荡的，路无坷站在公交站底下搜了好一会儿的地址才拦了辆出租车。

路无坷上车后给师傅看了地址，那师傅瞧了一眼目的地后说："小姑娘，这么晚还去看人呐？"

路无坷收回手机，只"嗯"了一声。

那地方不在市区，离这里不近。夜色容易让人有疲惫感，在闭塞的车厢里晃悠晃悠着，路无坷有点犯困。结果沿途经过一条郊区公路，车子忽然猛地突突了两下，紧接着是师傅猛踩下的刹车。因为惯性，路无坷差点撞上前面的副驾驶座椅。

路无坷看见师傅下车后不明所以地绕车转了一圈，然后又念叨着回到了车上，但这出租车是怎么弄都打不着火，在郊区公路上抛锚了。师傅给汽车维修厂打了个电话，让人过来把车拖走，又很抱歉地跟路无坷说这车没法过去了，可能得麻烦她再叫一辆车。

路无坷推开车门下车，站到了路边。但这地方前不着村后不着店，等了半天都叫不到一辆车。

不多时公路那头过来一辆车，朦胧的墨色被灯束刺开，引擎声由远及近，很快车从面前呼啸而过。路无坷在看手机没去注意。

过了一会儿，耳边突然响起车轮碾过水泥路面的窸窣细响。不是疾速驶过的声音，而是轮胎慢悠悠地碾在路面上的声响。路无坷下意识地抬头看了一眼，就见一辆车在往她这边倒车，副驾驶的车窗在缓缓落下。

路无坷盯着这辆车。很快副驾驶的车窗就落下去了，后面露出了一张路无坷并不陌生的脸。齐思铭一开始还不太确定看到的人是不是路无坷，现在四目一对上，他百分百确定了，语气里有点惊讶："路无坷？"

路无坷也没想到是他，但她不至于像齐思铭那么惊讶，跟他点点头算是打了声招呼。

齐思铭探头去看那辆报废在路边的出租车："这是怎么了？这车坏了？"

路无坷"嗯"了一声："抛锚了。"

"你坐的这辆车？"

开车的人抢话："经理，你这不问的废话？她不是给这车拉来的，人还能在这儿？"

齐思铭一个爆栗就敲了下去："就你有张嘴是吧？"

车外的路无坷忽然问了他们一句："你们要去东林派出所吗？"

正掐着杨敞后脖子教训的齐思铭一愣，一是路无坷主动跟他们说话了，她可不是个会主动跟人说话的主儿；二是她怎么知道他们要去东林派出所？但转念一想他就知道了，现在在东林派出所里的人是谁？就他们屹哥。

那还有什么可奇怪的，连前几天沈屹西让他问阿释家的地址这事儿，一下子都不奇怪了。

要是沈屹西在这儿他早揶揄开了，但路无坷他可不敢开玩笑。

齐思铭这人没什么优点，就不破坏人的好事这点可取，特别是自个儿兄弟的好事，他装作一脸不知道她要去看谁的样子：“哟，巧了，你也要去那边啊？”

路无坷顺着他给的台阶下了：“嗯。”

“那赶紧的！”齐思铭搭在车窗上的手往车后座摆了摆，看起来很热情，“赶紧上车，我们顺路捎你过去。”

路无坷到现在手机上还叫不到车，会问他们是不是去东林派出所，就是因为想搭他们的顺风车，也没跟他客气：“谢谢。”

“谢什么，几块油钱的事儿。”

路无坷走去后座打开车门。

杨敞立刻跟齐思铭咬耳朵：“经理，你在哪儿认识的这么正的妞？能帮我要个联系方式不？”

“你小子胆儿还挺肥，知道这是谁不？”

“谁？”杨敞一头雾水，他就没见过路无坷。

齐思铭一巴掌甩在了他的后脑勺上：“这是你们教练的女人，再动歪心思，看你们教练不抽死你。”

杨敞感到震惊了：“教练老牛吃嫩草？”

“什么吃嫩草！”齐思铭笑了，“人家就是长得显小了点儿，你还得叫人声姐。”

“长这么清纯，我得叫姐？”

“关长相什么事儿。”

没说几句路无坷就坐进了车里，他们自觉地闭上了嘴。

“走走走。”齐思铭催杨敞，“去东林派出所。”

路无坷很安静，有了个女生在，齐思铭和杨敞话都不多，一路上车内气氛有点尴尬。

到东林派出所那里后连沈屹西的影子都没见着，齐思铭去了里头一趟又出来。

杨敞迎了上去：“怎么样？”

齐思铭踩着台阶走下来：“还不让见人。”

他们看起来一点都不着急，明显不怎么当回事儿，齐思铭一边掏出手机给人打电话，一边跟杨敞说：“你屹哥好歹是自个儿来的，他晚点来就真成畏罪潜逃了，现在这个法制社会打个架都得被抓。”

听到这儿，路无坷往里头看了一眼。

齐思铭不知道在给谁打电话，简单问几句后挂了电话，说："得等会儿，待会儿估计就出来了。"

这会儿一直没说话的路无坷突然问齐思铭："你是给沈屹西打电话吗？"

齐思铭突然被她这么一问，也不知道她为什么突然这么问，有点丈二和尚摸不着头脑："他现在忙着呢，没法儿打电话，刚才跟郭旭打的。"

就见路无坷听完这话，点点头，转回了头，配上她那张脸，齐思铭莫名在她脸上品出了点儿别的意味在。怎么说呢，就跟小孩吃到了糖似的，好奇怪。

一旁的杨敞说："我哥怎么还跟高利贷干上了，就他那钱多的，再怎么着都惹不上放高利贷的。"

齐思铭在没看到路无坷之前也不知道原因，现在见着路无坷，沈屹西这趟来派出所他想都不用想就知道是什么原因了，他拍了下杨敞的后脑勺："你闭嘴吧。"

齐思铭又看向路无坷："屹哥出来还得好一会儿，先去旁边吃个烧烤暖和一下。"

路无坷点点头。

派出所对面有家烧烤店，露天下支了几张桌子。齐思铭和杨敞俩男的叫了一大堆烤串，还点了啤酒，连车都不打算开了，准备回去时找代驾开车。

这个点儿，店里就他们这一桌客人，烧烤和冰啤酒上得很快。酒刚上来，齐思铭跟杨敞就各开了一瓶，互相碰碰瓶口后对着瓶子开始灌酒。

杨敞："爽。"

齐思铭意识到旁边还有个路无坷，试探性地问了她一句："喝不喝酒？"

齐思铭也就是随便问问，哪里知道路无坷看着桌上码着的那些酒，点了点头："喝。"

路无坷直接伸手拿过一瓶啤酒，拿起子打开了。

坐在她对面的杨敞还是没能对她那张清纯的脸改变印象，瞧着她这个利落的样子，在桌底下朝齐思铭竖了个大拇指，嘴型在说：“牛。”

齐思铭也竖了个大拇指，不愧是他们屹哥的女朋友。

三人就这么边喝酒边吃烧烤等人，路无坷跟以前一样，只一小口一小口地喝着酒，没吃烧烤。

这酒一喝上头了，齐思铭跟路无坷的话都多了起来。

男人酒一喝多不是吹牛就是回忆往昔，齐思铭想起一件事，问路无坷：“之前我听老班说，你去我们班的聚会了？”

路无坷瞧着很清醒：“嗯。”

“之前这聚会正好碰上我们车队比赛来着，我还说了不去，哪知道就跟我们车队在同一个会所。屹哥自己偷摸去了，吭都不吭一声。”

路无坷看着他，眼睛像小鹿一样水灵灵的，很认真地在听。

齐思铭揭沈屹西的老底：“后来还让我跟阿释打听她家地址，吓得我以为他看上阿释了。”

这个事路无坷知道，她用指尖抠了抠冰凉的酒瓶，她有点想沈屹西了。

齐思铭跟杨敞抖了不少沈屹西的老底，把有小姑娘追他追到车队去了这事都说了。

不知过了多久，一双长腿在他们这桌边停了下来。一个犯着懒的，带着点哑的声音从头顶传来：“说够了没，还说得挺起劲儿？”

路无坷听见这声音，抬头去看。沈屹西和她视线对上了，很快皱起了眉头：“你们谁给她喝的酒？”话音未落沈屹西的小拇指就被软软的小手攥住了，沈屹西愣了一下。

沈屹西问谁给路无坷喝的酒，杨敞立马举手作投降状，齐思铭耸了耸肩。他们都还没来得及说句话，就见路无坷抓上了沈屹西的手，小幅度地扯了扯，她仰头看着沈屹西：“是我自己要喝的。”口齿清晰，一点也没有喝醉了的样子。

这也是为什么齐思铭和杨敞在这和路无坷喝了半天酒没发现她已经喝醉的原因。她喝酒喝多了不发酒疯，话也不会变多，脸不红心不跳的。这谁能看出来？哦，他们屹哥就算一个。

齐思铭和杨敞本来是来接沈屹西回去的，现在一看哪里还需要他们，他们在这儿就是俩大电灯泡。齐思铭很有眼力见，抓过桌上的手机起身："这烧烤钱老板还没给算。"

齐思铭把杨敞那个毛头小子给拽起来了："结账去。"

沈屹西抬了眼皮瞧了他们一眼，这俩人一下子就溜没影了。沈屹西收回视线，低头去看某个不会喝酒的。

路无坷还抓着他的手微微仰头看着他。沈屹西和她对视着，干脆拉过旁边一把椅子坐下了。路无坷看似很清醒地看着他，眼神安安静静的。

沈屹西把身子往后仰靠在椅背上，胳膊搭在折叠小方桌上。沈屹西朝她微扬了扬下巴："不是要喝？喝呗。"

路无坷和他对视着。

沈屹西看起来悠哉悠哉的。

路无坷挪开了视线，也没搭理他。她跟真的很听他话似的，还真握着酒瓶拿到嘴边喝了起来，把啤酒当白水喝。

沈屹西看了几眼看不下去了，伸手把她嘴边的酒抢下来了，语气吊儿郎当里又带了点儿教训："还喝得挺起劲儿，是吧？信不信我把你往这里一扔，不带你回去了？"

路无坷的眼睛明明瞧起来单纯又无辜的，却硬气得要命。

沈屹西身上懒懒的："别这么看我。"他的指尖在桌上有一搭没一搭地敲了敲，"继续坐这儿喝还是回去，二选一，自个儿挑。"

路无坷盯着他，脸上看不出一丝生气，却伸手就把他手里的酒瓶抢了回来。动作有点大，酒液混着泡沫从瓶口溢了点儿出来，落在水泥地上。这脾气还跟以前一模一样。

沈屹西隐忍地长出了一口气，偏开头，又转回来。沈屹西索性不管她了，摸了包烟出来拿出一根点上，把打火机和烟盒一起扔到了桌子上。

齐思铭和杨敞从店里头结完账出来了，沈屹西看了他们一眼，也没再看路无坷，起身踢开椅子往他们那边走了过去。

路无坷抬了头，看了他的背影一眼。

齐思铭和杨敞两个人都喝了酒不能开车，杨敞这会儿酒劲上来了，脸上通红，正拿着手机叫代驾。他俩看见沈屹西过来还有点疑惑，杨敞拎着衣领扇风，等沈屹西走到他们面前了，说：“教练，找我们这俩大老爷们儿干吗？”

“屹哥。”齐思铭的视线从路无坷那边收回来，凑近沈屹西身边，贼兮兮的，“你就这么过来了，待会儿又让奶茶妹跑了上哪儿哭去？”

沈屹西叼着烟，从眼角十分凉薄地瞥了他一眼。齐思铭这几年就没敢在沈屹西面前提过路无坷，也不知道今晚是因为路无坷回来了，还是酒喝上头了，胆儿比以前肥了不少。

沈屹西懒得理他们了，说话间烟头那点火红跟着一点一点地闪着。

“刚才跟郭旭说了，让他送你俩回去。”

“那我不就不用找代驾了？”

沈屹西明显心情还行，笑了一声：“你要想烧钱也行。”

齐思铭这才想起来正事，问沈屹西：“对了，今晚派出所这事儿解决了吧？”沈屹西这回来派出所是因为打架斗殴，事发后附近居民报的警。但今晚来这儿也不单单为了这件事，还有其他的事，简单点来说就是斩草除根。

“翻篇儿了。”

但对方是个放高利贷的，杨敞家大业大当然不至于去碰高利贷这些东西，对这种只存在于民间的高利贷还停留在不还钱就砍手指的印象。干高利贷这行的确实都难缠得很，不少人手里都是沾着血的，因为他们有那个野心也有那个胆，所以敢放这个钱给借钱的人，跟他们借钱的谁要是敢不还，他们也敢下手要命。

杨敞问：“放高利贷的这位哥们儿现在还医院里躺着对吧？”

齐思铭看他：“是啊，怎么了？”

“现在这打架斗殴都是被揍的那方有理，那等这哥们儿哪天行动利索了，进拘留所拘留个几天又出来了怎么办？跟这种放高利贷的结仇，他们肯定会搞报复那套吧？”

沈屹西看了他一眼。

齐思铭一想也是，说：“你小子想得还挺多，你觉得你都想到这事儿了，你屹哥能没想到？要是这事儿牵扯到的只有他自己他还真有可能不管，但现在有谁，瞧见没？”

齐思铭往烧烤店门前那张桌子抬了抬下巴："你嫂子在那儿呢。"

沈屹西笑着踹了齐思铭一脚："行了啊。"

齐思铭笑了笑躲开，又问："不过怎么解决的？"

沈屹西拿下嘴里的烟掸了掸烟灰又塞回嘴里："都说身正不怕影子斜，他那影子都斜了，还怕我找不出来？"

齐思铭一下子就懂了，竖了个大拇指："这辈子都别想出来了。"

就杨敞的脑筋没转过来，一脸疑惑地问道："什么？"

齐思铭一巴掌呼在他的后脑勺上："脑子都用来想些有的没的了，是吧？这高利贷某种程度下还是受法律保护的，不超过某个年利率它就是合法的。这种人进去了不至于关那么久，只能从别的地方下手，懂了没？"

杨敞恍然大悟："那哥们儿得做了多少亏心事儿啊？是杀人放火了？还是贩毒吸毒了？"

沈屹西对这个问题着实没什么兴趣，赶他俩："麻溜点儿，没事儿赶紧走。"

齐思铭："冷漠。"

杨敞："无情。"

沈屹西把手里那包烟扔了过去："你们再待一会儿我更无情。"

"行行行，不碍您老眼了啊。"齐思铭接过他的烟，拍拍杨敞的肩，"走。"

杨敞走出去没几步回头，欠揍得要命："哥，悠着点儿，明早来车队记得别迟到啊。"

沈屹西笑："赶紧滚。"

他说完回头去看某个还坐在桌边喝酒的人，就发现她在看着他，小脸就巴掌大，白得扎眼，嘴也小小的，鼻尖被风吹得有点红，整张脸跟大沾边的也就那双眼睛了。她就坐在那里，眼睛一眼不眨地盯着他。仗着长相的便宜，看起来显得十分乖巧。

沈屹西手插兜往路无坷那边走了过去。

路无坷的酒还没喝完，她那点酒量不仅她自己清楚，沈屹西也很清楚，几杯倒说的就是她这种人。

沈屹西没拉开椅子坐下，只站在桌旁边，他微微低下头，把烟送到嘴边猛吸了一口，烟头烧得通红。最后一口吸完，沈屹西把烟头扔进了旁边的垃圾桶里，然后转回头来。沈屹西的眼底有点青灰，他瞧着路无坷。

沈屹西问路无坷：“跟不跟我走？”

路无坷乖乖地仰头看着他，没有犹豫地点了点头，反应有点迟钝：“要啊。”

沈屹西盯着她，拿过她手里的啤酒放在桌上，伸手去牵她的手。路无坷的手软若无骨，一下子就被他拉起来了。沈屹西没给她时间反悔，或者说知道她不会反悔，牵着她的手腕穿过马路。

沈屹西的车就停在派出所附近，走到车附近的时候，沈屹西先去打开副驾驶座的车门。

路无坷一喝酒连路都走不稳，他走得快了一点她的脚下便没站稳，往旁边踉跄了一步，被沈屹西伸手兜住了。路无坷紧紧地贴到了他身上。

沈屹西打开车门的同时低头瞧了路无坷一眼。路无坷看起来很清醒，跟平时没什么区别，路无坷和他对视着。

沈屹西是见识过路无坷喝醉后的磨人样的，他也没动的意思。几秒钟后路无坷伸手搂上他的脖子，像是累了，把头埋进了他颈间。灼热的气息落在颈间，沈屹西深吸了口气，伸手把她拉开了。被拉开的路无坷似乎有点不满，要拍开他的手。

沈屹西却一刻都等不及了，拉开车门把路无坷塞进了副驾驶座位上。这地方偏僻，一路上人烟稀少，再到灯红酒绿的市区，两个人一路上都没说话。车里安静，却又暗暗涌动着什么，似乎有什么将要爆发。

路无坷虽然有点醉了，却也没睡着，靠在椅背上看着窗外。沈屹西把车开到了离这里最近的一套住宅，路无坷没来过。

复式楼的别墅，二楼是玻璃走廊。把车停好后，沈屹西推开车门下了车。

附近的草丛里不知名的虫子叫声传来，车门甩上“砰”的一声响。路无坷甚至听不到沈屹西的脚步声，只看着他绕过了车头。

路无坷正想去推车门，车门便被沈屹西从外面打开了。路无坷还没有任何动作，她整个人就被沈屹西捞了出去。

打开门后进去，门刚在身后甩上，路无坷整个人就被沈屹西抱上了玄关贴墙的柜子。

“沈屹西。”

沈屹西堵住了她的唇，她的声音尽数被吞没，偶尔漏出几声。沈屹西亲着亲着忽然把她从柜子上抱了起来往里走，到房间里后沈屹西把她扔到了床上。

沈屹西问：“真不走了？还是说，还准备拍拍屁股继续走？”

听到这句话，路无坷伸脚蹬上沈屹西手臂，身子往后蹭，却被沈屹西一把抓住脚腕扯回了身下。

路无坷紧咬着嘴唇不说话，被沈屹西掐着下巴转了回来：“哑巴了？”

卧室里没开灯，只有对方咫尺之内的脸，呼吸可及。

沈屹西捏着她下巴的手劲不小，路无坷感到一阵生疼，却没有躲开。她的长发已经散了，丝丝缕缕凌乱地铺在床单上。她终于回答道：“如果我说不是，你信吗？”

沈屹西松了她的下巴，说道：“信，怎么不信？”

五年的积压都释放在这场狂风暴雨里，渴望靠近到颤抖，又意图想把对方缠住生生折磨死，绑在血肉里再也挣脱不开。

路无坷听见了沈屹西泛着嘶哑的声音：“放下了没？”

短短四个字，却如锥心刺骨般往路无坷心上狠狠一扎。

沈屹西说：“说话。”

路无坷的视线胶着在他锁骨的那处牙印上。几年前她咬下的，留疤了，黑暗里那个牙印依旧清晰可见。路无坷一直记得很清楚，当时是什么情况下咬下的这个牙印。她恨害死了妈妈的沈家，她把气撒在了沈屹西身上。以前的她一直以为，恨的话释放出来就好了，以牙还牙后就什么都一笔勾销了。

但人就是不撞南墙不回头的生物，她总得在荆棘满路的路上走一遭，满脚是血后才知道这一切是徒劳。那些亲眼看过的，分崩离析的，都是组成了她这个人的一部分，长在她灵魂里的，怎么可能放得下。人在漫长的一生里饶是无足轻重的一天，它也是有分量的。

每个人的性格都是由这么一天天堆叠而成的，少一天多一天都不行，它们融在灵魂里抽不开、抹不掉。

路无坷去了隔着大洋的彼岸，仇恨却丝毫没有随着年岁增长减淡一分。她永远记得的，她没法忘记，每个日夜都无法抽离，就像活着的时候灵魂无法从肉体上挣脱。

路无坷不得不承认自己是带着失败回来的，她没有凯旋，而是落败的。她知道沈屹西那句放不下指的是什么，里面是什么意思。当年那道坎她没能迈过去，和他分手后远走高飞，现在呢？回来了，那放下了没有？

沈屹西问：“连出声都不会了？”

他们都是带着刺的，五年前的不甘和痛恨在爆发。

路无坷在黑暗里颠簸不安，攀着他的肩膀，唇凑上了他的锁骨。五年前的，和五年后的，唇瓣重合。她不想也不会隐瞒沈屹西：“没有。”

话落地那瞬间，她能感觉到沈屹西咬了咬牙，下一秒沈屹西隐忍地出了声：“没有就回来找人是吧？”像他们这种聪明人，当年分手原因即使不明说，对方心里依旧门儿清。隔在他们中间的无非就那道坎。路无坷迈不过那道人命债，所以折断了两个人的未来。

“所以这趟回来是想把以前那条老路再走一遍？什么破事儿都不管，谈不成了再来个分手远走高飞是吗？路无坷。”沈屹西这人平时说话都是带着笑的，此刻的话语却仿佛是在下刀子，冷漠中带着愠怒。

路无坷心里泛起酸涩，在刺激下狠狠咬上了那个牙印。沈屹西吭都没吭一声。

这是路无坷在这上千个日夜里，意识比身体更早入睡的夜晚。她像个破布娃娃，最后被抱进了怀里。但这些她都不是很清楚，只是习惯性地在这个让她身体下意识放松的沈屹西的怀抱里睡了过去。

对于几杯倒的路无坷来说，昨晚那半瓶酒下肚算是喝多了的，路无坷硬生生睡到了日上三竿。

睁眼的时候窗外早天光大亮，身边没人，沈屹西不在。被子下是白皙光滑的肩膀，路无坷躺了一会儿，想伸手去拿床头柜上的手机，这么一动才发现浑身酸疼。她掀开被子下床，光着脚踩在冰凉的瓷砖上走到卧室门口打开了房门。

偌大的房子里空空荡荡的，一点人气都没有。路无坷又回到房间里穿上衣服，出来后打开玄关的大门，昨晚沈屹西的车就停在院子里。打开门后院子里连辆车的影子都没有，路无坷终于确信沈屹西走了。面对空空的院子，她脸上倒是没有什么表情，还是和平时一样，淡淡的。

路无坷关上门后回了房间，拿起手机看，手机上也没有沈屹西的任何未接来电和消息。

路无坷虽然喝酒容易醉，但不会断片，沈屹西昨晚跟她说的话她记得一清二楚。想到沈屹西昨晚那番话，路无坷也不给他打电话了。

路无坷下午还得去舞蹈中心给那群孩子上课，她没在沈屹西这里待着，拿上包就走了。

下午的课是一节成品舞蹈课和一节练功课，两节课中间就二十分钟休息时间，可以说是无缝衔接。

教舞蹈动作的老师基本上整节课下来都是在跳舞的，平时跳多了这两个小时对她来说不算什么，但路无坷第一节舞蹈课下课后双腿都是酸疼的。她在旁边休息了十分钟左右，下节课的学生就陆续到教室了。

教基本功还好点，路无坷只需要在旁边矫正学生的动作。她今天给上课的这个班是个基础班，都是父母刚送进来学舞蹈的学生，基本功不怎么扎实，学了一个多月了有的还是一压腿就喊疼。

这节课一直上到傍晚，现在天色还是依旧黑得很早。路无坷从舞蹈中心出来的时候已经华灯初上，马路上车水马龙，灯红酒绿在苏醒。

路无坷还有事情要去处理，她拦了辆车上车后给阿释去了个电话。阿释这会儿应该是在吃晚饭，很快就接听了："找我什么事儿啊路无坷。"

路无坷说："我今晚不回去。"

阿释那头果然是在吃饭，说话那声音一听就是嘴里咬着东西："不回来？路无坷你怎么回事儿啊？昨晚没回来今晚也不回来，干吗去了啊？"

窗外的路灯流水似的滑过路无坷的侧脸，她说："我要回趟家。"

"回家？"

"嗯。"

昨晚路无坷去老家后还没回阿释那边，阿释也不知道昨天她回老家后发生了些什么。

"要回那边住了吗？"

"没，只是要回去把房子收回来。"

阿释蒙了，下一秒跟猜都用不着猜似的，声音提高了八度："什么！你爸把房子给卖了？"

路无坷"嗯"了一声："卖了。"

阿释破口大骂："这男的有病吧，这可是奶奶留下来的东西，他都没出一分钱，他凭什么卖啊？"

阿释大学那阵子没少到路无坷家蹭饭，去了十次大概只有一次能碰见路智远，路智远整天不着家。奶奶也没少在她面前数落路智远这个儿子的不是，说他游手好闲没个父亲样，整天就知道赌博。连买房子他都没出一分钱这事阿释也知道。

路智远一直是这样的人，钱输光了，没钱了，就偷家里的东西去卖，连路无坷的奶奶嫁过来时娘家给的首饰都没能逃过一劫，都被路智远偷走卖了。可能是从小在这种环境下长大，路无坷对路智远做的很多荒唐事已经习以为常，路智远这种人也不用试图跟他讲道理，没用的。

阿释又问路无坷："用不用我跟你一起去啊？"

"不用。"路无坷说，"我自己过去就行。"这事只要有钱，不难解决。

阿释还得加班，后面俩人又说了几句就挂了电话，路无坷坐在颠簸的出租车里回了家。

到家楼下推开车门的时候，楼上家里的窗口是亮着的。

昨晚沈屹西和齐思铭他们说话的时候，路无坷还是听到了一两句。放高利贷那伙人最擅长的就是不让人安生，只要一个人欠钱，那个人和他的家人都别想好过，他们会闹事闹到让这家人生活不下去。

虽然他们的头儿现在在医院里躺着，后面出院了还有几十年牢狱在等着，但他们该收的、该闹的还是会继续。这么看来，那个叫虎哥的干的那些犯罪的陈年旧事他手底下的人肯定没少进去掺一脚，现在还敢这么明目张胆地继续霸占着房子等人来交钱。

路无坷看了窗口一眼，对家里有人一点也不感到意外。这帮人怎么做都是为了个钱字。

路无坷这回是过来赎回这房子的，只要给了钱对方不会为难，钱一到手房子就会干净利落地还给她。欠债还钱，天经地义，先别说不还钱这帮人会闹到底，就算是报警了这钱还是得还的，民间借贷在不超过某个年利率下受法律保护，在这个条件下出借人要求借钱的人还清这笔钱都是合法的，当然像借钱给路智远的这伙人，年利率肯定高出了受法律保护的那个坎。

路无坷一个人在外早习惯了什么事都自己去解决，正准备上楼的时候，路无坷突然想到了沈屹西。又是这么一个人上去的话，这人肯定得生气。

路无坷的脚步犹豫了一下，她下意识地看了一眼手里的手机。手机上面一个电话和短信都没有，沈屹西从早上到现在没有给她任何消息。

路无坷收回目光，正想继续上楼。她的身后突然传来一阵喇叭声。路无坷的脚步一停，也不知道这辆车是什么时候就停在身后的。主驾那儿有人推了车门下来，是熟人。

郭旭关上车门朝她走了过来，点了下头："路小姐。"

路无坷不用想都知道他是来做什么的，她下意识地看向了郭旭身后的车。挡风玻璃后面一片漆黑，什么都看不到。

郭旭却一下子就明了，声音还是一贯公事公办的口吻："沈先生没来。"

郭旭从很多年前开始就一直跟着沈屹西，沈屹西手下很多事都会交给他处理。今晚这事就是其中一件，沈屹西让郭旭过来把房子这个问题解决了，巧的是在楼下遇到了当事人。

听到郭旭说沈屹西没来的话，路无坷也只是从车上挪开了视线，瞧着一点都不像刚在找人，她点点头："嗯。"

"沈先生让我来处理您家房子这件事。"

"我知道。"

郭旭有点意外，他打过交道的人不少，圆滑的、木讷的都见过，却在面前这个小姑娘身上品出了点儿和平常人不太一样的东西。路无坷知道他来的意图，却一点也不矫情、不世故、不推脱，换作其他人肯定得不好意思和假意推辞上一番，但她没有，大大方方的。她应该是有自己的考量的，不会自不量力地拒绝好意。

果然如郭旭所想的那番，路无坷转身往楼上走："麻烦您了，走吧。"郭旭看了她的背影一眼，跟了上去。

狭窄的楼道墙体发黄，声控灯上蒙满了灰尘。路无坷踩着走了很多年的楼梯往上走，身后的郭旭手机只振动了一声就接了电话。

路无坷听见郭旭说："现在正准备上去。"那边应该是吩咐了一句什么，郭旭简洁利落地回答："好。"郭旭说完很快挂了电话，抬眼看了面前的人一眼。

路无坷没有任何反应，脚步也没停。

三楼的声控灯坏了，楼道里只有窗口透进来的夜色。路无坷家里的门是敞开的，白炽灯明晃晃地在门外水泥地上落下一门框的灯光。在楼梯上就能听见从屋里传来的摸麻将声，还有男人们一句话里就夹带几个脏字的说话声。就差把等人来还钱几个大字贴在门上了。

路无坷看了自己家门口一眼，往上走。她走到门口，家里客厅正对门那支了张麻将桌，几个男人光着膀子叼着烟在那摸麻将，把整间破房子弄得乌烟瘴气。

奶奶的遗像就挂在门对面那面墙上，下面是张电视柜，上面放了台老电视。以前奶奶最喜欢端着两个洗菜篮子到沙发这边一边择菜一边看那些婆媳争吵的电视剧，她的嗓门又大，一笑起来在房间里学习的路无坷都能听到。

看到好玩的情节奶奶还会把路无坷拉过来一起看，说瞧瞧，以后要是嫁人了，婆家人敢这么对你，你就跟这部电视剧里的女主角学学给杠回去，可不能让他们欺负到头上去，要是他们敢找到家里来啊，奶奶给你撑腰，大不了回来奶奶养你。

路无坷看着奶奶的遗像。

客厅里那群人打麻将打得热火朝天，压根儿没发现这外头站了个人。还是一个站在旁边看热闹的男的抬头看到的，用手肘捅了捅一个坐在椅子上的男人。

为首的那个男的叼着烟看了过来，他面黄肌瘦的，年纪看起来不过二十五六岁。

他这么一瞧，麻将桌上其他几个男的也陆陆续续地看了过来，这几个年纪看起来比那个瘦得跟猴子似的男人还要小，顶多就二十岁出头，有的骨架还完全没长开。

那个男的瞧着年纪不大，一开口口气倒是挺大，听着不怎么客气："没走错地方？"

路无坷："没有。"她没兜圈子，开门见山，"来赎回房子的。"

男人瘦得眼眶都凹进去了，听了她的话后上下打量了她一眼，还有站在她身后的郭旭。

有俩男的看路无坷长得漂亮，把头凑一起说话去了。但那个虎哥不在，刚成了大哥的男的明显想法跟他们不一样，他没那些心思，眼里只有钱。这些男人连麻将都不打了，推开面前的桌子站了起来，跟这里是他家似的，往沙发那边走，跷着腿敞着胳膊在沙发上坐下了："谈谈。"

医院弥漫着消毒水的味道，邵司泽已经从手术室里出来了。车队里的几个人跑前跑后，忙得满头大汗，现在几个人都在病房里。

沈屹西去交了钱回来，还没进病房手机就响了，他索性直接靠在病房外的墙上接了电话。

是杨军浩打来的，就 RIA 的老板，杨敞的父亲。

"邵司泽那小子这是怎么了？我刚从会议室出来就这么大个新闻等我，怎么一回事儿？"

沈屹西有点起了烟瘾，手摸了一包烟出来，想起这是在医院又塞回去了："这小子下午训练出了点儿事，这腿都还没迈出去就敢干这种不要命的事儿，这回正好让他长长记性。"

杨军浩浑厚的声音在那头笑："你这话啊要是让那小子听见了，肯定又跟你这教练一顿吵。"

邵司泽这个队员和教练沈屹西不对付是整个赛车圈人尽皆知的事，邵司泽的性子又冷又傲的，不爱跟人说话，除了赛车就没什么能让他上心的，别人他理都不带理的，偏偏和自家教练三天两头不对付。

人都说这两个人估计是年轻那会儿结下梁子了，还有些人把他们当年酒吧赛车那事添油加醋地说上一番，到现在连假的都能传成真的了，更何况当年他俩这事儿还是真的。

沈屹西一向对这些传言爱答不理，无所谓地从鼻子里哼了一声。

"你别说。"杨军浩说，"邵司泽还真的有点像你年轻那会儿，天不怕地不怕的，那方向盘一摸跟疯了似的。"

沈屹西笑着"哼"了一声："这您就过奖了，这年头后生可畏，夸也得有个度。"

杨军浩"嘿"了一声："你这小子，就你这话现在倒退个几年，都不像是你嘴里会说出来的。"

沈屹西不太爱谈以前："杨总，还有事儿不？"

杨军浩"啧"了一声："小子，赶人呢？都爬到老板头上来了。"

沈屹西笑："这也不是头一回了，多爬这么一次也不算多是不是？况且您瞧着也挺忙的，就不打扰您了。"

杨军浩在那头被他这番话逗得哈哈笑："不想听我这个老头说话了，歪理那么多，行了，挂了，对了，杨敞那小子你多看着多给指点指点，他那车开得，他我脸上都没光了。"

"您得了吧，心里铁定乐开花了。"

"臭小子。"

俩人又说了几句才挂了电话。

沈屹西收了手机后起身，到病房那敲了敲门，让齐思铭出来一趟。

齐思铭折腾了一天，出来伸了个懒腰："屹哥，什么事儿？"

“你们该吃吃该喝喝，留一个人在这儿看着就行。”他转了笔钱给齐思铭，“带大家出去撮一顿，吃完拉回车队睡觉去，明儿继续训练。”

齐思铭问：“你不去？”

“不去，有点事。”

齐思铭这人别的不行，那鼻子跟狗一样灵，贼兮兮地问：“奶茶妹？”

“还有脸问？”沈屹西气笑了，“也不瞧瞧是谁干的好事儿？一大早电话打个不停。”

齐思铭说：“这人听着有点耳熟啊，是不是姓齐的？”

沈屹西赏了他一记，笑着骂道：“滚。”

齐思铭也笑，又把杨敞出卖了：“不过这事儿不光我一个人的份儿啊，杨敞那小子也功不可没，昨晚没有女朋友陪，说不能就教练一个人快活，早上一起来就去我房间拿手机给你打电话。”简直跟闹婚房似的。

这仇沈屹西记着了：“回头再找你们算账，走了。”从齐思铭这看，沈屹西眼角、眉梢都带着股懒意，浑身上下透着轻松。

沈屹西转身要走的时候他叫住他：“喂，屹哥。”沈屹西揉着脖子回身看他。

齐思铭要说几句矫情话，有点不适应，摸了摸鼻子：“这回人回来了好好生活。”

沈屹西跟听了什么笑话似的，还寻思了一下：“我有没好好生活？”说着，沈屹西又松了眉头，转身走了，“操心操心你自个儿吧，女朋友连个影儿都没有。”

“我晕。”齐思铭那点难得的温情全没了，冲着沈屹西的背影喊，“有女朋友了不起呀。”

高利贷之所以叫高利贷，就是因为它高额的利息，没几天这利滚利的，借的钱就翻了个倍，基本上叫人吃不了兜着走。这群放高利贷的吃的就是高额的利息，丧心病狂地逮着人还钱，不还就闹事，闹到你家里被血洗了这钱都得要回来。

路智远借的这些钱里不止虎哥一个人的，他那群手下多少都借了点儿，这钱里有他们一份，所以才会在虎哥人都躺医院里头去了的情况下，还在这么尽心尽力地收钱。这帮人利息的钱一分都不肯少，路无坷也没因为这点钱跟他们斤斤计较。

中途那个新上来的大哥去小解的时候郭旭也跟路无坷说了，这事既然已经惹下来了，就没办法躲了，这钱还了看似是吃亏了，但实际上是买了个人身安全。

放高利贷的这种人最不怕的就是警察，不然也不会干这行干得这么明目张胆，就算报警了，他们也会不厌其烦地骚扰你，就他们那些下三烂的手段，路无坷一女孩子跟他们对着干只会吃亏。

路无坷确实也是这样想的，她不过就是想要回这房子。

欠债还钱，天经地义，但路无坷的钱不是帮路智远还的，如果一开始路智远没把这房子卖了，她压根儿不会还这笔钱，但这房子是奶奶的。一堆陌生人在这套房子里走进走出的，如果奶奶还在世的话，肯定早破口大骂了。

房子这笔钱刚还上，楼道就传来一阵脚步声，不缓不急，漫不经心的。

那会儿正好路无坷还没回话，这阵脚步声便显得格外明显。她早知道是谁了，很快那人出现在门边，她回头去看。

沈屹西也是在一堆人头里第一眼就找到了她，他顶着全屋人的目光靠上了门框，然后朝她抬了抬下巴："看我做什么，继续。"

路无坷转回了头，继续自己的话："路智远欠你们的其他钱我不会帮他还，他自己还不起的话你们要杀要剐都行，不关我的事。"身后靠在门边上的沈屹西轻轻笑了一下，她还真是一点都没变。

放高利贷的那伙人也不是第一次听见这话，他们放过这么多高利贷，基本上就没遇到过家属听见家里人借高利贷的事后不生气的。气急败坏的、悲伤欲绝的，他们哪种没见过，唯独没见过这种平静又看起来十分冷淡的。话从她的嘴里说出来不像是在赌气，倒像是真的让他们去找路智远血债血偿。

还是那猴子男开了口："真不还了？"

路无坷说："是。"

猴子男盯着她看了一会儿："这话放出去可就是收不回来的，我们就找他去了。"

"嗯。"

猴子男也不急，就路智远那个怕死的，被逼急了肯定会回来找面前这个女的还钱，他掐灭了烟："行。"后面也没再说什么，带着一大帮人浩浩荡荡地走了。那群人一走，屋里立刻变得空荡荡的。

沈屹西对郭旭朝外面扬了下下巴，郭旭立刻意会，去了外头。

沈屹西也从门上起身，出去了，离开前他瞥了路无坷一眼。

路无坷也看着沈屹西，沈屹西转身出去了。

屋里头一下子只剩下路无坷一个人，那麻将桌他们走的时候也一起抬走了，留下了一地瓜子皮。

路无坷从沙发上起身到阳台那儿看了看，楼下的那盏路灯坏了，灯杆下停着的那辆车旁两个人影瞧不清楚，只两点夹在指间的猩红格外扎眼。但路无坷还是一眼便认出了某个人，那里头似乎有人抬头朝这上面看了一眼。

路无坷在阳台外面站了一会儿进去了。她去了奶奶的房间，这个房间那些人应该没动，还是一张木板床，一个衣柜和她那张高三就淘汰下来的书桌。奶奶之前病重那会儿跟路无坷说过，等她走了就把她的东西通通扔掉，但路无坷没有。

路无坷站在门口看了一会儿，走了进去，在奶奶床边蹲下。路无坷莫名地就想起了奶奶在这张床上跟她说过的话，奶奶说："孩子，以德报怨吧。"

那时候的她没懂奶奶的这句话，也不知道这句话意义在哪里。

不知过了多久，身后门边传来一个声音。

"想你奶奶了？"

路无坷抱着腿蹲着，没说什么。她进来的时候没开灯，眼睛已经适应了黑暗，回头的时候被从门外照进来的灯光刺得睫毛轻轻颤了一下。

沈屹西这人跟没骨头似的，到哪都得找地方靠一下，手里还拎着两碗热腾腾的吃的。路无坷的视线落在了那上面，透明塑料袋里蒙了层水雾，如果不是看见他拿了这个，她都忘了现在是吃晚饭的时候了。

沈屹西微微低着头看她，也没说什么，懒散地站直了身子往外走。

路无坷蹲了一会儿起身往外面走去。

沈屹西已经在沙发坐着了，他正去解塑料袋子。

路无坷走过去在沙发上坐下："买的什么。"

"馄饨。"

沈屹西拿了碗清汤馄饨放在她的前面，又递了双筷子给她。

路无坷接过去。

沈屹西的那碗看上去要红一点，路无坷吃不了的那种，他拖了个烟灰缸过来把嘴里的烟拿下来掐灭了。

路无坷的视线从沈屹西的身上收回来，去拆筷子。

两个人吃饭都不爱说话，一顿饭从头到尾吃得很安静。男的吃东西要比女的快，路无坷那碗馄饨一半都还没吃完，沈屹西的那碗已经吃完了。

路无坷慢吞吞地一小口一小口吃着馄饨。沈屹西索性捞过放在桌子上的烟和打火机靠进沙发里，重新点了支烟。沈屹西似乎抬起眼皮看了路无坷一眼，但也没说什么，起身到阳台去了。

路无坷吃着吃着看了一眼外面，阳台没隔门，沈屹西背靠在围栏上，像是察觉到什么，他挑了挑眼皮，火光在眉眼中跃动。路无坷和他对视着，沈屹西也没挪开视线，把打火机塞回兜里。

路无坷莫名想起第一次两个人在学校里见面，在教学楼楼梯间里抽烟的他也是这么看着她，有侵略性的。

路无坷收回了视线，吃着自己的馄饨。

两支烟抽完，沈屹西从阳台进来。

路无坷还在吃馄饨，沈屹西在沙发上坐下了，伸手拿走了她手里的碗，沈屹西看出来她吃不下了。

路无坷任沈屹西拿走，又看着沈屹西从桌上拿过一个袋子，从里头拿了板药片出来，兀自说着话："早上放床头柜上的药没吃？"

沈屹西从药板上掰了两颗药下来，抬头看她："别跟我说你没看到。"路无坷确实看到了，药就放在她的手机上，她也没有狡辩。

沈屹西拧开了旁边的水，和药片一起递给她："吃了。"

路无坷看着药没接。

沈屹西说："肿成那样了，还倔是吧？"

路无坷没说话。到现在他们两个说话还针锋相对的。

沈屹西见她不接，伸手扣住她下巴转了过来，把两粒药从她唇间塞了进去。

路无坷想躲开，他没让："这药是消炎的。"那两粒药进了嘴里，沈屹西拿着水递了过来。

路无坷看了沈屹西一眼，接过来喝了。

沈屹西看她把药吃下去了，从沙发上起身："收拾收拾我送你回去。"这房子还没打扫，啥东西都没买，也没个可以躺的地方。这里也没什么可收拾的，桌上装馄饨的盒子和垃圾也被沈屹西拎上了，他在门口等着。

路无坷背上包，跟沈屹西出了门。

郭旭早回去了，下楼后，车上就他们两个人，沈屹西发动车子后，打了圈方向盘调了个头："今晚送你回你朋友那儿。"

路无坷看向他。

沈屹西应该是注意到了她的目光，但没转过头看她："省得那药白吃。"

路无坷盯着他侧脸看了几秒，没说什么，转回了头。她也没告诉沈屹西阿释家的地址在哪，沈屹西也没问她，径直驱车去了阿释家。

路无坷那天晚上住在阿释家，回去的时候在楼下碰到了加班回来的阿释。

阿释不用看车里的人，都知道是谁送路无坷回来的，上楼的时候还拉着她好一番问，问她跟沈屹西怎么一回事。

路无坷如实说了，还没和好。

阿释应该是想问她什么，但听了她这句话后，最后还是欲言又止地没问出来。

隔天一大早，路无坷接到了一个心理咨询中心的电话，说是她昨晚的预约安排了今天下午，让她下午过去。路无坷说了声好。

有的学生白天和晚上都有课，要上一整天课，时间挤得满满的，只有中午午休那一小会儿时间能拿来学舞蹈。

路无坷午后给这批学生上完课后从舞蹈中心出来，打车去了某个广场附近。广场西面是一个商场，东面是一些社区和小区，环境要相对安静些。

路无坷要去的那个心理咨询中心就在一栋写字楼的四楼，从大厅进去，一楼是一个障碍人士的复健中心。有些行动不方便的人被家人搀扶着从走廊里出来，和路无坷擦肩而过。她走进电梯里，上了四楼。

其实这么多年来，路无坷从没动过去看心理医生的念头，她不认为自己有问题，也知道自己不需要。如她所料，来到这里不过是不知所云地跟医生聊上一场，医生是挺有耐心、挺温柔的，但对路无坷来说没什么用。

从楼上下来的时候，天空已经由蓝白色转成了灰色，又要下一场大雨了。

路无坷从写字楼出去，好巧不巧地在外面遇上了一个熟人。

于熙儿的那辆大红色的车实在是吸引眼球，路无坷想不看见都难。

车里的于熙儿也明显看到她了，按了按喇叭，车缓缓朝她这边开了过来。车在她面前停下了，于熙儿落下了车窗，露出了她的脸。

于熙儿脸上化着浓妆，烈焰红唇，这种妆容在她脸上却一点也不违和，反倒有几分风情在。这一瞧便是刚结束工作，妆都还没卸就匆匆忙忙地来这里了，于熙儿的开场白就是一句你怎么在这儿。

路无坷说：“有点事。”

路无坷没问于熙儿为什么会来这里，她不用动脑子想都知道。

反倒于熙儿问她了：“你怎么也不礼尚往来一下，问我来这儿干吗？你这朋友是一点都不关心我啊。”

路无坷说：“我知道啊。”

她说：“许教授。”

于熙儿闻言有点诧异，摸了摸自己的脸：“我是写脸上了？”

路无坷笑起来。

“啊！”她自己想起来了，“我之前跟你提过一嘴许知意的腿对吧？”

路无坷点点头。

于熙儿让她上车：“上车吧，聊会儿，待会儿还能顺路送你回去。”

路无坷说：“不用，待会儿我自己回去就行。”

于熙儿说不行，没见到是一回事，这碰都碰到了，执意待会儿要一起送她回去。结果话还没说完，就被从楼里出来的身影打断了。

路无坷注意到于熙儿停顿了一下，也顺着于熙儿的目光看了过去。

大厅那里，轮椅上的人被推了出来，五官清隽，皮肤很白。即使是坐在轮椅上，这人那斯文儒雅的风度也没因此减少几分，是许知意。他身后那个人的气质和他格格不入，痞里痞气的，透着股懒散，一点儿也不斯文。两个人也不知道在说什么，许知意的眉眼蕴含着笑意。

路无坷看到沈屹西的时候就知道坏事了，不仅因为身边的于熙儿，还有别的。那边的两个男人也很快发现了她们，抬头看了过来。

一点都不出乎意料，她的视线和沈屹西的对上了。

但几乎是他们看过来的同时，路无坷身边的车门被打开，紧接着被狠狠甩上了。于熙儿踩着高跟鞋跟一阵风似的冲了出去。路无坷的身边只留下一股香水味。

于熙儿这人一向是什么都写在脸上，她冷着脸过去推走许知意的轮椅，对沈屹西没什么好脸色：“你来做什么？”沈屹西被她挤开了，也没说什么。

倒是许知意蹙了眉：“熙儿。”

于熙儿张口就呛：“你别想教训我，我自己还不能有个讨厌人的权利了。”

许知意一向管惯了，正想开口，被沈屹西压在肩膀上的手拦住了。

于熙儿就见沈屹西俯下身：“哥们儿，千万别因为兄弟跟自己的女人伤了和气。”

沈屹西吊儿郎当地笑着："别说我没告诉过你这理儿，以后你的女人找你算旧账，别上我这儿哭。"

于熙儿还在这里，他话就说得毫不避讳。

许知意笑了，像任何一个男生一样跟自己的兄弟插科打诨："滚。"

沈屹西笑了笑，起身，他倒是对于熙儿朝他发脾气这事一点也没放心上："走了。"

许知意说行。

沈屹西说完就朝路无坷走了过去。

结果还没走出几步，就听见他身后的兄弟很不解风情地开了口，语气颇为冷淡。

"于熙儿，好好工作。

"跟你说过了，别来找我。"

后面便是一阵不愉快的争吵。这已经是常态了，这两个人从于熙儿大学那会儿失恋在酒吧喝得烂醉被许知意捡走后，就一直纠缠不清，每天唇枪舌剑，针锋相对。这是他们自己的事，沈屹西不管，他自个儿的女朋友都管不过来。

路无坷看着沈屹西朝她走了过来。他瞧着明显心情一般，路无坷知道是因为自己出现在这里。

沈屹西走过来，抓住路无坷的手腕把她带走了。

天际乌云压境，翻滚的云团宛如潮洪，快要将这座城市侵吞。正赶上晚高峰，高楼大厦下车水马龙，沈屹西的车混在车流里，往那片灰色前行。

上车后，沈屹西也没问路无坷要去哪，开着自己的车。

路无坷也没问沈屹西是要去哪里，一点都不操心地跟着他走。

这场雨来势一看就不小，铁定是一场狂风暴雨。没一会儿，豆大的雨滴便砸得车顶噼里啪啦响，车里没开音乐，似乎满世界只剩下雨声。

中途遇到一个红灯，沈屹西身上明显还压着火气，声音没了一贯的懒散："路无坷，去那儿干吗了？"

路无坷知道这话就算不回答，沈屹西也知道她去做什么了，而她也没想过瞒着沈屹西，就像她没放下过那些过往旧怨一样，都会坦诚地告诉沈屹西。她对着车窗上那不断往下落的雨水眨了下眼睛，然后转回了头。

“去看医生。”

“哪方面的？”

“心理医生。”

“为什么？”

两个人来往两三句几乎没有停顿，沈屹西像要把她逼到心里有疙瘩的那个地方的角落。这是他们两个都不太爱提及的话题。当年两个人分手，谁都没说分手理由，却谁都心知肚明。他们不是因为不爱了，厌倦了，激情淡了。

而是一个初中的小女孩，在自己差点命丧黄泉的同时，目击自己母亲被撞飞二十米远肉体分崩离析的阴影。过马路差点被车撞到都可能留下阴影，更别说目睹这样的现场。

路无坷的性子硬气，但不代表她冷血无情。那个时候她没有朋友，奶奶和妈妈几乎是她世界里仅有的两个人。她过不去这道坎，沈屹西也是知道的。

但沈屹西没直白地说出来，在等她自己说，然后就是在这气氛紧绷的那一刻路无坷的手机响了。铃声单调又突兀，两个人的谈话被打断，路无坷把手机从包里拿了出来。

打来电话的是一个陌生号码，是澜江的号码，路无坷顺手接听了电话。结果她还没来得及说话，听筒那头便传来了撕心裂肺的惨叫。

路无坷却没因为这阵恐怖、瘆人的尖叫把手机从耳边拿开。那头响过一阵杂音，应该是在传递手机，很快手机被一个男人接到了手里，说话声从听筒那边传来：“路小姐，是吧？”

路无坷没问对方是谁，而是问：“什么事？”

沈屹西的一条胳膊搭在方向盘上，指尖懒散地垂下，眼风扫向她那边。

那头的人说话都是带刺儿的：“看来很聪明，都不用我自我介绍了。”男人停下话头，喊了他底下的人一嗓子，这种高人一等的语气，一听就是在指使人做什么。一秒后，那头刚安静下来的惨叫声又叫了起来。

“听到了吧？”这个男人声音和他的人一样干巴巴的，“你爸藏得不是很好，我们这还没找够二十四个小时，他就让我们给找着了，可惜啊。”

“你们要做什么？”路无坷问。

“要做什么？”男人跟听到什么笑话似的，“还能做什么？砍手指啊，一千一个手指，手指头不够砍了砍脚趾头，脚趾头再不够就直接砍手了。听你爸叫得这么凄惨，你看你爸这么受折磨舍得吗？不可怜可怜他一下，帮他还下债？”

路无坷却答非所问：“所以现在你们拿他怎么样了？路智远的身体还齐全？”

原本正准备去摸烟的沈屹西听到这句话意外了一下，他不知道想到什么，去拿烟的手收了回来。沈屹西知道路无坷那头是什么事，但也没打断她。

手机那头瘦成猴的那个男人开了口：“那真是有点不好意思，路智远这人吧，有点不会看脸色，刚才已经被砍掉一根手指头了。”

“你不问我还忘了跟你说，一根手指头一千，那些欠债里你可以少还一千了。”

路无坷握着手机，脸上的表情没有变化：“这笔钱我帮他还，要上哪里去还？”

那个男人知道这招苦肉计用在那些咬死不帮忙还钱的家人身上屡试不爽，言语间竟然还有些自豪在：“电话挂了后，我往你的手机上发个地址，你带钱过来。”

路无坷没有任何停顿，说行。

电话那边的人一听着有钱可以拿，动作利索得很，电话一挂地址很快就发了过来。

绿灯正好亮了，沈屹西发动汽车，跟在前面车的车屁股后面慢慢往前滑。沈屹西也没开口打扰她，就听着她想做什么。果然他猜得八九不离十，路无坷挂完电话看了一眼地址后很无情地拨了另一个电话出去。她报警了。

沈屹西莫名觉得好笑。这么多年过去了，路无坷的性子还是跟以前一样，也不知道是好事还是坏事。

下在澜江的这场大雨来得匆忙走得潦草，没一会儿雨便停了。傍晚，华灯初上，整座城市被笼罩在一层朦胧水雾中。

RIA 车队基地灯火通明，基地很大，一眼望去空荡荡的，里头一大片的空地。

一个头发乱糟糟的，看起来很寒碜的男子在门口徘徊来徘徊去，路灯在他脸上一会儿明一会儿暗。

保安亭里的保安很早就注意到这个人了，但没见着人过来问话也就一直放着人没管。半个小时后，那保安从窗口探身出去吆喝了一句:“喂，外面的，有什么事儿？”

那个男子看见他招手后还左望一下右看一眼，没瞧着其他人后才问:“嘿，叫我呢？”

“不叫你叫谁，那儿除了你还有第二个人？”

那男子便猫着腰，抱着手夹在胳肢窝下过去了，挡住自己那断掉的一截手指。

保安瞧着这个人看起来很奇怪，却也一时说不上哪儿不对劲，便多留了个心眼儿:“我在这里头瞧你在这儿站上好半天了，干吗呢？有什么事儿？”

男子虽然看起来很邋遢，却不是个胆小的人，一开口就知道是个跟谁都能自来熟的那种:“这不今天倒霉摊上事儿了，一身弄成这样不好意思来找人。”

“你是来找人的？找什么人？”

“就这什么啊？哎，车队里头的人，姓沈的，好像还有个头衔什么的。”

他这么一说保安就知道是谁了:“你是说这里面的沈教练？”

“对对对，就这个。”

“他不在。”保安打量了他一下，又问，“你找车队的教练做什么？”

男子也敢说："他这不和我女儿好上了，我有个事儿想跟他谈谈。"

这在保安听来就跟胡扯差不多，人家好好一公子哥，找什么门当户对的没有，找这种一看连吃饱饭都成问题的。

到这时他已经对这男子放下戒心了："得了吧。"

"啧，我说真的。"

"行行行，你说真就真。"保安这边有电话进来，也懒得跟他扯皮了，"要真有事儿跟他谈谈，那你给他打个电话说说不就得了。"

"这关乎女儿婚姻的事儿哪儿能电话里头说，就得当面说。"他还说得有理有据的，"我这也没带手机，想着自己过来找他，没想到他不在这儿，他现在去哪儿了？我自己过去找他就不麻烦他自己跑一趟了，让人过来这得多麻烦。"

保安说："那教练去哪儿也不会跟我们汇报，我们也不知道人不在，车队去的哪儿。"

"那他有没有常去的地方，我自己找找去，行吧？"

保安被他烦得不行了，接起电话摆摆手："就那什么酒吧，他开的，我也忘记叫什么名儿了，你自己去陈芳街看看。"

路无坷被沈屹西带着吃了顿饭，然后一起去了酒吧。

沈屹西刚从大门进去员工就着急忙慌地跑上来跟他求救，遇上了点儿棘手的事儿，沈屹西前去解决了。

路无坷找了一张桌子坐下了，很快服务生拿着酒水单过来了。路无坷虽然不会喝酒，但好歹以前在酒吧干过一段时间，她点了个酒精度数比较低的，然后就坐在那等着。

彩灯流转，晃过表情各异的脸。

路无坷这才刚点完酒，结果一两分钟后那个服务生就又回来了，脸上带着尴尬又不失礼貌的微笑，把手里的那杯果汁放在桌上。

"不好意思，小姐，我们老板说只能给您上果汁。"

路无坷朝吧台那边看过去，没见着沈屹西，问："你们老板呢？"

"正忙着呢。"这服务生也是个有眼力见的，"要不我带您过去？"

路无坷又感到一阵无语，再忙还不忘管她，她的视线收了回来：

“不用了。”

“那行。”服务生的脸上挂着得体的微笑，“我先去忙了，请您慢用。”

沈屹西忙完从后面出来，刚才坐在桌边的人哪还有影子，他想都不用想就知道路无坷去哪里了，揣上钥匙就出门了。

这条街上可不止他这一家酒吧，他开车顺着街道开下去，果然在一家酒吧门口逮到了那个背影，这小短腿走得还挺快。

沈屹西一踩油门，车从她身旁疾速而过，车头一拐，一阵刺耳的轮胎擦地声响起。车横着刹停在她面前，挡住了她的去路，路无坷停住了脚。

沈屹西也没从车上下来，落下车窗，一边胳膊搭在上头，看她：“不会喝酒心里有没有点数，非得喝酒是吧？”

路无坷脸上俨然一点生气的表情都没有，说得理直气壮：“有你捡我啊。”

Chapter 15

因为你只要我

37.5°C

沈屹西还真带她去喝酒了，去的别人家酒吧。他们直接去的吧台，路无坷坐在高脚凳上，旁边的沈屹西背靠着吧台，一条胳膊搭在后头。

路无坷拿着酒水单，点了两杯最烈的酒。

沈屹西在旁边瞧着，笑着“哼”了一声，也不阻止她。

没过一会儿这家酒吧的老板就从楼上下来来吧台了，他穿着黑衬衫、黑西裤，手里端着杯酒，衣领微乱，脸上挂着笑，一开口就知道是张伶俐的嘴：“哟，沈老板放着自己家的酒不喝，上我这儿喝来了，真是财大气粗啊！”

沈屹西觑着他，痞气是一分不少，闷笑了一声：“上你这儿花钱你还不乐意了？”

路无坷认得这个人，就她刚回国那会儿去阳城看比赛时在那碰到的跟沈屹西在一起的那个男人，当时这个人还夸她的手幅做得好看。

韩兆宇约莫三十多岁，他朝路无坷看过来，一眼就认出来她是谁，挑了挑眉，笑着去拆沈屹西的台：“我就说你上次瞧见这个小姑娘的反应肯定有问题，果然啊！”

沈屹西这人脸皮厚得很，哪怕人家拆台：“那我还得夸你一句料事如神？”

“过奖了，过奖了。”韩兆宇又问，“就那女范喜良？”

沈屹西笑了：“行了啊。”

这词还是齐思铭他们这些文盲瞎取的，路无坷怎么可能听不懂，孟姜女和范喜良，她看了沈屹西一眼。

沈屹西倒没什么反应，跟听的是调侃别人的话似的，还是那副无所谓的模样：“把你那酒上了再来跟我扯皮，怪不得没生意。”

韩兆宇一副看热闹不嫌事大的样子："这哪儿用我操心，今儿我这小外甥女还真来得挺巧，碰上你过来了，这不出几分钟她就到这吧台来了，你信不信？"

沈屹西笑笑，没说什么。

这话路无坷在旁边听到了，眼睛扫了一下吧台后面。等收回视线的时候，就对上了沈屹西垂着眼皮看她的目光。她那点心思被沈屹西看得透透的，路无坷若无其事地挪开了眼。

沈屹西眼睛里带上点笑，故意逗她："路无坷，找什么呢？"

路无坷那张脸怎么看怎么觉得乖，嘴上说的却不是这么回事："找你的老相好。"

沈屹西闷闷地笑。

倒是韩兆宇帮他说了句话："小姑娘，你这还真冤枉他了，我这小外甥女啊是一厢情愿，追了两三年了都还没追着人，你说说，这男的心是不是铁做的？"

沈屹西开口："不用跟她解释，她知道。"

酒上来了，路无坷接过来，她确实知道，指尖下意识抠抠杯壁。

韩兆宇有些意外，看了看他俩。

不知道为什么，他终于有点懂了沈屹西以前十天半个月身边就换个女人的人，怎么这几年在这种事上跟变了个人似的。还真可惜了这情场浪子的性子。

果然没一会儿，韩兆宇的外甥女就来了，意外的是，对路无坷来说，是个熟人。

许浓浓在看到路无坷的那一刻也愣了一下。那张脸还是跟以前没什么变化，娃娃脸上还是那双跟女明星眼睛一样大的大眼睛，大学那会儿许浓浓经常到宿舍喊上她一起去上体育课。

路无坷突然想起那会儿她跟沈屹西谈恋爱，沈屹西到篮球场找她，许浓浓见到沈屹西后紧张跑开的身影。这一切好像都在这一刻有迹可循了起来。

许浓浓那一瞬的愣神过后很快恢复了自然，往这边走了过来，像是多年没见到老同学了一样跟路无坷打招呼："无坷。"

路无坷很礼貌地对她笑了一下："许浓浓。"

许浓浓也弯了弯眼睛："好久不见，你什么时候回来的？"

旁边的韩兆宇掀了半边眉毛："你们认识？"

许浓浓转头去看他："认识啊，我们以前一个大学的。"女孩用笑容掩盖了脸上那丝不自在。

"原来认识啊。"韩兆宇看了看他们三个，"这么说你们仨都同学？"

沈屹西看了他一眼："这很重要？"

"是不重要。"韩兆宇笑，给他们留出空间叙旧，"就不打扰你们了，你们聊，我那头还有事儿。"

许浓浓却叫住他："我跟你一起过去。"

韩兆宇感到有那么一丝意外，他的外甥女每次一见着沈屹西，就跟丢了魂似的，也没少跟人套近乎，今天可真是奇了怪了。

韩兆宇看了一眼路无坷，这个看起来跟个乖乖女似的女孩，得有多大威力，把这执迷不悟的人给当头一棒敲醒了。

韩兆宇对许浓浓笑："行，走吧。"

等韩兆宇和许浓浓走了，路无坷却推开手里的酒："我不喝了。"

沈屹西觑着她："怎么，还瞎吃飞醋？"

"你才吃醋。"路无坷从高脚凳上下来，往外走。

沈屹西瞧了一眼她的背影，微笑着双手插兜跟了上去。

路无坷本来要回去，被沈屹西弄上副驾驶，车门一关带回了酒吧。

结果俩人刚进去，就有员工一脸焦急地上来了："老板，来了个客人，不买单硬是让我们先上酒，还说这账记在你头上，你肯定会帮他还。"

沈屹西边听边往里走，一点儿也不着急："这人来过这儿？"

"没。"服务生摇摇头。

"哪儿呢？"

服务生立马上前领路："就那边。"

隔着热闹的人群和卡座，还没走近，路无坷就看到了那个和这酒吧格格不入的身影。她的脚步停顿了一下，很快伸手拉住了沈屹西。

沈屹西顺势停下来，回头看向她。路无坷死死地盯着那头的人看。沈屹西注意到她的目光，顺着她的视线偏头望了过去，某张散台窝了个邋里邋遢的人。

沈屹西这么一瞧，再加上路无坷的反应，他也立刻认出是谁了。

路无坷说："路智远。"

沈屹西移开了视线，往里头扬了扬下巴："到里面去。"

路无坷能听出沈屹西话语里的不爽和厌烦，跟几年前见到路智远在她脸上甩下的那巴掌时一样的情绪。沈屹西说完就想走了，却被路无坷拉住了："沈屹西，我去和他谈谈。"

沈屹西微微皱着眉回头看她，明显不同意。但和她对视了几秒后，沈屹西偏过头，最终转了回来，只有一个要求："这次人家动手了必须给我躲开。"

路无坷难得这么乖："好。"

就这副乖巧的模样再加上她那张无害的脸，任谁看了都得给她那张脸骗了。但沈屹西了解她，沈屹西简直给她弄得没脾气，气笑了。他俯身，靠上她的耳边："就拿这套唬我是吧？"

路无坷感到耳朵发痒，有点想抱他，但是忍住了："是啊。"灯光光怪陆离，在这片晦暗不明的光线和人声鼎沸里。

沈屹西唇狠狠地亲了一下她的耳垂："我还真吃你这套。"这人都还在旁边等着呢。

但路无坷也不是个害羞的，她的睫毛轻轻颤抖了一下，食指勾上了他的手指，下意识的动作。沈屹西给她磨得不行，路无坷把想要沈屹西抱她这点情绪通通告诉他了。以前在一起那会儿她也没少这样，真是应了她奶奶的那句话，路无坷其实很会撒娇，虽然嘴上不说，但其实很喜欢让他抱。

沈屹西故意逗她："大庭广众之下卿卿我我多不好。"他起身，下巴往路智远那边示意了一下，"赶紧把那事儿了了。"一听就没什么耐心。

路无坷看了一眼他往前面走的背影。服务生刚才在旁边不该看的都没看，这会儿也不知道是跟着老板走，还是跟这位小姐走。

路无坷的视线从沈屹西的身上收了回来，开了口：“给他上酒吧，我结账。”

服务生知道她的意思，连忙点头：“行，那我去端酒了。”

等服务生离开，路无坷抬腿往路智远那边走过去。路智远估计是第一次来这种地方，坐在那看着舞池看得津津有味，路无坷过去的时候他都没发现，直到路无坷在他对面坐下。

路无坷坐下后才发现沈屹西在她不远处的桌子坐着，见她看过来，沈屹西示意她做自己的事。这一瞧就是不放心，留了个心眼。

路智远的余光里注意到对面有人坐下来，转回头。父女俩已经五年多没见过面了，身体里流着一半同样的血，却在五年没见的情况下，双方见面后都无动于衷。

路智远一瞧是路无坷，开口尖酸又刻薄：“哟，这不我那便宜女儿？五年没见了居然还认得出你爹？”

一起在同一个屋檐下生活的那二十年，路智远这位父亲教给路无坷最大的道理大概就是把垃圾当空气。而路智远对她也是如此，女儿的生活他不闻不问，一点儿都不关心。唯一的交流大概就是回到家里看不顺眼时骂几句，他们几乎跟陌生人没有任何区别。

正是因为如此，路智远每次一张口对她说话便是尖锐又刻薄的话，但路无坷向来不会被这些刺激到。她没有什么感情地问：“你来这里做什么？”

“做什么？”路智远跟听到什么笑话似的，伸出了自己那截被断掉的小拇指，包扎的纱布上渗出了红。他跟感觉不到痛似的，眼睛睁得很大：“你觉得我还能找你做什么？你以为我不知道那警是你报的啊？你爸都这样了，你不送钱过来你报警！”路智远的嗓门很大，甚至吼过了音浪，引得周围几桌人都看了过来。

路无坷却一点也没受到惊吓：“路智远，那是你自己的事，我帮你报警已经是仁至义尽。”

“路无坷，你还知道你姓什么吗？”他的嗓门忽高忽低，这会儿跟刽子手似的想用原生家庭绑着她，残忍却又现实，“你姓路，你再怎么讨厌我，你也改变不了你是我女儿的事实，你就得养我一辈子，拿钱给我。”

原生家庭是个很复杂的东西，它可能是一个人的避风港，也可能是一个人的牢笼，不管是好是坏，它都是你没办法否认的一个事实，从出生就注定的，要一直跟着你的。很不幸路无坷遇到的是后者，但她又很幸运地没有受到很大影响，因为奶奶和妈妈。她们把她保护得很好，几乎不会让路智远伤害到她分毫，路智远这个人在路无坷的生命里几乎是可有可无。

路无坷说："我为什么要给你钱？路智远，你养过我吗？你给过我奶奶、我妈妈钱吗？"

她一口气说了三句话，看着路智远："你没有，所以凭什么要我养你？"

路智远这个急性子怎么可能忍得了这种刺激，眼睛里布满红血丝，说的话格外讽刺："还敢跟我提你妈，是吧？你跟撞死你妈的那家人搞在一起了！你还敢跟我提你妈，在这儿当婊子还立什么牌坊？"早在路智远能找到这里的时候，路无坷就知道他是知道沈屹西这个人的了。她早料想到他会说这么难听的话，却没想到在他骂出来的那一瞬，她还是一愣。

路智远还在骂，唾沫横飞："你跟的那男的是谁啊？路无坷，他姓沈！就把你妈撞到连身体都拼不起来的那一大家子，你良心过得去吗？路无坷，你妈九泉之下都在骂你了，你知道吗？你不配提你妈！"

路无坷在桌子下抓着手包的手逐渐收紧。

服务生上来送酒，路智远还指着那头的沈屹西骂："你知道我怎么知道这个小兔崽子的吗？两年前一张报纸上，这人也算是恶有恶报，出车祸了上了报纸，我才知道原来你搞的居然是这家人的小子啊，对不起你妈的到底是谁啊？路无坷，是你，跟撞死你妈的人搞在一起！"

路无坷却突然站了起来，抓过刚放上桌的酒泼了过去："不关他的事！"

路智远骤然被泼了一脸酒，火气噌地一下冒上来，爆了句粗话就要站起来打人。旁边的男服务生眼疾手快地把他拦住了："您消消气！有话好好说，我们这酒吧禁止闹事的。"

路无坷看着他："还有，你别想从我这里拿到一分钱。"

路智远隔着人指着路无坷痛骂："路无坷，你个贱种！"

路无坷没在原地停留，她听了沈屹西的话，这次路智远上来打人，她要躲着。结果她刚转身，沈屹西就冲到她面前，拽着她往后一扯。路无坷看到了他咬紧牙的侧脸。

路智远看见沈屹西，火气一下子转移到沈屹西的身上了，各种诅咒从他的嘴里蹦出来，就差把沈屹西咒进十八层地狱。

沈屹西完全不受他这些话的影响，生气也只是因为他又想打路无坷，他吩咐了很快赶过来的保安："把人扔出去。"说完，在酒吧闹起来的一阵骚乱中他转身拉着路无坷走了。

沈屹西能感觉到路无坷情绪的变化，带她去了最近的洗手间。洗手间里没人，他们两个沉默着。

路无坷的脸色有点苍白，沈屹西也没说话。路智远的那番话把横在他们两个中间的那道坎直接挑明了，把路无坷没办法放下的东西直接粗暴地撕开在她面前。

路无坷上前，双手环上沈屹西的腰，把头埋进了他的肩颈里，她抱着沈屹西不肯动。沈屹西隐忍地咬咬牙，为了让她抱得舒服点，箍住她的腰把她抱上了洗手台。

路无坷紧紧搂着他脖子，眼睛都没抬起来一分。洗手间里一阵死寂，她没吭声。

沈屹西一边手搂着她腰，一边捏了捏她后颈："路无坷，他那番话你觉得有理？"

路智远说对不起她妈的是她，跟仇人的儿子在一起都能心安理得。五年前让他们两个分手的那条导火索从来没熄灭过。它在这五年时间里，死命地把人拽进泥沼里，不让人好过。

听见沈屹西问的那句话，路无坷却迟迟没开口。

沈屹西心里压着那股躁郁的感觉，两个人之间这道她跨不过的坎，五年前他就想去解决。

可那时候年轻气盛，她不留情面地闹分手，沈屹西挽回无果也决绝而去。

事情没翻篇，它就永远是个不定时的炸弹，此刻他们又兜兜转转地回到了五年前，那个问题又再次血淋淋地摆到了他们面前。只要一刻不解决，他们之间就会有无数个五年。

路无坷像只是靠在他的肩上发呆，许久过后，她开了口："沈屹西，你觉得我有病吗？"

她问这句话的时候，就像跟沈屹西说今晚吃什么一样，仿佛只是一件无关紧要的小事。

沈屹西闻言垂下眼皮，看了一眼她低埋的脑袋。

路无坷问这句话却似乎不需要他回答，她继续说着："连奶奶都说过，如果早点儿带我去看医生，我就不会变成现在这样了。"

"下午去是因为这事儿？"

路无坷点点头。

沈屹西的声音从胸腔里轻震而出："所以呢，你觉得自己有错？"

路无坷沉默了半晌，轻轻摇了摇头："我不觉得自己有什么错，也觉得自己不需要去看医生。"

沈屹西深吸了一口气："那今儿下午怎么回事？你是跑那儿跟心理医生喝茶去了？"

路无坷很诚实地说："去看病，大家都说我有问题，不是吗？"

"路无坷，这不像你。"她应该是有主见的，从来都不会因为旁人动摇的。沈屹西不愧是最了解她的人，路无坷想。

"所以我那心理医生白看了。"路无坷跟他说。

过了一会儿路无坷开了口："沈屹西，我完全听不懂他在说什么。"

莫名地，沈屹西听出了她话里的委屈，她觉得很委屈，像个不能被所有人理解的小孩。

沈屹西伸手把她抱紧了。

"沈屹西，真的是我的错吗？"

路无坷没有在血腥又漫长的暴力里变得怯懦又绝望，反倒逆向生长让仇恨扎根在了身体里，她只不过无意中选择了一种方式生活。但这些她从来都没开口提过，包括奶奶，只要奶奶不问，她就不会说。一把骨头在仇恨里泡了几年，从少女到如今，怎么可能不滋生出些病态和偏激，而等她想坦然地放下了，那些深入骨髓的仇恨却再也去不掉了。她不是神，她没办法做到原谅。

突然，沈屹西的肩上渗上了点儿凉意。

“我以为一报还一报就能好过了，可是没有。”

路无坷的眼睛紧紧压在他肩膀上：“沈屹西，对不起，我没有放下。”

沈屹西很少见到路无坷哭，平时基本见不着她哭。

路无坷环在沈屹西脖子上的手松开，搂上他的腰，整个人埋进了沈屹西怀里。

沈屹西听不得她哭，看着镜子里她那难得无助的背影，抱着她的手勒紧了几分，他的唇碰了碰她发顶。他也亲历过那场车祸，正是因为他也亲眼见过，所以他清楚那场车祸对路无坷影响有多大。正是因为理解，所以这五年来，沈屹西从来没出现在她面前，就是想让她自己想通了再回来。

说来也奇怪，当年的沈屹西明明不认识路无坷，可他却一直记得那个穿着蓝白色校服的身影。那时候她还没长开，小小一只，校服套在她身上宽松空荡。当年路无坷不过是一个十三四岁的小女孩，世界观都还没成形，就狠狠被血腥拦腰截断。

别的小孩的世界里色彩斑斓，而她的只有红色和黑色，两个对孩子来说单调又残忍的颜色。很漫长的一段时间里，她手里的画笔只能画出血腥和黑暗两种颜色。她从来不给人看，藏得严严实实的，转身反给人一幅色彩缤纷又规规矩矩的图画。

对害死母亲的那个人的讨厌成了路无坷的呼吸。那个人做错的事，为什么她要去原谅？她试过了。可她原谅不了。

“我知道自己没好之前不能来找你，也知道你会生气。”路无坷知道她在什么都还没放下的情况下回来，沈屹西心里肯定有气。

“可我——”她终于肯软下来，把自己脆弱的一面摊开在他面前，哭得声音哽咽，“就是想你了。”路无坷从没跟沈屹西说过这句话，沈屹西有一瞬间的愣神。

路无坷的下巴靠在沈屹西的肩上，手捂着眼睛：“我做了个梦，梦见你跟我说回来。”所以她就回来了。她就是想他了。她这辈子大多数时候是又冷静又理智的，正是因为她太理智了，才会在外面待了那么多年。她为他疯狂了那么一次，那天醒来后辞掉工作，拉上行李箱坐上回国的飞机。不顾一切，也不去管那些横在两个人中间的东西。

下飞机后，路无坷的手机被老师和同事们打爆，他们都说她又冲动又不理智，可她却一点也不后悔。

路无坷很少哭，但每次一哭起来眼泪却跟流不尽似的，只不过哭起来还是很安静，倒是很像她的性子。眼睛很红，小巧的鼻尖也未能幸免，哭腔细软，跟空气都能噎到她似的，一抽一抽的。

“沈屹西，我过不去。”可是她很想跨过那道坎去他的怀里。

沈屹西怎么可能受得了她这样，抱着她，去亲她脸颊和鬓边：“不过了。”

沈屹西哄着她，语气坚定又让人安稳：“路无坷，过不去我们就不过了。”沈屹西给她时间本意是为了让她真的放下，别再受折磨，而不是为了让她作茧自缚。既然真的过不去，那就算了。

沈屹西的吻一下一下落在她脸侧，又自然而然移到了她眼睛、红红的鼻尖，最后轻含上了她的唇，路无坷的唇被眼泪润得有点湿。

路无坷微微哽咽着，哭起来的路无坷真是软得跟水一样。沈屹西停顿了一下，笑了一声，却没退开。还真是一点也没变。

路无坷破涕为笑，也没推开他，迎合着他的吻。

路无坷晚上留在沈屹西那里了，给阿释打了通电话说不回去了。

阿释听了她的声音后，在电话里头问她是不是感冒了，说她这声音怎么听着不对劲，怎么还跟人搞唱歌的似的鼻音百转千回。阿释说这句话的时候沈屹西就在旁边，阿释的嗓门又大，隔着听筒一两米远都能听见她在讲什么。

阿释说的这番话落进了沈屹西耳朵里，他靠在浴室门口笑得肩膀微抖。

路无坷的视线从他身上收了回来，跟阿释说自己没有感冒。阿释这个话痨不可能这么快结束这通电话，又抓着她聊了几句才罢休。

电话挂了后，沈屹西还在那儿瞧着她，笑得不怀好意：“哼两句来听听？”

路无坷坐在床边上，抓起枕头就朝他扔过去："就不。"

沈屹西轻而易举地就抓住了枕头，从门边上起身拎着枕头走了过去。他把那枕头扔回床上，俯身两手撑在她身侧，去含她的唇。路无坷也去亲他。

沈屹西指尖挑开她衣摆摸进去，跟她说："不唱也行，叫几声来听听。"

她环上沈屹西的脖子，故意装傻："沈屹西。"

沈屹西"啧"了一声："我让你叫我名儿了？"

"对啊，你让我叫你。"

沈屹西笑了："好学生，你这阅读理解做得不太行啊，得这样。"

这房门一关，楼下酒吧那震耳欲聋的魔音跟蒙了层膜似的，在耳道里消了几层音，变得隐隐约约的。

沈屹西问她："从国外回来那会儿就不怕我人压根儿没等你？"

路无坷："你不会。"

沈屹西笑了，他的吻一直往上，磨着她唇角："就这么自信？"

路无坷的眼睛里一层透亮澄澈的水光，抱着沈屹西的脖子看着他。她没有任何犹豫，没有夸大也没有谦虚，像只是单单在阐述一个事实："因为你只要我。"

沈屹西的笑声有点闷："路无坷，给点儿面子行不？"

像沈屹西这类公子哥，钟情这个词压根儿安不到他们身上，身边的女朋友都是一个接一个，基本不会往心里放。

路无坷当然也清楚换以前沈屹西的性子，对什么一辈子就一个人的话虽然不至于嗤之以鼻，但肯定也不怎么信。

可路无坷却很坚定地知道，沈屹西会等她回来。就像沈屹西不去找她也知道她会回来一样。他们不过是在这每个人看似都活得很明白的世界里碰撞，然后很俗套地惦记上了那么一个人。只不过是就那么跌进世俗爱情里，俗套地爱上了那么一个人。五年，将近两千个日夜，他们之间却半点热情也没被消磨。

在认识路无坷之前，沈屹西也确实没和谁这么认真地谈过感情，更不用说想什么以后。

路无坷和别人不太一样，她身上有的那些东西没人像她，明明瞧着娇娇弱弱的，骨头却硬气得很。小女生的脾气大，简直没人比她难搞，还气人，也没有人比她好玩。沈屹西也是她走的两年后才意外地发现自己就那么单了两年，还真就惦记上了这么个小没良心的。就如她说的那样，还真只要她了。

路无坷靠在沈屹西怀里，直到楼下的音乐声消失，曲终人散，又是一场狂欢盛宴结束，沈屹西才抱她去浴室洗澡。

路无坷隔天醒来的时候已经将近中午。她睡了个很安稳的觉，中间没有做梦也没有被失眠困扰，睁眼时感觉很舒服。连浑身泛着酸疼都让她感到舒服，那种让自己感到放松的状态。

路无坷醒的时候，沈屹西已经不在了身边，她甚至连沈屹西什么时候走的都不知道。她捞过手机，沈屹西果然给她发了消息，四个小时前说去车队了，给那帮兔崽子搞训练。

路无坷没起来，继续窝在被子里。这是沈屹西在酒吧的房间，和他那些别墅比要小不少，只是一个平时偶尔过来才落脚的地方。

但就算这个房间小，沈屹西还是在装修设计时上了心。天花板是没有上漆的水泥墙，吊着几个错落不一的竖直长型灯。四周是刷白的墙，木头地板。

路无坷在沈屹西的被窝里发呆，手机突然响了。她拿过刚扔在被子上的手机，是沈屹西打来的电话，路无坷接听起来，把手机放在了耳边。

沈屹西在那边问：“起床了？”

路无坷翻了个身，被褥摩擦出声响：“嗯，醒了。”

她说：“我在床上躺着。”

结果下一秒门外传来的脚步声让路无坷一愣，门外那道渐近的声音和电话里的重合了起来。

“口气一点儿也不小啊！路无坷。”门很快便被人从外面打开了，沈屹西手里拎着热腾腾的吃食。

沈屹西挂了电话，看了她一眼，把吃的放在了桌上，然后朝她那边走了过去：“路无坷，我别的什么没有，时间倒是大把。”

沈屹西把她抱了起来：“吃饭，吃完带你去个地方。”

路无坷看他:“去哪儿?”

沈屹西笑:“带某个昨晚哭得一把鼻涕一把泪的小孩儿出去玩玩。”

沈屹西午饭买的都是她喜欢吃的,路无坷一顿饭吃得慢吞吞的。早就吃完靠在窗边抽烟的沈屹西眯眼瞧着她,路无坷跟浑然不觉似的,自顾自吃自己的,光着脚丫蹲在沙发上。

沈屹西说:“路无坷,你这是小孩儿在喝奶?”

路无坷当然知道沈屹西是在说她吃得慢,她懒得理他,还是继续慢悠悠吃着自己的饭。沈屹西逗完她在那儿笑,然后看向了窗外,把烟送到嘴边猛吸了一口。

两个人一起下楼,白天的酒吧像断壁残垣的废墟,徒留一地寂寞,空荡又昏暗。酒吧大门外是灰白色的天光,今年的天气有点奇怪,到了这会儿还没有一丝转暖的迹象。门口那吐了点儿嫩芽的枯枝勉强算有了点儿春天的气息,沈屹西的车停在下面,两个人一起往那走。

路无坷问沈屹西:“我们是要去哪儿?”

“你觉得我还能带你去哪儿玩?”

“白天没有酒吧开着,不知道。”

沈屹西觑了她一眼,打量了一下她那张小脸:“就你这还想去酒吧?”

路无坷看向他。

沈屹西说:“去旱冰场还差不多。”

路无坷没说话。

沈屹西一瞧她这样就知道她还记得当年他说过的话,笑:“还记着呢?”

当年沈屹西带她去A城,把她带去跟发小见面。他们那个圈子的人不是去夜店就是去会所,沈屹西让发小找个清静点的地方,他的兄弟杨天成想半天想了个地方——旱冰场。沈屹西当时很无情地嘲笑他是高中生。

路无坷记得清清楚楚的,不理沈屹西。

沈屹西看着她直发笑,她还不乐意了。

“不是,你说你像不像高中生?”他弯身凑近她的耳朵,逗她,

“现在找一套校服往你身上一套，谁不说你像高中生？”

路无坷没推开他，反倒侧过脸，在他的唇上轻轻亲了一下，然后稍微退开了点儿距离。

路无坷的大眼睛看着沈屹西：“那你就是在跟未成年人谈恋爱，沈屹西，你道德败坏。”

路无坷说完得意地往前走了。

沈屹西瞧着路无坷的背影，闷闷地笑了。这脾气一点也不让人占上风，总得骂回来，就一幼稚小孩。

沈屹西在那儿笑够了才起身跟了上去，他上车后跟路无坷说：“我让齐思铭他们一块儿过去了，人多好玩点儿，顺便给他们介绍介绍嫂子。”沈屹西这人什么话都信手拈来，压根儿不害臊。

系好安全带在副驾驶乖乖坐着的路无坷闻言瞥了他一眼，说：“我还没成年，还不能带出去见人。”还记着这茬呢，真是一物降一物。

沈屹西“嘶”了一声，微侧头从眼角瞥她，解开了刚系上的安全带，凑过去扣住她的下巴，狠狠地在她的唇上亲了一口：“还玩儿上瘾了是吧？”

路无坷笑。

沈屹西也笑：“今晚就给你找身校服。”

路无坷说：“好啊。”一副天不怕地不怕的样子。

沈屹西捏了她一把，一股流氓样：“路无坷，自个儿说的话记着啊。”他说完满意地从她身上退开。

路无坷的眼睛看着他，其实沈屹西这几年没怎么变，身上的流气是半点不少，总是吊儿郎当的，唯一有点区别的，大概就是他身上多了点儿稳重，那种年少时候没有的东西。

沈屹西懒懒地打了半圈方向盘，没看她：“怎么，你男朋友长得太帅挪不开眼了？”

路无坷说：“不要脸。”

沈屹西没怎么放心上：“要脸的话我们这会儿八字能有一撇？”

路无坷这人还真不是一般人能追得上的，不够厚脸皮的可能都没法跟她说上一句话。就算你感兴趣，她不感兴趣，她还可能连搭理都不搭理你。

沈屹西看路无坷去拿手机，她拿手机无非就是发短信、打电话，沈屹西一下子就知道她想做什么。

沈屹西收回视线，车子驶出街道："电话打给你朋友的？"

路无坷正准备按下阿释的电话号码的手一停，看向他："你怎么知道？"

沈屹西懒懒地从鼻子出了声气儿："我就知道你要做什么。"他又说："放心，我让齐思铭把你的朋友叫上了，这通电话甭打了。"

今天不是工作日，到旱冰场玩的人还挺多的。小学生尤其多，个个撒开了嗓子尖叫着，还有一堆穿着校服裤脚改得紧紧的初中生、高中生，嘴里的泡泡糖吸得啪啪响，跟阵风似的撒野，男孩、女孩扎堆玩在一起，这类学生一看就是在学校好动又张扬的那类学生。

路无坷从小到大没什么朋友，玩过的东西也很少，从来没到旱冰场玩过，进去的时候还被那20世纪八九十年代的彩灯和装修吸引了。这里很像她小时候看的那张钟映淑和路智远合照里的旱冰场，小孩对新鲜的事物总是好奇的，路无坷对于旱冰场的印象就是从父母这张甜蜜的合照上来的。但后来这张合照被钟映淑扔掉了，路无坷从来没问过妈妈为什么扔掉，但她隐隐约约地知道是因为照片上的爸爸和结婚后的爸爸是不一样的两个人，钟映淑也很讨厌路智远。

在这快速发展的时代，一项娱乐活动别说二十年了，能撑个十年都算难得。溜旱冰算是从20世纪80年代开始的，是70后、80后、90后这几代人的回忆，到现在像这种场所已经关得七七八八了，这家旱冰场却还在，而且来的人意外的多。

路无坷问沈屹西："为什么这家旱冰场还没有倒闭？"

沈屹西在一片嘈杂声中听见她问，歪头凑近她好笑地说："路无坷，就你这张嘴，这儿的老板要是听到了可能会把你扔出去。"

她想知道的无论多无聊沈屹西都会跟她说："这块儿位置好，学校都扎堆在这儿，这小情侣要是在学校里眉来眼去的教导主任一逮一个准，来这儿就不一样了，小手一牵滑上个儿圈都没人管，要是运气差了那么一点儿被教导主任逮到了，还能美其名曰学习压力大了，同学之间放学后到这儿放松放松。"

路无坷听完他说的，竟然觉得他还胡诌得挺有道理。

沈屹西说完自己都笑了，也不逗她了，说："这旱冰场二十多个年头了，澜江的旱冰场应该就数这儿最大，老板这个地方选得也不错，能开这么久确实也挺厉害的。"开了二十几年了，也难怪还保留着20世纪的风格。

沈屹西说她："路无坷，亏你在澜江这地方待的时间比我还长。"

路无坷说："我又没来过这儿。"

沈屹西从眼皮子底下瞧她："别的地方你就去过了？"

路无坷从小到大就是好学生，上课认真听课，老师布置作业她乖乖完成后还会自己找各种习题做的那种好学生，周末的时间她也只留给学习，基本不出去玩，很典型的一个除了学习就是学习的无趣学霸。

听见沈屹西这样说，路无坷闭上嘴不说话了。

沈屹西瞧她这样突然来劲儿了，笑着"哼"了一声："路无坷，问你个事儿。"

路无坷看着从面前"唰唰"滑过的学生："什么。"

沈屹西说："高中那会儿男生给你的小纸条你看过没？"

路无坷知道他说的情书，路无坷长得漂亮，从小到大没少有男生往她手里塞情书，但这些情书不是被她接过来扔在学校垃圾桶里了，就是忘在书包里被奶奶扔掉了，她从来都没看过。

沈屹西问她看过没，她说："有啊。"

沈屹西眯缝了下眼睛："真有？"

路无坷的视线终于从一个溜旱冰溜得很厉害的高中生身上收了回来，她点头点得跟真的似的。

沈屹西也不急，懒懒地偏头掏了掏耳朵，一副洗耳恭听的样子："那就你这脸，十个里少说也得有俩打你的主意，看这么多应该背得贼溜，说两句来听听？"

压根儿就没看过的路无坷睁眼说瞎话："我忘了。"

"这不巧了？我记得。"

路无坷对他这句话不明所以。

沈屹西说："怎么样，要不要我帮你回忆一下？"

十几岁的小屁孩肚子里能挤出点什么东西？无非翻来覆去就那么几句肉麻的话，夸夸对方长得漂亮，再讲上几句偶遇时的心理活动，最后来句喜欢。

路无坷看着沈屹西，十分冷漠地拒绝了："不要。"

沈屹西在那儿笑。

冰场里一个高高的、笑起来有两个虎牙的男孩伸手去牵一个女孩子，那个女孩子手忙脚乱的，被那个男孩抱住了，那个女孩子一下子满脸通红。

路无坷看着这个画面，突然想起刚才沈屹西说过的话。

"沈屹西。"

沈屹西回头看她。

路无坷看向他，一脸天真的模样："为什么高中小情侣喜欢到旱冰场滑冰啊？"

沈屹西看着她的眼睛，一下子就知道她在想什么了。他简直就是给自己挖了个坑，他偏头摸了摸鼻子，又去看她，笑："吃醋？"

路无坷的脸上一点儿也没有吃醋的意思，她说："才没有。"

话音刚落，身后忽然传来阿释的大嗓门："路无坷！"还有几个男人的声音。

路无坷回头去看，阿释满脸兴奋地朝她挥着手，跑了过来。恍惚间，路无坷有一种回到了大学的错觉。

齐思铭和杨敞他们也一起过来了，在阿释后头往这边走。

阿释跑过来给了路无坷个大大的拥抱，抱完了才看到一边的沈屹西。阿释虽然跟沈屹西是大学同学，认识他的时间比路无坷认识他的还长，但是俩人并没有说过几句话，甚至还没有在路上闲聊了一路的、刚认识的杨敞熟悉。

阿释只跟沈屹西点了点头，沈屹西亦是。不过阿释不是个害羞的人，她这个人不管在哪儿、身边有什么人都放得开。

旱冰场里虽然多的是高中生，但也不乏来找乐子的成年人。

阿释今天好不容易放个假，毕业后工作了也很少到这些场所玩，一看在里头溜旱冰的人眼睛都亮了，扯扯路无坷的手："路无坷，我们去玩吧。"

路无坷说好，一起去穿旱冰鞋去了。

齐思铭他们过来的时候，路无坷正好被阿释挽着手去那头了。路无坷隐隐约约地听见男人们在贫嘴。

“屹哥，这是把媳妇儿哄回来又给气跑了？”

紧接着又是不知道是谁的声音：“教练请吃饭啊！”

路无坷和阿释刚坐在椅子上穿好旱冰鞋，那帮男人后脚就到了，他们一来气氛就热闹了起来。

阿释上高中时，什么跟学习无关的活动她都得掺上一脚，高中那会儿溜起旱冰来那叫一个熟练。

阿释从椅子上站了起来，被齐思铭这个手贱的路过推了一把，俩胳膊立马撑在椅子上稳住身子，歪头去骂齐思铭：“齐思铭，你有病啊！”

阿释骂完又去把路无坷拉起来，拉着她往前滑。路无坷没玩过这个，有点不稳。沈屹西在后头看得有点想笑。

男人一凑到一起几句话离不开胜负欲，路无坷听见他们那几个男的在打赌。

“待会儿谁先跑完一圈谁就是爷，最慢的那个不准尿啊，今晚请喝酒，来来来，敢不敢？”

“我看你最后一名预定了，算上我一个。”男人们一个个狂得不行。

沈屹西应该是在旁边没说话，有手底下的队员问教练比不比。

齐思铭拦过了话：“你们这些缺德玩意儿，让你们教练比什么比，他现在跟衣食父母都断绝关系了，得攒老婆本娶老婆。”男人们哈哈大笑起来。

前面的路无坷脚下却是一顿。

路无坷是个学跳舞的，本身的平衡能力不错，学会溜冰对她来说并不难。阿释一开始还在前面让她手搭着自己的腰带着她慢慢往前滑，后面没溜多久路无坷自己就会了。

阿释还记得自己第一次学这玩意儿摔了个狗吃屎，跟她一起去的那群同学下场跟她一样惨，以前那会儿滑旱冰挺流行的，她印象尤其深刻的就是他们班一个男生想要帅，结果帅没耍成倒是把尾巴骨耍断了。这玩意儿没学会的时候刚踩上去就跟脚底抹了洗洁精一样，两条小腿稍微发个抖准摔个四脚朝天。

阿释看着在自己前面滑得虽然不算熟练但已经很稳当的路无坷，简直大跌眼镜："路无坷，你是逆天了吗？你除了做饭只会做泡面这点之外，还有什么是能难倒你的？"

听着后面阿释的大嗓门，路无坷在想如果自己不会滑的话那才叫逆天，二十几年舞蹈都白学了。

阿释很快追上了路无坷，她看起来滑得要比路无坷熟练很多，跟个小火箭似的左蹿右穿："路无坷，你昨晚上沈屹西那儿过的夜？"这没什么好隐瞒的，路无坷看着她点点头。路无坷又想起刚才齐思铭说的话，说沈屹西跟家里已经没了来往。

阿释说："我还以为你是上老房子那儿收拾去了，嫌回来折腾在那儿住下了。"

阿释又问她："你俩和好了？"

路无坷说："和好了。"就沈屹西和路无坷大学那会儿谈恋爱那架势，他俩再见面和好是迟早的事儿。

阿释虽然不至于惊讶，但脸上那点喜悦半点不假："好你个路无坷，这多好的消息啊，昨晚电话里头居然也没告诉我。"

路无坷滑得还不是那么熟练，不急不缓地往前溜："打算回来再跟你说的。"

"那可还不够。"

路无坷说："请你吃饭。"

阿释嘿嘿笑："这还差不多。"

阿释又说："这流程还是要走一走的，把这顿饭吃了去去晦气。"

阿释这张嘴要停下来简直比登天还难，这个话题聊完了她又继续下一个话题了，想到什么聊什么："哎，路无坷，你知道吗？我昨天还真收到了齐思铭寄过来的游戏机。"

这个游戏机实际上是阿释拿自己家地址跟沈屹西换来的，只不过她不知道这事儿，是沈屹西让齐思铭去问地址的。

路无坷假装不知情，问阿释："是上次齐思铭打麻将赢钱给你买的那个？”

“对啊。”阿释瞧起来还颇为得意，“齐思铭这人哪哪都不行，挑福娃的眼光倒是不错，昨天他才刚贿赂完我呢，这晚上就找着女朋友了，你说神不神奇？”

感情多好都只是纯兄弟情，说的就是阿释和齐思铭这两个人，阿释就是把齐思铭当哥们儿，齐思铭也没把她当一女的，看她就跟看自己那堆兄弟一样。

“你别说，齐思铭找的那女朋友长得还挺养眼，那眼睛大的，一个顶我俩了。”那姑娘的眼睛是挺大的，阿释的眼睛也不算小。

阿释溜得有点快，路无坷：“你呢？”

“什么？”

“你不说阿姨最近给你安排了好几个相亲对象。”

“得了吧，我看了照片都一堆歪瓜裂枣，一个个钱不多要求倒是不少，跟这些人谈婚论嫁我还不如发消息逗逗书呆子。”说起书呆子，上次阿释他们班同学聚会，路无坷看过这人，阿释给她指的。

不是阿释喜欢的那种五官看起来就很想多看两眼的那种，反倒长得很干净，气质也不错。路无坷的记忆力不错，当时第一眼就认出男生是大学时某节选修课上给阿释捡支笔都手忙脚乱的那个男生。路无坷其实给阿释提过这事，但阿释忘得一干二净了，压根儿就不记得有这么个男生。

阿释又拉着她东拉西扯地聊上几句，没一会儿身边就刮了几阵风，还带着从嘴里吹出来的口哨声。

阿释着实被这阵仗吓了一跳：“这帮男生都多大人了，怎么还这么幼稚啊。”

路无坷看了眼那群人，里面没有沈屹西。

她正想收回目光，身后传来一个声音：“这儿呢，转过来。”不仅路无坷听到了，旁边的阿释也听到了。

路无坷回头去看，旱冰场周围围了栏杆，沈屹西俩胳膊挂在栏杆上，懒散垂下的指间夹了根没点的烟，骨子里的放浪形骸和他的皮相浑然天成地融在一起。从路无坷这看去，沈屹西瞧着她是抬着眼皮的，眼神一如既往地带着侵略性和玩味。不管多少年过去，沈屹西看她的时候眼里那些东西是一样的。都是带着十足的野心，从来没有纯洁过一秒。

路无坷的袖子被阿释拉了拉，阿释跟她咬耳朵："沈屹西这才几分钟没见着你人啊，这么快就找人来了，他原来这么黏人的吗？"路无坷没说什么。

那头沈屹西瞧着她，下巴给她示意了一下大门外："你玩儿你的，我去外头抽个烟。"路无坷只看着他。

沈屹西这人的脸皮跟不要似的："怎么，舍不得我走？要我教你？"

路无坷没出声。

沈屹西也不逗她了，起身："玩儿你的去，待会儿来找你。"

等沈屹西走了，阿释连连咂了一串舌："我看沈屹西就是个妻管严，居然连出去抽个烟都得跟你讲。"她下一秒浮夸地作惊讶状，"路无坷，原来你是只母老虎！"说完哈哈大笑一溜烟地蹿了出去。

路无坷没忍住被阿释逗笑了，她回头去看大门，沈屹西的身影已经不在了。

阿释转眼又溜了回来，牵过她的手带她滑旱冰去了。

阿释后来就去看那群男生玩了，路无坷自己转悠了一圈后觉得没意思，从里面出来去换掉了旱冰鞋。她没给沈屹西打电话，从旱冰场里出去找他。

到大门的时候撞上从外面抽烟回来的齐思铭，齐思铭估计一瞧她就觉得她是去找沈屹西的，问都没问她是要去找谁，给她指了个方向："他在巷子那儿抽烟，你往那边走就行了。"

路无坷跟他说谢谢。

"客气。"齐思铭说完就进去了。

这附近学校多，马路对面就有座高中，周末不用上学，学校里空荡荡的，只寥寥几个穿着校服的人影。

周末街道上的人流不少，路无坷穿过热闹的街道往齐思铭指的那个方向走。满世界花花绿绿的招牌和打折促销的喇叭声，往下走人越来越少，高楼弄堂交错，逐渐没前头那么热闹嘈杂。

路无坷在一条巷子里找到了沈屹西。沈屹西靠在墙上，嘴里叼着烟，两颊吸得微微凹了进去。他都没看过来，取下唇间的烟，慢条斯理地吹了口烟圈，才撇头去看她：“来了？”

沈屹西知道她会过来。

路无坷看着他，走进巷子里，靠在他对面的墙上，两个人面对面站着。她没开口，倒是沈屹西先开口了：“刚才他们说的那话听见了？”

路无坷没说听没听见，只是看着沈屹西的眼睛。沈屹西也看着她。

路无坷忽然问：“沈屹西，为什么不跟家里来往了？”

沈屹西一看就是没怎么把跟家里断绝关系这事放在心上，要不然齐思铭他们也不会拿出来调侃。沈屹西偏过头，把烟屁股重新咬进嘴里，笑了一下后才转回头来。

“路无坷，问你个事儿。”

“什么？”

沈屹西看着她的脸：“如果路智远不让你跳舞，你会怎么做？”

这个问题路无坷压根儿想都不用想：“让他管不了我。”

沈屹西笑：“这不就得了，你不也懂这个理儿？”其实路无坷刚才在回答沈屹西问的那问题时心里就已经有数了，她知道沈屹西八成会是这个回答。

路无坷问：“只是因为这个吗？”巷子外没人经过，只有从刚过来的那条街道传来的嘈杂的喇叭声。

沈屹西不置可否，只是说：“之前带你回去见过我爸我妈，记得吧？”听到沈屹西提到他的父亲和母亲，路无坷背在身后的手下意识地轻轻抠了抠墙，半晌才点了点头。她身后那个小动作沈屹西没发现。

沈屹西好像真的没把这事放心上，还有闲心跟她开玩笑：“跟你讲个事儿，有兴趣听上一耳朵不？”

路无坷故意的：“没有。”

沈屹西无赖地笑：“晚了，这话你听也得听，不听也得听，有本事把你自个儿耳朵堵上。”

路无坷眨了眨眼，俏皮道：“不要。”这傲娇的小表情，沈屹西感到手有点痒。但沈屹西还是打算先跟她说正事。

沈屹西这人从来很少跟人解释什么，就算是流言他都懒得站出来澄清，大概是没跟别人剖析过自己的原因，他好像有点不习惯，摸了摸鼻子。

“我打小就挺浑的，干的都是些气人事儿，家里都是睁一只眼闭一只眼。后来碰上赛车这种玩命的，家里人肯定不同意，毕竟还指望着我这个儿子给集团打个下手。”

沈屹西的话说是这么说，但路无坷知道沈家肯定很看重沈屹西这儿子，要不然也不会管他，如果真不器重这个儿子，就算他浪到天边家里人都不会管。而沈屹西跟她说的这些她都知道，五年前她被沈屹西带去沈家，其实沈老爷子还心平气和地跟她说过一会儿话。

沈老爷子说他这个混账孙子打小不服从家里安排，一天天地在外面野，就差跟车过日子去了。但这些路无坷没跟沈屹西说过。

沈屹西垂在身侧的指尖敲了敲烟灰：“后头就没什么好说的了，你懂的那个理儿。”

沈屹西把烟送到嘴边抽了一口：“就是翅膀硬了，不想被管着了。”

其实沈老爷子当年还跟路无坷说过一句话。他说他这孙子脾气可大得很，前几年跟家里人吵了个架后就走得天高皇帝远的。而那时候的前几年，能是因为什么事。

路无坷这么想，也这么问出来了：“后来是因为车祸离开的A城？”

沈屹西抬眼瞧向了她。当时学校里很多人对沈屹西来澜江这个地方上大学有颇多疑问，沈屹西却从来没说过原因。

沈屹西说：“算是个契机吧，那儿也没什么好待的。”可是这些都不至于断绝关系。

沈屹西的一根烟抽完，把烟头扔在脚下碾灭，朝她走了过去。路无坷看着他走近。

路无坷知道沈屹西想亲她，下巴微抬了上去，沈屹西的吻落了下来。她任由沈屹西亲着，被他亲得声音软了几分：“这些不至于跟家里没联系。”

沈屹西笑了一声：“可不是嘛。”一个烟草味的吻。他加深了吻，却没再说什么。明明什么都没说，可双方心里都跟明镜似的。

“沈屹西。”路无坷的睫毛轻轻颤抖了一下，“后不后悔？”

沈屹西笑了一声：“后悔个屁。”

路无坷沉默了一会儿：“我也没有。”回来，她从来没后悔过。

沈屹西笑：“这不就得了。”

他们在奔赴对方的路上从不后悔。她用了漫长的时间走不过去的那条长满带血的荆棘的路，脚下那些把双脚刺得鲜血淋漓的荆棘没了踪影，沿途春和景明。沈屹西早在那头给她铺好了路。

大家从旱冰场出来正好碰上华灯初上，马路边上的路灯成排亮起来，车流唰唰而过。

正好赶上晚饭时间，车队那伙人起着哄让沈屹西请客，说是得让教练和嫂子请顿好的。这帮人嘴欠，沈屹西嫌他们烦，笑着骂了他们几句。

一大帮人浩浩荡荡地去了酒店，男人凑到一起不是谈天就是侃地，一顿饭吃下来热闹尽兴。这帮人吃完饭还要去下个场子，刚才旱冰场里打赌，杨敞这小子垫底，这顿酒是跑不了了，腰包得空一半。

从酒店里出来，沈屹西想着带路无坷去玩，问了她一句：“去不？”

路无坷的手被沈屹西牵在手里，她用指尖挠挠他手背，好像还特别认真地想了一下，然后微仰头去看他。沈屹西看她那瞧着好像有点兴趣的乖脸蛋还以为她要答应了，结果她下一秒就来了句：“沈屹西，我不想去。”

沈屹西说她：“玩儿我呢是吧？路无坷？”

路无坷就是故意的，她低下头，没忍住弯了弯唇，又说：“我去了你又不让我喝酒。”

“谁说我不让你喝了？”沈屹西瞧着她的侧脸，觉得好笑，“你喝上头了受益最大的不是我？”

他说：“我还能看会儿吹气球。”

路无坷哪能不知道他在说什么，但她却一点不好意思都没有。她喝酒不断片，每次喝醉后干了什么事她自己都记得清清楚楚的。大学那会儿她喝醉了被沈屹西带回家，在他床上捡到一个套，差点拿去吹气球。沈屹西现在就是拿这事逗她。

前头那些人七嘴八舌地不知道在说什么热闹事，路无坷看都没看前面那些人一眼，跟沈屹西说：“我今晚还可以不喝酒就吹。”

在大街上，沈屹西忍了忍，气笑了，一把把她拽过来：“你还挺得意是吧？路无坷。”

路无坷惹完祸就在他怀里直笑：“是啊。”

沈屹西看着她笑，也没忍住笑了。

车队那帮人去沈屹西开的酒吧喝酒了，路无坷没去。阿释也没去，被老板一个电话叫回去加班了。大家各走各的，在酒店门口分道扬镳。

“路无坷，去哪儿？”

路无坷在看一家奶茶店，沈屹西说话时她收回了视线：“去书店。”

这俩字在沈屹西这里，就跟那些把人关起来读书的地方差不多，他笑了：“哪儿？我没听清，你再说一遍？”

路无坷抓着他的手，下巴微昂着：“书店啊。”还说得十分理直气壮。

沈屹西拿眼睛看她：“路无坷，谁家小情侣约会去书店？”

“那里有书看。”

沈屹西十分不屑地从鼻子里哼出了声儿，带着笑的：“书里那堆人生哲理是能教我打啵儿？”就沈屹西这人，别指望能从他嘴里听到一句正经话。

但路无坷也不是一般人，她没有翻白眼，那张小脸看起来还十分善解人意，脾气很好的样子：“我可以自己一个人去。”话说完，转身就撂下沈屹西走了。

结果就被沈屹西手一伸拽回来了，他笑：“这破脾气。”

路无坷一下子就被他抓回身边，沈屹西去看她的脸：“生气了？”

“才没有。”

沈屹西听了不置可否，只笑着“哼”了一声，说：“站着。”说完就走开了。路无坷就看他手插兜往刚才自己盯着的那地方走过去。

那家奶茶店里碰巧没什么客人，就两个穿着员工制服的小姑娘。沈屹西停在窗口前，指尖压住小姑娘递过来的菜单拖了过来。他低着头嘴唇翕动，不知道说了句什么，然后把菜单推了回去。

路无坷探头去看，就见沈屹西侧头朝她这边看过来，她低头脚尖蹭了蹭地面。

沈屹西很快就拎着打包好的奶茶过来了，习惯性地帮她插好吸管，递到她的面前："这几年怎么一点儿也没变，一看见奶茶就走不动道。"刚才眼睛就差粘在上面了。

路无坷倒是一点也不别扭，直接从沈屹西手里拿过来喝上了。他俩以前就这样，不管去哪里，沈屹西都会给她买杯奶茶喝，有烤红薯的话还得买个烤红薯，她就爱吃这些甜腻腻的东西。

沈屹西问她："国外没得喝？"

"有。"很多，到哪儿都有奶茶店。

沈屹西把奶茶递给她后，手插回了兜里："还生气不？"

路无坷吸着奶茶，这奶茶一喝上，她就不认账了："我又没生气。"

沈屹西下巴往她那额头抬了抬："路无坷，你脑门儿上有东西。"

路无坷伸手去摸："什么？"

沈屹西没忍住笑意："竟然敢让我一个人去书店几个字，还没消呢。"路无坷那点心思被他看得透透的。

路无坷不仅没去否认，也没有不好意思，还承认了："就是。"

沈屹西莫名觉得好笑，去牵她的手："你还有理儿了是吧？"

走出没几步，路无坷拽了拽沈屹西拉着她的手："沈屹西。"

沈屹西不明所以地看她，她把额头凑近给他看："它消印了。"

沈屹西觉得自己给自己挖了个坑，这大街上的忍住了想低头的冲动，他还是那副懒散样儿："哟，这么容易消气，牵个手就好使了？"

路无坷眨了下眼睛，也不回答他，低头喝奶茶，默认了。

路无坷会想去书店沈屹西也不是很意外。她骨子里就好学生一个，大学交往那会儿，沈屹西没少陪她去教室、图书馆这些地方，这还是他第一次谈恋爱谈到图书馆去的。

上车后沈屹西用导航找到附近的一家小型书店，开车带她去了。

那家小书店还装修得挺有格调，方格玻璃内是暖黄色的灯光。

路无坷进去后去了西方文学的区域，沈屹西跟了过去。书店还有个后门，路无坷蹲在书架前抽了本书出来看，问靠在她身旁后门边的沈屹西："你不看吗？"

沈屹西摸了根烟点了："书里那些东西看得我头晕。"

"沈屹西，这里面不能抽烟。"路无坷给他指了指墙上挂着的警示牌。警示牌就在对面的墙上，沈屹西瞟了过去。

路无坷就是故意的。

沈屹西心里门儿清，指间夹烟看着她笑："心眼再坏点儿？"然后在她唇角狠狠亲了下："折腾人的玩意儿。"

沈屹西掐灭了烟："不抽了，这下行不？"

路无坷偷偷勾了勾唇角。

她几乎把整个书店都逛了一遍，买了一大袋子书，这才肯乖乖地被沈屹西带回家。

回到酒吧的时候，齐思铭和杨敞他们那帮酒鬼还没走。

沈屹西过去吩咐了员工他们这桌免单，又让路无坷先上楼，他过去跟他们喝两杯。

路无坷于是先抱着书上楼了。

Chapter 16

当年那场赛车

37°C

隔天，路无坷是被楼下大货车的动静吵醒的，她下意识地翻了个身，伸手想去抱身边的人，却只碰到了一团软塌塌的被子。她的意识慢慢回笼，睁开眼睛，身旁已经没人了。

路无坷埋在他的被窝里，能猜到他去哪了，她缓了一会儿才从床上起来，下床洗漱。

舞蹈中心的工作相比她之前国外那份高薪的工作要轻松很多，每天就上五六个小时的课，其余时间都很闲。

路无坷今天的课在下午，起床后坐在床尾的地板上，打开电视放了部电影，又总觉得少了点什么，跑到床上去。电影的节奏慢，枯燥平淡，路无坷看到中间觉得没意思，关了电视。

路无坷索性从床上下来，做了自己睁眼那会儿就想做的事，换了身衣服拎包出了门。

灰白色的苍穹下，柏油沥青赛道九曲十八弯，四周围着密不透风的绿植。

沈屹西看着手里的数据，基本上个个都不长记性，不该出错的地方还是出错，所用时长跟昨天相比没什么变化。

齐思铭在旁边看得直叹气："一盘散沙啊一盘散沙。"

排气声从远处呼啸而来，由远及近。一辆黄黑色的赛车甩过弯，油门直踩。

沈屹西瞧了过去。

齐思铭也同样看过去，说："邵司泽这小子是刚出院状态不对？这成绩掉的。我看就应该在医院里再住几天，偏偏他非要出院。"

邵司泽还是比其他人厉害的，就算状态不好，全程所用秒数也在车队里遥遥领先，有的人天生就是吃这碗饭的命。

等车开出赛道停下来的时候，沈屹西把手里的东西拍到了齐思铭身上："拿着。"然后手插兜往那边走了过去。

齐思铭看着沈屹西往那边走的背影倒吸了一口凉气。车队里姓邵的和姓沈的水火不容，待会儿可能又得吵架了。

"悠着点儿啊！屹哥。"齐思铭在后头说，"别跟一小孩儿计较，别待会儿又吵起来了。"

沈屹西懒得应声，背影懒懒地抬手挥了两下。他走过去，敲了敲副驾驶的车窗，里头的人立马意会，推门从车上下来。

拉力赛赛车手身边都会有一个领航员，所做的事大到提醒和数据分析，小到照顾生活起居。赛车手和领航员讲的就是配合和默契，沈屹西还参加比赛那会儿，他车上的领航员就是许知意。

邵司泽的领航员从车上下来，那个男生的年纪要比邵司泽大一点。

沈屹西从他手里拿过写满了数据的纸张，往旁抬了抬下巴："你休息一会儿。"

这车队里就没有人不知道沈屹西和邵司泽关系不和的，男生看看沈屹西又看了看车里的邵司泽，里头的邵司泽没说话，只冷着一张脸。

男生说："好的，教练。"

沈屹西从没关车门的副驾驶坐了进去，甩上了车门。

教练是比赛车手本身更了解他们的人，他们的驾驶风格、优点、缺点，教练早在日复一日的数据分析和视频复盘里掌握了车队里每个车手的驾驶特点。像杨敞就是不够细心，细节上容易出错，而且这次错了他下次经过类似的赛道还是会犯错，完全不长记性。但这类人的优点就是心大，不会紧张，不会出现紧张性失误。有的人就是心理素质不行，平时瞧着很稳当，一到关键时刻就掉链子。

而邵司泽是那种不求稳，只追求突破的赛车手，他不拘泥于成绩秒数最快，而是追求刺激和冒险，一上车就是拿命去玩。这也是为什么很多赛车圈的人都说邵司泽很像年轻那会儿的沈屹西，都是狂的。

沈屹西坐进副驾驶里后，翻看了一眼手里的数据，就着邵司泽刚才第一遍练的给他说了下该注意的地方。

“第五个弯油门给快了，漂移完成得不是很漂亮，耽误了时间。”

邵司泽一直是那副不太愿意搭理人的样子，沈屹西也不管他听没听，说完了让他开车，把赛道再走一遍。

轮胎刮地，引擎声震得耳膜嗡嗡响，身体随着发动机猛烈抖动，车快得两旁的绿化带都化为虚物。结果到了上次出问题的那个弯道，邵司泽又犯了老错误，他想提前给油门冲出弯道，却总完成得不够漂亮。几乎是在车辆漂移过弯的一瞬间，邵司泽那张一直冷漠的脸终于抽动了一下，骂出了一声脏话。赛车几乎是失控地冲向了一旁。

沈屹西悠闲自得地靠在副驾驶里，都不受这失控的车速影响一分一毫，睫毛都没动一下。

很快赛车随着一道尖锐的轮胎声刹停在了路边，车轮瞬间在地面上拖曳出了一条长长的轮胎黑印。

沈屹西的眼皮抬都懒得抬，嘴皮子动了动，吐出了几个字：“回到起点，重来。”说完却不见邵司泽有动作，沈屹西也没管他，看谁能耗到最后。

车里却突然响起邵司泽的声音：“你最没资格跟我讲这句话。”

沈屹西闻言视线终于从纸上离开，挑起了眼皮：“哪句？”他瞧着似乎根本就没把邵司泽放在眼里，还想了一下，才想起刚才跟邵司泽说的什么。

“哦。”沈屹西的语气很轻松，“让你回起点重来那句？”

邵司泽冷漠地看着挡风玻璃外，没说话。

沈屹西好整以暇地看着他：“邵司泽，人讲话不能只讲一半，谁知道你揣肚子里那半句是什么，你至少得说清楚不是？”车里一片安静，双方没有过分的言语，暗流却涌动着。

邵司泽这种人就是经不得激，果然不出沈屹西所料，五秒钟后他掰动了拉杆，引擎声把车厢里这方沉默的气氛打破了。赛车冲了出去，像一匹发怒的野兽，又似乎想挣破牢笼获得重生。

沈屹西用一句话撬开了困住野兽的牢笼枷锁：“邵司泽，如果你太把我这人当回事儿，这辈子你做不成任何事情。”沈屹西的声音很放松，就跟瘫在家里的沙发上打游戏似的，可在这将空气撕裂的排气声里却铿锵有力，丝毫不被掩盖一分一毫。

只见邵司泽握在方向盘上的手青筋暴起，脸上却仍隐忍得可怕，但到底年纪轻，眉心微微的抽动表明了他的不爽：“沈屹西，你别太把自己当回事儿。”这俩人的状态天壤之别。

沈屹西扯了下唇角：“这样是最好。”

邵司泽这种人平时话不多，但只要他们一开口，言辞必定刻薄又尖锐，暗箭死死刺进人腐烂泛血的要害处：“因为一次意外再也不敢重回赛场，这是懦夫，怎么配成为对手。”

只言片语破碎在奔驰的速度里，邵司泽的不爽和不满，在不要命的速度里痛快淋漓地宣泄爆发，把这些年套在他身上的枷锁，还有对沈屹西的不满震碎。一个因为一次失误就再也没站起来过的人，凭什么压在他头顶。

“沈屹西，你没资格对我说重来这句话。”他几乎是咬牙切齿的，里面却有些不是恨的东西在，“你不配。”

天际被起伏的山线横割出一条波浪线。

路无坷来 RIA 车队找沈屹西，被门卫拦在门外。她打电话给沈屹西他没接，最后是保安给齐思铭打电话，齐思铭才出来接的路无坷。齐思铭是开车出来的，到大门口把路无坷接进去。

车队基地很大，里头有各司其职的工厂部门、测试车队、赛道模拟、车队队员的生活别墅区。齐思铭开车绕了一大圈才到赛道那边，包括维修人员在内那边有十几个人头。

那边有车在等候区，口令发下后冲了出去。

路无坷没在人群里找到沈屹西。

齐思铭到这才想起沈屹西不在，跟她解释道：“屹哥上邵司泽车指导去了，过一会儿应该就回来了。”

路无坷从那边收回了视线，去看齐思铭：“谢谢。”

“客气什么。”齐思铭把车停在一旁，问她，“下车看会儿赛车吧，看一堆大老爷们儿平时玩车都玩的什么，屹哥估摸着也快回来了。”

路无坷于是推门跟齐思铭一起下车，齐思铭带她去旁边的休息区，休息区放了几张露天桌椅。

路无坷坐在圆桌边看间隔发出的赛车，排气声像破碎粗嘎的声音，随着临近出发叫嚣得越来越高亢。人即使没坐在车上头，都会觉得这排气声叫得人心惊肉跳，路无坷自己都没发觉随着声音变大，她的睫毛会下意识地跟着轻轻颤动。

齐思铭去旁边的冰柜拿了两听可乐，走过来递了一瓶给路无坷，然后在旁边的椅子上坐下。

路无坷只起床那会儿喝了杯水，现在口干舌燥，她拉开易拉罐拉环。易拉罐上凝了层冰凉的水雾，路无坷喝了一口，可乐里的碳酸直冲头顶，她一不小心被呛到，皱着眉咳得耳朵尖都红了。

坐在旁边的齐思铭被吓了一跳，浑身上下摸不出一张纸巾，起身去一位女工作员那儿拿了包纸巾回来。

“奶茶——”齐思铭收住脱口而出的话头，“路无坷，你没事吧？”

路无坷接过纸巾，捂住鼻头打了个喷嚏：“没事。”

“没事就行，你这要有事，我这身皮还要不要了，肯定得被沈屹西扒了。”

路无坷知道他是在开玩笑，她吸了吸发红的鼻尖，被可乐呛到的酸意半点也没缓解。她把可乐放回了桌上，不喝了。

齐思铭又在旁边坐下了，看了一眼手机后，疑惑中带着点焦急：“屹哥这趟去得有点久，这俩人这是干啥去了？”

齐思铭是从沈屹西到这个车队当教练那会儿跟着一起来的，他的父母都是学医的，他没继承父母的衣钵，反倒毕业后到沈屹西的车队帮忙去了。钱虽然赚得比家里的二老多，但回家经常被他的父亲念叨到耳朵长茧，在车队干了多久，就被他爸念叨了多久。

不过也得亏他跟着沈屹西干了这么久，才知道沈屹西和邵司泽之间那些是非恩怨，所以时时都怕这两个人打起来。

这两个人话不投机半句多，怎么着都不可能把车停哪儿谈人生、聊梦想去了，一看就是出什么事了。在这个车队里管事管久了他都变得婆婆妈妈的。他自己在这头设想了一百八十种血腥暴力场面和解决方法，突然被旁边插进来的一个声音打断了。

“沈屹西和邵司泽关系不好是因为什么？”

齐思铭的五指握着可乐晃了晃，看向了问话的路无坷，他不解地问："你怎么知道沈屹西跟邵司泽这俩人不对付？是你看了什么八卦杂志还是？"怎么着都不可能是沈屹西说的，沈屹西不可能是那种把这种事拿出来说的人，齐思铭太了解沈屹西这个人了。

路无坷也没想到齐思铭会问她这个问题，愣了一下，下一秒果断出卖了沈屹西："沈屹西跟我说的。"

齐思铭的可乐喝到一半差点被呛到，大跌眼镜："屹哥跟你说的？"

路无坷点头点得跟真的似的："他跟我说的。"

齐思铭心里暗骂一声，小情侣之间的事儿他不懂，原来他们屹哥还会搞让女朋友心疼这套。

"他们之间是因为什么？"

路无坷似乎对这个话题很感兴趣，就她那张看起来很单纯的脸，要想忽悠谁逮一个骗一个准，齐思铭俨然已经相信了她说的话了，问她："这个屹哥没告诉你？"

路无坷说话时没眨眼："没。"

齐思铭闲着没事把易拉罐拿在手里捏得"啪啪"响："其实也不是什么大事儿，就邵司泽这个小孩儿吧，有点轴，轴到什么程度呢，他能在一个细节上抠一百来个小时，就是不听劝。这可能打小跟他父亲有关，在赛车这事儿上对他太严格了。要不是因为他这个性格，他俩现在也不至于闹这么僵。"

邵司泽的脾气差，懒得搭理人还一根筋这事儿在赛车圈不是秘密。只要稍微了解点这个圈子的都知道，路无坷也知道。

这事儿还得从以前讲起，齐思铭问她："还记得大学那会儿我生日在酒吧过的那回不？"

路无坷记得，那天晚上她和沈屹西在一起了。她说："知道，他们还比赛了。"

"对头，还真跟这事儿脱不了关系。"齐思铭说，"邵司泽这人吧，他看不上的他还真的不屑比，这人就这样，傲得不行，所以也得罪了不少人。"

"那次你也在屹哥的车上，应该知道邵司泽输给了屹哥，我也是后来才知道邵司泽从那以后就把沈屹西定成了目标。我接手这个车队后他以前那个经理告诉我的，那个经理你也见过，之前总想让屹哥加入他们车队的那个，现在退休了。”

那天晚上对路无坷来说是个不平凡的日子，可能是因为和沈屹西在车内的那个吻，加深了她对那个晚上的印象。她清楚地记得每一个人，还记得洗手间走廊上那两个说沈屹西这小子撞死过两个人，早晚得出事的男人。

那头有辆车出了问题，维修人员正打开车前盖察看哪出了问题。

齐思铭看着那边：“那个经理还跟我说，这个邵司泽吧，虽然把沈屹西当对手，但也是挺尊重对手的，他一直承认屹哥的厉害，就跟打篮球的男的都有点崇拜乔丹一样。也只有比他强的人才配被当成目标，像我这种不会赛车的菜鸡，邵司泽都懒得理我。”

有一种人就是这样，他在人生的不同阶段都有着明确的目标，活着就是为了完成目标。

而当一个目标他超越不了的时候，不管是因为可抗力还是不可抗力，他就会永远停在那儿，不超过这个目标他不往前。

“后面就……屹哥出了点儿事，没比赛了。”

齐思铭讲到这事有点含糊其词，这件事如果路无坷不知道的话，还是由沈屹西自己告诉她比较好。路无坷虽然不爱交际，但她其实打小在这方面一点也不迟钝，她只是不爱跟陌生人说话而已。齐思铭犹豫了这么一下她就懂了，没追问。

齐思铭继续说：“后来屹哥被杨敞他爸给挖到这儿当教练了，这俩人一碰着面就一直是这种状态。”

齐思铭叹了口气：“其实就是屹哥懒得搭理他，邵司泽觉得他因为这点儿事不上赛场不值，两个人有了分歧。”

齐思铭以为路无坷至少会问沈屹西是因为什么不比赛了的。没想到她问的却是一句很平常，又没什么意义的话。

“沈屹西这五年。”路无坷停顿了一下，还是问了，“怎么样？”

齐思铭皱眉想了想：“怎么说，要说好也不算，要说不好也不太算。”他特意避开了当年的事不讲。

沈屹西这些年甚至没在他们任何一个人面前提过路无坷一句，

要不是他身边没再出现女人了，他都要以为路无坷跟其他女人没什么区别。好巧不巧的是他们这边刚聊到这儿，邵司泽的那辆车就从赛道尽头出现了。

齐思铭是第一个松了口气的，给路无坷指着："屹哥回来了，看见没，就那辆。"路无坷顺着他指的方向看了过去。

赛车的速度要比平时路上的私家车快很多，眨眼就卷着风到了面前。赛道上泛着一股沥青味，路无坷看见沈屹西从副驾驶推门下车。

沈屹西早在车里就看到她了，下车后甩上车门，眼睛是看着她的，往她这边走了过来。他的脸上找不到任何一丝不悦，跟平时没什么两样。倒是从主驾下来的邵司泽的脸色不怎么好。

旁边的齐思铭问了声："怎么回事儿？"

与此同时，齐思铭已经起身朝沈屹西走了过去，齐思铭把沈屹西给拦在半路："这是怎么回事儿啊？这架势是你把人家惹着了？"

沈屹西觑着他，笑了："我有病？跟一小孩儿赌气？"

路无坷看见沈屹西往自己这边走，又被齐思铭给拉住了。这回她倒是听到沈屹西的声音了，还带着笑："怎么，别人骂我，我就得心情不好？什么道理？"

路无坷看着沈屹西，听着赛道上震耳欲聋的引擎声。沈屹西和齐思铭又说了两句什么，才用拳头碰了碰他的肩膀走了过来。

"怎么过来了？"

路无坷答非所问："打你的电话没接。"这明明是在跟他算账，那张小脸却一点也没起到震慑作用，她有点像猫，再怎么凶都跟狐假虎威似的。

沈屹西拍了拍口袋，想起来了，抬手搓了搓眉心："手机落在休息室里了。"沈屹西又从眼皮底下瞧她，"你这是什么表情？不信？"

沈屹西笑了一声："要不搜下口袋？"

路无坷那双水灵灵的眼睛突然很乖地看着他。沈屹西一看她的眼神就知道她要做什么了，露出这副表情准是要干坏事。

果然路无坷听了他的话后下一秒钟就伸手想往他的口袋里摸。他暗骂一声，眼疾手快地把她的手抓住了，笑着问："还真摸？"

“你说让我搜的。”

“我让你在这儿摸了？”沈屹西说她，“不知道男的口袋摸不得？”

路无坷假装听不懂：“为什么？”

沈屹西眯着眼瞧她。路无坷也注视着沈屹西，但论厚脸皮的话，她怎么可能斗得过沈屹西。

沈屹西跟前头那句男的口袋摸不得不是他说的似的，话里带笑：“要不你试试？”

“不是不知道？”

从沈屹西的角度看去，她的脸一只手就能兜住，很白，眼睛大，唇薄，巧嫩的鼻尖也不知道怎么弄得有点红。而路无坷也看懂了他眼睛里的东西。

沈屹西显得有点放浪不羁：“想试不？”

路无坷一瞧自己占点上风就为所欲为。她就要伸手，故意的，这一天不气人浑身难受。

沈屹西气得牙痒痒，把她拉进了附近的洗手间。

灰白的日光从洗手间两三米高处的小方窗漏进来，贴满瓷砖的洗手间里只有没关紧的水龙头传来的滴水声。

路无坷背靠门板上，手被沈屹西扣住了。空气稀薄得几乎透不过气来，路无坷的耳边是他略重的呼吸声。

“路无坷，你是来要我命的？”

路无坷不置可否，仰头去亲他。

窗外那边的赛道上隐隐约约传来人的交谈声，听不真切，像蒙了层膜。

高空下，赛车车尾甩进了弯里，轮胎刮地声尖锐得像是要把空气撕开。这波操作应该完成得很漂亮，外头瞬间响起几个男人的欢呼和调侃。赛车卷着嚣张的速度疾驰而过，沈屹西本应该也是这个样子。

路无坷抱着他的脖子，眼角发红：“会不会重回赛道？”

过了好一会儿他才出声，他的声音带出来的那丝冷静却也毫无违和感：“不会。”

灰溜溜的日光从两三米高的小方窗视若无人地溜进来，斜过洗手间上方，在墙壁投下一方光亮。路无坷盯着那半墙的光，突然喃喃了一句："我想看。"

她想看沈屹西重回赛道，意气风发，驰骋在属于他自己的热血沸腾里。不知道是不是路无坷的错觉，她似乎听到了沈屹西夹在气息里若有似无的一声嗤笑。但她没来得及深究，唇便被他含住了。她的所有话都被堵在空气里。

车队那天那么高强度的训练就是因为后面几天有比赛，下午他们整个车队还去了荒野郊外和盘山公路练习，路无坷那天下午正好舞蹈中心有课，就没跟着一起过去，沈屹西送她去的舞蹈中心。

车队那天晚上就走了，沈屹西让路无坷这几天到澜江大学附近那套房子住，路无坷大学那会儿就经常住在那儿。但路无坷没去，正好阿释那几天嚷着让路无坷过去陪她住几天。

路无坷从国外回来东西还一直放在阿释那里，正好能趁这几天收拾收拾。于是那几天路无坷都住在阿释那里。

那几天的澜江天公不作美，下了一场特大暴雨。

舞蹈中心那天下午停了课，跟家长通知了被停掉的课日后再补回来。这场暴雨是中午下课后突然开始下的，来得毫无预兆。

路无坷很不巧地刚出门就遇上了这场狂风暴雨，雨水跟兜头而下的大水没什么区别，两三米之内只有浓重的雨幕，手机上也半天叫不到车。

有位老师跟她一样，中午的课上完后不过晚出来了点儿就被这场暴雨拦住了，要走走不了，留下来又没事做，下午的课都停了。那位老师是个自来熟的，虽然跟路无坷共事这么久就碰过一两次面，但这会儿她已经能把路无坷当老朋友那样聊天了。她跟路无坷搭了会儿话后叹了一口气，说下午跟男朋友的约会泡汤了。

不过既然回不去就回不去了，饭还是要吃的，结果连个外卖都叫不到。

那位老师是个乐天派，换个心态不好的这会儿可能得骂街了，但这老师是庆幸还好办公室里囤了泡面。

在楼下待着没意思，路无坷要回办公室的时候，旁边的老师也跟她一起上了楼。

她俩的办公室离得不远，那位老师回办公室后还拿了盒泡面到路无坷的办公室里给她。

路无坷其实不打算吃的，她现在一点儿也不饿，早上阿释叫了一堆早餐，她吃得比平时多了点儿。但那位老师盛情难却，还说不吃就是不给她面子，路无坷虽然不喜欢与人交往，但也知道不能拂了人的面子，就接下来道谢了。

也好在有那盒泡面，路无坷整个下午才不至于被饿到前胸贴后背。

因为澜江整个下午暴雨未停，很多地方发布了暴雨橙色预警信号，人压根儿出不去，司机也不接单。

她在舞蹈教室里练了两个小时的舞，沈屹西给她打来了电话，她才拿上手机去办公室。

沈屹西那边有事忙，两个人从打电话变成互相发消息。沈屹西应该挺忙的，他的消息回得很慢。

直到傍晚天色将暗未暗时，雨才渐渐小了下来。外面的交通在渐渐恢复，天空是一片混沌的灰。

路无坷关了办公室的灯下楼，不上课的舞蹈中心空荡荡的，安静得有些瘆人。门口的保安守了一下午门闲得发慌，正背着手在大厅那边看大盆栽。

路无坷拿手机叫车。大门外雨势小了不少，但还是下得哗啦啦响。风迎面吹来，夹带着细雨丝落在台阶上。

路无坷刚从里头走出来就听到了一丝掺杂在雨声里的小孩的哭声。雨声把小孩的哭声掩盖了不少。

起先路无坷没去注意，直到下一秒她听出了孩子哭声里的恐惧和害怕，她的视线从手机上的叫车界面离开，循着小孩的哭声望了过去。

但这么一看路无坷却一愣。这个小孩她一点儿也不陌生，是陈安宁。

陈安宁正被一个男子抱着要往雨幕里走，平时一向乖巧爱笑的小女孩此时此刻却满脸涕泗横流，尖声惊叫里充满了恐惧。

陈安宁才五岁半，这个年纪的孩子都是父母接送，来接陈安宁的大人除了沈屹西，就只有她的父亲，路无坷是见过陈安宁的父亲的，所以她一眼就认出了不远处这个抱着陈安宁的穿着邋遢的长衣长裤的男子不是陈安宁的父亲。

这个男子明显就是想趁着现在下暴雨周围没人不容易被发现抱走孩子。

她怕惊动到眼前还没有跑起来的男子，没有喊陈安宁，朝他们的方向跑了过去。

但路无坷一时情急忘了她穿的是带跟的鞋。鞋跟踩在大理石上噔噔响，她不过刚跑了几步，那男子便警惕地发现了，回头看见有人后立刻抱着孩子就冲进了雨幕里。

冲进雨里前还不忘试图撂下一句试探："有病吗？这是我的孩子，我抱走我的女儿关你什么事？"

路无坷也顾不得其他了，朝舞蹈中心内喊了声保安，然后就从台阶下去跑进了雨里。

陈安宁显然也看到她了，哭着喊老师。那个男子见明显露馅了，抱着陈安宁狂奔起来。

路无坷再怎么也跑不过一个男子，她索性趁着现在还没拉开距离停了下来，脱下自己的高跟鞋往前面那男子扔了过去："陈安宁，躲好。"

高跟鞋扔了出去砸在男子背上。男子毫无防备，闷哼一声差点一步踉跄摔在地上。

路无坷听到他骂骂咧咧。路无坷见有用，又脱下另一只脚的鞋子扔了出去。女人的高跟鞋看似除了女人味外一无是处，但有些时候它却是一件救命的东西。不至于致命，却可以救命。

男子被高跟鞋往背上一砸还没来得及站直身子，就被另一只高跟鞋招呼在了后脑勺上。

后脑勺这块和腰背那块相比要命多了，男子这次扛不住了往地上一摔，连带被他强行抱走的陈安宁。

路无坷几乎没有任何停顿，雨滴砸得她的睫毛微颤，她光着脚跑了过去，冰凉的雨水打湿了她的裙边。

等跑近了，路无坷才发现这个男子右手是残废的。他用左手抱的陈安宁，摔倒后一时着急之下想用右手撑起身子，跟拄了条软棉布似的没爬起来，再次狼狈地摔进了水里。

路无坷一愣。她突然想起那次和阿释去同学聚会，她发烧去楼下药店买药时遇到沈屹西的那晚。

那天晚上，她们去烧烤店被正在教训人的郭旭赶走了。而后来在药店里隔着货架，她听到了沈屹西在和郭旭通话。他问郭旭是哪只手动的小孩，得知是右手后让郭旭废了那个人右手。

她几乎是一瞬间便意识到了这件事，脚下没停跑了过去："陈安宁，过来。"

而那头的陈安宁也趁男子摔倒在地无暇顾及她，甩开那条笨重的胳膊，哇哇哭着往路无坷这边跑。

几乎是在路无坷快把她抱过来的那一刻，陈安宁被男子猛地拽了回去。

陈安宁惊恐的稚嫩哭声冲破雨幕。路无坷说不清那个时候脑子里在想什么，可能是知道她不把陈安宁抢回来这孩子就要出事了，她凭着本能冲了上去，伸手就去和男子抢陈安宁。

陈安宁哭着喊老师，男子用背去挡路无坷，就是不让路无坷抢。

"我告诉你别管这事，不要多管闲事！"

路无坷跟没听到他的话似的，不怕死地揪住了男人的衣服，去抢陈安宁，表明了她就是要管这事。

路无坷浑身都湿透了，几缕碎发贴在了白皙的颊边，雨水顺着下巴滴下。她有点吃力，眉心拧着。

如果面前这个男子有两条胳膊的话路无坷肯定抢不过，但男子现在只有一条胳膊是能用的。她最后咬着唇一狠心，把陈安宁抢过来箍进了自己怀里。

路无坷早在刚跟男人近距离接触的时候就碰到了他身上某个有棱角的金属的东西。她几乎是把陈安宁抢过来的那一瞬间就背过了身子，把陈安宁抱在了自己怀里。像这种带了东西又迟迟不伤人的，都是不到最后关头他不会拿出来，但这并不代表他不敢死。

恼羞成怒之后，魔鬼最终疯狂。

路无坷抱着陈安宁转身跑开，一个东西往她腰上招呼了过来。

几乎是在坚硬的东西碰到她的腰的那一刻，从对面匆忙跑过来的保安吼了一嗓子让他把刀放下。

就是在这生死攸关的一刻，路无坷想到了沈屹西。想到了他对自己说过的那句话，他说这么多年来，她一点都没变。跟五年前一样，从来不会去想跟他的以后。

路无坷咬得嘴唇发白，用尽了全身力气跑了出去。刀尖划破上衣，凉风裹着锋利的刀刃触上她的肌肤。

路无坷没有放弃。可下一秒钟，料想中的刺痛没有袭来，刀尖偏了方向，锋利的刀尖在她的腰上划破了细细的长长的一道。与此同时，男子忽然被人踹倒在地，路无坷听到了男子摔下去后的惨叫声，还有刀子“哐当”一声落在地上的声音。

路无坷身体里紧绷的那根弦骤然一松，赶过来的保安和她擦肩而过。

路无坷走了几步后，把陈安宁放了下来。腰上那点刺痛细细密密地袭来，她的脸上有一丝痛苦，却没去管，回头去看。

沈屹西咬紧了腮帮子，拎住了男子的衣领，一拳砸在了男子脸上。中间一秒间隔都没有，他又一拳砸在了上头。连续不断地，沈屹西一声不吭，又是一拳揍了下去。

路无坷注意到了沈屹西拎着男子衣领的手在微微颤抖。他在极力克制愤怒。

旁边的陈安宁刚才摔下去就磕破了额头，现在额角已经红了一块，本来就疼，现在又看到大人打架，小孩子经不得吓一下子就哭了。

路无坷把陈安宁拉到了身边，没让她看。

保安想把沈屹西拉开，却被毫不留情面地甩开，他铆足了劲儿揍。保安有三四个人，最后还是一起把沈屹西拉开了，又让他消消气，有话好好说。

沈屹西倒是没再冲上去打人了，只指着躺地上那个男的：“我跟你说过没？再让我看见一次，我揍你一次。”

那个男的已经鼻青脸肿，方才对待路无坷时的那种嚣张气焰已经半分不剩，他没有辩解，没有对骂，而是像看到什么瘟神一般，手忙脚乱地爬起来就跑了。

沈屹西甩开保安的手，看向了路无坷。几天没见，他理了发，一头短寸更短了，却衬得他五官越发凌厉。雨水顺着他的眉骨滑下，他紧盯着路无坷。

路无坷的头发湿了，雨水不断落在她的脸上，像一件几乎快破碎的易碎品，脆弱中生出了一丝病态的美感。

沈屹西没说什么，只是懒懒地低了下头。他走过去把路无坷掉在地上的两只高跟鞋捡了起来，然后走到了她面前。

沈屹西拎着高跟鞋在她面前半蹲了下来，他用宽大的手去握她脚踝。路无坷的脚踝像冰一样，被他温热有力的掌心握着。沈屹西把高跟鞋套回了她的脚上。

在大雨里折腾这么一趟，身上的衣服湿得都能拧出水来，冰冷的湿意爬进了骨子里，就这么去医院就是去遭罪受。

舞蹈中心闲置了不少孩子的舞蹈服，路无坷办公室里就有几套，他们把陈安宁带到楼上去了，给她换了身干净的舞蹈服。

小孩子就是高兴了笑、难过了哭，陈安宁今天遇着这事换成大人都受不了，更何况就一五岁半的小孩，哭得走廊上都听得到。

路无坷给陈安宁换衣服的时候，楼下的保安在走廊上跟沈屹西说今天下午发生的事儿。

保安大叔不是本地人，操着一口有口音的普通话："这个小孩儿是一辆奔驰送过来的，我瞧着她背着个书包进来，跟这个孩子说下午的课停了，让她回家，她说她要去楼上看看其他小朋友在不在。你说一个小孩儿脾气怎么这么倔？我怎么跟她说她都不信，我就让她上去了。"

路无坷回头朝门外看了眼，沈屹西从烟盒里抽了根烟出来递给对方："然后？"

保安接过去了："这不上去没见着人，她很快就下来了，我问她的爸爸妈妈来接她没，她说没有，要去外面等奶奶来接。她出去后就一直蹲在外面的大厅门口，在那儿接水玩儿。”

后面就是路无坷从楼上下来看到的那些了。

那个保安下楼去了，沈屹西从外面进来。

陈安宁还坐在沙发上大哭，脸上糊满了鼻涕眼泪。路无坷也没安慰小孩什么，只是蹲在那两条小短腿面前帮她擦干净脸，她蹲的那个地方已经晕开一片水渍。

沈屹西手插兜靠在门上，瞧着她那浑身湿哒哒的样子，深色外套上还有一道几寸长的口子。沈屹西感到莫名有些烦躁，也急着去医院：“还不把你身上那身衣服换了？”

路无坷听他的语气，也不吭声了。她把纸巾扔进垃圾篓里，连陈安宁都没管了，起身往外走。

沈屹西靠在门上，目光灼灼。路无坷却跟没看到他似的，就要从他身边经过。

沈屹西抓住了她的手：“去哪儿？”

路无坷要往外走：“我自己去医院。”她的力气不小。

沈屹西深吸了一口气，把路无坷拽了回来：“要去也得先把你身上这身衣服换了。”

路无坷也是个不肯服输的，就要推开他：“不换。”

沈屹西也使了蛮力，抱着她往衣柜那边走，腾出一只手拉开了衣柜门。结果打开衣柜后里面没有大人的衣服，就只柜角那儿堆了几套用塑封袋封着的小孩的新舞蹈服。

沈屹西有点生气：“路无坷，你自个儿的命不是命？”

路无坷说：“陈安宁呢，你不管？”

“别偷换概念，路无坷，不是不管，她现在有你的伤重？”

路无坷一开始上楼来，沈屹西还以为她楼上办公室里有衣服换，没想到压根儿没有。

路无坷也赌气，伸手推开沈屹西从他怀里出来，转身出了门。沈屹西瞧着她背上那道被刀划开的口子，偏头吐了口气，压下了心里那点躁意。

沈屹西看向了沙发上的陈安宁，陈安宁还在哭，小孩子一旦沉浸在自己悲伤的情绪里，很难去感知周围发生了什么。

沈屹西朝陈安宁走了过去，虽然时间紧迫，但还是在她面前蹲了下来："陈安宁，那个坏人走了。"坏人这个名字是陈安宁起的，从上次差点被那个男的抱走就一直这么喊那个人。

陈安宁到底跟沈屹西熟，终于从悲伤的情绪里抽离出一点感知给了沈屹西，但还是在哭，滚珠似的泪珠就是停不下来。她是个孩子，对很多东西懵懵懂懂，只以为这个抱走她的坏人是个人贩子。

沈屹西清了清嗓子，也知道一时半会儿哄不好她，摸了摸她的头，把她从沙发上抱起来离开办公室。

滂沱大雨一口气都没喘。

楼下那群保安闲着没事，在那儿议论民间疾苦，为住低洼棚户区的人叫苦不迭，再这么下个四五个钟头，今晚人保不齐就躺水里了。

路无坷已经走到了大厅。后头的沈屹西瞥了她的背影一眼，抱着陈安宁往保安那儿走，让他们照看一会儿，他马上回来。这几个保安经过刚才的事都认识他了，跟他说行。

路无坷似乎完全感觉不到疼一般，受伤的腰仍挺得很直，走路时完全看不出身上还受着伤。

她走到大厅门外后停下来，看动作应该是在拿手机要叫车。她这一时半会儿肯定叫不着车，外头倾盆大雨还在继续下着。

沈屹西走到路无坷身后，伸手把她的手机抢了过来："就这种天气还想叫车？"

路无坷回身要去拿手机："你管我。"结果这下连人都被沈屹西掳走了，强行抱着她往自己车那儿走去。路无坷也还较着劲，一口咬在他的胳膊上。沈屹西手上未松一分，走过去拉开车门把她塞进车后座。他坐进去后甩上车门，抬手去脱她身上那身湿淋淋的外衣和裙子。

路无坷不让，伸脚要踹他，就被沈屹西给压住了，手也被他锁在头顶，她完全没辙。没过一会儿她身上那身衣服就被沈屹西脱了下来。

车内是封闭的，空气在肌肤上流淌，路无坷拧着身子要挣开。

沈屹西没让，他知道路无坷在别扭什么。

沈屹西身上的衣服也是湿的，他也就没去抱她，只是俯下身亲了亲她："还气？"路无坷拧着身子不让他亲，还不说话。

沈屹西把她掰了过来，又亲她的唇："生自个儿的气算个什么事儿。"

"想骂骂，想揍揍，再不济往我的嘴唇上豁个口都行。"沈屹西掰过她的下巴，嘴唇凑上去给她咬，"别一股气儿全憋在肚子里。"哄还是得哄好的，不然就她这性子，绑都别想把她绑过去。

路无坷还真一点儿也不留情，张嘴一口咬在了他的嘴唇上。沈屹西倒吸了一口凉气。

路无坷咬了一口还不满足，又磨了磨。沈屹西用这种简单粗暴的办法快速让她消了气。

路无坷后面倒是用的力气越来越小。

沈屹西问："解气了？解气了给我去医院。"

"你凶我。"路无坷说。

沈屹西知道她还记着这茬。其实他也不是有意的，只是看见她腰那里都受伤了还不赶紧处理，那股暴躁就这样跑了出来。

"是我的错。"他坦然承认，"让你凶个一百句，带脏字儿的那种，行不？"

路无坷盯着沈屹西看了几秒，还真骂了，四个字。

沈屹西笑了，第一次听见她骂脏话，莫名有点好笑好玩。要不是这会儿不允许，他真想对她做点别的。但他没有，他打开车门下车到后备厢找了身他自己的衣服。也得亏这几天因为比赛去了趟外省，不然还真找不到衣服给她穿。

沈屹西把衣服拿给她穿，去里头接陈安宁。

那保安看沈屹西进来，跟他说："年轻人，刚才这个小孩儿的奶奶给前台打了个电话，说是要来接她。"

"有没有说什么时候过来？"

"那可不知道。"保安说，"前台那小姑娘说还能听见对面在搓麻将。"

"那老婆子声音可大着呢，吼得我们这边都听得着，说什么倒霉催的不来接人，尽给她找麻烦，我看她还不知道今天下午不用上课，要不然也不会把自己的孙女扔在这儿半天不闻不问的。”

沈屹西看了一眼自己的手机，果然有很多个未接来电，他的手机设了静音没听见，果然叫不到他这个“倒霉催的”。打麻将被人打断了，那老太婆当然骂骂咧咧的。

沈屹西把手机塞了回去，然后把陈安宁接了过来，十分无所谓地撂下一句：“她要是来了，你就跟她说她孙女不见了。”

陈安宁家没什么钱，陈安宁的父母文化程度又不高，到外头只能干那种又累钱还不多的辛苦活，每月给家里的老母亲和女儿打点钱。

沈屹西大概是从两年前开始就一直颇为照顾陈安宁的。陈安宁毕竟是个小孩子，还是姓的陈，跟她那个家里脱不了干系，所以沈屹西给她的好处她那一大家子人难免沾到点便宜。

去医院的路上，陈安宁哭累了睡着了。

澜江华灯初上，灯光迷蒙在雨雾里。车子快速驶过，轮胎碾过豆大的雨点，水花四溅。

车窗是关着的，来势汹汹的雨滴砸在车顶噼里啪啦响，越来越急、越来越响。车厢里安静得空气似乎都不再流通，沈屹西从上车后一直沉默地开车没说话。

路无坷坐在副驾，身上穿着沈屹西的衣服，外套袖子直盖到了指尖，里头露出一截白色的衬衫的袖子，裤子的裤腿卷了好几层。宽大的衣服罩在身上很暖和，路无坷被他的气息和味道包裹着。过了一会儿，她问了沈屹西一句：“那个男的是烧烤店老板？”

沈屹西的一条胳膊搭在方向盘上，闻言瞥了过来，盯着她的侧脸看了一秒钟：“怎么知道的？”

路无坷没有因为当时他俩还没和好，她过分关注他而难以启齿，她坦坦荡荡地说：“之前在药店我听到你和郭旭打电话了。”

沈屹西皱着眉想了一下，又展开：“哦，那次啊。”那次沈屹西在电话里让郭旭废了那人的右手。

路无坷说：“我看他的右手不对劲。”

沈屹西悠闲地看着挡风玻璃外，很不屑地从鼻子里“哼”了一声，没说什么。

路无坷看向车窗外斑驳的光影：“应该废掉他两只手。”她的话音刚落，沈屹西转过了视线，落到了她的脸上。

路无坷只露出半边脸，知道他在看她，转回头，脸上是不解的：“他不会改的。”

“今儿他自己不就做给你看了。”沈屹西看路况去了，“是不会改。”

他说完从后视镜里看了陈安宁一眼，这个小孩挺不幸的，不管是以前，还是现在。

两年前沈屹西除了拉了她家一把之外，平时还经常会有事没事儿带她出去玩。小孩以前都只是坐在家门口玩泥巴，被沈屹西带出去玩，没几次就一直爱粘着这个哥哥了，还有那帮轰轰轰开着车的大哥哥们。

因为沈屹西带她去过车队，队里一帮大老爷们儿，有个小孩当然宠得不行，这个逗逗那个逗逗，还会给她买买糖果和玩具，陈安宁当然喜欢得不得了，也愿意跟着他们玩。

所以那次大家出去吃烧烤把陈安宁也给带上了，男的不像女的那么细心，小孩吃饭的时候他们压根儿就没管。陈安宁两串烧烤吃完糊了一嘴巴酱，衣服也弄脏了。然后这帮大哥哥们看了还在那儿大笑，陈安宁跟一堆大哥哥混久了，也不是爱哭哭啼啼的那种，也跟着笑，笑声跟响铃似的。

她也不是第一次跟哥哥们来这个烧烤店，自己用小短腿扑通一下从椅子上爬下来，一蹦一跳地去了烧烤店里的洗手间。

当时沈屹西他们都在外头喝酒，又留心着门口也就没跟着进去。结果洗完脸出来后，陈安宁就跑到了沈屹西身边，小孩子什么都不懂，跟沈屹西说里面的叔叔摸她的时候，那张纯真的小脸上满是疑惑的表情。陈安宁一边说话一边看向里面的时候，眼里的害怕也单纯只是对陌生人的不满。她不知道这意味着什么，也不知道保护自己。

而桌上的其他人听完却一愣，拍桌而起冲进去逮人的时候，老板却已经从后门跑了。

那天晚上，沈屹西他们砸了整个烧烤店，来吃烧烤的客人被他们吓得惊声尖叫、四下逃窜。

陈安宁没有看到这些，被一个队员先带回车上去了。但小孩儿可能是反应有点慢，等沈屹西他们回到车上，她已经因为害怕哭得上气不接下气了。

在现在这个不出门就能知千里事的时代，还有很多小孩甚至是成年人性意识有缺失，在受到伤害的时候，她们不懂这是一种伤害，不知道保护自己，大部分孩子都和陈安宁一样，受到伤害的时候又懵懂又疑惑。但庆幸的是，陈安宁没有不敢说，她跟哥哥们说了。

后来，那个老板偷偷回来，就被沈屹西吩咐在那儿等着的郭旭逮到了，废了一只右手，也让他在那儿待不下去了。结果，这人贼心不死，就算没了一只手他那肮脏的想法也不会因此有所收敛，反倒越来越猖狂，直接跟踪陈安宁，企图把她带走。成年人遇到这种事都不可能不害怕，更何况一个才五岁多的小女孩。

今天路无坷在看到男子的右手不对劲的时候就已经猜到了，她知道必须把陈安宁抢回来，否则陈安宁一定会受到伤害。

挡风玻璃上的雨刷器上下摆动，沈屹西似乎不太想谈这个话题，绕回她的伤口上："衣服塞好没？"刚来的路上，沈屹西在她腰后受伤的位置塞了件他的短衫。

路无坷点点头。

"难受不？"

路无坷竟然从他话里听出了一丝不易察觉的烦躁，他在压着，她转眸去看他。

雨天小心行驶这话在沈屹西那就跟放屁一样，他油门直踩，窗外雨水溅起一米高，中途超了不少车，明显很不耐烦。

路无坷叫他。

沈屹西"嗯"了一声。

路无坷视线落在他放一旁的手上，被袖子盖住了的手指挪了过去，把手塞到了他的掌心里："我只有一点点疼。"不是很疼，是真的不是很疼，只是被刀尖划了那么一道，不致命。

男人掌心要温暖得多，路无坷的指尖则是苍白冰凉的。

沈屹西听了她的话后，看了她一眼，也没说什么，挪开视线，把她的手抓住了。瞧着好像是听进去了，实际上油门一点也没少踩，车速反而越来越快。

车开到一半来了个电话，路无坷下意识地扫了一眼，是齐思铭打来的。

沈屹西接听了："有事儿？"

沈屹西开的扬声，路无坷听到齐思铭说："要没事儿能找你？就冲你中午比赛一完事儿就马不停蹄地赶回去找奶茶妹那架势，我就算是天打五雷轰也不给你打这通电话。"还是顶着暴雨回去的。

沈屹西说："行了，说正事儿。"

就齐思铭那头衔，每天一堆破事要管，这会儿他对着电话破口大骂，一看就是谁又惹祸了。

"队里这些孩子就没一个省心的，几天不给我惹事儿就手痒。"齐思铭骂够了才说正事，"中午你这前脚刚走，他们后脚回去就跟隔壁的车队打起来了。"

沈屹西不用猜都知道是谁："杨敞那小子？"

"这回多了个邵司泽。"

杨敞跟隔壁车队的梁子是很早之前就结下的，因为他某一任女朋友被隔壁车队里一个男的撬了墙脚，从此这俩人每次一见面都是夹枪带棒、针锋相对的，就差滚一起打个你死我活。

这回多了个邵司泽，就这人的性子也确实容易跟人打架，但这么一来肯定不是女人的事，邵司泽不是那种会为这种事给兄弟两肋插刀的，再者他对女人从来不长情。不过别说年轻人了，随便一个男的冲动起来打个架都是常事，更何况那些死要面子活受罪的年轻人，两三句话没说好就能打起来。

沈屹西问了句："因为什么？"

"你说这俩小子是不是有毛病，就因为他们骂咱们 RIA 是垃圾碰运气车队。"齐思铭一瞧就是骂归骂，但还是站自己这边的，"不过韩兆东车队底下那几个赛车手也不是什么好孩子，嘴欠。"

韩兆东跟沈屹西还是认识的，同在一条街上做酒吧生意，还都是玩车的，自然认识，上回俩人还一起去阳城看比赛。坐在副驾的路无坷没打扰沈屹西。

齐思铭在那边说得滔滔不绝："邵司泽最近下了功夫，大家都看在眼里，对方那一两个刺头非说他是撞上运气好，邵司泽那小子听了肯定不爽。他们还说 RIA 就一垃圾车队，废物教出来的都废物。"

齐思铭可能是在气头上，嘴快了都没发现，还在兀自说着，但路无坷听到这句话却一愣。

路无坷转头去看沈屹西，沈屹西的脸色没变，开着他的车。路无坷看他的时候他像是感知到，也看了过来。路无坷没挪开视线。

齐思铭这会儿也反应过来了："那个，屹哥……"

沈屹西的视线从路无坷的脸上移开，打断齐思铭的话："我是有多废，才让你觉得我连这点儿话都不能听？"

齐思铭被沈屹西这么一说确实尴尬全没了："你不介意就行。"

齐思铭又说："不过这事儿放谁谁都得气，不过骂归骂，他们就不应该动手，这打赢了亏打输了也亏，俩臭小子现在肉疼不说，还被派出所带走了。"齐思铭简直恨铁不成钢，"就不能忍忍，什么屁事儿都没有，非得给我挑事儿，他俩现在是好了，耳根子清静了，没人念叨他们。这事儿我还没跟杨总说，想先来问问你意见。"

沈屹西转个弯抄近路："晚点儿我给老李打个电话。"

齐思铭一听他这话就知道他的态度了，老李就沈屹西在派出所里的熟人。

"我这边有点事，先挂了。"

"那行。"齐思铭说，"那我晚点儿等你电话。"

沈屹西"嗯"了一声应下了。沈屹西挂了电话后，车厢内再次陷入寂静。车不太多，就寥寥几辆。路灯几米一盏，昏黄的灯光时明时暗，前面的红色车尾灯在雨痕里扭曲模糊。

路无坷能感觉到沈屹西抓着自己手的力气很大。

最容易让人产生敬畏的就是大自然的力量，这会儿暴雨天，大家的车都开成了龟速，还有车熄火了停在路边。

沈屹西开了转向灯，想要超车。平时路上遇着这种一般不会硬杠，结果今天前头那辆车的车主跟故意似的。沈屹西正想加速，结果前头那辆车的车灯一闪、车轮一转，跟不要命似的堵住了他的路。还好沈屹西刹车踩得快才没撞上，路无坷被安全带勒了一下。

路无坷去看沈屹西，果然，他又再次打了转向灯。

如果说第一次还是巧合，第二次百分之百就是故意的了。前头那辆外形看起来就不一般的超跑再次提速挡在了前面，这明摆着就是故意的。

沈屹西感到有点不爽，一两次他还能给对方好脸色，这次他直接油门一踩。前面那辆车明显就在防备他，往左开了过来。路无坷的耳边充斥着骤然加速的引擎声，前面的车近在咫尺，下一秒几乎就要撞上。沈屹西脚下的油门却一分也没松。不是比谁更不怕死嘛，那就比比。

就在路无坷心跳漏了一拍的那一刻，前头的车千钧一发之际往右拐了过去。沈屹西的速度半分未减，嚣张地擦肩而过。他赢了。但后头那辆车很明显就是认识沈屹西的，很快就跟了上来。

路无坷朝外面看了一眼："他们是谁？"

沈屹西瞟都没瞟一眼，光看车就认出来了："跟俩小兔崽子打架的那伙人。"

那辆车追上了他们，和他们的车并排向前开着，疯狂地按着喇叭。沈屹西落了车窗，暴雨声夹带雷声立刻从外面飘了进来。

路无坷透过沈屹西那边的车窗看了一眼，一个黄毛顶着张鼻青脸肿的脸出现在了车窗后，这人即使挂了彩，脸上却还是挂着笑，带着那种流里流气的感觉。他吹了声口哨，声音混在暴雨声里："哟，这不我们 RIA 车队的沈教练吗？车技厉害啊！沈教练，就我们的车说超就超过去了，都不怕把人给撞死了的？"

沈屹西一开始还以为这人有什么话要说才落下的车窗。一听着是这种，他也没那个耐心，瞥了对方一眼，理都懒得理，就要升起车窗。

结果那人来了句："哦，我都忘了呢，沈教练当年可是赛道上直接撞残了两个人呢，其中一个还是自己的领航员兄弟，那我是能理解了，为什么今天沈教练敢这么猛。"

沈屹西车窗没升上去。

那人一口一个沈教练，说话时话里带着刺："您可是当年在赛道上都能差点撞死人的，那就不奇怪了。"这人说完像个骄傲的胜利者，让开车的人车速超过他们走了。

路无坷看着沈屹西，沈屹西没什么表情。路无坷能感觉到沈屹西身上压制着的那股烦躁，这种烦躁的情绪从一开始在舞蹈中心楼下揍人的时候就有了。

沈屹西急着去医院，没计较，要继续超车。前头那辆车跟鼻涕虫一样又粘上了，沈屹西的脸色暗了暗。

路无坷的视线从前头收回来，看向他："沈屹西。"

结果下一秒的沈屹西直接油门一踩，"砰"的一声，那辆车不受控制地打了个转，轮胎打着转甩去了路边，紧接着一阵刺耳的刹车声响起来。

路无坷愣了一下。

沈屹西看都没看一眼，扬长而去。

医院的急诊大厅一片兵荒马乱的景象，光滑的瓷砖上带着水的脚印凌乱，担架床滚过留下一长串的雨水。

沈屹西他们到的时候郭旭已经等在那里了。郭旭是沈屹西叫过来的，沈屹西还带着路无坷抽不开身，就让郭旭过来等陈安宁看完医生把她送回家。

陈安宁醒来的时候就没再哭了，挂完号后牵着郭旭的手去诊室，还不忘回身跟老师说再见。小孩子是最爱恨分明的，谁对自己好她就喜欢谁，跟谁好，今天她下车后就一直黏着路无坷。

沈屹西带路无坷去了诊室，医生戴着橡胶手套帮她检查伤口。路无坷坐在病床上，沈屹西在旁边帮她拎着衣服。

路无坷的皮肤很白，微微渗着血的伤口横在她的后腰处显得有些突兀。戴着口罩的女医生说问题不大，伤口不深，就是在雨水里泡久了担心会发炎。

但在女医生的手碰上伤口的时候路无坷的睫毛还是轻轻颤了一下，沈屹西垂下眼皮看她。

路无坷没注意到沈屹西在看她，她的嘴唇下意识地抿着，注意力全放在后腰的那处伤口上了。跟那种去医院打针的小孩似的，怕疼，又偏要去注意它。

如果沈屹西跟路无坷不熟的话，看她的表情他可能会以为是真的不疼。因为路无坷在外人面前确实什么都不怕，看着铜墙铁壁刀枪不入的，就跟刚才在车上一样，她看着一点儿也感觉不到疼，还反过来安慰他。

但这世界上除了路无坷的奶奶和妈妈，沈屹西估计是最了解她的那个人了。路无坷这人瞧着什么苦都能吃，包括皮肉之苦。但其实她娇气得不行，以前去他家烫着手了都要拿到他面前给他看，会招人疼得很。

那身细皮嫩肉有时候一碰就红，沈屹西也不是一次两次把她弄哭了。当然，她每次哭过他也别想好过，身上总得多几个牙印，还闹脾气。

但路无坷就是不跟外人喊疼，就刚刚在车上还跟他说不是很疼，现在就原形毕露了。不过不仔细瞧还真看不出来。

沈屹西靠在病床旁，递了只手过去，往她的脸上吹了口气。路无坷的关注这才被沈屹西拉了过来，她一愣，抬头去看沈屹西。

沈屹西看着她，放在她面前的手往前送了送。

路无坷一下子就懂了，她可没少掐沈屹西，特别是在床上的时候。看了他几秒钟后，她伸手抓上了沈屹西的手。

伤口很快就处理好了，医生给路无坷清理、消毒后又上了药，坐回桌前给她开药。

沈屹西的电话也就是在这会儿进来的。余光里沈屹西从兜里掏出了手机。路无坷猜都不用猜就知道是谁的，肯定是陈安宁的奶奶打来的。

刚来医院的路上，路无坷看沈屹西手机后来又亮了几次，都是陈安宁的奶奶打过来的，但沈屹西理都没理。这会儿估计是去舞蹈中心没接着人，又打电话过来了。

医生正在叮嘱她一些饮食上忌口的食物，还有怎么用药。路无坷答应了，又看了沈屹西一眼。

沈屹西像是知道路无坷在看他，也抬眼皮瞧了过来，他用下巴跟路无坷示意了下门外："去打个电话。"

路无坷说好，沈屹西起身出去了。

走廊上的地砖泛着湿泞，诊室门外有盏灯坏了，光线不甚明亮。沈屹西出门的时候迎面有护士推着病床过来，他接听了电话后顺势侧了下身子避让开。病床咕噜咕噜滚过去，沈屹西的背靠上了墙壁。

电话那头是老年人尖酸刻薄又恼羞成怒的叫骂声，沈屹西无动于衷，跟听曲儿似的。在那头的老人骂了一长串后累得气喘吁吁的时候，沈屹西终于开腔："您老喘口气儿，小心别噎着。"

陈安宁的奶奶在那头听了他这的话就要骂，就被沈屹西云淡风轻地堵住了嘴："您该拿到的那笔赔偿款，不对，应该说是陈安宁该拿到的那笔赔偿款，两年前保险公司就已经赔给你们了。"

老人家一听到关于钱的事，心里就警惕了起来："你说这个做什么？"

沈屹西说："也没什么，只是想说既然您知道，那您自己心里也应该有个数，您该拿到的所有钱两年前就已经都拿到手了，我想就您这么明事理，应该知道后面这两年您拿到的钱不是谁欠你的。"

老太太都快活了一辈子了，在市井生活里摸爬打滚的怎么可能听不懂这话里有话。

她的火气一下子就上来了："什么不欠我们的？你就是欠我们的！你把我的孙女撞成个瘸子，你不开那破车我的孙女还能腿脚不方便不成，就冲着这个，你给我一辈子的钱都在理儿！你想忽悠个两年就跑？没门儿！"

沈屹西跟老太太比起来更像一个活了大半辈子的："在不在理儿哪儿是我们这些没文化的人说的，不应该交给法律？"

"再说了。"沈屹西说，"就算我给钱，也都是给陈安宁那小孩儿的，按理来说应该没您的份儿。"

老太太两三句就炸了，指不定已经在那头暴跳如雷了，说不过了就满嘴脏话，不讲理了，直接把沈屹西家的祖宗上下十八代都问候了个遍。

沈屹西无所谓地笑了一声，甚至还能在她的跳脚中见缝插针地说上几句。

“今天给打这个电话呢，是想跟您说一声，您呢，好好考虑去打份儿工，别回头连摸麻将的钱都没了。”

老太太气得那声儿颤抖的，听着都快心脏病发作了。

沈屹西该说的都说完了，懒得再说什么，直接把手机放下来，挂断了。

经过这么多插曲，沈屹西也没把齐思铭跟他说的忘了，给派出所的老李打了个电话。

路无坷也就是在这时候从诊室里出来的。沈屹西抬了下眼皮，盯着她。路无坷半湿的几缕发丝落在颊侧，巴掌大的小脸透着苍白，却不显得脆弱，反倒有种美。路无坷的身上穿着不合身的男人的衣服，外套遮到了大腿根，哪哪都不合身却又奇怪地瞧着哪哪都合适。

沈屹西盯着她没转眼。好像是知道她的伤口没那么严重后，沈屹西身上那股烦躁不知道跑去哪早不见了。

路无坷也看着他，几秒钟后才走了过去。这里是急诊，不管白天还是晚上都人来人往的。

路无坷走到沈屹西面前，双手环上了他的腰，窝进了他的怀里。路过的人都难免多瞧了他们几眼，路无坷却一点儿也不在意，把下巴放到了他的肩膀上。

沈屹西刚才那身湿衣服没换下来，但这会儿他身上的衣服已经完全感觉不到湿了，全干了。沈屹西垂下眼皮瞧了她一眼，轻轻笑了一下后伸手把她的腰往怀里揽，继续跟手机那头的人说话。

路无坷听着沈屹西从胸腔里轻震而出的声音，沈屹西永远都是那副从容不迫，又不太着调的模样儿。路无坷就这么听他说话，一个人也不无聊，歪头去看他喉结，随着他说话喉结上上下下的，她手有点痒，想摸就伸手去摸了。沈屹西早习惯了，随她去了给她玩。

身后来来往往的都是脚步声，单调又匆忙，路无坷没一会儿就听困了，额头贴近了沈屹西的脖颈。她是舒服了，打电话的沈屹西却眉心一皱。

沈屹西还听着电话那头的人说话，伸手想把她扯开看一下。路无坷本来就感觉有点冷，抱着她的沈屹西体温高，她被沈屹西一扯不乐意了，不肯撒手。

沈屹西正好跟电话那头的人把事情谈妥了，手机从耳朵上拿下来挂断了，伸手就去掰她的下巴。路无坷被他抬起了下巴，还想去扒拉开他的手，额头就被他的额头低下来碰了一下，路无坷的额头一片滚烫。

沈屹西暗骂一声，觉得又心疼又好笑："路无坷，你是水做的？人家小孩儿连个喷嚏都没听着声儿，你这儿烫得跟个火炉似的。"

路无坷可能是在雨里冻久了一直觉得冷，认为是淋雨的原因，也没往发烧那方面想。现在沈屹西这么一说，她才感觉有点头昏脑涨。

路无坷从沈屹西的怀里出来，摸了下自己的额头，果然一片滚烫。她倒是一点儿也不矫情："再去挂个号好了。"

沈屹西瞧着她这副模样儿，笑了："还挺划算，省得再跑一趟，省点儿油钱。"

虽然嘴里说着调侃的话，沈屹西却明显比她本人着急，站直了身子："走吧。"

路无坷发了高烧，医生又给开了药和两瓶吊瓶。

沈屹西陪她去输液室的时候，输液室里全是人，闹哄哄的，小孩的哭声吵得人耳朵疼。

输液扎针还得排队，叫到人了才过去。路无坷不喜欢跟人挤，和沈屹西去了外头的窗口处站着。

沈屹西本来想抽烟，但想起这是医院，又把打火机塞回了兜里，问路无坷："腰还疼不？"

路无坷这会儿没什么感觉，摇摇头："不疼。"

现在没其他事了，一闲下来，下午到现在发生的那堆乱七八糟的事存在感便显得重了。不管是关于陈安宁，还是晚上在公路上挑衅的那伙人说的当年车祸的那件事。但两个人都没开口，关于互相缺席的那几年。

半途沈屹西接到了郭旭的电话，说已经把陈安宁送回去了。他"嗯"了一声，又说了两句才挂了电话。

从下午出事到现在，两个人还没谈过关于这件事的话，或者说，从回来到现在，他们都还没好好地去聊过这个话题。

等沈屹西挂了电话后，路无坷突然问他："你对陈安宁好，是因为当年那件事？"路无坷知道，如果无亲无故，沈屹西是不会这么尽心尽力地对一个小孩好的。

摆弄着手机的沈屹西闻言抬眼看了她一眼。沈屹西盯着她看了几秒钟后，把手机收了起来，没回答她是，也没回答不是。

沈屹西看了一眼窗外，又收回视线，问："知道这个小孩儿从小对什么有兴趣不？"路无坷没说话，她心里已经有数了。

沈屹西抬了下眼皮看她："跳舞。"两个字，却仿佛千斤重。陈安宁的父母虽然从她小的时候就经常不在家，但小孩喜欢什么，他们还是会尽量满足她的要求，跳舞这件事就是，陈安宁在发生那次事故之前就在舞蹈中心上课了。

沈屹西转开头，笑了一下："虽然我不相信梦想这玩意儿，但小孩儿难得有个愿望，被我给折腾没了。"就算现在陈安宁还在学跳舞，但肯定和以前腿好的时候不能比，甚至可能以后会学不下去。作为一名舞蹈老师，路无坷比谁都清楚。

沈屹西其实也没觉得这些事难以启齿，他不知道想到什么，视线又从窗外收了回来。"还有许知意。"他说，"还记得吧？读大学那会儿的许教授。"

路无坷看着他，点了点头："知道。"

"你以为他是个教授，就规规矩矩的？"沈屹西笑了一下，"还真别小瞧他，他赛车玩得挺好的。"

"但现在也没机会了。"当年那场赛道事故，很不幸，就沈屹西一个人完好无损。

路无坷和沈屹西没聊多久，里头输液室的护士就在大喊路无坷的名字，排到她了。

沈屹西陪路无坷一起进去了，后头等着输液的人还很多，护士给她打了留置针，那点刺痛就是眨眼间的事。

输液室里头一屋子不锈钢排椅，一眼望去人头乌泱泱的，像连呼吸一口空气都觉得像拥挤的火车站。这还是暴雨情况下的输液室，平时只会更挤。

沈屹西帮路无坷拎着吊瓶，下巴往角落那里示意了一下：“走吧，去那边。”

那边有三个空位，路无坷在窗边那个座位坐下来了。沈屹西帮她挂好了吊瓶，也在她旁边坐了下来。

窗外的夜色早在滂沱大雨下被冲刷得一片混沌，灯红酒绿在雨里显得虚幻又朦胧。

沈屹西瞧了外头的雨几眼，问她：“饿不？”

路无坷摇摇头：“不饿。”

她这话说了跟没说一样，沈屹西就是问着玩的，他从椅子上起身：“不饿也得给我吃。”

路无坷无语地看了沈屹西一眼。沈屹西笑了，又起身去关了点儿窗户，挡了外头夹了细雨丝的风，居高临下地看着她：“在这儿好好待着，我下去买个饭。”

路无坷点点头：“嗯。”

外头风雨交加，输液室里也不安静，一看到打针吓得哇哇大哭的孩子的哭声跟要把屋顶掀了似的。路无坷看着那个哭得嘴巴合不上的孩子，突然就想起了奶奶。奶奶总说她小时候特别爱哭，不给糖吃会哭，喂她吃不喜欢吃的东西也会哭，还会生气闹脾气，反倒长大后不爱说话、不爱哭，生气也看不大出来了。

一阵听起来气场很强的高跟鞋敲打地板的声音吸引了路无坷的注意力。有人连走路都是带着气场的，从容不迫、脚底生风，让人光听着走路声都像认识了一个人。这阵高跟鞋声一进来就被人注意到了，不少人都朝那边看了过去。再加上她那张脸，高挑的身材，看她的人更多了。

那个女人却仿若未觉，或者说她压根儿不在意那些眼神，踩着一双高跟鞋走在人群里像睥睨众生。她穿着长款风衣，噔噔噔地往里走。路无坷一眼就认出来是谁了。

在路无坷看过去的同时，于熙儿也跟有心灵感应似的朝她这边看了过来。这一看于熙儿索性连座位都不找了，直接朝她这边走了过来。

路无坷旁边那两个座位就没人坐下来过，于熙儿走近后还没坐下来就在跟她打招呼了：“挺巧啊！路无坷，又在医院见上面了。”

路无坷回来后，跟于熙儿总共就没碰过几次面，还有两次是在医院碰上的。

路无坷看着她把吊瓶挂上了旁边的支架，问她：“发烧了？”

于熙儿在椅子上坐下了：“是啊。”

于熙儿看起来好像不怎么当回事儿：“这糟心肠胃炎给弄的，不打吊瓶这高烧还下不去。”

于熙儿看了路无坷一眼，用手抓了一下路无坷的发尾：“你这头发怎么还有点湿，淋雨去了？”

于熙儿就是调侃一下，哪知道路无坷答应了：“是啊。”

于熙儿跟听到什么稀奇事似的，本来那张还有点病容的脸泛起了笑容：“这年头居然还有人跑雨下淋雨，路无坷，你是不是跟许婉柔学的，你好歹学她点儿好的，话多一点。”

路无坷听起来还不太同意：“我哪儿话少了？”

“你哪儿话多了？”于熙儿靠到她身边，“你知道不，咱俩大学不熟那会儿，你一学期都没跟我讲一句话，记不记得？”

路无坷说：“那是我们不熟。”她还挺理直气壮的，“熟了后我一天跟你说的话比之前两个学期加起来都多。”

于熙儿就这样被她绕进去了：“还挺有道理，路无坷，你这人嘴巴毒的，一开始我跟你不熟的时候还以为你就是一个单纯的小姑娘，一句话就能把你骗走的那种，结果发现你一个脑袋顶人俩，想骗谁都别想骗着你。”

路无坷微微勾唇。

于熙儿说到这儿，被打进来的电话铃声打断。她把手机拿出来看了一眼，挂断了，然后把手机塞回了手包里。其实打于熙儿进来的时候，路无坷就发现她的眼皮有点红了，不是那种用眼影抹上去的红，而是很自然地从眼角眉梢泛出来的红，哭过了。

一般人自己不提的话，路无坷是不会去问的，反倒是于熙儿自己挂了电话后骂了一句：“死许知意。”路无坷闻言看了她一眼。

于熙儿不是那种会把事情藏在心里的人，她的爱恨向来坦荡，有什么说什么，想做什么做什么，从来不会在意别人的眼光。大学那会儿就这样，被男朋友绿了她也直言，后来和好了也好得轰轰烈烈，压根儿不在意别人怎么说，只要是她想做的就行。包括现在，她爱那个以前总动不动就管着她的男人，爱意也不藏着掖着，光明正大的，却一点儿也不卑微，生气了就骂人，不会做那种哀求的事。

“你说这男的是不是有毛病？”于熙儿说，“明明从以前就惦记我，我送上门去他还不要。”路无坷没说什么。

大学那会儿，于熙儿经常被许知意管着，即使他俩什么关系都没有。但现在于熙儿回头了，许知意反倒不愿意管着她了。

于熙儿应该是刚跟许知意大吵过一架，到现在心情还没平复，光看他一个电话都能发火。

“不就是瘸了条腿吗？”与其说于熙儿是在跟路无坷倾诉，不如说是她自己在宣泄，“到底有什么不敢的？”听到这里，路无坷的脑子动了一下。

当年那场在赛道上发生的事故好像在今天约好了一般，那些痛苦的、残忍的，让人喘不过气的往事纷纷接踵而至。不出路无坷所料，于熙儿的话头绕到了当年那场发生在赛道上的事故。

“你知道我为什么那么恨沈屹西吗？”

路无坷怎么可能不知道，只要撇开许知意，于熙儿跟沈屹西就是两条平行线，井水不犯河水的两个人不可能结仇。于熙儿会对沈屹西有这么大意见，就是因为沈屹西犯了许知意那条河水。

路无坷开了口：“知道。”

于熙儿靠进了冷硬的排椅里：“当年在那种情况下，沈屹西是完全可以让许知意没事的，可是他没有。”

当年那场事故要说大，却也不大，可它要说小，却也不小。因为没有人死在赛道上，所以它对这个社会来说不是一个大事件。可它却又不算一件小事，因为三个人的人生因此搭在了里面。

拉力赛比赛的赛道一般都是在普通道路上进行，盘山公路，又或者是普通沙石路，除了像草原、沙漠那种无法封闭的场地，其余普通道路在比赛期间一般会进行暂时封闭，以免过路车辆和行人误入场地。

然而两年前那场拉力赛荒谬地出现了这种致命的低级错误。那天的天气跟变脸一般，上午晴空万里，下午就乌云压顶，不久毛毛细雨飘了满天。拉力赛一般不会因为下雨就停止比赛，会如常进行。

下雨本来就天公不作美了，下午，他们还很不巧的是在乡村的羊肠小道进行比赛，黄土沙石，灌木丛生，田野一眼望去全是黄黄绿绿的杂草，地皮看起来光秃秃的。

沈屹西和许知意发车的时间正好碰上天上下了毛毛细雨，当时许知意还调侃说，这次是拿不到冠军了。哪知道一语成谶。

比赛赛道一般都会在比赛开始前进行清场封闭，哪知道那天的赛事举办方清场工作没做好，监管力度不够，导致了这场事故的发生。

羊肠小道七弯八绕，乌云压顶，灌木丛打在车窗上噼里啪啦响。

副驾上穿着赛车服的许知意对着手上的路书在引擎声里四平八稳地汇报数据，每一个弯道缓急和方向，上坡、下坡、落地等操作，都需要领航员事先通知主驾的赛车手。红黑色的赛车左弯右绕，轮胎下沙石飞溅，沈屹西头盔下的眼睛专注又严肃。两个人配合得天衣无缝、默契十足。

毛毛细雨落在了挡风玻璃上，眼看着这段赛段他们不出所料用时即将最短，就在许知意汇报了左 1 急左转弯后，小路上窜过了几个玩耍的小孩。

灌木丛和弯道的死角原因，沈屹西和许知意都是在转过弯道后才看到了那群小孩。

小孩已经近在咫尺。羊肠小道上的赛车快到从他们身上冲撞而过不过眨眼间的事。短短的时间之内，小孩们甚至还来不及尖声惊叫。紧闭的车厢内，沈屹西的动作和许知意头盔下爆发出的避让声几乎在同一时间发生。

赛车轮胎猛地左转向。高速下紧急制动不过一瞬间就刨出土坑，橡胶和沙石摩擦出刺耳、瘆人的刹车声。然而即使如此，车前还是碰到了那个年纪最小的小孩。

下一秒，原本正常行驶的赛车猛地冲出了灌木丛。几乎是在同时，小孩哭喊声和赛车轰然翻滚砸地的声音响起，血流满地，黑烟弥漫。

那一场事故里，两位赛车手一位腿部神经坏死，一位伤势严重，昏迷数日才见醒。那个即使在赛车手及时快速的反应下仍旧没能平安无恙的小孩多次病危，左腿股骨头坏死。

……

于熙儿的脖子靠在不锈钢椅背上看着自己那瓶滴得很快的吊瓶：“沈屹西当年就算车冲过去都没事，他完全不用负法律责任，可他没有。”

官方举办的拉力赛，在规定赛道内群众在封闭赛道上出现导致意外身亡，赛车手不用负法律责任，是群众自己的责任。

旁边的路无坷很安静，像是陷入了某段回忆里。

于熙儿叫了她一声：“路无坷。”

路无坷没有失神，抬眼看向了于熙儿的侧脸。

于熙儿说：“你知道吗？许知意这人是真的很无趣，就是一搞研究的，这辈子抱着书跟他过日子都没问题，但有个赛车的兴趣他还算有救了。”

“可是他的后半生就这么毁了，当不成教授，赛车也玩不成了，他那么一个无趣的人，总共也就这么两个兴趣。”

路无坷没打断于熙儿，掌心发烫。

于熙儿的视线还是看着吊瓶：“可能在别人看来，沈屹西这么做很正常。当然，当时出事了事后少不了落井下石的，说沈屹西天天狂的，终归是出事了。”

路无坷看向了窗外，问了一句话：“你呢？”

于熙儿说：“路无坷，人都是自私的，可能在别人那儿来说是一条人命的事儿呢，可是在我这儿，许知意的一条腿就跟人的一条命差不多。”

沉默在她们之间蔓延开来，嘈杂的人声仿佛都被隔离在结界外。

于熙儿的一句话终于说出来：“我恨他没有救许知意。”

Chapter 17

终点，就在前面

36.7℃

于熙儿很快就走了，医生就给于熙儿开了一瓶吊瓶。

沈屹西回来的时候已经是于熙儿走了五分钟后，沈屹西的肩上被雨打湿了，他连伞都懒得撑。沈屹西的嘴里叼着一根没点的烟过瘾，拎着热腾腾的饭走进来。路无坷一直看着他。

沈屹西也抬着眼皮紧紧地盯着路无坷朝她走了过来。走到路无坷面前后，沈屹西把饭放在椅子上，不知道手里拿着一盒什么东西，拎了下裤腿在她的面前蹲下了。

沈屹西抬了眼皮看她，嘴里叼着的烟跟着动：“看傻了？”同时伸手去撸她裤腿，打开了手里的膏药。

路无坷看到了自己膝盖上的红肿一愣，她自己都没意识到。她突然想到了大雨里沈屹西帮她穿上的高跟鞋，才知道他那个时候就意识到了。

沈屹西也没说什么，把膏药贴在了她的膝盖上，然后帮她放下裤腿，捞过垃圾正想站起来。下一秒沈屹西的额头上忽然落下了一个吻。

路无坷亲了一下后就退开了。像是只是一个自然而然的动作，“啵”的一声轻微细响后就退开了。

沈屹西抬头去看她。路无坷倒是一点也不扭捏害羞，也回看着他。

沈屹西身上那股劲儿散散漫漫的，他十分敷衍地扫了四周一眼，笑了一下，说得跟真的他是什么正经人似的：“路无坷，这么多双眼睛在这儿盯着呢，你也下得去嘴？”

就他俩这两张脸，单拎一张出来都能让人盯上半天，更何况这两个人还是一对儿，输液室里就有不少人从他们进来就盯着他们看的。路无坷才不管那些，听了沈屹西的话后都没抬头去看一眼。

不过就他的话，从别人的嘴里说出来可能还有点可信度，唯独从沈屹西的嘴里说出来就像胡扯。论起厚脸皮，路无坷还真没见过谁能比得过沈屹西的。别说现在这个闹哄哄的输液室了，就算去了人挤人的菜市场他都下得去嘴。

听了沈屹西那带着几分调侃的话，换别的女孩儿早脸红耳赤不知道躲哪去了。路无坷却反着来，故意凑过去，在他唇角又亲了一下，好像故意挑战他的权威似的。

沈屹西盯着她。她还嫌不够，又轻轻咬了一下。然后这才满意了，退开了。

沈屹西的视线就没从她的身上离开，看着她，又莫名地笑了："幼不幼稚？"

路无坷倒也挺实诚，她发烧了，眼睛里蒙了层亮亮的水光。"幼稚啊。"她说。

沈屹西瞧着她这副表面看起来乖，背地里使坏的样子，从鼻子里"哼"了一声，起身从地上站起来："还知道幼稚，是吧？"

路无坷看沈屹西拿起放在椅子上的吃的，然后在她身旁的位子上坐下了。

由于下雨，窗户都没开着通风，输液室里弥漫着一股泡面的味道。路无坷闻着不是很舒服，叫了声沈屹西之后说："我现在不想吃。"

沈屹西正把东西往旁边那张空椅子上放："知道，你不是闻着别的味儿吃不下饭吗？"

路无坷转头去看他。

沈屹西拿下嘴里的烟，看路无坷在看他，也瞟了一眼过去，意识到她看他是因为什么，他说："我这还没老呢，就这么点儿事还是能记住的。"

沈屹西这人看着吊儿郎当的，什么事儿都没放在眼里，但路无坷爱吃的，爱做的，就算五年过去了他还是记得很清楚，只不过他连记着了都是一副云淡风轻的模样儿，丝毫没拿它出来说事。

沈屹西正经不过一秒，下一秒就开始嘴欠："要是连这点儿事都记不住，你也可以不要了。"这话乍听上去挺正经的，其实整句话下来没一个字是正经的。沈屹西自己说完就在那儿抖着肩膀笑了。

路无坷就知道他没那么正经，没扯一两句黄腔都不是他。她当然听得懂，这么些年教也得给他教坏了。

但装清纯就没谁比得过路无坷，路无坷问他：“为什么？”

沈屹西靠在椅子里，眼角瞧向她，指间夹着的那根烟忍着没抽：“真要我在这儿跟你解释这东西？”

路无坷居然还回答了一句：“是啊。”这尾巴都快翘到天上去了。

沈屹西微眯着眼看她的脸，又松开眉头笑了，略微正了一下身子，也没个说或者不说的意思。这一看就是要有什么动作了。

路无坷明明最清楚他的德行了，却跟个初生不怕虎的牛犊似的，躲都不躲。果然下一秒就被沈屹西胳膊一捞抱了过去，他的身子拢着她：“非得逼我上手？”

路无坷缩着肩，闷哼了一声，然后声音里又带了点儿俏皮。她是真的一点都不怕他，还在问他：“为什么不行啊？”

沈屹西简直都快给她挑起火来了：“你说呢？都老头儿了，那方面能行？”

路无坷就是故意的，非得要他说这话，在他的怀里直笑。

他们的位置背对着门口，对面又是白墙，压根儿没人看得到他们在做什么。

沈屹西瞧她这副嚣张的模样，眼角眉梢吊着笑：“路无坷，你是不是忘了我都几天没碰你了？”

路无坷在他怀里：“记得啊。”

她的肩膀靠在他的臂膀里，掰着手指头数：“五天。”

这次比赛沈屹西都去了五天了，今天两个人才见面。明明今晚发生了很多事，不好的、糟糕的全赶一起了，全是一些糟心事。可他们之间却完全不受这些事情的影响，好像只要碰到一起，什么事到他们这儿都不算事儿。又或者说，单纯因为对方。

都是在这世间飘荡的灵魂，时间久了谁难免都有一两件事落入俗套。路无坷这人就是沈屹西其中的一桩。

沈屹西光看到她这个人心情就很好，就算不见面，脑子里也只想念她一个人。这跟那些第一次谈恋爱的毛头小子没什么两样，好像这辈子的时间都是拿来给这个人的。但他确实就是这样了。

以前年少轻狂的时候总觉得要和这世界不一样，不管是什么事，总要反着来。以前那堆狐朋狗友总说，这辈子最俗气的事就是想跟一个女人结婚生子。都是一些公子哥，身边要什么女人没有，反倒要找到一个真正想结婚生子的人才是难事。

沈屹西的发小杨天成上次聚会的时候还说过沈屹西，说没想到他们中间看不起来最不俗气的那个人是最先干了这种俗气的事的。

那时候路无坷还没有从国外回来。沈屹西当时听了那句话后也只是笑了两声，没说什么。

路无坷许久没听沈屹西回答她，抬头去看他："在想什么？"

沈屹西闻言垂了眼皮："在想今天晚上。"

路无坷说："我发烧了。"

"你不挺能耐的吗？"沈屹西笑了，"让我在这儿跟你解释这事儿。"

路无坷赖账了："你老人家了，耳朵不行了。"

沈屹西笑着骂了她一声，又低下头狠狠地在她的脸上亲了一下："骂谁呢？路无坷。"

路无坷在笑。

"骂也别骂这么早，这晚上还长着呢，行不行晚上再说也不迟。"

医生给路无坷开的那两瓶吊瓶是中小瓶的，很快就打完了。他们从医院出来的时候，外面的雨已经小了很多，就是积水还没退去。

沈屹西让路无坷在门口等着，他去取车。

没一会儿沈屹西就过来了，路无坷顶着他走的时候往她头上一盖的外套，走下台阶打开车门坐了进去。别人一生病都是病怏怏的，路无坷却不怎么看得出来，除了脸色差点。这都是出国后习惯的，经常身体不好也得上台，久了也就习惯了，虽然导致落下了不少难缠的病根。

上车后，路无坷看沈屹西问都没问她的意思，好像早就打算好了带她去哪儿。路无坷问他："要去哪儿？"

"澜江大学那边的房子。"沈屹西打方向盘，"怎么，你有想去的地方？"

路无坷看着他的侧脸，几秒钟后还是开了口：“以前的车队基地还在不在？”

沈屹西闻言撇头看了她一眼。

路无坷没有避开，又开了口：“我想去。”

大学他们交往那会儿，有一半时间路无坷是在医院和学校之间来回跑，这期间沈屹西带她去过两三次他自己的车队，还是忙里偷闲挤出来的一点时间。

路无坷问完，沈屹西盯着她看了几秒钟后移开了视线，继续开他的车：“那儿早成了一块荒废的地方了。”

“那地方还在吗？”

沈屹西没回应她。

路无坷也没再问，车驶下一个陡坡，到平地的时候车身晃动了两下，她看向了车窗外。

过了一会儿沈屹西开口了：“想去？”车窗上落满了雨滴，沈屹西的脸和对面商铺的灯光落在上头。

路无坷看着他的脸：“我想去。”车厢里一片安静，沈屹西没再说什么。路无坷看他到岔路口左转进了另一条车道，头才从车窗那头转了回来。沈屹西要带她去了。

沈屹西的一条胳膊松松地搭在一旁，路无坷伸手过去。她就是恃宠而骄，五指硬穿进他的指间，沈屹西的手动都没动。见他不动，她的指尖又挠了挠他的手背，然后就盯着他的手看。都还没撑过一秒，沈屹西就把她的手握上了。路无坷这才满意了。

沈屹西抬起眼皮瞥了她一眼。她唇角扬了一点笑，明晃晃的。见他看过来路无坷还抬头和他对上视线，那点得意丝毫不收敛。她一撒娇沈屹西还真拿她没办法。

路无坷的臭脾气还真少不了他的功劳，沈屹西能怎么着，自己惯的。

沈屹西大学那会儿弄过一个车队，那时候二十出头，正是年轻气盛的年纪，什么都敢拼什么都敢做，没什么挡得住他们。

一支车队不是光靠钱就能组建起来的，还得有车开得厉害的赛车手，当然钱是首位，但这点对沈屹西来说确实不是事。

男人爱拼自己的事业就跟古时候男人爱打江山是一个道理。沈屹西还在赛道上开车那会儿可以说得上是赛车圈里车开得数一数二的赛车手，年纪又轻，不少有名的车队都会抛橄榄枝给他。但他都回绝了，原因很简单，也不是看不上，单纯就是想有个自己的车队。

沈屹西虽然是个富三代，但可以说一路都靠的自己。澜江房地产势头正好那会儿，他瞄准了这个商机从这个行业上捞了不少钱，他本身在经商家庭长大，虽然无心从商，但在这方面上多少有些天赋和优势，车队就是他自己掏钱组建的。

少年人最把志向当回事，年轻人和年轻人最容易因为志向这种东西聚到一块儿，沈屹西当年的CHN车队底下大部分都是年轻气盛，在赛车上也玩得不错的年轻人，所谓的志同道合。

他们也就是靠着这股劲儿在赛车圈杀出了一条路，因为年轻的血液和胆量曾辉煌一时，所以在沈屹西出事后散场也很落败。

即使那些人里头有些后来跟着沈屹西去了RIA，但到底心境不一样了，人有时候只过一年心态就变了个样了，更别说五年，早就没了当时的激情了。CHN也就在赛车圈冒头过那么几年，后来就销声匿迹了。

路无坷以前被沈屹西带去车队过，CHN和现在沈屹西待的RIA差不多，有各司其职的工厂部门、赛道模拟、测试车队等。队员也一般都住这里，一栋大别墅，房间随他们住。

路无坷被沈屹西带过来几次，CHN车队成员都是喜欢热闹的，这些人凑到一起就没一刻是安静的。也正是因为知道以前车队什么样，所以路无坷才会在看到现在的车队基地时感受到巨大的落差。

空荡荡的，明明建筑高大林立，却荒凉得像是在荒野郊外。偌大的场地一点光都没有，只有细细斜斜地落在水面上的雨。

沈屹西把车停在了一栋楼下。这栋楼是沈屹西在车队里时住的，路无坷进去过，还清楚地记得从大门进去，里头一楼有一大片水泥空地，是沈屹西平时没事用来自己捣鼓赛车的。

路无坷以前看过一次，就蹲在旁边看沈屹西用那堆她叫不出名字的工具在车上又敲又拧。

当时沈屹西把工具往地上一扔，身上衣服弄得全是黑点和机油味，看她过来就把她直接拽到怀里了。男人骨子里的劣根性，还锁着胳膊不让她跑。气得路无坷在他的衣服上抓了两下，手沾了两巴掌黑就往他的脸上抹。

沈屹西用指纹解了密码锁，开了灯带她进门。里面还是以前的陈设，一楼是水泥地，上面还留着机油印子。

一楼和二楼是打通的，抬眼望上去二楼围着铁栏杆，顶上吊着个广照灯，一股工业风，却又不显得邋遢。

一楼中间的水泥空地上放着一辆车。确切来说，是一辆赛车的骨架，没有发动机、零件、车座、轮胎，只是一架金属外壳。车身是红黑色的。

路无坷进来后脚步不自觉地慢了下来，盯着那辆“车”看。

直到楼梯上的沈屹西叫了她一声：“路无坷。”

沈屹西因为抽了烟略微有些嘶哑的声音在空荡的楼里回荡着。

路无坷被他叫回了神，身上穿着他那身宽大到不合身的衣服，回头去看他。

沈屹西上了一两阶楼梯了，他没在看她，而是在看那辆车。应该是顺着她的视线看过去的。沈屹西的视线很快就收了回来，落回她的脸上：“还不上来？”

路无坷又看了那辆车一眼，这才跟了上去。

二楼有点集装箱的风格，和现代设计结合，还有个连着走廊的阳台，旁边是深棕红色的集装箱的设计。

风带着雨丝飘到了地板上，路无坷吃完沈屹西买的饭后去了阳台，黑暗里那些庞然大物般的建筑屹立不倒。昔日这些建筑里都是欢声笑语和无畏的豪言壮语，好像整个世界都没他们了不起。而现在，那里早已是个意气风发被抹杀的地方。

路无坷想起刚才楼下的那台废弃却又被人留下来的车骨架。这辆车路无坷其实见过，虽然她跟沈屹西谈恋爱那段时间他经常开的不是这辆车。

路无坷的面前多出了一只递给她饮料的、骨节分明的手。路无坷回头看，去浴室里洗澡的沈屹西不知道什么时候出来了，那头短寸还滴着水。

沈屹西的手里拿着一听冰啤酒，递给她的是常温的牛奶。路无坷看看他的冰啤酒，又看看自己的牛奶，不去接了。

沈屹西看她那副嫌弃的模样，事先说明："没得挑，你只能喝牛奶。"

路无坷说："我不喝。"她又不是小孩。

沈屹西的眉头一挑："真不喝？"

路无坷很硬气："不喝。"

"行。"沈屹西的手收了回来，"那你看着我喝就成。"

路无坷冷淡地看了他一眼。沈屹西看她那瞪又不算瞪，狠又狠不起来的眼神，闷闷地笑起来。脸放那儿呢，凶能凶到哪去。她大有不给她喝就不让他喝的气势，沈屹西"咔嗒"一声打开了啤酒，泡沫涌出来一点顺着他的手往下流，然后递到她的面前。

"就一口，多了不行。"路无坷看向沈屹西。

沈屹西刚洗完澡，眼皮上趴着被水汽润湿的倦困，半耷拉着眼皮瞧她。他把瓶嘴往她的嘴唇前送了送，路无坷就着他的手，凑了上去。她的小嘴微动，一点吞咽声都没有，黑暗里看起来跟没喝似的。沈屹西就那么瞧着她，看起来跟完全不知道她在干什么似的，也不拆穿她。

路无坷喝好了，嘴唇从瓶嘴上挪开，还故意擦过他沾了啤酒沫的指节。

沈屹西的脸色暗了一下。

路无坷虽然只喝了一口，脸颊那两小块却是微鼓着的。她的嘴太小了，根本装不了多少，艰难地"咕咚"一声喝了一口。

沈屹西笑了，背靠在栏杆上，俩胳膊搭在上头："路无坷，人心不足蛇吞象，你一个读书人不最懂这些书本上的道理？怎么这会儿傻了？"

路无坷喝了一口，还被那股酒味呛得皱了下眉。沈屹西笑了，又伸手要去捏她的脸让她吐出来。

路无坷不让，躲开了。

沈屹西索性随她去了，手又挂回了栏杆上，就那样看乐子。

路无坷最后把那一口都咽下去了。

沈屹西问她："好喝不？"

路无坷的眉头都还没松开呢："不好喝。"

沈屹西笑了："不好喝你还喝得那么起劲儿？"其实路无坷从大学那会儿就觉得喝酒不好喝了，苦苦的，有点呛嗓子，对她来说跟小时候喝中药没什么区别。沈屹西当然也知道。

不过路无坷喝酒向来不是因为酒好喝，就她的酒量，也没什么机会给她品酒好不好喝。

路无坷现在酒意还没上头，突然想起来问沈屹西了："你这儿怎么有酒？"

刚进来的时候，路无坷就发现这里面不像多年没来的样子，一点儿也不脏。

沈屹西闻言抬头看了她一眼，和她对视了两秒钟后，他把啤酒放到嘴边喝了一口："跟你那牛奶一起买的。"

路无坷还在看着他。沈屹西看她，不正经起来："一起买的还有安全套，不信我拿给你看？"

路无坷挪开视线。

沈屹西笑了，又抬了条胳膊："路无坷，过来。"

路无坷不过去。

沈屹西抬起身子，一把把她拽了过来。

路无坷倒也没反抗，把他当成靠垫，靠在他的怀里。

沈屹西一罐啤酒都还没喝完，路无坷就有点微醺了。

她嫌热，要去扒拉开沈屹西。

沈屹西没让她挣脱出去，这让她挣脱了八成得再发烧。他箍着她，一口气灌完啤酒，把她带回了房间。

路无坷还发着烧，沈屹西进屋后就要把她往床上放，打算被子一卷让她睡觉。路无坷不肯，抱着他的脖子，脑子里还是有意识的。"沈屹西，我要。"路无坷一喝酒声音软了几分。

沈屹西忍了忍，看着她眼睛："心里有没有点数？好不容易退烧。"

路无坷才不管什么发烧，她就是想。只要她想，她有的是办法缠着沈屹西，她的唇凑上去了。

沈屹西本来就很多天没动她了，这一动就给她弄起了火，抓住她不安分的手往她头顶上一压，反客为主。

路无坷出了一身汗，沈屹西开了窗通风，拿被子给她裹上了。

路无坷没像平时那么快就睡着了，她的脸朝着窗户那边。

沈屹西坐在床上，在床边抽烟。

路无坷看着他的背影，再一次想到了楼下那台红黑色的赛车骨架。她从被子里爬出来。

沈屹西听到窸窸窣窣的声响，微微侧了下头，却没阻止她，又转回去了。

路无坷从背后抱住他，理直气壮地说："我想看你比赛。"她没头没尾的一句话，沈屹西却一点儿也不意外。

"想看？"他吐了口烟圈，不正经地道，"你再让我来一次。"

路无坷："我在说正事。"

沈屹西渐渐收起了嘴角的笑，掐灭烟后拽过她的手把她拉到面前，从背后抱住她。路无坷看着窗外。

沈屹西亲了亲她的侧脸，问："真想看？"

路无坷点头："想。"

沉默许久后，沈屹西开了口："路无坷，这事儿我不能跟你保证。"

路无坷没说话。

"但我会考虑，行不？"

虽然那天说是说好了，但这是需要时间的事，两个人后面也没再提。

过了几天路无坷收到了国内一个艺术团的面试通知，国家级的艺术团并不容易进，她这份简历是当时回来时跟舞蹈中心那份一起投的，意料之中的石沉大海，没想到现在有了回音。

到艺术团工作是个很好的机会，这一点路无坷在国外是亲身经历过的，不是因为外人看到的那套工作体面、稳定的说辞，而是在这样一个团体内自身能力会跟着日益提高，和现在舞蹈中心的最大区别就是她是去学东西的，而不是教别人。

路无坷是一大清早收到的短信，她就没见过一大早上发面试通知的。

沈屹西已经不在床上了，最近沈屹西很忙，国内大大小小的拉力赛都一起赶在这段时间了，车队忙着训练和参加比赛攒经验。

路无坷昨晚躺在床上听沈屹西在跟齐思铭打电话，好像在商量今天早上去盘山公路训练的事。

路无坷从床上爬了起来，洗漱完换衣服，拎上包出了门。

最近沈屹西带她住在酒吧这边，离舞蹈中心和车队最近，来往方便。白天的酒吧像一座沉闷、寂静的孤岛，路无坷穿过这座孤岛到外面街上打了辆出租车。

路无坷上车后给沈屹西发了消息，说去面试。

沈屹西跟游手好闲、没在工作似的，很快回了她的消息，问她大概什么时候结束，完事了他去接她。也没问她去哪儿面试。

路无坷说不确定，沈屹西让她发了个地址，又让她结束了给他打电话。

艺术团离这里不算远，路无坷去的时候正赶上艺术团外出表演，到那里后没见着什么人，是一个两鬓有些微斑白，仪态仍很优雅的老太太出来接待的她。

老太太看起来不过五六十岁的样子，却一点儿也不显老态，她的两臂间搭了条披风，精神矍铄，笑起来很和蔼。一见到路无坷，她就很亲切地搭上了她的手，牵着她往里走，不像个面试人的，倒像个长辈。

路无坷虽然不擅长跟人寒暄，却也不显局促，毕竟她是奶奶带大的，在跟老人交谈上，特别是会主动找话题的老人，她聊起来没有问题。

老太太跟她介绍说自己是这个艺术团的团长，现在年纪大了，过不久就要退下来了。把她带进去后，老太太让人给她上了茶，路无坷在会客桌对面坐下。

老太太说她们两个是有缘人，年轻的时候同一个老师，路无坷这才知道是自己国外的老师跟对面这位前辈举荐的她。

不过国内优秀的艺术团并不是说想把人塞进去就能塞进去，它有一套严格的筛选机制，大部分人在大学毕业那会儿就参加了考试。

老太太说她相信自己老师的目光，不过也看了她相关的表演和履历后才确定招下的她，让她放宽心，她最主要的看的还是实力，如果她跳舞不行就算老师夸得再天花乱坠她也不会招她。有才华的人谁不喜欢，大家都喜欢有才华的人。

但这种正规艺术团该走的面试流程还是会走，给的面试题目和平时那些准备一支擅长的舞蹈跳一次就行的面试不同。艺术团会给一个主题，一段音乐，然后即兴发挥。老太太拽着披风在一旁看着，不像个正规面试的，像只是来欣赏一支舞，更像是来看人的。

路无坷顶着这道目光把舞蹈跳完了。她在跳舞的过程中便有些奇怪的感觉，直到老太太笑着递给她名片，让她过几天过来签合同的时候，她那种奇怪的感觉得到了印证。

老太太名片上的名字，沈卓仪。但路无坷没表现出异样，如常般跟她道了别。

路无坷这前脚刚走，后脚沈卓仪就拿出手机给人打了个电话。

路无坷从艺术团那里离开后，看了看时间，沈屹西应该还在忙。

路无坷给沈屹西发消息说自己回去，顺便去看看阿释，从这里去阿释那里顺路。路无坷想去见朋友，沈屹西便没执意过来接她，只是让她别回去太晚。

今天是周日，阿释休息，路无坷发消息问她在家没有。阿释说在她父母家，让路无坷自己先过去，她马上从她父母这边回去。

路无坷到超市买了一大堆好吃的，打车去了阿释的出租屋。

路无坷拎着东西上楼的时候，阿释还没到，阿释的父母家离这里不是特别远，也不知道她半路干吗去了。

路无坷又等了一会儿，楼下才传来哒哒哒的脚步声。

人们对一个熟悉的人是能通过他的脚步声识别出来人的，路无坷不用仔细去听就知道现在从楼梯爬上来的是阿释。果然没一会儿，阿释就从楼梯口出现了，她像是跑上来的，扶着楼梯扶手气喘吁吁的，看到路无坷，阿释硬拖着两条酸胀的腿爬了上来。

“累死我了。”阿释说，“刚才路上堵车了，等半天车动都没动，司机把我赶下来了，我用百米冲刺的速度跑回来的。”

路无坷看她这副累得要死要活的样子，问：“你为什么不走回来？”

阿释掏出钥匙去开门：“咳，我这不怕你等久了吗？这太阳大的，楼道里都觉得热，要把你这身细皮嫩肉晒黑了怎么办？我可赔不起沈屹西。”

楼道里每层都有一扇窗，路无坷拎着那袋子东西站在阿释的身后，看向了楼下：“许婉柔，书呆子还在楼下。”

阿释立马蹿了过来，探头往下看：“真的假的？”

楼下压根儿连书呆子一根头发都没有，只有一位头发花白的老人骑着电动车开过。

阿释看完才知道被路无坷耍了，去挠她的痒痒：“好你个路无坷，你还笑！”路无坷怕痒，拧身子躲。

阿释这人看着大大咧咧的，勾搭起人来也不怕，但真谈起恋爱来了却有点像小姑娘，也会害羞和不好意思，当然不是在路无坷她们面前。

阿释又去开门，问路无坷：“你怎么知道书呆子在下面？”

路无坷觉得有点新奇，盯着阿释有点发红的耳朵看：“刚才我听见你喊他的名字了。”

阿释开了门，进屋：“我的声音这么大吗？”

“还好。”路无坷突然在想，如果是她的话，她会不会用百米冲刺的速度去见沈屹西。

“对了，路无坷，昨晚回来得太晚了都忘了跟你说。”阿释把钥匙放在鞋柜上，“还好之前听你的话把书呆子约出来把饭给吃了，就昨晚，要不是给他灌了那么大几杯酒下去，我看他都不知道猴年马月才跟我吭声。”

路无坷跟在她的身后进去：“他是怎么跟你表白的？”

路无坷的话着实让阿释吃了一惊，脚步都停了下来。

路无坷差点撞到她的背上：“怎么了？”

阿释回过头来看她：“路无坷，这要放平时你可问都不会问，怎么今天不仅问了，还问得跟探讨似的？”

阿释越想越不对劲，猛然转头去看她：“你别跟我说你要学习啊。”

路无坷沉默下来。阿释看她的脸就知道为什么，阿释把手里的花和书拿起来给她看。路无坷这才发现阿释手里拿的是一束玫瑰花。

阿释十分不解气地“啪啪”甩了两下书：“别好的不学学这个，我跟你说，你可别跟书呆子学，他这要换个人，人家铁定把书往他的脸上摔，我这要不是热恋期我也把书往他的脸上摔。”

路无坷看她“哗哗”翻了两下书，书页上密密麻麻的全是字，还有数字，是理工科的书。

“这都什么玩意儿啊，谁现在还送专业书啊？”阿释说，“我俩同一个专业，我不就之前为了找话题跟他聊，绞尽脑汁把我大学学的那点儿东西都翻出来跟他讲了，他居然以为我是真的喜欢这些鬼知识。”大学四年都被折磨疯了，好不容易毕业了还学，跟要她的命差不多。

阿释一口气不带喘地跟路无坷说上一通，越说越来气，气呼呼地把书往旁边的沙发上一扔。

路无坷看了那本书一眼。

阿释看她好像有点兴趣的样子，打断她的念头：“你可千万别跟他学。”

路无坷把视线收了回来，又看阿释拿着花往旁边的柜子方向走。

“花倒还行。”

这个路无坷倒是知道，她说：“男的不喜欢花草。”

“还真是。”阿释说。

路无坷把那一袋子吃的放在了桌上，过去把窗户打开通风了。

阿释在柜子那边嫌弃玫瑰花俗气，声音里却又忍不住有点小雀跃。别人和朋友小聚可能还会一起做做饭，但她们两个不行，她们两个要做饭只能吃干炒泡面，水煮泡面，除了泡面就是泡面。

两个人靠在沙发里一起叫了外卖，刚叫完外卖的时候阿释突然想起一件事：“对了，忘了跟你说个事儿，本来回来就要跟你说的，一打岔忘了。”

路无坷看向阿释:“什么?”

“刚路上不是堵车了吗?”阿释说,“是前面出车祸了。”

“然后呢?”

阿释在犹豫,想想还是说了:“虽然这么说不太好,但是路无坷,刚才出车祸的那个人长得好像路智远,警察就在边上走着。我听司机大叔跟旁边那辆车的司机聊起来了,好像是说这人犯事儿了,被警察追来着,然后过马路的时候一着急就让车给撞了。”

难怪阿释百米冲刺的速度都回来得这么慢,原来路上被这事耽搁了。

从上次路智远找到沈屹西的酒吧,路无坷见过他那次之外,后面两个人没再见过。

其实路无坷和路智远,两个人除了血缘上那层关系在,他们比陌生人更像陌生人。路智远待路无坷是如此,路无坷待路智远也同样。

听阿释说完后,路无坷脸上的表情很平静。她“哦”了一声,最后问了一句:“犯的什么事?”

“这我还真认真听了。”阿释抱着个抱枕坐正了身子,“好像是犯罪了,需要关进去吃牢饭的那种,还说这人已经被警察追了很久。”

路智远这人这辈子打交道最多的除了那些不三不四的人,还有警察。他好赌,不管在赌博上砸了多少冤枉钱都不知道收手,只要手头有钱,不管大钱小钱,最后无一例外都是流入了别人的口袋里。

他自己更是因为赌博进了不少次局子,但他就是不知悔改,这次被抓了肯定还有下次。后来被忽悠进传销组织中,也肯定欠了不少网贷和高利贷,路无坷的手机甚至还收到过网贷的催款通知,路智远借钱填的是她的电话号码,但她一一忽略了。

路智远这人会犯罪却也不算出人意料,他这辈子没少干缺德事,所幸的是路无坷自己有足够的能力和勇气不被这个家庭绑着。路智远这个人也实在没什么好聊的,两个人聊着聊着很快就聊到别的话题去了。

外卖很快送到了,拿出来摆了满满一桌子,两个人一顿饭吃了两个小时,下午又一起出去逛了会儿街。

阿释现在有男朋友了，路无坷不会傻到在这里耽误人家的好事，逛街逛得差不多的时候就给沈屹西打了电话。

沈屹西下午应该比较闲，很快就过来了。

路无坷被阿释大大的一个拥抱抱了一下后才被放走了，路无坷拎着大包小包上车的时候被沈屹西开了句玩笑："给我买礼物没？"

路无坷把东西都放到后座："不告诉你。"

沈屹西"切"了一声："搞那么神秘？"

路无坷拉开副驾上了车，沈屹西看她系好安全带后才发动车子，路无坷去看他的侧脸。

沈屹西正看着后视镜从容不迫地打着方向盘倒车："有话说？"

路无坷也不跟他兜圈子："我今天见到你姑姑了。"

沈屹西瞥了她一眼，对视两秒钟后移开了视线，笑了："怎么发现的？"

路无坷说："你父亲叫沈卓琛。"而艺术团的那位叫沈卓仪。就她和沈家的纠葛，知道沈家人的名字并不奇怪，沈屹西也没问她怎么知道的。

"她确实是我姑姑。"沈屹西把车汇入了车流，"我也确实跟她提过一嘴你的事儿，不过我姑姑这人，你今天也见到了，要没点儿真本事，她压根儿都不会正眼瞧一下。"

"所以你靠的自己，我就张张嘴不顶用。"沈屹西说，"一开始，我姑姑在电话里头也说了，光我说没用，得你自己争气。"沈卓仪是个倔脾气，她这么说肯定就会这么做。

沈家可能风水不太好，家里子孙辈不仅容易出脾气倔的，还容易出离家出走的。光是这两代人已经出了两个，一个沈屹西，另一个就是他姑姑沈卓仪。

沈卓仪年纪轻轻那会儿就从家里出来了，因为和家里的理念不合，现在脱离家庭倒也混得不错，搞艺术搞得很成功，丈夫是个搞学术的，夫妻一直恩爱和睦。

"今儿你前脚面试完走了，我姑姑后脚就给我打了个电话夸你。"

路无坷看向沈屹西。

沈屹西挪开了视线，笑了："给我长脸了啊媳妇儿。"

几天后，路无坷就正式入职艺术团，她刚进去整个团队就要去外省学习交流几天。

那几天沈屹西的车队正好也有场比赛，赛道跨省，沈屹西也同样忙了好几天。

这几天路无坷都没见到沈屹西，白天在外头听讲座、看演出，只能晚上回到酒店接他打过来的视频通话。跟路无坷住一起一同事笑着问他们是不是刚谈的恋爱，像热恋期的小情侣。

几天的时间在忙碌中一晃儿就过去了，沈屹西比路无坷先回去一天，隔天车队也没什么事，他就直接去机场接她了。

结果在机场接到了路无坷说跟朋友去玩的电话。沈屹西感觉有点不爽，瞧着机场外来来往往的人，叹了口气，却也没说什么。路无坷在电话里问他是不是生气了。

沈屹西说："你说呢，我有多少天没见女朋友了？"但气归气，沈屹西还是没舍得凶她，只让她早点回去。

水泥公路两旁的青色田野快速往后倒退。沈屹西的手挂在方向盘上，半路上接了个电话。

电话都还没讲完，隔着老远车后传来一阵刺耳的声音。沈屹西看都不用看就听出了这是引擎声里夹带的东西。这辆车在挑衅。

沈屹西神色自若地讲着电话，车子稳稳前行。车轮碾过公路，砂石飞溅。距离眨眼间就缩近了，那个声音就到了耳边。沈屹西不以为意地往外扫了一眼。

一辆通体黑色的摩托车卷着风呼啸而过，高速下迸裂出声响的排气声猛然增大。对方鸣起了一声挑衅的鸣笛。

挡风玻璃外，某个说要跟朋友去玩的人握着车把回头看他。头盔将那张小脸盖住了大半，只露出了一双眼睛。她很快回过头去，摩托车冲了出去。路无坷甩下一阵车尾气后扬长而去。

沈屹西透过挡风玻璃看着她的背影。她上身穿着黑色皮夹克，踩着黑色短靴，长发被风吹散。沈屹西注意到了她的操控，路无坷很明显不是个新手，操作熟练稳当，动作也干脆利落，在她身上看不到半点害怕的影子。毫无疑问，自己在外头学的。

沈屹西在后面稳稳当当地跟着。

路无坷不像是开着车到他面前兜一圈的意思，油门铆足了劲儿地给，从他身边冲过去之后没再回过头。她是要跟他成为竞争对手。

意识到这点，沈屹西不禁笑出声。他的胳膊肘抵在车窗上，指尖垂下在虚空中点了点，视线胶着在前面的那个身影上。

路无坷骑在摩托车上，风似乎都要将她整个人撕裂开。

沈屹西稍微坐正了身子，伸手换挡，油门一踩车冲了出去。

直行公路上拼的就是速度，沈屹西这人一开起车来就是一个“疯”字，油门往死里踩。

没过一会儿，沈屹西开的四轮的便追上了路无坷驾驶的两轮的。两辆车并驾齐驱，沈屹西还有闲情逸致扫了眼车窗外的路无坷。

绿色的田野在路无坷的身后快速倒退，她转头看了沈屹西一眼。很快毫不留情地转过头，趁着他车速慢下来这个空当，车把猛地一拧蹿出去，还挺认真。看来是想玩得尽兴。

沈屹西脚底下踩了油门，超跑一瞬间飞出去老远。这次他径直超过了路无坷，双方互相较劲，来来往往。

前头就是个弯道，沈屹西操作利落地甩过了弯道，轮胎擦地声铺天盖地而来。沈屹西看了一眼后视镜，路无坷紧跟着也过了弯。她几乎没有停顿，转过弯的同时，速度加快从内弯超了沈屹西。

很奇怪的是像赛车这种野性生长的极限运动放到路无坷身上完全没有野蛮之感。她身上那股犟到底的劲儿和她的冷静、稳定完美地融在了她那具身体里。

这条公路是一条环城公路，绕着高楼、矮屋、田野、大树，路无坷跟一只在森林里蹿的鹿似的，在疾速下驰骋。

沈屹西松了点儿油门，不远不近地跟在她后面。

这条路用来赛车还不错，弯道足够多，路无坷很快就压弯过了个急弯。车身倾斜，膝盖几乎擦地。漂亮。

沈屹西就在后面看着，笑了一声：“还真有两把刷子。”

路无坷很稳的操作过后，车身摆直了回去，车速一下子又上来了。沈屹西到后头压根儿就没什么心思去竞速了，就只想看她玩。

前头的路无坷估计也玩够了，指了下前面一栋破平房，回头给了他一个眼神。

终点，就在前面。

从这里去那儿还有一小段距离，沈屹西瞟了一眼周围，旁边有一条小土路，从这头穿到那头，一看就是哪个懒得不想多走点路的人弄的。这儿都明摆着有条路能走了，何乐而不为。

沈屹西的方向盘一打拐进了小土路，沙粒被晒得干硬，轮胎驶过上头一阵噼里啪啦的响声。

公路上的路无坷注意到这边的沈屹西了，只看了一眼，默不作声地加了油门。

沈屹西的近道抄得心安理得。外围公路肯定要比这直行的小土路长一点，沈屹西的超跑从土路上跑过，回到公路上的时候已经停在路无坷前面。

他的车调了个头，猛地横着刹停在了那栋贴着专业投放下水广告的破平房面前。

路无坷朝这边驶来。

沈屹西推开车门下车，路无坷开着那辆两轮摩托转眼就到了他面前。

路无坷停下了车，腿支上了地面，声音听起来没有一丝波动："你作弊。"

"作弊怎么了？"沈屹西还挺有理，特别无耻，"你就说了终点，又没说不能抄近道。"

路无坷无语了。

沈屹西瞧她那副模样想笑，靠上她的车头，问她："哪儿学的？"

"什么？"

沈屹西的下巴指了指她的车。

路无坷说："国外有给人玩的地方。"

"有人教？"

路无坷点头："有啊。"

"男的女的？"

路无坷看向他。

沈屹西也看向她："怎么，不许问？"

路无坷低下头摘手套："男的。"

沈屹西盯着路无坷看了几秒，抬起手指轻轻叩了一下她的头盔："不嫌闷？头盔摘了。"就他这副德行，路无坷才不会那么傻。

"不要，我冷。"

"冷，我都能帮你焐热了，赶紧的，拿了。"

路无坷看他，十分直接："不要，你要亲我。"

沈屹西"啧"了一声，眯着眼审视了她两秒钟后，说："我要亲你我是小狗，话给你放这儿了，够放心不？"

路无坷的头盔戴着也有点闷，她看了沈屹西两秒钟，把头盔摘了下来。

结果摘下来不出一秒，路无坷就被沈屹西用蛮力往这头一兜，嘴唇被他粗暴蛮不讲理地压了个严实。

路无坷倒是没推开他，被他索吻间还不忘骂他："沈屹西，你是小狗。"

沈屹西笑了："我本来就是，路无坷，都跟我这么久了，还不知道我的德行？"

路无坷本来就比他矮，现在坐在摩托车上更是矮了一大截，她的头盔放在身前，沈屹西微弓着腰轻轻碰她的唇。

"教你的是女的男的？"

路无坷说："男的啊。"

沈屹西嗤笑道："我赌女的。"确实是女的，当时刚开始玩的时候可以选教练，路无坷选了一个女的，她打小就不爱跟男生一起玩。以前沈屹西说过，那些男的她看不上。

路无坷要说简单也很简单，她这个人就是有兴趣的才会去相处，没兴趣的、没感觉的你跟她多费一百句口水都没用。

沈屹西跟她打赌完是女的后，那句话就跟废话一样抛到脑后去了。

路无坷就知道他是问着玩的，明明知道是女的。

临近傍晚起了点儿风，两旁田野、杂草、树梢沙沙响，天色还是亮的，整片天空白里掺灰。

那头的公路上出现了一辆蓝色的大货车，拖着笨重的身躯往这边开，摇晃出“咣当咣当”的声响。

沈屹西发现路无坷一点也没分开的意思，倒是他自觉了：“你是没听见声儿？”

路无坷当然听见了：“我听见了。”

沈屹西大概是看见她脸上的镇定自若反倒对她不解的表情觉得好笑，往卡车那个方向撇了下头：“你们女生不都脸皮薄，亲热时要让人撞上了都得害羞上老半天？”

路无坷说：“那是你。”

沈屹西倒吸了一口凉气：“路无坷，你这张嘴是不是欠？”

“我说的是实话。”她还说得一板一眼的，“不敢亲的是你。”

路无坷就是在惹火上身，果不其然话没说完就被沈屹西狠狠地亲了下。

“就你这张嘴能是吧？”沈屹西还捏了她一把，路无坷吃痛，就要咬他。

沈屹西有先见之明，没让她咬着，笑：“就你那点儿小伎俩还想使多久？”

卡车从他们身边经过，带起一阵风和公路上的灰尘。

沈屹西从兜里摸了根烟出来点上了，问她：“怎么会去学摩托车？”

路无坷说：“就是想学。”

沈屹西看向她。

路无坷还坐在车上，她和沈屹西的视线对上：“当时学的时候，我就在想回来后要和你比一场。”

沈屹西觑了她一眼，吐了口烟圈，用开玩笑的语气：“那还挺遗憾的，输给一个作弊的了。”

“我知道你在看我。”路无坷忽然前言不搭后语地说了这么一句。

沈屹西原本挪开的视线转了回来。你看我，就跟我想看你一样，同样也是你想看你自己。

沈屹西和她对视着，原本变得有些严肃的气氛被他的一句话轻飘飘地打破了。

“今天兜这么一大圈儿就是想告诉我这个道理？”路无坷的那点

小心思被沈屹西说中，却也还算镇静。

沈屹西收回了视线，眺望着对面和田野交接的天："路无坷，知道我这几年为什么不再碰赛车吗？"

沈屹西这个名字在赛车圈里一直有一定的分量，从他踏入这个圈子就是一匹黑马的存在，从来没有输的时候，这样意气风发的人当年出事就跟一颗巨星陨落一样，谁都知道他当年发生过什么事，关于他不再赛车的原因确是流言四起。

有说是拿不到奖受挫的，有说是因为出车祸有心理阴影了。

职业赛车手是个高危职业，随便哪一次都可能半路命丧黄泉，不管是别人的命还是自己的命，在赛车面前都不堪一击。自己出事命没了，撞死人了也未必过得了心理那关。

沈屹西问她知不知道他这几年不再碰赛车的原因。

路无坷其实是知道的，因为当年那场不可控的车祸里，他不太公平地在三个人中完好地活了下来。

而赛场本身对他来说还是有着致命的吸引力。像他这么狂的人，怎么可能会畏惧赛道。

沈屹西夹着烟送唇边深深地吸了一口，有种不盲目却很吸引人的狂妄自大。

"要回去，不过就我自己一句话的事儿。"

Chapter 18

从此只向你狂奔

36.5°C

晚上，沈屹西打算带路无坷搬回澜江大学附近那套房子，因为经常住酒吧这边，路无坷放在这边的东西不少，收拾了整整一个行李箱。

回去的时候沈屹西开路无坷的玩笑，让她把车骑上，说她半路肯定会被交警拦下来查驾驶证，因为她看起来像个未满十八岁就骑车上路的孩子。

路无坷回国后还没回过澜江大学旁边的那套房子，读大学时她和沈屹西经常住的就那套房子，那段时间奶奶住院，她医院、学校两边跑，经常三天两头去沈屹西那边住。

回去后路无坷到浴室里洗澡去了，沈屹西在车库停好车后上来没见着她。

这套房子里的浴室是开放式的，就淋浴间挡了块磨砂玻璃，沈屹西瞟到后面影影绰绰的人影才知道她在洗澡。他叼着烟过去把窗帘拉开了，黛山像夜色不小心打翻的浓墨，山麓里灯火隐约。

沈屹西回身差点撞到路无坷的行李箱，她常用的银色的铝合金的行李箱就放在床边，应该是刚才拿了衣服，行李箱还没阖上，沈屹西取下烟，弯腰帮她阖上了，拎到一旁。

但行李箱的拉链没拉全，突然不知道什么东西从拉链里掉出来，掉在了地上。

“啪嗒”一声，沈屹西低下头看了一眼。是一个皮套包着的本子，灰褐色的。

本子旁边的扣子没扣上，里头的条纹白色纸张打开了，上面不知道记了什么单调的东西，随便一眼扫过去一溜长短一致的文字。

沈屹西放下行李箱，拿起了地上的本子，却在看清上面的字时，手不由停顿了一下。

－沈屹西（20××年3月1日）
－沈屹西（20××年3月2日）
－沈屹西（20××年3月3日）
－沈屹西（20××年3月4日）
－沈屹西（20××年3月5日）
－沈屹西（20××年3月6日）
……

满满一页，除了后面日期有差异之外，其他几乎是一个模子刻出来的。

这一年正是路无坷去国外那年，她是二月底离开的澜江。

沈屹西微微皱了下眉头，把烟塞回了嘴里，拿着本子坐在了床边上。第一页记到了四月，他往后翻。五月，六月，七月到年底的十二月，一天都没落下。

原本到这里已经足够单调、枯燥，往后翻翻又是单一、漫长的一年又一年，全是这三个字，后面跟着一个日期。沈屹西莫名觉得有一股气堵在胸口，叼在嘴里的香烟的烟灰掉在了本子上。他抖掉了上面的烟灰，忽然注意到上面日期上的不连续。

路无坷记的东西实在太过单调、无聊，如果不仔细看还真发现不了。

时间是两年前，中间有一个月是空白的，那一个月什么都没记，连日期都没有。沈屹西在看见那凭空消失的一个月时已经有了预感。在这个时间在脑子里和自己出事的那段时间吻合起来的时候，心里仍旧升起一股烦躁的感觉。

难怪回来后，路无坷从没问过他一句当年那场事故发生了什么。因为她什么都知道。浴室里水声淅沥，哗啦哗啦淌在瓷砖上。

沈屹西拎着那个本子，听着这个声音抽完了手里的那支烟。直到烟烧到了烟屁股，沈屹西拖过烟灰缸，把烟碾灭了起身。他把本子扔在了床上，往浴室方向走。

淋浴间里的灯光被热气氤氲得模模糊糊的，挂回墙上的淋浴头往下滴着水。

路无坷正把内衣往身上套，身后的玻璃门被打开了。她回头去看，沈屹西进来了。他看起来脸色有点差，比平时严肃了不少。

路无坷还没反应过来沈屹西是怎么了，就被他胳膊一伸拽进了怀里，紧接着两条光着的腿悬空了。她整个人被沈屹西抱起来放在了洗手台上。冰凉的大理石的凉意直往腿根上冰去，路无坷挣扎着要下来，却被沈屹西挡住了没法儿下去。

沈屹西的吻落在了她还沾着水的脖颈上。她还没来得及扣上的扣子被沈屹西勾了下来，肩带滑到了手臂上。

路无坷不知道他发什么疯，要去推开他："放我下来。"沈屹西当然没让，他的气息落在路无坷刚被热气蒸熏完薄得像纸一样的肌肤上。

"路无坷，两年前回来看过我？"沈屹西被烟草熏过的嗓子略微泛着嘶哑，掺着低沉直往她的耳朵里钻。

路无坷一愣。沈屹西不满意她这副不吭声的样子："说话。"

路无坷觉得洗手台上太凉："没有。"她就要从洗手台上下来，沈屹西伸手扯过架子上的浴巾，兜住她的腰把她往上抱了点儿，把浴巾塞到了她的身下，好声好气地道："这下行了？"

路无坷这个难伺候的主儿一下子就不吱声了。脾气来得快，却都是一戳就没了。

沈屹西开门见山，不打算弄那些弯弯绕绕的："你那个本子我看到了。"

路无坷被困在沈屹西的怀里，闻言抬起眼睛看他。她不是个爱写东西和记日记的人，身边有什么本子心里一清二楚。

沈屹西问她："如果今天不是你那个本子自个儿有想法跑出来给我看，你是不是打算这辈子都把这件事儿放在肚子里头揣着？"

路无坷看着他，说了实话："是。"这确实就是路无坷，她连写日记跟自己对话这事儿都不爱干，更不用说跟别人说，从小到大她就是那种什么都往心里藏的人，不爱跟人交流。像今天这件事沈屹西如果不问她，她可能一辈子都不会把这件事拿出来跟他说。

即使知道这就是路无坷的性子，但沈屹西还是莫名觉得生气："会哭的小孩儿有糖吃，你到底懂不懂这个理儿？"

路无坷转开了头。她哪能不知道这个道理，她在沈屹西面前也服软过不止一次两次了，每次无一例外的只要她稍微服点软，沈屹西就会无条件地纵容她。

“路无坷，但凡这五年来你稍微跟我服下软，说句话也好，或者回头看我一眼，我都不至于晾着你五年，让你自己回来找我。”

路无坷的睫毛轻轻颤抖了一下。与其说沈屹西一直在等路无坷回来，给她时间让她去想明白所有事，不如说他只是在等她回头。他们都通透、理智，太过了解对方，但也正是因为如此，他们吃尽了苦头。他们从来不说爱，不说深情，不在一次次争吵拉扯中难分难舍，剪不断理还乱，以此加深爱的定义。

性格使然，他们对彼此的爱意心知肚明，却也因为这样的性格两败俱伤，他们两个人中但凡谁不理智一点，两个人之间也不至于隔着这么漫长的五年。

如果路无坷能像别的女孩子感性一点，回头看他一眼，又如果沈屹西蛮不讲理一点，不给她时间让她去撞南墙，他们之间都不至于空白了这么多年。

浴室里一时间只剩下淋浴头上的水滴落在瓷砖上的细响。过了许久，靠在镜子上的路无坷终于转回头看向了沈屹西。

“当年那场车祸，你在重症监护室里住了十五天。”

沈屹西盯着她眼睛：“为什么不来看我？”

路无坷张了张嘴，终于发出了一点声音：“我进不去，沈屹西。我被你父亲碰上了。”

沈屹西微微皱了一下眉头。

路无坷在所有人面前都能维持她那冷静的性子，唯独在沈屹西面前，她是个有裂缝的人，内里的脆弱，不坚强，沈屹西是看得最多的。她把两年前那些原本应该尘封的委屈和不甘心带到了今天：“我进不去。”

路无坷到现在还留着当年沈屹西出事时的报纸。

两年前她一夜没睡赶回了国内，直奔沈屹西所在的医院。她到的时候，沈屹西已经从手术室里出来被转进了ICU。当时正值深夜，里头没人，路无坷在窗口外站了一个晚上。ICU里面的沈屹西满身仪器，安静地睡着。

路无坷压根儿不知道自己站了多久，直到在走廊上碰上了在国外出差匆忙赶回来的沈父沈卓琛和沈母叶丛莲。

沈父和沈母是认得她的，沈父未与她说一句话，就换衣服进了重症监护室，沈母和她点了下头，进去之前还递给了她一条手帕。路无坷也是至此才知道自己红了鼻头。

后来沈父先从里头出来了，路无坷以为他会跟之前一样不搭理她，却没想到他走过来停在了她面前。沈父说要和她谈一谈，沈卓琛身居高位，身上有一种强大的气场在，路无坷却一点儿也没有怯场。沈父并没有和她兜圈子，直接讲明了来意，说她和沈屹西并不是一路人，门不当户不对，最主要的是，身份、地位也配不上。

沈父到底是多年在生意场上行走的老狐狸，这些难堪的话从他嘴里说出来不至于太难听，甚至还让人感觉有理有据。那原本应该是一场愉快的交谈，因为只有沈父一个人在说，路无坷在安静地听着，看起来仿佛已经听进去了一样。可最后路无坷一句很平静的话打破了这次表面十分平和，实则暗流涌动的对话。

路无坷跟沈父说，他的儿子只要她。那时候的路无坷说大胆是真的大胆，却也说的是事实。路无坷什么都没有，沈屹西这个人本身是她最大的底气。

后来沈屹西转去了 VIP 病房，从他昏迷到后来好转的一个月，路无坷一直在国内，却一直见不到他。

后来她回了国外，因为沈父的那句门不当户不对，身份、地位也配不上，她一直在努力向上爬，直至成了一名专业的舞蹈演员，在艺术界不低人一等。

路无坷跟沈屹西说了很多，唯独一件事她没提。当年在病房外，她想过如果沈屹西没了，她也解脱了，不用再吃药了，也不用再在本子上因为想他每天都要写一遍他的名字。

他们之间不管是哪个，都早已扎根在对方的血肉里，在这个世界上多呼吸一分钟都是在跟对方纠缠，五年来的每一分每一秒都是在和对方藕断丝连。两把硬骨头拧到了一起，就再也解不开了。

路无坷做了一个梦，梦见自己又躺在国外的那张床上。她慢慢转醒，睁开眼入眼是一片漆黑的天花板。窗帘没拉，浓重的夜色爬满落地玻璃窗，烟火气一到深夜就淡了不少，灯火寂寥。

她没做梦做到神志不清，转头去看身边的人，沈屹西睡着了，半边脸埋在枕头里，露出一半英挺的鼻梁和锐利的眉眼。

路无坷枕在他的臂弯里，腰上搭着他的胳膊。她看着沈屹西，抬手去捧他的脸，去咬他的下巴。

沈屹西吸了一口气，眉心抽动几下后睁开了眼睛。

路无坷磨着他的下巴，鼻尖抵在他的唇间，睁着大眼睛看他。

沈屹西也低头瞧着她，倦怠扯着他的眼皮，他闭上眼睛，响亮地亲了下她鼻尖："精力这么旺盛？"他的话里带着几分玩味。

路无坷否认："我不旺盛，是你。"

沈屹西的脸皮厚，伏在她的耳边笑："给点儿面子，理解理解，年轻人精力旺盛。"

路无坷没接话，沈屹西似乎察觉出了她的情绪不太对劲，低头去看她："睡俩钟头还没缓过来？"

路无坷不说话。沈屹西抬起她的下巴让她抬头。其实路无坷没睡多久，沈屹西端详着她的脸，估计就是醒来了故意闹他起来跟她玩的。他索性掀开被子，低下头重重地亲了她一口。

路无坷当然没推开他，十指插进了他短发茬里。

……

黑色的天幕掺了点儿红，瞧着再过个把小时这天就要破晓了。

房间里还有还没散去的烟草味，路无坷裹在他的味道里没动，听着浴室里哗啦啦的水声。

路无坷躺在床上百无聊赖，视线也没个定处，随便盯着哪儿发呆。某一刻她的视线像被什么抓住了，路无坷盯着衣帽间的门边，目光逐渐聚焦。

在隐约的光线下，她当年在他家的墙上乱涂乱画的小女孩和赛车模糊成一块，只有个界限不清的轮廓。而现在在那个图案的旁边，贴着门的那块地方有了别的印记。

路无坷盯着那个地方看了几秒，然后从床上爬了起来，下床往那个地方走了过去。越走近，墙上刻着的那个东西看得越清晰。

路无坷光着脚踩在瓷砖上，瓷砖的寒意直往脚板心里钻，她慢慢地走了过去，直到停在了那堵墙前。

五个叉叉，刻的人似乎很用力，沟壑深深地凹进去，到现在里头还残留着一些粉末。路无坷看着这五个图案，蹲了下来，伸出了手，用指尖细细地描摹。

沈屹西从浴室出来的时候看到的就是这幅场景，路无坷没在床上待着，不知道蹲在衣帽间门口干什么。在那里能是在做什么，不言而喻，沈屹西不用想都知道她在做什么。

房里没开灯，沈屹西也没过去开灯，直接往她那儿走了过去。路无坷知道沈屹西出来了，摸着那五个叉叉，回头去看他。

沈屹西过来后什么都没问她，直接抄过她的膝弯把她抱了起来："这腿才好了几天？"

路无坷抱住沈屹西的脖颈稳住身子，去看他，直接跳过了他的责怪，问他："墙上那些是什么意思？"

沈屹西直接把她抱到了床上，两手撑在她的两侧，视线垂下来盯着她。路无坷这个磨人的，就是要让他自己说。"是什么意思？"

沈屹西抬了下下巴："你问我，我上哪儿问去？"

路无坷说："问你自己啊。"

沈屹西"哼"了一声，从她身上离开，上了床，把她抱到了怀里："睡你的。"

沈屹西又不知道想到了什么，往后仰了下身子，伸长了胳膊打开了旁边床头柜的抽屉，从里头掏出了个什么东西出来。路无坷趴在他的身前，好奇地探头去看。

沈屹西手里拿了个正正方方的东西，还没一个巴掌大。路无坷被他圈在怀里，看清了那个东西，是个丝绒盒子，色调是有点暗沉的深蓝。

沈屹西直接打开了盒子，从里头拿出一枚素白的戒指往她的手上套。不像别的男的，沈屹西一点仪式感都没有，跟随便往她手上套一件普通首饰似的。

戒指的设计简单不繁复，却很有品位，跟路无坷的无名指很贴合。路无坷看看戒指，又去看沈屹西。

沈屹西也在看她的手，见她仰头朝她看了过去。

路无坷直白地问："沈屹西，你这是在求婚吗？"看着不像。

沈屹西笑了："这算哪门子求婚？求婚再怎么着也得给你弄一堆聘礼不是？"

路无坷看了他一眼，转回头去了，看着手上的戒指。沈屹西也顺着她的视线看了过去。

路无坷问："什么时候买的？"

沈屹西似乎皱着眉细想了下，最后挠了挠眉心："可能一年前？忘了。"

这枚戒指还是他之前跟许知意去珠宝店那会儿看到的，当时许知意是去给他的未婚妻选婚戒，沈屹西在旁边百无聊赖地闲逛，这枚戒指很有眼缘地让他看上了。当时只觉得挺适合她的，她戴起来应该很好看，然后就买下来了。那时候他们甚至还没有和好。

"行了。"沈屹西抓住她的手，"都几点了，睡了。"

路无坷这个不安分的，手被他抓住了，拇指还抠着无名指上的那枚戒指。

沈屹西感觉到她的小动作了，被逗笑了："难不成你今晚就摸着这玩意儿不睡了？"

路无坷不理他。

沈屹西说："以后有的是大把时间给你瞧这东西，现在先把眼睛闭上，成不？"

路无坷听出来了他话里的意思。以后有的是大把时间。这不是一个没有范围的概念。它是后面那很漫长的一生。

路无坷突然想起以前沈屹西说的话，他说，这辈子他就跟她生定儿子了。沈屹西这人好像从来不会说谎，话从他的嘴里说出来，都是有十足把握的，确定的。

他们早在这俗世里有了纠葛，在后来漫长的岁月里终究还是狭路相逢。本来啊，路无坷的命就是沈屹西捡回来的。那年十三岁的她，被十五岁的他从车轮底下救下。从那天起，他们在往后的日子里注定都是要纠缠在一起的。

也是从那时候起，除了那个姓沈的，再也没任何男生能让路无坷去正眼瞧上一眼。

沈屹西是半个月后离开的 RIA 车队，对于他退队去做自己车队这件事，RIA 的老板，也就是杨敞的父亲对这件事表示大力支持。

本来当年沈屹西从赛场上退下来后，就没打算干教练这活儿的，很多车队向他发出的邀请都被他一一回绝了。最后还是杨军浩跟他以前刚入赛车这行的师父有点交情，才把他这尊大佛给请到了自己的队里。

杨军浩当时的意思也不是要把沈屹西一辈子绑在 RIA 里，只是想让他没重回赛场之前帮忙指导一下底下那帮年轻人，他要是哪天嫌烦了或者想干自己的事了随时可以走人，所以这会儿沈屹西要走了他们从上到下基本没意见。

那个时候杨军浩就觉得这小子是迟早有一天得回到赛场上去的，他身上那股野劲儿，当年出事后也没见被磨灭，有的人天生就是属于赛场的。

就是这里头有几个赛车手是跟着沈屹西过来的，那会儿 CHN 车队解散后，那里头的职业赛车手都面临了如何抉择去向的问题。

车队要培养一个赛车手跟现在娱乐行业打造一个偶像差不多，需要投入大笔的资金，所以车队挑人的时候也格外谨慎和刁钻，当时 RIA 看上了 CHN 里面的几位赛车手，那几位都签了这里，有的当然是因为 RIA 这个靠山算国内车队里的佼佼者，签了这个车队后面的路好走，但有些赛车手也确实是因为那点情怀，跟着沈屹西来的。

所以沈屹西一走，他们都嚷嚷着要跟着走，但他们这堆人里头除了齐思铭这个可以随时抽身的，其他人都是跟 RIA 签了车手约的，也就是在合同规定的年限内，他们都是 RIA 的赛车手，得给这个车队跑比赛，不然的话就得赔偿一大笔违约金。

他们当时都嚷嚷的时候，沈屹西笑着说："都还让人管着呢，着急个什么劲儿。"

齐思铭这个随时能跟着走的，装模作样地安慰他们："再说重建 CHN 也不一定能顺利，等屹哥去打拼个几年，等 CHN 靠谱了你们再来也不迟，是不是？"

那会儿他们是在沈屹西的酒吧喝酒，非得给他搞个什么欢送会。

沈屹西听了齐思铭的话，笑了笑，踢了一脚过去："我话放这儿了，CHN 只会成功，失败那是个什么玩意儿。"

"教练，你好嚣张！"

"够狂！"

他们这帮人里头没有比齐思铭认识沈屹西更久的，当时沈屹西那话说完后起哄的那几个人多少都是带点不相信的，除了齐思铭。

齐思铭知道沈屹西这人什么样，他只要说了什么基本上就没有他做不到的，他只要说了就会用十成十的力去干这事。他是天之骄子，但也确实凭的是自己本事。

那天晚上大家喝到了很晚，连一向跟沈屹西不太对付的邵司泽都十分给面子地捧了场，送了他一句赛道上见的话。

从那天开始，CHN 归来。

两个月后，一场著名的拉力赛在初夏拉开了帷幕。

这场可以说是万人瞩目的拉力赛以其让人意想不到的路途艰苦和危险被人熟知，赛车将在柏油路、土路、沙砾路上进行比赛。这期间不管晴空万里还是刮风下雨，比赛照常进行，大自然的力量最是让人敬畏的，一旦去到荒无人烟的地方，天气变化的影响会变得尤其大。

往年这场定在初夏的拉力赛便极其受关注，今年则是在往年的热度上又多了一波热度，因为当年某个极有天赋和实力却因为在赛道上遭遇突发意外而落败退场的赛车手重新回到了赛道上，这是这个人复出的第一场比赛，当然备受关注。

而沈屹西作为一个还没上赛道，因为重建 CHN 车队在此之前已经受到莫大关注的人，对这些已经没有任何感觉。

不管是论坛上热火朝天的议论，还是那些吸引眼球的新闻，都对沈屹西没有任何影响，甚至第一天和第二天沈屹西跑得都还不错。

这次比赛路无坷跟沈屹西一起过来了，除了齐思铭他们这些非来不可的，许知意这次也跟着一起来了，只不过他的腿脚不方便，不能奔波，也撑不了那么久，在这跟着耗了两天后就先回去了。

比赛为期三天，其中共设有几十处特殊赛段。

第一天进行的是土路赛段的争夺，在这个赛段内沈屹西拿下了全场第一。

但在第二天的沙砾路赛段上，沈屹西因为和就磨合了两个月的领航员在配合上出了点儿差错，在某个特殊赛段落后了关键的几秒，被其他车队的赛车手领先，在第二天的赛段只拿下了全场第二。

第三天进行的是柏油路赛段的比拼，比赛地点是在一个多山的大省，傍晚一众车队成员到达地点后纷纷各自到酒店休息。

路无坷跟着沈屹西连跑了两天才知道赛车手有多不容易，她还不是个开车的，已经能感觉到浑身有些提不起劲儿，比她平时跳舞还要疲惫一些，更不用说精神高度紧绷和操作确保万无一失的赛车手了，光是坐在赛车上颠上个一两个小时浑身都能散架。

晚上，齐思铭给他们打了电话，说他在楼下遇到了 RIA 车队，他们也住在这家酒店，让他俩也下去一起吃晚饭。

沈屹西本来看路无坷奔波了两天有点累，不想让她下去折腾这么一趟，说给她带上来，让她在楼上休息。

结果路无坷说去，沈屹西也就由着她了。

男的收拾起来要比女的快得多，沈屹西在旁边看她往身上穿衣服，路无坷今天穿了件无袖的束腰长裙，布料衬得她皮肤白得扎眼。

沈屹西看她就想穿着这么一件裙子下去："你就穿这么点儿？"

路无坷疑惑地回头看他："现在是夏天。"

沈屹西看着她往外走，也没说什么，随手捞上了一件外套。

齐思铭他们去的酒店对面一家大排档吃的，这帮人吃饭从来不喜欢往高级的地方去，就喜欢这种烟火氛围浓的，啤酒瓶盖子一磕，吃上几口肉。

路无坷和沈屹西去的时候齐思铭他们已经在喝了，他们给他俩留了两个座，连一块的。

露天下桌椅成排，各桌聊各桌的，叽叽喳喳的，马路上不断有私家车和摩托车鸣着笛开过。

齐思铭他们没等沈屹西走近就跟他说话，沈屹西走过去了，边跟他们说话边拉开了路无坷那边的椅子，路无坷在椅子上坐下了，沈屹西也拉开她旁边的椅子坐下。

男人的饭桌上聊的无非就是这两天的比赛，从赛道到赛车手都讨论了个遍，还有某个长得很漂亮的赛车公主。大家现在就等着明天的比赛，都闲着没事，吃着吃着嫌无聊就玩起了游戏。

玩什么游戏不重要，重要的是能让人喝酒就行，一大帮大老爷们就在那玩起了以前嗤之以鼻的真心话大冒险。

路无坷没有不合群只吃自己的，坐在那看他们玩，但她今晚运气好像还不错，半天也没被转到一次酒瓶。

倒是沈屹西，被连着转到了两次，第一次他干脆利落地喝了酒，第二次选了真心话。这从刚才到现在还没人选真心话的，大家直呼无聊。

沈屹西把玩着酒杯，笑了一声："这不给你们开个头，光喝酒多没趣。"

"你们别说。"齐思铭一副过来人的样子，"这真心话啊，要真戳准心窝子了，那叫一个带劲儿。"说完撺掇上轮被罚酒的男生问点狠的。路无坷比沈屹西本人都感兴趣，坐在那儿看着那个男生。

沈屹西压根儿不担心被人问什么，反倒瞥了一眼旁边明显对接下来这个问题很感兴趣的女朋友。但那男生是个老实人，又看到沈屹西女朋友在这里，半晌他们给他支的那些招，他一个都没问出来，最后只问了一个无聊的问题。

他问沈屹西的手机屏保是什么。他的话一落，桌上无一例外，大家嘘声一片。

沈屹西直笑，又从兜里掏出了手机扔到了那个人手里。

路无坷虽然回来后还没看过沈屹西屏保，但大学那会儿她见过的，沈屹西不太爱换壁纸，屏保万年一片黑。所以她不用听他们说都知道了。结果就听那帮头凑一起去了的男人叫了一声。

沈屹西的手机一秒都不让他们多看，伸手夺了回来，笑："还看得不眨眼了？"

"哥，我们看一眼都不行了？"

"不行。"

齐思铭这嘴贱的开始在旁边起哄了："这你们屹哥揣了五年的宝

贝，你们哪儿能盯着看啊。”

沈屹西笑着骂了一句：“滚蛋。”

路无坷看向了沈屹西，他手里的手机屏幕还没按灭。

看到屏保上的那张照片时，她愣了一下。照片是在大学教室里拍的，女生的耳朵里塞着白色的耳机，正在低头写作业。她的皮肤很白，眼睫毛很长，看起来又清纯又乖巧。沈屹西被她看到了也坦坦荡荡的，没什么不能让她看的。

齐思铭也就是在这时叫的路无坷，路无坷看了过去。齐思铭拆沈屹西的台：“你知道不，当年你前脚一走，他后脚就跟我要了你的这张照片。”

路无坷这张照片是大学那会儿思修课坐在前面的齐思铭偷拍的，当时还发到了群里，一堆人嚷嚷着要追路无坷。

沈屹西说齐思铭：“行了啊。”

后面这段很快就又在男人们碰杯的吆喝声中过去了，这个地方昼夜温差大，路无坷坐了没一会儿，感觉手臂发冷，沈屹西把带下来的那件外套给她穿上了，等她吃完了又先带她回去了。

回到酒店后，路无坷去拿了沈屹西手机出来看。

沈屹西让她拿走了手机，觉得好笑：“你是没见过自己？”路无坷却搂住了他的腰，埋进了他的怀里。

沈屹西顺势搂住她，把她抱到了沙发上坐着。她也不说话，就这么抱着沈屹西。

沈屹西就这么陪她耗着，直到她在沈屹西怀里睡着了。

拉力赛的最后一天，到了柏油路赛段，山区公路九曲十八弯，早晨还起了雾，这对各位赛车手来说无疑是个很大的考验。

沈屹西出发去赛区之前还跟路无坷开了个玩笑，说拿个冠军回来给她玩玩。

路无坷跟他说一言为定。

沈屹西去准备的时候，路无坷不能跟他一起过去，于是跟着齐思铭的车到终点那里等他。

拉力赛是采取间隔发车，即参赛车手不是同时出发，最后所有特殊赛段行驶的秒数加起来最少的获胜。

路无坷被齐思铭带到终点站的时候，已经有车顺利抵达了终点站，屏幕上的数据跟着更新。

赛车一辆辆飞驰而过，在那儿站得久了，路无坷耳朵都跟着耳鸣起来。

来看拉力赛的大部分都是男的，路无坷身边方圆三米内没有一个女的，这些人都是赛车发烧友，一个个讨论得口沫飞溅，就连赛车手的发车顺序他们都了如指掌，所以在沈屹西即将发车的时候有的人显得尤其兴奋。崇拜的有，看好戏的有，不看好的有。

路无坷站在那里，很明显身边的齐思铭也有点紧张，捏着个手机看着时间不断地张望着。

刚才还不觉得时间漫长，此刻分分秒秒却变得尤其明显的难挨。也不知道怎么回事，在连上个选手的用时都超过后，附近也听不见任何引擎声响。

人群里渐渐骚动起来，直到不知道谁爆发出了一声："有车在山底下那里翻车了！"

这一声就犹如在平静湖面投下的一颗炸弹，人声瞬间炸开，大家纷纷猜测着是谁，路无坷站在一片喧闹里，听到了无数个猜测是沈屹西的声音。她站在有惋惜和幸灾乐祸两副面孔的人群之中，手心逐渐渗出了一层汗。

旁边的齐思铭也一样着急地踱着步，路无坷看起来要比他冷静得多，所以在袖子突然被拉住那一刻，齐思铭是感到意外的。

路无坷看着齐思铭："带我过去看看。"

齐思铭的眼里闪过一丝讶异，在这一刻，他似乎看到了眼前这个女生身上有一点平时没有的东西，好像是紧张，又像是在害怕。

齐思铭反应过来后安慰她："别紧张，可能不是屹哥。"

路无坷却好像根本没把他的话听进去："你带我过去。"

齐思铭看着她的眼睛，终于答应了。他的车就停在旁边，两个人朝车的方向跑了过去。

在他们拉开车门那一瞬间，不远处突然传来了几乎要把空气炸开的排气声。空气中的不安分子被引燃，柏油路两旁的人墙瞬间高举手臂，欢呼声一声比一声高。

路无坷拉车门的手一顿，几乎是同时，红黑色的赛车从视野里呼啸而过。带着尖锐的引擎声，从眼前倏然滑过。

沈屹西在极速里感到热血沸腾。

在冲过终点的那一刻，屏幕上的数据同时跳动。

Team Name：CHN 沈屹西

Stage Time：01：20：12

排名：1

总排名：1

总排名出来的那一瞬间，声浪骤然变高。

路无坷听见了沈屹西那欠揍又嚣张的鸣笛声。她几乎是在同时甩上了车门，往沈屹西那边跑。

路无坷跑到那边的时候，沈屹西正被一堆脸上堆着笑的人围着，拥抱、拍背，祝福和欢呼不绝于耳。

沈屹西抬头看到了她。路无坷站在那里，看他应付完了那些人。

沈屹西穿着一身赛车服，一只手夹着头盔。隔着人群，他深邃的眸子紧盯着她，笑了。

“路无坷，冠军拿来给你玩儿了。还算说话算话不？”

……

我在这个万物枯萎的世界里发了场高烧，拖着烫坏我的步伐踽踽独行。

你风狂雨骤，大雨滂沱冲退了浑浑噩噩和迷迷糊糊，叫万物放浪形骸。

从此以后路途再坎坷，我也只懂得朝你狂奔。

（正文完）

Extra Story 01

扯证

路无坷一大早被沈屹西弄醒，沈屹西亲着她，以一种极其缱绻的方式。从唇珠到唇角徐徐含吻。路无坷躺在他的臂弯里，脸往他的怀里拱了拱。

沈屹西“啧”了一声，伸手去抬她下巴：“不让亲？”他伏下身子一口吻上去，笑了：“门儿都没有。”

就照沈屹西这么弄下去路无坷怎么可能不清醒，没几下就被他弄精神了。沈屹西有一下来得有点重，路无坷缩了一下肩膀，却也没躲了，想被他亲了。

路无坷听见沈屹西笑了一声。路无坷睁开眼睛：“你偷懒。”

“摸摸你自个儿的良心说说。”沈屹西说，“我真偷懒了？”

路无坷看他一脸的坏笑，说话的声音带着一股刚醒的慵懒劲儿。她说：“没有啊。”嘴上说着没有，身子却是使坏地往他的身上贴。

路无坷平时看着又冷静又乖巧，实际上很黏人，她虽然嘴上不说，但只要沈屹西在的地方，她基本上都要跟着。是挺乖的。沈屹西顺势抱住她。

澜江这个春天还没过去，这会儿空气里寒意还是冻人，男人的体温熨得她浑身发懒。

路无坷昨晚睡得有点晚，现在往沈屹西怀里一钻又犯起困来。

迷瞪间路无坷听见沈屹西叫她的名字，她的腰被他揽着，躺在床单上，白皙的脖子微往后仰绷直。沈屹西在上面亲了一口，抬起眼皮看她：“今儿这天不错，跟我扯证去？”

外面下着倾盆大雨。路无坷感到一阵无语，就知道他在睁眼说瞎话。沈屹西笑得身子都发抖了。

沈屹西又问她：“怎么样，考虑考虑？”听到了这句话，路无坷稍微正了神色，知道他是来真的了。

“你说真的？”路无坷脸上欢愉的尾巴还没走光，眼角眉梢的干净和放荡的欲色融合到了一种极致。

沈屹西笑了，伏起身用鼻尖蹭蹭她的鼻尖：“我还干过骗你的缺德事儿？”他的胳膊撑在她的身体两侧，肌肉有力又不夸张，居高临下地看着她，往窗外偏了下头：“现在起床立马领去？”

窗外是混沌的灰色，满世界涌动着暗流。

路无坷没问沈屹西为什么下雨了还要去，因为扯证不关天气什么事。他们想领证了，就不会在乎它是否是狂风骤雨。飘摇的世界里，两个人对视着。

路无坷认真地看着沈屹西的眼睛，说：“好啊。”

以前是两个人，以后是要用一个户口本，成为一家人的那种了。路无坷其实从国外回来没多久，沈屹西等不及了。同样，路无坷也等不及了。

路无坷想过他们之间要是没有那些不得已的事情发生，如果他们两个就那样一直交往下去，会什么时候去领结婚证？结果那天在民政局里沈屹西就给了她答案。

当时路无坷去了趟洗手间，回来的时候沈屹西正跟那里的员工大叔一边抽烟一边瞎扯。

男人都是有两根烟就能聊起来，路无坷听他们那对话应该是聊了好一阵了，大叔用大嗓门问沈屹西这个媳妇儿什么时候处的。

沈屹西说：“大学时。”

“刚毕业？”

“毕业都好几年了。”

大叔“哎哟”了一声：“那怎么这会儿才来领这个小红本儿，这得处好几年了吧？”

沈屹西笑了一声，也没对大叔得处好几年了这句话进行否认，只是说：“这个小红本是扯晚了。”

大叔想了想又觉得正常：“不过这也正常，现在好多像你们这样的学生情侣啊，结婚前拼了老命买房买车，还得应付家里催这儿催那儿的老头儿和婆娘，耽误个一两年都算少的。”

沈屹西对这话不做评价。

大叔看起来应该也挺无聊的，什么都问："小伙子，你自己都觉得这个证扯晚了，那这得是什么时候才合适？"

沈屹西抽着烟，笑了："大学没毕业到法定年龄那会儿。"

是的。大学没毕业到法定年龄那会儿就该扯证了。他二十二岁，她二十岁。

路无坷的脚步停顿了一下。

沈屹西好像刚好想到她，回头找她。

路无坷走了过去。

这是路无坷回国后的第一个春天，其实也回来没多久，就一两个月，但这个春天又好像很长，她遇到了很多事，每一天都有印象很深的事情在发生，最重要的当然是回到了沈屹西身边。

外头大雨如注，倒灌的大水里整个世界倾倒。

奶奶曾经说过，希望以后的春天能对她的宝贝好一点。奶奶的愿望实现了，这个春天对路无坷很好。不仅是这个春天，以后的每个春天都一样。

那天的雨中午就停了，傍晚起了阵风，把路面都吹干了一半。

齐思铭前几天组织了一个聚会，本来以为这个聚会今天得被大雨搅散了，早上还在群里吐槽了好一阵，结果中午这雨就停了，还带来了几分清凉的爽意。

这次聚会沈屹西当然是第一个被齐思铭喊过去的，说他宝刀未老能撑场子，听得沈屹西在电话里直骂他。

那天上午领完证回来，下午路无坷因为艺术团有点事被叫过去了，沈屹西也在车队忙活了一下午，看时间差不多了才开车去艺术团接上了路无坷。

聚会定在了酒店的包厢里，说是聚会其实就是凑到一起吃个饭，约的都是以前机械自动化四班的同学。大家都觉得情怀这东西很可笑，可到了某个年纪后就很难不被这些东西戳中几下心窝子。

那些无忧无虑的、每天只用啃题海的学生时代，又或者是那个几毛钱一瓶盐汽水的年代，还有嘎吱作响的老式风扇，到了成年人的世界以后，一看到这些难免感到有些怅然。

以前总嚷着成年人的世界有趣，是真挺有趣的，生活的方式千奇百怪，能没有趣才怪？

每到这时候，要是恰好碰上以前嗤之以鼻的情怀，很难不被触动。

想回去，但回不去了。

齐思铭今天这次聚会就是为了那点情怀组织的，他就是他们班的“交际花”，电话一打，想来的人还不少，路无坷和沈屹西到的时候已经来了些人。

他俩刚进去，那帮人就开始起哄，跟以前沈屹西带路无坷去他们班那会儿没什么两样，幼稚得像回到了大学时代。

沈屹西从容又自如地挡住了他们的那些调侃，拉开两把椅子，路无坷和他一起坐下了。

菜都还没上来，男人们的酒就喝上了，谈天说地，侃大山，包厢里热闹得跟菜市场似的。

下班后的阿释也赶过来了，拉了一把椅子坐在路无坷的旁边，过几天书呆子就要过生日了，路无坷被阿释拉着帮忙选礼物。

后来饭菜上来，这帮人的话也不少，聊这聊那的，从工作扯到游戏，又扯到了赛车上，男人的骨子里都爱这些让人热血沸腾的东西，又知道沈屹西是玩车的，这个话题就聊了起来，从各种赛车到前段时间刚举行过的一场大型拉力赛，聊得很起劲，后面话题还落到了沈屹西的车队上。

中途沈屹西起身去了一趟外头，路无坷一个人吃着碗里沈屹西给她夹的一堆菜，旁边的阿释跟齐思铭他们聊得很起劲，互相爆料大学那会儿的糗事。

路无坷吃了没一会儿就放下了筷子，从包厢里出去了。她往洗手间走，结果转过墙角就碰上了沈屹西。

沈屹西在走廊的那头，一边手插着兜靠在墙上，而他的对面站着一个女孩。路无坷的眼睛很尖，看到了那个女生通红的耳朵。那个女生路无坷叫不上来名字，只觉得有点眼熟，应该是沈屹西他们班的。刚才在包厢里路无坷还没看见她，应该是刚过来正好在外头碰上了沈屹西。她不知道跟沈屹西说了什么，然后有点娇羞地低下了头。

与此同时，沈屹西像是察觉到了什么，往路无坷这边看了过来。这条走廊挺长的，路无坷知道他的目光落在自己身上。

沈屹西好像笑了一下，头又偏回去了，不知道跟那个女生说了一句什么。然后那个女生就往路无坷这边看了过来。

路无坷的脚步还是跟来的时候一样，没加快也没放慢，像真的只是个要去洗手间的。

沈屹西就靠在墙上，也不走过来，就那么好整以暇地看着路无坷走近。

路无坷不看沈屹西，走到他那儿后就要从他的面前经过，结果就被沈屹西拽着手一把抱进了怀里："你老公这么个大活人站在这儿，你往哪儿跑？"

路无坷在沈屹西的怀里眨巴着眼睛，说得还挺有理："你是洗手间吗？"

沈屹西瞧她这样，松开她往洗手间那扬了扬下巴："去。"

路无坷真就进去了，后面的沈屹西看着她的背影莫名地想笑。

路无坷从洗手间洗完手出来后，沈屹西还在外面等她，她经过沈屹西走在前面，后面的沈屹西也跟了上来。

回到包厢后，路无坷碗里的东西都冷了，沈屹西把她碗里的东西倒到了自个儿的碗里头，看路无坷有点发蒙，沈屹西把碗放回她面前，看了她一眼："我不吃了。"又拿筷子给她夹了几样热乎的放进她的碗里，就是很顺手、很自然的一个动作，放下筷子就跟旁边的人聊天去了。

阿释在旁边看得啧啧惊叹："路无坷，书呆子要是有沈屹西一半开窍，我都得谢天谢地了。"

路无坷没说话，拿筷子夹碗里的东西吃。

刚才在走廊外跟沈屹西搭讪的那个女生也在包厢里了，就坐在路无坷的对面，她似乎感觉有点尴尬，时不时就瞟路无坷一眼。

路无坷倒是没去在意，只是吃着自己碗里的东西。

后来也不知道谁挑起来的结婚这个话题，在座的大部分人都还没有结婚，很多人还在为车、房发愁，有的干脆连对象都没谈，吐槽天天被家里人抓去相亲。这种话题怎么可能不转移到班里的话题人物身上。

沈屹西还在那悠哉悠哉地喝着酒，没一会儿就被点名了。大家挤眉弄眼地问他什么时候带人家领证去。

这话里说的人家是谁大家不言而喻，上次同学聚会这两个人看着一副老死不相往来的架势，大家那次还以为这两个人没戏了，但现在沈屹西又把人家带在身边了，这八成，不是八成，是肯定又好上了。

他们在酒桌上起哄沈屹西什么时候结婚请大家吃喜糖，一堆人叽里呱啦的，想说话的人压根儿就插不进去嘴。

沈屹西还没来得及开口，先被身边的一个声音截和了："领证了。"

这个几乎从进来包厢后就没参与过任何话题的声音突然插进来，还是这么劲爆的消息，酒桌上瞬间安静了下来。

路无坷能感觉到沈屹西把玩酒杯的手停下了，饶有兴味地看她。她转头对上沈屹西的眼睛，沈屹西的眼神里有窃喜，是的，很纯粹的那种笑意。

大家都在震惊的时候，还是路无坷旁边的阿释最先反应过来。路无坷的手臂被阿释抓着直晃："什么时候的事儿？路无坷你什么时候领的证？"

路无坷说："早上。"她的话音刚落，桌上那群男的后知后觉似的炸了。

"屹哥，厉害啊，早上下着大暴雨去拿的红本儿？"

"厉害！屹哥，仨月都不到，迅速闪婚！"

"有喜糖吃了，兄弟们！"

齐思铭这位又恢复了单身的人士受到一万点暴击的伤害："能想到很快，但没想到真这么快，你真要结婚了啊？"

沈屹西拿眼斜着看他："还能骗你不成？本子还在我兜里揣着呢，热乎的，要不要拿出来给你瞧瞧？"

"我拒绝。"

众人哈哈大笑起来。

又有人调侃道："屹哥，这领了红本是有多高兴？从早上到现在还揣兜里？"

沈屹西闷闷地笑了："这不怕媳妇儿一个不乐意，不愿意跟我过，拿去离了。"

Extra Story 02

小王子

结婚后的第二年，路无坷怀孕了。

立春那天验孕棒上验出来的两条红色的杠杠。从春到夏，再到秋，赶在秋天尾巴，路无坷卸了货。

以前沈屹西说过，要跟她生个小子。还真是个小子，带把的。随父母，皮肤很白，眼睛、鼻子、嘴巴看不出像谁，乍一眼看去谁的影子都有。用齐思铭他们这伙叔叔的话来说就是，小子长得比你爸还俊。

这当然是一句客气话，沈屹西这人的那张脸，目前齐思铭见过的活人里就没见过比他长得帅的。他生的儿子可以期待一下，毕竟身上有他爹一半的基因，而且他妈长得更清纯，十个男的有十个能看直眼的那种。

齐思铭都能想象到这孩子以后那张脸得好看到什么程度了，就这两个人的基因加起来，要比过他爹也不是不可能，当然大概率不相上下。

这孩子是路无坷要生的。当年他们那会儿刚谈恋爱没几天，沈屹西就说跟路无坷生定儿子了，反倒是结婚后没怎么提。

沈屹西当然想要一个和路无坷的孩子，但生孩子这事就是在活受罪，路无坷在沈屹西那里是第一位，什么孩子跟她一比，有没有都无所谓了。

最后是路无坷想生的孩子。不是因为年纪到了随波逐流，也不是总要生个孩子养老，就是想要有一个和他的孩子。这个孩子的身上流着他们两个人的血。

路无坷的身体底子弱，怀孕这九个多月遭了不少罪，好在沈屹西养得好，到孩子生下来肉没给折腾掉过一斤，脸还是白白嫩嫩的，连点黑眼圈都没有。

路无坷从怀孕后就几乎什么活都没干，生完孩子后照旧，沈屹西怕她摔着碰着，下个床都看着。

她生儿子这段时间正好跟一场大型拉力赛的时间撞上了，早在几个月前人家就向沈屹西发出了邀请。但沈屹西早给推掉了，因为知道她大概会是在这会儿生孩子，一个月大大小小的事儿都给推掉了，就在家里陪她。

路无坷难受了、不开心了也不会忍着，就算半夜醒来，她也会哼哼着让他醒来。这是沈屹西告诉她的，不管什么时候都不能硬扛。

坐月子那段时间家里阿姨开玩笑说，路无坷比刚出生的儿子更像个孩子，因为沈屹西照顾起她来要比照顾儿子更尽心尽力得多。

孩子的名字叫沈归路。立春那天确定路无坷怀上后沈屹西起的。大家都以为这个孩子生下来性格八成得像他爸，毕竟是个男孩。

经常来家里陪路无坷，顺便玩孩子的阿释连孩子以后的小名都想好了，就叫小霸王。

结果沈归路这个小霸王生下来一点儿也不像小霸王，天天不吵不闹，二十四个小时有二十三个小时是在睡觉，剩下一个小时是在喝奶。看起来这个性格有点随妈的苗头，不是个小霸王，是个小王子。

小王子的婴儿床就放在爸爸、妈妈的床边，孩子还小，婴儿房就先空着，先待在父母这里。

那天阿姨进来给沈归路喂奶，当时是晚饭后了，路无坷洗完澡进来，阿姨的臂弯里正抱着沈归路轻轻荡啊荡，拿着奶瓶在喂他吃。

沈归路被阿姨抱在怀里，奶瓶嘬得很香。

阿姨看路无坷进来了，抱着怀里的沈归路笑着跟她夸孩子："归路真乖，这么大点儿的小孩儿醒来都得哭，刚才我寻思着进来给他换个纸尿裤，结果一进来就看他醒来就躺在床里跟自己玩，吃着手指头。"

其实就是不够饿，平时沈归路一饿就会哇哇大哭，得把奶瓶嘴往他的小嘴里一塞才会不哭。大多数时候沈归路是乖的，但一哭起来也是真难哄。

沈屹西之前大半夜被沈归路的哭声叫起来，一边给沈归路冲奶粉一边还问过路无坷，问她小时候是不是特别爱哭。路无坷小时候是挺爱哭的，奶奶还说过她是爱哭鬼。但这个孩子也不全像路无坷，有时候不经意间的一些行为和兴趣很像沈屹西，这就是基因强大的所在之处。

阿姨抱沈归路过来给路无坷看的时候，路无坷不像别的妈妈会立刻把孩子抱过来哄着、逗着，她只站在阿姨旁边看着，看沈归路抱着奶瓶啜饮。

路无坷打小不会跟孩子玩，不知道怎么跟他们玩，饶是沈归路，她再怎么喜欢自己的孩子，但也不太会跟他相处。沈归路在妈妈站着看过来的时候，他的视线就落在了妈妈的身上。

一大一小，两双大眼睛对看着。

阿姨乐了："归路这是喜欢妈妈呢，这个小孩儿一看到喜欢的、感兴趣的就使劲儿盯着看。"

路无坷看着沈归路，小沈归路也看着妈妈。

阿姨问路无坷："要不要抱抱？"

她问的路无坷，路无坷看向她。其实路无坷也不是没抱过儿子，但沈归路出生后大部分时间是在睡觉的，压根儿不用人操心哄着，平时又都是阿姨喂他喝奶，所以这么几个月下来路无坷也没抱过几次儿子，就经常扒在婴儿床边默默地陪他玩。

阿姨问的时候已经把沈归路递过来给她，路无坷的动作还有点生疏，愣了一秒后才抬手，阿姨把沈归路放到了她的臂弯里。

阿姨以前也是在别人家里做事的，没少接触这种刚生孩子的妈妈，把她抱孩子的手挪了挪，笑着说："刚生完孩子都这样，抱抱就熟了。"

小孩子小小一团，浑身都软软的，躺在路无坷的臂弯里。奶瓶就巴掌大，沈归路小嘴啜着奶嘴，白白嫩嫩的小脸一啜鼓起两个小包包。他似乎有点喜欢妈妈，扑腾了一下小腿。

"哟，给妈妈抱开心呐？"阿姨在旁边笑着轻轻捏了捏沈归路的脸。

这孩子实在长得讨喜，谁看着都想亲一口的那种。

阿姨没让路无坷抱很长时间，路无坷现在身体还很弱，不能久站，昨天还发了场高烧。

但路无坷没走，还是站在阿姨旁边，拿着奶瓶喂沈归路喝奶。

沈归路很乖，也不知道是喝上奶了高兴，还是看见妈妈了高兴。他喝着奶，嘴里还时不时地叽里咕噜一声，开心极了。

这个孩子是个会吃的，这点像沈屹西，小嘴啜得很快，没一会儿嘴边就弄上了点儿奶。路无坷看着儿子嘴边的那滴奶，干瞪眼两秒后抬起手，用指尖去抹。刚碰上那点奶渍，指尖就被一团软软的小拳头圈住了。

路无坷一愣，沈归路软软的小手团握成圈，圈着妈妈的手指头。小孩儿的手软糯软糯的，而他的眼睛已经阖上了，吃饱了困了，看着好像要进入梦乡了。

路无坷觉得心头有点软软的。后来沈归路就这么睡着了，被阿姨抱去了婴儿床里。

沈屹西回来的时候路无坷正跪在床上趴在婴儿床边，穿着一条白色的睡裙，裙摆缩到了小腿上。

沈屹西现在的车队不比以前没落时，签了不少职业赛车手，人都是沈屹西自己挑的，事实证明他干这行真的是有一手，光是去年签下来的那一两个赛车手就给他赚了不少，当然他自己上场赚得更多。

路无坷听见声音，回头去看沈屹西。

沈屹西把外套搭在了椅子上，走到了床边。

路无坷又回头去看婴儿床里，沈屹西过来往婴儿床里看了一眼："我还以为这小子没睡，都睡了看什么？"

沈屹西在床边坐下去，手臂一伸把她捞到了腿上抱着。

路无坷的两条小腿白得晃眼，看着婴儿床里："孩子好可爱。"

沈屹西笑了一声："这要换个别的小孩儿，我看你觉不觉得可爱。"

路无坷很诚实地说："不可爱。"就是因为是自己生的，所以才觉得可爱。

沈屹西往自己的脸上贴金，贼兮兮地说："因为随了你老公这优良的基因。"

路无坷转头看他："不要脸。"

沈屹西笑了，又要凑过去亲她。

路无坷顶住他的胸口。

沈屹西还是往前抻着脖子要去亲她："不是不要脸？那亲一下。"这概念偷换的。路无坷被他亲了个正着，抱着他的脖子回应。

沈屹西："一下午没见着我，想我没？"

路无坷亲着他，故意说道："没有。"

"真没有？"沈屹西这个烦人的，"没有你亲得这么起劲儿？嘴皮子都快被你亲破了。"

路无坷就去咬他的嘴唇。

沈屹西"嘶"了一声，倒抽着凉气笑起来，她还是和以前一模一样。

两个人亲着亲着忽然听到水声，纸尿裤湿透滴到地上，这泡尿太大了。

这好歹也当了一两个月的父母了，两个人一下子就知道发生什么了，赶紧分开。

沈屹西松开路无坷，往婴儿床下看了一眼。果不其然，瓷砖上有水。

沈屹西"啧"了一声，这小子这泡尿还挺多。

床上的路无坷已经在笑了，沈屹西起身，去捏她的腰："还笑？"

"反正不是我换。"

"还挺理直气壮？"

路无坷抱着他的脖子："是啊。"她说，"你去换。"能怎么办，还不是得哄着。

纸尿裤就放在屋里，估计阿姨刚才进来的时候忘了换了，这会儿主卧的门是关着的，沈屹西也没特意下去找阿姨，拿着个纸尿裤去儿子的床边了。

沈屹西站在床边拎着手里的婴儿纸尿裤看："这玩意儿怎么穿？"路无坷看过阿姨给沈归路换纸尿裤，对沈屹西说了怎么换。

沈屹西自个儿研究了一会儿，弯下腰给那小子换上了新的纸尿裤。沈归路睡得挺香的，给他爸这么折腾都弄不醒。

沈屹西换完了也没立即起身，两条胳膊挂在床栏边，看着婴儿床里的儿子："这小子怎么长得有点娘。"

路无坷跟他辩论："是清秀。"

沈归路长得像沈屹西也像路无坷，他父母的优点都沾了点儿，所以肯定长得要比沈屹西清秀。

沈屹西伸手捏了捏儿子的脸："挺好的，随他妈好看点儿。"

Extra Story 03

公 主

沈屹西车队的活忙起来没日没夜的，路无坷也不相上下，怀孕那阵子艺术团给她放足了产假，现在孩子卸货了，也休养够了，自然就得回去工作。

稍微有点名气的艺术团不可能整天就进里面喝茶看报，所以路无坷回去工作后除了忙就是忙，每天几乎都有一场演出。

父母都去工作的时候沈归路就给家里阿姨带着，当然这小孩也不是就这样被他的父母撂在家里，沈屹西和路无坷再忙每天也会挤出点时间在家看着儿子自己摸摸爬爬。

有的时候沈归路会和妈妈一起被爸爸送到姑奶奶那里，沈卓仪是路无坷所在艺术团的团长，也是沈屹西的姑姑。

有几个老人不喜欢小孩的，沈卓仪就喜欢沈归路喜欢得不得了，沈归路刚生下来那会儿她还特意去了沈屹西家一趟，就为了抱抱这个小孙子，等路无坷回到艺术团后，她平时一个老人待在艺术团里没事，就撺掇他们把孩子带过去让她带着，顺便给她这个老人解解闷。

所以路无坷作为一个舞蹈演员经常去跑演出的时候，沈归路也经常是姑奶奶带着的。

而路无坷现在每天高强度跳舞也不像以前那样一跳腿准出毛病，去年沈屹西带她去了趟国外做了手术，虽然效果说不上十全十美，还是落下了点儿后遗症，但总算不像以前那么容易一跳膝盖就红肿发疼。

路无坷喜欢跳舞，沈屹西不会阻止她。

日子这么一晃儿也过去了不少，转眼沈归路就到了牙牙学语的年纪，小归路最先会叫的是妈妈，是某天晚上一家三口在吃饭，坐在宝宝餐椅里的沈归路突然叫了一声妈妈。不熟练的，声音软软的，本能的。

路无坷愣了一下，然后看着抱着奶瓶喝奶的儿子。

沈屹西这个父亲一点都没鼓励他，对儿子说："哟，开窍了，学了个把月终于学会了。"

说是这么说，但后面一直抓着儿子教他叫爸爸。

可能父母的智商都高，沈归路被沈屹西这么一教很快就学会了，每天嘴里也说不出个别的，天天嘴里就叽里呱啦地喊爸爸妈妈，开心了喊爸爸妈妈，哭了也喊爸爸妈妈。

小孩子都是一天一个样，沈归路也跟别的小孩一样，七坐八爬九扶立，很快就长成了一个白嫩可爱的小王子。用沈屹西的话来说就是长得不那么丑了，勉强看得出是个小帅哥了。

沈归路三四岁那阵子还没去上幼儿园，路无坷有一天正好也没工作就在家里待着，一觉睡到了日上三竿，她醒过来那会儿家里静悄悄的，沈屹西去车队了，沈归路估计也还没醒。

沈归路长大些后哪儿都变了，长高了、变聪明了，就是有一点还是跟以前刚出生那会儿一模一样，每天很能睡，这倒是很让父母省心。

他们结婚后没住澜江大学旁边的那套别墅了，搬去了一套离沈屹西车队近的房子里，以前路无坷生活在澜江的时候只知道这片是富人区，也是搬过来后才知道这片别墅都是沈屹西的，也就是说，别人都是买的他的房子。

这栋别墅还是沈屹西一贯住的那个风格，大片大片的玻璃窗让家里亮堂堂的，装修风格简约却又不失大胆。

路无坷下楼后，楼下的阿姨去给她做了饭，没一会儿沈归路也从楼上下来了，自己迈着小短腿扶着楼梯走下来，还没走到下面就在喊妈妈。

沈归路小时候除了睡就是吃，吃完睡、睡完吃，看起来就一个乖小孩，性格安静，不吵不闹的，随着年纪大起来才发现也不是那么一回事。沈归路是一个小男孩，也有调皮的时候，但他的性格确实随路无坷多一点，没那么吵，平时一玩起自己想玩的东西能玩半天。

留在基因里的东西不太容易丢掉，它们都是驱使一个人去做什么的本能，沈归路某些方面像极了沈屹西，比如在兴趣爱好上，才这么小就喜欢玩具赛车那些东西了。

前段时间沈屹西看一场拉力赛视频，爷俩就那么坐在沙发上看了一个下午。

沈归路从楼上下来后就爬上了椅子坐好，等阿姨把他的饭拿上来。

家里用餐的时候都不怎么说话，沈屹西从小在严格的家风熏陶下吃饭的时候不说话，虽然他在这方面不怎么严格，但毕竟养成习惯了，路无坷从小吃饭也不怎么说话，所以他们家无形中就养成了这么一个吃饭不怎么说话的习惯。

路无坷看阿姨给儿子戴上了食饭兜。别的父母可能因为孩子还小，自己吃饭会弄得到处都是，所以都会亲自上手喂。但路无坷和沈屹西不会，沈归路好像对自己吃饭这件事挺有兴趣的，他俩就让他自己学着吃，弄得小脸上、身上、桌上到处都是也没关系。

路无坷看阿姨把儿子的饭端了上来。

沈归路拿着小匙子舀饭吃，姿势乍一看是挺像小王子的，但其实就一个小孩，而且自己也没吃过几次，没一会儿白白糯糯的小脸上就沾了几粒白粥。小孩儿脸上的肉多，肉嘟嘟的，一吃东西脸上那两个小肉团动啊动的。

路无坷看着儿子，也在吃饭。母子俩就这么吃完了一顿饭，路无坷吃得慢一点，在等沈归路，沈归路一顿饭吃完，场面还不算太惨烈，他吃完就从椅子上溜下来，沾了满脸的饭粒，屁颠屁颠地跑到妈妈这边了。

沈归路仰起小脸，大眼睛黑溜溜的："妈妈，擦嘴。"

路无坷拿过餐巾把他嘴边的米粒一一擦掉，又帮儿子擦了擦嘴。

阿姨过来把饭碗收拾了，路无坷起身带沈归路上楼，沈归路乖乖地牵着妈妈的手上楼了。

沈归路一上楼就要玩积木，路无坷坐在旁边陪他玩。

沈归路搭了一小块后不动了，等着妈妈动手。路无坷往上面搭了一块。沈归路又搭了一块。路无坷再搭一块。

沈屹西回家的时候看见老婆和儿子搭了一所大房子。

他把钥匙往柜子上一扔："不得了，才一个早上没在家，房子都建起来了。"

当时就差一小块房顶，沈归路当时拿着积木往上搭的小手听到爸爸的声音后停了下来，头都还没转过去先脆生生地大叫爸爸，然后积木一扔朝妈妈伸手："妈妈，抱。"

沈屹西就靠在门口那儿看着他们，也不过来。跟去幼儿园接孩子的家长似的。他接的俩。

路无坷看着儿子，把儿子抱起来了。沈归路立刻抱紧了妈妈的脖子。

路无坷抱着沈归路过去了，沈屹西对儿子拍了拍巴掌："来，你爹抱一个。"小归路伸手爬到沈屹西的身上去了。

沈屹西一手抱着儿子，一手把路无坷也抱进了怀里。路无坷趴在沈屹西的怀里，微微仰头接下他落下来的吻。

沈屹西问她："怎么样，待在家里无聊不？"

路无坷看他："不无聊啊。"她说，"一点儿都不无聊。"

沈屹西看了那座房子一眼，笑了一下："也就你们娘俩能玩到一块儿去。"

C

沈归路上幼儿园那年，老师问他："你的名字的含义是什么呀？"

沈归路说："因为我的爸爸叫沈屹西，妈妈叫路无坷，他们生了我，所以我叫沈归路。"

这番话和那可爱的小模样逗得老师直乐，对那天来接小归路回去的阿姨讲了好几次。

沈归路的那张小脸长得那叫一个俊，又因为脸上的婴儿肥还没褪去，所以显得特别可爱，幼儿园里的老师都喜欢他喜欢得不得了。

学校里的人都知道沈归路的爸爸是个赛车手，妈妈是舞蹈演员，都说沈归路你爸爸妈妈好厉害。沈归路也觉得爸爸妈妈挺厉害的，爸爸的赛车开得很好很快，妈妈跳舞很漂亮也很厉害，不，是特别漂亮特别厉害。他的爸爸妈妈都是超人。

沈归路在幼儿园里受宠，在家里自然也受宠。

沈屹西和路无坷都不是溺爱型父母，不会凡事毫无原则地宠着、惯着，当然也不是严父严母型，不干涉孩子的兴趣爱好，跟孩子说话很少以命令式的口吻，除非沈归路捣蛋，才会被沈屹西拎着一顿教训。

但大多数时候不是这样的，连家里的阿姨都觉得他们家的家风和大多数家庭不一样，说他们有时候不像父母，对孩子更像是朋友。是的，朋友，就是各方面都平等和尊重对方的那种朋友。在这种开明的家庭环境下长大的孩子自然性格很好，大方谦逊，也很有自己的主见。

沈归路跟他爸一样喜欢玩车，家里的玩具赛车一大堆，但等大了点儿沈屹西就给他买那些能真开的车了，不过都是些儿童车。

沈归路不仅能开着车在家里后面的赛道上乱蹿，还有个自己的小车库。

沈屹西平时没事儿也会带他去车队，队里的那帮成员就喜欢小孩，沈归路一去就是团宠，一大帮叔叔给他买糖吃，还带他玩。

不过沈屹西大多数时候很忙，路无坷也忙，所以平时沈归路也不是天天都能和爸爸妈妈出去，但一个月里肯定会有一天能和爸爸妈妈一起出去玩。这是爸爸妈妈定的规矩，不管多忙，每一个月都会抽一天出来陪孩子出去玩。

那天一家三口去玩的卡丁车，沈屹西跟儿子说："要输给你爸爸了打算怎么办？"

沈归路戴着一个小头盔，很认真地说："我给你和妈妈买冰激凌。"

沈屹西笑了："那可一言为定啊。"又补充了一句，"你妈妈要比你慢也是你垫底。"

沈归路点头同意："好！"对于家里唯一的女生，父子俩的战线都是一样的，凡事路无坷第一。

沈屹西在沈归路很小的时候就对他说过了，家里最该疼的就是妈妈。沈归路当时懵懵懂懂地问爸爸为什么？爸爸说身为男生得保护好家里唯一的女生。沈归路又问妈妈是什么？当时爸爸笑了，说是公主。父子俩对路无坷的无限纵容就是从那个时候开始的。

爷子俩在这边都商量好了，都没问路无坷一句。夹在他们中间的路无坷对父子俩很无语，直接冲了出去。

那天是沈归路垫底，沈屹西和路无坷都没让着他。爸爸第二，妈妈第一。沈归路这个小短腿出去后跑着去给爸爸妈妈买冰激凌了。

沈屹西接过他手里的冰激凌递给了路无坷，又接过他手里另一个冰激凌。

沈屹西注意到了自己儿子发红的耳朵尖，抬头往那个卖冰激凌的小店里瞟了一眼。

果然，这小子有猫腻。沈屹西笑了："沈归路。"

沈归路抬头看向沈屹西。

沈屹西往对面抬了抬下巴："那个女生是不是你的小同桌？"

沈归路的小脸虽然板着，但还是太嫩了，沈屹西和路无坷一下子就看出了儿子的不自然。

沈屹西逗儿子："沈归路，都跟人家见着面了，怎么着也得给人家小姑娘买个冰激凌，是不是？"

沈归路一下子就被沈屹西忽悠了，又去看路无坷："妈妈，是吗？"

沈屹西在路无坷旁边憋笑憋得很辛苦。

路无坷被儿子看着，点点头："是。"

沈屹西在旁边笑得更欢了。他给儿子留了点儿面子，等沈归路走了才拆他的台："沈归路在这事儿上可一点儿也不像我。"

他的视线从儿子的背影上收回来，瞥了路无坷一眼："像你。"

是真的不像沈屹西，沈屹西的脸皮厚，而沈归路十分害羞，耳朵尖一下就红了。

这还能是像谁？答案不言而喻。只不过路无坷要比他硬气得多。

路无坷吃着冰激凌，跟没听到似的，嘴唇上故意蹭上点奶白色："你教坏小孩。"

他俩就站在售票窗口伸出来的棚底下。果不其然的，路无坷嘴唇上那点奶白色被沈屹西亲走了。

沈屹西吊儿郎当地道："这不是在教你儿子怎么追人家女孩儿，以后好给你找个儿媳妇回家。"

Extra Story 04

于熙儿 VS 许知意

于熙儿喜欢隔壁二中的钟里，这事儿澜江那几个高中的学生中几乎就没人不知道，从一中、二中到于熙儿自己就读的私立学校，于熙儿和钟里这两个人的那点事儿大家都能给说出花来。

那时候不像现在通信这么发达，初中时人手一部诺基亚手机，发个 QQ 消息还得等 2G、3G 网络圈圈转半天，别说像现在千里之外的八卦动动手指头就能看到，以前就算是明星的八卦也得隔个好几天才传得沸沸扬扬。

但人类都是不甘于无聊的动物。不管处于什么时代，他们总能翻出点事出来八卦一下。

那时候，大家最大的乐趣大概就是身边的少男少女那点子事。哪个大帅哥喜欢谁，谁和谁因为隔壁的班花打了一架，谁跟谁又闹掰了，这些鸡毛蒜皮的小事，大家都能买瓶五毛钱的盐汽水在那津津乐道地聊上好一会儿。

于熙儿和钟里就是让人啜着盐汽水能聊上好半天的八卦的其中之一。

他俩能这么受关注还是因为脸长得好看，于熙儿从小不管到哪个班都是班花，还有她那个出了名的公主脾气，澜江这片的学生多多少少都认识她，钟里也是个上天赏饭吃的，冷着一张脸都能迷倒一大片小姑娘。

当然光这些也不足以让人不管多久聊起他们时还兴致勃勃的，主要是他们两个之间那堆可以用跌宕起伏来形容的故事，让人不想去八卦都难。

那时候追着男生跑的女生还比较少，于熙儿就是其中之一，初中开始就追在钟里后面，钟里虽然学习成绩算不上特别好，但马马虎虎算个好学生，对这个小公主的追求全部都是冷处理。

人人都以为于熙儿坚持不了多久，包括钟里，毕竟像于熙儿这种大小姐脾气，哪里受得了这种热脸贴冷屁股的委屈，却没想到于熙儿，这一年没有一天不到钟里面前晃的。

就她这种长得好看嘴又甜的，是个男生都得给她焐化了，偏偏钟里不吃这套，对于熙儿从始至终都是那副冷冰冰的态度。就钟里这种态度，大家都以为最后可能就以于熙儿放弃追求收场，没想到于熙儿竟然坚持了七年。

从初中、高中到大学。

直到大二那年，钟里被于熙儿同系的一个系花看上了。

钟里和于熙儿的关系破裂在于熙儿撞见钟里被系花推到墙上亲的那个晚上。那天晚上，于熙儿照例去钟里驻唱的酒吧找他，结果就撞上了这一幕。不管是钟里还是于熙儿，那天晚上对他们来说都是一个印象深刻的夜晚，可能这辈子都会一直记得。

于熙儿不是一个忍气吞声的主儿，当时见到这个场景当即冲了过去，拉开趴在钟里身上的那个系花，狠狠地甩了她一巴掌。

这个女生喜欢钟里不是一天两天了，她并不无辜，她认识于熙儿，也知道于熙儿喜欢了钟里七年，但依旧三天两头地往钟里打工的这个酒吧跑，当着于熙儿的面跟钟里聊天，即使钟里连眼神都没给过一个。

于熙儿以为钟里能把持住的，或者换句话说，她觉得除了自己，没人入得了钟里的眼，可直到她看到了这个画面，她才知道自己到底有多可笑。

那个系花也不是个吃素的，被于熙儿这么一巴掌甩上去也火了，就要冲过来抓她的头发。

于熙儿丝毫没往后退，怒视着她。

结果下一秒，眼前一暗，靠在墙上的钟里起身挡到了她的面前，抓住了系花的手。

于熙儿让他滚开。

钟里没管于熙儿，跟系花说话时也是冷冰冰的口气。

系花很快就走了，走之前还狠狠地瞪了于熙儿一眼。

在系花走后，巷子里恢复了一片死寂，钟里终于转身去看于熙儿。结果刚转过身，脸上就挨了一巴掌，同样的一巴掌于熙儿不仅打了系花，也打在了钟里的脸上。钟里被打得偏过了脸，脸上却没有任何表情。

于熙儿的眼睛里是未熄的怒气："你不应该给我一个解释？"

半晌，钟里才转回头看她，不知道是觉得好笑还是因为什么，他笑了一下："有什么好解释的，你不是都看到了？"

钟里笑起来其实很好看，会露出和他气质不太符合的虎牙，可他笑的次数却屈指可数。

听着钟里带刺的话，于熙儿逐渐红了眼眶："怎么，你要和她在一起，是吗？"

钟里直视着她眼睛，漆黑的瞳孔深不见底，他说："是。"连一个理由都没有。

于熙儿看着眼前这个自己几乎喜欢了这么多年的人，她最单纯的那几年都是喜欢他的。

用一句俗气点的话来说，她的整个青春全是他。不管是装了几个相册偷拍的他，或者是拽着不爱拍照的他一起自拍的照片，还是那些被她截图下来好好保存的聊天记录。

从认识到现在少说也有九年了，图片都存爆好几部手机了。抵不过横插一脚的系花。

于熙儿看着钟里："钟里，你是故意来恶心我的吗？"

钟里闻言看她。

她强忍着没让眼眶里的眼泪掉下来："你到底把我放哪儿了？"

钟里看着她的眼睛，垂在身侧的手微微动了动。

于熙儿冲着他吼："这些年你全都无所谓了，是吗？"没有路灯的巷子里空荡荡的，于熙儿尖锐的声音几乎要把这个黑夜刺破。几秒钟沉默过后，钟里的那两片薄唇动了动。

"是。"

换作是有一身保护壳的成年人，可能这时候已经灰溜溜地退场，可正是因为年轻气盛，也因为太过于喜欢，他们都没能做到体面。钟里的这句话话音一落，随之爆发的是更激烈的争吵。大多都是于熙儿的歇斯底里，钟里默默承受着，巷子外偶尔有人路过，会朝这边看一两眼又迅速走开了。

他们的结局，惨烈到狼藉一片。

最后，于熙儿走了。从这天起，于熙儿和钟里那段纠缠终于告一段落，他们真正地说再见了。

那天，于熙儿前脚刚走，巷尾转角那头的人把烟头扔在脚下，踩灭了烟。他从黑暗里走了出来。

钟里抬头看了他一眼，于熙儿刚才情绪激动，可能没发现这里头还有人，但钟里是知道的，烟味一直若有似无地飘过来。这个人从他们开始吵架到现在一直在这里。

钟里看过去后，许知意也抬眼看了过来。

许知意穿着衬衫西裤，白衬衫上沾染了一丝烟火气，衬衫顶上解开了一颗扣子，衣领微微翻着。

四目相对，不知道是因为在黑暗里的缘故抑或是其他，双方都感觉到了一股进攻之意。但很快又都挪开了。

许知意还是那副温文尔雅的样子，五官看起来温润干净。

钟里的腰板挺得很直，一身打不碎的傲骨。

许知意径直路过他走到了巷外。

那天晚上，于熙儿从巷子外离开的时候，没有回家，而是回了酒吧里。她点了一桌子酒，酒上来就狂喝，像要把一肚子的愤懑、难过用酒冲光。

喝得迷迷糊糊间，于熙儿好像听到钟里回来唱歌了。他的嗓音里透着嘶哑，声音在酒吧里回荡，声音里找不出一丝难过。

自始至终，钟里都没放下他手里的那把吉他过来看她一眼。听着他的声音，于熙儿虽然知道自己没什么好难过的，却还是没忍住酸了鼻头。

她把手机电话簿里的电话号码一个一个地翻着，却找不到一个朋友可以出来陪她喝酒的。

这几年她的时间全都拿来陪钟里了，身边的朋友不知不觉全都疏远了，她的身边除了钟里，什么人都没有了。

她一直喝酒，一直喝到烂醉，没有了神智。甚至后来被人从桌子边抱起来的时候，她都不知道，也不知道自己吐了那个人一身。

隔天，于熙儿醒来的时候，感觉头疼得快要炸裂开，胃部翻滚着。她的脑袋神思迟钝，盯了天花板看了半天才猛然意识过来自己躺在一张陌生的床上。这不是她的床。

于熙儿一下子清醒过来了，从床上猛地坐了起来，这一起来她才发现浑身泛着酸疼，身上的衣服也被换了。

这个房间很大，对面墙上嵌入式的书架墙上全是书，整个房间装饰得颇有一种书香气息，但又不显得古板，结合了现代风格。

还没等她从不知道是在谁的床上醒过来的震惊下缓过来，浴室那头突然走出来一个穿着浴袍的男人。男人很白，黑发蓬松微湿，眼尾弧度柔和，长得很好看。

但于熙儿却被吓了一跳，抓过枕头就扔了过去："你谁啊？"她扔过来的枕头堪堪落在许知意脚下。

许知意看了她一眼，然后弯腰捡了起来。他慢条斯理地把枕头放在了旁边的沙发上，眼里是带着笑意的："你就这么对待昨晚收留你的人？"

于熙儿看了自己身上换下来的衣服一眼："收留个屁，你动我了？"

许知意挑着眉看她。又想到昨晚吩咐家里的阿姨帮她换衣服的场景，不置可否。

这更加证实了于熙儿的想法，她把另一个枕头又扔了过去。

"畜生。"

于熙儿这张嘴骂起人来那叫一个厉害，像许知意这种说话彬彬有礼的人根本就没法还嘴。

许知意索性不说了，就站在那里听她骂人。

于熙儿骂到最后，气喘吁吁地停了下来，可能又刚好碰上昨晚的事情，她的心情很不好，特别不好，于是一气之下骂了个痛快，几乎把他当成了一个出气筒。

许知意甚至趁着她骂人这个空当去换了身衣服，出来后还翻了篇文献看。等她骂完的时候，许知意正好把那篇文献看完了。

坐在床上的于熙儿头发凌乱，穿着睡衣。

许知意合上手里的文献："骂完了？"

于熙儿不回答。

许知意看向了腕间的手表："骂完了能吃早餐了？"

于熙儿被他这话问得一口气堵在胸口出不来，跟一拳打在了棉花上似的，敢情她刚才骂了那么多，他一句都没听。

"我吃不吃早餐关你屁事？"她觉得许知意这人有毛病，被她这么骂了一顿后还笑了。

别说，这个人笑起来还挺好看，很温柔。

许知意看着她说："来者即是客，你到我家来了，我总得招待好你，是不是？"说话还文绉绉的，于熙儿在心里翻了个白眼。

"谁稀罕你招待。"她说。

许知意从办公桌后面的椅子上站了起来，扣上袖扣，又去拿搭在椅背上的西装外套，压根儿就没被她的话刺激到一分："走吧，骂了一晚上应该也累了，下楼吧。"

于熙儿的重点跑偏了："我昨晚骂人了？"

许知意看了她一眼："你说呢？"短短的三个字，答案却很明显。

于熙儿对自己是个什么人心里还是挺有数的，照昨晚她被钟里气成那样，她嘴里骂人的话肯定不少。提到钟里，于熙儿刚骂人还骂得斗志昂扬的兴致瞬间减了不少。

她问："我骂什么了？"

许知意说："巧了，昨晚我还录音了，你要不要听听？"这人好像存心跟她作对似的，明明看着一派斯文，话里头却是有点逗趣的意味在。

她立刻就被他激怒了："谁要听了？"

许知意却真的丝毫没有被她这个恶劣的态度气到，又好声好气地跟她说："准备好了下来吃饭。"

许知意该说的说完了，过了不久，他走路的声音很快就消失在了房间里。

于熙儿坐在空荡的房间里，愣了一会儿后，烦躁地抓了抓自己的头发。

她完全想不起来昨晚发生了什么，只有一些凌乱的碎片，她进入酒吧后只一个劲儿地灌酒，后来好像又被什么人抱着，但她以为那是钟里，以前只要她一哭，钟里就会舍不得，她老用这招让钟里心软。

在酒喝多了那种情况下，脑袋都宕机了，也想不到那么多，所以她昨晚潜意识里认为那个人是钟里，具体的事情于熙儿忘了，只记得一些丢人的片段。她抱着那个人哭了，鼻涕和眼泪都蹭在了那个人身上。而那个人对她做了什么，说了什么，她完全没有印象。

不对。于熙儿的思路突然停顿了一下。

在电梯里，她好像吐了那个人一身，那个人都没嫌弃，她自己倒是嫌弃了，就要往后一躲，结果就被他抱了回去。那个人又跟她说别哭了。

如果这都不嫌弃她，还对她说这番话的那个人是钟里的话，她可能会感激涕零。但这个人不是。所以于熙儿只感到丢脸，昨晚又是哭又是骂，还吐了人家一身。

虽然有点丢脸，但于熙儿还是觉得他活该。

她虽然和钟里昨晚闹掰了，但她心里还惦记着钟里，她的身体也只有钟里碰过。

于熙儿有点气恼，起身翻开被子下床，然后动作一僵。她完全没有一点不适感。

于熙儿扯了扯自己的睡衣，看了一下，她身上一点痕迹都没有。

她这才发现自己身上穿的是那种她平时最不喜欢的大妈款睡衣。很保守，扣子扣到脖子下的那种。怎么看都不像是跟人一夜情会给人家穿的东西。

这间卧室里有独立的卫浴，于熙儿从床上下来到卫生间里面去了，毕竟是个有经验的人，她对到底做没做还是有经验的，上下看了一番后于熙儿十分确定，那人压根儿就没动过她。

那他为什么不反驳？于熙儿想了一下，好像是自己压根儿就没让人说话。

于熙儿平时在什么人面前都不怕丢脸，就没有害臊一说。今天觉得有点不好意思还是头一遭。不过骂了就骂了，谁叫他自己被误会了还不解释。

她正愁没衣服换，从浴室里出去后就发现有人已经体贴地帮她把衣服放在了外面。是一套新的，她穿的那套衣服估计被拿去洗了。

于熙儿一开始还不太确定是不是给她的，毕竟一个大男人家里有其他女人的衣服很正常。

房门也就是在这时候被敲响的。于熙儿在别人家也不会胆怯，她走过去拉开了房门。门外的人被她吓了一跳，估计是等着里头要没人回应就要开门进来。

敲门的是位阿姨，很快脸上又拾起了笑。

“姑娘，起了啊？”

于熙儿觉着这个阿姨应该是这家里头的保姆，点点头：“你是不是上来告诉我浴室旁边那把椅子上的衣服是给我准备的？”

阿姨笑了：“你这都把我的话说了啊，我确实就上来跟你说这事儿的，先生下去的时候忘跟你说了，让我上来告诉你一声。”

于熙儿见着陌生人一点也不觉得局促，点点头：“好，我知道了。”

“那没什么事我就走了。”阿姨说，“你换好衣服了记得下来吃饭，先生已经在用餐了。”

于熙儿说好，又在阿姨转身刚要走的时候叫住了她。

“阿姨。”

阿姨停下了脚步，回头看她：“怎么了？”

于熙儿问她：“那个男的叫什么？”

“你是说先生？”

“应该是吧？就住这个房间里的。”

阿姨好像有点笑意，脸上更是平添了几分慈祥的感觉：“这儿是先生的主卧，平时他都不带人来这儿的。”于熙儿当然听出了阿姨话里的意思，估计是把她当成她家先生的女朋友了，她干脆利落地反驳了。

“我不是他女朋友。”

于熙儿看着阿姨脸上闪过的一丝惊讶，说：“要不然我怎么不知道他名字。”

于熙儿看着阿姨：“不是闹着玩的，我是真不知道。”

阿姨到底活了这么多年头了，知道哪些该问哪些不该问，也没往下打探，只告诉她：“先生叫许知意，许姓，知，知识的知，意，意蕴的意。”

许知意。还挺好听。

阿姨要下去了：“你准备好了的话可以下来吃饭了。”

于熙儿下去时，许知意正在餐桌前用餐，她走过去的时候许知意抬头看了她一眼。

于熙儿也没有客气，走过去坐下了。

刚才上去叫她下来的阿姨很快就把早餐给她端上来了，白粥，几个配菜，还有一杯牛奶。

于熙儿瞪大了眼睛，就差拍桌子了：“不是，你就给我吃这个？”

许知意抬头看她：“不行？”不是不行，相反这顿早餐很讲究，营养搭配得很合理，而且也不油腻，是顿营养均衡的早餐。可是于熙儿向来最讨厌的就是吃清淡的东西。

跟很多人一样，于熙儿就爱吃那些口味重的食物，辣的、甜的、酸的，只要色香味俱全的她都吃，但清淡的不行。

她跟钟里在一起久了，饮食上不管是食物和口味早被影响了。钟里是十几岁的时候才来的澜江，不是本地人，出生在嗜辣的地区，他吃的东西都比较重口味，两个人刚开始交往的那会儿于熙儿还完全吃不了辣，两个人去火锅店都得点鸳鸯锅。后来于熙儿变得越来越能吃辣，钟里也变得不再像以前那么爱吃辣。

于熙儿是个娇生惯养的主儿，十几岁那会儿正是小公主脾气最大的时候，对路边摊这种东西瞧见了都不会看一眼那种，跟钟里在一起后天天早餐跟他去吃路边摊。豆浆、油条、油饼、包子加辣面汤，她吃了好几年这些东西。就是没喝过粥。

于熙儿跟许知意说：“我不喝粥。”

许知意看着她：“没得选，家里只有这个。”

“那我不吃了。”于熙儿说着就要起身离开。

从厨房里出来的阿姨撞见他俩发生不愉快的样子，赶忙迎了上来充当和事佬：“姑娘，你坐，厨房里有刚做的三明治，先生刚从国外回来不想吃这些东西，厨房里还有很多，我去给你拿几个。”

许知意说：“周姨，别惯着她。”

于熙儿翻了个白眼，怎么听着他还管上她了，于熙儿偏偏和他杠上了，在椅子上坐下：“阿姨，我要吃三明治。”

对面的许知意原本一直低头喝着他的粥，闻言抬起眼皮看了于熙儿一眼。

于熙儿跷着腿抱着胸坐在椅子上，气场倒是挺足。

许知意只看了她一眼，又低下头去了，没再管她。

阿姨给拿了三明治后于熙儿吃得挺满意的，因为三明治做得还挺好吃，她吃完一个又吃了一个。

对面的人早吃完了，但没走，拿着一张报纸在看。

许知意不吭声，于熙儿也不问他，慢吞吞地吃着自己的三明治。这人也是有耐心，她明摆着就是故意的，他也不催她。

最后于熙儿撑不下去了，就一块三明治压根儿啃不了多久，她吃完就起身要走。

许知意也同时放下了手里的报纸，从桌子边起身，不疾不徐地跟在她身后。

从门口出来后，于熙儿穿过花园到外面去了，后面的人在门口就跟她分道扬镳了，应该是去车库取车了。

于熙儿站在大门外，不拿手机看时间还好，一看时间才发现自己的眼皮沉重得抬不起来。

她得多久没呼吸到早晨这个时间的空气了。她现在什么都不想干，只想打车回宿舍睡个回笼觉，能不能起得来去上课就看命了。结果她打开叫车软件等了半天，一辆车都没有。

……

这是什么破地方啊？于熙儿感觉有点无语，也不知道是因为大早上的司机太懒了，还是因为赶上大家要去上班的时间，又或者这人房子位置选得不好，这个地方居然一辆出租车都没经过。

身后很快传来车子的声音，于熙儿并没回头。一辆黑色的保时捷出乎意料地在她面前停下了。

于熙儿一脸木然地看着驾驶室的车窗在她面前落下来。

许知意看她："不上车？"

于熙儿看着他那张表情柔和的脸，脾气莫名就下来了点儿。她想着反正有便宜白占谁不占，也没什么不好意思的，脸上旋即换上了一副笑脸，都没问他顺不顺路："上啊，怎么不上？"

于熙儿说完打开后座车门钻进了车里。让于熙儿意外的是上车后许知意居然也没问她要去哪，车门一关上他就发动了车子。

坐人家车的人是她，她不好摆架子，于熙儿先开了口："我去澜江大学。"

"知道。"

于熙儿靠在座椅里，看向了后视镜："你知道？"

许知意抬头对上她视线，又低下头继续看车。

于熙儿追问道："你怎么知道我是澜江大学的？"也是，要不然昨晚他怎么可能无缘无故地收留她。

还被她吐了一身。

……

想到这个，于熙儿都不自觉地感觉气势弱了几分。

面对她打破砂锅问到底的架势，在前面开着车的许知意抛出了一句话："你要不要给你爸打个电话？"

于熙儿觉得有点莫名其妙："我为什么要给我爸打电话？"

"不打也行。"许知意说，"长话短说，你爸最近出差去了，你应该知道吧？"

于熙儿的父母前几年离的婚，小时候看着父母也是天天恩恩爱爱的，不知道从哪天开始就争吵不断，不过那时候于熙儿已经和钟里好上了，而且年龄也大了，父母离婚这件事对她的影响并不大，现在双方离婚后也都还未婚，所以对她这个女儿的照顾是半分不少。

除了没和以前一样在同一个屋檐下住着，其他也没差。

不过父母离婚后，于熙儿跟的父亲，母亲是一个女强人，常年不着家就差在公司住下了，反倒父亲照顾她的时间多点。

不过她爸最近确实出差去了，还每天都打一个越洋电话过来问她有没有吃好睡好喝好，有没有钱花？于熙儿她爸打她小时候起贯彻的就是女儿要宠上天那一套，不然也惯不出她这个公主脾气。

于熙儿回答许知意："知道，怎么了？"

许知意开着他的车："你爸这趟出国时间会有点久，托我照顾你。"

于熙儿听了这句话竟然有点想笑，于熙儿指了指他，又指指自己："你，照顾我？"

"有问题？"

于熙儿冷笑了一声："是有很大的问题。"

于熙儿说："我都多大的人了，能吃饭能走能动，为什么需要人照顾？"

"挺巧，我一开始也有这个疑问。"许知意说，"然后昨晚就在酒吧遇上喝得烂醉，差点被人捡走的你了。"

许知意又继续说，这话于熙儿听起来觉得有点蛮不讲理。

"也不管你有什么问题，在你爸没从国外回来之前，你都归我管。"

于熙儿有点不高兴："我凭什么听你的？"

"你要不听也行。"

他有的是办法治她。他还是那副看起来好脾气的样子，但于熙儿现在只想把败类两个字"呸"到他头上。

后半程他们都没开口，车内的气氛有点尴尬。

到了澜江大学后，许知意把她送到了宿舍楼下。

于熙儿连再见都没跟他说一声，径直推开车门下车，"砰"的一声甩上了车门。那就看看你管不管得了我。

车里的许知意看了她的背影一眼，驱车离开。

人年轻的时候总会做些傻事，例如跟前任分手后还妄想着他会打电话过来。跟钟里闹掰后那几天，于熙儿不得不承认自己在等他的电话。可每一次都是希望落空，钟里这个人像是凭空从她的生活里消失了一般，再也没出现过。

于熙儿上课时还是会经常遇到那个那天晚上和钟里在巷子里接

吻的系花，那个系花原本就看她不顺眼，现在更是变本加厉了，当着她的面就在走廊上说起了她和钟里的艳情史。

于熙儿觉得烦，回去就把钟里的联系方式通通删光了。她是喜欢钟里，但不代表她的喜欢卑微。不管系花说的是不是真的，钟里是不是真的跟她上了床，就冲钟里这几天知道她会遭遇什么仍旧没联系她，不打算对她解释，她也可以跟他彻底断开了。

于熙儿很有骨气地从闹掰后就没去找过钟里，以前小吵小闹的时候不是没有，她可以吵完架就屁颠屁颠地回去找钟里，但现在已经不行了。

虽然她面上好像很潇洒地把她自己和钟里划入了过去式，但其实她不得不承认和钟里的闹掰对她的打击很大。她太喜欢钟里了。

于熙儿那几天经常会跑到酒吧喝酒，但不是去钟里驻唱的那个酒吧了，那个酒吧她再也没有去过。然后她就发现她每次都能遇上许知意这个烦人鬼。她经常喝完酒隔天就在许知意的家里醒过来。

不仅如此，她下课从教学楼出来都能被他逮住，然后手无缚鸡之力地被他塞进车里。再被他带去吃那些清淡到她吃了跟喝白开水一样的东西，那简直连东西都算不上，白开水都比它容易下咽。

于熙儿之前还信誓旦旦地说他管不了她，结果几乎每天都会被他逮走，气得她直接打电话在她父亲面前骂许知意，还让她父亲跟许知意说不要管她，她父亲当然没同意。

于熙儿觉得许知意这个人也有问题。就算于熙儿的父亲有求于他，他做做样子就得了，都是成年人了，还用管人这套，简直幼稚透顶。

但除了她父亲，于熙儿几乎没有地方可以吐对许知意的苦水。

后来于熙儿还是一直没有联系钟里，钟里自然也没有来找她。校庆的前几天，于熙儿撞上了跟她一样文着钟里艺名的系花，被硌硬得当天晚上就去洗掉了文身。

洗文身时要比文身时痛得多，于熙儿痛了几天都没缓过来。痛到什么程度呢？痛到她那几天都没跟许知意吵架了，许知意来接她，她乖乖地打开车门上车，摆到她面前的饭菜她也没挑三拣四了，就是吃得不多。

许知意问她怎么了，她也不跟他说。

直到那天晚上，于熙儿在许知意家对着那片文身喷东西的时候被他撞见了，她还当着他的面十分镇静地吃了片止痛药。

然后许知意生气了。于熙儿从没见过许知意生气，这是第一次。他这个人好像永远一副不会生气的样子，于熙儿完全没想到他会因为这事生气。

许知意生起气来不是破口大骂，毕竟涵养摆在那儿，他只是冷着脸把她带去了医院，没再任由她胡来。

那天从医院出来后，他们爆发了第一次真正的争吵，许知意明明是个要大她将近一轮的人，那天却显得尤其不冷静。他一句“就因为一个男人这样作践自己有意思吗”开始了他们之间的争吵。

那个时候的于熙儿就是一只刺猬，浑身都是刺，别人只要刺痛到她一下，她能十倍奉还。

她骂许知意凭什么管她？他一个外人没有资格。

这次的争吵不同往次的争吵，以前他们的争吵其实都只是斗斗嘴，又或者她自己一个人念叨着，许知意配合她。但这次于熙儿几乎吵到没有给他留面子，许知意倒还好，只有第一句过分了点儿，除了在失恋这件事上给她捅了刀子之外他并没有什么过分的地方。而于熙儿也确实是在作践自己，虽然她不是有意的，但她默许这种伤害自己的行为存在。不仅因为这次洗掉文身，还有之前几次去酒吧，她喝酒喝坏了胃。

这么看来许知意什么都知道，他只是不说。

两个人闹得不欢而散，于熙儿当下就要走，却被许知意拦腰抱了回来塞进了副驾里。

那天晚上她还是被许知意带回家了，回去后于熙儿直接甩上了房间的门，连阿姨在外头敲门说给她送杯热牛奶进去，她都不起来开门。

她和许知意冷战了整整一天，直到隔天她在宿舍化了个浓妆去夜店见一个老朋友，再次被许知意带了回去。

她见的朋友还是她高中时的朋友，很久没见了，最近于熙儿得闲了两个人聊了聊才出来见的面。她的这个朋友可是见过她腻歪钟里的劲儿的，所以看到许知意的时候还吓了一跳，尤其是他俩这副一看就是在冷战的样子，她当即嗅出了点儿不同寻常的味道，还小声地凑过去问于熙儿，终于肯吃除钟里以外的草了？

于熙儿送了一句话给她。于熙儿说我和他要是有猫腻才是有鬼了。

于熙儿的朋友靠在吧台边喝着酒笑，又问她是不是还喜欢钟里？

于熙儿的朋友跟于熙儿一样也是个人精，只不过于熙儿现在是当局者迷，压根儿没把她自己和许知意往那方面想，她的朋友问她是不是还喜欢钟里的时候视线若有似无地飘向了许知意。

许知意一派镇定的表情，甚至在不小心撞上她的目光的时候还礼貌地回了个微笑。

于熙儿的朋友也朝他笑笑，看他完全没在意这句话的样子，在想是不是自己想多了。

于熙儿本来就和许知意冷战着，喝了几杯酒后才肯离开，她喝酒的时候许知意也没拦着她，随她喝。后来等她喝够了许知意才带她回去。

那天于熙儿的心情挺不好的，不是因为跟钟里有一腿的系花又来自己面前招摇，单纯的心情不好。想骂天骂地骂娘。

很巧的是，那天晚上回家后，许知意在车库里对她说了一句话。许知意跟她说想骂人的话就骂出来吧。

于熙儿本来真的满肚子火气，听到这句话后莫名地感到鼻头一酸。人就是这样，禁不得安慰。

于熙儿在那次跟钟里闹掰哭得歇斯底里之后，也就哭过那么一次，后面就算洗文身疼得要命的时候一滴眼泪也没掉过。可是今天她又红了眼眶。可能是喝酒加上许知意安慰的原因，于熙儿想，肯定是这样。

车库里的灯亮了又灭，于熙儿侧着脸对着车窗，她倒映在车窗上面的脸有点模糊。

许知意陪她沉默着。过了不久，车厢里就有了隐忍的哭声。于熙儿其实就是憋不住了，就想给自己找个理由。反正也不是第一次在许知意面前哭了，这次也是喝了酒，大不了明天又装酒后失忆。

她坐在车窗紧闭的车里，骂钟里，骂那个每天都要到她跟前晃的系花，骂她爸，最后把许知意也捎带上了，弄得许知意哭笑不得。

后来等她骂完了，许知意也平心静气地跟她聊了一会儿。于熙儿怀疑许知意学过心理学，他那声音莫名让她放松了下来。这是她和许知意第一次这么心平气和地聊天，她没跟他斗嘴，也没故意气他。

许知意跟她说过去的就过去了，放自己一马。这要搁以前许知意这么说，于熙儿肯定得气炸了，而现在她已经过了那个失恋后还死命维护钟里的阶段。现在当然也不能说没有感觉了，但许知意说得确实有道理，以前她跟钟里闹是因为她心里知道钟里会惯着她，但现在不一样了，钟里很明显已经不打算和她有以后了。如果有的话，钟里肯定会来找她，但钟里没有。

于熙儿隔天醒来又装傻了，昨晚许知意跟她说了什么，她都跟忘记了似的，但心里却想着少顶撞这位“老人”，毕竟人家女朋友都没有，还拖着她这么一个大油瓶，最近看起来是别想要相亲了。

结果于熙儿的那份敬老之心在看到桌上再次摆上的白粥和清汤后立刻没了，之前好歹还能吃个三明治，她说她不喝粥，天天被许知意强迫吃这些清淡的饭菜她快要饿到没胸了。她故意说得这么没脸没皮的，然而面前某个身为教授的人听了面不改色，还继续温文尔雅地喝他的粥，于熙儿被气得够呛。

以前她撒撒娇可能还顶点用，但今天许知意完全不吃这套，说她身上有伤口不能吃油腻、上火的东西。于熙儿说那她不吃了。

许知意说爱吃不吃。

然后于熙儿就拿上包摔门走了。

结果中午又被许知意给抓去吃了一顿清淡到能拧出几斤白开水的粥宴，气得她回宿舍跟路无坷和阿释骂了许知意半天，那会儿她和阿释路无坷的关系比以前好很多了，什么都讲。

阿释还给许知意起了个外号，叫他三十几岁的爹。

于熙儿就这么稀里糊涂地把失恋这件事翻了个篇，后来回想起这段日子，难过是有的，但好像又没有想象中那么难过。可能是因为有人拉了她一把，又或者单纯是因为那段时间，凭空插进她生活里的人占据了她原本应该会因为失恋难过的时间。无关喜欢不喜欢，只是因为用来难过的时间少了，去想钟里的时间少了。

许知意后来因为工作的原因去了别的大学，于熙儿让他管着的时间越来越少，但平时没课或者是周末的时候，他还是会抽空回来陪她吃一顿饭。

当然许知意这个老干部做派饮食和于熙儿年轻人的饮食总是出现分歧。

于熙儿搞不懂许知意为什么不喜欢她吃辣，吃点辣又不会死，还不会长痘，顶多辣辣舌头，但他就是不肯。不过于熙儿知道她自己私底下偷吃，他都是睁一只眼闭一只眼的，她在房间里藏了一大堆零食。

人会对自己的生活环境产生习惯，久而久之害怕改变，一条腿伸出去都觉得费劲。

这几个月来，她和钟里不再联系，双方在那天过后，就迅速消失在了对方的生活里。

于熙儿用了几个月的时间习惯了新的习惯。她的生活从每天不是上课就是跑去找钟里，到现在基本除了学校和酒吧就是往许知意家跑，俨然把他那里当成自己的家了。用她父亲的话来说，他们两个就跟兄妹似的，能相互照应。

于熙儿也不知道她父亲是怎么认识许知意的，看起来他们的关系还不错，虽然她从小到大没从她父亲的口中听说过这个人。

这段时间里，也有不少知道于熙儿空窗期来追她的男生，但她完全没谈恋爱的想法，来者皆拒。

这样的生活一直持续了几个月，于熙儿原本以为生活就这么继续下去了，直到某天晚上她意外地碰见了几个月没见的钟里。

那天晚上正好赶上周五，于熙儿基本被许知意养出习惯来了，每个周五晚上于熙儿会等他结束课程后回来一起吃饭。

那晚于熙儿从学校出来的时候天已经黑了，懒得再回去，就直接发了短信跟许知意说去哪儿吃饭。

许知意当然没同意，发了另一个地址给她，说正好那边有个饭局，带她一起过去。不吃白不吃，于熙儿收起了手机打车过去。

许知意的饭局上基本都是老男人，于熙儿坐在他的身边就只顾着吃，一开始于熙儿还很奇怪许知意为什么会带她来这种饭局，后来她发现许知意压根儿不会让别人把话题扯到她身上，她就只顾着埋头吃了。

后来，有人又叫了酒，服务生进来送酒。

于熙儿本来一开始还没注意，直到服务生把酒瓶放在桌子上说了句请慢用，声音冷冷清清的。这个声音几乎是刻在于熙儿骨头里的，她拿着筷子的手登时一停，抬起了头。钟里显然也不知道她在这里，对上她目光时一愣。

于熙儿是了解钟里的，至少对他的性格很了解。钟里家的经济情况不是很好，他经常在课余会找些兼职做，但一般是那些钱赚得比较多的，于熙儿从没见过他去饭店找兼职做。而今天的钟里不仅来饭店兼职了，精神气也一般，眼睛底下一片青灰。

钟里看到于熙儿后不动声色地转开了头，从包厢里出去了。于熙儿自然是追出去了。

旁边的许知意没拦着她，甚至于熙儿在出去的时候还听见他和人礼貌地碰了一下杯子。

钟里一开始在走廊上被她扯住的时候还甩开了她。但光凭他们两个人这些年的熟悉感，钟里怎么可能瞒得过于熙儿，他明显有事，于熙儿一眼就看出来了。但钟里的性子，自然什么都不肯说。

于熙儿后来回包厢的时候，许知意的饭局已经散了。许知意也没问她什么，拿上搭在椅背上的西装外套，说走吧。

后来那几天，钟里的电话又回到了于熙儿的列表里，钟里会跟她说话，但没跟她说家里的事，他家里的事还是于熙儿自己去打听来的。

钟里家里的经济情况本来就不好，还赶上钟里的母亲患了癌症，于熙儿不用想都知道那段时间钟里在家里最经常听到的那句话是什么。肯定是那句，喜欢你的那个女孩不是很有钱吗？你去找她救救你妈的命。

于熙儿倒是没有异议。但钟里肯定不会找她。

两个彼此深爱的旧情人，再次遇上怎么可能会无动于衷。

和好的那天晚上下着暴雨，电闪雷鸣，于熙儿过了时间回不去学校，回了许知意那里。

刚进门于熙儿就被坐在客厅里的许知意吓了一跳。黑灯瞎火的，许知意坐在沙发上，手里拿着酒杯。

于熙儿一把打开了家里的灯，看许知意喝酒还说："记得以身作则啊，平时管我管得挺起劲，自己这酒倒是照常喝。"结果她的屁股刚沾上沙发就被人扯了过去。

于熙儿一个没站稳，跌进了许知意的怀里。她要起来，许知意扣着她的腰没让她动。

"你疯了吗？许知意。"

许知意却只是扣着她的腰，看着她的脸没有动。于熙儿正要去推开他，就听他声音很平静地问了一句。

"和好了？"

于熙儿一愣，看着许知意的眼睛。他的眼睛里看不到任何情绪，很平静，甚至和平时没什么两样。他还是那个温文有礼的许知意。

于熙儿一时愣住了。

许知意松开了她，捏了捏眉心。

"上去吧。"

于熙儿却问了他一句："和好不好吗？"

许知意说："挺好。上去吧。"

于熙儿那时候不知道，就是从这天晚上开始，后来她很长一段时间没再见到许知意。

于熙儿和钟里和好后没多久又分手了。因为他家里人找于熙儿要钱，于熙儿给了。

两个人因此又爆发了争吵，反反复复的争吵都是因为这个问题，年少时不和柴米油盐挂钩的感情在碰见现实后不堪一击，于熙儿说钟里自尊心强，拿她点钱能怎么着，她跟他是男女朋友，她愿意拿钱出来又不是他逼她的，为什么这种事也要生气。

钟里没有破口大骂，也没有跟她过分争执，只说了分手两个字。这是钟里第一次跟于熙儿说分手，以前不管于熙儿怎么闹，钟里从来都不会跟她提这两个字。就算是上次在酒吧后面那巷子，钟里也是逼她离开。

于熙儿在听见钟里说分手后意外地十分平静，她看着钟里的眼睛，话问出口：“确定没有？”

钟里当时坐在餐桌边的椅子上，双手的手肘搭在膝盖上，撑着下巴，他没说话。

于熙儿不是那种优柔寡断的性子，她这次会跟钟里和好是因为知道他是因为有难处才跟她闹掰，所以和好很自然。

但现在是钟里铁了心要分手，只因为钱这件事。于熙儿丝毫没有逃避，直视着他的眼睛，最后一次要他一个答复。

“钟里，你确定没有？如果这次分手了，我们两个的以后别想谈了。”

也不可能再有和好的机会。那几年就全当放了个屁。

钟里沉默了很久。于熙儿没有催他，也没有继续追问。

过了一会儿，钟里开了口：“是。”一个字，尘埃落定。

于熙儿点点头，从椅子上站了起来，椅子腿在地上滑出刺啦一声，她拎着放在桌子上的包，没再看钟里一眼，离开了这个房间。

这么多年了，跟钟里这个人相关的一切早就像长在自己的身体里，突然被从身体里生拉硬拽了出来，她多少有些不适应，但却没有感到特别难过，只是觉得心里有些空荡荡的。她站在来了很多次的钟里的出租屋前，一时不知道自己接下来要做什么，要去哪里。

还是父亲打来的一个电话把她拉回了这个充满烟火气的世界里。于熙儿的父亲一个月前从国外出差回来了，她原本以为她的父亲是出去受苦的，结果回来一看啤酒肚都出来了，国外的日子过得很滋润。

于熙儿猜她爸是叫她回家一起吃饭的，接起来果然是这件事，于熙儿这会儿刚跟钟里分手一时也没地方可去，打了辆车就回家了。

也是因为这顿饭，于熙儿从她父亲那里得知了许知意已经出国的事，她父亲看着她那一脸不知情的表情就知道她完全不知道这件事。

“许知意没跟你说？”

于熙儿继续吃着，许知意是没跟她说，他们两个人从那天她跟钟里再次和好后就没联系了，于熙儿没再去过许知意家，当时正好赶上于熙儿的父亲回国，他也没再管过她。两个人也就这么断了联系。

像于熙儿这种在男女关系上鼻子灵得跟狗似的人，怎么可能嗅不出许知意对她的那点意思，只不过许知意这人太能忍了，也太会装，她之前压根儿就没发现，还是因为他那天晚上喝了点儿酒露了馅，她才知道的这回事。两个人从那次起都心知肚明，但谁都没挑破。

这回许知意出国都没跟于熙儿说，如果这会儿还是他们以前那每天拌嘴的样子，于熙儿肯定会一个电话打过去说许知意不仗义，出个国居然也没跟她说一声。但现在怎么看都觉得不太合适。

于熙儿切着牛排，送了一叉子牛肉进嘴，眼睛瞟向她爸。

“许知意去年不刚从国外回来，怎么又到国外去了？这才几年，一年都换了三个学校了？”

“你以为许知意就是个教书的？”于熙儿她爸拿起红酒喝了一口，又放下了，“他可不止教书，还是个搞研究的。”

于熙儿说：“文学这玩意儿还得搞研究？”

“那你以为你现在学的这些知识都谁搞出来的？”

“反正不是许知意，我又没让他教过。”许知意就不是她的老师。

于熙儿的话她爸就当耳边风似的，像是夸许知意还没夸够，又继续说道：“许知意这人炙手可热得很呐，多少学校都抢着要他，上次去你们学校还有半路想要截和的，给了更高的工资，但许知意这人可不是个见钱眼开的，就跟那什么，你们那课本上老用什么形容的来着？”

于熙儿觉得自己是疯了才跟她爸在这儿聊这个，她很无语：“竹。”

“哎，对对对，就这个。”

于熙儿的父母都是商人，父亲没什么文化，就有个初中文凭，母亲才是一个正经的读书人。她又拐弯抹角地问她爸：“许教授这趟要出去多久？”

“这我可就不知道了，他要在外头待得舒心，这辈子就在外头住下了都有可能。”说到一半又觉得女儿有点不对劲儿，“你怎么不自个儿去问问？你俩又不是没电话。”

于熙儿正好吃完了，懒得再跟她爸说了，推开椅子起身上楼：“老于，我怀疑你这人现在能赚这么多钱全靠运气。”

于熙儿的父亲在后面喊：“不是，你这小孩儿讲话别总讲一半，你对这小子有兴趣？”

于熙儿连辩解都懒得辩了。

她爸下一秒语气变得小心翼翼了不少：“你跟姓钟的那小子分了？”

于熙儿走路的脚步轻轻一顿。

女儿初中就有喜欢的人，在于熙儿的父母那里早就不是个秘密，甚至比老师打电话来投诉更先知道，因为这事还是于熙儿自己跟他们说的，于熙儿说她喜欢隔壁初中一个小男生，叫钟里，长得挺好看的，玩吉他玩得贼溜，这些她都跟父母说了，还说要带钟里回来给他们看看。

于熙儿会这么做跟她的家庭脱不了干系，什么样的家庭培养出什么样的小孩，别的小孩都是怕早恋被抓，她这是直接光明正大地捅到父母前面，因为她知道父母不会拿她怎么样，她的父亲甚至可能会支持她。

于熙儿的父亲确实差不多就这样，虽然说不上支持，但也算纵容了。但于熙儿的母亲就不一样了，虽然没有暴跳如雷、言辞严厉，但态度很强硬，问都没过问一句。于熙儿的母亲是个女强人，在她那里就是反对的意思，不是现阶段反对，而是明摆着他们以后没有可能的意思，这会儿的情感压根儿不用她费劲去拆散。现在倒是如她的意了，于熙儿和钟里彻底散了。

连于熙儿的父亲都知道女儿有多喜欢钟里，于熙儿头都没回，又继续往楼上走：“分了。”

这次的分手对于熙儿来说打击不是很大，可能是有了上次缓冲的原因。

于熙儿的父亲叹了口气，听他接下来的话好像是对他俩的分手没感到意外，因为他没在这事儿上多聊，又接着聊别的了：“那你也别打许知意那小子的主意了，你要谈恋爱爸再给你物色物色别人。”

这父母操心起儿女的恋情来可不得了，于熙儿赶忙一句话把她爸那点牵红线的想法打掉了：“别，您女儿现在深陷失恋泥沼中走不出来，这少说也得一两个年头，您可别给我瞎凑对，操心操心您自己。”

说完她就上楼了。

于熙儿怎么着都没想到这顿晚饭是她的父亲和她这辈子话说得最多的一顿晚饭了。

于熙儿的父亲那次从国外出差回来后一直不得闲，在公司忙前忙后的，有时候于熙儿在家里见着他一面都难。

夫妻生活久了只会越来越像对方，于熙儿的父亲和母亲都是这样，更重视事业。

于熙儿的父亲本来身体就不太好，烟抽得多，后来啤酒肚在酒桌上又越喝越大，每天又超负荷工作，终于在三年后的一个夜晚悄无声息地倒在了他那张办公桌上。

这对于熙儿来说无疑是一座大山倒了。

于熙儿的父亲虽然平时在女儿面前没点大人样，但是从小就是最宠于熙儿的那个人，要公主裙给买，要娃娃也给买，只要是女儿想要买的，想去的地方，他二话不说都一一满足，回家时还得抱着于熙儿逗上好一阵。

于熙儿的父亲就这样消失在了于熙儿的生活里。于熙儿的父亲葬礼那天下了雨，雨声在耳边淅淅沥沥，于熙儿一滴泪都没流。亲朋好友都来了，一个个握过她的手，说了一些安慰话。于熙儿的母亲也来了，还和以前一样漂亮，她离开前留给了她一句话，让她从明天起搬到她那边去。

人群在大雨里被冲得四散开，渐渐消失在一片迷雾里。

于熙儿没走，撑着黑伞在父亲的墓碑前蹲下了。雨下得越来越大，打伞也不管用，于熙儿身上穿的黑西装全都湿了。

于熙儿的脸上被溅了雨水，唯独没有眼泪。她说，老于，等七八十年后，她下去跟他喝酒。但她说完也没走，直到身边传来了雨水落在其他伞面上的声音，一双鞋停在了她的身边。

似乎由于阴雨天的原因，于熙儿的反应迟钝了许多，慢了半拍才抬起了头。透过往下滴着雨水的伞沿，她看到了许知意那张三年没见的脸。

隔着雨雾，许知意的五官有些朦胧，还是以前那股斯文的温柔气。

许知意跟她说好久不见。

于熙儿和他对视了一会儿，点点头，从墓碑前起身给他腾位置。许知意带了白菊，对着墓碑鞠躬后把白菊放在了墓碑前。

墓碑前已经堆了很多花，花朵在大雨里弱不禁风，花瓣拼命打战。每个人都是来了又走。

于熙儿忽然觉得很冷，雨水透过衣物渗进皮肤。她原本以为许知意会像其他人一样告别完便走，哪知道许知意过来，问她要不要一起走。在这儿确实待着没什么事了，而聪明人都能跟上聪明人的步伐，于熙儿也跟他一样，换上了一副老朋友的姿态寒暄。

大家都把从前的事翻篇了。

两个人一起离开了墓园，许知意还是和以前一样体贴，送她回家换了身衣服后才接她出去吃饭。

那段时间他们的联系又开始频繁起来，那时的于熙儿已经做了模特，因为父亲去世的原因，再加上她那段时间不太忙，公司给放了个假，于熙儿闲着没事，许知意又正好在国内，两个人便经常一起吃饭。

许知意还是那副老样子，吃得清淡，于熙儿都怀疑他这几年没有长过一颗痘。

于熙儿跟许知意说这种饮食能让她原地从佛祖变成雷公。

许知意还说她幼稚，说话还是和以前一样。

于熙儿翻了个白眼。

但这种日子过去是总会过去的，许知意不可能长期留在国内，于熙儿也不可能一直不工作。

但许知意出国的日子来得要更快一些，过几天跟沈屹西参加一场拉力赛后很快就会出国。于熙儿就是一副大小姐脾气，她在人面前高兴了大笑，不高兴了就甩脸色，那天她就给许知意甩了脸色，饭都不吃只喝酒，许知意被弄得哭笑不得，却也没阻止她。

这是许知意第一次没阻止于熙儿喝酒，三年前她因为跟钟里分手每天喝得烂醉，他都会严厉批评她，唯独这次没有。

于熙儿怀疑许知意是故意的。直到晚上，意乱情迷的两个人滚上了床单，于熙儿终于确定许知意这人是故意的了。他就在这儿等着她呢，慢慢地把她吃干抹净。能滚床单还是因为许知意送于熙儿回家，于熙儿吻了他。

许知意这个老男人，于熙儿不得不承认她真对他有意思了。换任何一个空窗期的女人跟许知意这种男人待在一起，都很难不对他有意思。

许知意颇有绅士风度，为人儒雅，对女性很尊重，却又不过界。但当他对一个女人有意思的时候，在这些礼貌的举止下会隐隐透着占有欲。这种几乎是对立的感觉碰撞在一起，就有毁天灭地般的吸引力。

隔天起来于熙儿的声音都是哑的，她醒过来的时候许知意已经醒了，衣冠整齐地坐在一旁的圆桌旁处理事务，完全看不出来他就是那个昨晚在床上拼命使坏的人。

于熙儿也不是个好惹的主儿，她直接光着腿下床坐到他的腿上去了，许知意看了她一眼。于熙儿看着他，人都到自己手里了，怎么可能放过。

那两天是两个人过得最毫无负担的日子，直到几天后那场赛道上发生的事故来临，彻底撞散了这场许知意给于熙儿设下的局。

那场赛车事故是谁都没预料到的，虽说赛车危险，不管是赛车手本身还是观众都随时有可能命丧黄泉，但谁都没想到在那段行驶不算困难的赛道上，赛车手沈屹西和许知意会因为主办方监管力度不够致使小孩在比赛期间误人赛道上这个错误出事。

这场事故发生后，许知意的腿受了伤，昏迷了几天，于熙儿那段时间几乎都是待在医院的，也见到了许知意的父母。

以前于熙儿当着许知意的面吐槽过他的性格，说他怎么对谁都一副温文尔雅的样子。直到于熙儿见到许知意的父母，看到他们后她终于知道许知意为什么会是那个性格。什么样的父母养出什么样的儿子，许知意父母都是高级知识分子，这种家庭培养出来的孩子当然温文有礼。

见到于熙儿的时候许知意的父母有一瞬间的惊讶，于熙儿不知道那惊讶里包含着什么，却又觉得那副表情不陌生，就像以前电视里经常看到的那种父母得知儿子交了女朋友的表情。

不过他们很快就敛去了脸上情绪，转而换上了笑容，没有过多过问他们之间的事。

许知意的父母都已经退休了，那几天他们也一直待在医院，许知意躺在病床上一直没醒，于熙儿等病房里没人的时候就跟他瞎扯，也不知道是不是她那堆废话起了作用，许知意过了几天终于醒了。

他醒来后，于熙儿问他是不是嫌她吵。许知意连生病的时候脾气都是不急不躁的，他笑着说是。

她在医院待了几天后，公司来电话了，带她的那个经纪人电话里都冒着火气，问她还想不想干了，请假请了这么多天，发狠地说她要是不想干了就卷铺盖走人，别天天给她找麻烦。

于熙儿打小就没让人这么骂过，她的性子也不是吃亏的主儿，也知道对方以为她父亲去世了，觉得她没有父亲这个靠山了所以毫无顾忌地欺负她，所以她骂回去了，直接跟对方撕破脸皮，她真骂起来对方哪是她的对手，没几句就被气得说不出来话了。

她的电话让许知意听到了，许知意让她把暴脾气收收，不然以后会吃苦头。

这话让于熙儿有点不舒服，也不知道是她敏感了，还是他话里真的有那个意思，于熙儿听出了他话里那种疏离的意味，但她没问，只跟他说不。她有的是钱，她有资本不向金钱低头，所以她不会在这事上受委屈。

于熙儿的父亲这辈子赚的钱财全留给她了，于熙儿以前一直搞不懂他这么拼做什么，明明钱已经够花了。直到后来父亲跟她说，是想让她以后不用活得那么辛苦，她十几岁的时候还不懂这句话什么意思，直到步入社会后看到很多为生活所迫而低头的人，她才深切地知道了这句话的意思。不管是有天她开车回家看到公交车候车亭下崩溃大哭的成年人，还是那个因为资源爬上了某个老总的床的模特，大家都是这俗世里行走的人，都不容易。

而她确实从小就很幸运，投胎给了老于做女儿，父亲留给她的钱只要她不拿去赌博和干亏心事，这辈子都够花了，而且她还有个身价跟老于生前差不多的母亲。

不过活还是要干的，她总不能一辈子啃着老于留下来的本钱过日子。所以虽然电话里跟经纪人吵翻了，她还是会干金主给的活，当天就去了机场。

对于许知意那句让她把暴脾气收收的话，于熙儿的预感得到了印证，果然在她工作回来的几天后，许知意对她的态度冷淡了不少。

虽然还是好言好语的样子，但明显和以前不太一样了，这种好带着距离感，像只是对她这个女性的尊重。

于熙儿气得跟他吵了一架，可许知意丝毫没有失态，只是皱了皱眉头，没有跟她吵架，还让在身边陪护的人去买饭给她吃。那个饭于熙儿自然是没吃，那天她气得拎上包就走了。

她在生许知意的气，更让她生气的是她后来那几天没去找他，他竟然一个电话都没有。

其实她知道许知意疏远她的理由，之前还好好的，现在突然对她这么冷淡，原因除了这场车祸的变故外没有别的，因为他的腿站不起来了。

于熙儿等了几天，终于坐不住了，去了医院。

许知意的腿不容易医治，一时半会儿出不了院，于熙儿去的时候他正睡着。

于熙儿满肚子的火气在看到他苍白的脸后突然消失得一干二净，像个被戳破了的气球，“啪”的一声尽数消失。

许知意连睡觉都是不踏实的，眉心紧拧着，薄唇抿成一条线。于熙儿在他的床边坐了很久，直到傍晚时他迷迷糊糊醒来。

那天下午下了场暴雨，不到傍晚，天已经灰暗得跟撒了水泥浆似的。许知意醒来的时候病房内一片灰蒙蒙的，只有窗口那一方灰色的日光勉强透着亮。

于熙儿以为他得好一会儿才发现自己来了，没想到许知意在睁眼的时候就发现了她，问她："你怎么来了？"

于熙儿坐在暗处，这时才起身去开灯，"啪"的一声，亮起的灯光倾泻下来，刺得许知意微微眯了眼睛。她看着许知意，目光多少有点咄咄逼人的意味。

"你怎么知道我来了？"

许知意闻言看向她。于熙儿知道他听懂了她这句话的意思，你没看见我就知道我在这儿，怎么知道的？

许知意避开了这个问题，只问她："吃饭了没？"

对牛弹琴的感觉让于熙儿感到很郁闷，她死死地抓着那个话题不放："许知意，你光闻我身上的味道就知道我在这儿，是吗？"她今天身上喷的是她最喜欢用的那款香水。许知意闻过的。

许知意也不知道是不是叹了口气，收回了目光，他伸手去拿电话，不知道想打电话给谁，说的话于熙儿倒是听清楚了，他让人送晚饭上来。

于熙儿说："我不吃。"

许知意挂了电话："生气可以，但先吃完饭再说，吃饱了才有力气生气。"

于熙儿却不像他这么耐得住性子，她直接说了："许知意，不就是两条腿吗？我都不介意，你有什么好介意的。"

许知意把手机放回桌上的手一顿，抬眼看她。

于熙儿听见许知意叫她熙儿。这是许知意第一次这么叫她，以前都是于熙儿、于熙儿的连名带姓地叫。于熙儿很不争气地被他叫得心里一动。

可下一秒许知意就插了她一把刀子。他说，这是你现在这个年纪还不懂的。

"为什么不懂，我懂，我知道我喜欢的是你许知意，不是你那两条腿。"那时候的于熙儿觉得许知意小题大做，这在她那里不算什么。

可许知意却觉得是她还太年轻，年轻的时候大家对生活都是信心十足的，但实际上这些信心很容易在后来的生活打磨下变成累赘。

许知意足足比于熙儿大了十岁，在思维和处事上要比于熙儿成熟得多，包括现在这场争执，他也只是让她说，没有激怒她。

从那以后，两个人就像陷入了一个僵局，于熙儿想进，可是许知意却堵在那里，丝毫没有让她前进一分。

日子就这样在蹉跎中过去，许知意的腿一直没有好转，不管花了多少钱都看不到一丝希望。这期间于熙儿一直待在许知意身边没走，许知意拿她没辙，后来也就随她去了。

后来，住了好几个月院后，许知意才出了院，但由于腿不方便的原因，他暂停了原本回国后要进行的教学。

于熙儿也是这时候才知道许知意之前跟她说的很快要回国外是吓唬她的，他在国外的教学早就结束了，这次回国是因为要到一所名校任教，于熙儿就那样被他骗进了圈套里。

但这次拉力赛后，许知意是真的要待在国内了，双腿不方便的原因，许知意没再继续到国内那所原本准备要去的大学任教，也没再碰过赛车。后来那几个月的时间里，许知意每天除了复健外便是休息和看书，压根儿做不了别的，不管在任何人那里看来，许知意这个人后半生基本上都是坐在轮椅上了，再也起不来了。

许知意对他这双腿的态度平静得让人看不出破绽，他像是坦然接受了这个结果，也没有怨天怨地，不管是驾驶赛车的沈屹西，还是那帮突然误入赛道的孩子，他都没有指责过、抱怨过任何人一句。

反倒是于熙儿，对沈屹西百般不满，沈屹西出院后会经常来看望许知意，她每次都格外不待见沈屹西。不过沈屹西心理年龄要比她成熟不少，也没跟她计较，于熙儿一个人也闹不起来。

对于熙儿来说，沈屹西就是直接导致许知意的腿残废了的那个人，也就是因为他打了方向盘，许知意才会变成这样。

于熙儿从来没跟许知意说过，他出事的那天晚上其实她抽了一晚上的烟，不间断地一直抽，直到天蒙蒙亮，脚边满是烟头。于熙儿知道他的腿残废了，眼睛被熏红了一个晚上。

其实最难过的不是他的腿废了，而是难过他醒来后得知自己情况的那个瞬间。于熙儿不太舍得让他听到，结果许知意醒来后比她还要淡定。

但就算这样，于熙儿也很难不把账算到沈屹西的头上。可许知意不怪沈屹西，于熙儿知道许知意甚至觉得沈屹西的选择是正确的。

许知意出院后，于熙儿除了工作的时候没去找他，平时都往他家跑，就没一刻待得住的。

许知意除了那双腿没能再像以前一样站起来，生活作息和习惯还是和以前一模一样，大清早就起床，一整天下来就是看书、写东西，现在多了一项，在于熙儿看来没好到哪去，养花种草，明明年纪轻轻，却活得跟个六七十岁的老人似的。

这人明明还是和以前一样，却又哪里不一样了。比如于熙儿现在当着他的面闹着要吃辣的时候，他不会再管着她了，包括她去酒吧。

有一次于熙儿喝醉了没忍住去找他，骂他跟个渣男一样，把人撩拨完了就跑了，不管她的死活，还问他为什么现在不管她去酒吧了？

其实这些问题问不问，她心里都有答案的，却偏偏嘴欠。

即使知道许知意的话不会让她好受到哪里去，但于熙儿听完心里还是一刺。

许知意当时似乎是感到无奈，他捏了捏眉心，说："这是你的正常社交，我不该干涉。"

于熙儿骂他干涉个屁，你倒是和以前一样拼命干涉啊？

好像每次她和许知意闹，天气都不怎么好。那天晚上也是个雨夜，她淋湿了满头的长发。

于熙儿喝完酒不记事，容易断片儿，不知道是不是她的幻觉，闹到后面，她趴在他家的沙发上睡着了。

许知意推着轮椅过来，指尖发凉，摸着她下巴的手逐渐收紧，带着掌控欲的。

可这副场景，在后来发生的事里，好像只是一场幻觉。

那天酒醒之后，于熙儿确实很多事都记不得了，也就模模糊糊地记得最后许知意摸了她的脸，也不知道是那会儿自己觉得这个画面怎么说都得给刻在脑海里，好在今天早上醒来时找许知意算账，还是单纯臆想出来的，她睁开眼从睫毛交错的眼帘里看到天花板的第一秒，脑海里出现的就是这个。

酒醒之后头有点疼，于熙儿躺在床上缓了一会儿，然后才撑着额头从床上坐了起来。

这是许知意家的客卧，挺大的，她以前来他家就一直住的这里。时隔三年，再来到这里，于熙儿有种莫名的熟悉感。

她身上沾上酒气的衣服已经被换下来了，现在穿的不是以前许知意随便让人往她身上套的大妈款睡衣，而是及膝的白色无袖睡裙。还是挺保守的，清纯得要命。

于熙儿抬手嗅了嗅自己身上的味道，一点酒气也没有，又摸了摸头发，一手干爽。昨晚有人帮她洗过澡了。

她拎开自己的睡裙衣领看了一下，身上一点痕迹都没有，不管是脖子上、肩上、胸上、腿上，一点红色的印记都没有。不是许知意换的。

于熙儿莫名觉得有些气闷，她掀开被子下床，光着脚从客卧里出去了。许知意有些洁癖，于熙儿光着脚在地上踩都不怕脏，她怀疑许知意可能连墙角的一点灰尘都不放过。

日上三竿，家里很安静，许知意一个人住着这么一座大宅子，平时也不见得热闹。

于熙儿踩着地板去了二楼的楼梯口，雕花镂空的楼梯下是客厅，从楼梯口望下去就只能看到那满面的落地玻璃窗。

今天一大早，外面终于出了点儿太阳，日光很薄很浅的一层，但聊胜于无。

于熙儿的眼皮被外面那日光照得发懒，舒服地微眯了眯眼，她走了下去，开口就喊许知意。她的声音在客厅里有点空旷的回音。

于熙儿本来还在看着外面久违的阳光，结果下一秒客厅下面传来的一个声音让她感觉外面的阳光都变得不明朗了。一个年轻女性的声音，很温柔却不显柔弱，字正腔圆地跟她问好。

于熙儿低头朝声源处看了过去。楼下的女人穿着一身看着就很有艺术性的裙子，大方又优雅，光是看容貌、身段，都是个极有气质的女人。她的容貌不艳丽，气质的加成显得她的长相特别有味道，脸上化了淡妆。

于熙儿没有出言不逊，也礼貌地点了下头，问她："找许知意吗？"

女人的唇角挽了一抹温和的笑，点头："是的。"

不知道为什么，于熙儿忽然在面前这个女人的身上看到了一点许知意的影子，是一个和许知意极其般配的人。

"你是？"那个女人问。

于熙儿不想被人误会："朋友。"她也没说别的，心想阿姨应该去叫人了，还没想好她是下去还是回避好，楼下就传来了许知意的声音。

"你怎么过来了？"语气算不上特别熟稔，但也不算陌生，能沾得上朋友这两个字。

于熙儿的脚步一下子就钉在了楼梯上。

女人的视线早不在她这儿了，对许知意道："听说你出院了，过来看看。"

"不用这么客气，坐吧。"

女人却没在沙发上立刻坐下来，看向了楼上："家里来客人了？要是实在不方便，我改天再来看你。"

楼上的于熙儿闻言就见许知意顺着那个女人的目光看了过来。她站在楼梯上，目光一下子就和许知意对上了。

许知意坐在轮椅上，腿上盖了一条毯子，他很快收回了目光，抬手示意女人坐下："没事，是朋友，坐吧。"

是朋友。听着许知意和她是同样的说辞，于熙儿心想他们还真是有默契。但这种默契却让人莫名感到心酸。没等她回身去楼上收拾东西走人，好不打扰他会客，楼下的许知意又开了口。

"叫于熙儿。"

跟女人介绍完，他的视线又落到了她的身上。许知意看着她，眼神和最近待她的眼神没什么两样，客气又疏离。

她以为他会亲口跟她介绍，却没想到旁边的女人抢先开了口，她微笑着说："未婚妻，钟笙。"

于熙儿一愣。一开始从他们之间微妙的氛围她多多少少能察觉出这两个人可能会有点超出朋友的关系，但于熙儿就算猜到了是前女友，都没猜到是未婚妻。她没反应过来，愣在了楼梯上。

许知意一直看着她。

于熙儿没有失态，脸上几乎看不出一丝破绽，她也一直看着钟笙。

“你好，你们看着挺般配的。”

这不是一句气话，反而是发自内心的。从刚才看到这女人的那一刻起，她就觉得他俩挺般配的，性子都差不多。

但她承认他们般配不代表她觉得很爽。于熙儿很不高兴，但没把这两个字写在脸上，也回了个笑脸：“那我先去楼上拿个包，早上还有杂志广告要拍摄。”她说完也没管他们说好不好，转身就上楼去了。

于熙儿身上那条裙子没换，在外面套了一件外套，拿上包就走了。

她下楼的时候，许知意似乎跟钟笙在聊哪个老艺术家，于熙儿问都没问，从钟笙说是他的未婚妻后，她就没再看过许知意一眼，拎着包出了门。

路过门廊的时候正好遇到了拿着浇水壶从外面回来的阿姨，阿姨看她这么早醒好像还吓了一跳。

“姑娘，怎么这么早就醒了，昨晚可是折腾到后半夜闹着不肯睡。”

这话要是平时她听到肯定会高兴，会问阿姨昨晚谁陪她折腾到后半夜的，但今天她没问。阿姨看她的脸上那不太对劲的脸色，唇边的笑也跟着一僵，然后恍然大悟般地看向了里头。看这样子，八成大家都知道，就她被蒙在鼓里。

阿姨似乎想开口解释什么：“先生跟钟小姐……”却最终还是闭上了嘴。

于熙儿也没问她只说了半句的话后面是什么，拎着包从阿姨身边经过，拉开门把手：“阿姨，先走了。”

昨晚是许知意的司机去酒吧把于熙儿接回来的，当时司机把她送去了她家，可她偏偏要着酒疯不肯下车，最后司机实在没办法才把她送回许知意家的。

她没开车过来，站在大门口打车，可这个破地方几年过去了也没变，手机上叫了半天车也没打着一辆车。

像是一瞬间她又回到了三年前的那个早上。那是她第一次认识许知意，从许知意家出来，那时候她也是站在这里，半天打不到车，然后许知意开车出来把她接上了，许知意说，她是老于暂时托付给的他。

于熙儿莫名地想到了老于。她突然想起老于说过的一句话，那会儿她跟钟里刚分手，老于让她惦记谁都不要惦记许知意，不要打他的主意，她想谈恋爱的话他再给她物色物色。

那时候的于熙儿完全没听懂这句话，但现在她明白了，因为就连老于都知道他有未婚妻。

包括他的父母，当时在医院里遇见她也是一副意外的表情。

于熙儿心里一揪的同时，也忍下了想回去揍许知意的冲动，在他还有未婚妻的时候跟她纠缠到底算什么。打不到车，加上心火越烧越旺，于熙儿索性直接收了手机往外走了。

很快就有车从后面追了上来，于熙儿都没回头，身后传来司机从落下的车窗后传过来的声音。于熙儿的脚步一顿，但很快恢复了自然，继续往前走。

司机很快就追上来了："于小姐。"

于熙儿直截了当地回绝了："回去吧。"不管男人在身后说什么，她就是不肯上车，只要她不想干的事，谁都拿她没辙。她那天走了很长很长的路，走出了那片富人别墅区，终于在半个小时后打上了一辆车。那天新买的高跟鞋不太合脚，脚后跟磨出了血。

就跟人一样，如果不适合就算她再怎么想把镜子圆了都没用。

于熙儿靠在车座里，莫名感到鼻尖发酸。

于熙儿也是有脾气的，谁遇到这件事都不可能不生气，她一个电话都没打给许知意，从那天以后，两个人就像突然被强行掐断了熟络的关系，跟陌生人似的，谁都没在对方的最近通话里出现。

于熙儿靠着她那张脸和那独特、张扬的风格在模特那行里混得越来越风生水起，那几天正好碰上她通告特别多，每天除了干正经事也没时间去想别的，光是火起来后的这一两个年头，她就赚了不少钱，照这架势下去，她都用不着老于给她留下的钱了。

她那天终于得空，被母亲一个电话叫回了澜江，还没出机场就让她母亲的司机给拦在机场里头了，说好听点是于母体贴她，实际上不过就是怕她不听话跑了。

她落地的时间正好是晚上，这个点儿最适合约上人坐在一起吃吃聊聊，于熙儿上了母亲司机的车，看后座没人还调侃似的问了司机一句，她妈是不是还在公司？

司机干巴巴地笑，又说总裁已经自行先去吃饭的地方等她。

于熙儿笑了一声，相信他才怪，就于母这个女强人，闲着一秒钟她都觉得是在浪费时间。

结果到目的地的时候，母亲还真在那等着她了，但不止她一个人，隔着屏风，于熙儿听到了很和谐的交谈声。

她喊了声“妈”，然后从屏风前绕了进去，母亲和对面那人一起抬眼看了过来。

母亲对面的男人仪表堂堂，约莫三十好儿的样子，模样英俊又不失大气，光是那气场瞧着便不是普通人家。

于熙儿那天踩着一双红高跟鞋，脸上亮眼的妆都没卸掉，还披了个香奈儿的斗篷，一点儿都不像是来见客人的。她这身装束很成功地让于母皱了皱眉，拉开椅子坐下后果然听到她的斥责。

“让你好好准备一下再过来，怎么穿成这样就过来了？”

于熙儿跟没看到对面的人似的，有什么说什么。她说：“我直接从机场过来都迟到了，要是再打扮打扮得耽误你们多少时间，再说了，我这身衣服和这妆不是挺漂亮的。”

她这话是直接说出来的，仗着现在有外人在她妈不会直接跟她吵架。

对面那个男的不仅没被她这副样子给吓退，反倒是笑着调侃，说小姑娘有性格。

于熙儿看了他一眼。

于熙儿下飞机的时候确实不知道母亲这顿饭的用意，一开始还以为是她从那堆繁忙的事务里终于想起她还有个女儿，抽空出来一起吃顿饭。现在想想怎么可能，她妈可是一个每顿饭都吃得有目的的人，估计这会儿饭局都排到好几天后了，怎么可能抽出点时间陪她专门吃这顿饭。

后来也不难猜到她母亲为什么安排她跟这个男人吃这顿饭了，这个男人家里有钱有势，地位比她家还要高点，当然她家也差不到哪里去，要不然对方也不会跟她们吃这个饭，相互瞧得起对方，又对自己有利，联姻的事就是自然而然的。

身为她女儿的于熙儿，早就注定没有婚姻自由。

于熙儿的嘴在互相介绍后就跟哑了似的，明眼人都能看出来不是不会说话，而是表明了不配合。但她的这点小伎俩当然要不过于母，就算她不配合于母也游刃有余，照旧能把这顿饭吃成一派祥和的样子。

这顿饭足足吃了两个钟头，窗外从华灯初上转为灯红酒绿的夜晚。

于熙儿最近忙到脚不沾地，突然闲下来，浑身的骨头都在叫嚣着犯懒，她出门后站没站姿，背地里被于母拍了下腰，猛地挺直了身板。

也就是在这时候，对面的包厢门开了。

中年男人们的寒暄交谈声从打开的门缝里传了出来，插进这个不算狭窄的通道里，走廊里一下子显得热闹非常。

于熙儿就是随便地扫了一眼，无意识的。对面的人大概也没想到她在这儿，两个人视线猝不及防地碰上后都是一愣。

时隔近半个月，于熙儿再次见到了许知意，他坐在轮椅里，混在那堆中年人里头，虽然坐着，可气场丝毫不被人压一头。

许知意还在看着她，于熙儿转开了视线。

她的视线转回来的时候就见于母也从许知意身上收回视线，她像只是随便看上那么一眼，继续和身旁的人寒暄："这丫头年纪还小，不懂事，你多担待着点。"这话听着就像只是在数落自己的女儿，实际上更深一层的意思大家一听便知。

于熙儿站在母亲的身边，从余光里能知道许知意一直在看着她，但她没转头。后来大家分道扬镳，于熙儿被母亲带着离开的时候，许知意他们还在。

那次回到车上后，母亲让她私底下多跟人家联系联系，对方明显对她很满意的样子。

于熙儿不以为意地说他这是要往家里带个臭脸的吗，被她母亲严厉地教训了一顿，于熙儿以为这茬儿就这么过去了，结果她母亲又开了口，让她别打其他主意，没用，没人会比她挑的更适合她。

于熙儿听着这句话突然转过头，她想到了刚才在包厢门口，于母扫过许知意的那一秒，眉心拧了起来："你去找许知意了？"

于母从容得很："怎么，他没告诉你？"她说倒是有趣，自己的女人没了也不知道来找，本来还以为得折腾上好一阵。

于熙儿气愤地道："你凭什么去找他？"

她这番不客气的话让于母正了脸色，微微蹙眉道："就凭我是你妈。"

"于熙儿，你以为你爸你妈费这么大劲把你养到现在是做什么的，找个门当户对的，对家庭、事业有帮助的，永远比你那些小情小爱要来得稳定和长久。"

这会儿于熙儿怎么可能听得进去大道理，她说："你管我！爱找谁找谁。"

于母道："你以为就凭你那点女孩子不长久的喜欢就能撑一辈子？于熙儿，你知不知道你有多天真，一个男人的一双腿废了跟废物有什么区别？他这辈子也就这样了，难成大器，连他自己都懂这个道理，你呢？"

于熙儿也撕破脸皮："我爱给他拖累是我的事，你凭什么插手？我自己愿意舰着脸往上凑都不关你的事！"她说着就要去拉开车门。

"于熙儿！同甘共苦的感情都没能撑多久，你爸和我，几十年的感情，从一起创业到后来结婚生下你，最后还不是落个离婚的下场，如果再重来一遍，我会选择的不是跟你爸走，而是听家里的安排和门当户对的人结婚。就算是爱过都撑不下去，更何况你现在一时的喜欢，说句难听的，可能过不了一年，你就会在他的拖累里把对他的感情都消耗殆尽。"

老于的脾气好，跟个老好人似的，于熙儿不像他。她是像谁答案不言而喻，她和她母亲的脾气简直就是一个模子里刻出来的。所以这两个人起了争执，怎么可能不针锋相对？

于熙儿推开了车门，甩下了一句话，当然也是带着赌气的成分在，她说我跟你不一样。

我像你，可是我跟你不一样。

于熙儿摔上车门而去。

那天从车上下来后她当然没有去找许知意，连个电话都没有打给他，正生着闷气，愁着不知道去哪的时候，阿释好巧不巧地给她来了个电话，让她一起喝酒去。

她索性拦了一辆车就走了。

于熙儿那天晚上可能运气真不怎么好，从晚上和她母亲一起吃完饭后碰到的事都变得不顺心起来，她在清吧遇到了三年没见的钟里，与其说碰上，不如说是她的朋友不会挑地方，挑哪儿不好，偏偏挑钟里开的这家清吧。

钟里还是以前那个钟里，是老板却也随时能抱着一把吉他上台。

两个人见面的时候没有过多的惊讶，也没有想象中的不能接受和尴尬，反倒是像老同学般打了招呼。于熙儿和钟里已经整整三年没见过面了，当年分手后干脆利落，双方都是带着决心的，一个电话都没打，从此消失在对方的世界里。

钟里的身边有了别的女孩，女孩儿是清秀可爱的，看着很乖，性格跟她完全不一样，看钟里有老同学过来便退到一旁去了，给他们让出聊天空间。

时隔这么多年，当年的分手原因都能轻松地说出来。

于熙儿怎么可能不知道钟里当年跟她分手的原因，只不过现在听钟里自己亲口说了出来。

这要换以前的钟里，他肯定是不会开口的，但人不会一直停滞不前，于熙儿知道钟里现在不觉得这些有什么不能开口的。

钟里的自尊心强，于熙儿和他最大的障碍就是家庭之间的差距，她家有钱，而钟里家不仅是不富裕，而且到了贫穷的程度，两个人能在一起那么久全凭骨子里的喜欢。如果钟里是一个自尊心不那么强的人，他们当时也不至于分手分得那么现实。

钟里跟现在的女朋友门当户对，下个月就要去扯证了，于熙儿真心地说了一句恭喜。

钟里问她这几年过得怎么样，她说马马虎虎，钟里沉默了一会儿后，笑了，跟她说以后要找个好的。他后面的话没说，但于熙儿知道其中的潜台词，要找个比他好的。

于熙儿说行。

今晚好像什么都在跟她作对，都要讲门当户对。

后来钟里就让员工叫走了，于熙儿一边喝酒一边和阿释瞎聊，阿释说我以前还老以为你的前男友是个渣男。

于熙儿没聊钟里，一杯接一杯地喝酒，脑子里没别的，每喝一口酒就骂许知意一句，骂他自私，骂他胆小，骂他有未婚妻。她把这些话都骂出来了，直到后来喝得头晕才趴到桌子上去了，有阿释在这儿，她不用担心今晚没人管她。

迷迷糊糊中，好像被人穿过胳肢窝抱了起来，于熙儿只当是被阿释弄起来的，就要去架她的肩膀，结果还没架上去就听到很熟悉的声音。

“别动。”

于熙儿愣了一下，慢半拍地睁开了眼，那张她想用指甲抓烂的脸出现在她的面前。她原本还有几分迷茫的神情渐渐转为怒视，伸手就要推开他，结果被他一把抓了回来。

“你放开！”

于熙儿在他怀里乱捶乱打。

“许知意，你放开我！”

许知意怎么可能听她的，任她锤打。

于熙儿什么都骂，出言不逊，当着他的面骂他渣男，骂他为什么有未婚妻还要招惹她，骂了一大堆还不解气，又骂他胆小鬼，还怕她妈，她都不怕。虽然她的潜意识里感觉这样的许知意有些不对劲，他看着怎么都不像这样的人，可是她的酒意和怒意一起涌上来，哪还管它合不合理，一吐为快。

许知意这人任凭她怎么骂都不生气，于是于熙儿就更生气了，她到底是个女孩儿，说到最后委屈地哭了起来。她压根儿就挣脱不开许知意，本来就喝了酒不怎么使得上力气，到后来就瘫在了他的怀里。

于熙儿微微仰着头，半张脸被圈在他的臂膀里，她闹累了，许久没说话。

许知意也没放过她，最后她被他一把打横抱起来。

于熙儿迷迷糊糊的，没发现哪里不对劲，她靠在他的肩颈里，过了好一会儿才开了口："许知意，她是你未婚妻，是吗？"

许知意刚才都让她骂，几乎没开口。此刻他开口说话，于熙儿才发现他的语气是严肃的。

"不是。"

他语气又冷了几分。

"今晚见谁去了？"

刚爆发过矛盾的两个人怎么可能坦诚相待，于熙儿现在浑身是刺，她故意呛他道："你不是知道？再说你管我做什么，许知意，你管不着。"

她的话音刚落，便能感觉到许知意抱着她的手在收紧。

原来他也有生气的时候。就是还是这么无趣，一声不吭。

随着许知意抱着她走下台阶，于熙儿这才后知后觉地发现哪里不对劲起来，她看着许知意那张平静得看不出任何痛苦的脸，突然意识到现在是许知意抱着她在走。

许知意……走？

于熙儿吓得打了一个激灵，人都清醒了不少，定睛一看，这才发现他的脸色有点苍白，就要从他的怀里下来。

"许知意，你松开！"

许知意自然没把她放下来，于熙儿挣扎无果，眼睁睁地看着他把自己抱到了车边。

许知意直到走到车边才把她放了下来，于熙儿内心感到十分震惊，急着从他身上下来，再加上喝了酒步子不稳，下来的时候踉跄了一下，被许知意抱住了。

驾驶室的方向传来"砰"的一声关门声，紧接着传来匆忙的脚步声，于熙儿很快看到一张脸上浮现焦急的熟悉面孔，司机就差把紧张两个字写在脸上了，他过来就去扶许知意。

于熙儿听许知意说不用。

她从他怀里挣开要去看他的腿，却被过来的司机扶住了，要把她送进车里。司机拉开后座车门送她进去的时候，她看到了许知意的手撑上了车门，脸色还是淡淡的，连痛都是隐忍的。

于熙儿后来在车身的摇晃里彻底睡了过去，又迷迷糊糊地好像被人弄到了床上，又被搂进怀里，感到腰身被勒得发疼。

但她今晚碰到的事注定让她睡得不怎么安稳，却又被疲惫和困顿拉着无休止地往下坠，眼皮一下都抬不起来。就这样从黑夜到白天，早上她是被刺得眼皮里一阵发红的太阳给叫醒的。

她平时住的许知意家的客卧里头没有大片的窗户，不会一大早就沐浴在阳光下，意识到这点，于熙儿硬撑着眼皮睁开了眼睛。

入眼是不算陌生的卧室，于熙儿好歹也来过几次许知意的卧室了。她转头去看身侧，身边没人，也不知道一大早去哪儿了。

这人身体是铁打的吗？于熙儿突然在想。

她从床上下来，卧室里十分安静，于熙儿转了一圈没看到人才拉开卧室的门出去。

这座偌大的别墅里就住了许知意一个人，平时也不见许父许母到这里，就算家里有保姆在，但还是显得空荡荡的。

于熙儿一下楼就碰到了阿姨在插花，她踩着楼梯往下走，光着脚一点声都没有，下去后把阿姨吓了一跳，拍着胸口直道她这孩子怎么走路都不出声。

于熙儿说："对不起，我下次使大点儿劲。"阿姨听了直笑。

于熙儿环顾了一下四周："许知意呢？"

"先生？"阿姨插花的手停了下来。

于熙儿点头。

"先生去医院了。"阿姨又说，"应该快回来了，我去给你做个饭，你吃完饭，先生应该差不多就回来了。"

于熙儿却抓住了重点："他去医院干吗？"

阿姨还以为她知道，停顿了一下才问道："你不知道？"

"我上哪儿知道去，大半个月没联系了。"她和许知意要不是昨晚吃饭后在包厢门口碰上面，可能现在还是半点儿联系都没有。

于熙儿在旁边看阿姨把花瓶给挪了个位置，然后对她说：“先生最近一直都会去医院复健，基本上一去就是一早上，就看情况能不能有好转。”

于熙儿听着这话有点奇怪，又想起许知意昨晚抱着她离开酒吧的画面，疑惑地问道：“他不是能走了？”

阿姨跟听到了笑话似的，还微微瞪大了眼睛：“这倒是不可能，先生这腿的情况可能不太乐观，最近也没见好转，一直家里和医院两头跑。”

于熙儿听愣了：“他没好？那昨晚他能站起来走是怎么回事？”

阿姨拿起桌上剪下来的旁枝碎叶，对她的话不以为意，说：“会不会是你眼花了？当然我们都希望先生好，我也希望有一天能看到先生不需要再坐轮椅。”

阿姨说着从嘴里叹了口气：“要是先生这腿好不起来，他想做的事都没法儿再做了。”

不管是做教授，还是赛车，坐上轮椅后，他以前能干的事以后都干不了了。

阿姨惋惜着去厨房给她做饭了，于熙儿靠在一边想着阿姨的话拧起了细眉，过了一会儿去沙发上坐下，拿手机给许知意去了个电话，意料之中没有接听，应该还在做复健。

于熙儿挂了电话，想给他的司机打电话又不知道号码，索性将手机扔回了沙发上不管了，起身去了厨房。

厨房里阿姨正准备给她做煎炸的食物，于熙儿看了那锅里的热油突然没了胃口，直接让阿姨给她盛一碗早上剩下来的粥就行了。阿姨说早上剩下来的怎么还能吃，给她重新煮了点儿粥，又说她和许知意越来越像了，从前段时间她来家里吃饭就看出了变化。

说她以前可是一口粥都不肯喝，宁肯跟许知意在那呛上好半天也别想让她喝粥，现在则是每天都无意识地吃那些清淡的东西，少油、少盐、少辣。

阿姨说了于熙儿自己都没意识到的东西，这些东西太细节、太日常化了，很容易就让人抛到脑后，就跟人有时候连昨天吃了什么都想不起来一样，因为太过日常化和琐碎，压根儿就不会去注意。

于熙儿的手停顿了一下。她想起自己以前可是连吃个白饭都得拌辣椒酱，现在就着青菜、清汤她都能咽下去。说者无心，听者有意，阿姨说完就淘米去了，于熙儿拉着皮筋系头发的手却停了一会儿。

明明她跟许知意重逢也没多久，可这个习惯却从当年被他左管右管后就这么维持了好几年。而她对许知意，确实也不像别的许久没见的人，重逢后觉得陌生和不熟悉。

她和许知意再次相见后没有这种感觉。她是一直记得许知意的。这三年，许知意在她的记忆里从来不曾被忘记过。

“啪”的一声，皮筋弹回她的头发上，意识到自己可能是在三年前的某一刻就对许知意有了意思的于熙儿十分平静。

阿姨说许知意平时一般一个早上就回来了，可今天却直到傍晚，于熙儿都没瞧见许知意的影子。

许知意的电话也没打通，于熙儿又去问阿姨，想看许知意有没有对她说什么，结果阿姨也是一脸纳闷，不知道为什么今天到了这个点儿许知意还没回来。

而且不仅今天，隔天早上许知意也没在这个家里出现，像是凭空消失了一般。就连阿姨都坐不住了，平时阿姨是不会多嘴过问许知意的生活的，今天破例给许知意的司机打了个电话。

结果司机被问得一头雾水，说从前天晚上把许先生和于小姐送回去后先生就没再叫他出过车，他都闲了一天了，正纳闷着，阿姨就给他打了这么个电话。许知意没让司机来给他开车，司机自然不知道他去哪儿了。

于熙儿又正好接到经纪人打来的电话，让她赶紧收拾行李去机场，飞机票都帮她买好了，让她去参加个活动。

本来就因为不知道许知意在搞什么鬼，于熙儿的心里冒着火，经纪人突然往她的假期里塞行程的行为让她更生闷气了，挂了电话后她又给许知意的手机打了很多个电话，但许知意也不知道在忙什么，没接。

阿姨打给许知意也是一样，他一个电话都没接。

许知意一声不吭地就消失了，他最好别是跟他那个未婚妻浓情蜜意去了。

于熙儿那天拉着行李箱去机场全程都是臭着脸的，那张脸被火气弄得很难看，到了机场跟她汇合的经纪人问她，是谁骗了她八百万。

活动时间占了半天，活动结束后还被经纪人拉去了个饭局，吃完饭都将近凌晨了，就在那座城市多耽误了一天，直到第三天她才重新回了澜江。

这期间她没联系许知意，许知意也没联系她，两个人好像回到之前的冷战中。

于熙儿回到澜江后也没去他家，也没回自己家，而是在外头住了两天酒店，因为她妈那电话跟夺命似的，催她出去跟上次见的那个男的吃饭。于熙儿是一百个不愿意，又知道她杠不过她妈，就索性连家都不回了，免得她妈到那儿能找到她。在酒店躺了两天，于熙儿经不住无聊，还把阿释拉过来了，两个人每天中午起床，下午出门疯玩到晚上才回酒店。

于熙儿虽然在心里骂着许知意，但她也同时一边唾弃自己，一边每天都会看许知意有没有给她发短信。在餐厅吃饭的时候，阿释还故意戳破她，说她不如直接抱着手机待在酒店里就行，于熙儿翻了个白眼。

其实她是知道许知意没那么渣的，他这人就算坏，但不至于干脚踏两条船这种道德低下的事，从上次他会来找她，于熙儿就知道他是和他的那个未婚妻没太大关系的。

但是她就是生气，气许知意突然玩消失，还一个电话都不给她打。

她当时正顾着生气呢，完全就没去注意周围，直到有人叫了她一声。于熙儿循声抬头看去，视线在对上那张脸后，尴尬瞬间爬上了她的心头。

她还真吃了娇生惯养的亏，别的餐厅不选，非得选这种一顿好几千的，这下好了，碰上了上次被她妈拉着跟她一起吃过饭的那个男人，而且两个小时前她刚用工作忙的借口搪塞了这个男人约她吃晚饭的邀请。

男人西装革履，一副彬彬有礼的矜贵气，就算知道被她耍了也不生气，轻声笑道："于小姐不是说工作忙？"

于熙儿尴尬是尴尬，但她没让对方看出来，镇住了场子，如常地笑道："刚刚下班，跟朋友一起出来吃饭。"

她连认真编个理由都懒得编了，这种时候她大可说一下阿释是她的经纪人，她是收工后跟经纪人一起出来吃饭的，给阿释使个眼色阿释肯定会配合她，这事可能就这么过去了，在不让双方尴尬的情况下对方有可能还会相信她。

但她没有。她明摆着就是在拒绝对方，只不过没放到脸面上让对方难堪。对方看着应该不是一个人来的，面上不露痕迹地又寒暄了几句后告辞了。

这顿饭于熙儿吃得索然无味，吃完后她去了一趟洗手间，回来的时候却没见着阿释，她的座位上坐了另外一个人。

于熙儿都不用走近瞧，光是那个背影、那个后脑勺她一下子就认出来了，隔着几米她都能嗅到女人身上那强大的气场。她停下了脚步，想都不想地直接调头往回走，想直接离开这里，手包里的手机却在此刻铃声大作起来。

这儿是高档餐厅，客人用餐时都是轻声细语的，她的手机铃声显得格外突兀和刺耳，不少客人都循声看了过来。

于熙儿顶着这些目光，只能从手包里拿出手机接听，转身看向桌子那边。

这个餐厅里响起手机铃声后就几乎没人不看向于熙儿，唯独于母，看她的姿势就知道她连头都没回一个，很明显胜券在握的感觉。

于熙儿很讨厌这种被她拿捏着的感觉。她接通电话后，于母也没有回头看她，声音从听筒里穿出来："你要是识趣的话就回来给我坐着。"她言简意赅，确实把于熙儿的那些心思都摸透了。

于熙儿走不了，因为于母的人都在楼下，她想出去必定会被拦着。但这样又如何，大不了耗着。她没说话，挂断了电话，转身就走。

手机里有阿释发进来的短信，骂于女士的，说她不明不白地被拉着送进了一辆车里，就这么被送回家了。

于熙儿直接坐电梯下了楼，不出她所料，她刚从那个门出去立刻就被她母亲的人拦住了。

于熙儿搞不懂她的母亲弄这么大阵仗有什么意思，就这么急着把她送给那个男人，好帮扶她的事业?

于母没下来，再次给她打了通电话。

于熙儿接了。

于母有些威严的声音从那边传来：“上车。”她盯着前头那辆打着双闪的车，心里一清二楚。

“我凭什么上车？”

于母没被她激怒，只说：“如果你还想有自己的婚姻选择权的话。”于熙儿万万没想到于母会这么说，当即愣在了原地。

那边的于母接着说：“我今天不是来跟你谈你的婚事的，而是给你自己一个机会，上去跟韩先生谈谈，别搞得那么难看，要是你自己能把这事儿办好了，跟对方也彻底讲开，这事儿就完了。”

“当然。”于母话锋一转，“要是对方还是执意要你的话，你就得给我上。”说完于母也没给她任何商量的余地，挂断了电话。

于熙儿站在风中没动。路边停着的车落下了车窗。

于熙儿看着男人在车窗后露出的脸，收起了手机，往那边走了过去。是应该谈谈。

意外的是男人没有于熙儿想象中那么难交谈，毕竟家教放在那儿，对方谈吐谦谦有礼，却也犀利精准，在她说自己有想结婚的对象的时候，对方直接把人认了出来。

他说话时是带着笑的，问她是不是前几天在包厢外遇到的那个男人。他没说是坐轮椅的那个，但是于熙儿知道他指的就是许知意。

于熙儿感到很意外，也十分坦诚地跟对方说了是。

后半段他送她回家的路程上，两个人没再聊关于情感的话题，男人反倒问起了她模特这个职业来，这是社交中的一个话题，出于礼貌又不至于冷场，男人对她也格外尊重，只问她一些趣事，没问诸如工资等一些比较隐私的话题。

于熙儿的脾气差归差，但不至于打人家送上来的笑脸，对方也很明显对她没兴趣了。

男人把她送回了老于的那座别墅里，她推开车门从车上下去的时候碰到了几天没见的某个人。

许知意还是坐在轮椅上，等在她的家门前，在她打开车门下来的那一刻视线早就落在了她的身上。

许知意很安静地坐在一片暗淡的绿色树墙前，眼睛里平淡无波，却莫名让人感觉风雨欲来。

于熙儿看着他，关上了车门。

很不巧，在此时落下了几滴雨，砸了一滴在她的手背上，紧接着这雨就仿佛断了线的珠子一般，噼里啪啦地砸在地面上。

许知意身后的树丛叶梢被砸得摇摇晃晃，可他一动没动，只是看着她。

于熙儿看见雨滴打湿了他的白衬衫。

这雨来得让人措手不及，砸在她的额头上、眼睛上，对视一会儿后，她朝许知意走了过去。在朝许知意走过去的某个瞬间，于熙儿突然发现了一件事。不知道从什么时候开始，只要许知意这个人在她眼前，她一定会忍不住朝他走去。

她走到许知意面前后，许知意方才那副打心底里生气的神情已经收起来了，转而换上他那副好人面相。什么都藏起来了，叫人看不出一丝破绽，除了脸色有些苍白外。

“不推我进去？”说这话的时候，就跟平时跟她说话的语气无异。

外面雨大，于熙儿也懒得在这儿折腾，她转去他的身后，伸手握上他轮椅的扶手，推上他进门。

进屋后两个人的衣服都湿了，别墅空荡荡的，让人心慌，什么声音都没有，也没有光亮。

于熙儿没听见许知意开口，她要张嘴，却在即将开口之时手腕忽然一紧。紧接着她猛地被许知意扯进怀里，一屁股坐在了他的腿上。

窗外的大雨冲刷着夜色。

于熙儿被许知意吓了一跳，却也没推开他。许知意压着她的唇。

于熙儿喘不过气来，就要去推开他。

许知意没让，明明已经生气了，声音却十分温柔。

“他是谁？”

于熙儿也不害怕，耳朵还是忍不住起了阵阵麻意。他极尽儒雅的斯文下，是极致的占有欲。这样的他，却也同时激起了她的反抗欲。

这些天来的委屈和愤懑从她的话语里倾泻了出来："许知意，你凭什么问我？这些天一声不吭地走了，一个电话都没给我打的是谁？你有什么资格质问我？"

"没有资格吗？"

于熙儿赌气道："没有。"

许知意一边吻她一边慢条斯理地解开了她的衣服。衣服带着雨水，他的手很快被雨水打湿。

"许知意，你别以为我不知道你做了这么多，都是要把我套牢在你身边。"

许知意的手停顿了一下。

于熙儿并不傻，可能之前还没醒悟过来，但这一次两次的她早明白过来了。她和钟里复合后许知意潇洒地出国也好，还是他回国后她无意识地被他引导着上钩，自己爬上他的床，抑或他双腿残废了之后推开她。这一切都是他要更死死地绑住她的手段。

如果三年前她跟钟里复合的时候，他死缠烂打，他们不会有以后，因为可能在于熙儿反应过来已经对他有感觉之前，他们之间会先被厌恶冲散。正是因为他的迅速抽离脱身，于熙儿才会在之后的三年里一直记得他。

于熙儿爱许知意。可许知意要她更爱他。

他嫌不够。他是要一辈子绑着她的。而于熙儿，愿者上钩了。

他使的那些手段被她识破后，却丝毫没有慌张和愧疚，贴着她唇角问道："后悔吗？"

于熙儿在他的气息里沉溺："后悔个屁。"她说着不太客气的话，声音却有点颤抖。

"许知意，你也别想甩掉我了，这辈子都不可能，别想赖账。"

许知意扯着嘴唇笑了一下。

外面的雨越下越大，朦胧的夜色里，于熙儿问他："那天你站起来了，是吗？"

许知意只管亲她："你说呢？"

她肯定地说："我看到了。但我知道你很痛苦。"

许知意贴着她的唇，没说话。

"还会好吗？"于熙儿问。

许知意没有犹豫："会。"

于熙儿却说："我宁愿你不痛苦。"

许知意却不以为然地说："这怎么能叫痛苦？"

他没再让她有说话的机会，在满世界的倾盆大雨里，他们爱到极致。

那天晚上在清吧是许知意车祸之后第一次站起来，所以当时他的司机才会那么紧张。

于熙儿还是后来才知道许知意消失的那段时间去做什么了，他让人送他去了另一座城市做手术，这次的手术是很久之前就敲定下来的，成功和失败各占一半，许知意成功了。

许知意瞒着于熙儿做了这场手术，只不过还得慢慢恢复和复健。

于熙儿从那天以后就搬进了许知意的家里。那几天她正好没什么事，每天一大早被许知意叫醒，然后索性随他一起早起，跟他一起去花园。但许知意这人无趣得很，除了看书他就没别的事。于熙儿本来精神得睡不着，一看书困意就上来了，直打哈欠，好几次直接趴在他的腿上睡着了。

那天又是没看几分钟书就趴在他腿上睡觉的一天，于熙儿足足睡了一个小时才醒了过来，还是因为被太阳晒的。她睁开眼就看到了专注看书的许知意。

许知意在看书的时候会带上金丝边眼镜，她醒后他也抬了下眼皮看她。

于熙儿被太阳晒得懒懒的，就那么看着他出神。许知意这人是真长得挺好看的。

她看着看着就被许知意的一句话打断了："流口水了。"于熙儿在许知意面前一点儿没包袱，伸手就去摸，发现他是骗她，一巴掌甩到他的腿上。

许知意翻了一页书，在笑。

于熙儿又趴了一会儿才从许知意的腿上起来，伸了个懒腰。

“好饿。”

其实早饭他们已经吃过了，但喝粥不怎么顶饱，她睡了一个回笼觉醒来又觉得饿了。

提到吃的于熙儿很自觉地站了起来：“我去厨房找阿姨弄点儿吃的。”

“不准吃辣的和油炸的。”

“许知意，你好烦。”于熙儿故意说道，“我偏吃辣的。”

许知意抬头扫了她一眼。

于熙儿笑了，弯下身在他的唇上亲了一口。

“好啦，我不吃辣。”

以前于熙儿一直以为许知意是格外为她的健康着想才不让她吃这类不健康的食物，后来发现不止这个原因。

于熙儿爱吃辣都是因为钟里。许知意不喜欢她吃辣，还帮她戒掉了吃辣的习惯。

于熙儿哄好了许知意后去了厨房，阿姨已经在准备午饭了，看她进来阿姨笑了，说烤箱里给她准备好甜点了。

阿姨都把她那饮食规律摸透了。于熙儿跟阿姨道谢，去烤箱里拿了热烘烘的饼干，她就在厨房里吃，吃着吃着就跟阿姨聊起了家常。

聊着聊着就聊到了她第一次来这里，于熙儿跟阿姨说那会儿她还在上大学，因为失恋然后每天喝酒。

阿姨闻言吃了一惊：“你那时候居然有其他的喜欢的人？”

于熙儿被她问得一头雾水，说是啊。结果她就从阿姨的嘴里听到了一个震惊的故事，阿姨说那天晚上他们回来后，许知意吩咐她帮于熙儿换的衣服。后来阿姨忘了把她换下来的脏衣服拿上，又折返回去，结果就撞上了她和许知意在亲热。

她靠在墙上搂着许知意的脖子，而许知意埋头在她的脖颈间。于熙儿是真的一点都不记得了，听阿姨说的时候，她简直不敢相信自己的耳朵。

后来依然是被打断了。于熙儿知道许知意那天晚上没有动她。

阿姨从那会儿就以为他们是一对，所以才会在于熙儿那次醒来后问她许知意的名字的时候露出那番疑惑的表情。

然后又说到许知意所谓的未婚妻，那确实是许知意的未婚妻，但那是许知意的父母安排的，但他从来没接受过，也从来没和那位钟小姐接近过。

阿姨跟于熙儿聊了很多，包括她之前喝醉了哭着来找许知意的那天晚上，许知意一整晚都抱着她睡的。

……

于熙儿肚子都没填饱就去找了许知意。

许知意坐在轮椅上看着书。

于熙儿还没走近他就察觉她过来了，出口问道："怎么了？"

许知意的眼睛却还在看着书，于熙儿走过去，把他的书拿开了，然后坐到了他的腿上。

许知意任她拿走书，不动声色地看着她。

于熙儿双手插进他短发里，低头看他："许知意，你真就这么喜欢我？"

"你说呢？"

许知意吻了上去。

Extra Story 05

双向奔赴

零下七摄氏度，寒风刮过街道，吹得窗户砰砰直响。

视线所及之处一片白茫茫的，路灯将脚下的影子拉得老长，湿冷扑面而来，空气吸进肺里搅得五脏六腑都在疼。

路无坷刚结束一个商演，工作是她自己找的，为了赚点钱过活。国外的开销大，奶奶去世前给她留的那笔钱早花得差不多了，那段时间路无坷什么零工都揽，给人干翻译，接活动表演，连十八线模特都做过。

她的手里拎着从一条街外买的一小块蛋糕，踩着脚下咯吱咯吱响的雪回了自己租住的公寓。最近公寓的电梯动不动就坏，跟一件缝缝补补的破衣服似的，路无坷对自己的运气心中有数，不想在这种饥肠辘辘的时候被困在电梯里，走了楼梯上楼。

上楼的时候碰上从楼上下来的人，乌漆墨黑的谁看谁的脸都一团模糊，对方背对着一扇窗，双手插在兜里，踩着楼梯下来的步伐看着慵懒，很轻松的一种状态。

住在这儿的除了她一个黄皮肤的中国人，其他的都是不同国家的人，路无坷除了跟和她借过锅煮面的邻居说过一两句话，其他人连脸都没认全。

她半张脸埋在白色的围巾里，和对方擦肩而过。人的感官在黑暗里要敏感许多，不知道是不是错觉，似乎一直有一道视线黏在自己的脸上，路无坷凭着第六感抬了头，视线看向了对方。转眼已经近在咫尺，男人帽衫兜头，下巴滑过她的眼睛，带过一阵掺着热气的呼吸。

对方没看她，稍微侧了下肩膀径直经过了她。

路无坷的步子稍缓，两秒钟后，回过头去看。对方不急不忙，到了楼下的大门口，很快走进夜色里，不多时路无坷眼里只剩外头那白茫茫的一片。她转回目光，上了楼。

爬上三楼后，和正好要出门的邻居打了个照面，是个男生，整个人包裹在厚实保暖的大衣里，隔着老远香水味就直往她的鼻子里钻。

对方捂得跟个粽子似的，好像手脚都伸展不开，很艰难地抬手跟她打了个招呼，对她说新年快乐。

今天是元旦，也是她的生日。

路无坷也对他说新年快乐，走到自己的门前准备掏出钥匙开门，正要下楼的邻居也不知道突然想到了什么，回身叫住路无坷，路无坷回头看向他。

男生先是指了指她对门那屋，然后才指了指她门把上挂着的那碗东西，说话声被冻得有些发抖："去年租我们隔壁屋的那小子终于露脸了，说是回来看朋友，给我们这些邻居都送了吃的。"

路无坷隔壁的房间一直有人租，但谁都没见过那个人，好像他压根儿不住这儿。

路无坷取下了门把上挂着的餐盒，不加辣的麻辣烫，意外的是都是她爱吃的，她不会吃辣。

那个邻居又跟她说："好像是你们中国人，是个帅哥。"路无坷刚把钥匙插进门锁里，冻得通红的手指突然转不动钥匙了。

楼道里那道擦肩而过的炙热视线，不加辣的麻辣烫，中国人，住在隔壁，被寒冷天气折磨得迟钝的神经忽然反应了一下，一些被她忽略的细节像风呼啦一下子涌进脑子里。

路无坷手里的麻辣烫都拿不稳了，几乎是在反应过来的那一瞬间，她转身就往楼下跑，擦过邻居讶异的脸。

路无坷跑出大门，街道上的店面灯火寥寥，大多关门过节去了，马路上和她回来的时候一样，一个人都没有。只剩街口那盏发红的车尾灯。

路无坷踩在雪地里，胸口起伏，视线紧紧地盯着那辆车，引擎声渐远，直到刺眼的红光被转角吞没。

路无坷口鼻漫出来的热气融进冷空气里，吸进去的冷口气刺得心口有些涨疼。

那时候的路无坷不会知道，凌晨的时候那辆车又回到了她住的楼下。

那会儿，街道披着浓重的夜色，天空中飘飘摇摇地洒着雪花，那个人靠在街道对面那家店铺的墙上，揣着裤兜捏着一根烟抽，他敛着下巴，脸上带着严肃的神色。

他看着路无坷的房间窗口亮起的灯，吐了口烟。

……

过得辛苦了就回来，我什么都不跟你计较。

可路无坷没有。

Extra Story 06

路 无 坷 的 告 白 信

201× 年 9 月 7 日，苍白闷潮的十九岁，我的炎炎烈日暴绽在我的世界当空。

那天，教学楼里很闷热，傍晚有夕阳，我推开楼梯间的门，第一次在学校里撞见他。

他在抽烟，两指夹着烟，头颈微低，把烟送到了唇边。我在门口，他抬眼看了我一眼。我要下楼，经过他的面前，他又看了我一眼。

那时候我们不认识，他还没追我做他的女朋友，我以为他对这一天毫无印象。他却说他记得，我说他骗人，他笑着说骗个屁，当时觉得这个女孩长得还挺好看，就你这张脸谁看了能不记住？

后来他追我，他这个人追人一点儿都不迂回婉转，一副吊儿郎当的、不太正经的样子，肚子里全是坏水，总是能轻而易举把人兜到他自己的圈子里。

他天天堵我的路，每天都要来看我，还不知道去哪儿弄来我的课表，天天到教室陪我上课。他很喜欢买东西给我吃，每次买零食都跟不要钱的一样。追我这件事，他看起来没把我逼得太紧，但其实步步紧逼，一定要把我追到手。他胜券在握。他跟我说，把我追到手只是时间早晚的问题。

我不跟他说话，不吃他的零食，时不时还要气他几次，可他从来不生气，当时我觉得他的脾气挺好的。

后来在一起了，我才知道他的脾气没那么好，还有点差，但是我喜欢看他拿我没办法的样子。

很多人都说他在谈女朋友这件事上就是玩玩，追我也只是图一时新鲜。但他是沈屹西，阿释说过，就沈屹西这个人，就算他只是玩玩，也多得是女生想跟他谈恋爱。可我不是，我不是想让沈屹西玩我，我要他爱我。

因为他姓沈，为了那么点心思，我没那么排斥他靠近，但也正是因为他姓沈，我排斥他靠得太近。可在一起的那天晚上，他在车里亲我，我心里很清楚，当时我什么都不想去想，只想跟他接吻。

他这人坏得没边，上课时坐在我后面的男生还在讨论怎么牵喜欢的女孩子的手显得自然一点的时候，他却连接个吻都带着情色意味，眼神明目张胆、爱意张扬。

在一起的时候，他喜欢听我给他打电话，喜欢带我去他的教室陪他上课，他很喜欢把我抱在怀里，喜欢接吻，每个吻都容易擦枪走火，他的欲望永远坦荡到就差把他不是正人君子写在脸上，总是吊儿郎当地逗我。

我经常气他，他总是纵容我，把我惯得无法无天。唯独我跟他说分手那次，他真的生气了，可在被我气坏了的情况下，他还是不同意分手，他说除了分手，别的我想怎样都行。他这个人很骄傲，没有对我死缠烂打，可我知道他自己已经没把他在感情上那点骄傲当回事，到我们真正分手的前一刻，他都是在挽留。

可他不知道，从分手的第一秒，他走出我家门的那一刻，我就开始想他了。

他好像知道，知道我会太想他，所以租了我在国外租的房对面的房间，我过生日那天，邻居告诉我租我们对面那个房间的人终于露脸了，是你们中国的一个大帅哥。我知道是他，可他不跟我说话，还在气头上，但还是没舍得让我一个人过生日。

后来我问他，为什么生我的气还要去看我？他欠揍地说你都跟我分手了，管我要做什么，还不准我想你了？

我也是，分手后的每时每刻，我都很想他。

我特别特别想念沈屹西。所以我回来找他了，我什么坎都没迈过去，就跑回来找他了。他的心里肯定清楚得跟明镜一样，我就是恃宠而骄，可他任由我有恃无恐下去了。

我知道他只要我，无法无天，可他不觉得我不识好歹。相反这些年，他一直在反复让我确认这个事实，确认他只要我，确认只要我一回头，他就会敞开怀抱等我回去，是他自己让我义无反顾地奔回他怀里。

我还有一个没告诉他的小秘密，我读高二的时候，其实在网上搜过他的名字。没有他当年出车祸的新闻，只能看到他的家庭背景。

还有，在国外那几年，我最害怕、迷茫的不是凌晨一个人走在回出租屋的路上，也不是沈屹西来看我，我跑到楼下追他，他却开车头也不回地走了那个时候，而是他在赛道上出事，躺在 ICU 里生死未卜的那一刻。

沈屹西说我是个一辈子话里蹦不出一个“爱”的人，他说错了。我六岁的时候，老师布置作业让我们回家对妈妈表达爱，我跟奶奶和妈妈说了我爱你，但也只有奶奶和妈妈。

现在不止奶奶和妈妈了，还有他。

他姓沈，叫沈屹西。

他爱抽特别浓烈的烟，爱玩极速到把命不当命的赛车，爱让我接喘不过气来的吻，也爱笑着惯着我一身坏脾气。

而我爱他。

我的烈日，会一直暴热到我生命的终点。

Extra Story 07

那 次 分 手

沈屹西跟路无坷分手了。

这个消息传到澜江大学的时候，扑腾起了一点水花，震惊得机械自动化学院四班的学生一片哗然。

一个眼镜男转着笔说：“前几天屹哥不还把那个女孩儿带到我们教室来一起上课吗？怎么就分手了？”

“真的假的？他不是特稀罕那个女生吗？”

“腻了呗。”一个追过沈屹西的女生玩着自己的指甲，“四个月了呢，沈屹西以前那些女朋友可经常撑不过一个星期，他够给她面子了，好吧。”女生的话十分刻薄，刀片一般割开大家因为这四个月来沈屹西对路无坷的宠爱而被蒙上灰的对沈屹西浪荡的印象。

沈屹西换女朋友一向很勤，所以他跟路无坷分手，也就没什么奇怪的了。

不过就是路无坷比别人特别了那么一点，跟沈屹西在一起的日子，时间是他的那些前女友的将近二十倍。

从那天以后，沈屹西很长时间没在学校出现过，大家都以为他游戏人间去了。

只有齐思铭知道不是，那几天沈屹西经常泡在酒吧包厢，没日没夜地酗酒，满屋子横七竖八的啤酒瓶子。他什么都没说，也不发怒，就皱着眉喝酒，但一个眼神就能让齐思铭双腿发软。那几天齐思铭在他面前，一句关于路无坷的话都不敢往外蹦。

沈屹西整天酗酒抽烟度日，就在齐思铭以为他快要死在酒精跟烟草里的时候，某天沈屹西却有了动静。他跷着一条腿躺在沙发上，一条手臂倦怠地搭在头上，齐思铭知道他没睡，因为沈屹西的食指有一搭没一搭地点着捏在指节间的烟，像在思考什么。

没过两分钟，沈屹西就从沙发上起了身，还是那副模样，他扯过桌上的车钥匙，踢开地上的啤酒瓶就往外走。

齐思铭没敢拦他，但追出去了。

沈屹西没回他的房子，没去学校，也没去路无坷家，把车开得跟不要命一样，齐思铭在后面催出租车司机，出租车却追都追不上。

沈屹西一路赶到了澜江机场，澜江机场外车流不绝，人头攒动，他从车上下来，甩上车门，找到路无坷的电话拨通放到耳边，大步往机场里走。通话沉寂的那一瞬，他开口："路无坷，你想分手这事没门儿，我陪你飞过去。"

然而下一秒，手机里响起的是冰冷的女声。

"您好，您所拨打的电话已关机，请稍后再拨。"

沈屹西几乎咬着牙，压着火，一边往售票柜台方向走，一边转头给齐思铭去了个电话。当时齐思铭还在机场高速上，一接听就能察觉到沈屹西的声音里明显压着怒意，有点发愣。"把阿释的号码发给我。"

齐思铭一下被问蒙了："什么？"

"我说把阿释手机号码发给我！"沈屹西的手机却在下一秒电量告罄，手机自动关机。

沈屹西终于恢复了一点理智，转身往柜台走，询问飞往路无坷要去的那个国家的航班。

最近的一趟，已经在半个小时前起飞。

齐思铭就是在这个时候赶到机场的，他气喘吁吁地找到沈屹西，耳边是阿释被问得不明所以的声音，还没挂电话呢。

齐思铭喘着气，告诉沈屹西："路无坷昨晚改签了，提前飞了。"

话音刚落下，沈屹西沉默下来，深邃的眼睛里泛着通红的血丝，像在压抑着什么情绪。

齐思铭连大气都不敢喘了。

下一秒，沈屹西抬起手，把手机掷在了地上。他用的力气很大，手机随之四分五裂，碎片溅到齐思铭的身上。

沈屹西没再留下来，转身往机场外走。

Extra Story 08

最 后 悔 的 事

沈屹西复出之后，车坛一度巨震，他像一只疯狂的野兽，不到一年，就在各种大型的拉力赛里斩获十个冠军。

沈屹西参加比赛时会把路无坷带在身边，所以沈屹西的所有比赛，路无坷都一次不落。

那几天又有一项重要赛事，路无坷跟着沈屹西跑了三天，最后一天沈屹西不出所料，又拿了个冠军奖杯回来给她玩。

沈屹西站在领奖台上，在众人簇拥下开了一瓶香槟，泡沫喷得到处都是，他懒懒地笑了下，丝毫不掩饰嘴角的肆意和张扬。

然后沈屹西将香槟扔给旁边的人，拿着奖杯朝路无坷走过去。

路无坷看到沈屹西的眼睛直直地盯着她。

沈屹西走到路无坷的面前后，用手里的冠军奖杯示意了她一下，要递给她："冠军依旧是你男朋友的，厉害不厉害？"

路无坷伸手要拿："不厉害。"

沈屹西跟她使坏，把拿着奖杯的手收回来，转而伸手将她拽进怀里，路无坷狠狠地撞到他胸膛上，沈屹西低头亲在她的唇上。当着这么多人的面，四周一下子口哨声和起哄声四起。

路无坷倒也没有推开沈屹西，沈屹西稍稍离开，闷闷地笑了声，将奖杯还给她："怎么样，还厉害不？"

路无坷抱过奖杯，翻脸不认人："不厉害。"

"不厉害？"沈屹西挑眉，又凑下去，"那再亲一个？"

路无坷说："沈屹西，你这个大流氓。"

沈屹西喜欢她的声音，会让他想到小白兔，还是一只会张牙舞爪的小白兔。他笑得肩膀微微颤抖，工作人员过来叫他去进行赛后采访。沈屹西临走前让齐思铭看着点路无坷，跟着工作人员去了采访区。

采访的问题无非是关于这次比赛的感受，还有一些沈屹西做得特别漂亮的操作。

沈屹西这个人在赛车圈里太过耀眼，隐退和复出都引起过轰动，采访到一半，记者又不知不觉地将话题引到了他当年退出赛场，去当教练的事儿上。

记者问："你最后悔的事是什么？是不是会比较遗憾年华正好的这几年，没在赛场上挥洒比拼？"

这个问题的答案大家都不难猜到，玩赛车的哪个男人身体里没有燃烧着赛道魂，沈屹西白白浪费了几年的大好时光，如果这几年没退出赛场，他现在可能已经是世界冠军了，能不感到遗憾吗？

可沈屹西的答案却出人意料："不是。"

"那是什么？"

沈屹西闻言笑了一声："后悔跟女朋友分手，让她去撞南墙。"赛车圈现在还有谁不知道路无坷，大家都知道沈屹西对路无坷的宠爱。

"路无坷？"

这些话，路无坷都听到了，齐思铭将她带到了这边等沈屹西结束采访。

沈屹西说："当时就不该让她走的，即使她转不过那个弯儿，即使她因为想不通怪我、怨我，天天跟我吵架，也得把她抓紧了。"路无坷抱着沈屹西的冠军奖杯，看着不远处采访背景板前的沈屹西。

沈屹西看起来还是有些痞气，但说出口的话，却带着点难得的无奈。

"撞疼了，她自己是无所谓，心疼的是我。"

路无坷感到鼻尖发酸，在这一刻，她只有一个很强烈的冲动，她想被沈屹西抱在怀里。

（全文完）

图书在版编目（CIP）数据

退烧：全2册 / 舒虞著. -- 南京：江苏凤凰文艺出版社，2021.10（2022.2重印）
ISBN 978-7-5594-6203-9

Ⅰ. ①退… Ⅱ. ①舒… Ⅲ. ①长篇小说－中国－当代 Ⅳ. ①I247.5

中国版本图书馆 CIP 数据核字 (2021) 第 160656 号

退烧：全2册

舒虞 著

责任编辑　王昕宁
特约编辑　薛天舒
营销统筹　夏君仪
装帧设计　吴思龙 @4666 啊
责任印制　刘　巍
出版发行　江苏凤凰文艺出版社
　　　　　南京市中央路 165 号，邮编：210009
网　　址　http://www.jswenyi.com
印　　刷　天津鑫旭阳印刷有限公司
开　　本　880 毫米 ×1230 毫米 1/32
印　　张　20.375
字　　数　585 千字
版　　次　2021 年 10 月第 1 版
印　　次　2022 年 2 月第 3 次印刷
书　　号　ISBN 978-7-5594-6203-9
定　　价　69.80 元

江苏凤凰文艺版图书凡印刷、装订错误，可向出版社调换，联系电话 025-83280257